·上·

逆锋

水千丞 著

THE GROWTH OF A DANDY.
FIGHT ALONGSIDE YOU.

长江出版社
CHANGJIANG PRESS

NI

人这一辈子太短了，
如果不能做自己真正想做的事，
那还有什么意义。

FENG

“俞风城，
我没说要弃权。”

N I F E N G

目录 CONTENT

NIFENG

他想让身边的每一个人都真正地打从心眼儿里认可他、尊重他，因为在部队收获的一切都是他长这么大唯一靠自己争取来的。他珍惜这个能让别人对他刮目相看的机会，他想变得更强！更强！

THE GROWTH OF A DANDY.
FIGHT ALONGSIDE YOU.

第一章
哭着去当兵

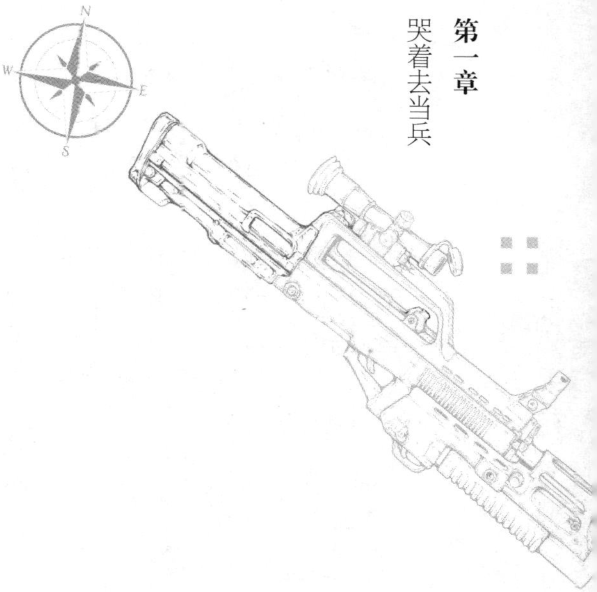

喧闹的音乐、艳俗的灯光、扭动肢体的年轻男女，把这个近期大火的酒吧烘托得格外纸醉金迷。室内明明已经开了很足的冷气，但架不住人太多，白新羽缩在沙发的角落里，依然出了一身汗，他烦躁地将衬衫扯开了两粒扣子，把酒杯咣的一声摔在了大理石桌上。

“怎么了？出来玩儿你还一脸不高兴，扫不扫兴啊。”邹行抓着他的后颈捏了捏，笑嘻嘻地说。

“没有。”

白新羽推开他的手：“谁给你省钱啊，我是真没心情。”

邹行一拍他大腿：“到底怎么了？”

白新羽扒了扒刚染的栗色头发：“我前几天碰着我哥了。”

“你哥？简隋英？”

“嗯。”

邹行咧了咧嘴：“啧啧，他又揍你了？”

“没有，他肯定想揍我来着，但我当时在车上，直接开车跑了。”

“你又怎么惹他了？不过你那个哥吧，也太横了，跟有病似的，说实话我都有点儿怕他。”

白新羽听着邹行说简隋英的坏话，心里不太痛快，但又没法反驳，因为邹行说的话也没错。他想了想，还是说：“其实他对我也挺好的……”

邹行拍了拍他的背：“你这是被‘虐’习惯了。”

白新羽灌了口酒：“不说了，你们嗨吧，我回去了。”

“哎？真走啊？这才几点啊！”

白新羽踹了他一脚：“改天再宰你。”说完拿起钥匙和钱包就走了。

出了酒吧，空气不那么浑浊了，但这天儿也忒热了，他感觉身上黏糊糊的，大脑也直犯晕。他坐进车里，把冷气开到最大，然后倒在椅背上，重重叹了口气。从那天碰到他哥到现在，他的心一直悬着，想起他哥凶神恶煞的样子，他就手直抖。

简隋英是他表哥，他小姨的独子。他小姨命不好，死得早，让他哥十来岁就没了妈。他妈心疼他哥，就对他哥特别好，他哥呢，长大了很有出息，也就对他好，虽然从小打骂没断过，不过自小给他塞零用钱、帮他打架、投钱给他做生意、替他解决麻烦，这些事儿没少干，所以他哥虽然凶了点儿，但确实对他挺好的。

他从小就怕他哥，基本他爹妈管不了的，他哥一出马他就老实，没办法，那是真怕啊。他哥一瞪眼睛，他就感觉那大耳刮子要下来了。所以他也不知道自己半年前哪儿来的胆子，敢坑他哥的钱。

想起半年前的事，白新羽一脸懊恼，抓着方向盘拿脑袋使劲撞了几下，撞得车喇叭嘀嘀直叫。

当时他欠了三百多万，实在不敢跟他爸说，就硬着头皮去找他哥借钱，结果他哥也火了，把他臭骂一顿后轰了出去，还说再也不管他了，他当时真是想死的心都有了。没想到他哥的异母弟弟找上他，说能帮他，他当时走投无路，就跟那小子合伙骗了他哥三套房子，转手一卖，才把债填上。他做完这事儿之后，又后悔又愧疚又害怕，就去澳洲的姑妈那儿躲了半年。

可是那鸟地方，净说鸟语，他天天在姑妈的大庄园里遛狗，没劲透顶，差点儿憋疯，最后实在忍不住回来了。他回来后也不敢声张，没想到才几天啊，他带个人去玩儿，刚到停车场就被他哥撞个正着，吓得他一脚油门就跑了。到现在想起他哥吼他那一嗓子，心肝儿还直颤。

他觉得自己完蛋了，真完蛋了，不知道他哥要怎么收拾他呢，他怕得连家都快不敢回了。而且他哥到现在都没给他打电话，也没给他爸妈打电话，指不定是酝酿着什么风暴呢。一想到他哥那些整人的招儿，他浑身一哆嗦，愁得差点儿哭出来。

在车里待了一个小时，他酒也醒得差不多了。想来想去，他兜里没几个钱了，早晚得回家。怎么想还是家里安全，至少他哥要是找上门来，看在他妈的面子上也不能打死他，要是在外边儿被他哥逮着，得去半条命。

白小少爷被自己的机智感动了，赶紧发动车，往家赶去。

到家已经一点多了。白新羽悄悄打开门，摸黑往楼上走去。刚走了没两步，客厅的灯突然亮了，白新羽吓了一跳，他爸妈居然一脸严肃地坐在沙发上！他心一凉，赶紧环视偌大的客厅，没发现他哥的踪影，但他还是知道事情不妙，他回国没几天，他爸妈对他的思念还没释放完呢，不可能一下子冷脸。他心想，完了，他哥肯定来过了。

他心惊胆战地说："爸，妈，这么晚了你们怎么不睡啊，也不开灯……"

白庆民一指沙发："你过来。"

白新羽的腿肚子有点儿发软，小声道："爸，怎么了？"

"过来！"

白新羽求助地看向他妈，他妈却扭过头去，他吞了口口水，过去坐下了。

白庆民怒视着他："你说，你回来是不是又去瞎混了？"

白新羽哭丧着脸："冤枉啊爸，我才回来几天啊，我没去。"他这回倒是没撒谎，不过没去不是因为真的克制住了，而是因为没钱，他爸最近管太严了，再这么下去他都没脸出去玩儿了。

可惜，他以前撒谎太多，他爸根本不相信，一拍桌子道："今天隋英来家里了，说你从澳洲回来还不学好，又跟邹行那帮好吃懒做的纨绔子弟鬼混，你看看你现在什么德行，染个黄毛，成天没个正形！”

白新羽缩了缩脖子：“爸，我哥说什么了？白天不是还好好的……”他知道他哥肯定来吹了不少风，他爸妈最听他哥的话，因为他们家不少生意都要靠他哥带着，又有很亲厚的关系在，在他的教育问题上，基本他哥只要想说了算，就能说了算，所以他才害怕。现在他最害怕的是他哥把他联合小林子坑他哥房子的事儿告诉他爸妈，那他爸肯定得打死他。

白庆民深吸一口气：“成天谎话连篇，还有谁会相信你？隋英是关心你，才把你在外面的情况告诉我们，不然人家那么大一个老板，成天管你这些破事儿？”

白新羽心里松了口气，看来他哥没把最严重的事儿说出来，但他还是有相当不好的预感，他再一次求助地看向他妈，拼命使眼色。

李蔚芝推了推自己的丈夫，叹道：“你说正事儿吧。”

白新羽紧张地坐直了身体，大气都不敢喘。

白庆民恨铁不成钢地看了白新羽一眼，怒道：“你在外边儿简直是劣迹斑斑，你今年都二十二岁了，还想混几年？成天跟邹行那帮人鬼混，你混得起吗？邹行他家十几亿的资产，咱家能跟人家比？你再这么下去，老白家就没人了！”

白新羽局促道：“爸，我会改的，我也想做生意啊，那做生意有赚有赔嘛，我以后……”

“你赚个屁！你不赔钱都是隋英盯着你，你自己赚过几个钱？就会吃喝玩乐，你是不是想一辈子这样？以后我和你妈都死了，谁给你钱花？就咱家那不上不下的家底，够你败几年？”

白新羽被骂得很憋屈，但同时又有几分侥幸。如果他哥整治他的方式就是跑他家告他一状，那这个惩罚简直太轻了，他真该感天谢地，反正他爸唠叨的话他都是左耳进右耳出，回头没钱了跟他妈撒撒娇就行了，他妈才不会不管他呢。这么想着，白新羽尽量放低姿态，好言好语地说：“爸，我错了，我以后再也不混了，我一定勤奋学习，不贪玩、不败家，要不我再回去上学吧。”

“放屁！”白庆民怒骂道。

白新羽吓得一哆嗦，心里嘀咕着，今天到底怎么了。他打小脸皮厚、嘴巴甜，只要犯了事，认错态度一向好得不得了，无非就是为了少挨点儿揍、少听点儿啰唆，而且这招屡试不爽，一般他爸发泄一下也就完了，今天怎么火气这么大？

“你还敢提上学？花钱让你留学，你把钱败光了灰溜溜地回来，国内的好大学你又考不上，你说你这么多年干过一件让你爹妈长脸的事儿没有？有没有？”

白新羽低着头不说话。他虽然已经锻炼得挺不要脸了，但有时候还是会感觉到自尊心有点儿受打击。其实谁不想好好学习、像他哥那样做大生意，他就不是那块料嘛。

李蔚芝再次推了推自己丈夫："行了，你别骂他了，这些话翻来覆去地说，他听得进去吗？"

白庆民迁怒道："你还好意思说，他这样都是你惯出来的！"

李蔚芝脸色一变："儿子是我一个人的？你成天不回家，小时候都我自己带，到头来成我的不是了？"

白庆民面色发青，李蔚芝还想说什么，最终硬给咽下去了，红着眼圈说："吵这个没用，你赶紧跟他说正事。"

一提"正事"，白新羽就直皱眉，到底是什么"正事"？不会又要扣他零花钱吧？

白庆民清了清嗓子，把暴怒的情绪压下去一些："新羽，今天隋英来，我们三个对你未来的发展好好讨论了一番，现在有了一个方案。"

白新羽轻轻一抖，总觉得自己听到的不会是什么好事。

白庆民看着自己唯一的儿子，真是心乱如麻。他心想自己也算小有所成，基因按说也不差，这么帅气的一个儿子，智商正常，成长环境又样样都好，怎么就硬是长成了一个草包呢？他一狠心，道："我们打算把你送去部队待几年。"

白新羽一听，简直如遇晴天霹雳，差点当场给他爸跪下，失声喊道："爸——"

白庆民一挥手："叫祖宗也没用，这事儿已经定下了。"

"爸！"白新羽一下子扑到他爸面前，眼中含泪，"爸，我不去，我求你了，我死都不去！"

"那你就去死！"白庆民看他这没出息的样子，心里又气又恨，狠下心推开了白新羽。

"爸，我求你了，我去部队真的会死的，我从小就吃不了苦，你是知道的。我不去，我以后一定好好学习，你让我干什么我就干什么，你别让我去部队，爸我求你了！"

白庆民扭过头去。

白新羽的眼泪不是装的，是真的。他在英国被学校劝退，灰溜溜回国时，他爸妈就想把他送去部队，他那时连哭带号满地打滚，才勉强留了下来。开什么玩笑，部队是人待的吗？一想到每天要起早贪黑地操练，一年到头跟一群臭老爷们儿为伍，不如弄死他算了。没想到躲得了初一，没躲过十五，这次他爸妈旧事重提，看上去态度很坚决，他一想到自己的命运，顿时哭得稀里哗啦。他看他爸态度强硬，立刻掉转方向，扑到他妈身上哭喊道："妈，你忍心让我去部队吗？我走了谁陪你逛街啊，谁带你出去玩儿啊，妈，你说话啊。"

李蔚芝眼里含泪，看着自己白白净净的儿子，心里是万般不舍。其实丈夫说得对，儿子是她惯出来的，她没办法，儿子就是她的命，她从小就什么都由着他。她也知道这样不好，可只要儿子一撒娇，她就扛不住，恨不得把星星摘给他。结果儿子这么大了，一点儿自立的本事都没有，反而染了一身败家的坏习惯。今天隋英跟她说了很多，有些话说得挺重的，也把她点醒了，她这次也是铁了心。

她吸了吸鼻子："新羽啊，你也实在太不像话了，今年一年你就花了三百多万，咱们家虽然不缺钱，但也不是什么大富大贵之家，经不起你这么败的。要是妈能养你一辈子，妈也认了，可我跟你爸早晚要老，你不能指望隋英管你一辈子吧，你这样下去，我们怎么放心啊？这事儿……定了，你就去吧，我们是为你好，不会害你的。去部队能扳扳你的脾性，让你成熟一点，再说你也不是做生意的料，以后找找关系，留在部队里谋个职，不也挺好吗？"

白新羽眼泪哗哗的："妈，我待不下去的，我真不行。妈妈，我不要去，你快劝劝我爸，妈妈，妈妈，求求你了。"他抱住他妈的腰，使劲哀求着。他妈最心疼他，是他唯一的希望了。

白庆民忍不住踹了他一脚："你有点出息，像什么样子！起来！"

李蔚芝埋怨道："孩子都要走了，你还那么凶干什么，说不定几年见不着，都不够你想的。"说着，她的眼泪就掉了下来。

白庆民叹了口气，扭过头去抽烟。

白新羽哭得更凶了："妈妈，你怎么舍得我去啊！我不想去，你就我这么一个儿子啊，你不心疼我吗？部队又苦又累，我受不了的！妈妈，我求你了，你去跟我爸说，去跟我哥说，别让我去啊，妈妈，求你了，求你了！"

李蔚芝摸着他的头发，哽咽道："儿子，妈不舍得你去，但这不是舍不舍得的问题，你这么游手好闲，我看着着急啊，你真不能这样下去了。你别求我了，求我没用，这事儿我做不了主，就算我能做主，你……你还是得去，我们都是为了你好，你就老实去吧，混出个人样再回来。"

白新羽眼看撒娇哀求不起作用了，大哭道："我不去，我不去，我死都不去！"

白庆民怒道："你不去，以后别想从我手里拿一分钱，你的房子、车、信用卡，从现在开始我全部收回，等我死了我把钱捐给孤儿院，你一个子儿也别想拿到！你不去，我白庆民就没你这个窝囊儿子！"

白新羽的哭声戛然而止，眼泪鼻涕都糊在脸上，好好一张脸看上去狼狈不堪，那软弱没用的倒霉样子，看得白庆民心里火气更盛。

白庆民把烟头狠狠按熄在烟灰缸里："这事儿就这么定了，你这几天好好准备准备，隋英把你的手续办下来后，我们就送你走。"

白新羽一屁股坐在地上，觉得自己的天塌了。

白新羽一觉醒来，发现自己正躺在床上，他看着熟悉的天花板，想起昨晚的事，意识到那不是噩梦，他忍不住把脸埋进被子里，狠狠用脚蹬床，嘴里发出呜呜的声音。

保姆在外面敲门："新羽，起来吃饭了。"

白新羽大喊道："不吃！饿死拉倒！"

保姆推门进来，看着使劲踹床的白新羽，走过来拍着他的背："你看你，闹脾气有什么用啊，快起来吃饭，阿姨今天给你蒸了螃蟹，可新鲜了，起来吧，乖啊。"

白新羽扭着身子钻进被子里，闷声道："饿死就不用去了。"

保姆哭笑不得："让你去部队，又不是让你上刑场。"

白新羽抬起脸，头发乱得像鸟窝，眼圈通红，带着哭腔说："跟刑场有什么区别，部队里天不亮就要起床，每天又跑又摔又打，还要关在军营里哪儿也不能去，那是人过的日子吗！"

"哎呀，没你想得那么可怕。"保姆给他顺了顺头发，"再说，你这么闹有什么用啊，你爸妈已经铁了心了，真不想去，不如想想别的办法。"

白新羽眼睛一亮："什么办法？"

"你不想想这是谁提出来的？"

白新羽眨了眨眼睛："我哥……"

"是啊，你要不想去，还是得他松口，你求你爸妈没用。"

白新羽一想，确实如此，可他哪儿敢给简隋英打电话啊，他躲都来不及呢。

保姆笑道："快起来，先吃饭，吃饱了好想办法，你还能在床上赖一辈子啊。"

白新羽噘着嘴，嘟囔着："你给我扒蟹壳啊。"

保姆笑眯眯地看着他，一脸疼爱："好，我家小祖宗说什么是什么。"

白新羽在家里憋了两天，哪儿也没去。他爸说到做到，他一觉醒来，车和公寓的钥匙都没了，信用卡不用看，肯定停了，他窝在床上打游戏，越打越心烦，最后直接把手柄摔了。

他犹豫了两天，还是不敢给简隋英打电话，光是想象那熟悉的怒吼声，他就感到后颈发凉、腿发软。他在去部队受苦和被他哥狠削一顿之间犹豫不决。

晚上吃饭的时候，白新羽照旧没下楼，让保姆把饭菜端到他房间里，他刚吃了没两口，房门开了，他爸妈神情复杂地看着他。

白新羽立刻把筷子一扔，往床上一靠，装出一副没胃口的样子，委屈地扭过头去。

李蔚芝埋怨道："成天躲在房间里干什么你，也不知道下楼活动活动。"

白新羽小声说："没劲儿。"

白庆民粗声道："装个屁，给我坐直了。"

白新羽畏惧他爸，立刻坐直了身体。

白庆民把一个文件袋扔到了他床上："这是你的档案，明天下午四点，我送你去火车站。"

白新羽瞪大眼睛："明……明天？"他没想到这么快，他还在犹豫要不要绝食，或者想点其他对策，结果什么办法都还没使出来，就要走了？他有种还没出拳，沙袋自己爆了的无力感。

白庆民看着他，也有点不舍得，但还是狠着心说："明天。"

白新羽想号啕大哭，但这几天负面情绪宣泄得太多，一下子聚集不起来了。他一张脸彻底垮了下来，眼中满是震惊、绝望，却说不出话来。

李蔚芝心疼地说："想吃点什么告诉妈妈，妈妈亲自给你做，到了部队要好好听领导的话，跟战友好好相处……"她一想到儿子马上就要离开自己身边了，简直心痛如绞。

白新羽知道，此时说不想去已经没用了，看着床上的档案，他真想一头撞死。后来他爸妈再说什么，他基本没听进去，他心里只有一个念头，给他哥打电话，他宁愿被他哥打个半死，也不要去部队！他爸妈一走，他立刻给他哥打电话，可连拨几通都没有人接。他知道，他哥是故意不接他电话，他一时感到天崩地裂，觉得自己的人生彻底完了。

第二天下午，白新羽连哭带闹地被硬推上了车，押送到了火车站。

此时，他身穿迷彩服，胸戴一朵蠢透了的大红花。他这辈子没穿过这么廉价的衣服，总觉得那布料太硬，摩擦着皮肤非常难受，有型的头发此时被帽子压得立不起来。他眼圈通红，神情沮丧，几乎是被他爸拖着往前走。

白庆民边走边数落他："就是忘了把你那头发给剪了，染个乱七八糟的颜色像什么样子，到了那边先把头发理了，知道吗？"

白新羽抿着嘴，心里充满了怨愤和抵触。

李蔚芝不停地抹眼泪，絮絮叨叨地嘱咐了他一大堆东西。但白新羽此时哪还有心情听，他已经走入伍通道来到了站台，眼前突然出现了一片绿色的海洋，整个站台上人头攒动，到处都是入伍的和送行的，鼎沸的人声中，还夹杂着一些激动的哭声。白新羽看到有这么多跟他一样受苦受难的兄弟，在这种离别的氛围渲染下，他也想蹲在地上号啕大哭。

李蔚芝摸着他的脸，抽泣道："宝贝啊，一定要好好照顾自己，妈妈舍不得你，可妈妈都是为了你好，你不要怪我们，也不要怪隋英。"

白新羽抱着自己也许还能抢救一下的念头，眼泪汪汪地说：“妈妈，咱们回家吧，我不想去，我不想离开你。”

李蔚芝哭道：“你哥怕你在部队受欺负，找了个人照顾你，那孩子叫俞风城，家里很有来头，是军人世家。他跟你同一期入伍，你哥特意把你安排到跟他一个地方的，好照应你，你到了部队记得去找他。你看，你哥是真的为你好，你不要有怨气，好不好？”

白新羽基本没听进去，他现在脑子里空白一片，觉得背后的火车就是那开往屠宰场的大货车，他们这些新兵都要被拉去受苦受难了。

站台广播响起，要求入伍新兵按编号上车。

白庆民一狠心把白新羽往车上推，白新羽抱着他的胳膊呜呜直哭，就差当场跪下了，李蔚芝在旁边不停地抹眼泪。围观的群众都有点受不了了，来送行的多少有点情绪激动，可像他们这样好像生离死别的，也实在太夸张了。

白庆民脸皮薄，使劲把白新羽往车厢里推。白新羽一只脚刚踏上台阶，另一只脚就想往外面跑，可还没等他迈出去一步，他的胳膊突然被人抓住了，然后身体猛地被拖进了车厢里，耳边一个带着四川口音的男人大喊道：“都往里走往里走，别堵门口。”

他好不容易站稳身体，回头一看，把他拖进来的是个三十出头的精瘦男人，皮肤晒得黝黑，一双眼睛炯炯有神，眉毛又粗又浓，一看就不太好惹。他哀怨地看了那人一眼，然后就被拥进来的新兵挤进了车厢里。

白新羽找了个靠窗的位置坐下，他打开车窗，父母就站在窗外，他伸出胳膊，抓住了李蔚芝伸上来的手。此时此刻，他明白一切都无法挽回了，他是真的要被拉去遥远的边疆，过至少两年的苦难生活。

李蔚芝泪眼婆娑，心疼得说不出话来，白新羽抽泣不止，趴在窗户上一个劲儿地哭。

汽笛的声音响起，火车就要开了。

白新羽心里某根名为理智的弦啪的一声断了，他抓住他妈的手，大哭起来：“妈，我不去，我要回家，妈——”

他哭的声音太大，把周围的战友都吓到了，送行的人们也纷纷侧目，新兵哭，只是不舍得家人，还没有一个像他一样要死要活的。

白庆民脸一红，觉得太丢人了，拽着李蔚芝就走。

白新羽哭叫道：“妈妈——”

李蔚芝三步一回头，最后还是被白庆民拽走，白新羽瞬间觉得自己被遗弃了。突然，他的后领子一紧，被一股力拽回了座位上，后脑勺磕在靠椅上，撞得他眼冒金星。

他的头顶传来一声暴喊："哭哭啼啼像什么样子！还叫妈？你没断奶啊！"

白新羽抬头一看，竟是刚才粗暴地把他拽进车厢的男人，他从小欺软怕硬，一看对方精壮的身材和凌厉的眼神，就缩了缩脖子。

男人指着他骂道："这是去部队，不是上战场，你哭个毛啊！国家能指望你这副熊样的保家卫国？你是谁招上来的？"他大喊道，"这个兵谁招的？谁招的？！"

他喊了两嗓子，一个戴眼镜的男人跑了过来："老许，别喊，别喊，来来来。"说完钩住他的脖子，连拖带拽地往车厢外走。

男人临走前还指着白新羽道："你再叫一声妈试试！"

白新羽吓得在座位上一动不敢动，直到两人走出车厢，他都没回过神儿来。周围原本一脸哀愁的新兵，此时全都不吭声了，或同情或嘲讽地看着白新羽。白新羽如坐针毡，掏出手机，继续给他哥打电话，他祈祷发生奇迹。

突然，后面传来一声怒吼："部队是垃圾场啊？！爹妈教不好给我教，什么玩意儿，我跟你——"说完就没了声音，估计是被人阻止了。

白新羽身子一抖，吸了吸鼻子，感觉一场漫长的噩梦开始了。

有人拍了拍他的肩膀："哎，兄弟。"

白新羽扭过头，发现自己旁边坐着一个小眼睛的男孩儿，眼尾下弯，天生一副笑面。他抹了抹眼泪："干吗？"

"你哭成这样，是不是舍不得女朋友啊？"

白新羽一时想不起来自己该舍不得哪个女朋友，他是舍不得他的好日子。他摇摇头："我就不想去。"

"不想去你还来干吗？"对面一个憨头憨脑的男孩儿皱眉看着他，"俺们村儿二十几个想当兵，就选了我一个，我发小想来都来不了。"

白新羽懒得搭理他，心想小爷的逍遥生活岂是你这种乡巴佬能懂的。

"我叫钱亮，钱途……"小眼睛男孩儿伸出手，做了个目标远大的手势，"明亮。"

白新羽心不在焉地说："我叫那个……白新羽。"他对这些人的搭话一点兴趣都没有，他这人虽然没本事，可因为投了个好胎，骨子里有富家少爷的优越感，结交的人非富即贵，哪里看得上这些人。他只是一遍遍地拨手机，心里祈祷他哥快点接电话，可让他失望的是，他哥是铁了心任他自生自灭了。

过了一会儿，那个戴眼镜的男人回来了，他拍了拍手，吸引众人的注意："大家好，欢迎各位从今天起正式成为光荣的军人，你们身上这身衣服，它不仅仅是衣服，还是象征威严和荣誉的军人的标志，希望你们从穿上它的这天起，谨记作为一个军人的道德和尊严，刻苦训练、敢打敢拼，为保卫国家、保卫人民贡献自己的一份力量。"

白新羽翻了个白眼，不以为然，继续低头玩手机，他正在微信群里向朋友抱怨自己被发配边疆了。

“我叫王顺威，是这个新兵连的指导员，刚才那个是新兵连的连长，许闯。咱们这次一共从北方招了两百多个新兵，接下来的三个月，将由我和许连长负责你们的训练。大家从现在开始，就是要一起生活、一起受训，将来还可能是一起上阵杀敌的战友，希望你们把有战友的地方，就当成家。”

他说完后，车厢里爆发出一阵掌声，所有新兵神情中都带着对军旅生涯的向往，只有白新羽从头到尾低头在玩手机。掌声落下后，他恰巧接到一个微信信息，叮的一声响，在安静的车厢里格外刺耳，所有人的目光都再次射向他。

白新羽猛地抬起头，茫然无措地看看周围：“干……干什么？”

王顺威皱起眉看着白新羽。这次招兵是他负责的，所以他很清楚这个吊儿郎当的小子是特殊渠道塞进来的。他知道许闯生气，他也不愿意，可上面都把档案塞他怀里了，他能说一个“不”字吗？人虽然是他安插进来的，但他也看这个一身娇气的富家少爷不顺眼。他板着脸问：“这个小同志，你干什么呢？”

白新羽摇了摇手机，无辜地说：“怎么了？”

王顺威严肃地说：“上级讲话，不允许玩手机，或者做别的分散注意力。”

白新羽耸了耸肩，把手机塞进了兜里。

王顺威看着他那副不以为然的样子，心里冷笑：到了部队有你苦头吃，早晚把你那身臭毛病扳过来。

之后，王顺威就走了。

车厢里的新兵很快熟悉起来，有唠嗑的、打牌的，这些平均不过十八九岁的少年，很容易就敞开了心扉，整个车厢热闹了不少。只有一个人跟周围环境格格不入，那就是白小少爷。

白新羽的手机很快没电了，车上又没有充电的地方，他烦躁不堪，干脆闭着眼睛假寐。

钱亮推了推他：“哎，打牌不？”

白新羽摇摇头，眼睛都没睁开。

一人小声说：“钱亮你别管他，你没看人家都不爱搭理我们吗。”

白新羽心想：是啊，我不爱搭理你们，小爷烦着呢，谁也别来烦我。

他带着委屈、恐慌、愤怒、不安，伴着车厢的摇晃，就那么睡了过去。

睡了不知道多久，他醒了，发现天已经黑了，乘务员正推着餐车发晚饭。

火车上的盒饭自然精致不到哪儿去，白新羽本就心情极差，再看那盒饭里混成一团的荤菜和素菜，顿时胃口全无，钱亮看他不吃，把他那份也给塞进了肚子里。

已经坐了六个小时车的白新羽，感觉腰酸屁股疼，脖子僵得难受，他忍不住问道："钱亮，这车上有睡觉的地方吧？"

钱亮道："有吧，车头那边儿是卧铺。"

"那几点过去啊？"

"啊？过去哪儿？"

"卧铺啊。"

钱亮眨了眨眼睛："我们不去卧铺啊。"

白新羽瞪直了眼睛："难道我们就坐着去边疆？"

"是啊。"钱亮理所当然地说，"卧铺贵啊。"

白新羽简直不敢相信自己的耳朵："几……几天？"

"两天到乌市，然后再换当地的火车，坐完火车还要坐汽车，反正那个地儿老远老远了，在祖国边界呢。"钱亮不以为然地说，"聊聊天打打牌，过起来其实很快的。"

白新羽只觉眼前一黑，恨不能晕过去。

白新羽没想到，他们真的就那么坐了一夜。

半夜时分，整个车厢的新兵蛋子都睡着了，有人还打起了震天响的呼噜。白新羽饿得发晕，加上腰酸腿抽筋，简直痛苦万分，而旁边的战友各个睡得跟死猪一样。他这辈子没遭过这样的罪，感觉自己整个下半身都不听使唤了，他靠着窗，想睡上那么一会儿，可脖子很快就受不了了。

那一夜他饥肠辘辘、浑身散架一般难受，漫漫长夜的每一分每一秒，都伴随着白小爷的眼泪。迷迷糊糊中，他想到自己落到这步田地，心里不禁有些怨恨简隋英，可想了想，也不能全怪他哥，他应该怪他哥那个同父异母的弟弟简隋林！要不是小林子撺掇他去骗他哥的房子，他哪儿有胆子干出那样的事儿，如果他没那么干……

一想到这里，他更是欲哭无泪，在心里呐喊着：哥，我知道错了，快放我回去吧。

因为过于困顿，白新羽最后还是睡着了。

THE GROWTH OF A DANDY.
FIGHT ALONGSIDE YOU.

第二章 我的老乡是煞星

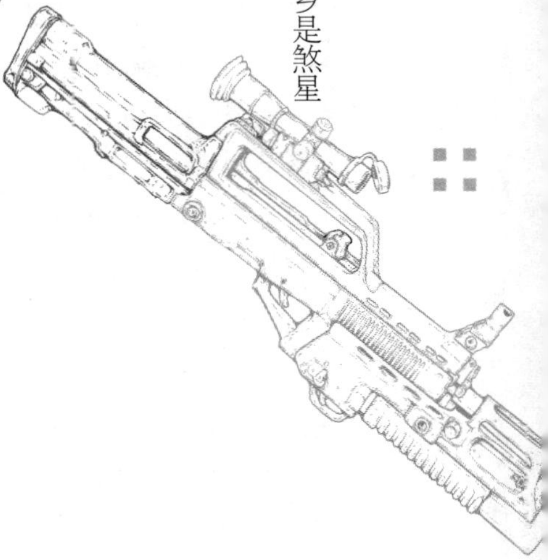

他就这么一路痛苦地挨到了乌市，然后换了辆更破的火车，往山上开去。那里地处祖国边界，由于海拔较高，新兵们开始出现不同程度的不适。

白新羽这些天除了上厕所，基本没离开过自己的座位，他的手机、电脑和 iPad 都没电了，他觉得自己就跟一个绝望的僵尸一样，半死不活地堆在座位上，两天的折磨，让他心里只留下唯一一点念想：一张床。此时因为缺氧，本就难受的身体雪上加霜，白新羽忍不住又小声啜泣起来。

周围的新兵对他的“顾影自怜”早就习以为常了，没人搭理他。

渐渐地，很多人都感到呼吸有些不畅了，但他们年轻体壮，一时也还承受得住。

这时，有叫嚷声从前面的车厢传来，似乎是在问有没有人需要吸氧。

这还用问吗？这一车厢鲜肉都是从平原地带拉过来的，哪个不需要啊。所以当王顺威和一个人走进来问“怎么样，大家……”的时候，白新羽立刻叫道：“我要我要，我快喘不上气来了！”

一节车厢的人都转头看向白新羽，看着这个一路上自命清高，缩在座位里谁都不搭理，却总在晚上偷偷哭的孬种，目光里满是揶揄。

走在王顺威前面的一个高大的男人，应声转过脸来，看向白新羽，白新羽正好抬头，两个人四目相接。

眼前的男人五官深邃、剑眉星目，俊帅得像从电影里走出来的，皮肤光洁到找不出半点瑕疵，短短的头发直愣愣地竖着，看上去英姿飒爽、干净利落，一身迷彩服包裹住他修长结实的身段，别提多好看多带劲儿了。

白新羽说不上怎么回事儿，呼吸一滞——这个人的眼神太犀利、太挑衅了，一被那双眼睛盯着，心就发慌。他感觉到周围火辣的目光，浑身不自在起来，明明好多人已经呼吸不顺了，却没人主动要求吸氧，这是干什么？拼毅力？

那人微抬下巴：“有没有同志需要吸氧？氧气罐有限，大家年轻力壮的，能挺就挺一挺，尽量把氧气留给最需要的人。”他的话虽然是对全车厢的人说的，但眼睛却盯着白新羽，眉宇间带着几分轻慢和鄙夷。

不少人低声笑了起来，白新羽的脸一下子变得滚烫。

王顺威道：“走，去下个车厢看看。”

在这么多人面前丢脸，白新羽实在咽不下这口气，连日来的沮丧、愤恨、恼火，都因为这一句讽刺而彻底被点着了，他为自己这些负面情绪找到了一个发泄口。在那人快走到他身边时，白新羽腾地站了起来，傲慢地嚷嚷道：“氧气罐一个多少钱，我捐你一百个行不行？几口氧气都藏着掖着，既然不让用，你还问个屁啊。”

整个车厢都安静了下来。

那人微眯起眼睛，仔细打量着他。

白新羽一米八二的个子，在这个人面前依然矮了好几厘米，他又感受到了那种压迫感，这种压迫感跟他最怕的他哥不一样，他哥再怎么生气，到底是他哥，可眼前这个人好像真能掐死他似的，真的吓人。他悄悄缩了缩脖子，但他已经站起来了，没脸就这么坐下，再说这个人好像也没打算放过他。

下一秒，白新羽只觉眼前一花，那人已经两步跨到他眼前，一把将他从座位里拎了出来，他一头撞上那人结实的胸膛。还不等他反应，他手臂一痛，两条胳膊被那人拧到了身后，手腕被对方一只手钳住，死死固定着。

他惊叫道：“你要干什么？！”他使劲挣扎，可抓着他手腕的手跟铁钳子一样，力气极大。这手的主人明明看着年纪比他小，劲儿怎么这么吓人？！他越挣扎，手腕就越疼，最后疼得他嗷嗷叫起来。

那人充耳不闻，把他连拖带拽地弄到了车厢后头，然后一脚踹开厕所门，狠狠把他推了进去。

一股恶臭扑面而来，白新羽差点儿吐出来。在他急着稳住身形，不至于亲到厕所墙的时候，厕所门在他身后砰的一声关上了。他回身扑过去，发现门把手已经被扫帚卡住了。

一道戏谑的声音从门外传来：“这里氧气多，你慢慢儿吸吧。”

车厢里传来一阵哄笑声。

白新羽哪儿受过这种待遇，气得直接哭了，他拼命拍着门板：“你浑蛋，放我出去！”

王顺威慢悠悠的声音飘来：“哎呀，别这么闹，小俞你不像话啊，快把人放出来。”

然后是许闯的大嗓门儿：“关着，这小子就是欠教育。你们不许笑、不许讨论、不许看！”

许闯吆喝完后，外面没声音了，白新羽“咣咣”敲了半天门板，骂了半天娘，都没人理他。想起那个浑蛋嘲讽的脸，白小爷咬死他的心都有了！

在臭气熏天的厕所被关了一个小时，才有人把白新羽放了出来。他彻底老实了，坐回座位后一声不吭，只是在心里默默诅咒那个把他关在厕所的浑蛋。

钱亮关心地推了推他：“哎，你没事儿吧？”

白新羽摇摇头，不想看对方的脸，他觉得整个车厢的人都在嘲笑他。

钱亮道：“你招惹谁不好，要招惹他呢。”

白新羽刚哭完，嗓子还哑着，一开口带着浓重的鼻音，听上去特别委屈：“他怎么了？”

“听说那个人很有背景，考上军校却不念，跟我们跑山上遭罪去，你说他怎么想的？”

白新羽咬牙切齿地说："脑子有病呗。"不然能干出那么禽兽的事儿吗！

第二天，他们终于下了火车，转而被塞上军用大卡车。此时他们已经进入雪山，即使现在还是夏天，气温也偏低，白新羽感觉每一次呼吸都要费好大的劲儿——他高原反应不像昨天那么严重了，但也没舒服到哪儿去。车上有不少比他壮的都上吐下泻了，比起那些人，他还算幸运的。

又经历了八小时大卡车的运输，白新羽觉得自己就像一头待宰的牲口，被送到了屠宰场。

军营建在一个非常偏僻的地方，手机连信号都没有。背靠雪山，面朝一望无际的白杨树林，这一趟走过来的路，形状跟奶酪差不多，深深浅浅全是坑，白新羽的腿肚子直抖，看到这样的景象，他觉得自己该哭，可他发现眼泪早不够用了。

指导员分配好宿舍，就让他们去休息。

白新羽抱着行李，磨磨蹭蹭地往宿舍走。他浑身没劲儿，身上没一个地方不疼，而且这行李真重啊。白小少爷打小没干过活儿，扫帚倒地上都不会扶，哪儿提过这么重的行李。

白新羽磨磨蹭蹭地走到了宿舍门口，突然，他的肩膀被人狠狠撞了一下，害得他脸差点儿砸墙上。他就是再迟钝，也知道这是故意的。他愤怒地回头，对上了一双充满揶揄和不屑的眼睛，那双眸狭长明亮，波光流转之间，尽是说不清道不明的风情，只是这脸长得虽然人模狗样的，人却是缺德得不行。这人正是在火车上把他关厕所里，害他一天没吃下饭的那个浑蛋。

白新羽虽然恨得想咬他，但也有些怕他。他从小就这点儿胆子，欺软怕硬，碰上厉害的角色连屁都不敢放一个。

那人从鼻子里哼出一声："娘们儿。"

白新羽瞪了他一眼，却不敢回嘴，心想这么快就出现恶霸了，而且自己好像还被盯上了，这可怎么办呀。更可怕的是，那人一闪身，拐进了他的宿舍，白新羽眼前一黑，差点儿坐地上，他真是倒了血霉了，居然跟这煞星一个屋，这不是要他命吗！

白新羽在门口悲切地站了半天，才认命地走了进去，他寻思着去找指导员给他换宿舍。

那人见他进来后，露出一口森白的牙齿，冲他笑了笑。

白新羽吓得一哆嗦，赶紧扭过头去。

宿舍是大通铺，三排床位，中间预留过道，同一排床位的床之间都挨得非常近。一想到要二三十人挤在一个屋子里睡觉，白新羽就直反胃。

白新羽找了个离那煞星最远的床位，他刚把行李放下，后颈领子就被人揪了起来。戏谑的声音在他头顶响起："谁让你睡这儿的？"

白新羽心惊胆战地回头，看着那个煞星。

煞星指指里头的一个床位："睡那儿。"

白新羽一看，得，那不就跟这煞星的床位挨着吗，说句难听的，这煞星翻个身都能滚到他身上，他要是睡那儿，得少活十年！

他赶紧摇头："我睡这儿……就可以。"

煞星轻扯嘴角，露出一个邪气又帅气的笑容，不客气地拎起他的行李，抓着他的衣领把他弄到了自己床边，不容置喙道："你睡这儿。"

白新羽看了看周围的人，都一副看好戏的表情，没有一个人伸出正义的援手，他只觉得眼前发黑，欲哭无泪。

等那煞星松开手，他连滚带爬地跑了出去，直冲指导员办公室，也不管自己这几天给指导员留下了多么差的印象，大言不惭地说："指导员，求你给我换宿舍吧。"

王顺威眉毛一横："啥意思？"

白新羽就差抹眼泪儿了："给我换一个吧！"

王顺威板起脸来道："新兵连的住宿环境稍微艰苦一些，但这点艰苦是可以克服的。我知道你以前生活比较优越，可到了部队，大家要一视同仁，不允许任何人搞特殊，我没有理由给你换宿舍。"

"指导员，我求你了，给我换一个吧，我不是嫌宿舍条件差，不是，宿舍条件确实挺差的，不过这不是主要原因……"白新羽求了半天，王顺威越来越不耐烦。眼看换宿舍无望，白新羽突然想起临走前他妈跟他说过的话，说他哥给他找了个人照顾他，叫什么来着？他犹豫道，"指导员，你知道一个叫俞……俞风城的人吗，他在哪个宿舍？他是我老乡……我要找他。"

王顺威露出一个古怪的笑容："你要找他？"

白新羽点点头，特别迫切地看着他。

王顺威突然热心起来："走走走，我带你去找他。"

白新羽不明所以地跟在他后边儿，走来走去又走回了自己宿舍。他惊讶道："他跟我一个宿舍？"他心里窃喜，希望这个人够厉害，能制得住那个煞星。

王顺威露出看好戏的表情，在宿舍门口喊了一嗓子："俞风城同志。"

白新羽瞪大眼睛搜寻他的救世主。

只见那个让他又恨又怕的煞星转过头来，挺直腰板朗声应道："到！"

白新羽只觉得自己眼前的世界瞬间裂开了。

王顺威满眼揶揄，指着白新羽道："他要找你。"

俞风城长长地哦了一声，似笑非笑地走过来：“你要找我干什么？”

白新羽脸色惨白，哭都哭不出来了。

俞风城看着他跟雕像似的那么站着，拽着他的胳膊把他拖出了宿舍，拐进走廊的僻静处：“说啊，你找我做什么，皮痒？”

白新羽嘴唇直哆嗦，说不出话来。

俞风城将他逼到墙角，居高临下地看着他：“你是白新羽吧。”

白新羽的目光中闪过惊讶。

“看你那㞞样儿我就猜到了。”

白新羽怒道：“那你为什么……”

俞风城露出恶劣的笑容：“就你这德行还敢来混部队。你想找人照应？你以为部队是托儿所？”

白新羽吸着鼻子：“你不管我拉倒呗，谁求你管我了，你别找我麻烦就行。怎么说我哥跟你舅舅也是朋友，你多少卖个面子吧。”

俞风城邪笑道：“我不卖又怎么样？”

“你！”

俞风城低下头，微眯着眼睛瞪着白新羽：“我看你这副孬样儿就来气，你哪里像个男人？”

白新羽鼓起勇气回嘴道：“关你屁事。”

俞风城贴近他耳朵，低笑道：“你想我罩着你？也不是不可以，不过……你得当我的小弟，我让你做什么就做什么。”

白新羽心里直骂娘，他一把推开俞风城：“你港片儿看多了吧你，有病。”

俞风城也不恼，只是露出一个让他胆战心惊的笑容：“不愿意啊？那你就做好准备吧，我等着你哭着喊着跪求我的那一天。”说完戏谑地捏了捏白新羽细嫩的脸蛋儿，吹着口哨走了。

白新羽欲哭无泪，这昏暗得一眼望不到头的走廊，仿佛预示着他接下来的部队生活。

俞风城，你等着，小爷绝不会向你屈服的！

他做了半天心理准备，才磨磨蹭蹭地回了宿舍。一进屋，俞风城就慢条斯理地扫了他一眼，那眼神让他起了一层鸡皮疙瘩。他假装没看见，不情不愿地回到自己床位边，开始整理行李。

突然，背后传来大剪刀咔嚓咔嚓的声音，那动静很像是故意弄出来的。下一秒，他的帽子就被掀掉了，他猛地回头，就见俞风城拿着那把生锈的剪子正朝他比画。

“你要干什么？”

俞风城指了指自己短短的圆寸和光洁得发亮的额头，那几乎没有发型的脑袋，反而把他衬托得更加英俊，炯炯有神的眼睛和高挺的鼻梁长得无比好看，整个人看上去就是英挺、利落。他道：“看到没有，标准发型，你那一脑袋杂毛如果留到明天，连长会把你的脸按进地里剃了。”他晃着剪刀邪笑道，“可别说我不照顾你，我现在就帮你解决这个麻烦吧。”

白新羽捂住自己的脑袋，惊恐道：“你……你别过来。”

俞风城看着白新羽双目圆瞪的样子，像只受惊的小仓鼠，不禁有些想笑。

钱亮凑了过来：“兄弟，人家说得有道理，你这头发不行啊，剪了吧，男人嘛，在乎那二两头发干吗。”

“不要，不行，我不剪！”白新羽眼见俞风城已经靠了过来，他一个翻身打算从床的那头逃跑，结果他一时忘了床铺之间的空隙非常窄，膝盖狠狠撞到了另一侧的床，疼得他“嗷”了一声，捂住腿就坐回去了。

俞风城的大爪子抓着他的领子把他拖了回来，一下子把他按倒在床上，然后用膝盖压住他胸口。

白新羽捂着自己的头发大叫：“我不剪！你放开我，非礼啊……不是，救命啊——”

新兵们哈哈大笑起来。

俞风城一把捂住白新羽的嘴，他低下头，露出一个让白新羽胆战心惊的笑容：“你再敢乱动，我可真非礼你了。”

白新羽眼泪汪汪地看着俞风城，在变成秃子和尊严之间稍微考量了一下，最终放软声调：“大哥，我自己剪成吗？”

俞风城用手指弹了弹他的额头：“不成。你现在要么松开手，要么我把你绑起来一样剪。”

白新羽眼里迸射出愤恨的光芒，他犹豫了一下，最终松开了手，因为俞风城的膝盖已经压得他胸口发闷，快喘不上气来了，他拽着俞风城的裤子：“你赶紧起来。”

俞风城笑着说：“你想拽下来？你说一声，我直接脱了给你看嘛。”

白新羽怒骂道：“你神经病啊。”

俞风城把他从床上拽了起来：“坐好，你要是乱动，剪着你耳朵鼻子什么的我可不管。”

白新羽悲愤交加：“那剪子好脏。”

俞风城笑道：“我知道。”说着撩起白新羽一截头发，毫不留情地一剪子剪下去。

“啊！”白新羽尖叫一声，“镜子镜子，你给我剪什么熊样儿了？钱亮给我面镜子。”

钱亮寻摸了半天：“哎呀，屋里哪儿有镜子啊。”说完就看着他的脑袋傻乐。

俞风城捏了捏他的肩膀，威胁道：“给我老实坐着。”

白新羽看着床上的头发碴，他知道这一剪子下去，已经无可挽回，他就跟发条转完了似的，顿时蔫儿了下来，精心修饰的发型已经保不住了，剪成那么傻的头，他肯定不够帅了。可转念一想，在这个只有母猪的地方，他帅给谁看啊？这个煞星一定是嫉妒自己长得帅，要是长得丑点儿，说不定还不至于被这个煞星惦记上……

俞风城一点儿没客气，咔嚓咔嚓几剪子下去，白新羽就见着自己刚染的特时髦的栗色头发哗哗地掉，就跟自己的小心脏似的，碎了一地。

剪完后，俞风城拂了拂他脖子上的碎发，满意地说：“不错。”

钱亮笑得肩膀直抖。

白新羽摸着自己刺刺的头发，心里升起一股不祥的预感，他翻身跳下床，连滚带爬地朝水房冲去，在看到镜子的一瞬间，他惨叫了一声，镜子里那个顶着狗啃一样头发的傻子是谁啊！

俞风城靠在门框上，笑得人畜无害：“怎么样，精神不少吧。”

白新羽用颤抖的手指指着他：“你……你……”

钱亮和好几个蹿过来的同寝的新兵，堵在门口看热闹，个个笑得前仰后合。

白新羽怒火冲天，控制不住地朝俞风城扑了过去，抡起拳头就打。

俞风城一把抓住他的手腕，又用火车上那招，反手一拧。白新羽痛叫一声，胳膊被拧到身后，同时身体也被转了过来，他另一只手想去抓俞风城的脸，却被俞风城也同时钳住了。

“啊！疼！你放开我！”

俞风城哼笑道：“知道疼还敢招我。”

“谁招你了，是你招我，你神经病！”

俞风城把白新羽推进水房，一脚带上门，看热闹的人都被关在了外面。

钱亮看事儿不对，赶紧拍门：“哎你们俩别闹了，俞风城你放了他吧，别惹事啊你。”

俞风城用后背顶着门，不让他们进来，他轻快地说：“别担心，我就跟他聊聊天。”

白新羽张嘴刚要喊，俞风城的手挥向他的脸，白新羽吓得闭上了眼睛。

“哈哈哈哈哈！”俞风城乐不可支。

白新羽小心翼翼地睁开眼睛，就见那硕大的拳头停在自己鼻尖前。看着俞风城的笑容，他气得想杀人，颤声道：“你……你到底想怎么样？”

俞风城呵呵笑道：“想欺负你啊？难道还不够明显？”

白新羽身子一抖，毫无气势地威胁道：“你敢？”

“你现在还觉得我不敢，看来是没长教训啊。”俞风城晃了晃拳头。

白新羽缩了缩脖子：“你别打我主意，我……我哥可厉害了，他会打死你的！”

俞风城哦了一声：“难道不是你哥把你扔部队来的？你要是等你哥来救你，人都凉了。”

白新羽又气又急，恨不得咬人。

俞风城欣赏着他的表情，愉快地笑了起来：“不错，可以玩儿很久。”说完打开门，吹着口哨走了。

钱亮跑了进来，眼巴巴地看着他：“哎，你没事儿吧。”

白新羽眼眶含泪，心想：我事儿大了。

整理完行李后，天都黑了，大伙张罗着去食堂吃饭。

白新羽困得不行，那一米二的硬板床在他眼里简直是巨大的诱惑，等其他人走了，他赶紧钻进被子里。躺平的那一瞬间，他觉得自己活过来了，迷迷糊糊就睡着了。

也不知道睡了多久，宿舍有人回来了，电灯大亮，白新羽嘴里发出不满的嘀咕声，他用被子蒙住头，翻了个身想继续睡。

钱亮拍了拍他的被子：“喂，你不去吃饭啊？”

白新羽嘟囔道：“不吃，困。”

有新兵兴奋地说：“食堂那大白馒头真好吃，俺一气儿吃了五个。”

“你看你那肚皮撑的，哈哈哈。”

“红烧肉真舍得放油啊，啧啧，老香了，早知道部队伙食这么好，我妈也不能哭那么厉害了。”

白新羽听着他们讨论晚餐，肚子里传来咕噜咕噜的声音，他也饿了，打算起来找点儿吃的。刚钻出被子，一下子对上了俞风城的眼睛，他心里一惊，跟老鼠见了猫似的，猛地拿被子蒙住了脑袋。

俞风城失笑，一把掀开他的被子：“干什么呢你？”

白新羽紧紧揪着被角，拼命往床里躲，但他悲哀地想起俞风城就在隔壁铺，这煞星一伸胳膊，怎么都能钩着他。他戒备地说：“睡觉。”

“你不吃饭不饿？”

“我包里一堆好吃的，用得着你管。”

俞风城点了点头，狡黠地笑着：“哦，你包里一堆好吃的啊。”

白新羽恨不得扇自己两耳光，有这么自掘坟墓的吗！

几个新兵都凑了过来："哎，什么好吃的，尝尝呗。"

白新羽噘着嘴："都是我妈给我准备的，不给。"

"真小气，我妈给带了不少咸菜，一会儿给大伙分分。"

"我还有老家的腊肠呢。"

俞风城从白新羽柜子里拖出他的行李，把他包里那堆零食倒在了自己床上："来来，兄弟们分了。"

白新羽腾地从床上跳了起来："你干什么！"

俞风城拿起一包小熊饼干，晃了晃："你吃这玩意儿？"

白新羽理直气壮地说："这不是人吃的？"

俞风城撕开包装，一张嘴，把半袋儿饼干都倒嘴里了，然后一边嚼一边点头："嗯，我帮你试了下，没毒，是人吃的，就是太甜了。"

一群新兵蛋子笑嘻嘻地过来瓜分零食，白新羽欲哭无泪："这是我妈给我准备的……"

白新羽上铺的人低下头来，温和地说："都是第一次离开家，大家就别逗他了。"

众人这才停止了玩笑。

白新羽一抬头，对上一双特别柔和明亮的眼睛。那是个长得很秀气的男孩儿，眉眼周正，面容清俊，只是稍有点儿青涩和土气。那男孩儿见白新羽在看他，笑着说："我叫冯东元。"

白新羽愣愣地点了点头："哦，我叫白新羽。"这个冯东元给人的感觉比闹闹腾腾嘴闲不住的钱亮好一点儿。

俞风城可不客气，挑了几包零食，全是有肉的，然后把其他的一推："哎，拿回去吧。"

白新羽一脸怨愤地把零食塞进包里，他想了想，拿出两包递给钱亮："钱亮，这个给你吧。"

钱亮笑了："哎哟，真的啊。"说完高兴地接了过来。

白新羽有点儿不好意思，其实这些东西值几个钱啊，他从来就不是小气的人，他就是不想让俞风城得逞罢了。

俞风城似笑非笑地看着他："怎么还不吃啊？"

白新羽小声说："看着你就吃不下。"

"是吗，那你就饿着吧。"俞风城笑呵呵地说，"明早五点半起床，正式开始训练，看你能不能扛得住。"

白新羽还没有彻底从自己纸醉金迷的生活中觉醒过来，根本无法想象五点起床进行一天的训练是什么概念，他反驳道：“我明天吃早餐就行了。”

俞风城点点头：“对，吃早餐。”说完露出意义不明的笑容。

白新羽烦死他那种诡异的笑容了，好像自己下一刻就要倒大霉似的。不，被这个恶霸看上，自己已经倒了大霉了。

晚上九点半准时熄灯，白新羽实在太累了，脸都没洗，抱着被子再次沉沉睡着了。

:: The growth of a dandy.
Fight alongside you.

第三章 娇气的『小公主』

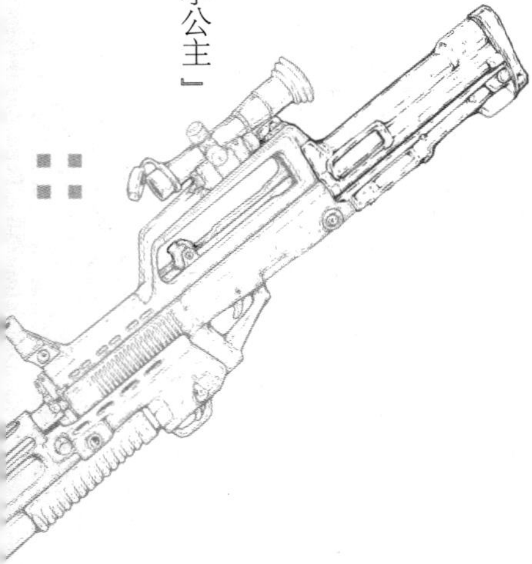

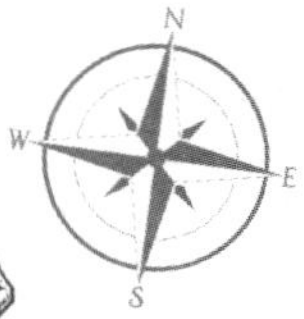

就在白小少爷睡意正酣，做着左拥右抱、美酒佳肴的梦的时候，耳边突然响起了嘹亮的号角声。

宿舍里觉轻的全都爬了起来，开始快速地穿衣服，白新羽捂住耳朵，美梦被惊扰让他烦躁不已。

冯东元从上铺跳了下来，一边套裤子一边推了推白新羽："哎，快起来，赶紧穿衣服。"

白新羽充耳不闻，他起床气不小，现在是睡得迷迷糊糊，懒得发火。他拼命夹紧被子，蒙住脑袋，试图逃避现实。

"新羽，赶紧起来了！"钱亮的大嗓门儿也在他耳边响起。

白新羽从被子里发出瓮声瓮气的嘟囔声："不起，别烦我！"那语调带着一丝腻歪的哭腔。

下一秒，他的被子被大力掀开，他整个人差点儿滚下床去。现在虽然是夏天，但这里温差大，早晚很凉。白新羽蜷缩起身体，冻得一哆嗦，他睁开浮肿的眼睛，仇恨地看着俞风城。

俞风城踹了他一脚："赶紧起来。"

白新羽哭哭唧唧地说："我不起，我不起，我没睡够，天还没亮呢。"他多少年没有早起过了，外面又冷又黑，只有被窝是最贴心的归宿，现在让他起来，比杀了他还难受。

钱亮一拍他后背："哥哥啊，你赶紧起来吧，咱连长是出了名的狠，你想被他弄死啊。"

白新羽哪里听得进去，抱着被角满床打滚，复读机似的哭号："我不起……"

俞风城穿好军装，系好武装带，整了整衣领，然后猛地扑上床去，撕扯白新羽的睡衣。

白新羽吓得猛地睁开了眼睛，大叫道："你干什么！要流氓啊！"

钱亮反应过来："快来两个人帮忙！"说着也扑了上去，抓着白新羽的手，对床的新兵则过来抱住白新羽的脚，在他的尖叫声中，几人迅速把他的睡衣扒了下来。

白新羽这时候彻底醒了，俞风城一脸戏谑地压在他身上乱扯他的衣服，那大手好像带电一般……不对，就是带着静电，电得他浑身刺痒，他大吼道："我起！我起！"

他吼了两嗓子后，俞风城才放开手，抱胸看着他："以后睡觉别穿睡衣，影响起床速度。"

白新羽眼圈通红、衣衫不整、头发杂乱，他颓丧地从床上爬起来，一边委屈地吸鼻子一边套衣服，那副好像被非礼过的窝囊样，实在滑稽。

许闯在楼下大声吼道：“还有三十秒！”

众人不再搭理白新羽，一窝蜂地冲下楼去，转眼间，宿舍里只剩下白新羽一个人了。他这时候也感觉到了一丝紧迫，毕竟想想许闯凶神恶煞的样子，是挺吓人的。他慌慌张张地穿上衣服，往楼下跑，可经过水房的时候，他看到镜子里自己浮肿的眼睛，实在无法忍受，便进去洗了把脸，洗完脸后又觉得脸皮干，犹豫几秒钟后，他冲回宿舍，掏出润肤霜擦上，然后才下了楼。

他下楼一看，两百多个新兵已全都在操场上集合了，许闯和王顺威站在主席台上，每个方阵前都有一个带队的班长。白新羽小心翼翼地走了过去，惹得所有新兵都朝他看来，许闯和王顺威也扭过头，看着这个姗姗来迟的新兵。

一下子被这么多人注视，白新羽浑身一抖，僵在原地，迈出去的步子收回来也不对，继续往前走好像也不对。

许闯凌厉的目光定格在白新羽身上，他慢慢抬起手腕，看着表：“集合时间是几点？”

白新羽想了半天：“六点？”

许闯吼道：“五点三十五！”

白新羽一缩脖子，心想五点半起床，五分钟集合，有病啊。

许闯喝道：“你们是第一天入伍的新兵，我允许你们花五分钟集合，但一个星期后，我要求你们三分钟就从被窝里出现在我面前，跑来的、爬来的、从楼上跳下来的，任何办法，我不管，进了我的军营，不允许出现这种拖拖拉拉的行为。”他指着白新羽，“你！过来！”

白新羽此时腿肚子都有点儿抖了，这连长真吓人啊。

许闯从主席台上跳了下去，背着手绕着他转了一圈儿，锐利的眼神切割着他身上的每一寸皮肤。许闯开口了，他没有喊，但那种气势如虹的声音已经融入了他骨髓中：“我告诉你们，我这里跟别的部队不一样。为什么不一样？第一，这里是高原，你们需要付出加倍的努力，才能适应这里的气候；第二，你们的连长不一样，到了我手里，忘了自己是娘生爹养的，别指望你们能在新兵连里混三个月毕业，我带出来的兵，都得有个兵的样儿；第三，这里地处祖国边疆，你们虽然不是边防兵，但这里的每一个兵，都有用真枪打真人的可能，碰上敢在咱们地盘儿上作乱的孙子，你们一个个的都要冲上去干死他们！到了这里，忘记自己来自和平年代，披上这身马甲，你们头可断、血可流，就是不能给咱们军人丢人。”说完这番话，他的目光落到了白新羽身上，“我不管你这公子哥儿是怎么混进来的，进了部队，一视同仁。今天你迟到五分三十八秒，我要是罚你，那是不教而诛，所以第一天我不罚你，明天你要比规定时间早到五分三十八秒。”

白新羽哆嗦地说："哦，好。"

许闯一巴掌拍在他背上："挺直腰板，说'是'！"

"是！"

"归队。"

白新羽赶紧跑进了队伍里。

许闯道："这几天你们主要学习军营条令、内务整理和列队训练。我看你们这些新兵蛋子，起个早就个个没精神，哪儿有点军人的气魄，先给我跑三公里，醒醒脑子！"

白新羽此时饿得头重脚轻，一听说要跑三公里，心想好像也不是很远。那个时候的他，对三公里完全没概念。

他们的班长早上刚从连里来新兵连报到，是个二十出头的年轻人，皮肤比较白，身材修长，戴副眼镜，看上去斯文俊秀、英姿飒爽。一听到许闯的命令，他目不斜视地喊道："稍息，立正——"

一个班一个班的兵，由班长带着往操场外的白杨树林跑去，许闯和王顺威则坐着摩托跟在一旁监督。

他们营地周围都是这样的白杨树林，防风防冻，在边疆这片贫瘠的地方，白杨树这种生命力顽强的植物，也代表着顽强不屈的精神。

可惜刚跑出三百多米，白新羽就没心情欣赏这些笔直挺拔的白杨了，他发现自己已经呼哧呼哧开始喘了。

他们这批新兵，除了部分本地人，一多半都是从平原地带拉过来的，营地所处的位置海拔近三千米，其实并不算很高，如果不做剧烈运动，年轻人一两天就能缓过来，可一旦开始运动，很快就会呼吸困难。白新羽立刻明白许闯所说的"需要付出加倍努力来适应气候"是什么意思了，他平时虽然缺乏锻炼，但以自己的年纪，也不至于跑个五百米就跟要断气似的，还脚步虚浮，上气不接下气。不止他这样，其他人也开始出现高原反应，越跑越喘，三公里平地和三公里高原，那是大大的不一样。

刚跑出去一公里，原本有形的队伍开始涣散。体能的差距这时候显现出来了，有的人，比如班长和俞风城，还面不改色地在前面带队，而白新羽、钱亮等几个兵，就落到了队伍最后面，吭哧吭哧地挪着步子。

俞风城故意放慢脚步，跑在了白新羽旁边，揶揄道："怎么样？饿吗？"

白新羽心里大骂对方的祖宗十八代，真是哪壶不开提哪壶，他现在饿得前胸贴后背，就是给他俩白馒头不给水，他也能塞进去。

俞风城道："你以为一起床就有早饭吃？现在的训练还算轻松的，等步上正轨了，每天早上的体能训练就是你的必修课，做完了才能吃早饭。”他呵呵一笑，眼里有一丝鄙夷，“我早说过，你这副熊样来混什么部队。”

白新羽瞪了他一眼：“又不是我想来的。”

钱亮气喘吁吁地说：“你怎么……这么了解部队啊。”

俞风城道：“我全家都当过兵。”

“这么厉害……呼……我真不行了，跑多远了？”

“一半儿吧。”

白新羽翻了个白眼，他觉得自己再跑下去就要断气了，怎么会这么累！

冯东元也放慢速度跑到他们身边，笑着说：“你们这些城市兵不行啊，缺乏锻炼。这样呼吸不对，一、二、三，呼，对，这样调节一下，能好很多。”

白新羽试了一下，确实好了一点，但也就好了一点，跑到两公里的时候，他实在不行了，扑通一声往地上一趴：“我不行了……我跑不动了……”

冯东元想把他拉起来：“新羽，你赶紧起来，被连长看见就麻烦了。”

白新羽连连摆手：“我……我真不行了……你别管我……让我坐一会儿。”

俞风城可没冯东元那么温和，拽着白新羽的领子把他从地上提了起来：“跑！”

白新羽哭号道：“要命啊，我不跑了！发什么神经啊！大清早天没亮就起来跑步，谁爱跑谁跑去，我不跑了！”

他的嗓门儿虽然不大，但前前后后几十号人还是都听见了，纷纷转头看他。

他们那个白净的班长跑了回来，瞥了白新羽一眼：“怎么回事儿？”

白新羽耍起了赖：“班长，我跑不动了，我要休息。”

班长眯起眼睛：“你想怎么休息？”

白新羽愣了愣：“坐着休息？”

“行，你坐。”

白新羽咽了口口水，感觉这人气场有些诡异。

“坐啊。”

白新羽不管三七二十一，两腿大开，坐在地上。

班长一屁股坐在他背上，把他上半身朝地面压去。白新羽大叫一声，顿时觉得大腿的筋被暴力撕扯开了，疼得他眼中含泪：“啊啊啊！疼啊——”

班长推了推眼镜，白皙的脸上没有一丝表情，他往前一指：“你们继续跑，谁想休息，就坐下来拉筋。”

钱亮一溜烟儿跑了，俞风城忍着笑，也扭头跑了，只有冯东元同情地看了白新羽一眼，也朝前跑去。白新羽的惨叫声激励了士气，再没人敢拖拖拉拉地挪步子，都精神地跑了起来。

白新羽哭号道：“班长，班长，我跑！”

班长跷着二郎腿，在他背上坐得稳稳当当：“你还是休息一会儿吧，免得累着。”

“不不不，我不累了，我跑啊啊啊！班长你快放开我！”班长明明看着挺瘦，那一屁股坐下来犹如千斤重，白新羽连脖子都抬不起来。他一个男的，身体本来就硬，冷不丁被这么拉筋，快疼死他了。

“真不累了？”

“不累了！不累了！”

班长这才移开尊臀，把白新羽从地上拽了起来，他给白新羽拍了拍裤子上的灰，调整了一下武装带，还摸了摸白新羽的脑袋，慈祥地说：“去吧。”

白新羽撒丫子就跑，尽管两条腿还疼得抽筋，可他一秒也不敢停了，跑步最多就是累，拉筋是真疼啊。

后来白新羽才知道，班长叫陈靖，有个特俗的外号，叫“冷面书生”。

在高原气候和滴水未进的情况下，短短三公里，把一些体能差的新兵给折腾坏了。

从白杨树林绕一圈回到操场时，白新羽犹如行尸走肉，连个囫囵气儿都喘不上来了。

许闯和王顺威骑着小摩托优哉地开了回来，许闯跳下车，眯着眼睛打量他们好半天，吼了一声：“立正！”

新兵们立刻挺起了腰板儿。

许闯冷笑道：“瞅你们这孬样儿，跑个三公里累得跟狗似的，你们这帮小孩儿，就是惯的。”他从包里掏出根儿黄瓜，“咔嚓”掰成两半儿，递给王顺威一半，自己拿着另一半啃了一口，“以后早上起来负重五公里，就是你们的开胃菜，等你们每天不跑这五公里都浑身难受吃不下饭的时候，你们就算合格了。”

白新羽欲哭无泪，心想谁会那么贱啊。

“你们都醒了没？”

众人有气无力地答道：“醒了。”

“大声点儿！属母的啊！”

“醒了！”

许闯点点头，突然把手里剩下的小黄瓜尾巴用力朝白新羽扔去：“你给我站直了！”

白新羽原本弯腰驼背，身体直往下坠，那一小截黄瓜刚好打在他身上，虽然不疼，但也让他打了一个激灵，他赶紧挺直了身体，不甘又畏惧地看着许闯。

许闯道：“现在由各个班的班长带你们回宿舍，学习内务整理，七点半开早饭，晚饭前还有三公里跑，吃完晚饭指导员给你们讲课，今天大致就这样吧。”他看向王顺威，“老王，我忘了什么没有？”

王顺威道：“你这讲得太粗糙了。”

“说话是你的事儿，训他们是我的事儿，行了，怪饿的，咱吃饭去吧。”说完他和王顺威勾肩搭背吃早餐去了。

白新羽想着昨晚他们讨论的白馒头、红烧肉，直咽口水，感觉胃酸都要从肚子里涌出来了。回想一下，就是火车上那糊成一团的饭菜，说不定也挺好吃的。

陈靖把他们领回了宿舍。

宿舍里，所有人站成两排，开始一个一个地自我介绍，说自己叫什么名字，哪年生的，老家哪里，家里几口人，兴趣爱好是什么，说什么都行，就是让大家伙互相了解。

钱亮性格有点儿皮，爱说爱笑，自我介绍的时候，特别得意地说自己老家有女朋友，复员回去就结婚，惹得一堆没牵过女孩儿手的半大小子羡慕不已。

冯东元家里穷，考上大学没钱念，就来当兵了，但他特别强调，等他以后赚了钱，一定要回去上大学，这是他的理想。他说到这个的时候，总是带着温和笑意的脸上，显露出一丝坚定。

俞风城是独子。他的自我介绍很短，似乎故意不想透露太多，尤其是关于家庭的。但白新羽对于他的年龄印象深刻，这个王八羔子居然比自己小了三岁。

白新羽忍不住瞪了俞风城好几眼，俞风城感受到他的目光后，扭过头来，似笑非笑地看了他一眼。

最后一个做自我介绍的，是他们班年纪最小的，才十六岁，叫巴图尔。他普通话说得有些别扭，让人发笑，那两排浓密卷翘的睫毛忽闪忽闪的，虽然皮肤有些黑，但脸蛋儿像洋娃娃一样精致，在众人的注视下不经意流露的羞涩非常可爱，让人真想捏捏他的脸。他结结巴巴地说当兵是为了抓坏蛋。

陈靖问他抓什么坏蛋，抓坏蛋是警察的工作。

巴图尔红着脸说：“有抢羊的坏蛋，杀人的坏蛋。”

陈靖皱了皱眉，沉默了。

白新羽虽然不学无术，但新闻成天报道，他也有所耳闻，边疆不太平，他以前看到的那些新闻，足够触目惊心了。

一个班的人都自我介绍完毕了，钱亮起哄道：“班长，你还没介绍呢。”

陈靖推了推眼镜：“对呀，我还没介绍呢。我叫陈靖，今年二十一岁，武装侦察连一级士官。等新兵训练结束后，你们中的一部分人会来我们连，也有人会去其他连队，希望大家珍惜这三个月的短暂时光，和身边的战友好好相处。”

白新羽心想，陈靖这个人就是典型的“咬人的狗不叫”，看着斯斯文文，干的事儿真够狠的，以后还是少惹他为妙。

陈靖拍了拍手：“好，现在我来给大家讲解内务。”

学习内务很无聊，无非就是东西怎么摆，往哪儿放，作息时间、平时纪律什么的，白新羽又困又饿，几次打哈欠都不敢发出声音，他渴望着赶紧到早饭时间。

讲了一个多小时，陈靖看看时间：“现在带你们去吃早餐，回来教你们叠被子，走吧。”

白新羽听着要吃饭了，险些喜极而泣，第一个往宿舍外面冲。

陈靖大喊一声：“回来！”

白新羽身子一僵，退了回来。

“列队！稍息，立正。”陈靖警告地指了指白新羽，然后带着他们有序地走出了宿舍。

其他班的新兵也陆陆续续地来到食堂，白新羽老远就闻到了食堂里散发出来的阵阵香味儿。进了食堂，才彻底解散，新兵们排着队去打饭，今天吃包子，爱拿几个拿几个，还有一人一大碗玉米粥，三碟咸菜。白新羽早已经饿得眼睛发绿，一口气拿了四个包子，闷头找了个空位坐下，捧起大碗就喝了口粥。结果那粥滚烫，他刚送进嘴里就给吐了出来，小狗一样伸直了舌头直呵气。

一只手卡住了他的下巴，揶揄的声音响起：“八百年没吃过饭啊，急什么。”

白新羽一把抓住俞风城的手腕，想骂他两句，结果舌头烫麻了，说不出话来。

俞风城坐在白新羽对面，一脸真诚地说：“我关心一下战友，你瞪我干吗？我看看，好像起泡了？”

白新羽大着舌头说：“放开。”

俞风城凑近他一点儿：“用不用我帮你吹吹？”

白新羽脸憋得通红，用力推开他的手，咬牙切齿地说：“你有完没完？”

俞风城耸耸肩：“义务兵最少两年，今天才第二天，你说呢。”

白新羽怒道：“我告诉你，我是不会跟你去一个连的。”

俞风城乐了：“那是，就你这样的，九成是分到炊事班。”

白新羽愣了愣，心里有点儿慌：“不……不可能。”这煞星不会说真的吧，他怎么会去炊事班，不可能，这浑蛋又吓唬他。

俞风城夹起块萝卜咸菜，扔进了嘴里，笑着说：“炊事班也没什么不好，以后再也饿不着了。”

白新羽瞪他瞪得眼睛都要抽筋了，他抓起一个大包子，狠狠咬了一口，那包子皮薄大馅儿，里面有猪肉、白菜和东北的粗粉条，蘸上点儿陈醋，一嘴下去，又香又鲜，别提多好吃了。他强迫自己忘了俞煞星就坐对面儿，一心投入到吃饭中去。

钱亮和冯东元端着盘子坐到他们旁边，白新羽啃包子的间隙看了一眼钱亮，吓呆了，钱亮端着个印着红牡丹的老式大脸盆过来了，白花花的包子小山一样堆了起来。

他叫道："钱亮，你拿这么多干吗？"

钱亮理所当然地说："吃啊。"说完拿起一个包子，成年人巴掌大的包子他三口就吃完了，一边嚼一边说，"我饭量大。"钱亮是那种精瘦型的身材，但他用行动彻底印证了"饭量大"这三个字，只见他拿着包子左右开弓，不一会儿就把"山尖"给平了。

冯东元把粥推到他面前："钱亮，你慢点吃，别噎着。"

旁边一桌都见钱亮这么能吃，都看傻了。

有这么一个人在，周围的人吃饭也特别香，白新羽大快朵颐起来。

吃到一半，许闯突然进来了，他拍了拍门板："大家歇会儿。"

食堂里两百多号人都停下看着他。

许闯道："我有事儿来晚了，咱们这儿吃饭有个传统啊，跟大家分享一下。"他咳嗽了一声，"跟着我念，锄禾日当午——"

众人愣了两秒，食堂里陆陆续续响起念诗的声音。

许闯一拍手："停下！大声地、整齐地念，一、二、三，锄禾——"

肚子里有货的这群新兵们，中气十足地喊了起来："锄禾日当午，汗滴禾下土。谁知盘中餐，粒粒皆辛苦——"

"好！以后每次开饭前，给我集体背诵一遍。这首诗就是告诫我们，不许浪费粮食，不许浪费炊事班兄弟们的劳动成果，吃多少拿多少，要是让我发现谁浪费，严惩！行了，吃吧！"

白新羽撇撇嘴，心想，神经病。他一口气吃了三个包子，那种饿得心慌的感觉才下去，速度也放慢了。他刚打算喝口粥顺顺气，突然，小腿被一条腿绊住了。他抬头一看，只见俞煞星张嘴咬了一大口包子，腮帮子一鼓一鼓地嚼着，若无其事地看着他，眼中闪烁着戏谑的光芒。他想把腿抽回来，却动弹不得。

周围的新兵吃饭的吃饭，聊天的聊天，都没注意他们桌子底下的异动，但他已经心虚得脸发烫了。这个俞风城绝对是老天爷派来克他的！

白新羽怒目而视，最后忍无可忍，使劲往后退去，想一下子站起来，结果他起身的瞬间，俞风城突然松开了钳制，害得他重心不稳，膝盖一下子顶到了托盘，人跟着凳子往后仰去的同时，半碗粥和几样咸菜全都扣到了他身上。

砰的一声巨响，整个食堂的人都朝他看来，白新羽呆愣地坐在地上，看着身上泼得到处都是的粥和醋，不知所措。

俞风城看着白新羽狼狈的样子，心里升起一股快感，他低下头忍笑，肩膀不停耸动着。

钱亮和冯东元马上过来扶他：“哎，你怎么搞的，坐四腿凳子你都能摔。”

白新羽指着俞风城，手直哆嗦：“你……你……”他气得眼睛通红。

俞风城无辜地看着他：“我怎么了。”

冯东元看了俞风城一眼，眼里有几分责怪，虽然他们都没看到是怎么回事，但也多少能猜到一点。他把白新羽扶了起来：“回宿舍吧，换套衣服。”

俞风城支着下巴，毫无愧色。

除了钱亮和冯东元，其他人大多在窃笑不止。白新羽给他们的印象很差，在火车上就够招人烦了，第一天训练还迟到，这些新兵蛋子们都不是坏人，但对于白新羽这种不着调的人，他们心里多少是瞧不起的。

白新羽气得眼泪在眼眶里打转，他从小到大就没怎么受过气，就算有人惹着他了，也有他哥给他出头。来部队后，他第一次觉得这么无助，身边没有父母和哥，没有能给他撑腰的钱权和狐朋狗友，面对凶得吓人的教官、狠辣的班长，还有这个以戏弄他为乐的煞星，他感到孤立无援。他知道很多新兵不喜欢他，他在这里就像个多余的，他不属于这里，这里也不欢迎他。来这里是个彻头彻尾的错误，他好想回家！

陈靖走了过来，看了看白新羽：“吃饱没有？”

白新羽点点头。

“你们俩陪他回去换衣服。”

白新羽摇摇头，推开冯东元和钱亮，闷声道：“我自己回去。”说完低头跑出食堂。他一路上就感觉自己肚子上湿乎乎热腾腾的，衣襟还不断往下滴着汤汤水水，他边走边抹眼泪，心里的委屈已然泛滥。

回宿舍后，他拿上一套衣服去了水房，脱下脏衣服，拿湿毛巾擦肚皮和大腿，正擦着呢，水房的门被推开了。

白新羽回头一看，俞风城双手插兜，斜靠在门上，眼睛正一眨不眨地看着他。他一阵头皮发麻，颤声道：“你……你想干吗？”旧恨添新仇，他现在看到俞风城，分外眼红。

俞风城笑道：“来看看你需不需要帮忙啊。”他说话间，目光肆无忌惮地在白新羽身上扫视，“啧啧”两声，“年纪轻轻就有肚子，都过什么堕落的日子了？你得练练。”

白新羽被俞风城看得毛骨悚然，他怒道：“关你屁事！”

俞风城削薄的唇勾起一抹淡笑，他踏进水房，轻巧地带上了门。

白新羽大叫一声：“你别过来，浑蛋！你敢过来，我就豁出去不要脸了，我就叫非礼！”

俞风城哦了一声：“叫吧，我听着。”

白新羽浑身直哆嗦，他对俞煞星是又恨又怕，那种无法抵抗的感觉真是糟糕透了。

俞风城一个箭步跨到了白新羽面前，把他困在自己和洗衣槽之间，动弹不得。

白新羽挥拳就想打他。俞风城一把抓住他的手腕，扭到了背后，轻笑道：“叫啊，挺有意思的。”

白新羽怒瞪着他：“你这个变态，我跟你没完！”

俞风城点点头：“是没完啊。我都说了，义务兵至少两年呢。”

白新羽脸憋得通红：“你变态，神经病，脑子有问题，你再敢招惹我，我哥会……”

俞风城突然一把掐住了他的脖子，原本戏弄的表情一变，目露凶光，寒声道：“受欺负了只知道找你哥，你几岁了？嗯？”

白新羽被他的突然变脸吓到了，惊恐地看着他。

俞风城贴近他耳边，沉声道：“指导员办公室的楼下有公共电话，打电话给你那救世主表哥，让他把你弄回去，部队不是让你这种窝囊废混日子的地方，有多远滚多远，别留在这里给部队抹黑。”

白新羽脸涨得通红，因为俞风城故意用虎口压着他的动脉，虽然力道不至于让他窒息，但已然是呼吸困难。他虽然认识俞风城才几天，但对这个男人的恐惧已经一步步深入心底，尤其是对方现在这副凶神恶煞的样子，让他腿都软了。

俞风城放开了白新羽，用鄙夷的目光把他从头打量到尾，将他那副瑟瑟发抖的尿样尽收眼底：“不管你用什么方法，滚回去。”说完打开门，头也不回地走了。

敞开的门灌进来一股风，把白新羽吹得一哆嗦，他吸了吸鼻子，赶紧套上衣服，一边抹眼泪一边往指导员办公室跑去。比起随便调戏他的俞风城，毫不掩饰地流露对他的厌恶的俞风城还要更可怕。他是窝囊废又怎么样，在他妈眼里他还是宝贝呢，这个鬼地方又不是他想来的，他为什么要经历这么多乱七八糟的破事儿！

白新羽跑到传达室，发现刚吃过饭的新兵们已经一窝蜂地拥了过来，五部电话后面都排着长队。白新羽憋了一肚子委屈想哭诉，看到这让人无力的长队，顿时提不起劲儿来了。他犹豫再三，扭头回了宿舍，打算等人少点儿再来——他听到他妈的声音一定会哭的，他不想当着这么多人的面丢人。

白新羽颓丧地回到宿舍，班上的人都回来了，他一进宿舍，屋里立刻安静下来，大家都眼巴巴地看着他。

白新羽低着头走回自己的床位，谁也没看，倒头趴在床上，动也不想动。

突然，有人拍了拍他的脑袋："起来，一个小时前我刚说过，宿舍纪律之一，除了午休和晚上睡觉，其他时间不准卧床。"

白新羽闷声道："我不守纪律，你把我开除吧。"

陈靖沉默了两秒，拽着白新羽的胳膊把他从床上拖了起来："站直了。"

白新羽很抗拒地低着头。

陈靖抬高音量："站直了！"

白新羽想起早上的"拉筋运动"，还是有点儿害怕，便挺直了腰。他一抬头，见俞风城就坐在不远处的凳子上，手里拿着本书，眼睛却盯着他，目光中依然充满讽刺。

陈靖看着他："你想回家？"

白新羽点点头。

"这里谁不想回家？巴图尔的家是离营区最近的，二百二十公里，可最近的公路离他家也有八十公里，那八十公里的土路，你知道要走多久吗？一整天。他家没有电话，你们有条件的能打电话给家里人，他能吗？除非是紧急情况，部队不会特别派车送他回家，哪怕是逢年过节。这二百二十公里在城市里也就三四个小时的车程，离得这么近，他却两三年都回不了家，听不到家里人的声音，你问问他想不想回家。"

巴图尔抓了抓头发，长睫毛扑闪扑闪的，眼圈有点儿发红。

白新羽不明白班长说这个干吗，但他觉得心里不太舒服。

"白新羽，你十六岁的时候在干什么？你比巴图尔大了六岁，是这个班年纪最大的，你这虚长的六岁，就是让你起了次早、跑了次步、受了次委屈，就哭着喊着要回家的？"

白新羽这个人，他亲爹都说他是烂泥扶不上墙的纨绔子弟，他也一直是个得过且过的态度，反正家里不愁钱花，他每天吃喝玩乐、享受人生，没觉得有什么不好，反而觉得那都是他应得的，谁叫他投胎投得好呢。虽然他爸妈、他哥经常骂他，但他早就油盐不进了，对于难听的话左耳进右耳出，该怎样还怎样。有时候他觉得，自己已经没什么羞耻心了，并且为此沾沾自喜，可这个比他还小了一岁的冷面班长的一席话，和宿舍里那些注视他的目光，让他臊得脸发烫。

陈靖推了推眼镜："我也想回家，我想回家的时候，我爹妈问起我在部队里做了什么，我能数出一二三来，而不是耍赖让人把我'开除'！"

白新羽抿着嘴，一言不发，他既羞恼又不服气，心里对陈靖这么不给他面子充满了怨愤。他今天究竟是倒了什么霉？这是他正式入伍的第一天早上，就先是被连长当着所有新兵的面儿训了，然后被俞风城泼了一身粥，外加威胁，最后又被班长一通批评，这个地方根本就是和他八字犯冲！他再待下去，得去半条命！

陈靖看着白新羽明显有些愤愤不平的样子，暗自叹了口气："你好好反省一下吧。大家列队站好，我现在教大家叠被子。"

白新羽情绪低落，一上午的时间都浑浑噩噩的，也没怎么认真听，他不断想着自己的悲惨经历，担忧着接下来的生活。

陈靖教完之后，让大家分组练习。

钱亮和冯东元凑到白新羽身边，钱亮推了推低垂着脑袋的白新羽："哎，你没事儿吧？"

白新羽摇摇头，谁也不想搭理。

冯东元低声道："你别难过了，班长也是为你好，其实……班长说得也没错，你如果太娇气，在这里的日子不会好过的。"

白新羽抬起头，怒道："你也嫌我娇气！"他本来以为只有钱亮和冯东元没有瞧不起他，可谁知道人家心里是这么想的。

冯东元忙道："我不是那个意思，你别生气。我只是……我希望大家都好，你如果特别讨厌这里，那还怎么过日子啊，还不如改变一下心态。"

白新羽冷哼道："除非中了邪，否则我不可能喜欢这个鬼地方。"

钱亮皱起眉："既来之则安之你懂不懂啊，你这是自己跟自己过不去，没人帮得了你。"

白新羽愤怒地用力抖着被子，就跟那被子和他有仇似的。他一偏头，看到俞风城就在他隔壁床位，利落地叠着被子，心里那恨意真是翻江倒海，他觉得自己这么倒霉，有一大半儿是这个煞星闹的。

俞风城似乎感受到了背后灼热的目光，猛地回过头来。白新羽心里一惊，连忙低下头，他害怕这个煞星，没治了。

俞风城勾唇一笑："看什么呢？"

白新羽假装没听见，低头叠被子。

"错了。"俞风城一把按住他的手，"你没看示范是吗？"

白新羽咬牙道："不用你管。"

俞风城压低声音道："可惜啊，你要是一直赖着不走，我'管'你的机会多了去了。"

白新羽的身体抖了抖，欲哭无泪。

俞风城微笑着拍了拍他的肩膀，热情地说：“别急啊，我教你叠。”

被逼着学了两个小时，白新羽总算完成了一件从来没干过的事儿——叠被，让他更无法理解的是，叠被这种事还要搞竞赛？一想到每天天没亮就起床，还要叠被、操练，他就觉得人生了无生趣。

俞风城似乎把早上的事儿忘了，装作友好同袍的模样，教他叠被、铺床。冯东元和钱亮以为他们俩没事儿了，都挺高兴的，两人单纯地以为，年轻人之间的矛盾都是来得快去得快，没什么好往心里去的。

THE GROWTH OF A DANDY.
FIGHT ALONGSIDE YOU.

第四章 要命的惩罚

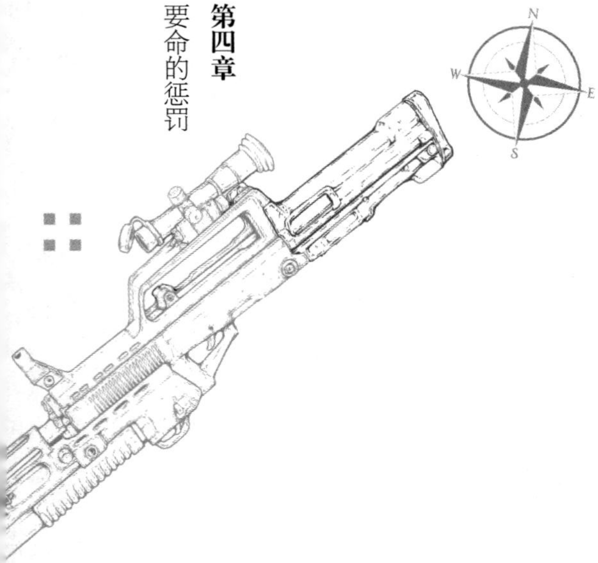

内务整理学习完后，陈靖让他们休息半小时。眼看要吃午饭了，想到吃完午饭可以躺床上休息，白新羽眼巴巴地指望着钟表走快点儿。这一定是他人生中最漫长的一天，发生了那么多事，居然还是早上。

休息的时候，白新羽再次去了传达室，可急着报平安的新兵太多了，他到那儿一看，还是三四米的长队，跟他一起来的钱亮抱怨了半天，冯东元安慰他们："你们别急，明天就没这么多人了。"

钱亮道："走走走，找地儿抽一根儿去。"

白新羽来了点儿精神。

冯东元笑道："你们还抽烟啊，我不会。"

"教你嘛。"

冯东元摇了摇头："我不学，吸烟有害健康。"

两人把他拽到一个凉亭里，见四下无人，白新羽掏出烟递给钱亮一根儿，钱亮眼睛一亮："哇，没见过啊，英文的，是不是特贵啊？"

"不是英文，德国的牌子。"白新羽有些得意地说。

"我得试试。"钱亮点着火，小心吸了一口，做了个享受的表情，"嗯，好烟。"

冯东元扑哧一笑："这东西有什么好。"

白新羽递给他一根儿："真不要啊。"

冯东元摇头。

钱亮说："东元，你这人一看就特老实，你肯定是那个……三好学生吧。"

冯东元有些不好意思地说："嗯，我还是班长，学生会三席。"

"那你成绩很好吧。"

冯东元的神色有些黯然："还不错，不过高考没考好，如果考进全校前三名，就能免学费，我就差了几分。"

白新羽天生缺根弦，不懂冯东元的忧伤，满不在乎地说："大学没劲透了，不上就不上吧。"他对于大学的记忆，就是喝洋酒、彻夜飙车，他至今连那个大学有几个门都不知道，就被劝退了。

钱亮推了他一下，白新羽没反应过来："怎么了？"

冯东元叹了口气："部队也好，以后还能发工资。"

"哦？还有工资啊。"

"也不算工资，是津贴。我在部队花不了什么钱，还能给家里寄点，我妹妹还要上学……"冯东元自言自语地盘算着。

白新羽终于意识到点儿什么了，有些天真地问："你家很穷吗？"

钱亮看不下去了，拼命给他使眼色："新羽。"

冯东元笑了笑："没事儿，也不丢人，我家情况是不好。"

白新羽想也没想就说："我给你钱吧，你需要多少？反正我暂时也花不着。"

冯东元愣了愣："不……不用，吃穿够的。"

白新羽大大咧咧地说："哎呀，你妹妹不是要上学吗？说吧，要多少，不用你还。"

冯东元的脸有些发红："真的不用。"

"你客气什么，说了不用你还就不用你还。"白新羽的想法很简单，冯东元对他不错，他也应该对人家好一点儿。

冯东元腾地站了起来："真的不用了，你们抽吧，我先走了。"说完扭身就走了。

"哎……"白新羽莫名其妙地看着他，"真是……"

钱亮皱眉看着他。

白新羽不明所以："怎么了？你瞪我干吗？"

"我说你……你是不是缺心眼儿啊？"

白新羽瞪大眼睛，他被骂得莫名其妙："干吗呀，一个个的。"

钱亮把烟掐了："谁都知道你家有钱，你脑门子上就写着呢，可你用不着到处显摆吧，东元那么老实，你不能这么伤人自尊啊。"

白新羽愣了愣，他反应过劲儿来，怒道："谁显摆了！我好心好意想帮他，穷得没钱交学费还要什么自尊啊，能不能成熟点儿啊。"

钱亮气得拿手指指了他几秒，然后泄气地垂下手，转身也走了。

白新羽愣怔地被抛弃在凉亭里，半天没动弹。他想不通自己哪里做错了，本来是一片好意，结果还得罪人了？这都什么跟什么啊，这部队里的人，是不是都跟俞风城一样不正常？他气哼哼地一根儿接着一根儿地抽烟，憋了一肚子委屈无处发泄，他感觉自己都快要爆炸了。

这就是他当兵的第一天？全世界都跟他过不去，可真是精彩的第一……啊呸，半天还没过完呢！

白新羽突然想起来，休息时间就半小时，接下来还得列队去吃午饭，吃个饭都得排队、念诗，什么鬼地方！

回宿舍一看，人都到齐了，他好险没迟到。他故意站到冯东元旁边，有些心虚地看了对方一眼。

冯东元朝他淡淡一笑，就转过头去了。白新羽心里那个郁闷。

打上饭，白新羽这次特意等俞风城坐下后，挑了个离他老远的桌子。可这样也就跟他们班所有人都分开了。他吃了几口饭，偷偷瞄着俞风城那桌，钱亮和冯东元也在，一桌人有说有笑的，他心里不太是滋味儿。这俞煞星对其他人都挺正常，唯独跟他好像有仇似的，凭什么呀。

白新羽越吃越不爽，周围连个跟他说话的人都没有。人是群居动物，受不了一个人，尤其像白新羽这样从小不独立、依赖性强的人，更是不能忍受被孤立。他有点想念钱亮和冯东元了，他一边吃，一边反省着自己是不是真的说错话了。

可他明明是好心啊……

匆匆吃完饭，白新羽回了宿舍，把自己摔在床上，闭着眼睛幻想着自己是在家里，可身下那硬邦邦的木板床一再提醒着他的处境。

宿舍的人陆续回来了，三三两两地聊着天，好像每个人都对入伍的第一天感到新奇有趣。

白新羽听到旁边床的动静，睁开眼睛一看，果然是俞风城回来了，正似笑非笑地看着他。他赶紧转过身去，拿后背对着俞风城。

俞风城不客气地爬了过来，膝盖压在他身旁：“喂，起来。”

白新羽拿被子盖住脑袋，试图逃避现实。

俞风城拽开被子，把他的脸拧了过来，邪笑道：“想憋死自己啊。”

白新羽戒备地说：“你要干吗？”

俞风城指指他：“你是没发现自己睡的是谁的床吗？”

白新羽愣了愣，一下坐了起来，所有床铺都一个样，他一时还真没注意，凭感觉就躺下了，他从墙头开始数，应该倒数第五个是……啊，他睡的是俞煞星的床！

他腾地就要起身，俞风城却按住他的肩膀，指指床铺：“你午休连鞋都不脱，把我床单都蹭脏了，你想就这么走了？”

旁边一个新兵嗤笑道：“你这什么眼神儿啊，床都能弄错。”

俞风城戏谑道：“我是让你当我小弟，你迫不及待往我床上送，什么意思啊？”

白新羽急道：“放屁，我是真没注意，你什么意思啊。”

俞风城低笑道：“你说我什么意思？”

白新羽真想扇自己两耳光，他第一次为自己的智商感到生气，明明应该躲着避着，结果他自己送上门儿找虐，他怎么这么傻呢！他拍了拍被自己鞋底蹭脏的地方，其实上面也没多少灰，可俞风城显然没打算轻易放过他。他说：“要不……我把我床单给你吧。”

俞风城挑眉：“谁要你的床单。”

白新羽哭丧着脸：“你想怎么样啊。”

俞风城笑道：“你紧张什么，我又不会吃了你。”

白新羽心想，得亏吃人犯法。

俞风城把他从床上拽起来：“孝敬我根儿烟就行了，走。”说完不由分说地把白新羽拖走了。他一路把人拉到了营区一个僻静的角落，白新羽一看这儿没什么人，撒丫子就想跑，结果被他死死拽着，“老实点儿，你能往哪儿跑啊？”

白新羽沮丧地停止了挣扎。

俞风城伸手：“烟。”

白新羽把兜里的烟递给了他。

俞风城看了看，随手扔垃圾桶里去了。

“哎，你干什么呀！”好烟他就带了一条，部队的小卖部肯定没什么好东西，他还想省着抽呢！

俞风城拍了拍手：“你储物柜里的烟也全归我了，从今天开始，你不准再抽烟，被我发现就揍你，听懂了没有？”

“你凭什么呀！我抽烟你也管！”

俞风城理所当然地说：“我不喜欢我身边的人身上有烟味儿，你自觉点儿。”

“你……你……”白新羽气得都结巴了。

俞风城捏了捏他的下巴：“我说过了，你要是就这么赖着不走，我早晚会整得你哭爹喊娘，我说到做到。”

白新羽特委屈：“你以为我愿意待在这儿？我比谁都想走，我走得了吗？我哥不管我了……”他说到伤心处，声音都有些哽咽。

俞风城拍了拍他的脸蛋：“那可就没办法了。把烟戒了，听懂了？”

白新羽愤愤不平地看着他。

俞风城以命令的口吻道：“听懂没有。”

白新羽憋屈地点了点头。

下午，陈靖带他们学习军营条例，他们一排排地坐在小马扎上记笔记。白新羽根本听不进去，就在笔记本上心不在焉地乱涂乱画。

陈靖眼睛瞄着白新羽：“别怪我事先没说啊，这些条例是要考试的，叠被子也要搞竞赛，垫底的人要帮得高分的人做一个月的值日。以后你们在部队里学的所有知识，无论文武，都会定期考核。往小了说，那些考核的成绩关乎你们的未来，往大了说，真有一天上战场了，学得好的肯定比学得次的多一分生存概率。”

一个外号叫“大熊”的膀大腰圆的新兵举起手：“报告。”

“说。”

大熊嘿嘿笑道：“班长，说真的，咱们以后会执行任务吗？真枪真弹的那种。”

陈靖面无表情地说：“会。”

“真的？那都是什么样的任务啊？”

“这是机密，到了国家需要你的时候，你自然会知道。不过我可以告诉你，就在你们到达这里的前一天，我所属的连队，刚协助边防战士剿灭了一伙边境走私犯，我的一个战友被歹徒用钢刀刺穿了脾，险些没能从雪山上下来。有一天，当你们成熟起来的时候，都要负担起保家卫国的使命。”

大熊豪气地一拍胸脯：“好！我还怕学了一身本事用不上呢，咱当兵就是为了保家卫国。”一群新兵纷纷附和。

陈靖笑了笑：“不错，有骨气。”

对比其他人的热血沸腾，白新羽却是听得心惊胆战，妈呀，本来以为受累已经是最可怕的了，没想到还可能有生命危险！他哥到底有多恨他啊！

他忍不住小声地说：“班长，要是……死了怎么办呀？”

俞风城皱起眉，眼中闪过一丝厌恶。

陈靖看着他：“你怕死？”

白新羽撇了撇嘴：“谁不怕死啊。”

陈靖点点头：“你说得对，谁都怕死，这不是战争时期，有任务你不想去，我们不能因为你抗命就毙了你，所以你要是怕死，你可以不去。”

白新羽松了口气。

陈靖摇了摇头：“继续，我刚才讲到哪儿了？”

“值日。”

五点半的时候，他们再一次被召集到了操场，按许闯说的，晚饭前还得跑三公里，他称之为“开胃”。因为有了心理准备，加之早饭午饭都吃饱了，白新羽身上有了劲儿，三公里跑下来没像早上一样要死要活，而且陈靖就跟在旁边儿，他也不敢造次。不过他还是掉队了。

跑完步，吃完饭，他们被集中到大会议室，王顺威给他们上课。

他们每个星期至少上四次课，主要学习军事知识、作战常识、现代武器基础等，还要学军营条例、思想政治或上级下发的文件，将来他们下连队了，根据兵种还要接触更深的专业知识。

第一天上课，王顺威没说太深，主要就是介绍了一下他们军的历史、编制、现状之类的东西，听得白新羽直打哈欠，他一瞬间有种回到了高中的感觉。上课的时候，他特意坐在钱亮和冯东元旁边，可他们两个都不怎么搭理他，他又不敢出声，就算能说话，他也拉不下脸来开口，就那么犹豫了半天，最后还是没说上话。

课程结束后，他们纷纷回去准备洗漱睡觉。

白新羽从包里拿出洗发水、洗面奶，抓起干净的内衣，打算去洗澡。

俞风城看到了，道：“你去哪儿？”

白新羽爱搭不理地说："洗澡。"

俞风城指指墙上的表："现在才八点十分。"

"怎么了？"

陈靖正好走进宿舍："你又没听我说话吧？这栋楼住着两百多个新兵，澡堂只有一个，每个班隔天分时间段洗澡，咱们班是八点四十到九点。"

白新羽瞠目结舌："就……二十分钟？"

"你还要多久？又不是女的。"

"我不能先去吗？"

陈靖一瞪眼睛："当然不能，这是纪律。"

白新羽翻了个白眼，心想部队破规矩真多。

冯东元端着洗衣盆往外走，走了两步，回头看了孤零零的白新羽一眼，道："洗完澡就没时间洗衣服了，你要不要一起去洗衣服？"

白新羽愣了愣，马上站起来："去去去。"

冯东元笑了笑："走吧。"

白新羽把白天撒上饭菜的衣服装进盆里，跟他们一起去了水房。他把盆放进水槽，拧开老旧的水龙头，结果被出来的凉水冰了一下："水有点凉。"

"边疆就这样。"冯东元熟练地接上水，开始拿洗衣粉搓衣服。

白新羽想学冯东元的样子搓衣服，可那迷彩服特别硬，怎么搓都不对劲，最后他干脆用拳头捶，如果不是脚上穿着鞋，他都想像电视上那样用脚踩了。

冯东元无奈道："你没洗过衣服？"

白新羽摇摇头："这儿没有洗衣机吗？"

钱亮哀叫一声："祖宗啊，你怎么不问问这儿有没有保姆。"

白新羽再傻，也听得出来那是讽刺，他噘了噘嘴，继续捶衣服。

冯东元抓住他的胳膊："来，我教你。"他在脏的地方抹上洗衣粉，沾了水，两手快速揉搓起来，"洗衣粉别到处撒，撒在脏的地方就行，不然洗不干净伤皮肤，还浪费。两手这么来回搓就行，搓干净之后，用清水洗，等衣服上没有泡沫了，拧干晾起来就可以了。"

白新羽眨巴着眼睛："你慢点儿说。"

冯东元笑着摇了摇头，干脆帮着白新羽把那件外衣给洗了。白新羽看着那双白皙的手在冰凉的泡沫水里变得通红，心里有些愧疚。他低声说："东元，我中午不是故意的。"

冯东元抬头冲他温和地一笑："我知道，没关系。"

白新羽心里悬着的石头终于落下来了。

冯东元一看就是经常干活的，半个小时不仅把自己的衣服洗干净了，还帮白新羽也洗了。白新羽就假装自己学不会，看着冯东元帮他洗，他心里想着能偷懒一天是一天。

洗完衣服后，他们拿上洗漱用品集体去澡堂了。

澡堂和白新羽在电视上看到的一样，是那种集体澡堂，墙上装着一排排的花洒，没有隔间、没有隐私。他忍不住偷偷看了俞风城一眼，俞风城感受到他的目光，扭过脸来，冲他淡淡一笑，他吓得魂儿都快丢了。

钱亮推了推他："快啊，愣着干吗，就二十分钟。"

白新羽回过神来，见钱亮已经脱得就剩底裤了。钱亮的身体很结实，腰上和胳膊上还有几道疤，特别显眼。

钱亮见他在看自己，笑了笑："小时候不听话，老打架，有一次被砍得住院了，醒来一看我妈哭得眼睛像核桃，从那以后我再也不打架了。"

冯东元道："长大了就懂事了，不错。"他脱下衣服，露出一身白皮。

钱亮打趣道："东元，你怎么白得跟小姑娘似的。"

冯东元不好意思地笑笑："我们家不种地，村子里的地卖给大企业建厂房了，年轻人都在厂里工作，晒不着。"

"嘿，来当兵有你晒的。"

白新羽道："我不想晒黑。"

"男的黑点儿好，不然就被人说小白脸。"

白新羽摸了摸自己光滑的脸蛋："我觉得我黑了就没这么帅了。"

钱亮笑骂道："赶紧脱吧你。"

一群男人"坦诚相见"，互相比较一下是公民的基本素养，几人嘻嘻哈哈地闹了起来。

冯东元有点儿不好意思，小声说："我第一次跟这么多人一起洗澡。"

白新羽说："我也是，真别扭。"

陈靖走了过来："磨蹭什么呢，就十多分钟了。"

白新羽一扭头，差点儿没认出来。陈靖摘了眼镜后，脸显得很稚气，看着有点儿像中学生。他忍不住调笑道："班长，你不戴眼镜显小。"

陈靖不自在地想推眼镜，结果手指扑了个空，他扭过头去："别废话了，快去洗澡。"

这时，俞风城走了过来，白新羽一见到这人就没由来地直哆嗦，他翻了个白眼，转过身去，却又不想显得自己胆怯，于是挺直了腰板，俗话说，输人不能输阵嘛。

突然，一只大手砰地按在了储物柜的柜门上，那只手骨节分明、手指修长漂亮，连着手指的筋在皮下明显突起，给人一种用力的感觉，修剪得整整齐齐的指甲，透出饱满健康的色泽。

白新羽的眼角余光瞄到那只从他脑袋旁边伸过来的胳膊，他不用回头，也知道身后的人肯定是俞风城，他浑身的汗毛不禁都竖了起来。

俞风城嘲弄道：“你吵吵着洗澡时间短，还在这儿磨蹭，一会儿是不是想全身泡沫地被轰出来？”

“马……马上去。”白新羽连头都不敢回。

俞风城从他手里拿过洗发水，低笑道：“借我用用。”说完抛玩着洗发水，往澡堂走去。

白新羽感觉自己一下子就能呼吸了。

冯东元小声说：“新羽，你是不是很怕他啊？”

白新羽一瞪眼睛：“瞎说，我怕他干吗。”

冯东元点点头：“他早上可能也不是故意的，你不用怕他，我觉得人都是讲理的，他也不像坏人。”

白新羽看着冯东元，突然觉得这孩子好天真无邪，他是一点都没感受到俞风城那种专门针对自己的气势吗？

钱亮大大咧咧地说：“快走快走，时间真不多了。”

一群光着屁股的半大小子冲进澡堂，迅速抢占莲蓬头。刚打开水，就听到好几个人嗷嗷叫起来：“妈呀，冷水！”

“好凉啊！”

白新羽一抖：“冷水？”

陈靖淡定地看了他一眼，拧开莲蓬头，在扛过最初的哆嗦后，开口道：“这是夏天。”

“可水还是冰啊。”

“这也是你们训练的一部分。”

白新羽心想，难道不是因为不舍得花钱吗？

巴图尔悠然自得地洗了起来，还眨巴着沾了水的长睫毛，真诚地说：“不冷啊。”

大熊叫道：“你习惯了当然不冷。”

钱亮推了白新羽一把：“洗吧，别挑了。”

白新羽咽了口口水。

钱亮把几个莲蓬头全都打开了，然后左右手钩着冯东元和白新羽：“我数一二三啊。”

三人咬了咬牙：“一、二……”

钱亮一把把两人推了过去。

那冰冷的水浇在皮肤上，冻得人上下牙床直打架，白新羽嗷地叫了一声，左蹦右跳地想躲，但身体已经湿了，怎么都暖和不起来。钱亮哈哈大笑，接着就被冯东元拽了进来。澡堂内顿时响起一片号叫和笑声。

有人喊了一嗓子："还有五分钟，快啊！"

白新羽此时身上全是泡沫，正洗得直哆嗦，一听到这个，赶紧开始冲。

陈靖已经洗完了，油光水滑地走出了澡堂，几个动作快的也都出去了。

冯东元催促道："新羽，快到时间了。"

"我知道我知道。"白新羽脑袋上也都是泡沫，根本睁不开眼睛，他生怕像俞风城说的那样，下一拨来了把他赶出去。

钱亮用手扒了一下寸头，水花四溅："我先穿衣服去了啊。"

冯东元道："我也好了。"

白新羽叫道："你们别走啊，等我啊。"

钱亮哈哈笑道："多大了你。"

冯东元正犹豫着要不要留下来陪他，就被钱亮拽走了。

白新羽心里越来越紧张，因为他感觉周围没多少人了。

"喂。"

俞风城的声音在白新羽背后响起，他身体一僵，下意识道："你要干吗？"

"还你洗发水啊。"

"你没看我洗完头了吗。"白新羽快速抹掉脸上的水，扭头戒备地看着他。这一睁眼不要紧，澡堂子居然空了，原来自己又成了最慢的一个，而且倒霉地又被俞煞星给堵住了。

他想也不想，扭头就跑，结果地上一堆泡沫，他没跑两步，脚下一滑，人直接飞了出去。

俞风城伸手想拉，没够着，眼睁睁看着白新羽啪一声趴在了地上，俞风城毫不客气地哈哈大笑了起来。

白新羽给摔蒙了，他羞恼地狠狠捶了一下地，为什么他总是在俞风城面前丢人现眼？

俞风城上去把他拽了起来，乐不可支："你脑子缺弦儿是不是？"

白新羽摔得牙疼，缓过来后，怒道："关你屁事！"

听到动静，冯东元跑回来，他已经穿好了衣服，见白新羽佝偻着身体，龇牙咧嘴的样子，惊讶道："新羽，你摔着了？"

白新羽咬着牙点点头。

“地这么滑，你也不小心点，快点吧，四班的马上就来了。”

白新羽推开俞风城的手，一瘸一拐地往更衣室走去。

白新羽倒没摔坏，只是胳膊腿磕青了，他这人是见风就起浪，如果没人搭理他就算了，偏偏冯东元这种老妈子性格的，就很关心地问他摔哪儿了，还疼不疼，影不影响活动。白新羽习惯性撒娇，就说自己脚腕也疼膝盖也疼，回到宿舍后，冯东元就拿出活络油要给他揉。

白新羽躺平做好准备了，陈靖过来：“怎么了？”

冯东元说：“他在浴室摔着了。”

陈靖弯下腰，皱眉看着白新羽。白新羽一跟他对视，立刻坐了起来：“班长……”

“摔哪儿了？”

“腿……”

“骨折了吗？”

白新羽咽了咽口水，小声说：“那倒没有。”

陈靖照着他大腿拍了一下：“摔一下擦什么油，以后磕磕碰碰都是家常便饭，你别惯着他，睡觉！”

冯东元只好把活络油放回柜子里，无奈地看了白新羽一眼。

白新羽郁闷地趴回了床上。

冯东元推了推他：“新羽。”

“嗯？”

“你别忘了连长让你明天早五分钟到，你设个闹钟吧。”

白新羽一惊：“妈呀，差点儿忘了。”他想起凶神恶煞的许闯，赶紧设了闹钟，他想早起半个小时，怎么也不会迟到了吧。

俞风城戏谑道：“明天闹钟一响，你要是不起来，我就把你踹下去，保证你按时起床。”完了还特缺德地加了一句，“不用谢我。”

白新羽瞪了他一眼，快速用被子蒙住了头。

憋屈了一天，累了一天，白新羽很快进入了梦乡。但他感觉自己没睡多久，闹钟就响了起来，那闹钟声音被他调到了最大，响起来没完，他困得眼睛都睁不开，被窝里既暖和又舒服，他一动也不想动，于是他用被子捂住耳朵，试图逃避。

有人在睡梦中骂了一句，嘟囔道：“谁的闹钟响了？”

接着，白新羽就被踹了一脚，那个方向肯定是俞风城！他痛苦地掀开被子，关掉了闹钟，他想着，就睡五分钟吧，再睡五分钟……

冯东元在他头顶小声喊道：“新羽，起来了。”

白新羽直哼唧，就是不想起来。他刚翻了个身，又是一脚踹在他小腿上，这一脚可比刚才重多了，他怒道："你干吗呀，别踹了！我醒了！"那含糊不清的声音还带着点委屈的哭腔，听上去很可怜。

俞风城低声道："那就赶紧起来，别影响别人睡觉。"

白新羽嘟囔道："我眯一会儿，五分钟……"

冯东元无奈道："新羽，你迟到了会被连长罚的。"

"我知道……知道……"白新羽打了个大大的哈欠，就是不起。

"新羽……"

陈靖低声道："安静，不要影响别人休息。"

冯东元不敢说话了，俞风城也翻身过去，不再搭理白新羽。

白新羽心里想着现在起来，马上起来，可迷迷糊糊又失去了意识。刚迷糊了一会儿，突然有什么东西砸到了他身上，他猛地醒了过来，一看表，已经五点十五了，离许闯要求他到达的时间不到十分钟！他这下彻底吓醒了，起身一看，床上有个橘子，肯定是冯东元扔下来提醒他的。他翻身下了床，先是冲到厕所把一晚上的存货清空，然后快速刷牙洗脸，再赶回来着急忙慌地穿衣服。他动静太大，惹得这群没睡饱的新兵很不满。

穿好衣服，白新羽提上鞋就想跑，平躺着的陈靖突然闭着眼睛发话了："叠被子。"

白新羽愣了愣。

陈靖道："早上起来不整理内务是违纪，叠。"

白新羽看了眼时间，只剩不到三分钟了，他急得差点儿骂娘，只好扑回床上叠被子。由于昨天没好好学，他的被子叠得实在不咋的。匆匆整理好床铺后，他一阵风般朝楼下跑去。

这时，起床号响了起来。跑到操场时，许闯和王顺威已经站在主席台上等他们了。白新羽跑到他们跟前，喘着气说："那个，连长，指导员，我到了。"

许闯瞥了他一眼："在部队里怎么和上级说话？"

白新羽赶紧挺直腰板："报告连长，我到了。"

许闯一翻手心，露出一个秒表："我昨天要求你早到五分钟，你依然迟到了四十秒。"

白新羽心里大骂他变态，居然用秒表计时。他不服气地小声说："那也算迟到……"

这句把许闯的火点着了，他瞪大眼睛："我让你早到是为了锻炼你的时间观念，怎么的？你还有逆反心理？四十秒对你来说什么都不是对吧？四十秒够手榴弹爆炸七八回，四十秒能让机关枪发射三四千发子弹。我告诉你白新羽，在生死战场上，一分一秒都至关重要，作为一个军人，守时守纪是第一原则。"他用力戳了戳白新羽的肩膀，“你小子懂不懂！”

白新羽低着头不敢说话。

许闯喝道：“抬起头来，腰板挺直！”

白新羽赶紧站直。

新兵们开始往外拥，不到两分钟的时候，两百多人都出现在了操场上，自觉地列队，各个班开始点名。

许闯高声道：“白新羽同志，你连续两天出操迟到，我昨天说过，第一天我不罚，我给了你第二次机会，但你今天依然迟到四十秒，这四十秒，就罚你跑四公里，加上早上醒脑的三公里，一共七公里，什么时候跑完什么时候吃饭，并给予一次警告处分。”

白新羽瞪直了眼睛：“七……七公里？！”他差点儿崩溃了，他昨天跑三公里都险些断气，七公里，不是要他命吗！

许闯喊道：“稍息，立正——各班长带队，跑！”

白新羽哀求道：“连长，我以后再也不迟到了，我发誓，真的，我……”

许闯气得直哆嗦：“你还敢讨价还价？你看看你自己，有没有一个军人的样子，一个男人的样子！”

白新羽自尊心有点儿受伤，他感觉操场上所有人都在看着他，看得他头皮发麻。

许闯在他耳边大声吼道：“跑！”

白新羽再不敢多说半个字，跟着队伍跑了起来。他真是悔得肠子都青了，就为了多睡那么几分钟，换来要命的七公里，他现在真想一头栽倒昏过去。

冯东元和钱亮跑到他旁边，同情地看着他。

钱亮叹道：“你说你吧，让你懒，都叫你那么多遍都不起来。别说，连长这招管用，保证你以后再也不敢赖床了。”

白新羽欲哭无泪：“要是我不行了，记得把我送医务室。”

冯东元安慰道：“老兵都是一二十公里起跑的，人的体能有很大的潜力，你咬咬牙就挺过去了。”

白新羽心里更绝望了。

俞风城也跑到他旁边，揶揄道：“现在是不是觉得我踹得太轻了？嗯？”

白新羽眼神有些闪躲，抿着嘴不说话。

俞风城眯起眼睛：“为了你好，下次我还是用特别一点的办法叫你吧。”

白新羽瞪着他：“你……你又打什么主意？”这小子太险恶了，他不得不防。

俞风城冲他一笑，露出一口森白的牙，低声道：“你猜。”

陈靖呵斥道：“省点力气跑步，少说话。”

白新羽自暴自弃地说：“没啥好省的，早点跑晕过去最好。”

陈靖白了他一眼：“白新羽同志，你就是欠教育，希望这次的处罚能让你有所长进。你回去准备一份检查，下周开班会，要深切剖析自己的不足，提出改进办法。”

白新羽快疯了：“班长，你放过我吧。”

陈靖摇了摇头：“不可能放过你，班上的每一个兵都是我的责任，你以后到了连队要还是这副熊样，说是我带出来的，我脸往哪儿搁。”

白新羽仰起脖子，大喊了一声，认命地拖着脚步往前跑去。

The growth of a dandy.
Fight alongside you.

第五章 哥哥，我错了

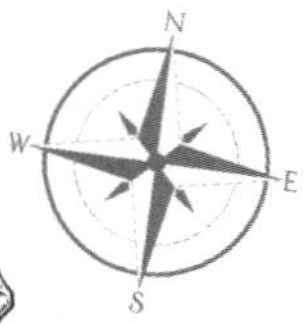

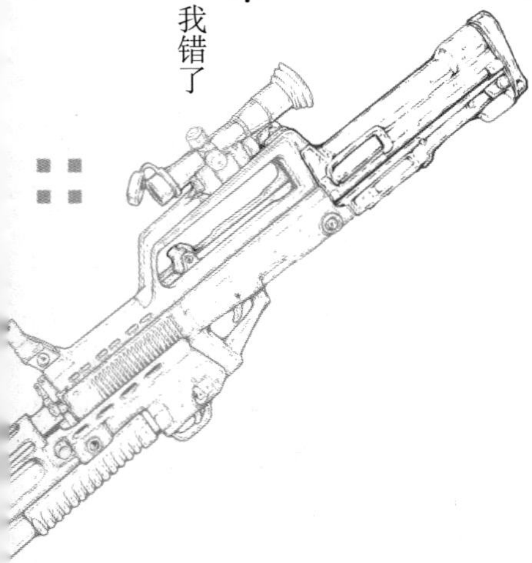

跑了两公里，白新羽开始觉得体力不支，勉强跑完三公里，其他人都站军姿、练正步去了，他还在没命地绕着操场跑。大操场一圈是一千米，他还要跑四圈。他开始双腿发软、提不上气，感到每跑一步心肺就要炸开了，半圈没跑完，他就开始跑跑走走，好像下一秒就会一头栽倒在地。他这辈子没做过这么自虐的运动，也从来没累成这样过，他觉得许闯在故意整他，从上火车的那天起，许闯就看他不顺眼，迟到四十秒就让他跑四公里，太缺德了。他第一天就得罪了总教官，以后的日子还能有好果子吃吗？

跑到最后，白新羽直翻白眼，几乎是挪着脚步往前走。他感到整个操场的人都在看他、嘲笑他，那种孤立无援的感觉让他想哭。他好想家，好想他妈，自己到底在这儿干吗？好好的日子不过，为什么要跑到这种鬼地方活受罪？他想回家，立刻、马上回家。他实在跑不动了，一头栽倒在跑道上，趴在地上的一瞬间，他觉得那脏兮兮的地面比床还舒服。

“白新羽！”他听到身后有人叫他，那声音掺杂在风里，飘乎乎的，还怪好听的……接着，他被一双有力的胳膊架了起来，那手臂很结实，贴上去的胸膛又厚又硬，让人充满了安全感。他勉强睁开眼睛一看，就看到一个形状很好看的下巴，还有薄薄的淡色的嘴唇。

俞风城看他眼神有些涣散，用力拍了拍他的脸：“白新羽，你真晕了？”

冯东元和钱亮都跑了过来，冯东元紧张地说：“新羽？我送你去医务室吧。”

许闯慢悠悠地走了过来：“去什么医务室，弄到食堂去，灌点盐水。”

冯东元小声说：“连长，他好像要晕了。”

许闯斜睨着他：“年纪轻轻体能这么差，就知道抽大烟、喝大酒吧，公子哥儿？按我说的，灌盐水去，正好也到了早饭时间，吃顿饭就好了。”他蹲下身，用武装带拍了拍白新羽的肩膀，“还差半圈，明天补上。”

白新羽恨不能彻底晕过去。

俞风城把白新羽背到了背上。

其实这时候白新羽已经缓过来一点儿了，至少走路应该没问题，但他懒劲儿上来，也存着报复一下俞风城的心理，故意装晕，跟树懒一样，把全身重量往俞风城身上压，心想着少走一步是一步。从操场走到食堂三四百米呢，累不死这煞星。

俞风城把他往上托了托，背着他往食堂走去。冯东元和钱亮跟在两侧。

冯东元看白新羽脸色苍白，不停地拿手给他扇着脸，着急地说：“不会出问题吧？”

钱亮道：“没事儿，年轻力壮的，跑跑步能怎么样。”

冯东元叹息道：“你也是，早起一会儿不就好了。”

俞风城冷道：“他会有那个自觉吗？要不是有人叫他，今天就不止七公里了。”

白新羽在心里偷偷骂着俞风城，可在内心深处，他也知道俞风城说得没错……今天为什么就不能早起哪怕一分钟，自己就不用丢人，也不用活受罪了。他趴在俞风城背上，鼻头有些发酸。如果他妈知道他在部队这么遭罪，肯定心疼坏了。

从操场到食堂看似没多远，可背着一个一百四十多斤的男人，实在不是件轻松的事儿。俞风城走到食堂的时候，已经累出了一身汗。他把白新羽放到椅子上，看着白新羽眼皮直抖，又不敢睁开的样子，觉得又好气又好笑。

此时食堂还没人，冯东元和钱亮去厨房找盐和热水去了。

俞风城喘了口气，然后踹了白新羽一脚：“还装？找削啊？”

白新羽心里一抖，假装刚刚苏醒的样子，睁开了眼睛，虚弱地看着俞风城，那拙劣的演技看在俞风城眼里非常滑稽。

俞风城眯起眼睛：“是不是还没醒？我带你去冲个澡？”

白新羽忙道：“不……不用，我好多了。”

两人离得很近，因此白新羽能清晰地看到俞风城光洁的额头上细密的汗珠。想到他一路把自己背到食堂，白新羽心里有了一丝异样，可能这个人只是嘴贱，人品也没那么差？

俞风城捏着他的下巴：“在我背上趴得挺舒服吧，我背你不是白背的，我之后一个星期的衣服你洗。”

白新羽咽了口口水，马上把之前的话吞了回去，他挣扎了一下：“我不会洗衣服。”

俞风城轻佻地拍了拍他的脸，不容置喙道：“学。”

白新羽幽怨地看着他，满脸不服气。

这时，冯东元和钱亮回来了，手里拿着满满一碗盐水。冯东元惊喜道：“新羽，你醒了？好点儿没有？”

白新羽点点头：“水……”他快渴成人干儿了，接过碗就灌了一大口，结果刚喝进去，“噗”一声就吐了，他虽然知道那是盐水，可真不知道能咸成这样啊！

钱亮抓了抓脑袋，嘿嘿笑道：“可能……我盐放多了？”

白新羽给恶心得直咳嗽。冯东元赶紧去给他兑了一杯水。白新羽这才灌了两口，嗓子眼儿里那种火烧火燎的感觉终于下去一些了。喝完水，他深吸一口气，抓着冯东元的胳膊，苦大仇深地说：“我跟你说，我刚才感觉自己要死了。”

冯东元安慰他道：“缓过来就好，你可得吃一堑长一智了，以后一定要早起，别犯错误。”

白新羽愤怒道：“许闯他就是针对我！迟到四十秒就让我累得要死要活的，他一开始就看我不顺眼，故意整我。”

冯东元皱眉道："新羽，你别这么说，我没觉得连长针对任何人，而且他昨天已经说清楚了，只是让你早到几分钟，你自己没做好。他罚你也是正常的，遇到麻烦，你也要检讨自身的问题啊。"

白新羽想反驳，可又词穷，气得腮帮子都鼓起来了，他委屈地说："连你也这么说我。"

冯东元搔搔脑袋："我不是怪你，我只是觉得你这个脾性要改一改。我妈总是说，遇事先挑自己的理，再挑别人的理，有时候一些事自己想想就想通了。"

钱亮道："是啊，我都跟你说多少回了，既来之则安之，到了哪处就守哪处的规矩嘛。"

白新羽心里还是有些不服，可又反驳不上来，就低着头不说话。

俞风城伸手弹了下他的脑袋："让一群年纪比你小的教育你，你也不害臊。"

冯东元连连摆手："不是教育，不是教育。"

白新羽腾地站了起来，推开俞风城的手："用不着你管。"说着往食堂外走去。

钱亮叫道："马上吃早饭了，你去哪儿啊。"

"打电话。"白新羽头也不回地走了。

这个时间去，传达室果然没什么人，白新羽如饥饿之人见到了满汉全席，猛地扑到了电话机旁。他深吸一口气，用颤抖的手指拨通了他哥的电话。

电话响了没几声就接通了，一个懒洋洋的男声从话筒里传来："喂？"那透亮的声音带着磁性，非常好听。

白新羽听到这个熟悉的声音的瞬间，百感交集，一时激动、紧张、害怕、渴望的情绪全都涌了上来。他握着话筒的手直抖，他知道，这是他最后的希望，可越是知道，他越不敢开口，万一他哥毫不犹豫地挂了他电话，简直就是一脚把他踹下悬崖啊。

"喂？"简隋英的声音透出点疑惑。

白新羽眼眶一热，喉头一松，失声喊道："哥——救救我——"几日来痛苦、委屈、绝望的积压，让他在听到救星的声音的瞬间，情绪就失控了，他那一嗓子把传达室值班的兵给吓得一哆嗦。他完全沉溺在自己的世界里，声泪俱下地哀求着："哥，救救我吧，我错了，这地方我一天也不能待了！我快疯了啊哥！"

电话那头似乎没忍住，"扑哧"笑了一下，白新羽的心顿时拔凉拔凉的，他又惊又恐地喊："哥哥哥哥哥——"

简隋英吼道："闭嘴，叫魂儿呢你！"

白新羽立刻噤声，吸了吸鼻子。

简隋英哼了一声："你还有脸给我打电话？毕二吗了你，在部队待得爽不爽？"

白新羽哽咽道："哥，我对不起你，你放过我吧，我再也不敢了。"他现在真是悔得肠子都青了，如果能让他回家，他以后一定洗心革面，好好工作，天天向上。

简隋英冷冷一笑："放过你？行啊，你把那三套房子给我吐出来，我立马让你回来。"

白新羽一听这个，声儿都不对了，他哪里赔得起三套房子。他哭求道："哥，这地方真是鸟不拉屎，手机没信号，天天五点起床，连个女的都没有，他们还总欺负我，都瞧不起我！呜呜呜！哥，你让我回去吧！我求求你了！呜呜呜呜！"白新羽越说越语无伦次，他只知道简隋英是他唯一的救命稻草，可他感觉这根稻草正在抛弃他……

简隋英怒道："我跟你说房子，你跟我说这个干吗？你到那个地方是你自找的，从小到大我简隋英哪里对不起你了，你背着我坑我钱，你是良心给狗吃了还是脑子里全是屎！啊？！"

"呜呜呜！哥，我对不起你，我对不起你，我也不想的，我……"白新羽看了值班的兵一眼，压低声音说，"是小林子怂恿我的，要不我哪有那个胆——"

"你说什么！"简隋英暴喝一声，"你刚才说什么？"

白新羽抽泣着："哥，我之所以一直躲着你，不是怕你揍我……不是，也……也是怕你揍我，但是，主要是，我见着你我就不敢撒谎了，可我又不敢说实话，我害怕呀。"

"你别废话，你刚才说小林子什么？！"简隋英的声音急促，再没了刚才的戏弄。

白新羽颤抖着说："当初是小林子教我的。你说不管我，他就说他能帮我，但是不能和你说……那……那房子没经过我手，他就是给我三百万还债了，然后房子他弄走了，然后我……我害怕你找我，就跑国外去了。我一直不敢回来，除了怕你怪我，还有，我怕告诉你这个，你接受不了。"

"去你的！"简隋英狂吼一声，"白新羽！你要是长了一丁点人的脑子，就应该早告诉我！"

白新羽吓得心脏直哆嗦："哥，对不起……"他其实心里一直充满对简隋英的愧疚，他这人虽然挺窝囊，但他知道谁对他好。他哥虽然没少揍他，但也真把他当弟弟，他当时是鬼迷心窍，被债逼急了，他现在真是后悔死了！

他哀求着："哥，我错了，我再也不敢了，我对不起你，你怎么揍我都行，我发誓我这回一定改好，真的！我求求你了哥，我都跟你坦白了，你饶了我吧，你让我回去吧！哥！呜呜呜呜呜！哥——"

简隋英咬牙切齿地说："你个傻子在那儿待一辈子吧！"说完砰的一声挂断了电话。

白新羽愣愣地看着话筒，半天都没回魂儿。当他终于意识到他哥挂了电话，还让他一辈子待在部队时，他有了扯着嗓子哭号的冲动，但他还是忍住了。其实，以他对他哥的了解，他内心深处早就预料到结局了，他哥做事一向杀伐果断，狠起来翻脸不认人。就冲刚才他哥那口气，如果两人是面对面的，他觉得自己能当场跪下……

值班的老兵跟看神经病似的看着他："同志，你没事吧？"

白新羽抹了把鼻涕眼泪："你看我像没事吗？"

"得，那你继续哭，我出去抽根儿烟去。"老兵终于受不了一个男的哭哭唧唧，起身走了。

白新羽握着话筒，脑中浮现的是他家的电话，可他手指生锈一般僵住了。如果听到他妈的声音，他一定会控制不住的……可他爸妈都狠心把他扔进部队了，肯定不会让他回去的，这个电话，打不打结果都是一样，打了，他今晚肯定要睡不着觉了。他犹豫再三，把话筒放了回去。

在那一瞬间，白小爷突然认命了，他知道自己如果不服完兵役，又不能狠下心把胳膊腿儿弄残疾，是彻底回不去了。从这一刻起，他决定低调地混完两年，尽量守纪律、不挨罚、躲着俞煞星，只要能从这里四肢健全地出去，他白小爷回去，还是一尾活龙，为了那美好生活，他一定要撑住！

打完电话，白新羽去了食堂。他吃饭的时候，总觉得周围人在窃窃私语，低声嘲笑他。他把听长辈训话的功力拿了出来，尽量充耳不闻。

吃完早饭后，他回了宿舍。

他那副失魂落魄的样子几乎把什么都写脸上了，钱亮问道："给家里电话打通了？"

白新羽点点头。

钱亮跟安抚小狗似的摸着他的脑袋："哎哟，看你这眼睛红的，没事儿吧？"

白新羽摇摇头："那什么，我想通了，我以后再也不迟到了。"

冯东元笑道："不仅不迟到，还要遵守其他纪律。"

俞风城凉凉地说："怎么突然想通了？是不是打电话哭求你那个救世主表哥，结果被拒绝了？"

这话正戳中白新羽的痛处，他强辩道："我打算在这里好好待着，有什么大不了的，不就是当兵吗。"

俞风城听到这话，口气更是冷了几分："你以为什么人都能当兵吗？"

白新羽看宿舍人多，俞风城也不能把自己怎么样，就梗着脖子说："不能当我也当了，你能把我怎么样。"

俞风城眯起眼睛，然后笑了起来：“你有这个觉悟就好，我们会一起帮你当好兵的。”

那笑容分明阴恻恻的，白新羽只觉头皮发麻，心里更忐忑了。

冯东元单纯地笑道：“是啊，咱们是一个集体，大家都会帮你的。”

白新羽心想，跟俞煞星比起来，冯东元简直就是天使啊。

这时，陈靖回来了，他走到白新羽床边，指着床铺：“这是你早上叠的被子，原封不动给你留着呢。”

白新羽看了一眼那被子，他觉得叠得挺好的。

陈靖从抽屉里掏出一把尺子，上去就量：“你自己看看，差了多少。”

白新羽简直无语。

“我现在给你次机会，给全班做示范，重新叠。”

白新羽把被子铺开，重新叠了一遍。

陈靖皱着眉头：“太慢，质量太次，重来。”

白新羽只好把被子叠了一遍又一遍，床是上下铺，他叠被子的时候只能弯着腰，没一会儿腰和胳膊都酸了，就这么来来回回叠了十次，每次叠完，陈靖就挑毛病，给大家上课，弄得白新羽郁闷无比。

最后一遍，陈靖总算满意了：“不错，你进步明显。”

白新羽心里骂道，一个破被子叠了十几遍，能不进步吗，他又不是智力有问题。

午休过后，陈靖带他们练正步去了。

边疆的天气是早上冷，晚上冻，中午晒死人，一天之中可以体会到四季交替。此时太阳当空照，他们在操场踢踢走走，很快就晒得口干舌燥，脸皮子发烫。

白新羽后悔没抹防晒霜，他妈给他准备了好大一瓶呢，就怕他晒伤了。

练军姿的时候，白新羽也是心不在焉，只要陈靖视线不放在他身上，他能偷懒就偷懒一会儿，就这么对付着过去了一次训练。

训练结束后，白新羽感觉自己快晒脱皮了，皮肤从里到外地发热，一进食堂先灌了一大杯水。

“哇，今天有大桃子啊。”钱亮惊喜地叫了一声。

冯东元开心地说：“这里的蟠桃，早就听说很好吃了。”

他们打了饭坐下，钱亮先三两口把一个桃子吃进了肚子里，还一边吃一边夸。白新羽实在不理解吃个桃子怎么能高兴成这样，他觉得自己在这里的每一天，都不可能有开心的时候。

巴图尔坐在他们旁边，见大家都喜欢桃子，就兴奋地给他们介绍蟠桃，那大眼睛忽闪忽闪的，配上别扭的普通话，别提多好玩儿了，大部分人都没在听，只是看他表演。

午饭过后，白新羽回宿舍躺床上就不动了。他早上跑那七公里，现在腿还发软，一平躺下来，整个人从腰部往下都酸麻得快没知觉了，他不自觉地哼哼起来。

冯东元问道："新羽，你怎么了？腿疼？"

白新羽点点头，憋屈地说："我感觉两条腿都不是自己的了。"

"长期不运动就容易这样，你明天肯定更疼。"

"啊……"白新羽丧气地说，"让我晕过去算了。"

冯东元道："我给你按摩一下吧。"

"快来快来。"白新羽往床里挪了挪，但想到他正往俞风城的方向挪，就顿住了。他悄悄看了俞风城一眼，俞风城正靠在床上休息，斜睨了他一眼，爱搭不理的。

冯东元搓了搓手："可能会有点儿疼啊，你忍着。"

钱亮和几个新兵都凑了过来："哎，咱们也学学，大家腿脚都酸，晚上互相按摩一下。"

冯东元给白新羽捏起了大腿。冯东元看着挺瘦，没想到手劲儿不小，一捏下去，给白新羽疼得倒抽了一口冷气。

冯东元扑哧一笑："不疼没效果的。"

白新羽哆嗦道："大哥，你悠着点儿。"

"好好好。"冯东元放轻了手劲儿，白新羽龇牙咧嘴，但勉强可以忍受。

不知道谁开了句玩笑："我说东元这性格，就适合娶回家当老婆。"

众人哈哈大笑起来。冯东元也不生气，笑骂道："美得你。"

白新羽也跟着附和起来。他以前没碰到过冯东元这种性格的男的，既温和细心，却又不娘里娘气，总之就是特别让人有好感。他在部队能碰到钱亮和冯东元，是目前为止唯一的好事。

俞风城看着两人有说有笑的样子，眉头轻轻皱了皱，他凑过来："东元，我也跟你学两手。"

白新羽心里一紧，瞪着他。

冯东元笑道："好哇，你拿新羽另一条腿练练吧，别太用力，他怕疼。"

俞风城笑道："没问题。"

白新羽用眼神警告他别乱来。

俞风城跟没看见似的，一点儿不客气，学着冯东元的样子一把捏住了白新羽的大腿。

"啊——"白新羽叫了一声，其实没多疼，他就是想把俞风城赶跑。

俞风城却没像冯东元那样体贴地松手，反而起劲儿地捏了起来，还一副虚心求学的样子：“是这样吗？”

冯东元点点头：“对，然后用拳头顺着胆经这么刮、敲。”

俞风城朝白新羽勾唇一笑，用硬邦邦的拳骨顺着大腿外侧用力刮了一下。白新羽嗷了一声：“啊啊疼疼疼。”

俞风城无辜地说：“你忍一忍，没听东元说吗，不疼没效果。”

白新羽怒道：“你就是故意的，哎哟……”

陈靖从门外走了进来：“干什么呢你们，鬼哭狼嚎的？”

冯东元笑道：“班长，新羽腿疼，我们给他按按。”

陈靖走过来一看：“这不行，他是肌肉拉伤，又不是老寒腿风湿，起来，我来。”

两人纷纷让开了，陈靖撸起袖子，上去就抓起白新羽一条腿，对折着用力往胸口压去。

白新羽继续号叫：“我不按了！我不按了！”

陈靖道：“你长期不运动，肌肉容易拉伤，这时候把筋拉开，你明天腿就不会太疼。”

白新羽哭号道：“我也不想今天疼啊。”他不仅是疼，还觉得相当丢脸，难道大家都没看出这姿势多猥琐吗？这群天真又愚昧的小处男！

“忍一忍。”陈靖给他换了一条腿，使劲往下压。

在把白新羽摆出各种奇怪的姿势，折腾得他鬼哭狼嚎之后，陈靖终于面无表情地拍拍手，推了推眼镜，站了起来：“来，看看好点儿没有。”

白新羽活动了一下，酸痛的感觉居然真的消去不少，他惊奇道：“哎，真的不怎么疼了。”

陈靖哼了一声：“这些我都会慢慢教给你们的，以后我说话都认真听着。”

大熊喊道：“班长威武。”众人都嘻嘻哈哈跟着喊起来。

钱亮在旁边儿一顿贼笑，别人笑完了他都没停。

陈靖皱眉道：“钱亮，你干什么呢，发条拧过了？”

钱亮哈哈笑道：“不是，班长，这几招真好用，但是……但是有几个姿势，哈哈哈，也太那个了，哈哈哈。”

白新羽郁闷地看了钱亮一眼，果然有点儿见识的都觉得不对劲儿。

有些年纪小的新兵一脸懵懂，有几个已经反应过来，纷纷窃笑不止。

陈靖眯起眼睛，抱胸看着钱亮。钱亮朝陈靖挤眉弄眼，结果见势头不对，怪笑两声后，就把话憋回了肚子里。

陈靖狠狠拍了下他的脑袋：“年纪不大，想法不少。”

巴图尔眨巴着大眼睛，单纯地问："哪个呀哪个呀？"

众人哄堂大笑。

白新羽以前跟猪朋狗友混的时候，说起黄色笑话不带重样的，可对着这群普遍年纪不超过二十的小处男，他有点儿下不去嘴，尤其还有这个一本正经的冷面班长在。

俞风城双手插兜，两条长腿交叠，轻轻靠在床栏上，似笑非笑地看着白新羽。白新羽一扭头，正撞上那双深邃的眸子，那一身军装装裹出来的正气和嘴角那抹淡笑带出的邪气，矛盾又完美地碰撞到了一起。白新羽不知怎么的，可耻地被俞风城给惊艳了一把，他心里不禁感叹，就这脸蛋和身材，带着出去多长脸啊，可惜这变态空有一副好皮囊却一肚子坏水，哪个女的跟了他都得分，诅咒他绝后。

午休完后，他们又被拉到操场，继续训练。

一天的训练结束，白新羽快累瘫了。睡觉前，他设了闹钟，发誓明天绝对不迟到，他还特意嘱咐冯东元，如果明天自己再赖床，就下来扇他耳光。

俞风城慢悠悠地说："这个我可以代劳啊。"

白新羽肩膀一抖，缩进被子里蒙住脑袋，假装俞风城不在自己旁边，说老实话，他真怕俞风城半夜滚到他床上。

第二天早上，闹钟一响，白新羽跟遭了电击一样，腾地从床上蹦了起来，一分钟都没敢耽搁，起床、洗漱、穿衣、叠被，一气呵成。其他人在心里感叹，这小子昨天真是被连长整治惨了。

这时，起床号响了。白新羽宽心地一笑，从容地涂上防晒霜，跟着大家下楼了。

第一次准时到达，白新羽底气十足地看着许闯。

许闯朝白新羽道："记得把昨天差的五百米补上。"

白新羽心想，七公里我都扛下来了，五百米算个屁。一想到今天自己没挨罚、没挨骂，他心里就美滋滋的。人都是要脸的，虽然他这人比较厚脸皮，但在这么多陌生人面前被罚，他也觉得挺伤自尊的。今天是他到部队三天以来最成功的一次。

许闯监督了一会儿就走了，由班长带着他们训练。

陈靖虽然没许闯那么凶，但很一板一眼，白新羽训练的时候有几次偷懒，被他抓到了就罚，一点不含糊，渐渐地，白新羽也认真训练起来。他想，如果当兵就是踢踢正步、站站军姿、上上课，那也没什么难的，他应该能撑过去。当他开始积极配合训练后，连俞风城也较少戏弄他了，情况似乎在好转。

晚上洗澡前，冯东元邀白新羽去洗衣服。白新羽懒劲儿上来，不想动弹。

俞风城踹了他一脚，把自己的衣服、袜子、裤子都扔到了白新羽的盆里："去洗。"

白新羽才想起来，自己被逼着答应给他洗一个礼拜衣服，他愤愤不平地看了俞风城一眼。

俞风城一瞪眼睛："去啊。"

冯东元看不过去："风城，你别老欺负他，不好。"

俞风城特别温和地一笑："他打赌输给我的，是不是啊，新羽？"

白新羽还敢说什么呀，只能点头，屈辱地端着俞风城的衣服走了。

俞风城在背后凉凉地说："洗不干净我可不验收啊。"

白新羽恨得想咬死他。

水房里，冯东元麻利地搓着衣服，白新羽把俞风城的衣服扔到地上，狠狠踩了好几脚，才捡起来扔进洗衣槽。

冯东元哭笑不得："你们俩怎么回事儿啊，都是战友，火车上一点误会，就别记仇了。"

白新羽小声说："我跟你说，俞风城就是个喜欢折腾人的变态，他就喜欢看我难受。"

冯东元迟疑道："是吗？他平时好像……挺正常的。"

"装的，你小心点儿他。"

"我小心什么？"

白新羽一时语塞："反正……离他远点儿，他是神经病。"

冯东元无奈地摇摇头："他要是真欺负你，你可以去跟班长说，班长会主持公道的。"

白新羽叹了口气，心想冯东元怎么这么单纯。

"新羽，你怎么又撒那么多洗衣粉，伤身体的，尤其是贴身衣物，放这么多容易起疹子。"

白新羽冷笑："是吗？正好，这是俞风城的衣服，我给他'好好'洗洗。"

冯东元无语了。

"我的衣服怎么了？"俞风城阴恻恻的声音在背后响起。

白新羽身子一抖，回过头去，也不知道俞风城在那儿站多久了，真瘆人。

俞风城走过来，一眼就看到上面那大鞋印子，他指了指，笑着说："你踩的？"

那笑容看得白新羽直发毛，他马上辩解道："不小心掉地上的。"

"洗干净。"俞风城在旁边盯着他。

白新羽把那衣服当成了俞风城的脑袋，又揉又搓，发泄着心头的怨愤，偏偏冯东元还事儿妈，不断地纠正他怎么洗省力，怎么洗干净。他就不想洗干净啊！

把衣服和袜子洗完了，洗衣盆里孤零零地漂着一条裤子 俞风城的。

白新羽犹豫地看着俞风城，俞风城挑了挑眉：“抓紧，你洗不完就带去澡堂子洗。”

白新羽这辈子别说洗别人的裤子了，连自己的他都没洗过。他做梦都没想到，有一天他会给一个男人洗裤子，太气人了！

俞风城挺享受白新羽纠结的样子，笑盈盈地看着他。

白新羽设想了一下不照办的后果，最后很没骨气地拿着裤子搓了起来。白新羽一阵恶心，同时又委屈又生气，心里痛骂俞风城祖宗十八代，只想把整个洗衣盆扣在俞风城头上。

俞风城看着他脸上变化的表情，实在忍不住笑了出来。

THE GROWTH OF A DANDY.
FIGHT ALONGSIDE YOU.

第六章 别让我看不起你

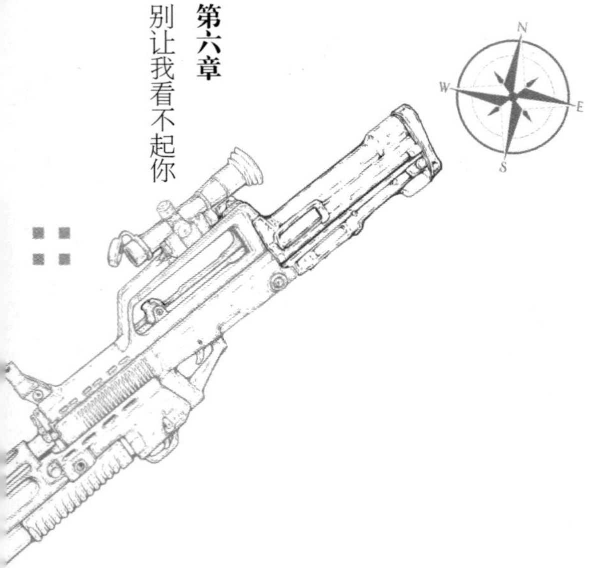

从那天起，白新羽被迫给俞风城洗了一个礼拜的衣服，后来他也麻木了，除了每天例行公事地踩几脚之外，基本能心平气和地把衣服洗完。虽然他洗衣服的进步得到了冯东元的夸奖，但他一点儿也不高兴。

前半个月，他们都是训练军姿正步之类的基础，白新羽觉得除了每天要早起之外，过得还不算很艰难，他甚至偷偷有了一种，部队也不过如此的感觉。

在生活一点点步入正轨后，白新羽在某一天，突然难以控制地想念起被俞风城收走的那条烟。他烟瘾犯了，又抽不惯小卖部那些便宜的烟，想起自己带来的那条好烟，实在忍不住了，冒着自己送上虎口的风险，找上了俞风城。

俞风城正在看书，见白新羽欲言又止，跟罚站似的站在自己面前，挑眉道："干什么？"

白新羽悄声道："那个，我那个烟，你扔了吗？"

俞风城眯起眼睛，明知故问道："没有，怎么了？"

"能……能还我一包吗，一包就行，就算要戒烟，那也得循序渐进是不是，不能一下子掐了，要命啊。"

俞风城笑眯眯地说："我要是不还呢？"

白新羽咽了口口水，忍着想扇死他的动作，哀求道："就还我一包吧，你留着也没用。"

"我准备借花献佛，拿去孝敬首长。"

白新羽怒指着他："你怎么都不害臊呢！"

俞风城耸了耸肩："就不啊。"

白新羽想着他那烟，还是不死心，忍辱负重地说："要不，我再给你洗一个礼拜衣服。"

俞风城凉凉地说："你衣服洗不干净，还是算了吧。"

白新羽在心里大骂，我就着边疆冰凉的水给你洗一个礼拜的衣服，你还敢嫌没洗干净！他忍不住在脑海中想象自己抓着俞风城的头发扇他嘴巴子，然后再往墙上撞的威武画面，可他也只敢想想，一开口，还是低声下气的："我尽量洗干净点……要不，半包？"

俞风城邪笑着看着他："这么大瘾啊？"

"从高中就开始抽了，好几年呢，也不是说戒马上就能戒的。"白新羽小声说，"你还我一点吧，小卖铺那些烟太次了，跟烧树叶似的。"小卖部里并不是没有好烟，但那种较贵的烟是专门用来招待上面来的领导的，普通兵没有命令不能买，怕有行贿嫌疑，能买的都是几块钱一包的，白新羽享受惯了，看不上。

俞风城打开柜子，从里面拿出一盒烟，晃了晃："你是说这个？"

白新羽眼睛发亮，用力点头，那表情就跟小狗见了肉骨头，就差流哈喇子甩尾巴了。

俞风城有种把烟扔出去，白新羽就会扑过去捡的错觉，他勾唇一笑："来，跟我出来。"

白新羽还没彻底失去理智，立刻警惕地说："你要干吗？"

俞风城道："你说得对，让你戒烟应该循序渐进，所以我监督你抽。"

白新羽将信将疑："真的？"

"真的，你到底要不要？"

白新羽点点头："要。"

俞风城往门口走去。白新羽看着俞风城的背影，犹豫了那么一下下，不过想想他也不能真吃了自己，怕什么，大不了再洗一个礼拜内裤呗，他都洗出经验了。他给自己壮了壮胆子，就跟俞风城出去了。

操场后边儿的休息区，这个点儿没人，因为种着树，比较隐蔽，俞风城往石椅上一坐，跷着二郎腿，用下巴指了指自己旁边的座位："过来。"

白新羽有些戒备地坐下来。

俞风城笑眯眯地说："你是不是挺怕我的？"

白新羽觉得说是丢人，说不是心虚，一时语塞。

俞风城哼笑道："要是怕就对了。"

白新羽早已认定俞风城是变态，也就不再纠结他为什么如此"变态"，只想赶紧拿到自己的烟走人，于是用眼神催促着。

俞风城从烟盒里抽出一支烟，逗弄着在白新羽眼前晃了晃："就一根儿。"

白新羽点点头，伸手就要去拿。

俞风城一把抓住他的手腕，眯着眼睛道："我可没说就这么给你。"

白新羽烦死了："你还要怎么样。"

俞风城跟逗小狗似的说："叫一声'大爷'。"

白新羽瞪直了眼珠子，愤而脱口："你还要不要脸？"

俞风城也不恼："你还要不要烟？"

"这烟本来就是我的，你抢我东西！你……"白新羽威胁道，"我要告诉班长，告诉指导员。"

俞风城笑道："去呀。"

"你……"白新羽指着他鼻子，手直哆嗦，这些天俞风城没招惹他，他好了伤疤忘了疼的本性难移，一时冲动，伸手就去抢。结果他手还没碰到烟，就被俞风城给制住了。

“叫啊，你不是想抽好烟吗？”

“俞风城，你浑蛋！”

俞风城不咸不淡地说：“谢谢。”

“你……”

俞风城欣赏够了他的倒霉相，才哈哈笑着把一根烟塞进了他嘴里，调侃道：“乖，省着点儿抽。”说完拍拍屁股，潇洒地走了。

白新羽拿着那根烟，半天都没回过神来，不敢相信俞风城就这么放过他了。

白小少爷甩了甩脑袋，愤愤不平地掏出打火机，把烟点上，狠狠吸了一口，随后想起俞风城临走前说过的话，心疼地慢慢抽了起来。

按理说，部队的训练应该是循序渐进的，但许闯真就彻底贯彻了他开头说好的“不一样”，半个月内结束了基础训练后，就开始体能项目。每天的越野跑，从早晚三公里增加到五公里，听说一个月后就要增加到一天三顿五公里，还要上负重。

白新羽好不容易适应下来的训练程度，一下子提高太多，他又跟不上了。越野掉队惩戒的人里，每次都有他，惩罚的方式也五花八门，俯卧撑、深蹲、蛙跳、拉筋，样样都能把人折腾得死去活来，白新羽每天累得哭爹喊娘，又开始觉得自己命不久矣。

跟不上进度的也不仅仅是他一个，有好多新兵都开始偷偷抱怨，每天累得跟死狗似的，躺床上就能睡着。这时候，好兵和孬兵之间的差距开始明显拉开了。白新羽虽然对俞风城各种不服气，但俞风城所有表现都拔尖，让许闯这个狂躁症患者喜欢得很，而他，显然是负面典型。男人都是要脸的，成天挨训挨罚，白新羽也觉得脸上挂不住，可他那种得过且过的心态没有转换过来，始终觉得训练是为了应付上级、躲避惩罚，而不是为了自己，所以训练成绩就越来越差，恶性循环，他每一天都过得苦不堪言。

这天晚上，白新羽正在床上深度昏睡，突然被吵醒了，耳边传来刺耳的哨声。

陈靖猛地从床上弹了起来，大喊道：“紧急集合！紧急集合！”

宿舍里一片哀号声，这里的晚上特别冷，在熟睡中把人从温暖的被窝里拽出来，而且必须五分钟就集合，那种痛苦可想而知。

白新羽困得眼睛都睁不开，抱着被子号叫：“要命啊——”

俞风城一把将他从床上拽了起来：“你敢迟到，连长才会要你命。”

白新羽一听“连长”两个字，鸡皮疙瘩都起来了，他快速穿衣穿鞋，终于跟着大部队下了楼。

许闯穿着军大衣，冷笑地看着他们，啧啧两声道：“低头看看自己，看看旁边的人，裤子穿错没有？”

大部分人形象都很狼狈，有的没穿袜子，有的腰带系错了，有的扣子没扣好，队伍里传来两声窃笑。

许闯冷哼一声：“笑？”

顿时鸦雀无声。

“第一次紧急集合，结果很让我失望。”许闯对他们指指点点，“看看你们这副没睡醒的样子，如果刚才响的不是军哨，而是敌人的炮弹，别说奋起反抗了，你们有几个能从楼里跑出来的？我早就说过，到了我手里，别把自己当新兵，得把自己当战士！不过，你们这副熊样，离合格的战士还远着呢。”他看了看表，“越野五公里，限时三十分钟，没完成任务重跑，以班为单位，超过四分之一没完成，全班重跑。”

整个连队一片安静。

许闯喝道：“跑啊！”

班长带头喊起口号，带着队伍往白杨树林里跑去。许闯是说一不二的，谁也不想再受一遍折磨，他们忍受着饥寒困顿，发狠跑起来。

大熊喊道：“班长，太冷了。”

陈靖叫道：“跑一会儿就不冷了。”

“班长，我们唱歌吧。”

“好，你起头。”

大熊想了想，扯着嗓子吼道：“风在吼，马在叫，黄河在咆哮——”

“哈哈哈哈——”众人大声笑了起来。

大熊恼道：“笑个屁啊，这时候就得唱这个才能醒脑！”他重新起了个头，“预备，唱！”

漆黑静谧的白杨树林，突然传来了气势惊人的《黄河大合唱》，那歌不是唱出来的，是吼出来的，没有调，没有音色，有的只是这群年轻人从身体里爆发出来的豪气，一时整个树林都为之震动。

白新羽跟着吼了两嗓子后，果然感觉脑袋清醒不少，但跑过三公里后，他就开始跟不上了，一想到掉队要重跑，他真是拼了老命，可还是渐渐地落到了队伍后面。

陈靖叫道：“大家看到掉队的同志就扶一把，争取全班通过。”他们每个班就二十人，四分之一就是五个人，以现在的状态看，绝对有超过五个人在三十分钟内回不去。

冯东元跑了过来：“保持匀速呼吸，别紧张。我算过，咱们平时也就跑三十分钟多点，加快速度，没问题的。”

钱亮喘得不行："东……东元，你看着比我还瘦，怎么这么能跑？"

冯东元笑道："我在学校就练长跑的。"

白新羽跑得直翻白眼，他觉得自己肯定会是最晚回到操场的那个，而最晚回去的代价就是还要再跑一次五公里，许闯这是要玩死他们啊！

冯东元拽着白新羽的胳膊："新羽，你撑住啊，不然连长真的能让你再跑一遍。"

白新羽上气不接下气："我……三十分钟……不行的。"他每次跑完五公里，都是要死要活的，而且总是全班，甚至全连最末尾的那个，他心里真是恨不得揍死许闯。

陈靖道："不行也得行，你跑不完不要紧，可不能拖累全班人跟着你重跑。"他架起白新羽的胳膊，"白新羽，你好歹也当了一个月的兵，有点儿骨气。"

白新羽甩了甩脑袋，汗水都甩到了陈靖脸上："班长，我真不行，半个小时……我真跑不完，要不你把我打晕吧，许闯就能放过我了。"

陈靖厉声道："胡说八道，你这样就等于上战场装死，这是军人该干的事吗？"

白新羽喘道："我要是再跑五公里，就成死人了……还军人……"

陈靖狠狠拍了下他的脑袋："白新羽，关于你的态度问题，回去我再找你好好谈话，你现在死也要给我跑完，只要你努力了，三十分钟内你完不成，我代替你跑那五公里！你要是现在就想放弃，我一辈子瞧不起你！"

俞风城不知道什么时候也跑到了他身边，默默地看着他。

白新羽的心脏仿佛被什么东西抓住了，他在跑与不跑之间挣扎了起来，如果现在真的倒地装死，他就能躲过一劫了，可是……

我一辈子瞧不起你！

那句话就跟一口洪钟般，狠狠撞了他一下，拨动他身体内某根名为自尊的弦，他想往地上一扑了事，却始终做不出来。

冯东元推着他："新羽，跑啊，又跑不死，说不定你真能三十分钟跑完呢！"

陈靖道："东元，你去扶一下钱亮，你们体能好的互相搀扶一下，都别掉队。"

冯东元点点头，拽着钱亮往前跑，其他人也赶过来帮着掉队的人。本来如果没有时间限制，经过一个月的锻炼，他们都能跑完全程，可现在他们不得不提高速度，体力消耗倍增。

白新羽咬着牙往前跑，全身跟洗澡似的，汗水哗哗地流。俞风城架起了他的胳膊，低声道："你别拖累全班的人，抬起脚跑。"

白新羽不自觉地把身上的重量往俞风城身上转移，实际上他恨不得直接挂俞风城身上了。他听到俞风城也在喘，但是很克制，被自己这么拖着，体力消耗肯定不小，但俞风城的呼吸却没乱，抓着他的那只胳膊力气可真大，让他想停都停不下来。

他扭头，看着俞风城刀削般的下巴上悬挂的汗珠，像小河一样顺着脖子流进衣服里，同样是长跑，自己跟濒死的鱼一样，俞风城却可以如此从容。

都是不缺胳膊不缺腿的年轻男人，他们之间的差距真有那么大吗？他不想拖累全班跟他重跑，也不想让谁代替他跑，他只想当一个普通的、中规中矩的兵，跟所有人一样，正常地完成任务，不挨罚，就这么简单的愿望，难道他都做不到？他白新羽……真就那么孬吗？

来到部队后，没有了钱的加持，他一下子屁都不是了。成绩总是最差，受罚总是最多，不会有人尊称他一声“白少爷”，也不会有人对他拍马屁讨好，甚至没几个人瞧得起他，俞风城更是直接骂他“窝囊废”。他本来以为自己可以不在意，他可以继续用对付他爸妈的方法，对所有的这些都视而不见，只要他自己活得舒坦就行，可他发现他越来越做不到了。当他看到，比他小好几岁的新兵样样比他出类拔萃的时候，他觉得丢脸，他没有什么崇高的保家卫国的理想，也没什么争强好胜的念头，他仅仅只是想当一个普通的、不掉队的兵！

操场的灯光如星火般在遥遥前方闪耀，白新羽不知道自己跑了多远，也不知道还剩多少时间，他拼命挪动步子，朝那个光点前进。

他不想被人瞧不起……

眼看着东方泛起了鱼肚白，陈靖看了看时间：“风城，你们几个先走吧，别真弄得整个班重跑。”

俞风城神情复杂地看了白新羽一眼，和几个体能好的兵开始加快速度跑走了。

等陈靖拖着白新羽跑回操场，时间早已经超过了三十分钟。

白新羽摇摇晃晃地站着，鼻头发酸，特别想哭——他腿都快跑断了，也没能在规定时间内回来，全连只有他一个人跑不下来，只有他一个！这一个月里，当其他兵都在努力适应训练，逐步提高的时候，只有他还在得过且过地偷懒，踩着及格线混日子，许闯稍微一“练兵”，结果立刻显现出来了。

许闯的目光落到了陈靖身上：“你怎么回事？”

“报告连长，我是他的班长。”

“废话，我不知道你是他班长？”

“报告连长，我答应他，如果他努力跑完全程，就算迟到了，额外的五公里我代替他跑。”

许闯眯起眼睛：“我答应了吗？”

陈靖低下头，小声说：“连长，给我个面子呗，他再跑五公里真容易出事。”

许闯瞪着他，一挥手：“你和他都迟到了，两人加起来十公里，跑去！”

“是！”陈靖敬了个礼，开始绕着操场跑了起来。

“班长……”白新羽追了两步，感到双腿发软。他如鲠在喉，却说不出“我自己跑”的话——他现在连站着都直晃。他看着陈靖的背影，心里满是愧疚和心虚，整个连的人都在看他，那苛责的目光刺得他脸皮发烫，让他连头都不敢抬起来。

许闯叫了解散，到早餐前都不用出操了，大家可以回去休息。可三班没有人走，他们追到陈靖身边，劝着：“班长，连长走了，咱意思意思行了，回去休息吧。”

陈靖喘着气说：“你骗得了连长，骗得了自己吗？为了区区十公里，心里落个疙瘩，以后想起来不硌硬？”他已经把眼镜折起来放进了口袋里，那张稚嫩了好几岁的脸上，带着一层薄汗，紧抿的唇线看上去格外固执。

白新羽看着陈靖大汗淋漓的样子，心里越来越难受。

“哎，你们快别跟班长说话了，他都直喘了。”

陈靖道：“没事，十公里不算什么。”

梁小毛瞪了白新羽一眼，凉凉地说：“全连就他一个人不合格，五公里有多难啊？平时要是上上心……”

“小毛。”大熊朝他使眼色，“算了。”

梁小毛故意拔高音量：“我说说怎么了？班长刚提士官，带的兵的成绩对他多重要啊。”

陈靖声音沉了几分：“小毛，你回去休息。”

梁小毛白了白新羽一眼，转身走了。

白新羽低着头不说话。

冯东元推了推他：“你别往心里去，这才训练一个月，你能赶上的。”

俞风城冷冷道：“就他这个态度，给他一年也不可能合格。今天是班长代替你跑步，明天打算找谁替你考核？白新羽，你还是去炊事班吧。”

陈靖跑得远了，没听着，新兵们听了，均默不作声，心里觉得挺解恨。俞风城这番话说得一点儿都没错，白新羽不仅在拖累他们班的成绩，还在拖累陈靖的成绩，影响陈靖的提升。陈靖虽然不苟言笑，但有能耐、人又正气，在班里威信很高。本来白新羽偷懒耍赖，他们最多心里瞧不起，表面上不会说什么，可今天这个事儿犯众怒了，矛头纷纷都指向了他。

白新羽被挤对得想哭，强烈的羞耻感挥之不去。

陈靖毕竟是当过两年兵的，十公里跑下来，除了喘得厉害点儿，还稳稳当当的。三班的人拥簇着他回了宿舍，白新羽走在最后面，简直无地自容。

回到宿舍后，白新羽磨磨蹭蹭地走到陈靖床边，小声说：“班长，谢谢你。”如果陈靖不替他跑，他肯定会跑死在操场上。

陈靖脱掉汗湿的上衣，用毛巾擦着结实的身体：“不用谢，你今天的表现比我预想得好。”

“真的？”

“真的，起码你一直想赶上大家。当然，也只好一点，而且是对比昨天的你，你跟全班，不，全连的人比，都还差了不止一点。你以前偷懒，我睁一只眼闭一只眼，你知道为什么吗？”

白新羽低着头不说话。

“不是因为你勉强合格，我才不说你，而是我在等这一天。”陈靖用手指戳了戳他的肩膀，“等着你自己发现自己偷懒的后果的那一天。这如果是战争年代，等你上了战场挨了枪子儿，才后悔自己没好好锻炼，你就只能跟阎王说去了。”

白新羽低声说：“我以后不偷懒了。”

“以后训练任务只会越来越重，你们所有人的表现，我们都看在眼里，记在本子上。我知道你不愿意当兵，可人，男人，得为自己走过的每一段路负责，哪怕是从粪坑里走过去，也有人走得不掉价。你来当一回兵，好兵是兵，孬兵也是兵，你要是觉得对得起你自己，你就继续这么孬着。”陈靖套上衣服，斜睨着他，“可你要是觉得，你这样连自己都看不下去了，你就拿出点态度来，现在努力，还不晚。”

白新羽握紧了拳头，眼神有一丝迷茫，思绪也纷乱不已。

陈靖一挥手：“休息去吧。”

白新羽低头僵了一会儿，突然往门外走去。冯东元和钱亮一直盯着他，怕他受不了打击，见他往外走，齐声问道：“你去哪儿？”

白新羽说：“给我家打电话。”他来这儿一个多月，一通电话都没给家里打过，除了心里赌气，有些怨他爸妈外，也是怕听到他妈的声音他控制不住，可现在他觉得他应该不会哭了，他虽然没想过争当好兵，但也不想当丢人的孬兵，他想努力成为一个合格的兵。

白新羽前脚出了宿舍，俞风城就放下手里的书，跟了出去。

这时候传达室没人，白新羽拿起话筒，拨通了他妈的手机。

电话很快接通了，他妈还在睡梦中，含糊的声音从那边传来：“喂？”

白新羽鼻头一酸，小声叫着：“妈。”那声音跟猫叫一样，又委屈又可怜。

“新羽？宝贝是你吗？”

“妈，是我。”

“新羽啊。”李蔚芝一下子哭了，“你怎么一个多月都不打电话，妈妈好想你啊。”

白新羽克制着大哭的冲动，哽咽道：“我……训练忙。”

“你……你在部队怎么样？过得好不好？”

白新羽撇着嘴："不好，妈，我好累，每天累得都起不来床，我好想家。"

李蔚芝的哭声更大了。

白新羽立刻后悔跟他妈抱怨了，只好改口道："妈，你别哭了，一开始是比较累，现在好多了，我慢慢习惯了。"

李蔚芝哽咽道："你走了，我老是做梦，梦到你冻着了、累着了，我真想去看看你，也不知道你吃不吃得惯，被子够不够厚，要是生病了谁照顾你啊。"

白新羽努力安慰着："妈，我没生病，我体质挺好的，那个……这里没你想得那么差，饭菜不错，宿舍里有暖气的。"他忍了又忍，还是没提想回家的事，他知道他不可能回去，既然如此，还是让他妈少操心好。

李蔚芝沉默了一会儿："宝贝啊，你怎么学会安慰妈妈了。"

"什么学会啊，这还要学吗。"

李蔚芝吸了吸鼻子："你以前……哎，算了，新羽，不管部队有多苦，你都要坚强一点，我们都是为了你好，妈妈每天都特别想你，但你这么年轻，以后路还长着，父母不能总陪着你，我们希望你长大，好不好？"

白新羽叹了口气，不情不愿地嗯了一声："我说'不好'你也不会把我弄回去啊。"

"你相信我们，相信你哥，这都是为了你的将来。哎，对了，那个老俞家的孩子，跟你在一块儿吗？"

提到俞风城，白新羽一肚子窝囊气，闷声道："嗯，一个班。"

"那就好，他挺照顾你吧？你别看他年纪小，我听隋英说，他们家挺有意思的，不管多大的孩子，不管男孩儿女孩儿，从小就接受军队化管理，家教特别严，他受的训练可不比老兵差，有他照应你，没人能欺负你。你跟他好好相处啊。"

白新羽觉得他妈说的话扇了他一记又一记耳光，他要怎么跟他妈说，就这个他哥特意嘱咐来"照顾"他的俞煞星，欺负他欺负得最狠？等等，这不会就是他哥故意的吧？

"新羽？你听着吗？"

"啊啊，听着啊。"

"你跟他处得怎么样啊？"

"挺……还行。"白新羽咬牙切齿地说。

李蔚芝听出这口气有点勉强，她问道："怎么了？你们处得不好吗？"

"不是，我们平时训练忙，没时间交朋友。"

"哦，没事儿，慢慢来。对了，你们小时候见过的，你不记得了吧？"

白新羽的眼珠子差点儿瞪出来："什么时候？"

"有一年寒假，隋英带你去简家老爷子那儿玩儿，隋英跟那孩子的舅舅是朋友，当时你们就见过面，你那时候可能八九岁吧，你肯定不记得了。”

白新羽努力回忆了一下，确实想不起来，他小时候放假都会出去旅游，去的地方多了，哪里会每个都记得：“我真不记得了，你怎么知道？”

“哎，你们小时候见过的事儿是隋英前两天跟我说的，但他当年带你去那儿这件事我印象太深刻了。当时隋英顶多十四五岁，你们两个小孩儿坐火车跑出去玩儿，把我们大人都急坏了，隋英还挨揍了呢。”

白新羽皱起眉，印象中小时候确实有这么个事儿，但细节他已经忘了。他八九岁都不记得的事，俞风城那时候才五六岁，肯定更记不得了，可他总感觉瘆得慌，他小时候聪明漂亮、人见人爱，不可能那个时候就结仇吧？

“妈，你还知道俞风城的什么事儿，都告诉我。”所谓知己知彼，说不定能抓到俞风城的什么把柄呢。

“我也不太清楚，你要是想知道，我问问你哥去。”

白新羽想起上次那通电话，简隋英的怒吼声音犹在耳边，他表情有些扭曲：“还是算了吧，没什么大不了的。”

两人又闲聊了一会儿，白新羽才依依不舍地挂了电话。在听着他妈温柔宠爱的声音时，他感觉自己还是那个备受关怀的富家少爷，可电话一挂，他就被迫回到了冰冷的现实，那种巨大的心理落差，让他伤心极了。他摸着话筒，失落地小声叫了一句：“妈……”他在话机旁待了一会儿，打算离开，结果一回身，就见俞煞星斜靠在门框上正看着他。

白新羽吓了一跳：“你有病啊，在那儿站多久了？啊，你偷听我电话！”他恼羞成怒，不知道刚才他和他妈的对话，被俞风城听去了多少，要是全听到了，俞煞星肯定要以为自己多关心他的情况似的，这误会可就大了。

俞风城讽刺地一笑：“有人站在你背后你都不知道，警觉性这么差，还怪别人偷听？”

白新羽被他的强词夺理气坏了：“难道别人把钱包搁肩膀上，警觉性太差你就能偷吗？”

俞风城笑道：“那得看我想不想了，还好我对钱包没什么兴趣。”

白新羽急道：“你到底听着什么了！”

俞风城慢腾腾地走了过来：“都听着了，我听到你像小姑娘似的跟你妈撒娇，还听到你跟你妈打听我的事。”他坏笑道，“这么见外做什么，想知道我的事，直接来问不就行了。”

白新羽推开他的手：“是我妈提了我才随口问的，谁想知道你的事儿啊，少往自己脸上贴金。”

俞风城按着他的肩膀，让他动弹不得："哦？刚才不是你跟你妈说，知道我的什么事都告诉你吗，现在你又不想知道了？"

白新羽瞪着他："我……问你，你真的会说？"

俞风城笑眯眯地说："你问问试试嘛。"

"那个……我们小时候，真的见过？"

俞风城眼中精光一闪："见过啊。"

"你记得？"

"显然我记性比你好点儿。"

"那我那个时候，没……得罪你吧？不是，我那时候才几岁啊，正是伶俐可爱的年纪，怎么可能得罪你呢，是吧。"白新羽心里惴惴不安，难道这个煞星如此针对他，是因为两人小时候有过过节？

俞风城勾唇一笑："没有啊，我们玩儿得挺好的，具体细节我也记不清了，我就记得，你教了我几个有意思的游戏呢。"

"是吗，我不记得了。"

俞风城微眯起眼睛，口气暧昧地说："没关系，改天我教你玩儿。"

白新羽总觉得气氛不太对："那咱们无冤无仇的，你是不是……可以放过我？"

俞风城笑盈盈地说："这是说哪儿的话，我挺喜欢你的，放过你，军营生活该多枯燥啊。"

白新羽在心里大骂，你哪里像喜欢我！他愤怒道："你这么对我，你舅舅知道吗？"

俞风城扑哧一笑："你是不是真傻啊，我舅舅又不在这里，他上哪儿知道去。"

白新羽怒道："我……我会告诉我哥的，你舅舅早晚会知道！"

俞风城哈哈笑道："你记性真够差的，我早说过吧，等他们都知道的时候，说不定你人都凉了。"

"放你的……"白新羽张嘴想骂，但是想想骂了这个煞星很可能挨揍，便硬是把脏话憋了回去，好歹相处这么长时间，他已经识时务了。

俞风城挑了挑眉："哟，变聪明了嘛，还是臣服于我的魅力之下了？"

"臣服个屁，以为自己是天仙啊。"白新羽翻了个白眼，绕过他走了。

THE GROWTH OF A DANDY.
FIGHT ALONGSIDE YOU.

第七章 稳定的「吊车尾」

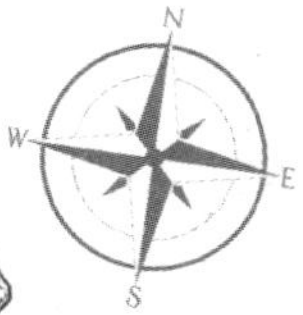

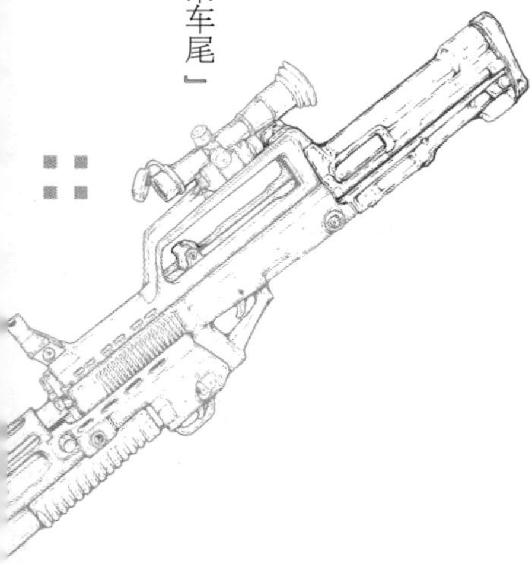

吃过早饭，一天的训练开始了。陈靖带他们训练战术动作里最难的一项——匍匐前进。

前两天的跃进、滚进，白新羽就练得不是很好。按陈靖的说法，就是身形笨得跟狗熊似的，一上战场就是活靶子。现在一看陈靖的示范动作，白新羽就眼前发黑，这段时间他身上大小擦伤、瘀青不断，这匍匐前进更是肉身直接在地上蹭，也不知道衣服禁不禁得住。

陈靖解说道："匍匐前进分为低姿匍匐、高姿匍匐、侧身匍匐和高姿侧身匍匐，其中低姿匍匐是最难的，需要身体的协动性更大，臀部的力量也更强，低姿匍匐的考核标准是障碍物不高于四十厘米，我们先练最难的这个吧。"他开始讲解动作要领，然后要求两人一组，一个爬，一个看动作总结教训，再交换。

白新羽要和冯东元一组，冯东元也欣然同意。白新羽现在有点儿依赖冯东元的意思，因为冯东元脾气好，热心，最主要的是对谁都和气，就算别人都挤对他，冯东元也不会。

早上讽刺过白新羽的新兵梁小毛，见状就哼道："成天缠着东元，也不怕人家烦。"

冯东元朝他使了个眼色，示意他别说。

白新羽早上心虚，所以没接茬，现在就沉不住气了，他也是少爷脾气，哪儿受得住这么连讽带刺的，就回嘴道："你成天缠着班长，班长不烦？"他在心里默默加了一句：马屁精。

梁小毛瞪起眼睛："你也有脸提班长，老拖班长后腿。"

冯东元低声道："小毛……"

"说什么呢！有没有点纪律！"陈靖叫道。

几人都不出声了。

陈靖道："白新羽，梁小毛，出列！"

两人从地上爬了起来，跑到陈靖面前。

陈靖道："趴下。"

两人趴到地上。

陈靖蹲下身："匍匐前进，一、二、三，走！"

两人开始手脚并用地往前爬，由于刚开始练习，不得要领，梁小毛还稍微好一点儿，白新羽完全是靠着屁股往前拱。

陈靖一巴掌拍在白新羽的屁股上："就你这屁股翘得老高，两里地外都看得着，狙击手一枪就能毙了你。"

众人大笑起来。

陈靖道："我刚才说了，不要用屁股往前拱，要用大腿内侧的力量，身体必须尽量压低，在这种情况下，也要兼顾速度。白新羽，爬。”

白新羽只好继续往前爬，他努力想靠大腿内侧往前推，可就是不由自主地想撅屁股，毕竟那样更自然省力。最后只要他一撅起来，陈靖就一巴掌给他拍回去，他爬了十来米，屁股被陈靖拍得啪啪作响。别看陈靖看着精瘦斯文，好歹是正规兵，那手劲儿可不是盖的，被他拍了几巴掌后，白新羽就觉得一边儿屁股火辣辣地疼，他实在受不了了，委屈地说：“班长，你换一边儿呗。”

这回连陈靖都忍不住笑了，这才放过他，指导别人去了。

一群新兵就那么在草地上爬来爬去，陈靖到最后就专看屁股，谁的屁股撅得太突出了，就一脚踩下去，一点儿不留情。一天下来，所有人的手都磨破皮了。

洗澡的时候，整个澡堂子一堆猴屁股，大家互相指着哈哈大笑。白新羽尤其尴尬，半边屁股被陈靖拍肿了，另一边儿还白嫩着。俞风城经过他身边的时候，不怀好意地看了他一眼，白新羽那个生气啊。

回到宿舍后，白新羽的屁股还是火辣辣的，他跟冯东元抱怨，冯东元就忍不住笑：“班长都是为你好，考核的时候上面是铁丝网，下面是泥泡子，让你这么爬五百米，你要是不规范，背上的皮肉都保不住。”

白新羽颤声道：“你开玩笑呢吧。”

“没有啊，我在电视上看到的。”冯东元耸耸肩，“看着挺吓人的，不过只要好好训练，别人能做到，咱们也能做到。”

白新羽钻回被子里，只想咬着被角哭。

俞风城凑了过来，笑着说：“哪儿止啊，泥水里还会有粗砂、泥块、石头，照咱们考核的时间，那时候都入秋了，水冰凉，你自己想象一下。”

白新羽瞪了他一眼：“你笑个屁，你不是也要爬。”

俞风城点点头：“可我不怕疼，你怕不怕？”

白新羽底气不足地说：“我也不怕。”

钱亮道：“哎哎哎，你们俩吓唬他、吓唬我们干吗呀，好日子舒服一天是一天。”

巴图尔哼唧道：“这不是好日纸（子），不是好日纸（子）。”

大熊直笑：“哎，孩子，我教教你普通话吧，你说话忒逗了，这要是以后跟你出任务，你一开口我们都笑，这不暴露了吗。”大熊一口京片子，每次听巴图尔说话都受不了。

巴图尔有些羞恼：“不用，我至（自）己学。”

“哈哈哈。”

陈靖敲敲床柱：“不许嘲笑别人的口音，以后你们还要学本地方言，到时候看谁笑话谁。”

大熊挤眉弄眼地说："班长，我没嘲笑，我就逗他呢。"

"不许逗他，要爱护年纪小的战友。"

巴图尔嘿嘿直笑。

大熊搓着手："好，我好好'爱护'小战友。"说着扑到巴图尔身上，拼命挠他痒痒。巴图尔又叫又笑，新兵蛋子们都跟着闹了起来，宿舍里一片欢腾。

训练任务越来越繁重，但白新羽的成绩很稳定，一直吊车尾。他原本想争个中游的雄心壮志，在每天痛苦的操练中被消磨殆尽。

没过多久，白新羽迎来了他部队训练中最大的一次危机——四百米障碍。那短短四百米包含了冲刺、绕杆、跃沟、独木桥、翻墙等近二十项高难度动作。陈靖给他们演示了第一遍后，大部分新兵都惊呆了，也有不信邪的，觉得陈靖做得很轻松，自己上去一试，都灰头土脸地回来了。

陈靖带着他们一个障碍一个障碍地分解练习，很多障碍只要掌握了要领，通过并不难，难的只是时间限制，但也有一些是真正需要反复训练才能达成的，比如跨越弹坑，比如翻墙。

那两米半深的弹坑，白新羽看着都腿发抖，其实那个距离大部分成年男人都能跳过去，可那深度还是让人感到恐惧。光这一关白新羽就反复做了无数次心理准备，才算勉强过关。

而那两米多高的高墙更是让他无力，他看着陈靖一个助跑、起跳，往墙上一踹，手攀着墙就翻了过去，以为还算简单，结果自己试了几遍，根本过不去。这项对其他人也算高难度，大家在这四百米障碍面前，确确实实地碰到了"障碍"。

一天的训练下来，很多新兵都觉得好玩儿、充满了挑战，而白新羽则情绪沮丧，一路跟冯东元抱怨太难，自己肯定过不了关。

这话被俞风城听见之后，他冷冷地说："你这副孬样，什么训练能合格。"

白新羽不服气地说："我其他都合格了。"

"你其他的只是做完了，你能通过考核再说自己合格吧。"俞风城轻蔑地看了他一眼，"你的成绩，最后就是去炊事班的命。"

白新羽狠狠瞪着他："你放屁。"

冯东元叹道："你们别吵了！风城，你怎么老是说新羽呢，你这样也不对。"

俞风城耸了耸肩："白新羽同志，到时候我去食堂打饭，你可记得多给我二两肉啊。"

白新羽怒道："我给你下老鼠药！吃死你！"

俞风城哈哈笑着走了。

“下一个，白新羽！”陈靖喊道。

白新羽一个助跑，朝着高墙用力一跃，两手刚刚能抓住墙沿，可身体怎么也使不上劲儿，脚在墙面上使劲蹬踹，就是上不去，最后只能跳了下来，无奈地看着陈靖。

“我说过了，要借着往上跳的那个劲儿，一鼓作气地用手撑上去，如果你这个劲儿借上了，不可能翻不过去。”

白新羽哭丧着脸：“我真过不去啊。”

陈靖道：“俞风城，你来示范。”

俞风城一阵快跑，到了高墙前，敏捷地往上一跳，两手攀住墙沿，脚下一蹬，身体一下子起来了，他抱住墙沿，整个身体利落地翻了过去，然后稳稳地落到地上。

陈靖道：“看到没有？脚下的助力一定要拿捏好时间。俞风城，你和白新羽一组，负责把他教会。”

“是。”

白新羽的脸立刻垮了下来，哀求道：“班长……”

“叫祖宗也没用，练去。”陈靖知道两人不对付，他就是要找一个能克住白新羽的，不然这小子老偷懒。

“帅哥班长……”

陈靖照着他屁股踹了一脚：“练去！”

俞风城揪着白新羽的领子把人拖走了。

白新羽急道：“我跟你说啊，这么多人看着呢，你要是敢使坏我就告诉班长。”

俞风城嗤笑道：“我只是奉班长的指示陪你练翻墙，你紧张什么？”

白新羽戒备地看着他：“你变态。”

俞风城笑道：“我是变态，你打算怎么办？”他舒展了一下筋骨，“我这么变态，可有你一份功劳。”

“你什么意思？我告诉你我心里可阳光了。”

俞风城邪邪一笑：“以后我会慢慢儿让你知道的。”

白新羽皱眉看着他，心里不停地腹诽。

“过来。”俞风城给他示范了几遍，看样子倒是真的在教他。

白新羽也心急，眼看着班上通过的人越来越多，他不想又成为最后一个，于是也很认真地学了起来。他不相信自己体质比别人差，他一米八二的个子，班上一大半儿没他高，别人都能过去，他怎么就过不去呢？可他试了几次，一抓住墙沿就泄力，怎么都撑不起身体，把他郁闷得不行。

俞风城摇摇头，一字一句地说：“你怎么这么笨啊。”

白新羽心里不爽，底气不足地回嘴道：“就你聪明。”

“反正比你强多了。”俞风城狠拍了一下他肩膀，“你还是没抓住要领，没感觉到劲儿要往哪儿使，一会儿你踩着我的手上去，翻一遍试试。”

“啊？”

“啊什么啊。”

白新羽怔道：“你让我……踩你手？”

俞风城挑了挑眉：“不然我带你飞过去？”

白新羽有点儿抓不准俞风城又想怎么耍他，会不会趁他翻到一半儿一撒手，让他摔个狗啃泥？

果然如俞风城所说，白新羽心里想什么，都用正楷写在脸上呢。俞风城从鼻子里哼出一声：“我要想整你，法子多得是，别发憷了好不好？反正发憷你也躲不过去。”

白新羽咬了咬牙：“你真……太缺德了。”

俞风城笑笑：“缺德比缺心眼儿强。”他蹲下身，手指交叉相叠，冲白新羽道，“来吧。”

白新羽有些犹豫，不是他心胸狭窄，实在是俞风城太不是东西。

俞风城道：“我可警告你，我的手不是谁都能踩的，这一脚踩下去，如果你过不去，我饶不了你。”

白新羽后退一步：“你这么说谁还敢上啊。”

“你要是不上，我更饶不了你。”

白新羽气得朝他比了个中指。

俞风城眯起眼睛，呵呵一笑：“胆子不小，我数一二三，一……”

白新羽赶紧跑了起来，心一横，一脚踩在俞风城掌心，借力往上，两手抓住墙沿，俞风城托着他往上抬，他手肘一下子扒到了墙沿上，兴奋地说：“我上来了我上来了。”

“赶紧跨过去。”

白新羽把腿跨到墙上，费力地把身体弄了上去，他跨坐在墙上，哈哈大笑：“我终于上来了！”笑到一半儿，他往下一看，头直发晕，怎么这么高！

俞风城走到另一边，拍着手心：“下来啊。”

白新羽咽了咽口水：“真……真高啊。”

“才两米半，高个屁，下来。”

白新羽抓着墙沿，从墙上跳了下来，结果落地没站稳，直接往俞风城身上歪去。

俞风城一把扶住他，讽刺道：“干吗，大老爷们儿还学人投怀送抱啊？”

白新羽赶紧站直身体，尴尬地说："我过来了。"

"你是靠我给你推过来了，找着点儿感觉没有？"

"嗯。"

"再试。"

白新羽一连试了几遍，进步很多，但还是很难完全靠自己翻过去。每次他一过不去，俞风城就拍他的屁股，他感到特别屈辱，是那种小孩子不听话被大人揍屁股的屈辱。

所以每次俞风城一拍，白新羽就跟小鸡崽儿似的吱哇乱叫，落地之后就瞪着眼睛看着他，好像受了多大的委屈，那副倒霉样子真是道好菜，俞风城品尝得非常满意。

一天的训练结束后，白新羽全身上下无一处不酸痛，他和冯东元互相给对方按摩了一会儿。白新羽摸着冯东元的胳膊："东元，你是不是长肌肉了？"

"好像是吧，训练这么久，长肌肉也是应该的。"

"那我长了吗？"

"嗯，你看着比以前壮实点儿了。"

"真的啊？"白新羽喜道，"早晚我要练出腹肌来。"

冯东元笑道："这段时间大家都壮实了，也都晒黑了。"

白新羽一惊："我黑了吗？"

钱亮大大咧咧地说："就这么晒还有不黑的？你以为你是白雪公主啊。"

白新羽翻出镜子照了照，沮丧地叫道："我真黑了。"

冯东元哈哈直笑："没事儿，男的黑点儿显得成熟。"

白新羽撇撇嘴："你懂什么呀，现在的女孩子都喜欢皮娇肉嫩的帅哥，就我这型的，晒黑了就没这优势了。"

钱亮探出个脑袋："扯淡，女的喜欢阳刚的。"

宿舍里开始七嘴八舌地讨论起女人来，他们已经有两个月没见过女人了。平时说了怕战友笑话，毕竟他们年纪都小，大多连女孩子的手都没牵过。今天有人起了个头儿，陈靖又不吭声，大家便肆无忌惮起来。

白新羽别的不行，说这可是一把好手，立刻在这群新兵中找回些自信来，眉飞色舞地说起自己曾经的猎艳史。不管他说的是真是假，新兵们都听得津津有味，当然，也有些觉得他是吹牛、炫耀，对此不屑一顾。

俞风城看着白新羽神气活现的样子，皮笑肉不笑的。

有些人不信白新羽交过那么多女朋友，白新羽急了，说自己手机里有一堆照片，要拿给他们看，可军区屏蔽了手机信号，他手机很久不用，早没电了，于是翻出手机充电。

陈靖发话了："这种话题过过嘴瘾就行了，不要把一些不正之风带到部队来。"

白新羽一听就蔫了："班长，你是不是也没交过女朋友啊？"

陈靖推了推眼镜："别多管闲事。"

钱亮问道："哎，风城，你这又高又帅的，肯定也交过不少吧。"

俞风城笑着说："还好。"

"哟，不想说啊，还是怕说出来我们眼馋啊。"

俞风城道："家里管得严，没怎么谈过。"他说这句话的时候，从表情到口气都无辜纯洁得不行，把白新羽恶心得差点儿撞墙，他才不相信呢。

梁小毛叫道："我决定了，以后交过女朋友的，就是咱们的阶级敌人。"

"对，坚决打倒阶级敌人！"

陈靖敲了敲床柱："一群浑小子，还睡不睡觉了。"

"坚决拥护班长为我们'没交过女朋友'党主席。"

"哈哈哈哈哈。"

陈靖一脸无语："你们这么急着划界限，以后上面有慰问演出，我就安排敌对党站岗、洗厕所去。"

"不要啊！班长大人——"

熄灯时间一到，整栋楼瞬间陷入黑暗，一群年轻的新兵在谈笑中进入了梦乡。

那天晚上，许闯又召集了一次天怒人怨的紧急集合。和上次一样，半小时内跑完五公里，白新羽从一开始就觉得自己完成不了，可陈靖还是连踹带拽地让他快跑。陈靖是那种只要这句话说出去了，你敢不照办，他就跟你死磕到底的性格，白新羽只要胆敢表现出一点点放弃的意思，陈靖那眼神就能吃人。

白新羽只能咬紧牙关，死命往前跑。说也奇怪，这回他没用别人拖拽，虽然还是落在队伍最后面，但也不像以前那样落下太多。等他跟着队伍跑回操场时，陈靖用力捶了下他的肩膀，少有表情的脸上露出兴奋的笑容："你完成了，看看时间！"陈靖把表推到白新羽面前。

白新羽激动地说："三十分钟，我三十分钟内回来了！不用挨罚了！哈哈哈哈哈——"

钱亮大笑道："太好了，你终于出息一把了。"

冯东元也拍了拍他的肩膀："新羽，你看，不知不觉间进步很大的。"

许闯喝道："吵吵什么，三十分钟把你们得意成这样。正规军五公里越野，要求轻装二十三分钟合格，二十分钟以内优秀，全副武装二十六分钟合格，二十三分钟优秀，你们看看自己，看看周围，有几个能合格的，有几个能优秀的？还笑！”

新兵们快速集整队伍，都不敢说话了。

“你们训练到现在也有两个月了，但成绩让我很不满意，真是历届我带过的兵里最次的一批，怎么说你们？就是一批被惯大的兔崽子！”许闯用他那特有的咆哮式说话方式，把他们骂了个狗血淋头。本来大半夜被从被窝里拽出来蹿了五公里，又困又饿又累又冷，情绪就不太好，又被这么一顿臭骂，所有人的脸都是黑的。

许闯骂完一圈儿：“是不是不服气啊，你们马上就要摸枪了，让你们这群半成品碰枪，我都心疼子弹。一个月后新兵考核，不合格的都给我种地喂猪去。我的连队里，那兵一个个都是千锤百炼出来的，来一个残次品毁一窝，想混日子，告诉你们，没门儿，是骡子是马，考核时候见。解散！”

众人回到宿舍就抱怨开了。

大熊嘟囔道：“连长今天是不是吃火药了啊，大半夜把我们挖起来一顿臭骂。”

钱亮邪笑道：“我猜是被他老婆半夜踹下床了，哈哈哈哈。”

陈靖眼睛一瞪：“嘴闲不住是吧，背军令去。”

“班长……”

“站角落背去，一会儿我考你。”

钱亮哭丧着脸拿着小本子背书去了。

梁小毛凑到陈靖身边：“班长，连长今儿到底怎么了？平时感觉他骂人还挺有道理，今天就好像拿我们出气似的。”

陈靖道：“拿你们出气也是应该的，谁让你们不争气。”

“我觉得我们训练得还行啊。”梁小毛瞥了白新羽一眼，“也就是个别人老拖后腿。”

白新羽白了他一眼，但又不敢反驳，因为他确实就是那个拖后腿的。

“还行？四百米障碍现在能在规定时间里完成的，全班只有三个，还有几个给一个小时都完不成，你们剩的时间可不多了。”

白新羽心里一抖一抖的。他就是那几个无论多久都完不成的其中之一。许闯说考核不合格的要发配去种地喂猪……他在心里哀号了一声，他不想去种地喂猪！虽然训练很辛苦，但要是让人知道他在部队里种地喂猪，他脸要往哪儿搁！

陈靖这番话，让新兵们有点儿人人自危的味道，特别是那些成绩中下的。

冯东元叹了口气：“听连长和班长这么说，考核肯定挺难的。”

白新羽道：“你担心什么，你练得挺好的。”

“我想拿优秀。”冯东元小声说，“成绩不突出，怎么往上提。”

钱亮感叹道：“我以前上学的时候，瞧不起成天学习的，现在真后悔没好好学习。

其实我特佩服那些做什么都努力，都下功夫做好的人，感觉那种人做什么都能成。”

冯东元不好意思地笑笑：“我性格就这样，比较较真儿。”

白新羽心里的想法跟钱亮一样。他以前成绩稀烂，觉得成绩好的都是书呆子，心里根本瞧不起，认为自己那样成天玩儿才是“不辜负青春”，甚至来部队之前他都这么想。冯东元是他接触过的第一个刻苦学习的人，相处两个月，他从冯东元身上看到的都是一些让他特别动容的东西，正气、谦虚、诚恳、认真，为了一个目标一丝不苟地、勤勤恳恳地努力。

冯东元这股劲儿，让白新羽总有种无地自容的感觉。如果他不来这里，不认识这个人，他恐怕永远也不会有这样的想法。他拍了拍冯东元的肩膀：“你肯定行的，你这种人做什么都会优秀。”

冯东元笑了：“借你们吉言啊。”

白新羽莫名地被冯东元鼓舞了，冯东元的目标不大，就是升士官，想有更好的待遇补贴家里。白新羽的目标也不大，就是不想去种地喂猪，他觉得自己该努力一把，至少考核成绩不能太次，让许闯有理由发配他。

只是，想起那四百米障碍，他心里又无奈又着急。他偷偷看了看俞风城，俞风城正在看书，一只手支着下巴，长腿随意交叠，侧脸的线条如雕刻出来一般刚毅完美，皮肤散发着年轻的、透亮的光泽。他咽了口口水，鼓起勇气走了过去。

俞风城斜着眼睛看着他，显然有些意外：“嗯？”

“你……我那个，障碍，过不去。”白新羽的心跳快得跟打鼓似的，他被冯东元刺激了一下，一冲动就来找俞风城了，他也不知道自己这么做对不对。

俞风城剑眉微蹙：“你这蚊子嗡嗡的音量，是说给我听的吗？”

白新羽艰难地说：“四百米障碍我还是过不去，你……你能不能帮帮我？”班上只有三个人能完成这个项目，俞风城是一个，梁小毛和大熊，一个鄙视他，一个不搭理他，想来想去，要找人给他开小灶，居然只能找俞风城。

俞风城咧嘴一笑，露出一口整齐如编贝的森白牙齿。白新羽抖了抖，感觉那牙能吸血，他有点后悔，可是想到喂猪……

陈靖就在他们不远处，附和道：“新羽，你有这个觉悟很不错，风城，你要是有时间就帮帮战友。”

“是，班长。”他冲白新羽暧昧一笑，“你都求到我头上了，我能不帮你吗？”

白新羽被那邪气的笑容给震了一下，他有些后悔了，禁不住往后退了一步：“那个，要不明天……”

“别明天了。”俞风城起身钩住他的肩膀，“离早饭还有一小时，我先带你去开开胃。”

“不，这个，我现在好饿，没劲儿……”

“吃饱了更不能练了，要的就是空腹，走吧。”俞风城说着就把白新羽拖出了宿舍。

白新羽一出宿舍，就低声叫道：“我后悔了，算了算了。”

俞风城用手臂夹着他的脖子：“你现在后悔晚了吧。”

白新羽哭丧着脸：“我也觉得晚了。”

到了操练场后，俞风城道：“你过不去的那四个障碍，一个个来，我对你的要求是一天通过一个，不然等开始练枪，你就更没时间练了。”

白新羽惊讶道：“你知道我哪四个过不去？”

俞风城微怔，面上的表情有些不自然，声调也拔高了：“废话，我看到了，你到底练不练？”

“练！”

俞风城掐了掐他的脖子，恶狠狠地说：“你既然主动找我帮你，要是完不成任务，看我怎么收拾你。”

白新羽缩缩脖子，没头没脑地说了一句：“你小时候是什么样的？”

俞风城皱眉道：“什么？”

“你小时候不是这样的吧，如果你小时候就这么讨人厌，我肯定会记得你的。”

俞风城眯起眼睛，眼中酝酿着风暴。

白新羽一看大事不好，马上服软：“我那什么，这就去练！”

俞风城一脚把他踹了出去。

天还没怎么亮，偌大的训练场上只有他们俩，白新羽一遍遍地助跑、跳跃，试图翻过挡在他面前的那堵高墙。起初他还需要俞风城把他推上去，练到后面，俞风城把他往上一托，他就能攀住墙沿，靠自己的力气翻过去，尽管速度很慢，但好歹在一点点进步。

就这么练了半小时，白新羽彻底没力气了，他跨上墙沿后，整个人趴在上面，累得直喘：“我真翻不动了。”他饿得前胸贴后背，实在没力气往上蹦了。

俞风城站在下面，也微微气喘：“你至少从头到尾靠自己给我翻过去一次。”

“我这不是进步挺大的吗，你就推了一下我就过去了。”

“废话，考核的时候有人在下面推你？”

白新羽耍赖道：“那不得慢慢儿来嘛，我现在实在没劲儿了，我要吃饭。”

俞风城白了他一眼：“滚下来。”

白新羽翻身往下跳，大概太饿了，他突然有点眼花，脚没蹬住墙，直接往下掉去，俞风城眼疾手快，一把抱住了他的腰。白新羽毕竟是七十公斤的体重，从高处跳下来冲击力着实不小，俞风城情急下也没撑住，两人双双往地上倒去。

“浑蛋……”垫底的俞风城忍不住咒骂道。

下面有个人肉垫子，白新羽没怎么摔着，倒是脸磕在了俞风城的下巴上，疼得他直抽气。

俞风城怒道：“给我起来！”

白新羽手脚并用地从俞风城身上爬了起来，揉着脸颊说：“说实话你这下巴是不是整的，真尖啊。”

“整个屁。”俞风城揉着腰，“你找揍是不是，撞死我了。”

白新羽看他皱眉的样子，可能真撞得不轻，心里一边哈哈大笑他活该，一边又有那么一点点愧疚。他犹豫了一下，小声道：“别叫唤了，你不是很能耐吗，摔一下怎么了。”

俞风城眯起眼睛：“你再说一遍。”

白新羽看着俞风城那山雨欲来的表情，立刻后悔自己嘴贱了。

俞风城一个扫堂腿，将白新羽扫了个狗啃泥。

俞风城冷哼道：“你从两米多高的地方往我身上跳，还‘摔一下怎么了’，是不是皮痒了？”

白新羽哀号道：“大哥，我说错话了，我饿糊涂了。”

“那还不滚去吃饭。”

白新羽从地上爬了起来，跟他保持着两米的距离，快速往食堂走去。

THE GROWTH OF A DANDY.
FIGHT ALONGSIDE YOU.

第八章

进击的白新羽

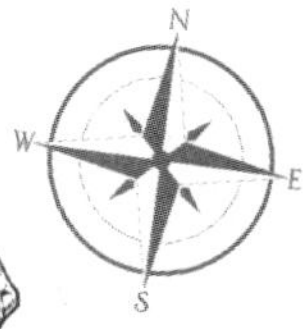

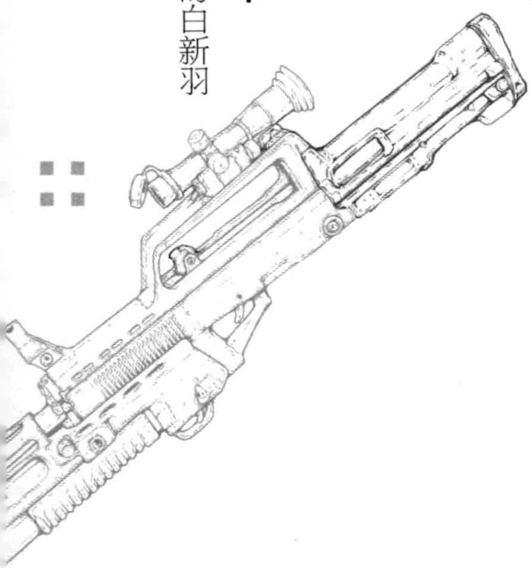

练了一整天，白新羽终于能靠自己的力量翻过高墙了，只是速度慢、成功率低，但好歹让他看到了一丝希望。每次他累得不想动的时候，想想猪圈，立刻就有了动力。

晚上熄灯后，白新羽一直辗转到深夜都无法入睡。他脑子里乱七八糟的，身体有些燥热，男人都熟悉这种感觉。他到部队两个月，别说女人了，母猪都没见过，白天操练、晚上死睡，根本没有隐私空间。可他毕竟是个五肢健全、血气方刚的年轻男人，有冲动再正常不过。

他忍不住了，悄悄从床头柜里拿出自己的手机。那天他想给战友看自己“红粉知己”的照片，结果被陈靖阻止了，但当时还是充了电，这手机里存了不少“艳照”，他现在就想回顾一下自己曾经纸醉金迷的生活。

他把自己蒙在被子里，刚打开相册，津津有味地看了两张，突然，一只冰凉的手伸进了他被子里！

他惊得发出一声短促的叫声，但马上捂住了嘴。他意识到那只手是俞风城的，可他一动也不敢动，手机也不敢看了，心惊胆战地听着有没有战友注意到异响。

只听得旁边传来一阵闷笑，俞风城一把抢过他的手机，还趁机狠狠掐了他一下。

白新羽又气又恨，伸手就要去抢，幅度又不敢太大，生怕把别人吵醒了。

俞风城哪儿会给他，还招摇地把发光的手机屏幕在他眼前晃了晃，上面正是个嫩模在搔首弄姿。白新羽脸上一阵燥热，用力踹了俞风城一脚，可惜身下的行军床经不起这样的震荡，跟着晃了晃，睡他上铺的冯东元在睡梦中嘟囔了一声，翻了个身，两人都不动了。

白新羽朝俞风城比了个中指，用口型说道：“还给我！”

俞风城特别缺德地一张一张翻看照片。虽然那些照片都是白新羽自己照的，但毕竟都是很隐私的内容，就这么被人肆无忌惮地看，他就感觉自己也被扒光了晾太阳底下一样羞耻，他的脸当真下一刻就要烧起来。

他心里把俞风城祖宗十八代都问候了一遍，干脆掀起被子蒙住了头，心想，去他的，看看又不能少块肉，随他俞风城的便吧！

他蒙了没一会儿，头顶的被子突然被用力扯了下来，俞风城戏谑的声音在他耳边响起：“可别闷死了。”说完就把手机塞回了他怀里，然后俞煞星就跟没事儿人一样，规规矩矩地躺回自己床上，心满意足地睡觉去了。

白新羽紧闭着眼睛，又是愤恨，又是后悔，他不知道明天要怎么面对俞风城……来个人赶紧弄死他吧！

发生了这么羞耻的事，就连白新羽这么没心没肺的二缺也辗转反侧、夜不成眠，等好不容易迷糊过去，起床号却响了。他困得想死，也只能挣扎着爬起来。

一起床，他就感觉旁边有两道火辣辣的视线正盯着他，他缓缓地扭过头，就见俞风城似笑非笑地看着他，特别关心地问："昨晚是不是没睡好啊，眼睛肿得跟蛤蟆似的。"

白新羽狠狠瞪了他一眼，小声骂道："不要脸。"

俞风城欣赏着白新羽脸上变化多端的表情，憋笑憋得心肺都要炸开了。

白新羽扭过头，快速穿起衣服。

冯东元看了他一眼："真的哎新羽，你眼睛好肿。"

"水……水喝多了。"

"早就跟你说过不要喝太多水，晚上上厕所多冷啊。"

白新羽大大地打了个哈欠，每天高强度的训练已经快把他的体力榨干了，现在一晚上没睡，也不知道今天能不能撑得过去，都怪俞风城这个煞星，简直就是派来克他的！

早上出操，白新羽一直魂不守舍，老觉得俞风城在看他，结果出了好几次错，被生气了的陈靖罚得哭爹喊娘。

吃饭的时候，白新羽特别想离俞风城远点儿坐，但俞风城还是一点儿没自觉地坐到了他对面，白新羽的脑袋都快低进菜里了。

钱亮端着餐盘过来，高兴地说："哇，今儿有酸奶啊，两个月以来第二次喝到酸奶。"

俞风城踢了白新羽一脚："怎么吃饭呢，把头抬起来。"

钱亮看了白新羽一眼，扑哧一笑："就是，你怎么跟我家猫似的。"

白新羽轻咳一声，直起腰，抬起头，快速看了俞风城一眼，就开始埋头扒饭。

冯东元道："新羽，你今天是不是不舒服啊，一大早就魂不守舍的。"

白新羽正塞得满嘴米饭，含糊地说："想我妈了。"

冯东元笑道："怪不得，其实你昨晚上哭了吧。"

白新羽瞪直眼睛："扯淡，才没有呢。"

冯东元低笑不语。

俞风城打开酸奶喝了一口："嗯，不错。"

钱亮也尝了一口，赞叹道："这酸奶忒纯了，市面上那些跟这种货真价实的当地人发酵出来的好东西根本没法比。"他一说起吃的就头头是道。

俞风城拿着酸奶罐，手一歪，就洒了一摊在手上，乳白的黏稠的液体顺着他的指缝滴答滴答地往下流。

钱亮心疼地说："你可真浪费。"

白新羽嘴里的饭还没咽下去，被狠狠呛了一下，剧烈咳嗽起来，嘴里的米粒喷得到处都是，周围人纷纷嫌弃地往后躲。

冯东元又是拍背又是递水的，还不忘絮絮叨叨地数落他不好好吃饭。

俞风城笑而不语，优雅地拿过餐巾擦了擦手，嘴里还说着："哎，可惜了，好好的酸奶被我洒了小半瓶。"

钱亮附和道："就是，你不小心点。"

俞风城拿起白新羽的酸奶，笑眯眯地说："新羽，我看你半天不动，是不是不想喝啊，给我吧。"

白新羽朝他使劲挥手，红着脸说："拿去拿去。"他现在恨不得跪下，只求俞煞星别再玩儿他了。

俞风城愉快地把白新羽的酸奶喝完，一抹嘴，大摇大摆地走了。

那一整天，白新羽都过得极其别扭。他几乎不敢看俞风城的眼睛，也生怕被俞风城抓到两人独处的时间。他觉得自己丢尽了脸，可这能怪他吗？他看自己的手机碍着谁了呀？

晚上在水房洗衣服的时候，俞风城就在他旁边，时不时手肘就能碰到他，他老觉得这人是故意在挑衅，就想看他出丑。

俞风城突然转过头来，正对上他呆滞的目光，差点儿笑出来。俞风城从水盆里抽出湿漉漉的手，在白新羽眼前打了个响指，低笑道："我知道你现在在想什么。"

白新羽大窘，特别无力地反驳道："你……你不知道。"

俞风城失笑："哦？你确定吗？"

冯东元好奇地说："你们猜谜呢？"

白新羽把水一倒，随手拧了几下："我洗完了。"说完端着衣服就想走。

"哎。"冯东元叫住他，"你真是的，这明显没洗干净嘛，你又偷懒。"

白新羽没理他，把衣服一挂，赶紧跑了，俞风城也后脚跟着他回了宿舍。

白新羽正准备去洗澡，俞风城坐在床边，眼睛一眨不眨地盯着他，白新羽被他看得毛骨悚然，压低声音道："你要干吗？"

俞风城微微一笑，故意抬高音量："你昨晚是不是在被子里玩手机了？"

白新羽一惊，心想你明知故问啊。

陈靖扭过头："你昨晚上不睡觉玩手机？"

白新羽紧张道："没……没有啊。"

"营区里只屏蔽了信号，没没收你们手机，就是担心你们这群新兵想家，能看个照片什么的，但玩手机耽误休息，导致白天的训练跟不上，这是绝对不允许的。"

"没有班长，我没玩手机，真的。"白新羽用特别无辜的眼神看着陈靖。

陈靖压根儿不吃这套，冷着脸一伸手："手机给我。"

白新羽哭丧着脸把手机递给了他。

陈靖哼道："怪不得你今天一整天没精神，手机我没收了，什么时候你的行为让我满意了，我再还给你。"

"班长，我再也不敢了，真的！"他那手机连个锁屏密码都没设，万一被人看着里面不和谐的东西可怎么办啊。

俞风城一脸正直地说："班长，我来保管吧，正好我在帮他训练四百米障碍，这个可以对他起到激励作用。"

白新羽瞪直了眼睛，如果自己不是那个倒霉的受害者，他真想朝俞风城竖起大拇指，夸他损出了水平，坏出了境界。

俞风城这种成绩优秀、做人又不落口实的兵，无一例外是领导的心头好，陈靖自然也喜欢俞风城。他一想，觉得俞风城说得有道理，就把手机扔给了俞风城："那你代我保管，什么时候他四百米合格了，再还给他。"

俞风城笑着露出一口小白牙："是。"

白新羽恶狠狠地瞪了俞风城一眼，俞风城晃了晃手机，当着他的面儿放进了自己的床头柜里，并笑着说："其实你平时并不是不能有娱乐活动，但要注意合理分配时间，班长，我说得对不对？"

陈靖道："嗯，很对。"

"就看你够不够努力了。"俞风城微笑着说。

白新羽愁得都想哭了。

躲了俞风城两天，白新羽实在躲不过去，终于在晨跑后被拽到了操场。俞风城表面上说要帮白新羽训练，可他眼里闪烁着的邪恶光芒已经彻底出卖了他。

进入秋季后，天亮得越来越晚，大清早的简直跟深夜一样，四下无人，冷风阵阵，白新羽的小心脏怦怦直跳，不知道俞风城会不会趁机又整他。

俞风城道："今天就要摸枪了，你这障碍还是过不去，是不是特想去喂猪啊？"

一说到喂猪，白新羽就狠狠打了个寒战："我差不多能过去了。"

俞风城凉凉地说："过不去也没什么，你这样的下了连队也是给别人拖后腿，还不如去炊事班，发挥点真正的用处。"

白新羽呸了一声："我一定能过去！"在俞风城连哄带吓的"调教"下，他现在可以独立完成所有障碍，唯一还需要训练的就是速度。

俞风城在旁边计时，看着白新羽上蹿下跳地翻越障碍，他粗重的喘息声在安静的操场上荡出很远。

完整地跑了三回后，白新羽气喘吁吁地问："怎么样，最后一回达标了没有？"

俞风城看了看秒表："超时三十七秒，早着呢。"

白新羽翻了个白眼，一屁股坐在地上："我这是没吃饭，吃饱了一定没问题。"他刚喘口气，突然反应过来什么，猛地抬起头，"你用什么计时呢？！"

俞风城理所当然地说："你的手机啊。"

白新羽一下子从地上跳了起来，伸手就去抢，俞风城一把扣住他的手腕，反手一拧，他"哎呀"大叫一声，又被俞风城给制住了。

俞风城把他推出老远，哼笑道："下次好好学擒拿，兴许可以和我过两招。"

白新羽怒道："把手机还给我。"

"这是班长给我的，想要？去跟班长说。"

"我没玩儿游戏，你诬陷我！"

俞风城挑眉道："哦，那你干吗呢？"

白新羽一时语塞，表情变得不自在起来："我……想我爸妈了，看看照片。"

俞风城轻轻一笑："你妈长这样？"他把手机屏幕冲着白新羽，一个大眼睛锥子脸的美女正噘着嘴冲白新羽笑，他手指在屏幕上轻轻一滑，换了个妆更浓的，"还是这样？"

白新羽恼羞成怒："谁让你偷看我手机里的东西！"

"我没偷看。"俞风城晃了晃手机，"我光明正大地看。"

白新羽又想扑上去，俞风城轻轻抬起脚，准备踹他。白新羽不敢上去了，在原地气得直跳脚："你还看，你……你侵犯我隐私！"

俞风城斜睨着他："你的'隐私'就这些啊？"他掂了掂那轻飘飘的手机，"部队大家庭嘛，好东西要跟战友分享。"

"去你的……"白新羽结巴道，"你……你把手机还给我！"这话说得毫无底气。

"我就不还，你咬我？"俞风城哈哈大笑，"不过……你就喜欢这样的？"他点了点屏幕上半裸的照片，一脸不屑。

白新羽早不记得照片上那女的是谁了，他高声道："关你屁事啊。"

俞风城撇撇嘴："品位糟透了，不会挑个真胸的？"

"假胸也是胸，你连假的都没有！"白新羽理直气壮地说，"你偷看人隐私，还……还评头论足，你太不是东西了！"

俞风城当着他的面把手机揣进了自己兜里，笑盈盈地说："是啊，你能怎么办呢？"

白新羽气得简直要爆炸了！

实弹射击训练是新兵们最为期待的项目，男人或多或少都对枪械有一种天生的崇拜和喜爱，电视电影里那种手握真枪、威风凛凛的硬汉形象，让这群年轻人向往不已。

他们初次训练用的是81-1自动步枪，也就是俗称的八一杠，是标准制式枪里使用范围很广的枪械之一。白新羽自小也喜欢枪，在国外时候玩儿过不少真枪，家里的枪械杂志堆起来比人还高，说起枪来头头是道。相比第一次接触枪的新兵们来说，他自然经验丰富。这两个多月他训练上处处吊车尾，突然在枪械上面领先了一把，他很是得意，一扫憋屈的王八气，可着劲儿地显摆自己的知识。

陈靖给他们讲解了一番枪械知识，射击要领之类的，就让他们开始打靶。白新羽的打靶成绩果然不错，这下他得意得都找不着北了，有意无意地朝着俞风城挤眉弄眼。俞风城似笑非笑地看了他一眼，也没给他任何回应，让他有些郁闷。

还好有冯东元小甜心努力夸奖起白新羽来："新羽，你真厉害，你不是第一次摸枪吧？"

白新羽眉开眼笑："当然了，我以前在国外就上过射击课，我用过十几种枪呢，不过这枪倒是第一次用，手感还不错。"

"哇，十几种枪……"冯东元羡慕地说，"我就想摸摸95狙，84式也不错，不知道到时候会给我分到什么兵种，希望以后能经常用枪。"

白新羽嘿嘿直笑，大言不惭地说："像我这种射击人才，就该……哎哟！"他屁股一疼，回头一看，陈靖正一脚踩在他屁股上，居高临下地看着他，他连忙说，"班……班长。"

陈靖道："就你话多，一会儿不说话能憋死你啊。"

白新羽撇了撇嘴。

陈靖看着冯东元："你也是，射击场是你们聊天的地方吗？"

冯东元脸一红。

"伏地挺身二十个。"

两人郁闷地趴在地上，开始做俯卧撑，钱亮在旁边嘎嘎直笑。

第一天训练下来，白新羽的射击成绩能排进全班前三名，这把他高兴的，来部队两个多月了，他是第一次品尝到优人一等的感觉，他的自尊心得到了极大的鼓舞，走路都开始抬头挺胸了。

休息的时候，他跑去传达室给家里打电话。这回他爸也在家，他兴奋地把自己的成绩吹嘘了一番，他爸妈都很为他高兴，但他总觉得他们的口气有些心不在焉，他奇怪地问："妈，你怎么了？是不是有事儿啊？"

李蔚芝轻叹一声："新羽啊，本来你隔着这么远，跟你说了也没什么用，可我还是觉得……唉……"

“到底怎么了妈？”

“是关于你哥的。”

白新羽咽了口口水，自打上次他跟简隋英坦白之后，他就一直不敢想后果，小林子估计得被他哥揍死，小林子是死是活他是不在乎的，本来他跟那小子就没什么情分，但他一想到他哥知道自己被两个弟弟联合起来背叛了……他就愧疚心虚得不敢往下想。他一直存着侥幸心理，觉得他哥那么厉害，应该不会为区区三套房子发愁，而且他都被“发配边疆”了，小林子保准没好果子吃，他哥应该也能解恨了吧。可现在听着他妈的语气，好像他哥不太好似的，他就有些难受起来，小心翼翼地问：“我哥怎么了？”

“具体的我现在还不清楚，就是知道简隋林在背后阴了你哥一手，两人撕破脸了，现在公司有些动荡。妈这两天根本睡不着觉，我老想我那个可怜的妹妹，那么漂亮，那么善良，生了个那么有出息的儿子，却被一个贱人毁了，为什么他们母子俩的命运这么坎坷呢？气得我这几天胸口疼……”李蔚芝说着说着就哭了起来，“妈妈一想到我要是没了，你该多难受，我就好心疼隋英。”

白新羽的心揪了起来，他握紧拳头：“简隋林真不是东西……”可他骂了一句，就心虚起来，因为简隋林在背后阴他哥的那一手，也有自己一份“功劳”，可他哥哪怕再生气，至今都没有告诉他爸妈真相。他更觉得太对不起他哥，那种羞愧的感觉简直让他想一头撞死。

李蔚芝抽泣道：“新羽，我铁了心把你送走，就是希望你赶紧成长起来，帮帮你哥。你爸妈老了，以后那么长的路，你们年轻人要自己走，隋英就跟我的亲儿子差不多，你变得厉害点儿，帮帮他，别让那些浑蛋欺负他，你要是不帮他，你看你哥还能相信谁啊。”

白新羽哽咽道：“妈，我知道了，我……我一定一定会变得很厉害，回去帮我哥！”

李蔚芝又嘱咐了几句，才挂了电话。

白新羽拿着话筒犹豫了半天，他哥的手机号他早已烂熟于心，可他最终还是没勇气拨过去。他实在没脸这时候给他哥打电话，像他妈说的那样，除非他变强了，能帮他哥了，否则他怎么有脸出现在他哥面前呢？

参军两个多月以来，白新羽第一次有了除了“不挨罚”以外的动力，那就是有朝一日，能回去帮他哥。

最后一个月的训练强度越来越大，白新羽只在打靶上有些优势，体能项目依然一塌糊涂，在俞风城的威胁下，勉强提升到了及格线边缘，能不能通过考核，依然是个未知数。

随着最后考核的临近，在同一屋檐下相处了快三个月的新兵们，忐忑的同时也有些惆怅。再过半个月，他们就要根据考核成绩被分配到不同的连队，就算去同一个连队，也可能不在一个班，他们刚刚熟悉起来就要面临分离了。

冯东元伤感地说：“也不知道到时候咱们能不能分到一个连队。”

钱亮笑道：“又不是生离死别，就在一个营区，出个操、吃个饭就差不多能碰上，你担心什么呀。”

“那也跟上铺下铺的不一样嘛。”

白新羽也叹道：“我也想和你们一个班……”他好不容易在这个班交到两个不嫌弃他的朋友，要是分开了，未必能再碰上像钱亮这么不拘小节的，或者像冯东元这么温和善良的。万一班上大部分人都像梁小毛、大熊那样，要么跟他过不去，要么瞧不起他，那他以后的日子该有多难熬啊。不过……如果能跟俞风城分开，倒是件好事，不用跟俞煞星抬头不见低头见，说不定他反而能如鱼得水呢。总之，对于下连队这件事，白新羽是既担忧又期待。

钱亮说：“东元，你成绩好，估计跟我们不能在一个连队，听说新兵营里出的好兵，都会往武装侦察连里放，咱们连长和班长都是侦察连的，我这样不上不下的，不好说。”

冯东元道：“分配连队是看你的能力偏重哪一块儿，不是成绩好就一定去哪个连队的。”

钱亮嘿嘿一笑，小声说：“你怎么这么死脑筋。你想想，这届新兵是许闯带的，那他肯定给自己挑好兵啊，这不是人之常情嘛，把尖子都挑走了，剩下的爱哪个连队哪个连队分去呗，所以你们这些成绩好的，保准去许闯那儿。”

冯东元想了想，点点头：“也是啊。”

白新羽眨巴着眼睛：“那就是说，俞风城也会去许闯那儿？”

“废话嘛，你没看许闯多喜欢俞风城，能把俞风城给别的连队吗？他有病啊。”

白新羽一时悲喜交加。喜的是许闯铁定不会要他，他不用和俞风城去一个连队了，悲的是这样一来，他也肯定要和冯东元分开，钱亮的成绩居中上游，说不定也会被许闯挑走，到时候就剩下他一个，他的心情很复杂。

冯东元看出了白新羽在想什么，拍着他的肩膀安慰道：“新羽，一切还没定下来呢，你别多想，就算咱们不在一个连队，也还是朋友，我会经常去找你玩儿的。”

白新羽把脑袋往他肩膀上一歪，捏着嗓子说：“官人，您可别忘了奴家。”

三人嘻嘻哈哈地闹了起来。

俞风城正好回宿舍，就见白新羽坐在冯东元身上挠他痒痒，两人抱在一起，笑得脸通红。俞风城挑了挑眉，走过去拽住白新羽的领子。

白新羽正笑得合不上嘴，一看到俞风城，表情在一秒内来了个一百八十度的变化，脸立刻垮了下来：“你干吗呀？”

俞风城心里不爽起来，龇牙一笑：“跟我训练去。”

“刚吃完午饭，撑得慌呢，训什么练啊。”

“让你去就去。”俞风城把他拽了起来。

冯东元站起身：“我跟你一起去吧，正好去消化消……”

“不准。”俞风城看着冯东元，“我给他开小灶，你们跟着掺和什么。”

冯东元愣了愣，他记得俞风城平时对他还挺客气，今天怎么好像有点敌意呢？他想来想去，想不起来什么时候得罪俞风城了。

白新羽被俞风城拽去了操场，他不满地嘟囔：“班长都说了刚吃完饭不能剧烈运动，容易胃下垂。”

“我没让你剧烈运动。”俞风城把他推到石凳边儿上。

白新羽不明所以地坐下了：“你带我来这儿干吗？”

俞风城也没想好干吗，他就是看着白新羽跟别人嘻嘻哈哈，见到他却像见债主一样，有些不爽。他斜睨着白新羽：“聊天。”

“聊天？”白新羽小声道，“谁要跟你聊天。”

“不想聊你就闭嘴坐着。”

“不是，你有病啊，大中午的不休息，非要让我陪你在这儿坐着。”

俞风城挑衅道：“是啊，你能怎么样？”

白新羽握了握拳头，最终还是不敢发作，他见操场上人来人往的，俞风城也不敢把他怎么样，就一拍石桌：“好，聊天是吧，行，我问你，小时候咱们俩在我表哥的爷爷家，都干什么了？玩儿什么了？”

俞风城微眯起眼睛：“你比我大三岁，你问我？”

“可我不记得了啊。”

“你不如去问问你哥，他肯定记得。”

“我哥记你的破事儿干吗，你到底说不说？”

俞风城勾唇一笑：“我慢慢会告诉你的。”

“你卖什么关子啊，我……”

“俞风城。”梁小毛跑了过来，“连长叫你过去呢。”

俞风城马上站起来走了。

白新羽一肚子狐疑，真不明白俞风城这么吊人胃口是图的什么，不过他终于可以回去午休了。

俞风城走后，梁小毛皮笑肉不笑地看着白新羽。

白新羽瞪着他：“干吗呀，没见过美男子啊。”

梁小毛慢慢地呸了一声：“我就好奇啊，你怎么巴结上俞风城的。”

“什么……我什么时候巴结他了？你眼睛长肚脐上的？”他恨不得坐火箭逃开俞风城，还巴结？

“别装了，你来部队第一天就吵着要找他，现在也成天跟他一起训练，别说啊，你别的不行，给自己找后路倒是挺能耐的。”

白新羽一头雾水：“你瞎说什么呢，别阴阳怪气的，想说什么直说。”他是不怕梁小毛的，第一是因为这小子个子还没他高，第二是他烦这个马屁精，成天缠着班长，班长又不是梁小毛一个人的，是他们所有人的。

梁小毛上下打量他：“你是真不知道还是装的？俞风城家知道的人不多，我还以为你知道呢。”

白新羽嘁了一声：“我当什么大不了的呢，我才不巴结他，你以为谁都像你一样啊。”

梁小毛脸一沉：“少自命清高了，你也就是家里有几个臭钱，还不是洗猪圈的命。”

“你说什么？”

梁小毛露出恶劣的笑容：“我说你是洗猪圈的命，不信咱们走着瞧。”

白新羽气得想揍他，可他觉得自己可能打不过梁小毛，再者他也不敢在部队打架，只能指着梁小毛骂道：“放你的屁，走着瞧就走着瞧。”他朝梁小毛用力比了个中指。

梁小毛挥了挥拳头，走了。

白新羽憋了一肚子火，往宿舍走去。

经过办公楼的时候，他瞧见楼前停着一辆军用越野，一个高大的男人正从车上下来，许闯、王顺威、陈靖和俞风城都在楼前迎接那个男人。那男人背对着白新羽，再加上隔得远，白新羽也看不清是什么人，但应该是个年轻人。只见那男人伸出手，居然摸了摸俞风城的脑袋，而俞风城也露出一个白新羽从未见过的、特别阳光帅气的笑容，然后那男人就一手一个，搭着俞风城和许闯的肩膀，一行人有说有笑地进了办公楼。

白新羽僵在原地，半天回不过劲儿来。在他的记忆中，俞风城要么冷笑，要么阴笑，要么嘲弄地笑，那种完全是发自内心高兴的真诚的笑容，白新羽真是第一次见到，让俞风城一下子就像一个正常的十九岁少年了。白新羽怎么想心里怎么不是滋味儿，原来俞风城也不是对谁都像对他这么恶劣啊。

回宿舍后，白新羽躺床上也没睡着，就闭着眼睛想刚才那一幕，那个男人是谁呢？好像跟连长他们都很熟，还认识俞风城，俞风城是军人世家，认识些军官倒也不奇怪，可是那种亲密的程度……

“新羽哥。”巴图尔站在床边看着他，“班长让我叫你过去。”

白新羽睁开眼睛：“去哪儿？”

“指导员办公室。”

白新羽奇道：“叫我干吗呀？”

巴图尔摇着头：“不知道啊。”

白新羽拍了拍巴图尔的脑袋，径自出去了。他大概能猜到那男人是谁了，恐怕就是俞风城的舅舅，不然也不会想要见他了。他心里琢磨着，要不要在俞风城的舅舅面前告一状？说不定能让俞风城收敛点儿。

到了楼下，他老远就听见许闯的笑声，那大嗓门儿响彻整栋办公楼。他莫名地有些紧张，定了定心神，快步走到办公室前，一敬礼：“报告！”

屋里人的目光都移向了他。

白新羽一眼就看到了坐在俞风城旁边的人，那是个二十七八岁的年轻男人，剑眉星目、英挺干练，一双眼睛如鹰隼般炯炯有神，容貌跟俞风城有三分相似，一样的高大俊朗，肩章是一杠三星，这么年轻就是上尉军衔，实在不多见。白新羽犹豫了，俞风城的舅舅不会这么年轻吧？

许闯看了他一眼：“小白，认识这是谁吗？”

白新羽摇摇头。

许闯哼了一声：“你看，我就说他不认识你。”

男人站了起来，笑着走到白新羽身边，上下打量他一番：“嗯，长这么大了。”

白新羽心想，这人也就比他大个五六岁吧，怎么说话跟长辈似的，关键还毫无违和感。

男人朝他伸出手：“我叫霍乔，是风城的舅舅，也是你哥隋英的朋友，咱们小时候见过，看来你不记得了。”

白新羽心想，果然如此。他连忙伸出手，和霍乔握了握。

霍乔笑着拍了拍他的肩膀：“紧张什么，隋英让我托人照顾你，我正好来办事儿，怎么也得看看你，怎么样，你跟风城年纪相仿，相处得不错吧。”

白新羽看了俞风城一眼，见俞风城正微笑看着他，眼中闪烁着犀利的精光。白新羽觉得自己要敢说一个“不好”，俞风城回头就能吃了他。他只好慢吞吞地说：“还不错。”

霍乔眯起眼睛笑了笑：“时间过得真够快啊，你那时候比风城高了一个头，吵架了就扒人家衣服，风城那天身上被蚊子咬了几十个包，哭得一晚上没睡觉。哈哈哈，看看，现在风城长得可比你高了。”

白新羽听得一哆嗦，颤巍巍地说：“有有有……有这事儿吗，我不记得了……”

“你们那时候小，肯定不记得了。”

俞风城微笑着说：“小舅，我还记得点儿。”

白新羽吓得都不敢看俞风城，天啊，他怎么一点儿印象都没有了？不过他小时候经常仗着他哥狐假虎威，到处欺负小朋友，也不可能每件都记得。难道俞风城就因为这个报复他？那得是多狭窄的心胸啊。

霍乔道：“你们俩也算有缘，在部队里互相照应一下啊。”

俞风城特别正经地说：“小舅你放心吧，我会照顾他的。”

白新羽憋了半天，还是不敢告状，要是有个他和霍乔单独相处的机会，他可能还敢说，这一屋子人……

霍乔道：“哎，你哥最近怎么样了？我有好几个月没和他联系了。”

白新羽想起他哥，心里一阵难受，避重就轻道：“我也好久没和他联系了，应该还行。”

霍乔又随口问了问他在部队的情况。

这时候，午休时间结束，他们得去靶场了，霍乔挥挥手：“我晚上还在这儿蹭你们连长的饭呢，你们去训练吧，陈靖你留下。”

陈靖怔了怔。

俞风城和白新羽走出门的时候，就听霍乔半开玩笑半认真地说：“陈靖，你想好了没，想不想去我那儿？”

许闯叫道：“你这浑蛋又来挖我墙脚……”

:: THE GROWTH OF A DANDY.
FIGHT ALONGSIDE YOU.

第九章 小时候的丑事

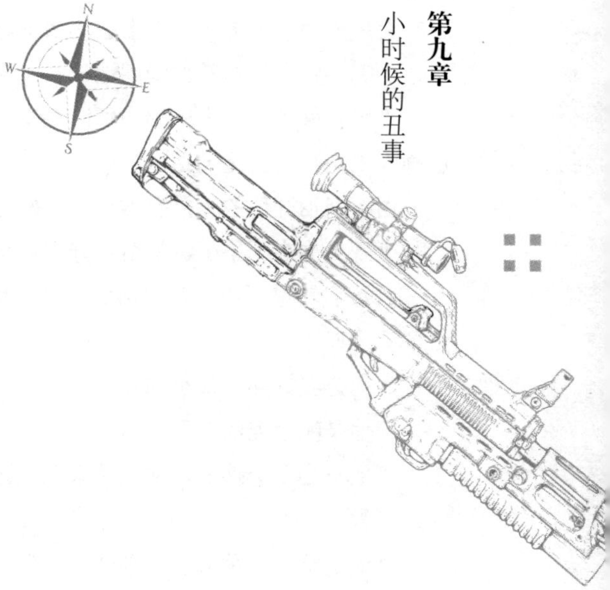

两人走出办公楼，白新羽腾地一下跳出老远，指着俞风城叫道："你真是心胸狭窄，就因为我小时候让你被蚊子咬了，你就这么报复我？我那时候才几岁，我懂个屁啊。"

俞风城挑眉看着他："我就是这么心胸狭窄，你是第一天知道吗？"

白新羽傻眼了，这回答真是无懈可击，想起俞风城在霍乔面前那阳光正气的样子，跟现在这副无赖样儿简直判若两人。他咽了咽口水："我那个……跟你道歉还来得及吗？"

俞风城拍了拍他的脸蛋儿，笑道："来不及了。"

白新羽愤怒地说："你等着，我一定找个机会跟你舅舅好好说道说道。"

俞风城笑眯眯地说："说的时候别忘了我就睡在你隔壁床。"

白新羽哀怨地瞪着他。

俞风城伸了个懒腰，看上去心情很好的样子，得意地说："我舅舅帅吧。"

"嗯，帅。"白新羽闷闷地说。

"军人就该是他那样的，而不是你这样的。"俞风城轻佻地拎了拎他的领子，"你这种人来当兵，就是笑话。"

白新羽拍开他的手，撇撇嘴："好像我愿意来似的。"

"既然你走不了了，就给我好好训练，别拉低我们部队的整体水平。"

白新羽轻哼一声，转而问道："你舅舅怎么这么年轻啊，我以为至少也该三十多了呢。"

"他是我妈那边最小的儿子。"

"他是哪个连的？"

"他不是哪个连的，他直接隶属军区。"

"为什么？"

"他是咱们特种大队的副队长。"

白新羽惊讶地说："猎豹大队？"自打他来到部队，听说的关于他们猎豹大队的各种厉害传说就没断过。那是西北第一特战部队，是雪山上攻无不克、战无不胜的一匹猛兽，据说里面的人各个神乎其神，随便拉出来一个都是超级杀人机器。

俞风城眼中闪耀着光芒："有一天我会成为里面一员的。"

白新羽抓了抓头发："你舅舅他……不太像啊。"

俞风城瞪着他："你什么意思？"

"他们说猎豹大队的人都特别神秘，而且接受的都是非人类的极限训练，你舅舅看着挺正常的啊。"

俞风城冷笑一声："你看到的不是真正的他，不，也不好说哪个才是真正的他，倒是因为他人际交往能力比较强，或者说，他比较能表现得像个正常人，所以猎豹大队很多外联事务都是他在处理。”

白新羽点点头，心里对霍乔也充满了好奇和崇敬——对强者的崇敬是人类的本能。他想起临走前听到的，问：“那你舅舅是想让班长去猎豹大队？”

“他们会定期从地方连队要人去选拔，班长表现好，自然就被看中了。”

“哇，那班长不是马上就要成为猎豹大队的人了？”

“哪儿有那么简单，我小舅说，这半年送上去六十多个尖子兵，层层考验下来，合格的只有两个，班长的资质不算特别优秀，就算去了也未必能留下。”

“我怎么觉得班长很厉害呢。”虽然陈靖既啰唆又刻板，但也真是对他们好，就连白新羽这个经常挨罚的也不讨厌陈靖，反而觉得陈靖有时候那个较真劲儿挺可爱的。

“跟你比谁都挺厉害的。”

“我射击成绩全班前三名！”白新羽不服气地说。

俞风城白了他一眼：“只要训练几天，大部分人都能达到你那个水准，到时候你还剩下什么优势。”

“我也在训练啊，你看着吧，射击考核我肯定得高分。”

俞风城催促道：“那你能不能快点走，想让我跟你一起迟到受罚啊。”

白新羽回嘴道：“谁让你等我了。”

俞风城一巴掌拍在他脑袋上：“顶嘴？”

白新羽敢怒不敢言，憋得内伤。

俞风城钩住他的脖子，在他耳边恶狠狠地说：“晚上吃饭我小舅肯定还会叫你，把你的嘴关严实了，否则以后日子可没这么轻松。”

白新羽在心里大骂，现在哪里轻松了。

下午训练结束后，俞风城和白新羽直接去了小食堂，那是领导接待的地方，白新羽是第一次来。

屋里只有陈靖在等着他们。白新羽一进屋就抱怨：“班长你怎么一下午没来啊，我下午打得可好了。”

陈靖道：“我忙。”

白新羽凑到陈靖身边，挤眉弄眼地说：“班长，你是不是要去猎豹大队了？”

陈靖皱起眉：“谁跟你说的。”

“他呀。”白新羽指指俞风城。

俞风城翻了个白眼：“我可没这么说，是你自己猜的。”

白新羽瞪了他一眼，悄声道：“班长，是不是啊？”

陈靖捏着他的脸：“是你个头，我还没把你们带出来呢，怎么能走，少瞎操心。”

白新羽有点儿失望。

这时，许闯、王顺威和霍乔进来了，霍乔笑着说：“两年没来，这里变化真大啊。”

许闯道：“是啊，哪像当初咱们刚来的时候啊，现在洗澡都直接出自来水，这群新兵蛋子，条件太好了。”

白新羽腹诽道，是冰水。

霍乔看到他们：“哟，都来了，训练一下午，是不是饿坏了？”

白新羽点点头：“饿死我了。”他想着这小食堂毕竟是招待领导的，肯定有好东西吃。

霍乔笑了笑：“来，让他们上菜，老许啊，说好今天不喝酒啊。”

许闯啧了一声：“不喝酒你上我这儿来干什么，消遣我啊。”

“我们今晚得回去，路不好走，我得和司机换着开。”

“你就不能明天再走？”许闯把一瓶白酒往桌上一砸，“说什么也得干完这瓶。”

俞风城也道：“小舅，你今晚住这儿吧，正好我跟你聊聊。”

霍乔朗声笑道：“行行行，我明早再走。”

白新羽看着俞风城对着霍乔时，那副德智体美劳全面发展的好学生的模样，顿时有点儿吃不下饭了。

从他们的谈话间，白新羽才知道，许闯是霍乔在军校时候的师兄，后来又到了一个团，直到霍乔去猎豹大队之前，他们都是关系很硬的朋友、战友。

两人聊得热火朝天，不断回忆着刚来部队时的峥嵘岁月，颇有几分豪情。

许闯两杯酒下肚，不仅情绪高涨，嗓门儿也直线飙升：“哎，霍乔，你还记得那时候不，陈靖刚来的时候……陈靖，你记不记得了，那时候霍乔在侦察连当排长呢，他见你第一眼，说什么来着？”

陈靖笑了笑：“说我留半年头发就能装大姑娘。”

“哈哈哈哈对对，当时把我们乐的。”许闯笑得直拍大腿。

霍乔抿了口酒，低笑两声。

陈靖无奈道：“这有那么好笑吗，你都笑了多久了。”

“哈哈哈哈，其实，我们笑这个还有另一个原因，当时霍乔不让我们告诉你。”许闯转向霍乔，“今儿你也不在侦察连了，你们平时也见不着，霍乔，你就告诉他吧。”

霍乔把一小盅二锅头闷进了嘴里，他呼出口气：“好，我就说说。小陈，我们霍家的男孩儿有个通病，就是发育晚，到了二十岁以后，会突然往上蹿。我刚上军校的时候，个儿比你现在还矮点儿，我那时候的教官，训练场上见我第一句话就是，‘留半年头发就能装大姑娘，怎么考来军校的。’”

陈靖“扑哧”一声笑了，半开玩笑半认真地说：“事实证明长什么样跟能不能当个好兵没关系。”

霍乔眯着眼睛微微一笑，朝陈靖举了举杯：“当然了，有我这个先例在。我当时可没有半点瞧不起你的意思，我只是看你好玩儿，想逗逗你而已。”

许闯直乐：“你呀，分明就是想找个人报复一下，不然军校前两年总让人说长得女相，多憋气啊，是不是啊老霍？哈哈哈！”

霍乔眨巴着眼睛：“我什么时候憋气了？从上级到战友，到学校扫地的大妈，到食堂打饭的大爷，没有不喜欢我的，这怎么能憋气呢，我高兴着呢。”

许闯做了个捶他的动作：“你小子真不要脸。”

霍乔朗声笑了起来：“来来来，喝酒。”

俞风城含笑看着他：“小舅，别怪我没提醒你啊，你酒品可不好。”

霍乔朝着酒盅吹了口气：“是吗，我酒品不好吗？”

“你忘了去年过年你喝醉了，硬要背着我妈做俯卧撑？”

霍乔扯了扯他的耳朵：“不是你小子刺激我，说我喝醉了做得肯定没你多吗？”

“你就是没我做得多，你后来趴地上睡着了。”

霍乔撇了撇嘴：“喝多了都不忘训练，这是多好的酒品啊。”

许闯嘲笑道：“你就吹吧，还在连队的时候，你喝多了非要抱着咱们连长，把连长吓得差点儿拿鞋底子抽你，这事儿你不记得了？”

霍乔哈哈大笑起来：“看来我喝多了比较奔放，今天谁灌我谁负责啊。”

许闯给他满上一盅酒：“喝你的，我看着你。”

白新羽边听边拼命往嘴里塞东西。他们食堂的伙食其实不差，放开肚子吃也吃不完，但大锅饭毕竟是大锅饭，菜色精致不到哪儿去。这专门给领导开的小灶可就不一样了，东西做得好看又好吃，他一边吃一边想，回去一定要好好馋馋钱亮。

桌上也没人搭理他，都在讲他们的共同岁月，就连俞风城都能插上两句，白新羽这个因为关系被捎带来吃饭的，就显得有些多余。

他越吃越饱，速度也就慢了下来。他抬起头，看着潇洒大笑的霍乔和许闯，在烟雾缭绕和觥筹交错间，那些听上去凶险万分的往事，在谈笑间被提起，充满了英雄豪迈的味道。白新羽心里不知道怎么的，突然有点儿羡慕，他就想，什么时候自己也能开玩笑似的跟人说“看这儿，当年一颗子弹这头进去那头出来，可我就是命硬，修好了还活蹦乱跳”，那该多豪气，多爷们儿。

俞风城看着霍乔的眼神充满了崇拜。白新羽第一次看到俞风城流露出那样的表情和眼神，让他整个人神气活现，完全就是一个少年的模样，跟对着他时的恶劣样子判若两人。白新羽心里更加不爽，要是有一天他也像霍乔那么厉害，俞风城会怎么对他？

霍乔二两酒下肚，脸有点儿发红，白新羽一看就知道他酒量一般，他心想，至少自己酒量能秒杀不少人。他轻咳一声，给自己倒上一杯酒，站了起来，一个立正："首长，我敬您一杯，谢谢您对我的照顾。"

霍乔愣了愣："哈哈，好。"说完一杯干了。

白新羽又满上一杯："这杯是替我哥敬您的，他离得远，我代劳了。"说完仰脖子干了。

霍乔笑了笑："把隋英都搬出来了，我不喝还不行呢。"他晃了晃酒杯，也一口干了。

"这第三杯。"白新羽打了个饱嗝，"敬您……保家卫国，劳苦功高。"

霍乔"扑哧"一声笑了出来，他摸了摸下巴："还有第三杯？"

白新羽点着头，特真诚地说："不敬满三杯像话吗？"

俞风城瞪了他一眼，眼神里的警告意味十足，陈靖有些不解地看着白新羽，许闯和王顺威则是一副看好戏的表情。

白新羽被俞风城威胁了一下，大脑顿时清醒了几分，看着霍乔微笑的样子，有点冒冷汗，他这是怎么了，鬼迷心窍了？怎么会想跟霍乔较量一下……

幸好霍乔没难为他，一拍桌子道："好，今天我就放开肚子喝，不过我还是那句话啊，谁灌我谁负责。"他朝白新羽眨巴了一下眼睛，一口干了二锅头。

白新羽松了口气，敬完三杯酒，老实地坐回座位上。陈靖低声说了一句："你这臭小子找死。"

白新羽一惊："班长，怎么了？"

陈靖把他的脑袋推了回去："吃你的。"

白新羽摸了摸脑袋，看霍乔还挺正常的，怎么这几个人个个横眉瞪眼的。

酒过三巡，白新羽终于看出不对劲儿了。霍乔说话还挺清楚，可身上跟没长骨头似的，一米八几的大个子，频频往人身上靠，一下子就栽到许闯身上，笑嘻嘻地说："老许，你老得真快，你看你晒得……"说完就要去够许闯的肩。

许闯吓坏了，拍开他的手，大叫道："又来了又来了，我说你小子怎么每次发酒疯都不带重样的呢！"

王顺威叹气道："可不是，至少给我们个准备啊。"

霍乔被许闯推开之后，就去抱王顺威："王哥，你记不记得，咱俩以前一起包过饺子。"

“你包的那是面片儿丸子。”

“哈哈哈。”霍乔摇摇晃晃地站了起来，朝白新羽走过来。

白新羽一愣，慌张地看了陈靖一眼，陈靖一副“你自己看着办”的表情，赶紧站起来，假装倒水，躲一边儿去了。

霍乔一下子扑了过来，白新羽吓得一动不敢动：“首……首长……”

“叫什么首长……”霍乔嘿嘿直笑，“你小子，记性比我家风城还差，你真忘了是不是？你扒了风城的衣服把他推菜园子里，被你哥揍了一顿。”

白新羽干笑道：“我是被我哥揍大的，不太记得了。”

“你还……你还逗他来着，你记不记得了？”

白新羽瞪大了眼睛：“啥？”

俞风城架着霍乔，把他托了起来：“小舅，你喝多了，睡觉去吧。”

“不不不睡，我喝爽了。”霍乔拽着白新羽的袖子，“我跟他聊聊……”

俞风城恶狠狠地瞪着白新羽。

白新羽眨巴着眼睛，这回真后悔了。

霍乔喋喋不休地说：“我刚刚说到哪儿了……这些你都不记得了？”

白新羽僵硬地转过脖子，看了俞风城一眼。

俞风城笑着朝他竖了个中指。

霍乔笑道：“年纪小嘛，没事儿，关键是……你最讨厌的地方就是，你非要说风城是女孩儿，风城不同意呢，你就说他记错了，他全家都错了，他就是女孩儿，把他给气哭了，哈哈哈哈，笑死我了，你这么逗，你哥揍你干吗呀，哈哈哈哈。”

俞风城深吸了口气，干脆扭过头去。

白新羽嘴角抽动着：“还有呢？我还干什么了？”

“还有……好多呢，我也不太想得起来了，反正在海岛玩儿了三天，你把风城弄哭好几回。”霍乔乐不可支。

俞风城冲着白新羽呵呵一笑，那笑容邪性得不得了。白新羽脸都歪了，他感觉俞风城的视线跟激光似的扫射着他，他都成筛子了。

霍乔笑够了，又晃晃悠悠地去找陈靖，陈靖一看不好，借故上厕所就要出去。霍乔一下子扑上去，他的手刚碰到陈靖的肩膀，陈靖一把抓住他的手腕，想来一个擒拿手制住他。

白新羽一愣，那不是俞风城经常用来对付他那招儿吗？可霍乔没有像他那样被陈靖拧着胳膊控制住，反而顺着陈靖使劲儿的方向，腰部跟着猛地一转，一下卸了陈靖的力，抓着陈靖的胳膊反身一转，反把陈靖的胳膊拧到了背后。

整个过程不过发生在一两秒钟之内，白新羽还没反应过来呢，两人已经过招拆招，陈靖被霍乔拧着胳膊、按着肩膀推墙上了。

霍乔嘻嘻笑着：“干吗呀，考验我呀。”

陈靖翻了个白眼：“排长……”

霍乔半开玩笑半认真地说：“小陈啊，来我这儿吧，我这儿可好玩了。”

陈靖皱起眉：“排长，你先放开我行不行？”

霍乔无赖地直笑：“那你先答应？”

许闯过来把霍乔拎开了：“别在我这儿耍无赖啊，陈靖还想考军校呢，你省省吧。”

霍乔愣了愣：“你想考军校？”他还抓着陈靖的手腕。

陈靖有点不好意思：“嗯。”

许闯道：“团里今年有两个保送的指标，应该有他一个，明年他就要去了。”

白新羽啊了一声：“班长，你要去上军校啊，我们怎么办啊。”

俞风城不客气地说：“班长又不是你妈，什么怎么办。”

陈靖道：“还没最终定下呢……排长，你先放开我行不行？”

霍乔悻悻地松开了他：“陈靖，我知道这是你一直以来的梦想，我只能祝福你了。”

陈靖笑了笑：“谢谢排长。”

许闯道：“他现在早就不是排长了。”

霍乔大着舌头说：“没事，我可以一直是他的排长。”他“咣咣”拍着陈靖的肩膀，“等你军校毕业了，也许我们还有并肩作战的机会。”

陈靖道：“一定会有的。”

俞风城道：“小舅，我知道你们那儿缺人，我会很快去找你的。”

霍乔眯起眼睛：“啧，你要是真来猎豹大队，我姐能掐死我……”

俞风城笑了笑：“不告诉她。”

霍乔捏了捏他的后颈：“先别想那么远，好好训练。”

“好。我扶你去睡觉吧。”

“不要，不要你扶。”霍乔伸出手指头，转了一圈，指向白新羽，“你，你来扶，我跟你喝了三杯，你得负责。”

白新羽一阵头皮发麻：“首长……”

“过来。”霍乔不客气地趴到了他背上，含糊地说，“说好了，谁灌我谁负责，你背我。”

白新羽心里哭道：谁跟你说好了。在俞风城和许闯的逼视下，他只好把霍乔背了起来，背一个体重比自己还重的人，实在不是件轻松的事儿，他认命地往许闯的宿舍走去。

把人背到宿舍门口的时候，白新羽已经连吁带喘，出了一身汗。他不禁想起自己跑步跑晕了那次，俞风城把他从操场一气儿背到食堂，那得多累啊，想到这里，他觉得俞风城也不是全没有优点，至少……至少体力还不错？

霍乔不知道什么时候睡着了，白新羽看着楼梯，喘道："我真背不动了。"

俞风城白了他一眼："真没用，给我。"他从白新羽背上接过霍乔，和许闯一起把霍乔送进了宿舍。

刚把人放下，霍乔一把抱住许闯的胳膊，使劲蹭了起来："老许啊，我有点儿想你。"

许闯哭笑不得："哎呀行了，惦记我的人多了，你有那排号的工夫，不如赶紧睡一觉。"

把霍乔安顿好后，已经过了熄灯时间，许闯要找陈靖谈话，就把俞风城和白新羽打发走了。

两人一下楼，俞风城突然一把捏住白新羽的后颈，恶声道："谁让你灌我小舅？"

白新羽只觉脖子被掐得生疼，他辩解道："我……我怎么灌了，我那是敬！敬酒！"

"我早说了我小舅酒量不行，你一上来就三杯，你以为自己多大面子？你脑子里想什么呢？"

"连长灌得比我多！"

"连长是他战友，你算什么东西！"俞风城揪起他的领子把他按到了墙上，"我小舅是看在你哥的面儿上找你吃个饭，不然就你这副孬样，我小舅才不会看你一眼。"

"你小舅你小舅，你小舅是你祖宗啊！"白新羽没由来地一阵火大，他也知道，自己身为普通列兵，随便敬上级酒是大大的没规矩，当兵的大多不拘小节，没人怪他，但如果碰上较真儿的，他这就是犯上。他当时确实冲动了，可他就是不爽，俞风城总骂他一有事儿就搬出他哥来没出息，结果怎么样，自己还不是满嘴"小舅"的，有什么脸说他呀。

俞风城眯起眼睛，似乎没料到白新羽敢顶嘴。白新羽看着这煞星危险的目光，慢慢地缩起了脖子，身子越来越矮，真想就这么在俞风城面前消失。

俞风城凑近他："你说我什么？"

"啊……没什么……"

"你这态度，是冲着我来的，还是冲着我小舅去的？"

白新羽小声说："都……不敢。"

"那你灌他是什么意思？给我说清楚。"

"我就……就喝酒，男人嘛，酒桌上就……"

俞风城高挺的鼻子几乎顶到白新羽脸上，他恶狠狠地说："你没资格跟我小舅拼酒。”

白新羽气得想张嘴把俞风城的鼻子咬下来。俞风城缺德也不是一天两天了，但今天看着格外欠抽。他原本以为，俞风城心高气傲，眼高于顶，心里恐怕谁都瞧不上，虽然对别人都挺客气，但对他就特别坏。没想到这样的俞风城，能像个小男孩儿似的那么崇拜一个人，他忍不住就会生出一种，自己到底比那个人差多少的疑问。当然任何人只要看看他，再看看霍乔，这个问题的答案不言自明，所以他忍不住生出一种想要和霍乔比试一下的心理，哪怕只是比喝酒。这种男人之间浅薄的、幼稚的好胜心，他明明知道没有任何用处，可还是控制不住自己。不过，就算赢了他也没什么快感，反而被俞风城一顿数落，憋屈死了。

白新羽用力推了俞风城一把：“没资格就没资格，反正也没下次了，我能回去睡觉了吧！”

“哟，你还来脾气了？”俞风城拦着不让他走，捏着他的下巴把他的脸扳了过来，“我问你，小时候的事，你想起一点没有？”

白新羽有些心虚地说：“好像……想起一点。”他隐约记得，小时候好像确实干过非逼着一个男孩儿承认自己是女孩儿的事，因为那小孩儿最后搞不清楚自己究竟是男是女而大哭的样子太好玩儿了。原来那个就是俞风城吗……

俞风城阴恻恻地一笑：“放心，我会让你慢慢想起来的。”

“不是，那么小的时候的事儿你记那么清楚干吗？”

“谁叫我就是记性好呢。”

“你就是小心眼儿。”

俞风城拍了一下他的脑袋：“我今晚已经很想抽你了，再说一句我不爱听的试试？”

白新羽把嘴闭上了。

俞风城拖着他往宿舍走去：“你今天唯一让我满意的，就是没在我小舅面前乱说话。”

白新羽冒出一句：“你不去上军校，是为了他吗？”

俞风城顿住了：“谁告诉你这些的？”

“听人说的。”

俞风城弹了下他的额头：“少管闲事。”

白新羽撇撇嘴，一脸不乐意。

两人悄悄回了宿舍，钱亮小声来了一句：“哎，你俩上哪儿幽会去了？”

白新羽笑骂道：“幽你个头，赶紧睡觉。”

躺到床上后，白新羽回想着今天发生的事，越想越郁闷，不就一猎豹大队吗，有什么了不起的，说不定有一天他也能进去耀武扬威一把呢。

第二天早上，俞风城请了假去送霍乔了，白新羽没去，虽然按理他应该去送送，但他心里有点儿抵触。

上午的训练不太顺利，他在扔手榴弹的时候，分神慢了两秒，手榴弹炸开的距离太近，虽然是教练弹，伤不着人，但还是扬起一层尘土，把周围人呛得直咳嗽。他被陈靖揪起来一顿骂，还被罚了五公里跑，他把这些都算到了俞风城头上。

新兵训练只剩最后半个月，各项考核也正式开始了。他们每天累得半死不活，还要抽出时间背书。最后考核决定了他们的去向，虽然作为兵，只能服从上级命令，但每个人都希望能去那些一听就特厉害的连队。要是能成为炮兵、坦克兵、侦察兵，甚至爆破手、狙击手之类的，有一天退役回家了，既不负峥嵘岁月，跟人吹起牛来又有面子。如果是通信兵、工程兵之类的，虽说兵种不分高低，团队协作最重要，但听上去总是不够酷。所以，大家都铆足了劲儿，要在领导面前好好表现。

白新羽在最后时刻也付出了一些努力，毕竟那种紧张的气氛很能感染人。他的所有考核项目里，只有射击比较好，军事知识考得一塌糊涂，体能项目勉强及格，他抱着得过且过的心理想，至少这样不用跟俞风城在一个连队。

“新羽，你怎么了？”冯东元见白新羽一脸苦闷，好奇地问道。

“下午要考一个军队条令的，烦死我了。”白新羽使劲揪了揪头发。

“背书总比训练轻松啊，上次我教你的背书方法你用了没有？”

白新羽点点头：“好像没什么用，我一看那些条条框框就犯困，哪儿记得住啊。”

冯东元叹了口气：“你还是不想背，只要你真的花了心思，能有什么难的。”

“那是因为你学习好，当然不难了。”

冯东元道：“不是这样的，正常人的记忆力都不会差到哪儿去，新羽，你不想跟我和钱亮去一个连队吗？”

白新羽叹道：“想啊，不过……算了，听天由命吧。”

冯东元忍不住道：“新羽，其实你体质不差，也不比别人笨，可你就是懒，不肯努力，大家都在用八九成的精力干的事儿，你偏偏只愿意付出五六成，成绩当然比不上别人。你这辈子难道就没有过为了某件事拼命努力的时候吗？”

白新羽有点儿不习惯他突然这么严肃，就嬉笑道：“有啊，去年我为了追一个演员，凌晨五点起来去片场给她送早餐，那精神……”

冯东元撞了他胳膊一下：“我跟你说正经的。”

白新羽顿时蔫了下来：“我觉得我挺努力的。”

“我没看出来，大家都没看出来。你有时间好好观察一下，别人是怎么努力的，风城本身素质那么好，出操从不迟到，要求的训练任务总是超额完成，对待每一个项目都特别认真，你能做到吗？你每天想的都是赶紧过完这一天好吃饭、睡觉，你就没想过今天我一定要突破自己、提高自己。”

白新羽烦躁地叹了口气：“干吗呀干吗呀，大早上的就开始教育我。”

冯东元无奈道：“我是为你好啊，可惜你都听不进去……”

白新羽搂住他的肩膀：“东元，我知道你人好，可我觉得懒这个毛病是改不过来的，再说我又没打算在部队待一辈子，两年时间一到，我就立刻申请退役回家了，你说我努力给谁看啊，有什么用啊。”

冯东元点点头，叹道：“你说得也对。”

“是吧，唯一的遗憾就是不能跟你一个班了，不过咱们始终在一个营区，我会经常去找你玩儿的。”

冯东元勉强笑了笑：“好吧。”

在新兵营的最后几天，班里人的关系都变得格外亲密，毕竟马上要分开了，就算这三个月里有什么小矛盾，此时也可以原谅了。

俞风城最近也忙着训练背书，没抽出空来戏弄他，好像一夜之间，所有人的指针都被拨快了，白新羽也感到一丝心慌，他对未来的军营生活很迷茫。

最后一项考核结束后，许闯给他们放了半天假，让他们准备个篝火晚会，弄上几只烤全羊、几箱酒。明天的这个时候，很多人就要分道扬镳，这个晚会也就是散伙饭了。

白新羽往操场搬啤酒的时候，见许闯和陈靖站在大树底下，正激烈地争辩着，许闯硬邦邦地说：“已经定了。”陈靖脸有点儿红，声音压得很低，白新羽听不清他在说什么，他是第一次看见陈靖跟许闯急。

天黑之后，一堆堆篝火架好了，炊事班不是第一次干这事儿了，各类工具一应俱全，光是大肥羊就烤了七头，再加上别的一些烤肉、烤菜，食物非常丰盛。炊事班的大哥们撸着袖子往烤羊上撒佐料，那香味飘出几里地去，把这些新兵都馋死了。

许闯举起酒瓶子，难得和颜悦色地讲了几句话，甚至还有一点儿煽情，当然，最后还是很有个人风格地以“吃好，喝好”收尾。

他一说完话，众人就迫不及待地大口撕扯起了鲜肥的羊肉，那羊肉上还粘着一块块儿白色的羊脂，蘸上点儿孜然和辣椒粉，热乎乎地咬一嘴，肥腻的同时又香得不得了。白新羽以前是绝对吃不下这么油腻的东西，可边疆海拔高，早晚死冷，再加上每天繁重的训练，必须吃些高热量的东西才能供得起身体的消耗。不知不觉间，白新羽也变得专往肉上盯了。

钱亮一边啃羊腿，一边说着：“好香好香。”

冯东元咦了一声：“班长呢？”

他一说，众人都伸长脖子四处找了起来，白新羽视力很好，第一个发现了站在篝火后边喝酒的班长，他拿着块儿羊排跑了过去：“班长，你在这儿干吗？烤火啊。”

陈靖看到他时，表情有些不自在：“嗯，有点儿冷。”

“一瓶酒下肚就不冷了，大家都找你呢。”白新羽笑着把羊排塞到他手里，“趁热吃，可香了。”自陈靖代他跑了五公里开始，他心里就对陈靖充满感激，陈靖虽然经常罚他，却也赏罚分明，从不徇私，所以他和其他人一样，都喜欢班长。

陈靖接过羊排，不易察觉地叹了口气：“走，喝酒去。”

白新羽乐呵呵地带着他回到桌前，吆喝着：“来呀来呀，喝酒呀。”虽然不知道明天他会被分到哪个连队，但新兵训练结束了，对他来说就是完成了一个任务，总归是件值得高兴的事儿。

他们大口吃肉喝酒、大声笑闹，尽情释放着三个月来聚集的所有压力。今天也没有了熄灯时间，他们一气儿闹到了晚上十一点多，很多人喝醉了，在战友的搀扶下回了宿舍。

白新羽虽然酒量不差，但也喝得走路直打飘。他晃晃悠悠地站起来，一脚踩在一个酒瓶子上，身体不受控制地往前扑去。他却没有如预料中摔个狗啃泥，反而摔进了一个宽厚的胸怀。他不用看就知道现在抱着他的人是俞风城，也不知道为什么，他就是知道。他抬起头，傻呵呵地一笑：“哎，你也喝多了吧。”

俞风城眼中布满血丝，确实喝了不少，他把白新羽扶了起来：“比你清醒。”

白新羽借酒撒泼，指着宿舍楼说：“摆驾……回宫……”

俞风城白了他一眼：“信不信我把你塞草丛里睡一晚上。”

“班长说，晚上这么冷，要是……要是在外边儿睡一晚，就废了。”

“不会废的，最多冻成傻子，哦，你也不可能比现在更傻了。”

白新羽听到这句嘎嘎直笑，也不晓得自己笑什么。他明知道自己在说什么，也知道身边人是谁，可思维太过活跃，胆子变得奇大无比，完全控制不住自己的嘴和行为。

俞风城喝道：“自己站直了。”

白新羽耍赖道：“不要，你背我。”

“背个屁。”

“等等，我要尿尿。”白新羽指着食堂后面的草丛，“憋不住了……”

俞风城斜着眼睛看着他：“你找死啊。”

“啊……你还不让人尿尿啊……”白新羽扯着裤子，“那我可在这儿解决了。”

俞风城一撒手，白新羽顺着他的身子往下滑，最后抱住了他的腰，迷迷糊糊地看着他。

俞风城踹了他一脚：“起来。”

白新羽干脆抱住了俞风城的腿，使劲摇头，那赖皮的样子真让人想扇他。

俞风城没办法，只好把他拎了起来，往食堂后面走去。食堂后面是排泔水、倒垃圾的地方，虽然每天都有人清理，但依然臭味难挡，一般没人来。两人许是喝多了，鼻子都不大好使，居然没怎么闻出臭味来。

俞风城把白新羽扶到墙边儿，白新羽在黑暗中摸索着自己裤头的拉链，却怎么都找不着。

俞风城不耐烦道：“用不用帮你啊少爷？”

白新羽嘟囔：“你帮我尿啊，傻子。”

“你说什么？”

白新羽靠着墙，舒服地冲着草丛快意地解决了起来，尿到一半，他突然恶从心头起，晃荡着一转身，尿都扫到了俞风城的鞋上。

俞风城一把拧住他的脖子：“你找死是不是！”

白新羽无辜地说：“站……站不稳嘛。”

俞风城举起拳头，白新羽立刻缩起脖子，可怜兮兮地说：“真的站不稳啊。”

俞风城用手指狠狠点了点他的额头：“等你小子酒醒了，我好好找你算账。”

白新羽心里一阵痛快，假装迷糊的样子，闭着眼睛嘟囔：“困，困。”

俞风城架起他，往宿舍走去。

宿舍的人都昏睡过去了，屋子里一股酒臭味儿，呼噜声震天响，几乎没有人找准自己的床位，全都睡得乱七八糟的。

俞风城将白新羽扔在不知道是谁的床上，两人都困得睁不开眼睛，倒头就睡。

边疆的晚上非常冷，两人在外边儿就冻了个饱，此时意识模糊之际，都忘了隔壁床是自己最讨厌的人，下意识地挨近，沉沉睡了过去。

THE GROWTH OF A DANDY.
FIGHT ALONGSIDE YOU.

第十章 分到炊事班

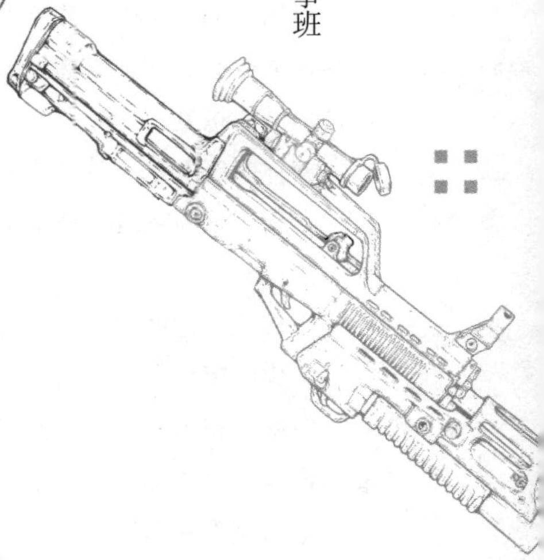

第二天起床号没响，他们一气儿睡到了天亮。

第一个醒来的人，坐起来就直嚷嚷："这都怎么睡的，跟横尸现场似的。"

他一叫，很多人都醒了，大家起床一看，都乐了，几乎没谁是好好在自己床上睡的，尤其是上铺的兵，昨天喝得脚发软，懒得爬上去，大部分都挤到了下铺，搂抱在一起睡的比比皆是，俞风城和白新羽倒也不显得突兀。

白新羽眼睛肿得只能睁开一条缝，他从被子里探出个脑袋："别吵，困死了。"说完就想翻个身继续睡。可一动，才发现自己根本动不了，因为一个姿势睡了一晚上，身子都麻了。这时候他才感觉到自己挨着一个热乎乎的东西，腰上还搭着一只胳膊。他用力睁开眼睛，正对上俞风城惺忪的睡眼。

白新羽吓得精神了三分，抻直了脖子看着俞风城。

俞风城睨了他一眼，就闭上了眼睛，明显没打算起来。

白新羽重新感受了一下，自己确实和俞风城睡在一个被窝里……我去！这是什么情况！

他用力回想了一下昨晚的一切。虽然喝多了，但还没有醉到失忆，白新羽没想到自己能这么大胆，真想给自己鼓掌，可酒醒了胆儿就没那么肥了，他现在非常担心俞风城会报复。

"你到底醒了还是打算继续睡？"俞风城略带沙哑的嗓音在白新羽耳畔响起。

白新羽把脸拱进了被子里，闷声道："别吵，睡觉。"

"你睡在我床上。"

"谁让你把我放你床上的。"

"你的床被人占了。"

白新羽扭过脖子，果然发现自己床上那哥们儿还睡得跟死猪似的呢。他尴尬地看着俞风城："那什么，你起来吧，我再睡会儿。"

俞风城狠狠踹了他一脚。

"啊！"白新羽低叫一声。

钱亮闭着眼睛道："新羽，怎么了？"

"没……没怎么。"

"没怎么就闭嘴，难得可以睡个懒觉，谁也别拦着我。"

白新羽瞪着俞风城，低声道："你干什么？"

"想继续睡就给我老实点儿。"

白新羽看了看天，刚蒙蒙亮，钱亮说得对，他们真是难得可以睡一个懒觉，他实在不想离开温暖的被窝。他想了想，很没出息地说："我怎么不老实了。"

俞风城重新躺了下来，两人很嫌弃地背对着背，却抵不住温暖被窝的召唤，又美滋滋地睡起了回笼觉。

白新羽心想，好久没这么享受过了，真好啊，就连贴着这个煞星睡觉也不觉得讨厌了。

他们也没能睡太久，八点多的时候，被陈靖叫醒了，急急忙忙地洗漱吃饭，到操场集合。

许闯和王顺威拿着名单，开始公布这批新兵各自的去向。

白新羽眼看着好多认识的人都被分去了武装侦察三连，也就是许闯那个连。俞风城、钱亮、冯东元、大熊、巴图尔、梁小毛，这些表现不错的兵，果然都被许闯挑走了。最后剩下的人越来越少，白新羽的掌心开始出汗，不知道自己会面临怎样的命运。

王顺威的名单翻到了最后一页："白新羽。"

"到！"

"侦察三连。"

白新羽又惊又喜，他没想到许闯居然会要他！这样至少他和冯东元、钱亮在一个连队，以后见面也方便很多，就连俞风城也……他悄悄看了俞风城一眼，俞风城也正好看着他，目光很是玩味。白新羽转过脸去，冲着冯东元和钱亮挤眉弄眼。

"你们回去收拾行李，一个小时后来这里集合。"

"是！"

解散之后，白新羽连蹦带跳地跑到冯东元旁边，一把拖住他："小亲亲啊，哥哥又跟你们一个连队了，哈哈哈哈。"

钱亮笑道："太好了，咱们肯定在一个宿舍楼。"

"是啊，太好了，以后也能一起洗澡、出操、吃饭了。"冯东元高兴地说，"看来连长对你的表现还是满意的，不然也不会带你去三连了。"

白新羽得意地笑了起来："肯定是我的射击成绩让他刮目相看了。"

众人回到宿舍，收拾起了行李。在这里住了三个月，虽然地方没什么好让人留恋的，但毕竟是人生中第一个军营宿舍，是他们一辈子的回忆。他们把宿舍、水房都打扫了一遍，所有东西都归整好，才失落地离开。

坐上军车，新兵们分别被送去了各自的连队。其实新兵营和连队都在一个营区，只不过军营面积极大，从新兵营到各个连队，开车也要十来分钟，他们是第一次进入正规军的军营，在车上不停地左顾右盼，畅想着他们即将开始的正式的部队生活。

到了连队后，许闯带领几个排长、班长给他们举行了一个简单的欢迎仪式，然后就把他们分到各个班去了。

白新羽满心期待着能和冯东元或者钱亮分在一个班，这时，陈靖走了过来："新羽，你跟我来。"

"啊？班长，这边儿分班呢。"

"我知道，你过来。"

白新羽跟着他走了，走的时候还一步三回头，给冯东元使眼色，意思是等他一起吃午饭。

两人一气儿走出了宿舍院的大门，陈靖越走越快，白新羽小跑几步追了上去："班长，你这干吗啊，一声不响地带我去哪儿啊。"

陈靖转过身来，白新羽发现他的脸色不大好。

白新羽皱起眉："班长，你怎么了？宿醉没醒啊？"

陈靖揉揉眉心，叹道："新羽，我现在带你去你的班上报到，报到完了你再回宿舍。"

"哪个班啊？他们不就在分班级吗？"

陈靖看着他，一瞬间有些不忍心开口，但还是无奈地说："炊事班。"

白新羽一下子傻眼了。

陈靖道："新羽，其实这件事我应该提前跟你沟通的，但你最后这段时间表现不错，我以为连长不会……但连长已经这么决定了，希望你能端正一下对炊事班的态度。炊事班不是你想象的那样，你们也要训练，也要考核，兵种不分贵贱，只是分工不同，无论是什么兵种，都在军队中发挥着不可或缺的作用，所以你不要对炊事班有抵触情绪，我希望你……"陈靖有点儿说不下去了，因为白新羽的眼圈红了。

白新羽梗着脖子，腮帮子轻颤，半天没说话，那表情是下一秒就要哭出来了，却还是生生忍着。三个月的时间虽短，但也让白新羽成长了不少，他早就明白，在这个地方，哭、撒娇、耍赖，是不会有人心疼他的，久而久之，他也就不再那么做了，所以他忍着没哭，虽然他真的很伤心。

他没想到，他付出了努力，最后还是没逃过去喂猪做饭的命运。陈靖说的他都明白，他们给人做思想工作的时候都是这么说的。可每个人都知道，去炊事班的极小部分是为了培养未来干部，大部分是实在练不出来的兵，而他毫无疑问是后者。并不会有人瞧不起炊事兵，可大多数人也并不想去，说是会训练、考核，可谁都知道去了炊事班，其实就成了闲人。白新羽曾经以为，他会很高兴成为一个闲人，不用出早操，没人管内务，只要混过两年就可以开开心心地回家了，多好，可当他真的要去炊事班的时候，他体会到的却是不甘心。

他第一次那么渴望跟其他人一样，去训练专业技能，去射击，去操练，而不是喂猪种地，围着锅台转。等他退伍回家了，他要怎么跟别人说自己在部队的经历？

他觉得好丢人。

陈靖拍了拍他的肩膀："新羽，你最后确实付出了努力，我都看到了，但你的成绩依然不理想，我想你应该知道原因，那就是你付出的远不及别人的多。你不比别人差，也不比别人笨，你在射击方面也很有天赋，我本来想从这方面好好培养你，只是……你也不要灰心，只要你表现得好，无论在哪里都会发光，我总觉得，你可以成为一个上进的好兵，只要你努力，我一定会想办法把你调回连队。"

白新羽吸了吸鼻子："班长，我不知道我还努力什么，我本来就不想当兵，可能去炊事班正适合我，可以偷懒，可以吃好吃的……"

陈靖拍了拍他的脸蛋："你可不能这么想，你还年轻，你爸妈把你送到部队里，是希望看到你成为一个堂堂正正的军人。即使是在炊事班，你也不能好吃懒做，你要挺起腰板，时刻记着自己是个军人，有一天国家需要你的时候，无论你是什么兵种，都要贡献自己的力量。新羽，到了那里好好干，知道吗？"

白新羽哽咽道："班长，去炊事班是不是特别丢脸？"

陈靖揉着他的脸："瞎想什么呢，不会有人看不起你，但如果你轻易放弃自己，那么有一天你自己都会瞧不起自己。"

白新羽咧了咧嘴，有点想哭："班长，你今天这么温柔，我不习惯啊，也不知道炊事班的班长会不会比你好，应该没你那么爱罚人吧。"

陈靖笑了笑："去了你就知道了，记住，不管在哪里，不要放松对自己的要求。"

白新羽勉强点点头，其实心里已经死灰一片。他脑海中只有一个念头，他要去喂猪了，他要去喂猪了，他要去喂猪了，真给俞风城说中了，他白小少爷要去喂猪了！

陈靖带他去了食堂，这个时间正是准备午饭的时候，炊事班的人都在这里。走进后厨，厨房里的人都抬头看向他们。

"哎哟，来新人啦。"一个精瘦的男人走了过来，"这么年轻，你是新兵？"

白新羽点点头，他皱了皱鼻子，厨房里混杂着各种各样的味道，实在不太好闻。

"班长，班长，来新人啦。"他朝着后门吆喝道。

一个三十来岁的男人端着一盆青菜从后门走了进来，他身材高大魁梧，跟头熊一样，他看了两人一眼："哦，小陈？"

陈靖道："武班长，连长给你送来个新兵，他叫白新羽，是你老乡。"

武清打量了一下白新羽："把行李放宿舍去，然后过来干活儿。"

白新羽脑子嗡的一声响，他觉得自己的人生一片昏暗。

他提着行李回到宿舍，宿舍里空无一人，显然都在厨房忙活呢。他刚找到床位，冯东元和钱亮的脑袋就从门外探了进来。

"新羽！"冯东元笑着说，"咱们宿舍在一层楼，我和俞风城一个班，钱亮在隔壁班。”

钱亮笑嘻嘻地说：“离这么近，没什么差别嘛，新羽，你这是几班啊？”

白新羽有气无力地说：“炊事班。”

“什么？”

白新羽负气地把行李往地上一摔，大声道：“炊事班！”

两人面面相觑。

冯东元小心翼翼地说：“其实……炊事班也没什么不好，兵种……”

“兵种不分贵贱，行了，这话我都听多少遍了，别说了。”白新羽一屁股坐在床上，感觉在两人面前抬不起头来。

钱亮抓了抓脑袋：“那个，你应该会喜欢炊事班吧，不用出早操，管得还松。”

冯东元推了钱亮一把，钱亮讪讪地低下了头。

白新羽小声说：“我以前也是这么想的，可是……”

冯东元搂着他的肩膀：“新羽，你别灰心，只要你好好表现，连长会把你调回来的。”

白新羽一把抱住冯东元，吸着鼻子说：“不可能，许闯烦死我了，从上火车第一天他就烦我，他是故意挤对我的！”

冯东元轻轻拍着他的背：“新羽，你别这么说，我觉得连长不是那样的人……”

“你还帮他说话！”

“好好好，不说了不说了。”冯东元温柔地摸着他的头，“你别哭啊，连长喜欢好兵，只要你成为一个好兵，他不会埋没你的。”

“呜呜呜……”白新羽忍不住哭了出来，“我想回家。真没劲，让我去做饭，我凭什么给他们做饭，我不干，我想回家……”

冯东元安抚着他：“新羽，你不能这么想，你欠缺的就是上进心，你应该想着好好训练，让连长刮目相看。”

白新羽摇了摇头，眼泪鼻涕蹭得冯东元肩膀上到处都是。

到了吃饭时间，两人不能久留，安慰了他几句就走了。白新羽慢腾腾地把行李收拾好，尽管千百个不愿意，还是硬着头皮去厨房了。

他一进厨房，就差点儿被里面的油烟味儿给呛出来。

“哎，你怎么现在才来，我们都快做完了。”

白新羽嘟囔道：“收拾行李。”

精瘦男人把他拽到角落，指着地上一大盆白菜：“把白菜摘了洗了，快。”

白新羽看着那盆白菜发愣。

男人推了他一把：“快啊。”

白新羽蹲下身，抓着一棵大白菜在水盆里晃来晃去。

“哎呀我的妈呀。”他一拍额头，“你这是洗白菜还是教白菜游泳呢！你得把它掰开啊。”

白新羽哦了一声，把白菜叶子一片片地扯下来。

“看你细皮嫩肉的就是城里兵，没干过活儿吧？”他手脚麻利地摘着白菜，“我叫程旺旺，你叫我旺旺哥就行，你叫啥来着？”

“白新羽。”

程旺旺把脑袋探了过来：“哭过？”

白新羽扭过头去。

“唉，有什么大不了的，过段时间你就知道炊事班的好了，现在学点儿手艺，转业了自己开个小饭馆儿，多好。”

白新羽没吭声。

“我都打听好了，我家那边盘个店铺只要……”

程旺旺后边儿说的话，白新羽都没怎么听进去，他就觉得自己不属于这里，他刚到部队的时候就有这种感觉，好不容易适应了新兵营的生活，却被一竿子支到这里来。他不知道要花多长时间才适应做饭种地喂猪的生活，也许他有一天真的会习惯……可真的习惯了，怎么想也不是好事儿啊，谁要学做饭种地喂猪啊！他回去怎么帮他哥？开农场？

武清踢了下程旺旺的屁股：“你这嘴一天到晚除了吃饭睡觉就没闲过，啰唆什么，赶紧洗啊。”

程旺旺哈哈直笑：“班长，我跟新兵交流感情呢，你看这孩子，又俊又害羞，你别吓着人家。”

武清哼了一声，拿着大炒勺炒肉去了。

程旺旺推了推白新羽，小声说：“炊事班可爽了，有吃有喝，听我的，你保证喜欢。”

白新羽将信将疑。闷头洗完菜，他又被程旺旺派去切肉。他长这么大第一次摸生猪肉，那种油腻的、软趴趴的手感，让他觉得有点恶心，他拿着刀，不知所措。

程旺旺抢过刀，给他示范了一番：“多容易，快切吧。”

白新羽咽了口口水，按着肉切了起来，可那肉太软，容易走刀，他一刀划在了手指上，血一下子就出来了。“啊……”他愤怒地低骂一声。

“哎哟，你真是……”程旺旺无奈地把他拽到一边儿，“行了行了，今天你就看着吧，多学学。”

白新羽洗干净了手，伤口不深，可血还是止不住，他只能把手指头含在嘴里，默默地站在一旁，看着他们忙活。大家各司其职，那一大锅一大锅的菜，原来就是这么炒出来的。

白新羽突然被人撞了一下，一个老兵白了他一眼：“不干活也别站这儿挡路。”

他撇撇嘴，心说我愿意在这儿啊，他干脆走出厨房，蹲在地上唉声叹气。

中午饭跟打仗似的做完了，等连队的人都吃完了饭，才轮到他们吃饭。白新羽打了饭，闷头吃了起来。其他人弄了两瓶啤酒，有说有笑地喝着。

炊事班确实不一样，想喝酒就能喝酒，训练偷懒也没人管，来这里混日子最合适不过了。

吃完饭，程旺旺把一双塑料手套甩给了白新羽，笑着拍了拍他的肩膀：“我们这儿的规矩，新来的刷碗，刷碗你会吧？就是把那个锅碗瓢盆啊都洗干净。”

白新羽瞪起眼睛：“我一个人？”上百人的餐具，让他一个人刷？要他命啊。

“没什么难的，一下午就刷出来了，大家都是这么过来的，去吧，不然赶不上做晚饭了。”

白新羽愤恨地抓起手套，扭身进了厨房。看着那一餐车一餐车的脏餐具，他的眼泪又哗哗开始掉了。他究竟是干什么来的？难道他爸妈把他送进部队，就是让他刷盘子？这些杂活儿有什么意义？能磨炼意志，能让他变成真正的男人吗？扯淡！他一边委屈地掉眼泪，一边抓过盘子泄愤般刷了起来。他这辈子所没干过的活儿、没做过的事儿，都在部队体验完了，他现在只想回家。

他在厨房刷了一下午的盘子，站得腰腿酸痛，直到要准备晚饭的时候，他都没刷完。炊事班的人嫌他耽误事儿，就把剩下的帮着他刷了，然后让他去干别的活儿。

晚上回到宿舍，白新羽躺在床上，感觉自己不能动了，他觉得这是他进部队以来最累的一天，不仅身体累，心更累。

躺在床上，他想着在新兵连的生活。

俞风城要是知道他真的来炊事班了，肯定会用嘲弄的语气说“果然如此”吧。

烦，所有的事情，都烦透了！

白新羽这一觉睡得特别沉，因为实在累坏了，可起床号响起的时候，他还是跟着醒了，因为整个炊事班的人都起来了。他痛苦地说：“不是不用出早操吗？”

“是不用出早操，可要起来给他们准备早饭啊。”程旺旺拍了拍他，“赶紧起床。”

白新羽已经被折磨得没脾气，浑浑噩噩地起了床，跟着他们去厨房忙活开了。

在把一盆辣椒扣地上和再次切到手后，谁都不敢让他出现在厨房了，程旺旺把他领到后院的菜地，让他浇水。

白新羽郁闷道：“不是有伙食费吗，干吗自己种地？”

“咱们那点伙食费，也就是饿不着的标准，想吃点儿水果啊奶啊什么的，就得想办法挤。自给自足点儿青菜，省下来的伙食费不就能让兄弟们吃点儿好的了吗。在这儿当兵不容易，不容易啊。”

白新羽当时还不理解这番话，他觉得全世界当兵的都不会容易。

当时天还没亮，入秋之后，边疆的早晨冷得人牙直抖，白新羽裹着棉大衣，哆哆嗦嗦地拿着水管子浇地。他忘了戴手套，不一会儿手就冻僵了，因为没经验，他好几次不小心踩进浇了水的土里，结果把棉鞋也给弄湿了，手冷脚冷，他整个人冻得直哆嗦。

炊事班的人忙完了早饭，武清带着程旺旺来地里“视察”，其实是来看看白新羽有没有把菜都浇死了。结果到那儿一看，白新羽鞋是湿的，手冻得通红，武清当即就把他从大棚里拎了出来：“你小子怎么浇的水？照着自己的鞋浇啊？”

白新羽颤声道：“不小心踩着了。”

“赶紧回宿舍换鞋去。”

白新羽如获大赦，连忙跑回宿舍，宿舍里就他一个人，他换好鞋，正打算出去晒晒太阳取取暖，门口迎面进来一个人，他一惊，顿时就不敢动弹了。

俞风城进来后，用脚踢上了门，他看了看宿舍，最后把目光落到白新羽身上，讽刺地一笑：“我说什么来着，果然来炊事班了。”

白新羽瞪了他一眼：“来炊事班正合我意，吃好喝好，还能偷懒。”

俞风城轻哼一声：“我就知道你会这么想，这回顺你的心了。”

白新羽心里难受起来，俞风城的嘲弄真是杀伤力巨大，人都有自尊心，他也想在瞧不起他的人面前扬眉吐气一把，可在俞风城面前，从来没成功过，他一直就是那个又懒又蠢又不上进的窝囊废。可他最不能理解的是，为什么俞风城一边瞧不起他，一边又来招惹他，就这么好玩儿？真不知道这人是不是吃饱了撑的。

俞风城微微弯身，把脸凑近白新羽，轻声道：“可我怎么听钱亮说你哭了呢？”

白新羽反驳道：“你听他吹牛，我什么时候哭了，我来这儿不知道多高兴，要哭也是喜极而泣。”

俞风城捏住他的下巴：“你真的愿意在这儿待两年？”

白新羽硬邦邦地说：“对，混完两年我就回家，多好。”

俞风城眯了眯眼睛，瞳孔中闪过一丝暗光：“你真是……从来不让人失望。”

白新羽推开他的手：“你闲得慌啊，不回去休息跑我这儿干吗？”

“关心关心你嘛。”

“谁稀罕，赶紧滚吧。”

“哟，今天脾气不小啊，你不是很开心吗，这么一副倒霉相是怎么回事儿啊，炊事班伙食太好撑着你了？”

“关你屁事啊，我要休息了，赶紧滚。”白新羽一肚子窝囊气，已经盖过了对俞风城的畏惧，他现在不想见到任何一个新兵连的人，尤其是俞风城。

“别担心，你可以在炊事班继续偷懒耍赖，反正就是种菜喂猪，总比障碍越野简单……”

白新羽猛地站了起来，用力推了他一把，控制不住地大吼道：“赶紧滚！”

俞风城愣了愣，白新羽的眼眶似乎有点儿发红，不知道是不是自己的错觉，这好像是白新羽第一次表现出这么强烈的怒意。他一时没反应过来，白新羽拉开门，狠狠把他推了出去，然后砰的一声关上了门，还落了锁。

俞风城站在门口，若有所思地回想着刚才白新羽的表情。

白新羽靠在门上，气得浑身发抖。

俞风城这个浑蛋！自己这一整天已经够倒霉的了，为什么还要被俞煞星连讽带刺的，他欠俞煞星什么呀？！为什么自己要来当兵，为什么要来炊事班，为什么要碰上俞风城，为什么俞风城要这么……

白新羽猛然间意识到，他在乎俞风城对他的看法超过了所有其他人。也许是俞风城太瞧不起他了，以至于他拼命地想证明自己，想让俞风城也能佩服他一回，这种念头太强烈了，所以来了炊事班，他才会感到这么委屈、这么难堪。可是，恐怕无论他做出什么成绩，俞风城都不会对他另眼相看，他只想离这个煞星越远越好！

正规兵的生活，正式开始了。

白新羽被迫接受了自己在炊事班的命运，每天围着灶台菜地干活儿，平时还要抽出空来上课、训练，不过他们上课和训练都比较简单，几乎没人查岗，所以大家都是能偷懒就偷懒。炊事班的兵果然比其他兵轻松，可不知道为什么，白新羽还是高兴不起来。

冯东元和钱亮经常来找他，他们都开始训练侦察方面的技能了，涵盖的知识和对单兵素质的要求非常高。两人一说起自己今天学了什么都眉飞色舞的样子，那种一天天变强的感觉，对于男人来说相当具有诱惑力，白新羽默默羡慕着。

那段时间，俞风城都没怎么来找他，他还以为是那天自己多少把俞风城给镇住了，没想到冯东元说，俞风城几乎把全部时间都投入到了训练中。这届新兵里，他各项成绩都排在第一、第二，单兵素质直逼老兵，连团长都特意来看过一次俞风城的训练。白新羽听到这些的时候，心里很不是滋味儿，他很嫉妒，他多希望自己也是那颗冉冉升起的尖子兵星星。不知不觉间，他已经变了，连他自己都觉得惊讶，他没爱上炊事班闲散的生活，反而开始怀念真枪打靶的感觉，那是他唯一的强项，只有打靶的时候，他才能体会那种被人赏识的感觉，他很需要那种感觉，他很需要……有人肯定他。

这一天，他实在忍不住了，就去找了武清，问武清自己能不能去练射击。

武清意外地看着他："你想打靶？"

白新羽点点头："我们不是也可以训练的吗？"虽然他们就没训练过几次。

武清一边盯着他，一边沉默地抽着烟。直到白新羽都被他看得直发毛了，他才站起身："跟我来。"

武清带白新羽去了射击场，装甲步兵四连正在打胸环靶，四连连长看着他们，老远就朝他们招手："哟，老武，你怎么来了？"

武清从兜里掏出根烟，递给四连长："来根儿？"

四连长眯着眼睛左右看了看："算了算了，我这儿正监督呢。"他目光落到了白新羽身上，"你手上的新兵？"

武清点点头："老周，他想打靶，你给他支 81 杠练练呗。"

四连长意外地挑起眉："你们不是三连的吗，怎么跑我这儿练射击？"

"这不是正赶上你们在这儿嘛，我们刚忙完，你给他支玩玩儿嘛。"

四连长嘿嘿一笑："那不成问题，不过吧，我有个要求。"

武清啧了一声："想给你们加餐可不行啊，我没那个工夫。"

"哎呀，不是。"四连长朝他的兵努了努嘴，"你给这群新兵蛋子露两手，让他们看看自己的努力方向。"

武清顿了顿，随即摇头："我都好久没碰枪了，手生。"

"你跟我装什么，你以为我不知道你偷摸着练呢。再说你就算真的手生了，瘦死的骆驼比马大，咱们从前的神枪手也绝对能叫这群新兵开开眼。"

白新羽一惊，神枪手？武班长？到炊事班一个多星期了，他对武班长的手的唯一印象只有颠勺。

武班长瞪了他一眼："别寒碜我，神个屁啊，都多少年的事儿了。"

四连长拍拍他的肩膀，语重心长地说："多少年我都忘不了，谁让我赶上你最好的时候了呢，老武，你就当让我重温一下你当年的风采，给兄弟打几枪。"

武清沉默了两秒："你这儿有什么枪？"

"眼前就 81 杠，我去给你调一支 85 狙去？"

"不用了。"武清把烟踩灭了，他拿手指头戳了戳白新羽的肩膀，"跟你说啊，我要是丢丑了全赖你，你还得接着刷盘子。"

白新羽已经惊讶得说不出话来，他心里将信将疑，怎么都无法把武班长那双粗糙的手跟神枪手联系到一起。

四连长拍了拍手："都停下，全体起立，立正！"

打靶的兵都站了起来，退到一边，四连长亲手拿起一支枪，换上一个新弹夹，递给了武清，并喊道："你们都给我睁大眼睛看好了。"

武清以标准的射击立姿举起枪的一瞬间，整个人突然不一样了，双眼变得炯炯有神，唇线微抿，气质特别沉着冷静，他甚至没有校准瞄具就开枪了，应该说，他根本就没有借助瞄具，当他的枪眼儿对准靶子的一瞬间，他的本能就告诉他往哪儿开枪！

他快速地、不停歇地在一个新的靶纸上打了十发子弹。

靶子那边很快传来了计算结果，99环！

全场哗然。

立姿因为手臂和上身没有地面支撑来缓冲后坐力，比卧姿对枪的控制力要求更加严格。在新兵营的时候，十发子弹能打出70环以上的成绩，就已经是优秀了。百米立姿打靶，白新羽最好的成绩是85环，俞风城考核时打出了92环，还是在校准了半天瞄具，打完一个弹夹三十发子弹，取成绩最好的十发子弹计算出来的，武清今天露的这一手，整个营区就没有几个兵能办得到。

武清听到这个结果，却皱了皱眉头，不是很满意的样子，他冲四连长道："我说了我半年没摸枪了，你还不信。"

四连长有些激动地拍了拍武清的肩膀："老武啊……"他想说什么却没说出来，最后报以一声遗憾的叹息。

白新羽眼中闪烁着崇拜的光芒，一直以来沉默颟勺的厨子突然变成了厉害的神枪手，武清的形象顿时在他眼中光芒万丈起来。他赶紧冲了过去，两眼放光："武班长，你真厉害，你这么厉害来炊事班干吗？"

四连长瞪着眼睛，心说这个新兵怎么这么不会说话，哪壶不开提哪壶。

武清表情没什么变化，只淡淡地说了一句"老了"，他把枪推给白新羽："你说自己射击成绩好，让我看看究竟怎么样。"

白新羽的脸有点发烫，他本来今天跟武清说的时候，就有点儿吹牛的成分，再说他的成绩好，也只是在新兵营好，这里新兵老兵都有，比他厉害的太多了，武清还这么震慑了全场一番，他哪儿有脸显摆。但见所有人都在看着他，他只能硬着头皮拿过枪，趴在地上校了一下瞄具，然后打了十发子弹。

"88环！"

88环，以卧姿来说，并不是非常突出的成绩，只要勤奋训练，几乎所有的兵都能达到，但在新兵中还算挺优秀的。

白新羽看着面无表情的武清，有些紧张，也不知道他心里在想什么。

武清轻哼了一声："凑合吧。"

四连长搂着武清的肩膀："来来来，反正你下午也没什么事儿，指导指导你的兵，顺道也指导指导我的兵。"

"谁说我没事儿。"武清看了看表，"一会儿就得开始准备晚饭了，不然拿什么喂你们。"

"你就说两句，耽误不了你多少时间。"

四连长对武清一个士官如此客气，白新羽更加觉得他们武班长神秘莫测，以前肯定有什么故事。他的好奇心全都被调动起来，准备回去找人打听打听。

武清拗不过四连长，只得留了下来，他蹲在白新羽旁边，从瞄准经验、射击姿势到基础的弹道学，一一给白新羽矫正和传授。他只说了几句话，白新羽立刻意识到他比陈靖教得好得多，丰富的经验积累下来的知识，让他能够了解每个人射击时可能遇到的无法用语言表达的障碍，然后用通俗的语言分析和给出解决方法，让人特别能够感同身受，按照他说的，一试就奏效。

四连长在旁边看得连连摇头："老武啊，你说你来当教官多好。"

武清头也不回地说："不行，我脾气不好。"说完就一巴掌拍在白新羽后脑勺上，"耳朵听哪儿了？听风、听草动、听飞沙走石，就是不能听外界的干扰。"

白新羽缩了缩脖子，认真训练起来。

那一下午过得飞快，白新羽的心情也一直处于亢奋状态。当他打靶时，他意识到这才是他想要的军营生活，而不是围着锅台菜地转，在炊事班只能获得身体上的轻松，却永远不能安抚他躁动的心。他羡慕俞风城，羡慕冯东元和钱亮，两年之后退役，他想带走的是一身男人的本事。

快到晚饭时间，武清带他回了炊事班。一下子回到现实中，白新羽不免有些沮丧。武清就好像什么都没发生似的，进了厨房就开始干起活儿来。

白新羽拿着个土豆，一边削皮一边凑到武清身边："武班长，你以前……"

武清手起刀落，那把又厚又重的剔骨刀咣的一声剁在了白杨树劈出来的大菜板上，稳稳地立着，刚磨过的刀刃闪着银白的光，吓得白新羽一激灵，默默走开了。

程旺旺大着嗓门儿说："新羽，你下午跟班长上哪儿玩儿去了？"

白新羽刚要说话，武清喝道："还有工夫闲聊？"

炊事班的人感觉到武清的心情似乎不太好，纷纷闭了嘴。

忙完晚饭后，白新羽偷偷溜了出去，他去找陈靖。

陈靖一听来意，颇为意外："你想打听武班长？"

"嗯哪，班长，你知道武班长的事儿吗？"

陈靖摇摇头："我刚来部队的时候，他就已经在炊事班，是有年头的老兵了，你们相处得好吗？"

“还行，他就是性格有点儿阴沉吓人，人倒还不错。”

“你打听他做什么？”

白新羽把今天下午的事儿跟陈靖说了。

陈靖很惊讶：“真的这么厉害？”

白新羽用力点头。

陈靖若有所思地沉默了两秒：“这事儿你别跟别人说，看上去武班长也不想提，我找人打听打听，过两天再告诉你。”

“好。”

陈靖看着他：“你好像瘦了点儿？”

白新羽是一有人关心就可劲儿想撒娇的性格，他重重地叹了口气：“累的吧。”

陈靖捏了捏他的脖子：“你是新兵，多干点儿活是应该的，无论在哪里，都要努力做到最好……”陈靖又是一番思想教育，说得白新羽直想打哈欠。

跟陈靖聊完了，白新羽又打算去找冯东元聊聊，但冯东元和俞风城一个班，会不会碰上俞风城呢？他说不清自己怎么想的，又不想碰上俞风城，可又有点好奇……就在他站在门口犹豫不决的时候，俞风城的声音突然在他背后响起：“你干什么呢？”

白新羽心脏猛地一跳，想也没想就迈开步子，头也不回地踏进宿舍，大声喊冯东元。

冯东元正跟战友聊天呢，看到他就连忙跑了过来：“新羽，你忙完啦。”

白新羽一把搂住他的肩膀：“走走走，咱洗衣服去。”

冯东元看了看他：“那你衣服呢？”

白新羽尴尬地眨巴着眼睛。

俞风城绕到两人面前，看着白新羽，不咸不淡地说：“在炊事班养得不错吧。”

白新羽白了他一眼：“好得很。”

旁边响起一个讨人厌的声音：“那肯定好啊，什么大鱼大肉你都第一个尝鲜，过几个月估计能胖出两个你来，那地方简直是你的天堂了，是吧。”

白新羽不用扭头就知道是那个烦人的梁小毛，自从去了炊事班，他碰上梁小毛两回都躲着走。这小子嘴贱的功力颇有他当年的风采，他只恨自己老是处于劣势，一直抬不起头来。他硬着头皮说：“那是，炊事班不知道多爽，你能天天抽烟喝酒吗？能逮着空闲就睡觉吗？能有时间打牌吗？”

梁小毛嗤笑一声：“哎哟哎哟，嫉妒死人了，两年后你厨艺出师了，回家你爸妈一问你在部队干什么了呀，你现场就能给他们露两手，倍儿有面子。”

白新羽气得发抖，却还是忍着不表现出来，只是冷笑：“多好啊，你要回去想露两手，一没枪二没炮，只能原地翻跟头。”

梁小毛大笑道：“是啊，多好啊，你除了学做饭，还能学种地喂猪呢，哎不对，这种活计咱们很多兄弟在家就学了，你还非得不远万里跑这里来学，你这是图什么呀！哈哈哈哈！”

宿舍里一群新兵老兵，都跟着偷笑了起来。

白新羽的脸红一阵白一阵，冯东元轻咳两声，瞪着梁小毛，有点生气了。他抓起白新羽的手，示意白新羽跟自己出去，白新羽却觉得脚生根了，把冯东元的手握得死紧，一动不动。他明知道继续留下来肯定被挤对得更狠，可就是拉不下脸来逃走，他想揍梁小毛这孙子一顿。

他还没动作，俞风城却先他一步冲了上去，把梁小毛从凳子上拽了起来。

梁小毛瞪大眼睛：“你干什么？想打架？”

俞风城笑着说：“怎么会呢，部队不许打架。”

“那你这是要干什么？”梁小毛有点儿紧张。

“兵种不分贵贱，部队是个整体的力量，每一个军人各司其职，才能保证这股力量有效发挥，所以无论是勤务兵还是炊事兵，都是和我们平等的战友。但在你眼里，炊事班的兵就是厨师？你敢把这话当着班长、连长说出来吗？”

梁小毛有些心虚：“我什么时候说炊事班的就是厨师了？”

“你记性这么差？要不要我把你刚才说的话重复一遍？”

梁小毛愤怒地看着俞风城，小声说：“你们什么时候这么好了？”

俞风城义正词严地说：“这是原则问题，跟私交没有关系。”

梁小毛哼了一声。宿舍里的人也知道不适合看热闹了，纷纷假装忙自己的事儿去了。

白新羽难以置信地看着俞风城，俞煞星居然为他出头了！哪怕只是说几句话，可这几句话掷地有声，堵得梁小毛无话可说，狠狠给他出了口恶气。

俞风城走了过来，抓着白新羽的胳膊把人拖出了宿舍。

“哎，新羽……”冯东元追了上来，俞风城扭过头，直接用眼神阻止了他跟上的脚步。

两人走出宿舍楼，白新羽一把扣住他的手腕：“哎，哎，我会走路。”

俞风城停了下来，转身冷冷地瞪着他：“不止吧，我看你都快会飞了。”

白新羽撇撇嘴：“说什么呢，没听懂。”

“你这是跑我们班上来炫耀自己过得多舒坦？你是真缺心眼儿啊。”

“谁炫耀了，我是去找东元玩儿的，你没看梁小毛那傻子主动招我的吗？”

“他招你你就回应？你这么听话？还有你成天找冯东元玩儿个屁啊，他磨叽得要命。”

“嘿，我还就爱听他磨叽，怎么了？我知道你厉害，你能耐，你全连第一，有什么了不起的，我又不是你家孙子，凭什么挨你训啊！”白新羽刚聚集起来的那么一丝丝感激，都被俞风城给气跑了。

俞风城沉声道：“你听好了，我这人有个毛病，你虽然就是个孙子，但我没玩儿够呢，也轮不到别人。下次再让我看着你上赶着送上去给人欺负，我揍死你。”

白新羽哼了一声，心里说不上是什么滋味儿，似乎俞风城也没有想象中那么浑蛋？起码刚才确实是给他出头了。

这个念头刚刚起来，俞风城立刻给他扣了一桶冷水：“你身上一股老干妈的味儿，洗澡没有？”

白新羽心里想着，杀人犯法，忍着吧。

回宿舍脱下衣服，白新羽忍不住闻了闻，确实是一股饭菜的味儿。他以前虽然懒，但挺爱干净的，一想到自己连这都习惯了，希望这成长的结果他爸妈能满意。

他拿上洗漱用品，去澡堂洗澡去了。

这边的条件确实比新兵营好，不但住宿宽敞很多，还不用跟打仗似的抢时间洗澡，他完全不担心碰上新兵连的战友，尤其是那个煞星。

:: THE GROWTH OF A DANDY.
FIGHT ALONGSIDE YOU.

第十一章 养猪其实很简单

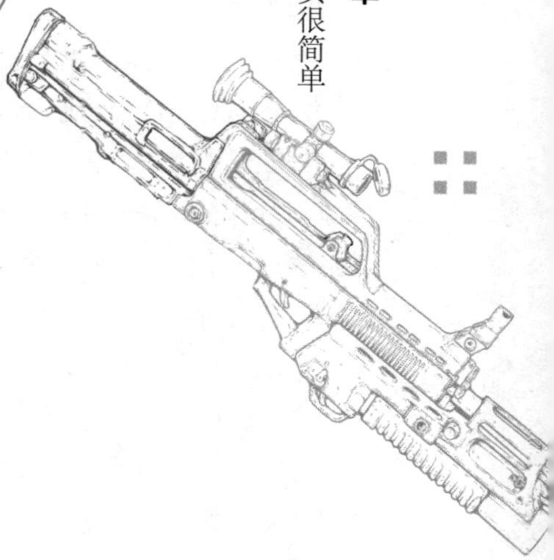

那天以后，他隔三岔五就会缠着武班长带他去打靶。

武清第一次带他去靶场，以为他只是闲得慌了想玩玩儿，没想到这小子有点儿来劲儿，他不客气地指出白新羽资质平平，没什么练的必要。白新羽脸皮的厚度，是多年来被人讽刺和教育锻造出来的，哪儿是武清三言两语就能吓退，还是死皮赖脸地要去。

其实白新羽当时的想法很简单，就是不想把自己的军营生涯都扔在厨房里，偶尔能打打真枪、过过瘾，那才感觉像是当兵的。炊事班是忙能忙死、闲能闲死。闲的时候，白新羽拍几句马屁，武清心情好了就会指导他射击。打来打去，白新羽的射击水准稳步提高，枪械的种类也从 81 杠，增加了 54 式手枪，最近又开始碰 95 式短突击步枪，那段时间白新羽迷上了百步穿杨的快感，恨不得天天黏在武清身上，求他去给自己申请枪弹，教自己射击。慢慢地，炊事班闲得发慌的一些老兵也开始频繁出现在射击场，一时成了营区的一个奇怪现象。

不过，白新羽高兴了没几天，程旺旺就嬉笑着告诉他一个让他想撞墙的消息，之前因为传染病处理了几头猪而空出来的猪圈，如今经过打扫消毒后，即将迎来新的住客——一车活蹦乱跳的猪。

白新羽听到这个消息，瞪着程旺旺，指了指自己的鼻子，说不出话来。

程旺旺用力点点头："对，就是你。其实吧，之前那批猪我们也是第一次养，大家都没什么经验，结果猪生病了都没发现，一窝都被传染了，死了，挺可惜的。然后呢……"程旺旺做了个让他等等的手势，颠颠儿地跑到书柜那儿，抱了一摞书回来，往白新羽桌子上一放。

白新羽瞄了一眼标题，《现代实用养猪技术》《科学养猪》《养猪其实很简单》，他差点儿吐血。

程旺旺拍了拍那摞书："班长弄了这些书回来，咱们一起学习，齐心协力，把这几头猪苗好好养起来。你知道吗，伙食费里支出最大的一块儿就是猪肉，咱们自己养猪，能省下多少伙食费啊，身为炊事班的一员，要把给弟兄们提供更好的伙食作为自己的第一奋斗目标！"

白新羽眼睛瞪得溜圆，越瞪越发现，自己不认识"猪"这个字了。

那天晚上，炊事兵们热烈讨论着即将运来的猪苗们，居然有十几只猪，成年的和小崽儿都有，可配种、可繁殖、可持续发展。武清特意为了它们的到来开了个会，要求班上每个人都认真学习，科学化饲养，还进行了分工。白新羽觉得花两个小时讨论如何养猪的人生真是太闪闪发光了！

第二天下午，猪苗运到了，武清带着他们亲自去迎接，白新羽老远就闻着那车上传来阵阵恶臭。司机把车开到猪圈，然后把十几头猪赶下车。

当那些圆滚滚的灰粉灰粉的猪吭哧吭哧地跳下车的瞬间，白新羽感觉日头当空照，他有点儿头晕。

程旺旺兴奋地说："哎呀，这回的猪好，一只只的又肥又结实！新羽，你看啊。"

白新羽嗯了一声，就开始往旁边躲，因为那些猪被赶着跑的时候，还不老实，有两只直接奔着他来了。

一班人呼啦啦齐上阵，把跑偏了的猪往猪圈里赶，一只调皮的小猪躲过了老兵的围堵，直愣愣地朝白新羽奔去。白新羽眼看着那一百来斤的小猪撒丫子朝他跑来，眼睛都瞪直了，等他反应过来之后，吓得嗷了一声，转身就跑。

武清大喊道："白新羽！你跑什么，堵住啊！"

白新羽吼叫道："要撞上了！要撞上了！"

也不知道怎么回事，那小猪好像以为白新羽在跟它玩儿，白新羽跑哪儿它跟哪儿。在车上憋了好几天，一朝落地，它撒欢儿地跑来跑去，好几个人都没拦住。

白新羽都快哭了："干吗跟着我啊，我不是你妈啊！"

一群老兵笑得腰都直不起来了，武清忍着笑，吼道："快！往猪圈里跑，把它带进去！"

白新羽看着猪圈里的一群成年猪，又看了看身后的小猪，经历了艰难的抉择之后，还是朝猪圈跑了过去。小猪一靠近猪圈，就被老兵们给堵住，合力赶了进去。

白新羽这才松了口气，感觉比跑了五公里还累。

程旺旺笑得上气不接下气，狠拍白新羽的肩膀："哈哈，以后可有你受的了，哈哈哈哈，我第一次见人怕猪的。"

白新羽恼羞成怒："谁怕猪了，它要真拱我怎么办，我总不能在原地待着吧，我又不是缺心眼儿。"

武清拍了下他的后脑勺："你就是缺心眼儿，小猪跟你玩儿呢，你越跑它越追，它哪儿敢撞你。"

白新羽委屈地摸着后脑勺："班长，我申请不喂猪行吗，我可以干别的……"他看着那一圈的猪，就觉得头皮发麻，他觉得一旦自己进了猪圈，可能就再也出不来了。

"别的？别的还有给猪洗澡、换草、检查身体，你干吗？"

白新羽使劲摇头，哭丧着脸说："班长，我确实有点儿怕这玩意儿……它们不咬人吧？"

武清瞪着他："身为军人，你居然好意思说自己怕猪？你还能不能行了你？"

白新羽支吾道："到底咬不咬……"

程旺旺语重心长地说："咬人也得喂！连猪都喂不好，怎么守护边疆，怎么保家卫国？”

白新羽快吐血了，这逻辑关系在哪儿啊！

武清道：“你和旺旺照着书上的说法去拌猪饲料，昨晚那些剩菜别浪费了。”

“是，班长。”程旺旺笑嘻嘻地说，“班长，厨房里作料不太够了，咱什么时候去镇上采购啊？”

武清斜眼看着他：“你想去了？”

程旺旺嘿嘿直笑：“也该轮到我去了吧。”

白新羽愣道：“还能去镇上买东西？不是，这附近还有城镇？”

武清道：“晚上一起列列单子，到时候让你去。”

程旺旺作了个揖：“多谢班长！”

白新羽两眼放光：“班长班长，我能去吗？！”他就像被困在原始森林里的倒霉蛋一样，迫切地渴望着能够回归人类城市，他多么想去传说中的城镇看一看啊。

武清撂下一句话：“跟旺旺说去。”说完头也不回地走了。

白新羽马上扑到程旺旺面前：“旺旺哥，带我……”

他还没说完，一个老兵把他挤到了一边儿去：“你个新兵蛋子，什么时候轮到你了，旺旺，带我吧。”

“嘿，上次带的就是你！这回该我了。”众人争先恐后起来。

程旺旺得意地抬起下巴：“哎呀，这两天吧，就看你们的表现了。”

白新羽对于去城镇的渴望太强烈了，当天晚上，他逮着程旺旺落单的时候，把iPad塞到了程旺旺手里。这玩意儿他之前在新兵营一直不敢玩儿，现在也想不起来玩儿了，反正留着没用，能换来去城镇走一走，太值得了。

程旺旺被他吓着了：“你给我这么贵的东西干吗？”

白新羽两眼放光：“旺旺哥，带我去镇上吧，带我去吧，求你了。”他拽着程旺旺的胳膊开始撒娇。

程旺旺都急了：“不是，你……你这是行贿你知不知道，人家给我包烟，给我洗几天衣服顶多了，你给我这个……哎呀你这孩子，你是傻呀还是傻呀，赶紧收回去，被人看着我就说不清了。”

白新羽不明所以：“这个也不贵啊，而且炊事班管得松，你平时就可以……”

“不行不行！”程旺旺给他推了回去，“白新羽我告诉你啊，这种事你不能再做第二遍，要是被班长知道了，非削死你不可。”

白新羽直发愣，还是没觉得哪里错了，毕竟对他来说，这东西跟一包烟的差别不大，但他知道他弄巧成拙了，因为程旺旺是第一次这么严肃地跟他说话，让他不由得紧张了起来。他回想起自己第一次惹冯东元生气时的事，那时候冯东元的表情和现在的程旺旺就有点相似。

程旺旺走后，白新羽怔了半天，灰溜溜地回了宿舍。虽然遭到了拒绝，可他还是没死心，他想起程旺旺说的，给包烟、洗几天衣服。洗衣服他是绝对不愿意的，他连自己的衣服都懒得洗，也就俞煞星那个缺德货强迫他洗过。于是，他又打起了被俞风城抢走的那两条烟的主意，其实，他自己也有点儿馋了。

不过，要是去跟俞风城要烟，少不了又得被捉弄，他不能自己送上门儿去吧。说起来，这段时间俞风城在干什么呢？白新羽真想让他看看自己的打靶成绩，让他看看，自己就算在炊事班，也没有荒废时间。

到底要不要去找俞风城呢……

“白新羽。”

白新羽一扭头，就见陈靖站在门口，他赶紧跑了出去：“班长！”

陈靖往屋里看了看，武清正背对着他们看书，他拉着白新羽走到了楼梯间。

白新羽高兴地说：“班长，你怎么有空来找我玩儿啊？”

“什么找你玩儿，你脑子里就剩下玩儿吗？”

白新羽嘿嘿直笑。

陈靖搂着白新羽的肩膀，低声道：“你上次让我打听的事儿，我给你打听到了。”

白新羽兴奋地说：“快，快说。”

“先说好，这件事你知道之后，既不能告诉任何人，也不能在武班长面前表现出半点。”

“是，一定。”

陈靖眼中闪烁着光芒：“六七年前吧，武班长曾经是猎豹大队的头号狙击手。”

白新羽瞪大眼睛，又惊奇又兴奋：“这么厉害？！”

陈靖点点头：“四连长一开始不肯说，我磨了好久才开口的。武班长是咱们军区近几年来出的最厉害的一个神枪手，资格老一些的兵都知道他，但是这里条件艰苦，人员流动性大，到了我这一届很多人都不知道了，你们就更不用说了。”

“那他为什么会……”曾经是狙击手的人，怎么会跑到炊事班来？用那双重金培养出来的珍贵的狙击手的手去炒菜做饭？

陈靖轻叹一声：“执行任务的时候腰骨受伤，虽然康复了，但不能长时间保持同一姿势，领导器重他，他没有其他技能，也不愿意离开部队，所以去了炊事班，至少有个好待遇。”

白新羽的眼神黯淡下来，不能长期保持同一姿势，光这一点就完全告别了狙击生涯，那么优秀的狙击手却因为受伤被迫退出前线，那种遗憾和不甘光是想想就叫人难受，他喃喃道：“怪不得武班长那么厉害，真可惜……”

“是啊，非常可惜，培养一个狙击手多不容易啊。”陈靖给白新羽整了整领子，“这回你明白没有？”

白新羽愣道：“明白什么？”

陈靖拍了下他的脑袋：“你怎么这么笨，这明显是连长特意安排的。”

白新羽眨了眨眼睛：“真……的？”

“为什么不能是真的。连长肯定知道武班长的事儿，他把你扔到武班长身边，我觉得是有目的的。”陈靖微笑道，“连长真是用心良苦。”

白新羽咧了咧嘴：“班长，你想多了吧，连长八百辈子看不上我，他只是嫌我成绩差才把我扔炊事班的。”

“也有这个可能。可不管怎么样，这是你的机会，如果你一开始就懒散、堕落下去，你就永远也不会发现自己身边有个人曾经是全军最厉害的神枪手。新羽，我不要求你射击练得多好，但至少我觉得你不该把军营生涯扔在炊事班里。年前有个全军大比武，如果那个时候你的射击成绩突出，我一定去找连长好好说说，让你下连队，我觉得这是对你的考验。”

白新羽被陈靖说得有点心动：“真的吗？要是我成绩好的话，我能去你的班吗？”

“能，只要你的成绩能让我有底气说服连长。新羽，你记着，咱们连长是个好连长，他从来没有针对过个人，他只看成绩，拿出你的成绩来，让他刮目相看。”

白新羽握紧了拳头：“班长，你等着，我一定让连长刮目相看！”

陈靖拍拍他的肩：“好好练，我等着你。”

白新羽回屋后，看着武清的背影，悄悄凑了上去：“班长，你干吗呢？”

“学习。”武清指了指他手里那本儿《科学养猪》。

“班长啊，明天咱们能去靶场吗？”

武清头也没抬：“你挺上瘾啊。”

“嘿嘿。”

“把猪喂完了我就让你去。”

白新羽硬着头皮说：“好……”

武清回过头：“你还站这儿干吗？”

白新羽亮晶晶的眼睛看着武清，看得武清直皱眉头。

白新羽低声道：“班长，你觉得我有天分没有？”

“什么天分？”

白新羽做了个打枪的姿势。

武清白了他一眼：“差远了你。”

白新羽抓住武清的胳膊，讨好道：“班长，你多教教我吧，我学得很快，我也想像你那么厉害。”

武清皱眉道：“你今天发什么神经啊。”

白新羽嬉笑道：“我上进嘛。”

武清莫名其妙：“有空我会教的。”

“谢谢班长！”

第二天白天，白新羽趁着午休时间去找了俞风城，他还是决定去跟俞风城要烟，不仅要给程旺旺，也要给武班长。武清也是个嗜烟如命的主，他得投其所好。

这回白新羽学乖了，不进他们宿舍，而是让冯东元把俞风城叫了出来。

俞风城出来一看，就见白新羽神神秘秘地背着手。他抱胸看着白新羽：“干什么？”

白新羽从身后拿出一个大蟠桃，得意地晃了晃：“用这个换一包烟，怎么样？”那蟠桃一看就又甜又水灵，平时不容易吃着，现在的季节就更不好找了，炊事班就这点好，嘴上亏不着。

俞风城哼笑一声，劈手夺过蟠桃，揣进了兜里。

白新羽傻眼了，气得直跳脚：“你太黑了！”

俞风城用看傻子的眼神看着他：“特意给我送桃子，这么关心我？”

“烟！给我烟！”白新羽伸出手。

俞风城道：“你要烟干吗？”

“反正不是我自己抽。”

“你要孝敬谁啊？说来听听，说得好我就给你。”

白新羽犹豫了一下，没把武清的事儿说出去，而是道：“炊事班过两天要去镇上采购作料，我想去。”

俞风城一听就明白了，他笑道：“行，我给你一包。”

俞风城答应得这么干脆，白新羽反而不敢相信了，狐疑地看着他，心想这小子不会又有什么馊主意吧。俞风城皱起眉：“不要是吧，不要拉倒。”

“哎哎哎。”白新羽拽住他的袖子，“要要要，快给我吧。”说着还恋恋不舍地用手指隔着衣服戳俞风城兜里那蟠桃。

俞风城打开他的手：“以后有好东西记得先来孝敬我。”

白新羽撇撇嘴：“凭什么呀？”

俞风城邪笑道：“凭我是你哥。”

白新羽慢慢地朝他伸出两根中指。

俞风城把烟给他后，他快速逃离了现场，这么轻易就用蟠桃换了包烟，真是占大便宜了……不对，这烟本来就是他的啊，他是被虐习惯了吗？

“白新羽——”

“来了！”白新羽推着装满了猪饲料的拖车，晃晃荡荡地朝猪圈过来了。

程旺旺一看他那造型，顿时乐喷了。白新羽穿着一身雨衣和雨靴，扎着裤腿，戴着手套、口罩，连脑袋都包得严严实实，简直像去《生化危机》里串场的。

白新羽把饲料车推到猪圈旁，赶紧背过身去，用力吸了口气：“我的妈呀，臭死我了。”那拖车上装着一大桶泔水，味道极其难闻。

程旺旺已经习以为常了：“别矫情了啊，早晚你得习惯。”

白新羽忍着想跑的冲动：“说吧，怎么喂？”

“很简单，拿着这个桶，舀了往食槽里倒。”

白新羽看着那脏兮兮的桶，再看看一群嗷嗷待哺的猪，有想吐的冲动。

程旺旺把桶塞到他手里：“你都不用进猪圈，站外边儿往里倒就行，多容易啊，来吧，早晚你得干，长痛不如短痛。”

白新羽眼泪汪汪地说：“旺旺哥，在我去之前，你能答应我最后一个愿望吗？”

程旺旺啧了一声：“你又不是上刑场！”

“你带我去镇上吧。”他已经把烟给程旺旺了，程旺旺看上去挺满意的，但就还是不松口。

程旺旺挥挥手：“你先去喂猪，这个不急。”

白新羽含着眼泪拿起桶，忍着恶臭和恶心，闭着眼睛咬着牙从大桶里舀出一桶泔水，舀出来之后，他把桶往地上一放，抽风似的原地蹦了起来，“啊啊啊啊”地叫开了。

程旺旺吓了一跳：“怎么了怎么了？碰着手了？”

白新羽一边哭号一边甩手，想把身上沾染的臭味甩掉：“我妈要是知道我在喂猪，该多心疼啊，我受不了了，呜呜呜呜。”

程旺旺翻了个白眼：“祖宗啊，少爷啊，死不了人的，你认命吧。”

白新羽发了半天神经，才抱起那桶泔水小心翼翼地朝猪圈走去，每一步走得都跟脚下有地雷似的，他的眼睛直勾勾地盯着那一对对发光的小眼睛，感觉前方就是敌人的碉堡，他是抱着赴死的决心走过去的。

程旺旺在后边儿看着他，都快笑饱了。

白新羽刚到猪圈旁，那些猪就把大脑袋伸了出来，一个个地都想把脸直接伸进泔水桶里，他根本不敢靠近猪圈，只得大叫道：“旺旺哥！”

程旺旺拿起根枝条走了过来，一下子抽在一只猪的头上：“让开让开，开饭了！赶紧倒！”

白新羽大吼一声，抱起泔水桶“哗啦”一声倒进了食槽里，结果有一半儿都倒在了外面，把他的雨靴都弄湿了。他大吼一声，扔下泔水桶就往回跑，边跑边叫：“妈呀！它要咬我——”

第一次给猪喂食，两人喂了两个小时，程旺旺的感觉就是，明明不是他在喂，但他比给所有猪洗一遍澡还累。白新羽则是神情恍惚，感觉自己所有的尊严都扔在猪圈里了，从那一刻开始，他再也不是白家少爷了，他就是个伺候猪的饲养员。

那天晚上，白新羽在澡堂子里待了一个小时，用搓澡巾把皮肤搓得发红，他老觉得那股噩梦般的泔水味儿还在缠着他，晚上睡觉，梦里都是那群用亮晶晶的小黑豆眼睛看着他的猪。它们争相挤到他面前，张开大嘴，好像要把他生吞活剥了，吓得他差点儿尿裤子。

就这么连着喂了三天猪，程旺旺大概是看白新羽实在被折磨得挺可怜的，就道：“白小公主，别伤心了，我带你去镇上玩儿吧。”

白新羽暗淡的眼睛里终于有了一丝光彩：“真的吗旺旺哥？”

程旺旺叹了口气，摸了摸他的脑袋：“真的，明天就去，就带你去，乖啊。”

白新羽激动得差点儿蹦起来，他终于能出去见一见真正的人类社会了。

“哦，对了。”程旺旺说，“听说咱们要去镇上，三班长要顺路搭车去。”

“三班？”那不就是陈靖那班吗，“为什么？”

“听说三班这个月仨人过生日，正好咱们有车出去，三班长要代表全班买礼物去。”

“那好啊。”白新羽挺高兴的。

“还要带个人去。”

“带谁？”白新羽心里一惊，有种不好的预感，难道俞风城那么干脆地给他烟……

“你认识的嘛，就是特别猛的那个新兵，大高个子长得很帅。”

白新羽嘴角歪了下。

天蒙蒙亮，白新羽和程旺旺下了楼，俞风城和陈靖早已站在门口，那辆军用皮卡也在等着他们。

俞风城看着他，一副似笑非笑的样子，一脸得意。

白新羽瞪着他：“我让你带的东西带了吗？”

俞风城挑了挑眉：“什么态度？”

白新羽识时务地软了下去：“大哥，我的手机你能暂时还给我吗，镇上要是有信号，我也能给我妈发张照片啊。”

俞风城从口袋里掏出他的手机扔给他：“暂时给你，用完还给我。”

白新羽咬牙切齿：“这是我的手机吧。”

俞风城笑道：“谁也没说不是啊。”

白新羽快速把手机揣进兜里："班长，没想到你们也去啊，真巧啊。"

"嗯，班上过生日的人多，我想去买个正经的蛋糕和礼物什么的。"

白新羽看了俞风城一眼："你带他去干吗？"

陈靖不明所以："是风城提议的，不然我还不知道你们要去镇上，连里总不可能单独派车让我们去买生日礼物，我们就来搭便车了。"

俞风城含笑道："是新羽告诉我的。"

白新羽恨不得扇自己两耳光，让你多嘴！让你多嘴！

程旺旺笑盈盈地说："三班长，你们要去买什么好东西啊。"

陈靖道："走，上车说。"

四人坐上车，小皮卡驶出了营区。

程旺旺在前座和驾驶员吹牛，剩下三人坐在后座，陈靖坐中间，白新羽时不时越过陈靖的后脑勺瞪俞风城一眼，俞风城斜眼看着他，也不怎么搭理。

白新羽问程旺旺去镇上要多久，程旺旺满不在乎地说："顶多五六个小时吧。"

"啊？你再说一遍？"

程旺旺扭过头："你知道这里有多大吗？"

白新羽傻愣愣地摇摇头："多大？"

程旺旺啧了一声："我也不知道，反正很大，咱们军区偏远，五六个小时不算什么。"

"那来回就是一天啊，今天还能回来吗？"

"所以今天晚上不回来啊，住镇上，一天的话东西也买不完。"

白新羽眼睛亮了起来："哇，太好了，今晚不回来了。"

陈靖看了他一眼："你兴奋个什么劲儿？"

白新羽直搓着手："这半年跟蹲监狱似的，能去外边儿逛逛了，能不兴奋吗！"

陈靖拍了下他的后脑勺："怎么说话呢，什么蹲监狱。"

白新羽嘿嘿直笑，感激地说："旺旺哥，你太好了！"

程旺旺得意地笑道："要不怎么那么多人想来呢，好好感谢我吧。"

白新羽笑得合不拢嘴："哎，镇上有什么好玩儿的？有酒吧没有，有那个……"

陈靖瞪着他："酒吧？你还想去那儿？你知不知道自己是出来干什么的？你身上穿着这身衣服，绝不能出入任何娱乐场所，你懂不懂？"

白新羽看看自己身上的军装，立刻蔫儿了："班长，我就随便说说。"

陈靖指着他："你小子不老实，风城，到了镇上你看好他。"

俞风城笑道："没问题，我一定看牢了。"

白新羽早听不进去了，他对镇上充满了期待。他心想，就算陈靖不让他去，脚长在他身上，晚上他可以偷偷跑出去玩儿嘛。也不知道镇上有什么好玩儿的，有好酒没有……他已经彻底陷入马上就要回归人类社会的幻想中。

坐着那皮卡晃了三个小时后，白新羽虽然不晕车，但也难受起来，他唉声叹气：“这破路要把我晃散架了。”

俞风城伸出手，捏了捏他的耳朵。白新羽一惊：“你干吗？”然后他就感觉有什么东西按在了耳后，他伸手一摸，是晕车贴。

俞风城斜了他一眼：“你可别吐车上。”

白新羽哼了一声：“我可是能在猪圈里进出的男人，怎么可能因为晕车吐了。”

俞风城嗤笑一声：“你还挺得意啊。”

白新羽讪讪道：“也没什么好得意的。”

陈靖微微一笑：“听说你们炊事班买了十多头猪？”

白新羽翻了个白眼：“嗯哪，我负责喂呢。”

陈靖忍着笑：“不错，多学门技能是好事儿。”

白新羽只能把怨愤吞进肚子里，他下定决心，一定要好好练射击，要在那个全军大比武上大放异彩，如果真在部队喂两年猪，他觉得自己肯定完了。

他们在下午两点多的时候到了城镇。

白新羽一下车，看着眼前的“城镇”，脚一下子软了。怎么说呢，那根本就是个放大了的农贸市场，一眼看去，街道两旁全是商铺，商铺前面全是小摊子，卖什么的都有。镇上几乎没有楼房，街上的车以三轮车和摩托车为主，到处透着一股纯朴落后的气息。

这里少数民族比汉人多，街上随处可见当地老汉在叫卖东西，倒是非常热闹。

程旺旺介绍道：“这市场最热闹的是早上，咱们这时候到，其实好多都收摊儿了，早上可是人挤人的。”

白新羽嘴角抽动着：“啊……这就是……”这就是他期待已久的城镇吗？他欲哭无泪。

俞风城钩住他的肩膀，在他耳边低笑道：“你想象中的城镇是什么样儿啊？灯红酒绿？酒吧夜总会遍地？乖，打个飞的回去吧。”

白新羽推开他，义正词严地说：“我是来采购的，不是来玩儿的。”

俞风城捏了捏他的下巴：“说得好。”

白新羽认命地不再抱有遐想，他掏出手机，惊喜地说：“哎呀，真的有信号，太好了！”他开始四处拍照片。

陈靖老远叫他：“新羽，走了。”

白新羽跑了过去："班长，帮我拍张照片，要全身的。"

陈靖接过手机："这儿也没什么好拍的啊。"

白新羽看了看四周，脏乱的集市、灰灰的建筑和破旧的街道，这拍下来给他妈发过去，肯定能博不少同情心。他道："班长你就拍吧，你看我戴帽子脸比较瘦还是不戴帽子比较瘦？"

陈靖皱眉道："都行。"

"别都行啊，你把相框最底部贴着我的脚，这样显高……"白新羽摆了个飞吻的姿势。

陈靖按下快门。

"班长班长，多拍几张。"白新羽摆了好几个自以为酷帅的姿势，还没美够呢，俞风城突然蹿进了镜头里，一把搂住他的肩膀。

白新羽扭头看着他："你干吗呀！我发给我妈的，产生误会多不好。"

俞风城笑眯眯地看着他："产生什么误会？"

白新羽一时语塞，用力推了他一把："你走开，你站我旁边儿显我矮。"

俞风城却搂着他不放，高声道："班长，给我们拍几张。"

陈靖尽责地连按快门，把两人推推搡搡的样子全都拍了下来。

照完之后，白新羽接过手机，一张张挑了起来："嗯，这个帅，这个帅。"

俞风城凑了过来，看着相片里的自己："照得不错啊。"

"有你什么事儿啊，我一会儿就把你删了。"

"你敢，别忘了你手机现在归我保管，你删我照片，我就把你的小电影发给你妈。"

"你真缺德！"白新羽骂道。

俞风城哼了一声："把我们的照片给你妈发过去，就说……算了，给我！"他抢过手机，熟练地打开微信，把照片一一发了过去，任凭白新羽怎么抢也纹丝不动。

"你都说什么了？"

俞风城发完之后，把手机还给他，满意地笑着。

白新羽拿过来一看，俞风城发的净是两人的合照，还给他妈留言道：妈，这是俞风城，我在部队最好的战友，他特别厉害，而且对我很照顾。

白新羽差点儿吐血，他指着俞风城的手直抖："你还能不能要点儿脸了！"

俞风城咧嘴一笑："子女在外，要学会报喜不报忧，你能不能懂事点？"

"我怎么不懂事了，我正要跟我妈说我有六块腹肌了，比以前有男人味儿了，她是我妈，我妈！你凭什么跟她说话！"白新羽抓着手机转身跑了。

陈靖先带他们去镇上的军区招待所登记了两间房，在招待所的餐厅吃了顿午饭后，就出门买东西去了。

武清给他们列了张很长的采购单，虽然每个星期后勤部都往部队送三次补给，但有些特别的作料还只能去当地人手上买，白新羽也因此见识到了好多以前从没见过的东西，吃的、玩儿的、用的，看什么都新鲜有趣。他从家带来的那些现金，总算找着地方花了，简直是看什么买什么，不一会儿，采购的东西还没买多少，他已经大包小包提一堆了。

陈靖叹了口气："你买这么多东西干吗，你吃得过来？"

白新羽嘿嘿笑道："回去跟战友分呗。"

程旺旺抓起一个地摊上的孜然，放在鼻尖嗅了嗅："啧啧，这味道就是正宗。"

大爷一看他们穿的军装，非常热情，拿着大铁秤给他们称，称完还送了他们两把。

大爷旁边儿站着个漂亮姑娘，高鼻梁，红嘴唇，深眼眶，眼睛明亮，眼睫毛就跟巴图尔那样又卷又翘，长得很是讨人喜欢。程旺旺买东西的时候，白新羽就可劲儿冲着人家姑娘笑，姑娘胆子大，一点儿不避讳，也冲他笑，那眼睫毛忽闪忽闪的，闪得白新羽心头直痒痒，他心想：要不要问个电话呢？正幻想着呢，他的后脑勺就被人狠狠拍了一下。

他"哎哟"叫了一声，回头一看，俞风城正居高临下地瞪着他，用嘴型说：找死啊。

白新羽不想在姑娘面前丢份儿，就也狠狠地回瞪他："你干什么你！"

姑娘扑哧一笑，躲一边儿去了。

俞风城用宽阔的背挡着他，就是不让他看那姑娘。白新羽趁机踹了他两脚，俞风城跟提溜小猫似的捏着他的脖子，拽到一边："你不要命了是不是？朝人家没出嫁的女孩子挤眉弄眼的，万一她真看上你了，你就等着去做上门女婿，一辈子留在这儿吧。"

白新羽白了他一眼："你说什么呢，我就看她几眼就要娶她？"

俞风城点着他的脑门儿，连哄带吓："当地就这风俗，你要是再多看几眼，一会儿她就找来好几个哥哥弟弟，把你抢回家去，你这辈子都别想走了。"

白新羽将信将疑："真……真的？"

"不信你就去搭讪啊。"

白新羽缩了缩脖子，他分辨不出俞风城是吓唬他还是说真的，反正这个险不值得冒。

俞风城拽着他耳朵："听好了，不准乱看任何女人，也不准跟她们说话，要是真出了事儿，可没人管你。"

白新羽还真被吓住了，抱着宁可信其有的心态，畏缩地点了点头。

俞风城露出一个得逞的笑容。

陈靖和程旺旺提着东西走了过来：“你们俩干什么呢，过来拿东西。”

太阳下山后，他们把东西装车，然后去寻觅晚餐。

程旺旺熟门熟路地把他们带到集市深处的一个餐馆，那是个破旧的小馆子，却门庭若市。他得意地说：“这家馆子的烤串儿和拌面是当地一绝，嗯，闻着烤馕的香味儿没有？哎呀，馋死我了。”他使劲搓着手，“就着烤羊肉喝上一斤白酒，那滋味儿，圆满了！”

换作以前，白新羽是不可能迈进这种脏兮兮的小餐馆的，可这半年多的经历让他彻底“升华”了。闻着阵阵香味儿，他馋得直流口水，一个膀大腰圆的大婶把他们领进餐馆，塞在最角落的桌子前。

白新羽特帅地打了个响指：“菜单。”

程旺旺拍掉他的手：“有个屁的菜单，我点去，你们坐着吧。”

白新羽摸出手机，兴奋地发现他妈给他回消息了：新羽，你怎么黑了这么多啊，你这是在什么地方啊？俞风城这孩子可真高，长得可真帅。

白新羽赶紧回信：妈，我们在镇上采购东西呢，这地方太破了，我想死你了。

李蔚芝发来一堆爱心符号：妈妈也想你，你看你，我都快认不出来了……

白新羽心里难受起来。

他妈给他发了好多照片，有自己新换的发型，有他爸减掉了十斤体重的样子，还有给他买的新衣服。

白新羽忐忑地问：妈，我哥怎么样了，他好不好？

那头沉默半天，白新羽的心也跟着往下沉，他妈发过来很长的一段话：新羽，你哥不太好，简隋林不知道用什么办法狠狠坑了你哥一把，现在逼着你哥低价出让公司股份，你爸说，公司可能保不住了。你哥现在躲着不见人，我找不到他，妈妈好担心他。

白新羽脑子嗡的一声，顿时手有些发抖。怎么会这样？他哥那么精明、那么强悍、那么厉害的人物，怎么可能被简隋林给阴了，他实在无法想象，他哥那么心高气傲的人，连着被两个弟弟背叛……他愧疚得都快喘不上气来了。

他走出餐馆，给他妈打了个电话，他妈是情绪特别容易激动的人，一听他的声音就哭了，把事情详细说了说。白新羽气得浑身直抖，恨不能现在就回去揍死简隋林。他虽然当时鬼迷心窍做了对不起他哥的事儿，但他始终是把简隋英当亲哥的，是真有感情的，那三套房子，实话实说在他哥眼里其实算不了大事儿，而简隋林现在干的，跟他完全不是一个程度，也是无法挽回的。

李蔚芝哽咽道：“新羽，你说现在怎么办呢？”

“妈，你放心，我哥那么厉害，不会被这个打倒，他休息一段时间自己会出来的。”

“真的吗？”

白新羽自己也不是很确定，只能这么安慰着。他现在真是迫不及待地想回家，这是来部队这么久以来，他第一次不是为了自己想回家，而是为了他哥。他想回去帮他哥，哪怕只是揍小林子一顿出出气。可他知道自己什么也干不了，说不定他哥见着他更生气呢。

挂了电话，白新羽的情绪低落极了，他们点的东西上来了，他却没什么胃口。

俞风城推了推他：“怎么了？”

白新羽敷衍道：“想家。”他突然想起什么，“你拿我手机这么久，没偷看什么吧？”

俞风城挑眉：“你指什么？小电影？短信？”

白新羽瞪着他：“你看了什么？”

俞风城轻蔑地哼了一声：“一堆假胸假脸，让我看我都不想看。”

“你懂什么，至少一多半儿是真的，我见过这么多女的，真的假的我分不出来吗？”

俞风城眯起眼睛：“你得意个屁，以后你也见不着了。”

白新羽没搭理他，心想：等有一天我回家了，你还能管着我了？

陈靖道：“你们说什么呢？新羽，你没事儿吧，怎么哭丧着脸。”

白新羽问道：“班长，你说我能请假回家吗？”

“请假？你想回家？”

白新羽点点头：“家里出了点儿事儿，我想回去看看。”

陈靖道：“除非是受伤，或者直系亲属病危、过世，拿相关证明来请假，否则基本上批不了。”

白新羽一听这个就知道没戏，他总不能为了请假撒这种不吉利的谎。

陈靖道：“你家出了什么事，很严重吗？”

白新羽叹道：“是我表哥……算了，肯定批不了。”

程旺旺嚼着羊肉：“两年后你就有探亲假了。”

白新羽心想，两年后我人都不在这儿了，还要什么探亲假。

THE GROWTH OF A DANDY.

FIGHT ALONGSIDE YOU.

第十二章 路见不平一声吼

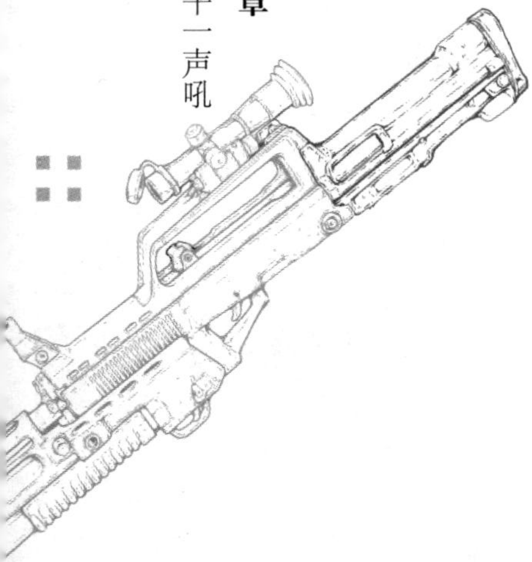

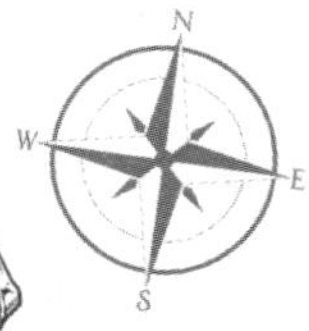

四人吃喝了一肚子，撑得舒舒服服的，走回了招待所。

他们均是有点儿上头，但还没醉，程旺旺嚷嚷着要打扑克，得到了大家的一致响应。他们买了两打啤酒、两盒扑克，关起门来打牌。

开始说输的人喝酒，后来嫌喝酒没意思，程旺旺这个唯恐天下不乱的就提议说脱衣服，输的脱一件，赢了可以穿回来一件，谁先脱光，谁就一口闷一罐啤酒。

陈靖是个挺正经的人，就不同意。俞风城在旁边笑而不语。白新羽本来就是个没节操的，因为他哥的事儿心烦，喝了不少酒，更加肆无忌惮，就哈哈笑着说“好”，陈靖没办法，只能跟着他们玩儿。

白新羽今儿不知道怎么了，赌运特别好，大部分时候都在赢，眼看着程旺旺和陈靖越脱越多，他得意忘形，气得陈靖踹了他好几脚。

“哎，又赢了又赢了，哈哈哈哈。”白新羽指着陈靖，“班长，脱啊，脱裤子！”

陈靖郁闷坏了，但碍于脸面，又不能在自己的兵面前耍赖，只好硬着头皮把裤子脱了，全身只剩下一条内裤。陈靖皮肤比较白，精瘦的体型，肌肉很紧实，从背后看特别像学生，实际上他才二十一岁，可不就是大学生的年纪。

程旺旺笑得前仰后翻：“哈哈哈哈，三班长，你快……快光屁股了。”

陈靖羞恼道：“我会赢的。”

此时程旺旺也就比陈靖多一条裤子，俞风城身上还有背心，白新羽最得意，只脱了外衣。

四人又打一盘，结果陈靖又输了，白新羽笑得上气不接下气。陈靖气得把牌一扔，然后摘下眼镜扔到了牌堆里。

“班长，哈哈哈，脱吧，反正我们又不是没看过。”白新羽戳着陈靖的胳膊，一脸坏笑。

陈靖指着自己的眼镜：“我脱了。”

“这不算，你耍赖。”

陈靖梗着脖子：“我没耍赖，眼镜也是我身上穿戴的东西，怎么就不能算。”摘下眼镜后，他看着比实际年龄还小了一点儿，那吹胡子瞪眼的样子，颇有几分少年人的率性，比他平日里正经八百的模样灵动多了。

白新羽噘着嘴：“班长耍赖。”

“我没耍赖。”

“你就耍赖。”

“我没有！”陈靖也是喝多了，不顾形象地胡搅蛮缠起来。

程旺旺把手伸到陈靖面前晃了晃：“三班长，你近视多少啊？不戴眼镜能行吗？”

陈靖推开他的手：“我不近视。”

“啊？你不近视你戴眼镜干吗？”

陈靖不自在起来，吭哧了半天，才低声说：“我不戴眼镜太显小，没法管人。”

白新羽一把抱住陈靖的脖子，醉醺醺地说：“我看看，我看看班长的脸。”说着就把脸凑了过去。

俞风城从背后抱住他的腰，一把将他扯了回来：“你撒什么酒疯啊。”

白新羽不死心地朝陈靖伸出胳膊：“班长，你是我班长吗？长得不像啊。”

陈靖拍开他的手：“你还玩儿不玩儿？”

白新羽用力甩了甩脑袋：“玩儿，我今天非把班长的内裤脱下来不可！”

陈靖恼道：“我不会总输的！”

白新羽爬下床：“我……我先上个厕所，憋死我了……”他跑到卫生间，舒舒服服地解决了一番，回来后，扬扬得意地说，“嘿嘿嘿嘿，先把班长扒光，再把旺旺哥扒光，再……”他看了俞风城一眼，“你就算了。”

俞风城挑眉道：“为什么我就算了？”

白新羽哼道：“我不想看你光屁股。”

“是不是看了自卑？”

白新羽大声嚷嚷道：“谁自卑了，少往自己脸上贴金。”他摩拳擦掌地跳上床，“来吧！”

四人打了一盘儿，却没有白新羽想象中的大获全胜，反而自己输了一局。他并不气馁，再接再厉，结果从厕所出来后，好像运气也被排泄进了马桶里，他连输好几把，最后陈靖和程旺旺的裤子都穿回去了，他却脱得只剩内裤。他不信邪，又玩儿一盘，结果又输了，他看着自己仅剩的内裤，气得抓狂：“这不可能！你们……你们是不是背着我干了什么！”

俞风城无辜地说：“能干什么？”

白新羽用醉得混沌的大脑想了想：“你们联合起来堵我的牌！”

程旺旺眨巴着眼睛：“没有啊。”

陈靖哼笑一声，不说话。

白新羽哭闹道：“你们联合起来欺负我是不是？”

俞风城抓住他的肩膀：“别废话，你脱不脱？”

白新羽抓紧了内裤：“你们耍赖。”

陈靖咧嘴一笑：“你哪只眼睛看到我们耍赖，脱！”

程旺旺也跟着起哄：“脱！脱！”

白新羽抓着内裤不松手。平时去洗澡他们都比赛谁脱得快，可这时候脱，让人格外地不情愿，因为这是惩罚性质的，脱了就代表“输了”。

俞风城阴笑道："不脱是不是，要不要我帮你？"

白新羽大喊道："我自己来！"他心一横，动手把内裤给脱了，狠狠往床上一甩，"怎么样，我脱了！"

几人大笑起来。

白新羽羞愤交加："再来，我就不信邪了！"

陈靖笑道："哎呀，困了，去睡觉吧，明天还要早起呢。"

"是啊，早点休息吧。"

白新羽瞪大眼睛："你们想走？没门儿，接着玩儿！"

陈靖拍了拍他的脑袋："太晚了，睡觉吧。"

白新羽一把拽着陈靖："不准走，你们不准走！"

程旺旺把一罐啤酒塞到他手里："来来来，喝酒，脱光要一口闷，别耍赖啊。"

白新羽愤怒地接过啤酒："我不耍赖，你们也别想赢了就跑。"他接过啤酒，仰脖子往嘴里灌，那一罐啤酒喝得他要吐血，酒液顺着他嘴角流到了脖子上、身上。一口气喝完，他把啤酒一扔，睁眼一看，屋里没人了。他瞪大眼睛，大叫道："人呢！人呢！给我……"

俞风城从浴室里走了出来，他赤裸着上身，健美的胸腹肌在宾馆昏暗灯光的照射下，映出性感的小麦色泽。他靠在墙上，似笑非笑地看着白新羽："别叫唤了，他们回房间了。"

白新羽无趣地嘁了一声："我要跟旺旺哥一起睡。"

"他不要你。"

"呸，我不跟你睡。"

俞风城低笑道："哦，那你睡马路啊。"

"我现在就去另外开一间！开十间！我把整个招待所包下，来挑一间离你最远的……"

"这是军队的招待所，不是你有钱就能住的。"

"那我另找……"

"这是镇上唯一一家正规旅馆，剩下的都不安全，你敢住吗？"

白新羽眨巴着眼睛，很是犹豫。现在都半夜两点多了，外边死冷死冷的，他人生地不熟，他这种花样美男岂不是很危险！

俞风城低笑道："你要是想出去，我也不拦着你，去吧。"

白新羽咬着嘴唇："你可别乱来啊，班长他们可就睡隔壁……"

"这旅馆是50年代造的，那个年代用的可都是最好的红砖，而且为了防寒，墙还特别厚，隔音效果顶级，不信你喊两嗓子试试？"

白新羽一脸受惊的模样："你想干什么？"

俞风城看着白新羽的倒霉样儿，心里乐得不行，他嫌弃道："你浑身酒味儿，臭死了，赶紧洗澡去。"

白新羽摇摇头："不洗。"

俞风城威胁道："要么去洗澡，要么你去走廊打地铺，选一个吧。"

白新羽狠狠瞪了他一眼，无奈地去洗澡了。

洗完澡，吹干头发，他觉得凉飕飕的，便兔子似的钻进了被子里，心想这宾馆的床真软和，比部队的行军床舒服多了，如果不是跟俞煞星睡一屋，今晚该多美好啊。

过了一会儿，俞风城出来了，他道："你睡着了吗？"

白新羽心里骂道，傻子，真睡着了会回答你吗。

俞风城抓着他的被子："你这样会闷死的。"

白新羽死死地揪着被子。

俞风城硬是把被子给拽了下来："真想憋死啊，你都不用呼吸吗？"

白新羽闭着眼睛，不搭理他。

俞风城笑道："你果然装睡。"

白新羽看得出来，俞风城也有点儿喝兴奋了，话比平时多。

"我也好久没来镇上了。"俞风城在对面床躺下了，闷闷地说了一句。

白新羽沉默了一下，明知道不该主动引起话头，可还是忍不住问道："你就不想家吗？"

"谁会不想家啊，可是我有更大的目标。"

"什么目标？"白新羽迟疑道，"不会是……猎豹大队吧。"

俞风城没有回答，只是哼笑一声："你不会懂的。"

白新羽心里颇不是滋味儿。也许对俞风城来说，自己一个因为考核成绩太差只能去炊事班颠勺喂猪的孬兵，确实不会懂他的"鸿鹄之志"，可是，可是自己已经不像刚进部队时候那样不思进取了，自己也想出成绩，也想进正式的连队，不过，俞风城也不会懂的。

他们俩本就南辕北辙，谁都不会懂谁。

第二天天没亮，生物钟已经把两人唤醒，白新羽从被窝里爬了出来，放在以前，打死他也不相信自己能无障碍地早上五六点起床，现在却已经习以为常。

他起床，拿冰水洗了把脸，人彻底醒了。

这时，房门被敲响了，门外传来陈靖的声音："你们起来了吗？"

"起来了。"白新羽打开门，陈靖和程旺旺已经穿戴整齐。

陈靖看着他充血的眼睛，笑道："还难受呢吧。走了，咱们去早市买点儿东西，就该回去了。"

早市果然热闹非凡，简直是人挤人，他们吃了大烤馕和羊奶，就开始大肆采购起来。

白新羽依旧是有钱不花憋得难受，看什么都想买，甚至还买了一套当地人的衣服，像模像样地套在身上，程旺旺觉得好玩儿，就让他脱下来给自己试试，他干脆给三人一人买了一套换上，拿着手机拼命拍照，兴奋得跟来旅游似的。

这时，不远处传来骚动，显然是有人起冲突了。他们挤过去一看，均是一惊，那不是昨天卖给他们孜然的大爷吗！旁边是他那个曾跟白新羽眉目传情了几下的女儿。另一边则是几个壮实的年轻人，他们叽里呱啦地吵着，白新羽虽然听不懂，但能猜到是为摊位发生的争执。

白新羽想英雄救美一把，却又不敢自己上，就推了推陈靖："班长，咱们应该锄强扶弱。"

他以为陈靖一定会毫不犹豫地冲上去，毕竟就算是以陈靖一个人的武力值，上去几脚就能把这几个混混踹趴下，可陈靖却皱着眉摇摇头："当地人的冲突我们不能管。"

"啊？为什么？"

"没为什么，就是不能管。"陈靖道，"报警吧。"

报警已经来不及了，混混一脚把大爷踹倒在地，然后去揪那姑娘的辫子。

俞风城笑着拍了拍陈靖的肩膀，指了指衣服。

陈靖看了看自己身上的当地人衣服，反应过来了，低声道："别打残了，上。"说着把买的东西往地上一放，第一个蹿了出去，一脚就把踹人的混混撂倒在地，脚尖照着对方的肚子狠踹一脚，那人立刻吐了一地，爬都爬不起来。

旁边的同伙一拥而上，有的甚至摸出了刀。俞风城冲了过去，一把抓着那握刀人的胳膊，一个手刀劈下去，那人疼得大喊一声，松了手，俞风城夺过他的刀，拿刀把狠狠敲了下他的后脑勺，把人敲趴下了。

白新羽和程旺旺也扑了上去，抓着人就开练。程旺旺别看平时嬉皮笑脸的，打起架来可不含糊。白新羽好几年没打过架了，都是别人打他。他被他哥打过，被放高利贷的打过，那时候别说反抗，没吓得尿裤子都不错了。可在这群混混面前，他猛地发觉自己不一样了，这些人的速度怎么这么慢，拳头软趴趴的，侧踢的姿势太不标准了，下盘还不稳，用脚一勾就能放平，再对着肚子来两脚，人就起不来了。这些看上去壮实的年轻人，居然根本不是他的对手。这半年他从来没真正意识到自己究竟成长了多少，现在他知道了。

“当兵的，他们是当兵的！当兵的打人了！”一个混混指着俞风城大叫。

原来俞风城动作太大，把前襟挣开了，露出了绿军装。俞风城上去一脚把他踹翻了。

陈靖抓着俞风城和白新羽叫道：“赶紧跑。”

“啊？什么？”白新羽正尽情挥洒汗水，体会着当英雄的快感呢，这时候哪儿舍得走。他应该温柔地把姑娘扶起来，潇洒地整整衣襟，说：“你没事吧？”然后环视四周，接受百姓们的敬仰，这还没演完呢，他怎么能走呢！

陈靖抓着他领子把他拽了出来，以命令的语气说：“撤！”说完抱起采购的东西，一溜烟跑了，三人也气喘吁吁地追了上去。

他们以百米冲刺的速度一口气跑出去半里地，拐了弯儿绕进小巷里，最后回到了他们的车旁边。把东西往车上一放，四人各个气喘如牛，半天直不起腰，他们目目相接，最后忍不住哈哈大笑起来。

坐上车后，白新羽跟驾驶员吹嘘自己刚刚如何神勇无敌，把那些混混打得东倒西歪，拯救了一对可怜的父女。最后他叹了一声：“也不知道那姑娘受伤没有。”他想起她那忽闪忽闪的长睫毛，还怪可爱的。

俞风城修长的手指跟抓篮球似的扣住白新羽的脑袋，把他的脸转了过来，讽刺道：“我把你在这儿放下，你回去看看？”

白新羽拍开他的手：“我就随口说说。”这都跑出去十多公里了，开玩笑呢。

对比白新羽的兴奋和俞风城的平淡，陈靖、程旺旺还有那老驾驶员就不那么轻松了。白新羽觉出不对劲儿来：“班长，你怎么了？好像脸色不太好啊。”

陈靖道：“没事儿。”

白新羽兴奋道：“班长，你刚刚那个旋风腿太带劲儿了，我要是给你拍下来多好……不是，我不明白啊，咱们干吗跑啊，这不是好事儿吗。”

程旺旺用有些严肃的语气对他说：“别问了，老实坐着。”

白新羽立刻噤声了。他想起班长说的“我们不能管”，隐约觉得跟这个有关，但也不敢再问。

在车上颠簸了五个多小时，他们在天黑前回到了营区。

一回宿舍，带了一堆乱七八糟的礼物的白新羽受到了热烈欢迎，他拿着几样好吃好玩儿的，屁颠屁颠地去找冯东元和钱亮了。仨人找了个没人的地方吃着个头大又香的奶油巴旦木，钱亮一边吃一边拍白新羽的大腿：“行啊，没忘了兄弟们，这玩意儿吃着真上瘾啊。”

冯东元笑道：“我还是第一次吃这个东西，真好吃。”

白新羽兴奋地跟他们描述起这两天的见闻，尤其是他们神勇斗混混的一幕，他得意地说：“看来这半年多没白练啊，我都不知道我打架这么厉害了。”说完还比画了两拳。

冯东元羡慕地说：“真想去镇上看看啊。”

白新羽道：“你多跟班长套套近乎，你看这次他不就带俞风城去了。”他心想，要是当时班长带的是冯东元小天使，肯定更好玩儿。

冯东元不好意思地挠了挠头：“我不太会……风城表现得很好，班长赏识他是应该的。”

钱亮拿巴旦木戳了戳冯东元的脑袋：“这你就不懂了吧，班长也是人，也喜欢听好听的，也喜欢人家对他好。俞风城是因为表现好让班长喜欢，那梁小毛是因为什么？梁小毛也就中上吧，还不是班长面前的红人，不就是因为他嘴甜、会来事儿吗，人家那才是想要往上提的态度。我不是说让你溜须贿赂什么的，那事儿不能干，班长也不是那种人。我是说，你得在班长面前积极表现，让班长心里有你这个人，要不然那么多跟你条件差不多的，凭什么你升士官啊。你老说想要升上去有好待遇，光一个人闷头努力可不够。”

冯东元脸有些发红：“你说这些我也不是不知道，我就是……”

“就是不好意思是吧。”钱亮咔吧咔吧嚼着坚果，“我知道你的性格，就会闷声干实事儿，哎，可惜我跟你没分一个班，不然还能帮帮你。东元，你得为自己的前途多打算啊。”

冯东元点点头，不说话了。

白新羽听得一愣一愣的，他没想到这些二十岁不到的大男孩儿，考虑的却这么多。再看自己，即使比他们大了两三岁，在没来部队之前，成天想的不是吃就是玩儿，身边转悠的不是跟他一样不学无术的纨绔子弟，就是不正经的女人。如果他不来部队，他不知道要几年才能意识到自己活在一个多么让人看不上的圈子里，想起他哥那恨铁不成钢的责骂，想起他爸妈那失望又痛惜的眼神，他突然之间就全明白了。他以前忘了在哪儿听过一句很文艺的话，说人长大其实就是一瞬间的事儿，有那么一瞬间，有些事突然就悟了。

三人又聊了一会儿，就各自忙活去了。

出门两天，白新羽居然有些挂念那些猪了。呸，不是挂念，是不知道其他人喂得怎么样，他好不容易喂那么肥，要是给他饿瘦了，他得多费多少工夫啊。

他换上全副武装的行头，去了猪圈。那些猪一看送饭的来了，全都兴奋地从猪圈的各个角落挤到圈栏边儿上，张着嘴，嗷嗷叫着。

白新羽拿枝条拍着它们的脸：“小爷又回来伺候你们了，也不是我自愿的，就别热烈欢迎。”

今天不喂泔水，而是喂饲料，不那么恶心，白新羽拌好饲料，一桶桶地倒进食槽里。他现在干这活儿驾轻就熟，不过回家之后他是打死也不会承认自己成了喂猪能手的。

猪们一窝蜂地抢到食槽前吃饭，圆胖的身体和扇着大耳朵的脑袋挤成一团，看上去真滑稽。白新羽靠在栅栏边，唉声叹气："你们的一生啊，到底是幸还是不幸呢，其实你们活着的时候挺好的，成天除了吃就是睡，什么都不用考虑，可最终还是要被人吃掉。不过吧，你们享福也享够了，这辈子也值了吧，啊？"

一群猪专注地吃着食，没有搭理他。

白新羽举起枝条，抽了一只猪一下，结果人家连点儿感觉都没有。白新羽有点儿上火，因为他抽的那只正好是这群猪里的种猪。种猪是不会被吃掉的，平时只有怀孕的母猪才能吃得上的鸡蛋、玉米之类的好东西，种猪每个月都能吃上两回，还天天想跟哪只母猪"运动"就跟哪只母猪"运动"，日子过得不要太爽。白新羽悲哀地意识到，自己的日子还不如一只猪，不禁越想越生气，抽了它好几下，最后给自己累得够呛，种猪都没抬头看他一眼。

白新羽想到自己在跟一只过得比他滋润，还不把他放在眼里的猪置气，感到悲哀的同时就更生气了。他指着那只种猪大骂道："猪！朕御赐你名讳——俞风城！"

转眼已是冬季，边疆下了第一场雪。下雪那天，战士们高兴坏了，除了生长在东北的兵和本地人外，其他地方的人没见过这么厚、这么大的雪。

白新羽一早起来看到外面那厚厚的积雪，穿上衣服就撒丫子冲了出去，在雪地里连滚了好几圈，自己乐得哈哈大笑。很多战士都跑了出来，兴奋地大吼大叫。

白新羽平时不需要晨跑，可今天实在太冷，他滚了一会儿感觉身上暖和多了，干脆跟着三班的人一起去晨跑了。想起当初刚来部队时，跑三公里能要了他的命，现在跑五公里跟玩儿一样，不知不觉间，他的变化连自己都感到惊讶。

白新羽抓着雪团捏成球，故意捏得特别实，往俞风城身上扔，俞风城也不甘示弱，抓起一团雪直接按在了他脸上。两人滚倒在雪地里摔起了跤。这场战役很快蔓延开来，整个三班的人都加入战局，互相打起了雪仗。陈靖一开始还装模作样地训他们两句，后来被无辜砸了几团雪之后，干脆也扑上来，最后场面有点儿失控，晨跑的兵们全都在雪地里玩儿了起来，笑闹声响彻整个营区。

跑完步后，白新羽去传达室给他妈打电话。那传达室就在办公楼的一楼，他刚踏进办公楼，就听着许闯用整层楼都能听见的音量怒吼道："放屁，这是放屁！"

王顺威在旁边低声劝着："老许，你小声点儿。"

“我凭什么要小声？我就让人听！我告诉你，没有这么办事儿的。因为这个狗屁理由把指标撤了，这就是放屁！我现在就去找团长，团长不行我去师部，我就是要看看，是哪个空降来的公子哥这么大的面子！”

白新羽跟传达室值班的哥儿们面面相觑，他刚要张嘴，那哥儿们做了个嘘声的动作，两人就默默偷听着。

只听着许闯一脚踹翻了凳子，就要往外走，突然，一道很冷静的声音开口了：“连长，你别这样。”

白新羽一愣，这不是陈靖吗。

许闯走了回来：“你还在这儿坐着干什么？你不敢去是不是？没事儿，我去，你等着，我非要去找人说道说道。”

陈靖道：“连长，别去了，他们这么做自然有道理。”

“有个屁的道理，你们在镇上为了老乡教训了几个混混，这是多大点儿事儿？不就上面警告一下就完了吗？现在他们因为这个把你的保送指标撤了，这是故意找的借口你懂不懂？这是借口，你懂不懂！”

陈靖淡淡道：“连长，我懂，但是我也懂，军人要服从命令，你这么莽撞地去找团长，也只是让团长为难，毕竟命令是从师部下来的。”

王顺威连忙道：“老许，你看看人家小陈的气度，你冷静一点好不好？”

许闯呼哧呼哧地喘着气，那喘气的动静白新羽在一楼都能听到。

陈靖道：“连长，本来保送这事儿也没有最终定下来，现在减少一个指标，人家也有道理，我无话可说。其实在哪里都是服务人民，没什么大不了的。”

许闯沉默了一会儿，又暴怒道：“你在这里当了三年兵，带兵出去什么事儿能做什么事儿不能做你不知道吗！人家就是要把咱们团的一个指标给别人，你要是不送这个把柄，那保送就还是你的！”

陈靖道：“连长，现在说这个没用了，总之你不用为我的事儿生气，我接受上级安排。”

许闯又一脚把凳子踹倒了：“滚滚滚，都给我滚出去！”

白新羽到此终于听明白了。之前霍乔想让陈靖去参加猎豹大队的选拔，但陈靖志不在此，他有一个保送去军校的指标，明年就能入学了，结果现在师部要收回一个指标，因为在镇上出头的事，他被追责了，砍掉一个人的时候就砍了他。那件事已经过去了一个月，白新羽一直不知道陈靖被警告了，如果今天他没听到，他恐怕一辈子也不知道陈靖因为他们的一时冲动要被问责，而现在更因为这件事，陈靖失去了一直期待的保送军校的指标！

白新羽的火气一下子就上来了，愤怒、不甘、愧疚，乱七八糟的情绪全都堵在胸口。他能明白许闯为什么这么愤怒，凡是关心陈靖的人，都没办法不愤怒。陈靖明明没做任何错事，他明明一直是那个又正气又得人心的好班长，凭什么！凭什么要打碎他期待已久的军校梦！

陈靖下了楼，迎面就遇上了白新羽。白新羽一眼就看到陈靖眼圈泛红，他难受道："班长……"

陈靖说不出话来，他拍了拍白新羽的肩膀，扭头走了。

白新羽在原地僵了很久，紧紧地握住拳头，他离开办公楼去找俞风城。

俞风城听完之后，脸色沉了下去："怎么会这么严重……我去找我小舅帮帮忙。"

白新羽气愤地说："我就不明白，凭什么我们没做错事，却要连累班长被警告。"

"边疆这边儿局势比较复杂，地方上的事情部队确实不该管的，容易激化矛盾，当时四个人里，只有班长是士官，出了事当然是他负责。"俞风城叹了口气，"我们当时冲动了。"

白新羽咬牙道："你赶紧给班长找找关系，班长那么想去军校，要是就这么把他的指标给撤了，就太冤枉了。"

"我知道，我小舅也会尽力帮他的。"

白新羽突然想到什么："你小舅那么想让班长去猎豹大队，不会是……"

俞风城瞪起眼睛："你想说什么？"

白新羽连连摆手："不是，我只是……"

俞风城的脸上阴云密布："你别胡乱揣测我小舅，他绝不是那样的人，班长又不是什么超级神兵，他还不至于为了要一个人那么下作。"他拍了下白新羽的脑袋，"你再乱说小心我抽你。"

白新羽虽然知道自己说错了话，但还是挺委屈的，口气也就不太好："我什么时候揣测了，我还一句完整的话都没说呢，你激动个屁啊。"

俞风城推开他："管老实你的嘴。"说完头也不回地走了。

白新羽很少看到俞风城真的发脾气，平时戏弄他的时候，都是变脸变得特别快，但好像没有真正发怒过，这次却是……看来俞风城是真的很崇拜霍乔，连句揣测的坏话都不让说。白新羽心里更加不爽了，两人最近关系还算和谐，现在好像又回到以前了。白新羽又生气又后悔，接二连三的事情让他的心情跌到了谷底。

去炊事班准备早饭的时候，他那一脸不如意很容易就被人看出来了，武清看了他一眼："怎么了，便秘了？"

白新羽有气无力地说："班长，你说笑话的时候脸有点吓人。"

武清啧了一声："我这脸干什么不吓人？洗菜去。"

程旺旺蹲到他旁边："怎么了？早上还撒欢儿得跟小猪似的，才一会儿不见就蔫儿了？”

白新羽想了想，没说陈靖被撤指标的事，但说了他因为他们在镇上打了几个混混被问责的事。

程旺旺叹了口气：“其实我当时就觉得不妥，但他已经冲上去了……他呀，还是年轻，血气方刚，我在这里当了七年兵，有些东西就是忌讳，没有命令就是不能管。他被问责，你不用觉得愧疚，那确实是他的责任，他作为士官没带好兵，出了问题就是他的。”

白新羽不太能接受这个说法：“可当时是我第一个提议要打架的。”

“身为上级长官，他应该有自己的判断力。”

“可是，我们是为了救人，又不是自己滋事斗殴。”

程旺旺摇摇头：“理是这个理，你还是太小了，等以后你就明白了，并不是做你认为正义的事，结果就一定是好的。我们那天，说小了是年轻人打架，要是被有心人利用一下，很可能要出大事。你不懂就算了，陈靖应该懂，他当时冲动了，他自己应该也明白，所以受罚也没办法。”

白新羽憋得难受，总觉得程旺旺说得不对，可又不知道怎么反驳，他也没办法告诉程旺旺，因为这事儿班长去不了军校了。就算按许闯的说法，班长被撤指标并不是因为这个，这只是个借口，可就是因为这件事，让人找到了这个“借口”，白新羽真是悔恨不已。他怎么都觉得那天提议要打架的自己，非常对不起班长。

因为这件事，白新羽一晚上没睡好。就那么焦心地等了几天，他实在等不下去了，又硬着头皮去找俞风城。

俞风城的态度倒是缓和了，但提起班长的事，还是不很乐观：“我跟我小舅说了，他说现在只能想办法增加一个指标，但非常不好操作。”

白新羽难受得说不出话来，半天，他才小声说：“我觉得对不起班长。”

俞风城看着他：“你觉得班长是因为你才被撤指标的？”

白新羽点点头。

俞风城道：“跟那天的事儿关系不大，是有个人从师部那儿就把这个指标给弄走了。”

“但如果不是那件事，就不会是班长被撤。”

俞风城拍了拍他的脑袋：“你总算长点儿心了？”

白新羽撇撇嘴：“说谁不长心呢，我又不是僵尸。”他叹了口气，“班长这几天怎么样？有没有情绪特别低落？”

“没有，跟平时一样，看不出有什么不同的。”

“可是那天，我看班长眼圈都红了。”白新羽叹道，“如果是因为别的原因不能去了，班长也许不会这么难受，可这么就把指标弄没了，连我都不甘心。”

“班长比你想得坚强多了，你别胡思乱想。”

“我想去找班长，可我有点儿不敢去。”他抓了抓脑袋，“我还是觉得……”

俞风城捏着他的脸：“都说了这事儿不怪你，你什么时候这么爱大包大揽了，有这精力好好放在厨房行不行，成天从菜里吃出小石子来。”

白新羽瞪着眼睛：“放屁，我洗菜没问题，你牙口不好别赖我啊。”

俞风城弹了下他的额头：“等我小舅消息吧。”

白新羽点点头：“那我先走了。”

“等等。”俞风城揪着他的领子。

白新羽没精打采地说：“干吗？”

“我那天给我小舅打电话的时候，他说我妈想我了，快把他烦死了，要是我想回去，可以给我弄一个月的假。”

白新羽眨巴着眼睛，似乎意识到了什么。

俞风城看着那小仓鼠一样亮晶晶的眼睛，有些想笑，他轻哼道：“我可以给你也弄一个。”

白新羽一把抓住他的胳膊，激动得险些热泪盈眶：“真的吗？”

俞风城扒开他的手：“我说了一定给你吗？”

白新羽道：“你……你要怎么样才……”

俞风城邪笑道：“你说呢？”

白新羽下意识地往后退去：“你想干吗？又洗衣服？”

俞风城耸耸肩：“不然呢？让你炸碉堡啊。”

白新羽没出息地说：“洗多久？”

“一年。”

“你可真敢狮子大开口啊你！”白新羽怒道。

俞风城哼笑一声：“随你咯。”说完哼着歌走了。

白新羽在原地僵了半天。

THE GROWTH OF A DANDY.
FIGHT ALONGSIDE YOU.

第十三章 小白杨的觉醒

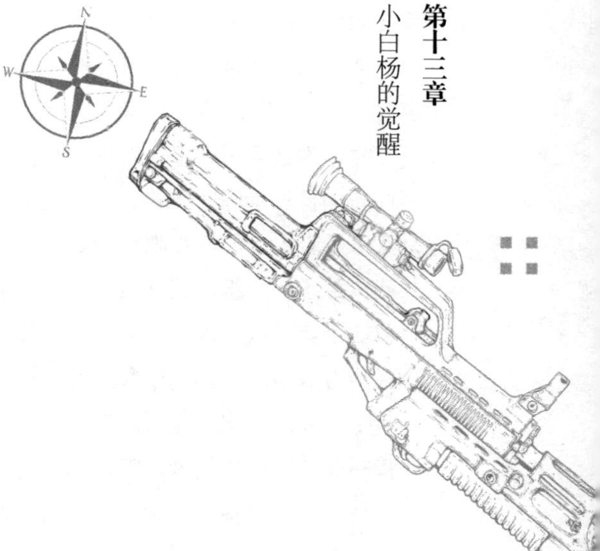

全团大比武临近了，很多有实力的士兵都在加紧训练，希望能在这个会有很多领导参观的比试里脱颖而出。

白新羽受到陈靖那事儿的影响，消沉了几天，但后来看看那些无忧无虑的猪们，他又被刺激了，捡起了枪，坚持每天去靶场。这两个月他进步神速，就算不能一鸣惊人，至少成绩可以拿得出手，到时候希望许闯能把他调回连队。

一天，打完靶，他回到厨房，炊事班的人正在烤包子。白新羽快冻成傻子了，赶紧跑了过去。武清拿出一瓶白酒，七八个人边吹牛边喝酒吃包子，好不快活。

程旺旺道："新羽，你怎么冻成这样，上哪儿去了？"

白新羽搓着耳朵："靶场。"

"今儿这么冷你还去？"

"嗯。"白新羽冲武清笑道，"班长说这种天气打靶才见真本事。"

武清白了他一眼："见真本事的前提是你真的有本事。"

白新羽道："我打了两个 97 环，要不是手指头冻僵了，下雪还影响视线，肯定更好。"

"哇，你这么厉害了。"程旺旺惊讶地说。

白新羽得意地哼了一声："那是。"说完还不忘拍一下武清的马屁，"怎么说也是武班长带出来的，是吧，班长。"

武清踹了他一脚，笑骂道："就你小子会说。"

白新羽笑道："班长，全团比武开始报名了，你给我报全枪械射击吧。"

武清看着他："你真要参加？"

"嗯。我还是想下连队。"

程旺旺哼道："赶紧走吧，你在这儿也就会帮倒忙。"

白新羽用手肘撞了撞他："放心吧旺旺哥，我就算下连队了，也会经常来找你玩儿的。"

程旺旺佯怒道："我跟你有啥好玩儿的，小没良心的。"

白新羽嘿嘿直笑。

武清道："你可有点儿自知之明，别以为自己多厉害了。"

白新羽道："班长，我有心理准备，不行我还接着喂猪呗，还能怎么样。"

武清抽了口烟，又拿那种审视的目光看着白新羽，把白新羽看得心里直发毛。

"班长，我也不是说喂猪不好，喂猪也可以很有成就感……你这么看着我干吗？"

武清吐出口烟圈："你们都出去，我和他说两句。"

众人都识相地走了。

白新羽顿时紧张起来。

武清道："下连队之后，你打算干什么？"

白新羽一愣，被这个问题问住了。下连队之后他打算干什么？可能跟钱亮一样，混过两年回家？反正他既不需要像冯东元那样为了好的待遇往上升，也没有俞风城那股样样都要争第一的狠劲儿。他知道俞风城想去猎豹大队，他虽然也跟大多数男人一样，对神勇无敌的特种兵充满了崇拜和幻想，但他知道自己不是那块儿料，也遭不起那个罪。他下连队，只是想和其他人一样，普普通通地度过部队生涯，不至于回家之后告诉别人他在部队是做饭喂猪的。

武清早已看穿了他，哼道："你就是想换个地方混日子，因为你怕回家之后别人笑话你在部队喂猪，是不是？"

白新羽局促起来，他没觉得这么想有什么不对，可在武清眼神的逼视下，他感到心虚。

武清抽了口烟："我知道你找陈靖打听我了，那你知道我以前是干什么的了？"

白新羽一惊，支支吾吾地说："嗯，那个……"

"你知道我的腰是怎么受伤的吗？"

白新羽摇摇头。

"七八年前吧，我们在境外执行一个任务，我们跟敌人在森林里打了六天的游击。六天，我们几乎没合过眼，打到弹尽粮绝。我最好的战友被手榴弹炸伤了，我们轮流背着他走了二十多公里，不知道什么时候，我们才发现自己背着一个死人。"

白新羽听得大气都不敢喘。

"那时候我已经不是新兵，可那是我第一次直面战友的死亡。六天的奔波、紧张、折磨、伤痛，我以为我会崩溃，结果我发现，当我挺过了特种兵的种种严酷训练后，我已经没有了崩溃的能力。我当时觉得，我的意志是那么坚定，只要活着，就没有什么能阻碍我完成任务，结果我却感情用事了。我坚持要把那个战友的尸体带回家，他是家里的独子，我实在做不到把他扔在异国他乡。当时我们的体力已经严重透支，其他人都不同意，我一意孤行，结果炸弹来的时候就我没躲开。后来他们把我救了回去，可我的腰却不行了。当我从医院醒来的时候，我还不知道我的腰受伤了，但我却知道，哪怕我打枪再准，关键时候没有保持冷静，拖累了活着的战友，还让自己受伤，就根本不是一个合格的狙击手。我辜负了部队对我的培养，浪费了我练射击用掉的那些子弹。"

白新羽不知道武清跟他说这些是什么意思，但他隐隐感到一丝别扭和心虚。

武清在吞吐的烟雾中看着他，目光如炬："知道我跟你说这些干什么吗？"

白新羽艰涩地摇摇头。

"有这么一种说法，说一个特种兵是用他等身的黄金培养出来的，虽然可能略有夸张，但为了成为一个狙击手，我数不清我打过多少发子弹，几万？几十万？结果我还没来得及报效祖国，我就因为一个不理智的决定断送了自己的狙击手生涯，你知道我有多悔恨吗？你说你要下连队，可你根本不知道你下连队要干什么。并不是每个兵都有崇高的理想，但至少当你还是个军人的时候，你应该对得起你在部队吃的饭、打的枪，你用掉了这么多子弹，只是为了不去喂猪，你对得起那些子弹吗？你训练射击，只是为了离开炊事班，换另外一个地方得过且过地混日子，你何必费这个事？回家之后，你可以尽情吹牛，说你在任何连队都可以，就别提炊事班不就完了吗？”

白新羽的手指揪着裤子，说不出话来。

“你为什么不愿意撒谎呢，为什么不在炊事班舒舒服服过完两年回家跟人吹个牛糊弄过去呢，因为你自己也不想就这么把大好的两年时光糊弄过去吧。”

白新羽神情复杂：“武班长，我不知道……”

武清道：“我实话告诉你，你很有射击天分，比起当年的我也不差，但你欠缺军人的魂，你不在乎军人肩负的使命，也不想在乎。你又懒又懦弱，只想把你的才能扔在糊弄的日子里，看着别人风光你羡慕，可你却连斗争的勇气都没有，一开始就把自己否了，因为你只想过舒服日子。”

武清一席话，瞬间把白新羽好久没被伤害的自尊戳成了筛子。他握着拳头，肩膀微微发抖，却反驳不出一句话来。

武清眯着眼睛看着他：“我可以推荐你去参加比武，可以帮你转回连队，但如果你下了连队还是这副德行，你千万别跟人说我教过你。我这辈子都在为没能回报部队对我的栽培而后悔，为浪费掉的子弹和我自己的才能后悔，我不想再训练出一个浪费子弹的孬兵。”

白新羽眼圈发红，无力地辩解着：“我……他们，他们不也射击，和平年代，又不是人人都能上战场，难道他们不是也在浪费子弹吗？”

武清冷哼一声：“养兵千日，用兵一时，你怎么知道国家和人民什么时候需要你？我说你没有兵的魂，并不是指你没上过战场，而是你从来就没有过上战场的觉悟。像你这种兵，上了战场也是个逃兵。”

白新羽腾地站了起来，怒道：“我不是逃兵！”

武清慢腾腾地抽着烟：“你是不是，以后见分晓。记着，要对得起你打掉的子弹。”

武清平时是个话不多的人，白新羽没料到他今天会和自己说这么多，他在有些愤怒的同时，又感到心脏被震得发麻。对得起打掉的子弹？白新羽感到一丝迷茫，他不相信所有人都像冯东元或者俞风城那么目标明确，他不相信就他一个人是来混个部队背景的，可他对这种得过且过，第一次产生了怀疑。他这么努力地练射击，大热天练，风雪天练，为了有足够的体力支撑射击，他甚至养成了跑步、锻炼的习惯，这在他来部队之前，他想都不敢想。他打掉了那么多子弹，付出了那么多努力，究竟是为了什么呢？他过了二十多年没有目标、没有理想，只知道吃喝玩乐的生活，人生中第一次，他感到没有目标的人生是这么迷茫和焦虑，也是第一次，他开始认真地就这个问题思考起来……

过了几天，俞风城找到了他，是关于陈靖的事儿。

白新羽满怀期待地问："怎么样？你小舅那里有好消息了？"

俞风城双手抱胸，表情有些古怪："我小舅那里确实有好消息，但班长这边出了岔子。"

"什么意思？"

"我小舅找了不少关系，指标的事儿终于有眉目了，但要班长和连长写个申请，结果班长知道后，死活不同意。"

白新羽惊讶道："什么？为什么？"

俞风城道："班长说，他不能靠关系拿这个指标，那他跟抢他指标的那个人就没什么区别了，他也不想欠我小舅这份人情。"

白新羽一拍大腿，又急又怒："他缺心眼儿啊！"

俞风城淡淡道："班长是个很有原则的人。"

"不是，这是原则的问题吗？这事关他的前途啊！班长是想留在部队的人，士官往上升多难啊，军校一出来就是尉官，差个十万八千里呢，这不是他的理想吗？"

俞风城道："班长就是这样的人，他不会接受这种走关系拿来的指标的。"

白新羽急道："我去劝劝他！"

俞风城一把按住他的肩膀："连长和指导员劝一上午了，劝到后来连长都翻脸了，你现在去就是找骂。"

白新羽深吸一口气，感觉自己的三观又被刷新了，怎么一个个的……他就感觉这部队里的人，跟他以前在家里接触的那些人，完全不是一个世界的。不仅仅是经济上的差异，还有观念、思想、原则，全都不是一路人。他觉得陈靖傻、倔、死要面子活受罪，可内心深处，对陈靖又多了一份敬佩。也许这才是武清口中的兵的魂，正气凛然、铁骨铮铮，哪怕是不公平的命令也不发一句牢骚，哪怕是对自己有好处的，只要不是正当渠道来的，就坚决不要。对他这种喜欢投机取巧的人来说，根本无法想象世界上有这样的人。他无奈地说："那这事儿，就真的没戏了？"

俞风城耸耸肩："班长自己都拒绝了，还能怎么样。"

"那……那明年呢，明年应该还有保送的机会吧？"

“明年班长就超过二十二岁了，去不了了。”

白新羽无法形容自己现在的心情，为什么有人能为了原则，放弃可能是一生最宝贵的机会呢。他摇着头，迷茫地说：“俞风城，我不懂，你懂吗？”

这没头没脑的话，俞风城却听明白了：“我懂，尊重班长的决定吧。”

白新羽无力地点点头，这件事给他的震撼，不亚于那天被武清骂了一顿，在部队待得越久，他就越觉得自己在被潜移默化地改变。他看了太多无法理解的事，认识了太多无法理解的人，可当他慢慢能理解这些人做的那些事之后，他就开始产生敬畏，然后怀疑自己，也许这就是价值观重塑的过程，他变得越来越不像从前的自己了。

那天晚上，他还是去找了陈靖，他忍不住。自从上次在连长办公室楼下那匆匆一面后，他一直没去找陈靖，他心虚、愧疚，不敢去，现在他把这些都放下了，他就是想找陈靖聊聊，安慰安慰对方，因为他知道，陈靖绝对不像他自己表现出来的那么平静。

陈靖看到他也不惊讶，两人抱着暖水瓶，在楼道里坐着聊天。陈靖道：“你们为我做的，我很感激，但我有我做人做事的原则，你明白吗？”

白新羽苦笑道：“老实说，班长，我不太明白，我替你可惜，但这是你的决定，我们也没办法左右你。”

陈靖道：“咱们本来就是不同的人，你不明白也没什么，我不要求你像谁谁谁那样活着，你只要活好自己就行，我也是，我要活得问心无愧才行。军校我确实非常想去，当年我没考上，所以我来当了兵，但就算不去军校，也不妨碍我做一个合格的军人，因为这才是我最大的理想。我是有点遗憾，但不至于一蹶不振，你们不用为我担心了。”

白新羽抱住陈靖的肩膀：“班长，你真是个奇人。”

陈靖失笑：“什么奇人？”

白新羽道：“班长，我来部队之后，认识了好多奇人啊，为什么以前我就没遇到过你们这样的人呢。”

“那你以前遇到的都是什么人？有钱人？”

白新羽点点头。

“要是他们都像你这样，我就能明白你为什么这么惊讶了。”

白新羽讪笑道：“班长你挤对我。”

陈靖哼笑道：“这就叫挤对你？看来你是太久没在我手下受训了。”

“真的哎，转眼我在炊事班也快半年了，武班长虽然挺吓人的，但不像你似的，动不动把人一脚踹地上。”

陈靖嗤笑一声："训不好活该。"

白新羽嘿嘿笑道："武班长推荐我去参加射击比武了，班长，我一定会好好表现，争取回来，我还想在你手下当兵。"

陈靖用力拍了拍他的背："好好表现！"

入冬的边疆，简直冷彻骨髓。白新羽每天都要穿上厚厚的棉服，再套上雨衣，去浇地、喂猪，有时候水洒到他脚上，明明隔着靴子，他还是能感觉到那股寒意。他喂的那些猪，渐渐都长大了，有一只猪还怀了小崽，为了能让母猪顺利生产，他们捧着书研究了好几天，严格规定饮食，简直比照顾病人还仔细。要说人有时候也是犯贱，白新羽天天都期待着能远离这群猪，可当他养的一头猪被拉去宰了的时候，他心里有些难受，连着一个多星期没吃猪肉。

军营生活大部分时候是枯燥无味的，所以一有点儿什么活动，大家都特别兴奋，就跟小时候开运动会一样，不用上学，还能理所当然地玩儿。所以不管参不参加比武，所有人都热忱地准备着比武大会，尤其是炊事班。

就在这么忙的时候，武清却给白新羽放了三天假。白新羽愣住了："啊？为什么？"

武清道："给你时间练习，别天冷就偷懒。"

白新羽高兴地说："谢谢班长！"

武清一挥手："去吧。"

白新羽去靶场的时候，撞上了四连长，四连长叫道："哎，这不小白吗，你们班长呢？"

"班长干活儿呢。"

四连长看看他："你自己来练？"

白新羽点点头："我要参加射击比武，班长给我放了几天假。"

"你参加射击？"四连长把他从头打量了一遍，"是你们班长让你去的？"

"不是，我自己想去。"

四连长拍拍他的肩膀："我们连可出了不少打枪厉害的。武班长是神枪手，可他未必会教人，我很好奇，你被他培养得如何啊？"

白新羽感觉他语气里有点儿挑衅，心里哼哼着，小爷一定秒了你们，但表面上还是挺谦虚的："一般吧，班长觉得这种全团的活动，我们炊事班也该派人参与参与。"

四连长点点头："嗯，重在参与，那行，你练吧。"

白新羽也不跟他废话，熟练地装上弹夹，调好瞄镜，为了不影响其他人，他跟四连的人趴在一起，等着教官的命令一起射击。

第一轮射击结束后，靶纸那边开始有人报环："74，76、79、83、92、94、86……98！"

四连长一愣："等等，98是谁？"

四连的人都沉默着，白新羽扭过头，嘿嘿一笑："首长，我。"

四连长惊讶地说："行啊小子。"

白新羽故作遗憾地说："不行，手都快冻僵了。"其实心里爽翻了。

四连长道："你85式打得怎么样？"

"还行。"其实他想说可好了，可部队里都流行谦虚，真是愁死他了。

"95式呢？"

"也还行。"

四连长递给他一把没组装的85狙："试试。"

白新羽拿过零件，快速组装起来，他记得他刚学组装枪的时候，陈靖拿着一个空弹夹，错一步就敲一下手，不疼，但特别羞耻，就像小时候没完成作业被老师打手心一样。到了武清手里，虽然不打人，但爱拿眼神瞪人，瞪得你无地自容，白新羽觉得自己来部队八个月，最见长的就是羞耻心。

他组好枪，对着新换的靶纸打了一枪，那边儿很快报环了："97.6环！"

四连长眼珠子都快瞪出来了："你就跟武班长学的？"

白新羽点点头。

四连长的心情很复杂，他劝过武清来当教官，武清都不愿意，后来他也想通了，武清说得有道理，他会打枪，不代表他能当个好教官，武清能教出这么一个徒弟，也未必是教得好，这个兵本身必然有点天赋，可这么有潜力的一个兵，许老三怎么能把他放炊事班呢？他把白新羽从地上拽了起来："来来小同志，我跟你聊聊。"

白新羽不明所以，跟着他走远了。四连长掏出烟来，递给他一根儿。白新羽左顾右盼，不太敢接，在部队里，明面儿上是不让抽烟的，只能偷着抽。

四连长推到他手里："来吧，没事儿。"

白新羽很久没抽烟了，还真有点儿馋："首长，你找我是……"

四连长笑道："你是谁招上来的兵？"

白新羽心说我是走后门儿进来的，他轻咳道："我们指导员。"

"老王眼光不错啊，可你们连长为什么把你放炊事班啊？"

白新羽撇撇嘴："我考核成绩差。"

"哦？我看你射击很好啊。"

"就射击好点儿，其他都一般。"

四连长笑了："是吗，可但凡是某一项有潜力的兵，我们都不会随便往炊事班扔，除非是实在怎么练都练不起来的，我觉得你们连长的目的不简单啊。”

白新羽没听懂：“什么意思啊。”

四连长神秘地笑了笑：“没什么，小白啊，我就直说了，你愿不愿意来我的连队？”

白新羽惊讶道：“四连？”

“是啊，咱是步兵连，更需要你这样的狙击人才，你来我的连队，我能把你培养成一个优秀的狙击手。”

“狙击手。”白新羽的心脏扑通扑通狠跳了几下，“我能当狙击手吗？”

四连长含笑道：“你为什么不能？你喜欢射击吧？”

白新羽点点头。

“你就不想摸更好的枪？用更好的装备？你就不想试试实战而不是对着靶纸？”

白新羽听得很是心动，狙击手对大部分军人来说，都是一个特别牛的词儿，它代表着万里挑一，代表着重金培养，代表着威风、霸气和其他人的敬仰，能成为狙击手，几乎是每一个兵的梦想。白新羽也不是没做过这种豪气英雄梦，但他始终没有从自己是个吊车尾兵的想法里走出来，根本想都没敢想自己还能当狙击手，所以四连长的话让他顿时有种被肯定的自豪感，同时也产生了向往，他咽了咽口水：“想。”

四连长哈哈笑道：“这就对了，我去跟你们连长说去，你这样的兵，不该埋没在炊事班。”

“啊……”白新羽有些犹豫，他还是想回陈靖那个班。

“怎么了？”

白新羽挠挠头：“首长，我……我想想吧。”

“没问题，你考虑考虑，我也去做做你们连长的工作，这是个好事儿，你不用紧张。”

从靶场回去后，白新羽一直在想四连长的话，他觉得许闯是不会稀罕他的去留的，那他是不是应该去四连呢，起码可以达到他最初的目的——离开炊事班。可是，他还真有点儿舍不得炊事班和三班的战友，他去了四连，以后跟他们碰面的机会就更少了吧，跟俞风城肯定也不能天天见面了。

当他意识到自己居然有点儿舍不得俞风城的时候，他震惊了。他干吗要舍不得那个煞星呢，他有什么舍不得的？！

虽然想是这么想，可白新羽总觉得要是去四连，就是有哪里不妥，就好像……就好像背叛了三连似的。

白新羽不知不觉拐到了三班，他把俞风城叫了出来。

两人跑到僻静的地方，俞风城跟往常一样玩世不恭：“怎么了，想我了？”

白新羽道："我今天在靶场，拿85狙打了个97.6环，牛不牛？"

俞风城挑挑眉："真的？"

"当然是真的，你觉得我这成绩，在比武大会上能不能拿个名次？"

俞风城想了想："你这成绩，在咱们连能排前三，全团我就不知道了。"

白新羽朝他挤眉弄眼："那比你呢？比你厉害吧？"

俞风城哼笑道："这可说不准，我也打出过比这好的成绩，要看临场发挥了。"

"你参加多少个项目啊？"

"好几个。"俞风城轻描淡写地说。

白新羽看着他："你这么拼命，是为了去猎豹大队？"

"是。"俞风城坚定地说。

"你为什么那么想去猎豹大队，特种兵又累又危险，你不怕死吗？"

俞风城意外地看着他："你今天是纯来找我聊天的？"

"你就说吧，我想听听你的理想。"自上次和武清谈话后，白新羽一直对自己的未来感到迷茫，他想听听别人是如何执着于目标的，也许这能帮助他找到自己的目标。

俞风城嗤笑道："你今儿怎么了？"

"你说吧。"

俞风城看了他半晌，才道："我们全家都是军人，包括我妈。我从小就受周围人熏陶，长大了立志要当兵，这里面对我影响最大的就是我小舅。他跟我年纪相差得不多，小时候常带我玩儿，我一直以他为目标。"

白新羽迟疑道："那你……不上军校，是为了你小舅吗？"

俞风城垂下眼帘，就在白新羽以为他不会回答的时候，他开口了："是，我读完军校，再到部队，如果能顺利通过推荐、选拔、考核进入猎豹大队，最少需要五到六年，那个时候，他很有可能不在猎豹了，我想和他站在同一个战场上。"

白新羽也不知道为什么，心里不大是滋味儿，敢情俞风城这是从小就在追随他小舅的步伐，一直追到大，甚至为了他小舅放弃去军校，这对一个想以军人为终身职业的人来说，可是很大的牺牲。毕竟不读军校，从一个普通列兵往上升，难度太大，俞风城放弃的是一条扶摇直上的捷径。他闷声道："你父母就让你这么来了？没阻止你？"

俞风城耸耸肩："等他们知道的时候，我已经来部队了，晚了。"

"你怎么知道你就一定能进猎豹大队呢，听说那些考核特别严格。"

俞风城坚定地说："我一定会进去。"

白新羽脱口而出："你觉得我能进去吗？"

俞风城失声笑道："你？我可以找我小舅问问他们炊事班缺不缺人。"

白新羽恼羞成怒："去你的，今天有人跟我说，我能成为狙击手。"

俞风城哼笑道："谁？甭管是谁，他在忽悠你。"

白新羽怒道："你怎么知道他忽悠我，他见的兵多了，我射击成绩好，为什么就不可能成为狙击手？"

"你知道狙击手最重要的是什么吗？"俞风城目光有些冷，"百发百中的射击技能只是基本，还有另外一个必需的东西，那就是一颗在任何极端情况下都能保持冷静的极其坚定的顽强的心。这个，你有吗？"

白新羽愣住了，他突然想起武清的话。他明白武清为什么那么沮丧和遗憾了。武清自认为是个顶尖的狙击手，可他最后没败在技术上，却败在了心上。

俞风城沉声道："我不知道是谁跟你说了什么，但你记着，你会打个靶，用几种枪，只代表你比其他兵多一些射击天赋，不代表你能成为狙击手。你的性格、态度、心智，没有一样符合狙击手的最基本要求。你知道为什么你刚来的时候，我想把你赶回去吗？因为那个时候的你，连一个最普通的列兵的态度都没有，现在的你，也不过是刚刚及格了。"

白新羽握紧了拳头，胸肺里郁结着一团气，仿佛随时会炸开。好像他不管取得什么成就，在俞风城眼里都是不值一提的，他给俞风城的印象，大概就是从最开始的烂泥扶不上墙，变成了现在勉强算个兵。他平时能吹吹牛的射击成绩，到了俞风城这儿什么都不是。或者说，俞风城只把他当一个闲着发闷的时候逗逗乐的对象，而不是战友。他狠狠瞪着俞风城，又愤怒又难堪，却找不出话来反驳。

俞风城看着他气得跟金鱼似的脸，哼笑一声："不服气？你要是能在比武的时候出点儿成绩，我和班长一起去求连长，把你从炊事班调回来。"

白新羽怒道："谁稀罕你去求啊，班长早就答应我了！"

俞风城皱起眉："你今天怎么了？"

白新羽指着他："我知道你瞧不起我，一开始就瞧不起我，你有什么了不起啊，这次的射击比武，我要赢你！"

俞风城嗤笑道："你？"

"对，我，我要赢了你怎么办？"

"你说怎么办？"

"……给我弄一个月的假。"

俞风城眯起眼睛，笑了笑："可以。"

白新羽使劲喘了几口气："你不是嫌我孬吗，你等着瞧。"

"哟哟哟，今天格外可爱啊。"

白新羽推开他："我比你大，有点儿规矩！"

"哦？你哪儿比我大？"俞风城嘲弄地把他从头打量到脚。

白新羽狠狠踹了俞风城一脚："你等着瞧！"

他被俞风城气坏了，回宿舍后就扑到武清面前："班长，我有目标了！"

武清正研究母猪产后调养呢，被他吓一跳："发什么神经啊你。"

白新羽激动地说："班长，我要拿第一！"

"什么第一？"

"这次射击比武的第一。我今天碰着四连长了，他夸我有天分，成绩好，他说我能当狙击手呢。"

武清拍了下他的脑袋瓜："你当个屁的狙击手，看见猪都吓得满地跑，看见炮筒枪管对着你，你能趴在原地一动不动吗？"

白新羽傻了傻，似乎没考虑这个问题，他抓了抓脑袋："我可以练……"

武清站了起来，雄壮的身体一下子把白新羽笼罩在了阴影里："你想当狙击手，我问你，你能为了等一个狙击目标，三天趴在一个地方不动弹，不管是下雨还是下雪，不管是三十九度的高温天，还是吐口唾沫都结冰的酷寒天，吃维持最低热量的食物，拉撒都直接在尿布里吗？你能眼看着老鼠、蝎子、蜘蛛往你脸上爬，一动不动吗？即使这些你都能忍，你能眼看着战友要死了，你为了不被发现就是不能去救他吗？你能吗？！"

白新羽被武清吓得快跪地上了，整个宿舍的人大气都不敢喘，炊事班一些老兵是知道武清的过去的，也都知道"狙击手"这三个字是他的大忌。白新羽这小子平时二百五也就算了，今天也不知道是发什么神经，居然敢找班长说这个，众人都同情又无奈地看着他。

武清看白新羽惊慌的样子，冷静了一点，他拎着白新羽的领子："站直了。"

白新羽赶紧站直了身体，他心里大骂俞风城，都是那个孙子刺激他，害他一冲动，跑到武班长这儿找抽。

武清沉声道："不是会打枪就能当狙击手，你这种半吊子的个性，没有哪个部队敢把重要任务交给你去执行。"他似乎想起了从前的事，眼神黯淡了下去。

虽然说的话不一样，但武清和俞风城表达的却是一个意思，白新羽心里无比难受。他越来越无法忍受到处被否定的感觉，他整个人生简直快成反面教材了。他做什么都不行，干什么都不如别人。他原本以为他已经习惯了周围人对他的失望，他只要有钱花，照样潇洒快活，可现在他做不到了，他觉得一事无成的自己，很丢人。

武清看着白新羽泛红的眼圈，意识到自己的话说重了，他轻咳了一声，拍了拍白新羽的脑袋："你今天受什么刺激了？四连长鼓励你几句，你就不知道天高地厚了？"

白新羽委屈地说：“我……我不提狙击手了，但我想拿第一，班长，我能拿第一吗？”

武清看着白新羽亮晶晶的、充满了期待的眼神，就好像那是他最后一根稻草了，如果自己说个“不”字，这小子就要崩溃似的，他道：“有可能。”

白新羽的眼睛一下子亮了起来：“真的吗？”

“嗯，你的水平，临场发挥得好，至少也是前五名。”

“我不要前五名，我就要第一。”他不知道俞风城会拿第几名，反正第一只有一个，他就要拿第一，想到他赢了俞风城时，那个煞星会是什么表情，他就兴奋得浑身发抖。

武清大概对自己刚才的态度有点儿后悔，就道：“好，我帮你拿第一。”

白新羽用力点了点头，燃起熊熊斗志。

THE GROWTH OF A DANDY.
FIGHT ALONGSIDE YOU.

第十四章 破茧成蝶

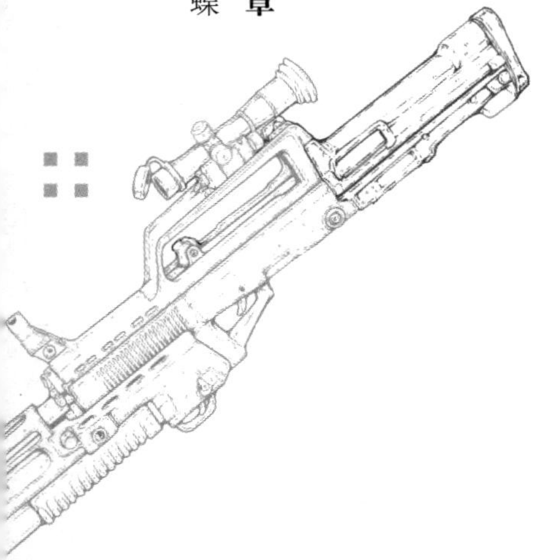

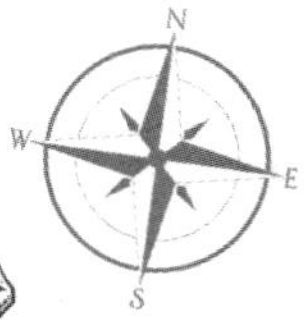

那段时间，武清天天抽出两三个小时指导白新羽射击，传授了很多普通部队根本用不着的知识。白新羽脑瓜子不笨，就是不爱学，可现在他憋着一股劲儿想要赢过俞风城，简直是抱着视死如归的心态在学习、训练着。就连喂猪的时候都捧着本弹道学的书在那儿研究，那勤奋的劲儿绝对是白小爷此生仅有。

比武大会终于开始了。

军区领导检阅全团官兵的时候，炊事班的没参加，他们正忙着准备吃的。厨房里能听到士兵们嘹亮的咆哮声，那声音铿锵有力、震撼人心，光是用耳朵听，就能感受到军人威武的精气神儿。

第一天的比武全是体能项目。炊事班的人一闲下来，就跑去操场看热闹，看长跑、散打、障碍，个个比得精彩绝伦。全团官兵的参与度和热情，都不亚于奥运会了。沉闷了大半年的军营，也因为这次比武大会热闹了起来。

白新羽拿着两罐儿饮料，七扭八拐地找到了冯东元和钱亮。他把饮料塞两人手里："哎，障碍怎么样？"

钱亮撇撇嘴："别提了，倒数第三。"

冯东元笑着说："重在参与。"

"现在比什么呢？负重越野？"

"嗯。"

"咱们班……"白新羽意识到不对，改口道，"三班谁参加呀？"

"巴图尔。"

"啊？他？"白新羽对巴图尔的印象，还是那个一米七出头，长着洋娃娃一般的大眼睛和可爱的小梨窝的男孩儿。

"别小看人家，他在耐力方面真是不简单，喏，他们回来了。"

负重越野的人跑了一万米已经回来了，他们身上的装备加起来超过三十公斤，这对体能是相当大的考验。白新羽自认一万米能跑下来，负重的话就不好说了。只见三两个兵背着沉重的装备从白杨林深处跑来，白新羽一眼认出其中最矮的那个正是巴图尔。

梁小毛叫道："哎哎哎，来了来了，大家准备好给巴图尔呐喊助威啊。"

大熊道："我嗓门儿大，大家跟着我喊。"

"好！"

巴图尔排在第四，前面三个平均比他高半头，那装备在他身上，跟小孩儿驮米似的，总让人觉得有些不忍心。巴图尔身上汗如雨下，可他紧咬牙关，眼神坚毅。

"巴图尔，加油！巴图尔，必胜！"大熊大喊一声。

"巴图尔，加油！巴图尔，必胜！"三班的人跟着用力吼了起来，白新羽也扯着嗓子喊。

其他参赛者的战友自然不甘落后，纷纷给他们的战友呐喊助威。一时加油的声浪能掀翻天。

离终点还有一百多米的时候，巴图尔加快了速度，奋力朝着终点进发，一下超了两个人，跑到了第二名。

三班的人激动得心怦怦直跳，他和第一名只差一米多了，只要再加把劲儿……

前面的兵先巴图尔抵达了终点，两人当时的距离也就差个三四步。众人失望地叹了口气，但马上跑过去，递水的递水，擦汗的擦汗。巴图尔累得躺倒在地，他喘得说不上话来，就直傻笑，看上去还是很开心。

白新羽感到热血沸腾，想到明天自己也要站在比赛场上，会不会也经历这么惊心动魄的比试呢，他能赢过俞风城吗？

冯东元道："怎么样，咱们小巴图尔厉害吧，你看他个子最小，负重最困难，但他是真能跑。"

白新羽由衷地佩服："厉害。"又道，"今天三班还有谁比赛啊？"

"俞风城，大熊，梁小毛……哎，你不是跟风城挺好的吗，你怎么没去看他比赛？"

白新羽腹诽道，傻子才和俞风城好呢。他道："没空，忙着呢……"他没忍住，又问，"他比得怎么样？"

"你没听广播啊？"钱亮喝了口饮料，"这小子真是个神经病啊，他今天到目前为止比的六个项目，拿了四个全团第一，一个第二，一个第三。哎，要不说人比人气死人呢，不怕人家又帅又有出身，就怕人家又帅又有出身，本人还比你厉害。"

白新羽听在心里，嫉妒得牙都酸了。

冯东元笑道："风城确实很努力，不服不行。三班有这么一个能包揽一堆项目的兵，这一年的先进班级都要住在我们班了。"

钱亮羡慕地说："也不知道他到底哪儿来的这股劲儿，他要是想往上升吧，为什么要放弃读军校呢？他要是不想往上升，这么拼命干吗呀。"

白新羽问道："你是怎么知道他放弃读军校的？"

"嘿，入伍第一天，我在火车站偷听到连长和指导员聊天。"钱亮钩住他俩的脖子，悄悄地说，"我当时听着他们的话，就猜出来俞风城肯定有背景，想来想去，姓俞的不就那么一个吗，你们懂吧。"

冯东元吓了一大跳，音量跟着降了好几度："不……不可能吧，真是那个人的孙子，怎么会跑到边疆来当兵？"

白新羽咽了咽口水，他是知道的，但他不能说。俞风城可不就是那个人的宝贝孙子，抽风地放弃读军校，跑到这么偏远的地方来当兵，就是为了他那个了不起的小舅。哼，有毛病。

钱亮耸耸肩："我就是这么一猜，未必是真的。你们就当八卦听听吧，别和别人说。"

冯东元点点头，他心里也不怎么信，所以就没太当回事儿。

白新羽想，如果他和俞风城不是在部队，没有这里的特殊环境，俞风城会怎么对他呢？要么就是和他做个点头之交，面子上过得去就行，要么对他根本不屑一顾，毕竟两人的背景差距挺大的，反正，多半不会有什么交情。

第一天比赛结束后，俞风城成了全团的风云人物，满载而归。虽然奖品都是暖壶、水杯之类不值钱的东西，但晚上吃饭的时候，却能得到首长敬的一杯酒、一句夸奖，以及全团官兵的注目，这对很多人而言，比任何奖品都珍贵。

白新羽看着被叫到领导那桌敬酒的俞风城，那意气风发的俊帅模样，让很多人自惭形秽。当时他正在后厨传菜，两人之间不过十来米的距离，可谁也不会注意在厨房忙碌的他们，俞风城更不可能看到他。他第一次感到他和俞风城之间的距离很远、很远。俞风城简直是用飞的速度在进步，而他却只是不紧不慢地跑，这样下去，他们之间会差出一条鸿沟，他在俞风城面前也永远抬不起头来。他暗自握紧了拳头，下决心一定要在俞风城面前争回一口气来。

第二天下午，射击比试开始，白新羽站在靶场，心里忐忑不已。

突然，有人拍了他后背一下，他一回头，正对上一双充满兴味的眸子。相比他的不安，俞风城却闲适得很，好像胜券在握，真是恨得人牙痒痒。

俞风城道："看你紧张的样儿。"

白新羽哼了一声："你从哪儿看出我紧张，我巴不得快点儿开始，让你看看小爷的实力。"

俞风城笑了笑，钩住他的脖子，得意道："知不知道哥哥这两天拿了多少个第一？"

"哥你个头啊。"

"知不知道？"

"不知道。"

"那我告诉你一下。"俞风城伸出两根手指头，比画了一个八，明晃晃地在白新羽眼前晃悠，晃得他眼睛疼。

白新羽忍着咬那手指头的冲动，酸溜溜地说："没什么大不了的。"

俞风城拍了拍他的后背："让我看看你究竟长了多少本事吧。"

参赛人员开始就位了。

他们每个人都要经历卧姿、立姿、匍匐射击、移动靶等比试。全团一共选送了二十二个人，他们都是各个连队的高手。白新羽相信这里面没有一个是炊事班出身的，班长为了给他拿这个比赛名额，恐怕是费了心思的吧。

白新羽握着枪的手心出汗了，他知道手里握着的不仅仅是一柄枪，更是他赌上的尊严和吹出去的牛，如果不能在这里压倒俞风城，不仅俞风城瞧不起他，他也会瞧不起自己。

那一刻，他的心里变得出奇的平静，周围的嘈杂声变成了虚妄的背景。他不再去想自己在部队这几个月的经历，不去想那群总是张着大嘴要饭吃的猪，更不去想俞风城略带嘲弄的笑容，所有的这些都被他阻隔在思绪和耳膜之外。他的世界好像只剩下手里的枪，和透过准星看到的红色靶心。他感觉全身充满了力量，那是自信的力量，专注的力量，他相信自己一定能击中那颗正红的中心！

砰的一声枪响，白新羽打响了他的第一枪。第一枪打完之后，他整个人渐入佳境，一气呵成地把第一轮的比试打完了。

成绩很快出来，99.6环！

白新羽兴奋地大叫一声，他朝着场外的武班长又蹦又跳，高兴得跟猴子一样。

武班长皱着眉，做了个让他冷静的手势。

白新羽前后比了八个人，没有一个人超过他。这让他信心倍增。

很快，就到俞风城上场了。俞风城表现得极为冷静，看也不看白新羽挑衅的眼神，熟练地装枪、卧倒，开始射击。一轮射击结束后，有人报环：99.4环。

白新羽一拍大腿，爽得差点儿飞起来。他比俞风城高，哈哈哈哈哈哈！他比俞风城高！

俞风城淡笑着看了他一眼："还没结束呢。"

接下来的比赛中，白新羽在卧姿、远程狙击两项上拿了第一；俞风城则在立姿、匍匐射击上拿了第一，俞风城以0.2环的优势暂时领先，最后的移动靶射击成了比试的关键。

这个时候，射击场上的人都开始注意白新羽。俞风城他们早就熟悉了，可这个不知道从哪儿跑出来和俞风城较劲儿的兵是谁？问谁谁都说没见过，但都说眼熟，最后对了一圈，发现他居然是炊事班的，这让众人大跌眼镜。

只要最后一项不脱靶，比赛的第一、二名肯定就在俞风城和白新羽之间产生了。这时候，俞风城也感到了一丝紧张，白新羽更是情绪不稳定起来。他人生中从没在任何竞赛中脱颖而出过，也从没试过为了某一目标和人死磕的感觉。很多时候他既懒得努力，又因为害怕就算努力了也成功不了而干脆放弃。可现在不同，他终于找到了能让自己为之骄傲的长项，他喜欢这种争夺的感觉。这一刻，全场都在瞩目他和俞风城的决赛，他感到热血沸腾，身体里属于男人的争强好胜的本能被激活了。

他想赢，想站在胜利的舞台上，想成为让其他雄性生物仰视的那个牛人。

俞风城提着枪第一个上场了，经过白新羽身边的时候，他笑着说：“你让我很意外。”

白新羽双眼发光，俞风城的一句话让他感觉到整个人都被胀得满满的。对，就是这样，他就是要让俞风城意外，让所有瞧不起他的人意外，他还要让他爸妈、他哥都意外，因为现在的白新羽，是敢像男人一样拼搏的白新羽！

移动靶是所有射击项目中难度最高的，却也是最接近实战的。

俞风城半跪在地上瞄准，他标准的射击姿势、刀削般俊美无匹的侧脸和冷静、专注的眼神，被宣传兵收录进了相机里。很多年以后，这个营区的兵们还能在一些宣传图上看到当年俞风城令人惊艳的风采。

十个移动靶打完后，俞风城的成绩是97.1环，完全是不出意料的好成绩。

白新羽听到这个数字，顿时感觉压力有些大。他打移动靶时，最好的成绩是97环，就算是武清这种几十万子弹喂出来的超级神枪手，也不敢保证每弹皆中红心。俞风城在领先他0.2环的情况下又打出这个成绩，他必须至少打出97.4环才能赢……

很快就轮到白新羽了。这时，武清走了过来，拍拍他的后背：“紧张了？”

白新羽道：“有点儿。”

“移动靶不好打，不过你只要记住我告诉你的规律，计算好靶子移动的时间，跟固定靶也差不多，这玩意儿毕竟是匀速的机器，不是满地乱跑的人，别紧张。”

“班长，你第一次打真人的时候，不紧张吗？”

武清想了想：“当然紧张，不过我一想到那是威胁咱们国家和人民的坏人，我就觉得他怎么看怎么该死，所以我开枪了。一枪，正中那人左胸，血喷得满地都是，我当时的感觉是，真爽。”他用力拍了下白新羽的后背，“把那些移动靶都当成十恶不赦的大坏蛋，去吧。”

白新羽伸出手，和武清一击掌，笑道：“班长，等我给你赢个热水袋回来！”

武清笑了笑：“我等着你的热水袋。”

白新羽深吸一口气，稳步走了过去，经过俞风城身边时，他笑道：“我会让你再意外一把。”

俞风城微微一怔，白新羽脸上浮现一抹自信的笑容，双目炯炯有神。他见过白新羽各式各样的表情，窝囊的、畏缩的、胆小的、耍赖的、撒娇的，独独没有见过这样自信满满的、斗志昂扬的，这笑容让白新羽整个人都发光一般亮了起来。他感到心脏猛地漏跳了一拍，看着现在的白新羽，他有点想不起来这个人刚进部队时候的样子了，不到一年的时间，一个人可能变这么多吗？

就在俞风城愣怔的时候，白新羽已经就位，沉着地拿起枪，对着慢慢滑来的移动靶，扣动了扳机……

十发子弹很快打完了，白新羽站起身，心脏怦怦直跳，他在等最终成绩，他能赢过俞风城吗？他能吗？他这个叫人失望了二十多年的草包纨绔子弟，能干一回让自己骄傲的事儿吗！

“97.5 环！”

白新羽瞪大眼睛，随即反应过来，疯狂地大吼一声。赢了！他赢了！他赢了俞风城！他赢了全团的兵！他兴奋得又吼又叫，等他反应过来的时候，他已经一下子跳到了俞风城身上，抱着俞风城的脑袋兴奋地大喊：“啊——我赢了！我赢了！”

俞风城被他的音量震得耳膜生疼，他托着白新羽笑着，由衷说着：“恭喜你，你赢了。”

白新羽回过神来，才发现整个射击场的人都在看他们，大概在想，这小子就赢了个热水袋，怎么跟得了奥运冠军似的那么激动。

白新羽脸一红，从俞风城身上跳了下来，然后跑向武清和陈靖，蹦得跟个兔子似的：“班长，班长，我赢啦！”

武清和陈靖都含笑看着他，很是满意。

冯东元和钱亮挤过人群，激动地抓着他大喊：“新羽你太牛了，太牛了！当初怎么没看出来呢！”

白新羽得意地大笑起来：“怎么说话呢，小爷这叫深藏不露，哈哈哈哈哈——”

三人高兴得又蹦又跳的，都为白新羽的成绩感到真心的喜悦。

四连长这时候走了过来，笑着拍了拍白新羽的肩膀：“小同志，很了不起啊，团长一直在关注这个比赛，听说你是炊事班的兵，团长惊讶得半天没合上嘴。”

白新羽敬了个礼：“谢谢首长。”

四连长笑道：“怎么样啊，我上次说的事情，你考虑好了吗？”

武清佯怒道：“你怎么回事儿，跑我这儿挖人来了，老许知道吗？”

“哼哼，许老三把这么有潜力的兵放在炊事班里，你说呢。”

白新羽想起那天俞风城和武清说过的话，又看看身边的陈靖、冯东元和钱亮。他一是觉得，俞风城和武班长说得都有道理，四连长可能是为了让他过去，多少有点儿夸赞的成分，他枪打得再好，性格也不是狙击手的料；再者，他也舍不得三连的这些人。他道：“谢谢首长赏识，但是我……我还是喜欢三连，舍不得我这些兄弟们，我想留在三连。”

四连长无奈地笑了起来：“其实吧，我早就去跟许老三要过人了，结果你猜怎么着？人家不放，说什么都不放，问原因也不说，就说不爱给我，你说气不气人，不过现在我算是反应过来了。”他看了武清一眼，“许老三别看表面是个莽汉，还真是有勇有谋，他把你扔到炊事班，恐怕是早就算计好的。你要是依然像在新兵连时那样不思进取，那么让你去炊事班喂猪也不委屈你，但如果你心里还有那么点儿志气，武班长就是能激发你潜能的那个人。所以他不放人，我也能理解，你们连长也算是用心良苦。”

白新羽愣住了，看着远远的主席台上那个总是对他大呼小叫，没给过他半点好脸色的男人。真的是这样吗？这一切，连长都别有深意？

他很快被人簇拥到一边，毛巾、饮料伺候着，终于体会了一把英雄凯旋的感觉，他都要上瘾了！他眉飞色舞地描绘着自己刚才精彩漂亮的几枪，整个人春风得意，恨不得现在就打电话告诉他爸妈和他哥……哎！他突然想起了俞风城的承诺，要是他赢了，就给他弄一个月假！想到这个，他坐不住了，开始左顾右盼地找俞风城。

钱亮道：“你找什么呢？”

“俞风城呢？”

“他还有一个比赛，回宿舍休息去了。”

白新羽一路找到俞风城的宿舍，宿舍里不只他一个，还有几个战友在给他按摩、放松肌肉，俞风城俨然是三班的英雄。

见白新羽来了，俞风城笑道：“我就知道你得跑来跟我炫耀炫耀，进来吧。”

白新羽哼了一声：“谁跟你炫耀，成绩摆那儿呢，你自己知道就行。”

有个战友不服气地说：“风城昨儿比格斗的时候胳膊拉伤了，要不成绩肯定更好。”

俞风城笑道：“没这种说法，赢了就是赢了，输了就是输了，兄弟们出去吃点儿东西吧，我跟他说说话。”

宿舍里很快就剩下他们俩。

白新羽看着俞风城含笑的眼神，反而有些别扭：“你胳膊真拉伤了？”

俞风城转了转胳膊：“不影响什么，你来找我干吗？”

白新羽道：“上次说好的，我赢了你给我弄个假，我想回去看看我哥。”

俞风城挑眉道：“你对你表哥真是情深义重啊，大老远跑回去就为了看他？”

“我也得看我父母啊。”白新羽皱起眉，“不是，你有脸说我？你对你小舅不更情深义重。”

俞风城冷哼了一声：“我答应你的事儿我会办到的。”

白新羽点点头：“这还差不多。”一想到能回家了，他心里别提多高兴了，终于暂时不用喂猪了。可他的小猪崽交给谁喂比较合适呢，可别给他喂瘦了……

俞风城斜眼看着他，看着看着就笑了：“今天表现不错，来部队这么久了，第一次发现你还挺像样的。”

白新羽心里窃喜，表面上却哼道：“哟，夸人还这么惜字如金，谁稀罕啊。”

俞风城低笑道："来，过来，给你个奖励。"

白新羽将信将疑地看着他："什么呀？"

俞风城跟变戏法似的，从背后掏出一包烟。

白新羽气乐了："你是不是老年痴呆了？要我说多少遍，这是我的烟。"

"不要是吧？"

"要要要！"白新羽一把抢了过来，生怕俞风城反悔，马上塞进了兜里，然后朝俞风城扬了扬下巴，"说，今天服气没有。"

"嗯，服什么？"

"小爷也是铁骨铮铮的汉子，让你再敢瞧不起我。"

俞风城道："你还要再努力一些，让我看到你像个真正的军人。"

白新羽认真地看着他的眼睛："我就是真正的军人。"

俞风城笑了，白新羽也跟着笑了。

晚上吃饭的时候，白新羽正在后厨忙活，陈靖突然跑了过来："新羽，团长要见你！"

白新羽惊喜道："真的？"他赶紧扔掉围裙，洗了把手就出去了。

许闯陪着喝酒的那桌，正是军区来的领导。白新羽能认出他们团头还有师长。

许闯看了他一眼，似笑非笑的样子，眼神已经不似以前那么严厉。他跟团长说："团长，就是这小子。"

他们团头现在有点儿发福了，可当年当兵的时候也是一号猛人，到现在团里还流传着他的一些传说。

团长站了起来，上下打量了一下白新羽，笑道："小伙子长挺帅啊，小许，你们这届是不是招模特队呢，这么多好看的男娃娃都来当兵，不知道多少小姑娘要哭啦。"

一桌人都笑了起来。

团长笑道："叫白新羽？"

白新羽受宠若惊，立刻敬了个军礼："是，首长好。"

"不简单啊小同志，我还说射击场上哪儿杀出个程咬金，居然是个炊事兵，风头都被三连抢了，把我几个连长都气坏了，小许，你这回可得罪人喽。"

许闯哈哈笑道："就要让你们几个眼馋。"

几个连长纷纷要罚他酒。

团长拍了拍白新羽的肩膀："多大了？"

"二十二。"

"好年岁。你们连长和班长都给我说过你的事儿，你这是典型的后起直追，不管你以前表现如何，进了部队，谁都有机会争先进，谁都有义务报效祖国，你的成绩让培养过你的这些人很欣慰。”

白新羽激动地说：“谢谢、谢谢团长，谢谢连长，谢谢指导员，谢谢班长。”

陈靖拍了拍他的腰，含笑道：“紧张什么。”

白新羽无法不紧张，他知道食堂里所有人都在看着他。就跟昨天团长赏好几个优秀的兵喝酒时一样，当他站在厨房看着俞风城的时候，他希望自己也是那个备受嘉奖和赏识的兵，现在他真的站在了这里，这是他人生中第一次自己争取来的荣耀，名车、豪宅、一掷千金的优渥生活，从前能够让他得意万分的东西，根本没有一样是他自己得来的，唯有现在的荣誉是属于他的，哪怕他收获的奖品仅仅是一个热水袋和几句夸奖，但他特别骄傲。

团长又说了几句鼓励的话，无非是要他不骄不躁，掌握好射击本领的同时，其他素质也要提高云云，最后，给了他一小盅军区特供的茅台。白新羽接过来，一饮而尽，辛辣的白酒灌进喉咙里，一路暖到了胃，口腔内剩下的是醇厚的酒香。他眼眶一热，觉得很多事情都值了，受过的苦、流过的泪，都值。

那天吃完饭后，王顺威来找他了。

白新羽预感到了什么，果然，王顺威道：“你的表现没让我们失望，也给自己争取到了机会，你下连队的事儿，连长已经同意了，过完年就把你调回来，怎么样？”

白新羽用力点头：“谢谢指导员。”

“让你过完年再调，一来，过年期间炊事班最忙，武班长对你这么好，你要帮帮他们再走；二来，做事有始有终，你那母猪快生了吧？”

白新羽干笑道：“指导员，你这话听着怎么不太对劲儿呢……”

王顺威拍了拍他的脑袋：“啧，我说你喂的母猪快生崽了吧，你就再多伺候伺候吧，也没几天了。”

白新羽笑道：“我明白。”

“小白，这八个月，我们是一路看着你成长起来的，我在部队这么多年，你算是给我留下印象最深刻的一个兵了，别人进步是进步，你这进步可是改造啊。我觉得你的潜能不止如此，我非常期待你的发展，别让把你送进部队的父母失望。”

白新羽用力点头。

晚上睡觉的时候，白新羽失眠了，这一天发生的事充斥着他的大脑，让他到了深夜依然处于亢奋状态。他听到武清也在翻身，悄声道：“班长，你睡不着？”

武清半天才嗯了一声。

“热水袋你垫腰上了吗？”

“垫了。”

白新羽小声说："班长，谢谢你，今天是我来部队最开心的一天。"

武清又嗯了一声。

白新羽嘴角扬起一抹微笑。他在部队碰到了很多好人，尽管也有讨人厌的，可大部分都是善良又正气的好人。想起刚来部队时死活想回家的心情，跟现在真是天差地别，当时的自己怎么会想到，他会在这个贫瘠枯燥的地方找到了归属感。

比武大会忙完之后，就该忙新年了。

腊月二十七那天，白新羽焦急等待的消息终于来了，俞风城跑来告诉他，假批下来了，但是只有半个月。

"怎么变成半个月了？"

俞风城耸耸肩："一个假变成两个假，咱们俩平分了。"

白新羽还是挺高兴的："半个月就半个月，初几走？"

"初二，正好有部队的飞机去乌市，我们到那儿再转机，可以省下坐火车的时间。"

"哇，那不是当天就能回去了？"

"嗯。"

"太好了！"白新羽笑道，"你也回去？"

"我回秦岛，有人去机场接我。"

白新羽斜睨着他："那……挺近啊。"这么说两人能在部队以外的地方见面了？说起来，他还从来没见过俞风城穿军装以外的衣服呢。

俞风城微眯着眼睛："秦岛到你家，确实很近。"

"没什么事儿你就别烦我了，我家里一堆亲戚朋友，肯定特忙。"

俞风城哼了一声："这话是不是该我说？"

"得，那咱谁也烦不着谁，谢谢你帮我弄的假啊。"

俞风城皮笑肉不笑地说："你该谢的是我小舅，以后说话客气点儿，知道吧？"

白新羽嘟囔道："知道了。"

想到马上能回家了，白新羽又高兴得好几天找不着北。

二十九那天，整个营区都放了假，手机信号也不再屏蔽，让战士们尽情地给家里打电话。他们全体出动，大扫除、办年货、贴窗花、挂灯笼，全团都洋溢着喜庆的气息。

白新羽长大之后，对过年的新鲜感早就不在了，好东西平时就能吃，好衣服平时就能穿，过年对他来说，似乎只是家人一起吃个饭，他常常大年夜陪完家人，就和同样觉得无聊的朋友出去喝酒。"年"对他来说，承载的意义已经越来越淡。可在这里不一样，他还是第一次感受到如此浓郁的年味儿。战士们离开家人，不远万里来到祖国边疆，因为缘分会聚到一起，他们无法回家看望亲人，但有这么多战友和他们一起过年，也不觉得孤单。

过年期间炊事班简直忙得不可开交，很多战士都自发地来炊事班帮忙。

白新羽此时正穿着棉服雨衣，蹲在猪圈里，摸着母猪的肚子，心想着：这到底什么时候生啊？这些猪都已经熟悉他，他现在在猪圈里可是来去自如，挥一挥衣袖，不带走一片云彩。

程旺旺问道："怎么样？摸出什么来没有？"

白新羽摇摇头："我连人类怀孕的肚子都没摸过，哪儿能摸出猪来啊，反正肯定是不小一窝。"

程旺旺笑道："你见过刚生的小猪崽儿没有？粉嘟嘟的，可好玩儿了。不过这天冷啊，生下来也不好活。"

白新羽站起身，踹了种猪"俞风城"一脚："都是你干的好事。"

程旺旺叹了口气："一想到你年后就要下连队了，我这心里还怪舍不得的。"

白新羽嘿嘿笑道："旺旺哥，我走了就得你喂猪了，你是舍不得这个吧。"

"你小子，不然我还舍不得你什么，你天仙啊。"

白新羽翘着兰花指，朝他眨巴着眼睛："我俊不俊？"

程旺旺舀起一瓢泔水吓唬他，他哈哈大笑着跑了。

除夕夜，三连一百多名官兵，在食堂里吃起了年夜饭。

食堂被打扫得焕然一新，到处张灯结彩，入眼尽是火红火红的颜色，特别喜庆。

许闯讲话的时候，眉飞色舞、喜气洋洋，年前的比武大会上，三连得奖最多，给他在军区领导面前赚足了颜面，他自然高兴，大大把他们夸奖、鼓舞了一番。

吃完年夜饭，电视上放着春节晚会，他们在食堂里以班级为单位出节目，有唱歌、跳舞的，有吹口琴、拉二胡的，那些少数民族战士真是能歌善舞，民族服饰一穿，跳得有模有样，两个东北哥们儿合演了一个小品，把众人逗得前俯后仰。

只有在异地他乡，才能明白"每逢佳节倍思亲"是什么感受。白新羽长这么大，是第一次不在父母身边过年，他今天给他爸妈打了电话，也发了短信，甚至鼓起勇气给他哥打了电话，可惜关机了。他特别想他们，特别想念那些年他觉得无聊的除夕，现在想想能和家人待在一起过个年，是多么珍贵啊。

幸好，一百来人热闹起来，战士们的乡愁都在笑闹中被冲散了不少。

晚上十一点，全连发动起来包饺子。有干活儿的就有负责捣蛋的，在白新羽把一瓢水倒进面盆，彻底废了一盆面之后，武清把他踹出了厨房，他就跟着其他人准备礼炮去了。

部队就这点爽，别的地方过年放烟花，咱部队不仅放烟花，还放真枪真炮，特带劲儿。

他们吃完热腾腾香喷喷的饺子，离新年还差几分钟的时候，所有兵都跑了出去。整点钟声一敲响，顿时烟花、礼炮、枪声齐鸣，整个夜空被彻底照亮了。高远的雪山上，一群年轻而满载梦想的战士们，欢呼雀跃着迎接了新一年的到来。

白新羽左顾右盼，想找那个熟悉的身影，可人太多了，他一时找不着。当他意识到自己在干吗的时候，他有点儿郁闷，干脆不找了，专心欣赏烟花。

突然，一个人紧贴着他站在了旁边。

白新羽惊讶地转过头，就见俞风城不知何时出现在他身侧，正跟所有人一样，抬头看着烟花，嘴角含着微笑。

两人相视了一眼。

白新羽小声说："新年快乐。"

俞风城笑道："新年快乐。"他嗓音低沉动听，即使是在漫天火炮声中，依然清晰地送入了白新羽的鼓膜。

两人齐齐抬头看着夜空，一朵朵烟花绚烂地绽放，高远的天空神秘而纯粹，灿烂的带状星河如一道天梯，带着祈愿铺进了人心底。他们的心脏在那一刻都不可抑制地狂跳了起来，热烈的气氛仿佛能融化边疆的酷寒。

白新羽想起许闯今天说的话，许闯说："这是祖国的边疆，离你们大部分人的家都非常非常远，你们今天不能回家过年，是为了让更多同胞们能安然和家人团聚，所以你们要为自己在这里做的每一件事感到骄傲，为你们身为军人感到骄傲。"

听着耳边轰响的礼炮，白新羽内心深处产生了浓浓的自豪感。

THE GROWTH OF A DANDY.
FIGHT ALONGSIDE YOU.

第十五章 回家探亲

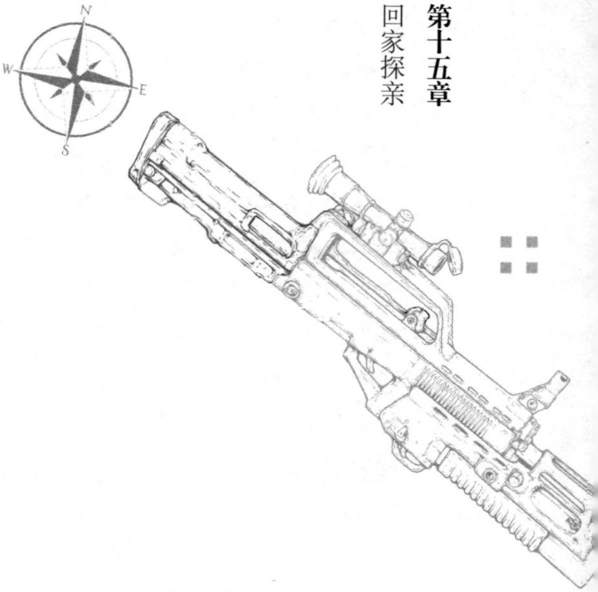

“白新羽你这臭小子，弄到假了不早说！”程旺旺叉腰站在白新羽床头。

白新羽笑得嘴都合不拢：“哥，别这样，说吧，你想要啥，我回来给你带。”

程旺旺转着眼珠子：“真的？”

“当然了。”

“就你上次给我那烟不错，班长也特喜欢。”

武清道：“那烟贵，你别撺掇他。”

“没事儿，不贵，我给你们带！”白新羽朝程旺旺抛了个飞吻。

钱亮凑过来：“新羽，你给我带好吃的就行，我也就这点儿爱好了。”

“没问题。”白新羽看向冯东元，“东元，你呢？”

冯东元笑笑：“我没什么需要的。”

“哎呀，你跟我客气什么，我那儿什么都有，你喜欢什么我都给你带。”

冯东元踌躇了半天，小声说：“你能给我带几本参考书吗？”

“啊？什么参考书？”

“高考用的……”冯东元有点儿不好意思，“我带来的那些习题都被我做完了，我要是不复习，我怕我有一天都忘了。”

白新羽才想起来，冯东元很想上大学，他道：“我一定给你带！”他又大声道，“弟兄们还有什么想让我带的东西，都说出来啊。”

宿舍角落里有人幽幽来了一句：“能给我带个媳妇儿吗？”众人顿时都笑喷了。

炊事班一个兵冲了进来：“新羽，母猪要生了！”

“啊！”白新羽猛地跳了起来，旋风般冲出了门。

程旺旺咧嘴一笑：“哎呀妈呀，这劲头，就是自己老婆要生了也比不上啊。”

武清拿一本厚厚的《养猪指南》敲了敲他的脑袋：“又说屁话。”

程旺旺嘿嘿笑道：“走，咱们助产去！”

给母猪接生的是他们连两个从小家里养猪的兵，经验丰富，白新羽又是备热水又是备流食，把他看书钻研的知识都运用了起来。

最后，母猪顺利产下了七个粉嘟嘟的小猪崽儿，被他们小心翼翼地放进暖房。看着那眼睛都睁不开、皮肤都没长全的小东西，程旺旺叹了口气：“这养大了可怎么舍得吃啊。”

白新羽也跟着叹了口气：“我都好久没吃猪肉了，吃不下去……”

程旺旺道：“白新羽同志，你把小崽儿养大了，把怀孕的母猪伺候生崽儿了，看来你是真出师了，以后就算你下了连队，也要时不时回来指导我们养猪技术啊。”

白新羽幽幽说了一句：“滚。”他想了想，又道，“我不在的时候，你们可一定好好照顾啊。”

“放心吧。”

初二一大早，两人出发了，白新羽是第一次坐军机，看着眼前绿色的大飞机，他兴奋地说：“哎哟真酷。”

俞风城神秘地笑了笑：“坐着更酷。”

白新羽没读懂他的表情，天真地问了一句：“真的吗？”

俞风城笑而不语。

一上飞机白新羽就有点儿傻眼，这是架运输机，平时主要不拉人，可也不能连个像样的座都不设吧，就靠着机舱壁的地方有两排板凳，机舱壁上有安全带，但看上去极度不安全。

除了他们俩，飞机还载了几个军官，早已经就座了，个个看上去悠然自得。

俞风城一点儿都不意外的样子，自动扣上了安全带。

白新羽坐在他旁边，小声问：“军用飞机都这样？”

“大部分这样。”

“你坐过？”

“嗯，小时候。”

白新羽出行向来坐头等舱，从来没坐过如此简易的飞机座，不过想想这可比火车好多了，也就不挑了：“不错，新鲜。”

飞机起飞了，白新羽很快就明白俞风城说的“坐着更酷”是什么意思了。这开飞机的哥们儿当这是战斗机呢？忽上忽下的，也没个温柔可人的空乘小姐在广播里说遇到气流请大家注意颠簸，这颠簸完全是人为的吧！白新羽被那过山车似的飞法折磨坏了，开始觉得胃里翻江倒海，脸色变得越来越苍白。

对面的军官笑笑：“第一次坐啊。”

白新羽点点头：“这是不是开得……太猛了？”

“哎，飞行员的家属来探亲了，人家赶着回去和老婆孩子吃午饭呢，你理解理解。”

白新羽翻了个白眼，心里什么阿拉阿门、阿弥陀佛都念起来了。

俞风城凑到他耳边，戏谑地道：“坐着爽不爽？”

白新羽瞪了他一眼。

在吐了两回后，飞机终于降落在了乌市，两人在乌市换了民航飞机。

年初二出行的人少，头等舱就他们两个人。白新羽瘫在座椅上，半天缓不过劲儿来。

俞风城从空姐手里接过一杯温水递给他：“瞧你这点儿出息，坐个运输机都能晕机。”

白新羽目光呆滞："我长这么大，也是第一次知道自己晕机。"

俞风城把药塞进他嘴里："赶紧吃啊。"

白新羽就着水咽了下去："还有多久到啊？"

"刚起飞，早着呢。"

想到马上就能回家了，白新羽又精神起来："我妈肯定想死我了，就是十五天的假太短了，路上就要用掉两天。"

俞风城斜了他一眼："你没打算回去就不回来了吗？"

白新羽脱口反问："为什么？"随即他自己就意识到了，刚去部队的前两个月，他一直叫嚷着要回家，谁要是能把他弄回家，他都愿意给人家下跪。是从什么时候开始，他已经放弃了回家的念头，而且非常自然地认为过完元宵就得回部队……

俞风城笑了笑："你已经不想着离开部队了？"

白新羽摸了摸脑袋："我确实好久没想过要离开部队了，感觉部队里有好多事儿等着我干呢，就算是洗菜、种地、喂猪，那也是我的活儿。虽然我都不喜欢，但是……就是我的活儿啊。"

俞风城眼含笑意，拍了拍他的脑袋："不错。"

"不错什么？"

"你终于有点担当了。"

"喂，怎么说话呢。"白新羽白了他一眼，打了个哈欠，"我困了，睡一觉。"他把椅子放倒，盖上了毯子。

俞风城也躺了下来。

白新羽刚闭上眼睛，就感觉俞风城在拿手指头戳他的背。

"干吗呀？"

"转过来。"

"转过来干吗呀？"

"叫你转过来就转过来。"

白新羽无奈地转过身，见俞风城正深深地看着他，他的呼吸顿时有些紧张："怎么了。"

"在新兵连的时候，你整整三个月都是背对着我睡的。"俞风城看着他，"这回可以面对着我睡了吧。"

"还好意思说，你成天找我麻烦。"

俞风城轻哼一声："谁叫你一副窝囊样，看着就来气。"

白新羽朝他比了个中指。

俞风城得意一笑。

大半天的劳累和晕眩，两人很快就睡着了。

一觉醒来，飞机已经落地，白新羽看着窗外熟悉的航站楼，激动得差点儿热泪盈眶。他终于回来了！八个月啊，他终于回来了！

一出出口，白新羽就看到他爸妈站在那儿左顾右盼，焦急中又带着期盼，简直望眼欲穿。他兴奋地跑了过去，可直到他走近了，他爸妈才如梦初醒地认出他来。

“新……新羽？”夫妻俩惊讶地看着儿子，一时间有点儿不敢认。眼前的白新羽，穿着一身利落的军装，皮肤黑了一些，短短的头发显得整个人非常精神，他的五官没什么变化，可整个人的气质都变了，变得英姿飒爽、干净利落，腰板挺得直直的，走路扎实从容。最重要的是他的眼神，再没有了从前纵欲声色场时候的浑噩和混浊，就连以前一直在眉宇间挥之不去的懦弱和懒散都不见了。他的眼睛黑白分明，炯炯有神，当他信步走来的时候，人好像在发光，充满了阳刚之气。

白新羽眼眶一热：“爸，妈，我回来了。”

夫妻俩瞪大眼睛看着儿子，简直难以置信，看白新羽发回来的照片，还没这么直观的感受，可当儿子站在面前时，那种天差地别直击人心。

“爸，妈？”白新羽在他们脸前挥了挥手，怎么都愣住了？

李蔚芝一把抱住他，热泪盈眶：“儿子，真的是你吗？”

“是我啊妈，你认不出来吗？我就是黑了点……”

李蔚芝抱着他哭了起来，把白新羽吓了一跳：“妈？你怎么了这是？这个……有点儿夸张啊，你看大家都看我们呢……”白新羽拚命朝他爸使眼色，想让他爸控制一下他妈，机场人来人往的，尤其俞风城还在后边儿站着，多不好意思啊。

白庆民叹了口气，一时间情难自禁，眼圈也红了。

白新羽傻眼了，他长这么大除了爷爷过世，从没见他爸红过眼睛。他爸是典型的北方爷们儿，流血流汗不流泪，虽然也是富家子弟，但跟他截然不同，所以他爸特别看不上他。他能明白他爸的心理，觉得自己一辈子得志，唯独独生子没教育好，他怕他爸，也跟他爸不太亲。看着他爸突然有老泪纵横的意思，他都不知道该作何反应了，就磕磕巴巴地说：“爸，你……你怎么了？你们都怎么了这是？啊！”他瞪大眼睛，“不会是奶奶她——”

李蔚芝捶了下他的胸膛，哽咽道：“别瞎说，不是。”

白新羽松了口气：“那你们怎么了？一见我就哭成这样，比我当初走的时候哭得还厉害，不知道的还以为家里出什么事儿了呢。”

李蔚芝抬起头，抽泣着说：“心肝儿啊，你怎么变成这样了？”

白新羽摸了摸自己的脸，声音突然降低了八度，惊恐地小声说：“妈，我变丑了吗？”

俞风城在后面没忍住，扑哧一笑。

李蔚芝也被他逗乐了，边哭边笑着说："没有，我儿子还是那么帅，妈妈看到你变成这样，太高兴了。"

白新羽笑道："我变化很大吗？好像就头发短了，皮肤黑了……"他眼睛一亮，"妈，我现在有胸肌和腹肌了，来，给你摸摸。"说着当场就要掀衣服。

李蔚芝拍了拍他的脑袋，破涕为笑："傻小子，你就跟换了个人似的，比以前精神了、利落了，我也不知道怎么说，反正气质大变样，看着更像个男人了。"

白新羽眉开眼笑："真的吗？"他看向他爸，"爸，真的吗？"

白庆民笑着点点头："真的，你长这么大，今天是看着让我最满意的一天，看来当初我们的决定是正确的。"

白新羽笑得嘴都合不上了。

白庆民看向俞风城："这位是你的战友吗？"

李蔚芝这才注意到俞风城："哎呀，这不是小俞吗？我看过照片的。"

"是。爸，妈，这是我战友，俞风城。"

"哦，你好你好。"夫妻俩分别跟俞风城握手。

俞风城风度翩翩地一笑："伯父，伯母，你们好。"

李蔚芝笑道："小俞，我们家新羽受你照顾了。"

"我们在部队都是互相照顾的。"

白庆民道："有人来接你吗？用不用我们派车送你回去？"

"不用了伯父，司机已经在外面等我了。"俞风城笑道，"祝你们新年快乐。"说完朝白新羽眨了眨眼睛，"我先走了。"

白新羽点点头："哦，那个……"一想到十多天见不到俞风城，他突然还有点儿不习惯，但当着爹妈的面儿也不能说什么，便道，"回见。"

"小俞，有空来找新羽玩儿啊。"

"一定。"俞风城说完，往大门走去。

白新羽叫了一声："俞风城。"然后追了上去。

俞风城转过头，笑了笑，戏谑道："怎么了，舍不得我啊？"

白新羽哼笑一声："我想再跟你说声谢谢，我真的很需要这个假，谢谢你了。"

俞风城伸出拳头，捶了捶他的肩膀："回见了。"

俞风城走后，李蔚芝看着他的背影感叹道："这孩子怎么长得，这么好看。"

白新羽搂着他妈的肩膀："妈，看我啊，你这么帅的儿子不看，看别人家的干吗？"

李蔚芝笑道："我当然要好好看看你了，来让妈妈看看瘦了没……"

回到家，他家保姆也是又惊又喜，看着他直抹眼泪。他顿时有种自己刚从监狱改造回来的错觉。他心想：至于吗，有点儿伤自尊啊，自己以前到底有多差啊。

到家正赶上吃晚饭，一桌子饭菜全是他爱吃的。家里的家具、摆件，也都是他记忆中的样子，他终于有回家的真实感了！

白新羽大快朵颐，其他人则笑眯眯地看着他。他吃了一会儿，忍不住了："你们看我干吗，吃啊。"

"儿子，你比以前能吃多了，你以前挑食挑得厉害。"

白新羽嚼着嘴里的饭菜，嘟囔道："部队里一天天累得要命，吃得少哪儿够消耗啊。"

白庆民笑道："能吃好，男人不能吃饭怎么行呢。"

白新羽一边吃，一边眉飞色舞地讲起自己在部队的经历。当然，省略了一开始呼天抢地要回家的细节，着重说自己后来射击突飞猛进，得了全团第一的壮举，把他爸妈高兴坏了，一顿饭吃得和乐融融。

吃完饭，一家三口坐着聊天，白新羽马上问起了他哥的事儿。

一提到他哥，夫妻俩的脸就沉了下来，断断续续说了这段时间发生的事。

自从简隋英被小林子坑了一把，投资失败之后，小林子逼着他哥低价出让公司股份，他哥为了员工和其他股东的利益，最后妥协了，然后消失了好一段时间，谁也不见。

白新羽听得极其生气："我这两天去找简隋林。"

"你算了，这时候别惹事。"白庆民叹道，"咱们家也有股份在隋英的公司，你得罪简隋林，我们没任何好处，还什么问题都解决不了。"

李蔚芝握住白新羽的手："你爸说得对，咱们这时候要把主要精力放在你哥身上，帮着他早点儿好起来，但我现在找不着你哥，他手机关机了。"

"我哥过年都要去秦岛看他爷爷，你给老爷子打个电话，说不定我哥早就去了。"

"哦，对呀，我怎么没想到呢。"李蔚芝马上去打电话了。

白新羽道："爸，小林子这么干，他爸不管管？"

白庆民摇摇头："怎么管，左右都是儿子。"

白新羽不屑道："哼，他就是偏心。"

"偏不偏心的，是他们家的事了，隋英是你表哥，这时候能帮就尽量帮，但也不要过头了。"白庆民看着他，"你性格好冲动，把我的话听进去，知道吗？"

白新羽闷闷地说："知道了。"他爸毕竟跟他哥没有血缘关系，不可能像他妈那么在乎他哥，可听到他爸这明显有点儿明哲保身的意思，还是不太舒服。可又一想，他们家一大块儿收入来自那个公司，现在小林子掌握控股权，他爸又能怎么样呢？说来说去，如果他有出息，一切都会不一样。他以前从来不想这些烦人的东西，什么人际往来，什么赚钱啊，感觉那都不是自己该操心的，好像只要他一拿出卡，钱就已经自动在里面准备好了。现在他变了，他想强大、想独立、想保护自己重要的人，一个男孩儿成长为男人，可能就是这么一个心态的事儿吧。

他妈打完电话回来了，说老爷子正准备来看简隋英，但简隋英怕老爷子气着，天又冷，不让来，他妈就跟老爷子要来了地址，打算自己去看看。

白新羽道："妈，你别去了，我去吧。"

李蔚芝道："为什么？"

"那个……你不了解男人的心理，失意的时候其实不想见长辈，觉得丢脸。"

李蔚芝惊讶地看了白庆民一眼："真的吗？"

白庆民点点头："隋英好强得很。"

李蔚芝皱眉道："可我担心那孩子啊。"

白新羽握着她的手，安慰道："妈，我去就行了。"他不想让他妈去还有一个原因，就是他哥见了他估计得暴揍他一顿，他妈要在场，不是揍得不痛快了？

李蔚芝点点头："那好吧，你带点儿吃的去，好好陪陪他，不用急着回来。"

"我知道，你放心吧。"

李蔚芝反握住他的手，欣慰地感叹道："我儿子真的长大了，越来越懂事了。"

白新羽反而不好意思起来："妈，行了。"

李蔚芝扑哧一笑。

白新羽洗了个澡换了身衣服，就带上他妈准备的吃的，开车走了。

他找到那个小区，提着东西上了楼。刚要按门铃，突然发现房门居然是虚掩着的，根本没锁！这是怎么回事？哥也太不小心了吧。

他悄悄推开门，屋里一片漆黑，客厅的窗户大开，暖气都跑光了，冷飕飕的风倒灌进来，风声就像鬼在哭，很是瘆人。他咽了咽口水，心惊胆战地走进卧室，他害怕看到什么他不想看到的场景。

进了卧室，他借着月光一看，床上的被子拱起一个人的形状。

白新羽的心脏怦怦直跳，刚要开口，床上的人先说话了，声音粗哑凶狠："看上什么随便拿，敢烦我我弄死你。"

白新羽大大松了口气，那声音尽管变了调，可那张狂的语气，他一听就知道是他哥。他深吸一口气，鼓起勇气叫了一声："哥。"

床上的人猛地掀开被子，人也跟着弹了起来。

白新羽面前出现了一个蓬头乱发、衣衫不整、眼睛通红的男人。这是个很英俊的男人，疲倦的黑眼圈都掩不住他倨傲的风采，只是现在看上去憔悴而狼狈，这人便是从小看着他长大的表哥——简隋英。

他皱眉看着白新羽，那眼神白新羽太熟悉了，又是没认出来。奇了怪了，他又没整容，怎么一个个见他都这副表情呢？

简隋英大概渐渐看出是谁了，眼神越来越凶。白新羽被看得头皮发麻，他摸了摸短短的头发碴，讨好地直笑：“这头特傻是吧？不过部队都这样，我一进去就差点儿给我剃光了。”他见他哥半天不说话，自己笑得有点尴尬，“哥，你也认不出我啊？我爸妈都差点儿没认出来，我妈在机场抱着我哭，我还以为她想我呢，结果她说她太高兴了……”见简隋英还是不讲话，他颓丧地拉过椅子坐到床前，小心翼翼地说，“哥，你是不是还生我气呢？那你揍我吧，揍到你满意，这回你随便打不用留手，我这趟来，就是给你出气来的。”

半天，简隋英才似回过神来，喃喃道：“你怎么来了？”

“我妈想来看你，就找你家老爷子问了地址，我没让她来，我想着，那个，你要是生气想揍我，你就揍个痛快。”

简隋英还处在愣怔中，大概是白新羽突然出现，变化又如此大，一时发不出火来。

白新羽看着他哥失魂落魄的样子，心里很是难受，他很想问问他哥现在怎么样了，可是又不敢开口。

简隋英哑声道：“你什么时候回来的？”

“今天刚回来。哥，这回我保证不逃了。对不起，哥，我以前不懂事儿，我特别后悔，你想怎么罚我都行。”

简隋英白了他一眼：“懒得揍你。”

“没事儿，你什么时候想揍都行，谁叫你是我哥呢。哥……”白新羽觍着脸撒起娇来，“你别生我气了，我错了，我真错了，我现在真的改好了。”他自小就会撒娇，也知道撒娇对大人管用，把大人哄开心了，变着法子娇惯，他哥别看有时候挺凶的，其实也吃这套。

果然，简隋英的脸色和缓了一些，他瞪了白新羽一眼：“你再怎么认错，我也不会把你从部队放回来。”

白新羽急道：“我没那个意思。虽然我一开始是挺想回家的……我刚去的时候，每天活得跟在监狱似的，我也挺……挺怨你的，不过我现在知道，哥你真是为我好。想想我以前，都不叫个男人，现在才有人样了。我知道自己不是做生意的料，我觉得我待在部队挺好的。”他又习惯性地摸了摸头发，“我爸妈也都挺高兴的。”

简隋英将信将疑地看了他一眼：“去给我找根儿烟。”

"哎。"白新羽习惯性地听从指挥，围着床转了一圈儿反应过劲儿来了，"哥，你状态不好，还是吃饭吧。"

"不吃，给我烟。"

白新羽无奈地从床头柜里翻出烟，给他点上。

简隋英抽了口烟，道："你去弄点儿酒，咱们喝两杯，跟我说说你这几个月都干吗了。"

白新羽迟疑道："哥，我知道你心里不痛快，可喝酒伤身，我给你把饭热热？"

"你把我当林黛玉呢？"

白新羽无奈，翻出几罐啤酒，又把从家带来的吃食热了热，酒菜往桌上一摆，招呼他哥。

简隋英换了身麻料的居家服，宽松的领口和裤脚把他的身材衬托得有几分消瘦，再加上他脸色苍白，形容憔悴，颇有几分病美男的味道。

白新羽摸了摸下巴："哥，你没以前壮了，你多长时间没健身了？"

简隋英一屁股坐在桌前，先喝了口酒，低声道："没时间。"

白新羽掀起毛衣指着自己的腹肌得意地说："哥，你看你看，我现在身材可好了。"

简隋英连头都懒得抬，吃起了饭。

白新羽自觉无趣，坐了下来。见惯了简隋英春风得意、天之骄子的模样，现在看他失意的样子很不习惯，白新羽心里实在难受。

简隋英道："说说吧，在部队怎么样？"

白新羽在他哥面前不怕丢脸，因为这么多年，他任何往死里丢人的样子他哥都见过，也就实话实说："刚去的时候别提多惨了，训练又累又苦，出点儿错就往死里罚，天天晚上都做噩梦、想回家，新兵训练结束后，直接把我发配到炊事班喂猪去了。"

简隋英哼了一声："送你去部队就是锻炼你的。"

白新羽撇了撇嘴："确实是把我锻炼了，不过刚开始人家都瞧不起我、挤对我……"想起那段日子，白新羽觉得挺不堪回首的。

"你拖人后腿人家当然瞧不上你，不过你也傻，不会硬气点儿？谁敢欺负你？"

白新羽叹道："说得轻松，一屋子人大部分都排挤我，我跟谁硬气啊。"

简隋英听着有点儿来气："老俞家的孙子不跟你一批的吗？我托了他舅舅让他照顾你，你没找他吗？"

白新羽嘟囔道："别提了，开始就他整我整得最狠。"

简隋英啧了一声："你个没用玩意儿，我手机呢？我给他舅打个电话。"

“哎，别。”白新羽笑道，“哥，不用了，你看我现在不好好的吗。我知道自己一开始不争气，后来我有了拿得出手的成绩就好多了。年后我就能从炊事班调回连队了，这些都是靠我自己争取来的，所以我现在挺知足。”

简隋英看了他一眼：“真的？”

“嗯，真的。”他用力点头，“我要还混得那么憋屈，你们拿鞭子抽我我都不回去。”

简隋英笑了笑：“行啊，真有点儿出息了。”

白新羽郑重道：“哥，以前我不懂事，让你操了不少心，现在我也想为你做些什么，哥你一句话，我去把简隋林那龟孙子收拾一顿，保证他俩月下不来床。”他想起自己在镇上施展的那几手拳脚功夫，揍简隋林那小白脸应该不成问题。

简隋英摇了摇头：“别嘚瑟了，你现在是军人，别惹事儿。我要收拾他们，有的是办法，不用你操心。”

白新羽哦了一声：“哎，哥，今晚咱们出去玩儿吧。”

“大过年的，上哪儿玩儿？”

“我朋友开了个特别带劲儿的酒吧，都是外地不回家的，一起聚一聚。”

简隋英道：“不去。”他沉默了一会儿，“要不你跟我去秦岛吧。”

“啊？”

“去给我爷爷拜年去，你开车。”

“现在去？”白新羽看了看表，都快十一点了，不是，时间不是主要问题，怎么会突然要去秦岛呢？万一在那儿碰上俞风城了，俞煞星会不会误会自己是去找他的呀？

简隋英把烟掐了，站起身：“现在。”

白新羽结巴道：“这……这可是你要去的啊，不是我要去的啊。”

简隋英跟看傻子似的看着他：“你抽什么疯？”

“我就是说，那个，这是你让我去秦岛的，不是我自己要去的。”

简隋英道：“不爱去拉倒。”

“不是不是，你要去我当然要送你去了。”白新羽狗腿地跑进房间，“我给你收拾行李。”

两人带上简单的行李下了楼。

在车上，白新羽试探着问道：“哥，你还记得你十四五岁的时候，带我去过一趟秦岛吗？”

“嗯。”

“是不是当时你还约了朋友，就是霍乔，俞风城的舅舅？”

简隋英心不在焉地说：“嗯，那小子叫俞风城啊，我都忘了，现在怎么样了？”

“还行。”

“你不说他欺负你吗，他回来没有？把他约出来我跟他聊聊。”简隋英口气不善。

白新羽连连道：“不用不用，我们俩现在……没事儿了，都好了。”

简隋英失神地看着窗外，喃喃道：“一晃都这么多年了……”

“哥，我小时候是不是欺负过他啊？”

“你小时候爱学我，我什么样儿你什么样儿，你自己想想吧。”

白新羽忍不住笑了，他哥小时候就是个小流氓，不过只有他哥在场的时候他才敢横，他哥不在，他就是一尿包：“霍乔说，我小时候欺负过他，估计他因为这个嫉恨我吧。”

“哼，多少年了，这么小心眼儿。”

“就是。”白新羽心想，这次去秦岛要不要给俞风城打个电话呢？反正去都去了，虽然不是他自己要去的，但离那么近，吃个饭还是……等等！他没有俞风城的电话！

他们在部队根本用不着手机，多走两步就能找着人，他居然从来没想到要个电话什么的，这样……也好，反正，本来也没打算见面。

半夜时分，他们到了秦岛，老爷子早就睡觉了，保姆给他们安排了客房，白新羽困得不行，倒头就睡了。

第二天天没亮，白新羽就醒了。在部队养成了习惯，哪怕昨天开了三四个小时的夜车，生物钟到点儿了，依然雷打不动地睁开了眼睛。他起来洗漱一番，换上运动鞋，就跑步去了。

简老爷子住的这地儿是一大片庄园，养了好几口人，给他种地、养家畜，过着几乎完全自给自足的生活，他每天看书喝茶、闲庭散步，这里俨然是世外桃源。

庄园靠近一个大湖，风景、空气都极好。二十多年前刚买这里的时候，还比较偏僻，现在城市已经开发到附近了，地的价格噌噌往上涨，但不管多少人来问，老爷子都不卖。自白新羽的小姨死后，这里成了他哥的避风港，隔几个月就要来看看，待上几天。

白新羽小时候来过一两次，那时候觉得这大农庄好玩儿，长大了嫌这里没空调、蚊子多，就没再来过。

现在再来这里，心境已经完全不同，他觉得这里闹中取静、空气宜人，真是个好地方。说实话，在边疆当过兵的，以后无论放到哪儿，都不会觉得日子有多苦、条件有多差。

绕着湖跑了几圈后，白新羽回了农庄。

他对这里的印象已经很模糊了，但还是努力寻找了一下当年的记忆。当时他和俞风城都在哪儿玩儿了什么呢？他真的把俞风城弄哭了好几次？一想到小豆丁一样的俞风城被他欺负得哇哇哭，他就有种莫名的快感。

回到屋里，正好赶上早饭，简老爷子和他哥都醒了。

“爷爷，哥，你们醒啦。”白新羽笑盈盈地跟他们打招呼，小嘴可甜了，“爷爷过年好，爷爷看着还是这么硬朗，好像比上次还年轻了。”

老爷子眉开眼笑：“新羽啊，你小子，就是会说话，来。”老爷子从口袋里掏出个厚实的红包，“难得你来一趟。”

白新羽笑道：“哎哟，谢谢爷爷，我就不客气啦。”他说那话一半是为了逗老爷子，一半也是出于真心。老爷子今年七十多了，看上去精神矍铄，说话依然铿锵有力，留着短短的头发，挺着笔直的腰板，仿佛还像年轻时那样。军人独特的气质，哪怕上了年纪都改变不了。

吃饭的时候，老爷子很感兴趣地一直问白新羽在部队的情况，然后感慨自己当年的峥嵘岁月。爷仨吃吃饭、聊聊天，时光安稳，白新羽看着简隋英逐渐舒展的眉头，终于暗暗放下心来。

吃完饭后，他在庄园里闲逛，发现这里居然也养了几头猪。

他看见那猪圈就走不动步了，他明明应该远离这片臭烘烘的区域，可天底下的猪是不是都分享一张脸啊，这几头猪怎么跟他养的那几头那么像呢。他甚至能一眼看出它们在猪圈里的地位，哪头营养过剩马上就要被宰了，哪头被挤对得吃不太好，还能多活几个月，最后，他甚至鬼使神差地走了过去，观察起了它们的食物够不够营养。

“白少爷？”

白新羽吓了一跳，回头一看，见是老爷子雇来专门伺候猪的人：“啊，啊，你好。”

“白少爷，你来这儿干吗？这里脏。”他憨厚一笑，“您是没见过活猪，好奇吧？”

白新羽表情僵硬：“嗯，是，挺……挺好奇的。”

“嘿，没啥稀奇的，又脏又臭的。”

“嗯，那我回去了啊。”白新羽转身就走，可走了两步，他实在忍不住回过头，“这个，我听说刚生完崽儿的猪，一定要多喂水，还要补充食盐水，你这水不太够啊。”

那人愣住了：“你能看出哪只生过？”

白新羽边走边说：“我都是听说的，听说的。”最后干脆跑了。

远离猪圈后，他心里涌上淡淡的忧伤，他这是怎么了，他从前灯红酒绿、高贵优雅的生活都喂猪吃了吗？为什么！为什么他要在意别人喂猪时科不科学啊！

他愤然掏出手机，他要联系从前的酒肉朋友，重新找回点儿当年白少爷的风采，刚发了几个字，他就接到一条短信。

他一看，是陌生人发来的，只有短短三个字：干吗呢？

白新羽想也没想，回了条：你谁呀？

对方很快也回了：你大爷。

白新羽的白眼都翻上天了，他回复：俞风城？

那边儿也很快回了：还有谁？

白新羽心想，你玩三字经上瘾是吧，我也是有文采的人，便迅速回了句：去你的。

那边立刻拨了个电话过来，电话一通，俞风城慵懒的声音传了出来："几天没见上房揭瓦了是不是，你在哪儿呢？"

白新羽一犹豫，就没告诉俞风城自己在秦岛，他昨天在机场挺酷地说别来烦他，结果人就跑来了，有点儿丢脸啊，于是就说："当然在家呢。"

"想没想我？"

"嘁，我在家好吃好喝的，真没想起你来。"

"是吗，净想着吃喝，看来部队对你的心智训练还不够。"

白新羽脸上不自觉地露出了笑容："大过年的，还不能放松放松啊。"

"过几天来秦岛找我吧。"

白新羽道："你怎么不说你来找我呢。"

"你在家里还没待够？换个地方玩玩儿。"

"大冷天有什么好玩儿的。"

"让你来就来。"

白新羽一副勉为其难的样子："好吧，过几天我空闲了去找你。"他准备等他哥回去时，让简老爷子的司机送回去，自己去找俞风城。

俞风城满意地嗯了一声："我说，你没出去鬼混吧？"

"我陪我哥呢，忙着呢……"他说完后，觉得这对话有点儿不对头，怎么弄得两人跟什么似的，"我鬼不鬼混你也管不着吧。"

俞风城哼了一声："我才懒得管，别给部队丢脸，知道吗？"

白新羽慢悠悠地嗯了一声。

"过来给我打电话。"俞风城说完就挂了。

白新羽朝着屏幕比了个中指，后来又想起这是自己的手机，便郁闷地垂下了手。

简隋英在老爷子这儿住了几天，每天就下下棋、喝喝茶，日子过得像来养老的，闲适舒服，但任谁都看得出来，简隋英的情绪相当低落、心事重重。

白新羽也不知道怎么安慰他哥，只能陪着，他自然是不习惯这样的生活，不过以前他不习惯是因为爱玩儿，现在不习惯，是觉得太闲。适应了部队的快节奏，现在反而坐不住凳子了。除了一天三顿跑步外，还闲得发慌地去看老爷子的菜地和猪圈。

最后，老爷子都有点儿受不了简隋英这么死气沉沉的，就让他们俩出去玩玩儿，去去酒吧什么的，干点儿年轻人干的事儿。

简隋英开始不太想去，但老爷子和白新羽一起劝，没办法，他只能出去了。

THE GROWTH OF A DANDY.
FIGHT ALONGSIDE YOU.

第十六章 酒吧混战

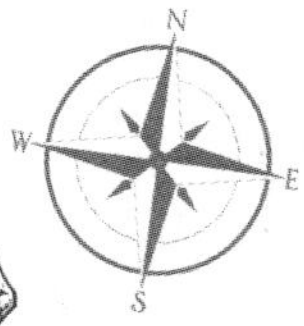

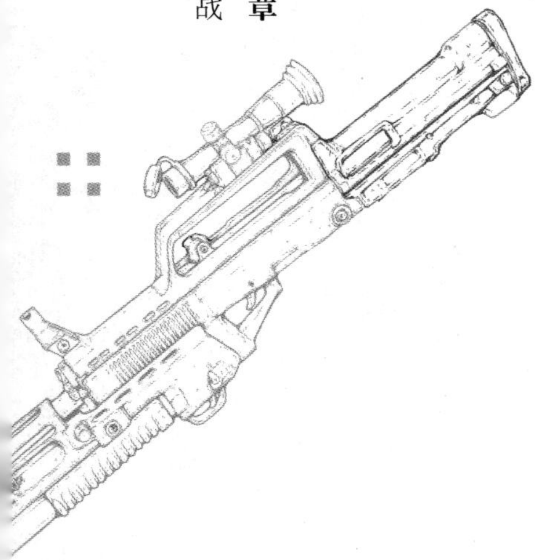

白新羽对秦岛不熟，司机就把他们送到了一个酒吧前，说这是现在最火的。白新羽特意联系了一个朋友，让他给找几个朋友过来一起玩儿。

进了包厢，人都已经到了。

简隋英往沙发角落一坐，就自顾自地喝酒。白新羽怕他喝太多，就一直跟他聊天分散他注意力。

坐白新羽旁边的是个短发姑娘，白新羽有点儿不自在。

简隋英正心烦着，喝了几口酒后，就道："你去玩儿你的，别管我。"

"哦。"白新羽没办法，只好坐到了一边儿。

也许是太久没接触女性了，他居然觉得她身上的脂粉味儿有点……腻味。

酒一杯接着一杯地喝，白新羽却愈发觉得别扭。他今天明明穿着一身休闲服，但就好像有一层隐形的军装披在他身上，让他对于自己出现在这种场所这件事感到不安。

他脑袋发闷："我出去抽根烟。"说完起身出去了。

走出大门，他深吸了一口新鲜冷冽的空气，他现在心里乱七八糟的，最烦的是他甚至不知道自己在烦什么。

他刚点上烟，短发女孩居然跟了出来，笑道："要我陪你聊天吗？"

白新羽支吾道："我哥在呢，我今天主要陪他，改天我再约你。"

女孩失望地说："一定哦，那留个电话吧。"

白新羽掏出手机："你说。"他低头按手机。

"138……"

"1、3、8……"白新羽道，"怎么不说了？"他一抬头，就见那女孩神色疑惑又惊恐地看着他身后，那表情就跟见鬼了似的，他猛地转过头去。这一看不要紧，却把他吓得一激灵。背后虽然不是鬼，却也没比见鬼好太多，因为背后站着的居然是黑着脸的俞风城。

白新羽一下子跳了起来："你怎么在这儿？！"

俞风城冷冷地看着他："这句话是不是该我问你？你怎么今天晚上突然来秦岛了？看样子好像不是来找我的啊。"

俞风城的表情太吓人，那女孩见势头不对扭身就走了。

白新羽咽了口口水："我……陪我哥来的。"

"什么时候来的？"俞风城眯起眼睛看着他。

白新羽想起俞风城总是说，自己想什么都写在脸上，便认命地说："前天。"

"你胆子不小啊，是不是以为不穿军装就可以为所欲为了？"

白新羽瞪着他："你呢？你不一样来酒吧？"

“我来酒吧，我没招惹姑娘。”

“我也什么都没干啊，不就留个电话吗。”

俞风城一把掐住了他脖子：“还狡辩是吧？”

这时，那短发女孩却去而复返，一脸慌张，急叫道：“你哥跟人打起来了，你快去看看吧！”

白新羽奋力挣脱俞风城的钳制，拔腿就往酒吧里跑。他绝对不能让他哥吃亏，小时候总是他哥护着他，这回说什么他也要护他哥一回。

回酒吧一看，简隋英跟人在包厢门口对峙着，他就一个人，对方居然有七八个，保安都快控制不住了。简隋英眼睛血红，叼着烟，手里拿着个酒瓶子，一脸戾气，好像身体里的猛兽被释放了出来，完全是一副不要命的样子。

一个人被简隋英打得够呛，他的同伴正跟保安撕扯着，简隋英就那么冷冷地看着。

白新羽冲了过去，紧张道：“哥，你没事儿吧？”

简隋英看了他一眼，平静地说：“跑哪儿去了？”

“抽根烟……不是，哥，你怎么回事儿？我出去也就十分钟，你怎么跟人打起来了？”

简隋英指着那个人：“那傻子走错包厢，还乱放屁。”

白新羽眼看对方人太多，不想吃眼前亏，拽着简隋英想跑。对方哪儿能让他们跑，粗暴地冲破保安的防线，朝他们俩扑了过来。

白新羽飞起一脚，把一个人踹飞了，他抓着简隋英的手：“哥，快走！”

这时，俞风城走了过来，拦在两人面前冷冷地说：“是不是非得打？”

一个男人龇着牙怒道：“敢打我的弟弟，我今天非削这个傻子不可。”

俞风城把酒吧经理拽了过来，平静地说：“今天这顿算我的。”

经理快哭了：“你给我点儿时间，我来解决行不行。”

俞风城安抚地拍拍他的背：“你离远点儿。”说完把经理推了出去，然后就冲了过去。

保安们接收到经理无奈的眼神后，自动退开了。那伙人仗着人多也冲了上来，酒瓶子、凳子，什么顺手拿什么。

白新羽和简隋英也不可能干看着。

这三个人，俞风城和简隋英是从小就打架经验丰富，白新羽虽然以前弱了点儿，但在部队历练过后，也不是普通人对付得了的，他们加一起，战斗力惊人，把那群人打得落花流水。

白新羽好久没这么畅快淋漓地打架了，虽然这不是什么好事儿，但他还是体会到了一点沙场争锋的豪气。

这时，经理朝俞风城大喊道："警察来了！"

俞风城抓起白新羽："走吧。"

白新羽拉起他哥，扭身就跑。

经理把他们从员工通道的后门送了出去："你们从这边儿走吧。"

俞风城笑着拍了拍他的肩膀："给你添麻烦了。"

经理叹道："算了。"

俞风城呵呵直笑："你知道不是我主动惹事儿的，我是个讲理的人。"

经理道："赶紧走吧。"

俞风城带两人去了停车场，迅速开车走了。

简隋英瘫在椅子上，愣怔地看着窗外。

白新羽打开顶灯，仔细查看简隋英的身体："哥，你没哪儿受伤吧？"

简隋英摇摇头："没有。"

白新羽道："你这手腕不是刮着了吗？都流血了。"

"没事儿。"简隋英突然回过神儿一般，"哎，你是谁啊？新羽的朋友吗？"

白新羽道："他是我战友。"

"战友？"

"对，就是……俞风城。"

"哦？"简隋英挑挑眉，"霍乔的侄子？"

俞风城从后视镜看了简隋英一眼，道："嗯，简哥。"

简隋英轻笑一声："难怪刚进部队的时候，新羽说你欺负他呢。"他看向白新羽，"就你那窝囊样儿，活该被人欺负。"

白新羽撇了撇嘴："你还是我哥吗。"

简隋英打了个哈欠："我困了，今晚别回我爷爷那儿，吵着他，去酒店。"

"好。"白新羽一转头，正接触俞风城从后视镜里望过来的眼神，他想起两人一见面先掐了一架，后来又跟一伙人打了一架，他也不知道该怎么面对俞风城了，是继续生气呢？还是感谢一下呢？他尴尬道："你把我们放在酒店吧。"

俞风城瞥了他一眼，就专心开车了，不一会儿，就拐到了一个酒店。

简隋英喝多了，已经睡着了，两人扶起他，把他送上了楼。

白新羽给他脱了鞋和外衣裤，用医药箱处理了一下伤口。把他安顿好，自己累得够呛。

俞风城刚要说话，白新羽做了个嘘声的动作，用口型说：出去说。

两人退了出去，进了俞风城给白新羽在隔壁开的房。

没等俞风城开口，白新羽马上道：“今天这事儿我谢谢你。”

俞风城挑挑眉：“哦？怎么谢我？”

白新羽咽了口口水：“我就……不跟你计较之前的事儿了呗。”

“可我要跟你计较啊。”

白新羽推开他要出去：“行了别闹了，你回……”他眼角余光一瞥，突然在俞风城手腕上看到了血。他马上翻开俞风城的袖子，见那血是从胳膊上流下来的。他急了，“这……这怎么回事？”俞风城穿着黑色羽绒服，刚才一路上光线很暗，他根本没注意到俞风城受伤了，现在回想起来，俞风城一直挡在他们前面。

俞风城看了看，哦了一声。

“哦个屁啊，把衣服脱了我看看。”他扒下俞风城的衣服，才发现俞风城的胳膊被啤酒瓶划伤了，伤口不浅，他急道，“你跟我要什么酷啊，受伤了不说，跟我上医院去。”

“去什么医院。”俞风城指指药箱，“伤不重，给我包上就行。”

白新羽狐疑地看着他：“真的行？不会留下什么后遗症吧？”

“不会。”俞风城皱眉道，“这点儿伤除了留疤还能留什么。”

白新羽小心翼翼地把俞风城的胳膊从袖子里解放出来，拿酒精棉擦拭着伤口，“你这伤还是去医院缝几针吧，不然好得慢。”

“别啰唆。”

“真倔，我先给你包上，要是两天后伤口还不愈合，你自己去医院。”

俞风城满不在乎地嗯了一声。

白新羽拿纱布给俞风城一层层地缠起了胳膊，缠完后，看着纱布上渗出来的血，想着刚才俞风城毫不犹豫护在他们身前的样子，他心里微微一动，小声说：“谢谢啊。”

俞风城冷哼一声：“我还生气呢。”

“你生哪门子气啊大哥？”

“你骗我。”

“我怎么……哎，我打算等我哥走了再去找你的，多大点儿事儿。”

俞风城瞪了他一眼。

“行行行，我错了。”

两人之间那紧张的气氛这才缓和下来。

“哎，刚刚打架真痛快，我没想到我都这么厉害了。”白新羽给俞风城包扎完手臂，不免得意地说。

“那都是些不入流的小混混，打赢了也没什么值得骄傲的。”

“可他们人多呀。”白新羽还是挺得意的，“我进步大吧。”

俞风城斜睨了他一眼，笑道：“还成吧。”

白新羽眉飞色舞地描述着自己当时的英姿。

两人见了面，就像在部队上一样，有说不完的话题，不知不觉就累得睡着了。

第二天早上醒来第一件事，白新羽就是去看隔壁的简隋英，见他还睡得好好的，就没吱声，和俞风城晨跑去了。

直到他们吃完早饭简隋英都没醒，白新羽却接到了简老爷子的电话：“喂，爷爷。”

“新羽啊，隋英呢？手机怎么关机了？”

白新羽压根儿没看见简隋英的手机，估计丢了：“啊，他睡觉呢，昨晚我们喝多了，就在酒店睡了。”

“我就猜到是这么回事儿，那你们回不回来吃午饭？”

“午饭就不回去了，我哥还没醒呢，我们晚上回去。”

“好，喝喝酒也好，有些事情不要憋在心里。”老爷子叹了口气，就挂了电话。

这时，一旁的简隋英睁开了眼睛。

白新羽道：“哥？你醒了？”

简隋英眯着眼睛看着他，眼神从浑噩到清醒，花了足足半分钟。他翻了个身，声音沙哑：“头疼……水。”

白新羽把矿泉水递给他，他咕噜咕噜喝了大半瓶：“几点了？这儿是酒店？”

“中午了，是酒店。”

简隋英皱眉想了半天：“我怎么浑身疼呢，昨晚是不是打架了？”

白新羽哭笑不得：“哥你到底是记得还是不记得？”

“一半儿一半儿吧。”简隋英揉着太阳穴，“昨晚你是不是有个朋友来了，好像是……”

“对，我战友，霍乔的侄子。”

“看来我记忆没乱啊，那小子还行，有爷们儿的样子。”简隋英嘴里嘟囔着，“难受……”

“用不用给你按按？”

“算了，让我躺一会儿，咱们就回去。”

白新羽捏了捏他的肩膀，笑道：“昨晚打得爽吗？”

“还行。”

“到底为什么打起来的？”

“不太记得了，反正那傻子自己走错包厢，嘴里还不干不净的。”

白新羽笑了笑：“哥，我中午带你去吃好吃的吧？”

“吃不下。”

“吃吧。”

“吃不下。”

“那带你去按摩？”

“不去。”

“那我带你……”

“啧，你别吵了。”简隋英拿被子蒙住了脑袋。

白新羽扑到了简隋英背上，嘻嘻笑着：“哥，有我陪着你是不是好多了？”

简隋英哼了一声：“起来，死沉。”

“我过两天就得回部队了，有人敢惹你，你都记账上，我给你一个个揍回去。”

简隋英沉默了一会儿，用力拍了下白新羽的胳膊：“兔崽子，终于有点儿出息了。”

白新羽轻叹，从前意气风发、桀骜不驯的简隋英和现在困兽般狼狈却又骄傲的简隋英一比，让他心酸不已。

简隋英洗了个澡，换上衣服，两人走出了房间，他看着白新羽别扭的走路姿势，皱眉道：“你腿受伤了？”

白新羽马上道：“是啊，昨天不知道哪个小子把我绊倒了，疼死我了。”

“你战友呢？回家了？”

“嗯，他回去……”话音未落，隔壁房门开了，俞风城神色自如地走了出来，他差点儿咬到舌头，“你还没回去？”

俞风城看了他们一眼：“带你们吃午饭去。”

简隋英朝他点点头：“昨儿谢谢你了，不吃了，吃不下。”

俞风城点点头：“不客气，好不容易来一趟，让我尽尽地主之谊吧。”

俞风城昨天帮过他们，简隋英面上不好拒绝，但他身体难受，根本不想吃饭，便道：“小俞，小时候你舅舅带你去过的那个庄园你还有印象吗？”

俞风城轻轻一笑：“当然有了。”

白新羽听得心脏一颤，他哥不会是想……

“我喝多了难受，不想去吃饭了，你跟我们一起回庄园吧，那里随时有吃的，你和新羽也能聊聊，怎么样？”

白新羽刚要拒绝，俞风城毫不迟疑地说：“好啊，也让我回忆回忆童年。”他看了白新羽一眼，眸中精光乍现。

白新羽忍不住打了个哆嗦，心想他哥真是哪壶不开提哪壶，这是亲哥吗？这是把他往火坑里推啊！

俞风城用臂弯夹着白新羽的脖子，邪笑不已。

来到庄园，简隋英给他爷爷介绍了一下俞风城就回屋休息去了。

简老爷子笑呵呵地说：“哟，老俞的孙子，上次见你的时候你才这么点儿，转眼都这么大了，老俞身体还好吗？”

一老一小聊起天来，白新羽在旁边无聊地坐着。他到现在还没反应过来，怎么俞风城就堂而皇之地跑这儿来了，而且看老爷子跟他聊得那么投机，很可能今晚让他住下来，回忆一下童年时光。

吃完午饭，老爷子让白新羽带俞风城在庄园里转一转，他正想和俞风城单独说几句话，就赶紧把人带了出去。

俞风城走在豆角架旁边，连连点头：“这个有点儿印象。”

白新羽道：“你少来这儿找回忆，有什么好回忆的？”

俞风城眯着眼睛看着他：“很多啊，你没听我舅舅说吧，咱们小时候玩儿得可多了去了。”

白新羽有点儿心虚：“你那时候才几岁啊，想起来也没用，你一会儿就回去吧，这里晚上冷。”他生怕俞风城回忆起什么，又来找碴。

俞风城勾唇一笑：“你赶我走？”

“你还打算赖一辈子？”

“可我还没玩儿够呢，我对这里很好奇，想多待两天。”俞风城低笑道，“你不是一直很好奇小时候都是怎么欺负我的吗？这两天我会告诉你的。”

白新羽后退一步：“不用了，我不想知道，您大人有大量，十几年前的事儿了，能不能翻篇啊。”

“看你表现吧。”

白新羽眼睛瞪得溜圆，跟看外星人似的看着俞风城。

俞风城失笑：“你这眼睛怎么越长越像你养的猪了。”

直到俞风城走远了，白新羽才反应过来，他气得直跳脚：“你才像猪呢，我养的猪就有一头叫‘俞风城’！我回去就往它饲料里撒尿！”

俞风城没搭理他，悠闲地走远了。

白新羽心想，如果他能穿越回去，一定抓着当时的自己胖揍一顿，让你丫熊孩子欺负小朋友，现在小朋友长成了煞星，开始报复你了！要不是当年有这恩怨，他在部队的头几个月会好过很多。

果不其然，晚饭后，老爷子盛情把俞风城留了下来，反正庄园大得很，客房多的是，有年轻人在庄园里活动，增添不少活力。

白新羽吃完饭后不太想动弹，早早就回房休息了，主要是不想跟俞风城独处。

第二天天还没亮，两人都准时起床，换好衣服去跑步。

秦岛虽冷，但比边疆暖和多了，他们跑了一会儿全身就热了起来。两人边跑边喊口号，一气儿跑到了大湖边。

俞风城边做着原地高抬膝盖，边道："还记得这片湖吗？"

"记得。我对这里印象最深的就是这片湖。小时候在这儿划船、钓鱼，有一次还掉水里了，我哥把我捞上来的。"白新羽揉了揉鼻子，"然后把我揍了一顿，奇怪了，我哥小时候老揍我。"

俞风城嗤笑道："我要养个你这样的孩子，我也天天揍你。"

"谁让你损我的。"白新羽伸了伸腰，然后翻了两个跟斗，"哎呀，不动的话好冷。"

俞风城停了下来："你对这片湖就没有别的记忆了？"

白新羽一听，这话里有话啊，便讽刺道："怎么？难道我们俩在这儿也有恩怨？我把你洋娃娃扔水里了？"

俞风城一眨不眨地看着他。

白新羽吓了一跳："真的？"

俞风城哼了一声："当时这里有艘船，你带我上了船，船漂到湖中心了，你划不动桨，还把桨掉水里了，你都不记得了？"

白新羽咽了咽口水，心想这又是被他哥揍的节奏啊，可能每次他印象最深刻的都是挨揍，具体为什么挨揍，反而记忆模糊了。

俞风城钩住他的肩膀，冷哼道："我们两个困在船上，你要玩过家家游戏，因为你非说我是女的。"

白新羽干笑道："哦，小孩子嘛，比较调皮……"

俞风城咧嘴一笑，那笑容阴恻恻的："我不承认，你就说我是骗子，我一定是女的。拜你所赐，我可是伤心了好长一段时间，还怀疑过自己的性别，你说，你是不是应该对我童年的阴影负责？"

白新羽哭笑不得："八百年前的事儿了，不带你这么记仇的。"

俞风城龇着牙，阴笑道："可惜，我就是这么记仇。"

白新羽朝他用力比了个中指，往回跑去。

俞风城愉快地笑了起来。

他们在庄园住了两天，择菜、烧烤、钓鱼、打牌，尽情体验了农家乐的乐趣，这里远离市区的喧嚣，简直是一片理想中的净土，难怪简隋英时不时就要来这里休息一段时间。

当着其他人的面儿，俞风城表现得天衣无缝，完全就是白新羽的好战友、好兄弟，而且有礼貌、有教养、有见识，能说会道，和什么年纪、背景的人都能侃侃而谈，获得了老爷子的高度评价，谁能想到这么一个大好青年，会以欺负、戏弄人为乐，一肚子坏水呢。

在岛上待了一个星期，他们就离开了。

白新羽把他哥送回家后，就被他哥打发走了，难得回来一趟，他也得多陪陪父母。

一到家，他妈问了很多他哥的事儿。聊完之后，他回到房间，把自己摔在床上，疲倦地叹了口气。这几天发生的事实在太多了，原本以为这趟回来是来休假的，结果也没比在部队轻松多少。

这时，手机发出嘀嘀声响，他拿过来一看，是俞风城发过来的信息：到家了？

又是三字经。白新羽没理他。

手机又响了，这回是照片，他胆战心惊地打开一看，居然是他的睡脸。那照片里他头发蓬乱、眼睛浮肿、脸都睡歪了，一看就是那天在酒店拍的，照片下还有短信：这艳照如何？

白新羽对着空气骂了声娘，一个电话回拨过去："俞风城，你照的什么破照片，我这无死角俊脸你能给照成这样，找死啊你！"

电话那头传来俞风城的笑声："多真实啊，我手里又多了一堆你的把柄。"

"你……"白新羽颤声道，"照了不止一张？"

俞风城温柔地说："你猜。"

"去你的……"白新羽无力地倒回床上，他是造了什么孽，惹上这么一个神经病。

俞风城道："剩下的假期你老实点儿，在家多陪陪父母，要是让我知道你出去鬼混，你就死定了，知道吗？"

白新羽冷哼一声："这真轮不到你管。"

俞风城阴笑道："等咱们回部队，我看你还敢不敢说这句话。"

白新羽默默在心里骂着他。其实就算俞风城不说，他也没打算出去玩儿，一是没那个心思，二是时间有限，三是……他有点担心，以前的朋友看到他顶个板寸，十点就要回家睡觉会是什么反应。以那群人的脾性，是不会理解他在部队做的事有什么意义的，就像从前的自己不了解也不屑了解一样。不过是离开了九个月，他就觉得跟那些人距离太遥远了。

不仅仅是别人觉得他变了，他自己也知道自己跟从前大不一样了。

他在家的这段时间，家庭气氛一直很和谐。他爸不再动不动数落他，而是喜欢和他聊聊部队上的事儿，他妈更是到处给亲戚打电话，夸自己儿子变得又稳重又懂事。白新羽自认没稳重到哪儿去，但跟以前一比，确实好了太多。他一直渴望来自父亲的赏识，原来这么简单就可以得到，这种被人认可的、有尊严的感觉，真的非常好。

转眼，短暂的探亲假结束了。

白新羽和俞风城在机场会合。当着他父母的面儿，俞风城依然是阳光向上的好战友。

他妈抱着他哭了一会儿后，就依依不舍地把他送进了安检。

一过安检，俞风城立刻原形毕露，钩住他的脖子，在他耳边低笑道："哟，怎么没呼天抢地啊？"

白新羽捶了他肚子一拳："你怎么这么欠呢。"

俞风城哈哈直笑："入伍那天，你哭得整个站台都要被你的眼泪淹了。"

"你那时候就看到我了？"

"废话，那么多兵，就你哭得跟世界末日似的，谁能不注意你。"

想起那时候，白新羽有点儿不好意思，对当时的他来说，可不就跟世界末日似的，他撇撇嘴："我现在不是长大了嘛。"

俞风城含笑看着他："确实进步多了。"

白新羽想到马上要回部队了，惆怅的同时，居然又有一点儿期待，他什么时候这么贱骨头了？真是奇怪了。

临飞前，他给他哥打了通电话。他哥心不在焉，说了几句就挂了。白新羽叹了口气，觉得他哥的情绪短时间内是好不了了，要不是他哥阻止，他是真的打算去把小林子狠揍一顿的，可惜这回回来没能帮上什么忙，虽然他哥说，他变成这样是帮了所有人大忙。

飞机载着他们飞上晴空。白新羽看着越变越小的城市风景，心里暗暗发誓，等他下次回来，一定要有让自己更骄傲的成绩，成为更让他爸妈、他哥赏识的男人。

经过两天的飞机加汽车，他们回到了雪山，看着窗外贫瘠的土地，白新羽不禁轻叹了一口气。

俞风城道："怎么了，你不愿意回来也没办法。"

"不是不愿意回来，我也说不清了，又想回来又不想回来。"

俞风城呵呵笑道："矫不矫情。"

"嘁，这是人之常情，你就一点儿都没有舍不得家？"

“当然有，家我随时可以回，但通往猎豹大队的路可不会一直等着我，我回来有更重要的目标。”

“目标……”白新羽咀嚼着这两个字，心里很是羡慕。他多希望自己也有个更具体的目标，光是好好训练变成更合格的军人，这么笼统的目标已经无法满足他了，像俞风城那样，有一个清晰的目标真是件幸运的事，因为那样就可以把全部精力投入进去，通过努力看到自己一步步逼近，那过程一定让人热血沸腾。他看着俞风城，突然想起了什么：“你如果去了猎豹大队，我以后是不是就看不到你了？”

俞风城愣了愣，沉默了一下道：“是。”

白新羽哼笑一声：“好事儿，那你赶紧去吧。”

俞风城这回居然没对白新羽的讽刺做出什么反应，只是淡淡地说：“我会的。我小舅说，过几个月他们就会要求各个团选送人才，我会是其中之一。虽然猎豹大队的选拔是层层淘汰，到最后可能选送的这批人一个都留不下，但我一定会是那个留下的。”

白新羽心想，俞风城多半能去猎豹大队，如果俞风城都不合格，这批新兵里就没一个能合格了。猎豹大队对他来说遥不可及，实际距离当然很远——总部在乌市，但更远的是心理上的距离。那是个他想都不敢想的地方，但那是俞风城坚定不移的目标，几个月后，俞风城就要离开雪山了。一年多之后，他可能复员了，而俞风城会身在何方？他们这莫名其妙的情谊，也会随着两人的分开而烟消云散吧。

白新羽其实一直很烦俞风城，能数落出这个人一万个缺点，可他不明白心头的惆怅是怎么回事儿，大概是因为俞风城也有对他好的时候吧。

可惜，俞风城只把这个地方当作一个跳板，他恐怕从来没把自己当作朋友。

他越想越来气，却一声不吭，他不能放任自己这么想，那会显得自己很矫情，可心头的憋闷却挥之不去。

晚上，他们回到了营区，两人一下车就受到了热烈“欢迎”。

“哎呀回来了，给我们带什么好吃的了！”

“新羽你答应我的烟呢？快来一根儿！哦，班长，我开玩笑的！”

他们被簇拥着进了宿舍楼。

上楼后，三班在左，炊事班在右，两人对视一眼，白新羽扭头就走了。俞风城看着他的背影，犹豫了一下也走了。

白新羽一回宿舍，就被团团包围，那两大包行李让众人摩拳擦掌。他打开行李：“来来来，一个个来，钱亮，这是你的好吃的！”

钱亮抱着大包零食，感动得差点儿哭了：“兄弟你太够意思了。”

“旺旺哥，给你带的两条烟。”

“又是英文的，老贵了吧。”

“德文，抽你的吧。”

“班长。”白新羽拿出一大包东西递给武清，“这是自发热的护腰、护膝，可好用了。”

武清笑了笑：“这玩意儿不是给老头老太太用的吗？”

“谁说的，边疆这么冷，年轻人也要注意保护关节啊。”

武清接了过来：“谢谢啊。”

白新羽又抱出一大摞书：“东元，就你的东西最沉，你看够不够，不够让我妈再寄点儿。”

冯东元接过书，脸涨得通红：“你带一两本儿就行了，怎么带这么多，我都不好意思了。”

“哎，不好意思什么，没几个钱。”

冯东元笑道：“新羽，谢谢你。”

“别客气。”白新羽看着他脸上单纯的笑容，心情特别好。

他把包里的东西给战友们分了，还有份礼物是给陈靖的，他打算明天去找陈靖。

晚上睡觉，大家都问白新羽回去半个月干什么了、玩儿什么了，他们聊到了半夜。

回来后，就要办转连队的手续，白新羽此时反倒不急了，第二天一醒来，他先去看他的猪。

半个月的时间，刚生的小猪崽已经长出了茸毛，小猫般大小，七只粉嘟嘟的小猪崽排成一排睡觉，看着怪可爱的。白新羽拍了好几张照片，然后轻轻摸着它们的肚子，叹息道：“你们为什么是猪呢……”

那天，他用心地给猪拌了饲料，特意加了玉米、胡萝卜、鸡蛋。明天开始它们就轮不着他管了，他为了养这些猪，看的书比他高考时看得还多，空学了一身养猪本领，也不知道以后有什么用。想到再也不用喂猪了，他本应该欢天喜地，可又有一丝丝惆怅。

把饲料倒进食槽，大猪一拥而上，种猪“俞风城”块头最大，挤在中间。白新羽拿树枝抽它的背，嘴里嘟囔着：“这里不是你老婆就是你兄弟，你怎么就不知道让让呢，你怎么就这么自私呢，仗着自己是种猪就横行霸道，你有什么了不起啊。”

“俞风城”被抽烦了，抬起头，冲白新羽打了个喷嚏，还好他躲避及时，不然那一嘴猪饲料都得喷他脸上。他气坏了，拿着树枝抽了它好几下：“俞风城你个浑蛋玩意儿，你跩个屁啊，早晚我让你好看。”

“新羽……”程旺旺在背后小心翼翼地叫了一声，看着神经病一样的白新羽很是不解。

白新羽吓了一跳，立刻恢复正常：“啊，旺旺哥，你来了。”

“你干吗呢？”

“这种猪老抢食，我教训教训它。”

“它吃饱就不抢了。”程旺旺叹道，“以后你走了，就我一个人，再来个人，还得从头教起。”

“没事儿，这活儿学起来快，我也会常回来看你的。”

程旺旺撇了撇嘴：“拉倒吧，你也就是说说。”

白新羽嘿嘿一笑。

程旺旺道：“三班长在宿舍，正找你呢。”

“哦，我这就回去。”白新羽脱掉围裙，朝宿舍走去。

陈靖在桌前坐着，腰板挺得笔直，阳光洒在他脸上、脖子上，他的侧影就像雕像，那身整洁的军装在他身上透出庄严的味道。

“班长！”白新羽兴奋地叫道。

陈靖站了起来：“回来了？”

“啊，我刚去喂猪了，你等多久了？”

“刚到。”陈靖笑了笑，“我这边手续都办妥了，文件也下来了，你现在就可以收拾行李跟我走了。”

“这么快？”白新羽看看空荡荡的宿舍，此时炊事班的人正做饭呢，他突然意识到自己要离开了，心里有些沉甸甸的。

“部队最讲究效率嘛。”陈靖把文件递给他。

白新羽匆匆扫了一眼：“我……我明天再过去吧，今天挺忙的。”

陈靖拍了拍他的肩膀：“怎么了？紧张？”

白新羽笑笑：“有点儿，我在炊事班待了半年，不知道自己能不能跟上你们的训练。”

“你能适应新兵连、炊事班，也能适应侦察连。相信自己。”

白新羽点点头：“谢谢班长。”

陈靖拍拍他的肩膀：“那你明天来找我报到吧。”

“好。”白新羽突然想起什么，从行李里拿出一个黑色的长方形小盒子，“班长，这是我给你带的礼物。”

陈靖接了过来：“你给我带礼物做什么？”

“我给很多人都带了，难得回去一趟嘛。”

陈靖一看，是支钢笔，设计简洁优雅，他皱眉道：“这多少钱？”

白新羽笑道：“不贵。”

陈靖合上盒子，表情严肃起来：“新羽，你有这份心意我很高兴，但如果是太贵的东西我不能收，这会惹麻烦的，你明白吗？”

白新羽笑道：“班长，我当了快一年的兵了，这能不知道吗。我保证，真不贵，就两三百块钱的东西。”从小到大，他表达对人谢意的方式就是送礼物，但他没送过这么便宜的礼物，而陈靖给予他的帮助和照顾，根本无法用礼物衡量。无论他表现多差，陈靖从没放弃过他，他能有现在，跟在部队碰上了这些好人分不开。

陈靖松了口气，笑了笑：“好吧，这支笔我收下了，谢谢你。但仅此一次，下不为例。”

白新羽笑道：“好！”

那天晚上，炊事班在食堂给白新羽开了欢送会，有肉有酒，大伙喝得很痛快。白新羽想起自己刚来炊事班时的窘迫，感叹时间过得太快了。人果然是逼出来的，在当兵之前，好多他觉得不可能做到的事，都一一被他做到了，这种不断超越自己的变化，让人很有成就感。

那天晚上，武清喝多了，搂着他的肩膀说了很多，让他好好训练，别虚度光阴。白新羽不知怎么的就哭了。相聚的时光总是好像很多，其实仔细一算根本没多少，半年也不过是转瞬间的事儿。想起未来他还要经历很多离别，也许是喝多了容易情绪化，他突然就伤感起来。

他们喝了很多，也聊了很多，为白新羽在炊事班的最后一夜画上了句号。

第十七章 武装侦察连

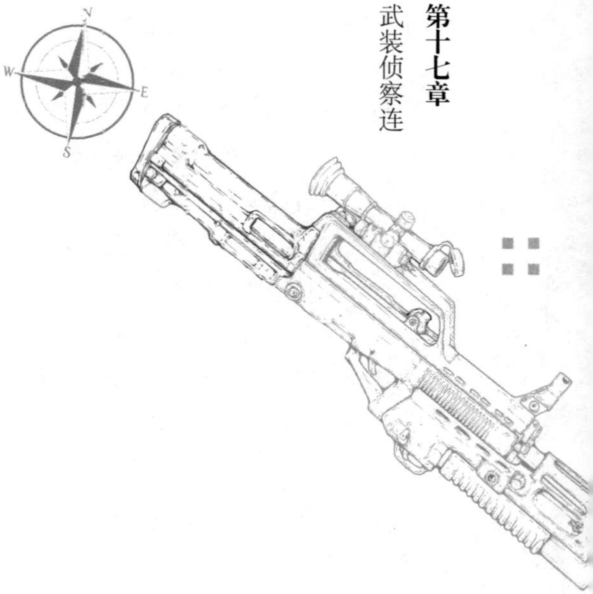

第二天一早，白新羽带着不舍和对新生活的期待，拎着行李来到了三班报到。

他一进门，陈靖带头鼓掌，整个班都跟着鼓起了掌，欢迎新战友的到来。白新羽高兴地笑了起来，他从未受过这么热情的对待，自从他在射击比赛上拿了第一，很多人都对他态度好转了。

他一抬头，正对上俞风城的眼睛。俞风城边鼓掌边静静地看着他，眸中闪动着让人摸不透的光芒。他假装没看见："报告班长，我来了。"

陈靖笑道："这班上人你大部分都认识，就不一一介绍了，你的床位在这里，还是东元的下铺。"

白新羽朝冯东元眨了眨眼睛，冯东元也跟着直乐。

陈靖例行介绍了一下班规，就让白新羽去收拾行李了。

这回白新羽的床位离俞风城有点距离了，而且床与床之间间隔大，不过两人在一个班上，还是低头不见抬头见。

俞风城走了过来，有一丝感叹："记得刚来部队时的事吗？"

白新羽笑道："怎么可能忘。"

入伍第一天，他被俞风城强硬地换了床位。还好，他已经不是以前那个任人摆弄却屁都不敢放一个的白新羽了。

俞风城道："你真的变了很多。"

白新羽顿了顿，也不知道怎么回答，就嗯了一声。

自那天对话后，两人之间的气氛就有些古怪，白新羽懒得去想俞风城在想什么，因为他现在连自己在想什么都想不通。

收拾完行李，白新羽跟着大伙去食堂吃饭。他习惯性地往厨房拐，冯东元提醒他，他才反应过来。

打饭的时候，程旺旺给他打了一大勺红烧肉，他朝程旺旺眨眨眼睛，两人相视一笑。

钱亮看着他托盘里的菜，羡慕道："我以后也和你一起打饭。"

白新羽嘿嘿笑道："没想到还有这好处吧。"他回头看了一眼还在厨房忙活的炊事班的战友，心里涌上异样的感觉。他甩了甩脑袋，暗暗发誓，一定要好好表现，无论在哪里都不能再让人瞧不起。

在连队的生活正式开始了。侦察连里的专业训练非常严格，果然像他一开始想得那样，除了射击外，他什么都跟不上。本来在新兵连他就是单兵素质很差的那一个，在炊事班的半年又疏于锻炼，现在下了连队，要学习的东西太多，他一时压力很大。

但相比以前的心慌沮丧，这一回白新羽早有了心理准备。几天训练下来，陈靖怕他灰心，特意安慰了他一次，他却不太在意，积极弥补这半年的差距。于是，陈靖和他都惊讶地发现，他的心态变了很多。心态的变化对一个人的影响是巨大的，从前他训练不好也不发愁，得过且过，现在他却主动想要赶上去，在这种心态的驱使下，他积极地训练、学习，因为起点低，进步是整个班最明显的。

没过多久，许闯组织了一次野外集训，他们被拉到二十多公里外的一个集训点。他们穿着厚厚的雪地迷彩服，脸上涂着油彩，全副武装。此时天上正下着大雪，他们呼出的气是白色的，睫毛上沾着轻霜。

白新羽既紧张又亢奋，他们在新兵连也做过野外训练，但以负重越野为主，从来没有这种全副武装、好像要上战场的真实感，这让他热血沸腾。

许闯骑着辆特拉风的雪地摩托，戴着墨镜，在呼啸的风中喊道："这次野外训练为期两天一夜，包括雪地侦察与反侦察、雪地追踪、建造雪地掩体、负重越野等项目。以训练雪地生存和侦察知识为主，体能训练为辅。现在以班级为单位扎营，限时半个小时。"

战士们赶紧卸下帐篷等工具，开始搭建营地，半小时后，十顶帐篷就搭好了。

许闯和老兵示范如何利用雪建造单兵掩体和侦察岗，当雪足够厚的时候，掩体还是比较容易做成的，但对士兵的体能和耐力是个不小的考验。为了从表面看不出来，雪必须埋得很厚，下面压得实，上面蓬松，一个兵身上大概要压十斤重的雪，而且长时间趴在下面，只有一个小小的透气孔，氧气不充足，再加上天寒地冻，长时间不活动，埋在下面的人会越来越冷。一整个上午，全连士兵都在体验待在雪地掩体里的感觉，个个冻得手脚发麻。

建完掩体，教官给他们上通信课。讲课的时候，教官坐着，他们举着十公斤的装备深蹲。挨到吃午饭，他们个个双腿打战，站不直蹲不住，大都直接坐在雪里，捧着饭盒大快朵颐。

白新羽冲旁边的俞风城道："你觉得训练苦吗？"

俞风城看了他一眼："训练有不苦的吗？"

白新羽道："要是当特种兵，肯定比这还要苦好多倍吧？"

"当然了。"

白新羽想问他为什么还那么执着地想当特种兵，图的什么，就为了去找他崇拜的小舅？

俞风城看着他："你是不是想说什么？"

"没什么。"

俞风城伸手抹掉了他嘴角的饭粒，淡淡地说："你理解不了为什么那么累那么苦那么危险依然有人愿意当兵，甚至当特种兵，是因为你没有那股支撑你去做的信念。"

白新羽怔住了。信念……别人的信念可能是保家卫国，或是纯粹喜欢危险、刺激的生活，俞风城，你的信念是什么？就为了成为你小舅那样的男人？他闷声道："我没你那么伟大的信念也死不了。"

下午，许闯带他们负重爬山，山顶海拔四千六百米，他提前在上面插了面旗，就是下个月的先进班级旗，谁先拿到算谁的。战士们原本已经适应了现在的海拔，突然要往更高海拔的地方全副武装地前进，每上升百米，都有人感到身体不适。及膝深的积雪大大增加了他们的攀爬难度，但他们已经不是新兵，没有人躺地上不干，只是咬着牙往上冲。

白新羽在炊事班起早贪黑干了半年活儿，耐力也锻炼出来了，尽管胸口发闷、呼吸黏着，也没有生出放弃的念头，他觉得自己在部队里最受到锻炼的，就是这种意志力。

许闯大喊道："还有四百米啊，流动红旗就在眼前了！"

俞风城、大熊和二班的尖子兵遥遥领先，三人铆足了劲儿冲刺。

许闯对陈靖道："看着没，我的兵就是要争强好胜，哪怕我奖的是牙签，也要全力以赴。"

陈靖笑了笑："连长教导有方。"

许闯瞥了他一眼："怎么听着像你在挤对我呢。"

陈靖道："连长，今天的训练强度已经够大了，差不多就行了。"

许闯看着这群累得东倒西歪的兵："不行，离我的期望差远了。"

白新羽在旁边儿听得汗涔涔的，许闯真是个疯子，按他的标准，整个连能合格的不超过十个。

许闯一把抓住了白新羽的武装带，差点儿把他拽一跟头，他抹了抹汗："连长？"

许闯看着他："去了炊事班还能调回来的，你是咱们团第一个，别让我看走了眼，否则你还得回去，知道吗？"

白新羽咬牙道："连长，我不会回去的。"

"你不想回去，下次全连考核综合成绩要达到中等，能办到吗？"

白新羽高声道："能！"

"去吧。"

白新羽跑远之后，陈靖皱了皱眉："连长，你干吗吓唬他？"

许闯斜睨着他："你是我最优秀的班长，不是个别兵的奶妈。"

陈靖叹了口气。

最后，俞风城抢到了流动红旗，结果丝毫不出人意料。白新羽看着被三班人簇拥着欢呼的俞风城，觉得有些刺眼。

部队是个挺温暖的地方，但部队也是个残酷的地方，想要获得掌声和尊重，钱和人缘都派不上用场，只有成绩，唯有成绩。白新羽很想念他拿到射击比赛第一时，夸奖和祝贺如海浪般朝他涌来的感觉，他这辈子就体会过那么一次，却让他回味良久。他渴望好成绩，渴望被人夸赞，那种渴望越来越压抑不住，他迫切地想知道，如果他也成为一个尖子兵，俞风城会怎么看他。

全连人原路下山，回到营地时，他们一批一批地趴在雪地里，累得半天动弹不得。

白新羽拍了拍冯东元的脸："东元，你没事儿吧？"

冯东元摇摇脑袋，脸上沾满了雪："累死我了，你不累吗？"

"累啊。"白新羽隔着棉服敲着腿，但没躺下。

冯东元有些惊讶："你以前体力可比我还差的。"

白新羽笑道："你以为我在炊事班半年都在睡觉啊，每天起早贪黑，做饭、种地、喂猪，除了比你们自由点儿，根本闲不着。"

冯东元点点头："所以我早就跟你说过，人是有无限潜能的，就看你努不努力，你努力，什么都能做好。"

白新羽想了想："那我要是努力，能比俞风城还厉害吗？"

"啊？"冯东元愣了愣，随即支吾道，"嗯……这个……"

"你就说可不可能吧，说实话。"

"当然是可能的，但人的成功除了努力外，也有很多其他因素……"

"嘁。"白新羽白了他一眼，"你是想跟我说，俞风城天生就比我厉害，我再怎么努力也不可能比过他对吧？"

冯东元斟酌着措辞："不是这样，你射击比赛不就赢了他吗，这证明你在这方面比他有天赋，只要努力，你肯定在某一领域会比他厉害。"

白新羽听着听着就笑了，他摸摸冯东元的脑袋："不愧是优等生，这么会说话。"

冯东元也笑了，白新羽趁着他张嘴，抓起一团雪扔到了他脸上，哈哈大笑起来。

冯东元快速反击，抓着雪团砸在白新羽的脑袋上，两人很快就扭成一团，远处看就像两只熊在地上打滚。

钱亮在旁边直乐："你们俩不知道累啊。"

两人一边笑一边闹，明明身上酸痛不已，却也玩儿得不亦乐乎。

远处，俞风城拿着水壶的手僵在半空中，他看着笑得脸红扑扑的白新羽，心里涌上莫名的酸楚，让他无法形容那一刻是什么心情。去了猎豹大队就很难再见到白新羽了，不知不觉地，他一直在关注着这个人，白新羽的点滴进步，他比谁都清楚。

最开始听到白新羽，只是存在于他儿时记忆中的一个小混球，他小舅托他照顾这个人，他表面上答应，却嗤之以鼻，以为部队是托儿所吗，照顾个屁。成为职业军人是他自小的梦想，对他来说，军队是严肃而神圣的，不是让人来瞎混的。

第一次见面，更是让他对这个人的印象差到了极点。所以他恐吓、威胁白新羽，希望能把白新羽赶走，后来见实在赶不走，逗弄起来也好玩儿，就打算放在身边解解闷。他没想到白新羽会改变、会成长，会有让他惊讶的行为、意外的成绩，这个人，不断地给着所有人惊喜，想到他们终要分别，他心里也不大是滋味儿。

晚上，他们在雪地里架起大锅熬粥，另一边则蒸着热腾腾的馒头、猪肉，这一天体力消耗太大，不吃面食和肉根本填不饱肚子。

全连人几乎是抢着去打饭的，各个狼吞虎咽，刚吃没两口，许闯吼了一嗓子："紧急集合——"

战士们心里叫苦不已，赶紧把碗往地上一放，快步跑到空地上集合。

"半个小时，四人一组，建造单兵掩体，谁的掩体不合格，今晚就埋在雪里睡，开始！"

战士们拿起铲子、铁锹，忍着饥饿和寒冷开始刨雪。

半小时后，许闯一个个检查，所有人都心惊胆战。检查了一圈，他点点头："全体合格，吃饭吧。"

战士们如获大赦，就地解散了。可等他们拿起碗一看，粥已经结冰了，馒头硬得像石头，猪肘子一咬一嘴冰碴子，能把人的牙冻掉，就是这样，他们也得吃，不吃就没有体力，不吃，明天更难熬。

把那些冰块儿送进了胃里，他们钻进帐篷准备休息。一个帐篷十个人并排躺着，几乎无法翻身。

白新羽刚躺下，俞风城就躺在了他旁边，两人四目相接，俞风城理直气壮地说："干吗，没看见没位置了吗？"

白新羽睡在最里面，俞风城最后一个进来，确实就他这儿还稍微能空出点儿地方。他撇了撇嘴，没搭理俞风城，转过去冲着冯东元。

冯东元笑道："你们俩真是的，有时候看着特好，有时候又闹别扭，和我弟弟妹妹好像。"

白新羽道："你弟弟妹妹几岁了？"

"一个十三岁，一个十岁。"

"去你的。"白新羽盖上被子，使劲哆嗦了一下，"这被子是泡过水吗，怎么这么冰？"

“太薄了呗。”冯东元裹紧被子，“真的好冷啊。”

战士们纷纷抱怨冷，一个个缩得跟虾球似的。

陈靖道：“这被子够大，跟身边的战友盖一床，能暖和很多。”

战士们赶紧和身边的人串被子，两人睡两床被子，果然暖和多了。

白新羽挪到冯东元身边：“来来来，对了，你不抢被子吧？”

“我睡觉可老实了……”冯东元愣了愣，“新羽，不行啊，我得和巴图尔一床，要不就剩下单的了。”

巴图尔个子小，已经一下子钻进了冯东元的被子里，哆嗦道：“冷哟，冷哟。”

白新羽瞬间感觉自己被抛弃了，他慢慢地扭过头，看着俞风城。

俞风城挑眉看着他，一副“命运的安排”的表情。

白新羽撇了撇嘴，内心挣扎起来。俞风城掀开被子罩住他，并把他拽到了自己身边。两床被子一叠，再加上对方的体温，身体一下子暖和不少，在这死冷寒天的地方，这种温暖让人欲罢不能。

两人都不约而同地回想起新兵连，那时候他们床挨着床，只不过大部分时间都恨不能拿脚底板冲着对方，后来，莫名其妙地他们就成了关系密切的战友，人与人之间的际遇，真是太神奇了。

天没亮，他们就被集合哨叫醒了。许闯带着他们再爬了一次山，不过这次没有负重，权当晨跑了。

白新羽也不知道哪根筋搭错了，憋着一股劲儿想跟上俞风城，他就是想试试，他和俞风城之间的差距有多远。

本来是匀速跑着的冯东元，发现白新羽速度一直过快，就提醒了他一次。白新羽充耳不闻，反而撇下他跟俞风城并肩跑了起来。

俞风城看了他一眼：“怎么了？”

“什么怎么了。”

俞风城嗤笑道：“你难道是想跟上我？”

白新羽哼道：“我只是现在有劲儿使不出去，想跑快点儿。”

“那你就跟吧。”俞风城依然匀速跑着，保持着呼吸的节奏。

开始白新羽还能勉强跟上，可上了四千米后，他开始胸闷气短，跑得越来越慢。俞风城的背影就在他前方不远处，他不服气，咬着牙往前追，可距离却越来越大。最后俞风城到达山顶，折返往回跑的时候，他还差了至少三百米。

俞风城经过他身边的时候，轻轻一笑，明明是不带什么情绪的笑容，看在白新羽眼里就好像在讽刺他一般，真气人。白新羽大吼一声，铆足了劲儿跑到山顶，然后快速往山下折返，看着俞风城越变越小的背影，他恨不能滚下去。

他听到冯东元惊讶地说："新羽，你跑得好快啊！"

白新羽充耳不闻，由于积雪太厚，一脚下去踩得太实，没拔出来，他整个人扑通一声扑倒在雪地里，他吐掉嘴里的雪，爬起来继续跑。

等他跑回营地，只有寥寥几个人回来了，许闯有些意外地看着他："第五个回来的，今天怎么了，你吃大力丸了？"

白新羽这才回过神来，不知不觉间，他一个劲儿追着俞风城跑，居然把大部分人都甩在后面了。

战士们陆续回来了，冯东元上气不接下气地说："新羽，你怎么了，怎么突然跑……跑这么快？"

白新羽嘿嘿笑了笑："今天状态好吧。"

俞风城笑看了他一眼："还差三四百米呢。"

别人听不懂俞风城说什么，白新羽当然听懂了，他哼道："下次就不差了。"追赶俞风城的脚步也许没什么实际意义，却让他充满干劲儿。

吃过早饭后，他们开始上雪地侦察课。下午，许闯要求他们全副武装，步行回营区。这里离营区近三十公里，在这种大雪天，走到天黑都走不到，他们早料到许闯不会轻易放过他们，最后肯定要放大招。

许闯坐在吉普车上，时而让他们急行两公里，时而让他们匍匐前进五百米，一路上变着花样折腾他们。白新羽才下连队一个星期，就经受这样的训练，身体上和心理上都很难适应，但他还是咬牙坚持着，几次掉队，都被战友拽了上来。

他们从日头高照走到太阳下山，所有人的脚都冻得发麻，饥寒交迫，只能靠意志力前进。

白新羽和冯东元搀扶着往前走，走着走着，本来累得都不想开口的冯东元突然笑了。

白新羽无奈道："你还有劲儿笑？"

"你记得吗，你第一次参加晨跑，才三公里你就跑不动了，坐在地上耍赖，被班长教训了一顿。"

白新羽也笑了："当然记得。"

"新羽，这一届新兵，你变化最大，进步也最大，我很为你高兴。"

白新羽感慨道："如果没有你们鼓励我，我可能早就放弃了。"

"跟我们关系不大，是你真的有这个潜力，射击比赛也是，其他训练也是，你要相信自己什么都能做到，然后努力去做就行了。"

白新羽感觉心脏被填得满满的，他用力点了点头，眼神前所未有地坚定。

回到营区已经是半夜，战士们累得直翻白眼，躺床上就睡着了。

睡了没多久，白新羽被尿憋醒了，他忍了半天，想着长夜漫漫，长痛不如短痛，便一咬牙掀开被子跳下床，跑出去上厕所。

他刚走出宿舍就见许闯和陈靖站在楼梯口那儿低声说着什么，陈靖穿戴整齐，完全不像要睡觉的样子。两人看到白新羽都愣了愣。

白新羽解释道："我……我上厕所。"

"去啊。"许闯道。

白新羽一溜烟钻进厕所，再出来的时候，发现两人正看着他。

陈靖轻叹一声："我们在商量紧急集合。"

白新羽瞪直了眼睛，心里大骂许闯没有人性，他们都快累成死狗了，还紧急集合！

许闯挑眉看着他："你挺不愿意的吧，你们班长也劝我换一天，来，我听听你的意见。"

白新羽咽了口口水，不知道怎么回答，他觉得以许闯的性格，你越说不愿意，许闯就越来劲，可万一昧着良心说愿意，许闯真听他的怎么办？

许闯道："说话啊。"

白新羽心一横："服从首长指挥！"

许闯笑了笑，指着白新羽道："陈靖，你看着没，这才是正确的态度嘛。哎，也不怪你，是我太惯着你了。"

陈靖无奈道："那你干吗还问我意见，直接吹哨不就行了。"

"你比较了解他们嘛。"

"所以我的意见是换一天啊，今天大家太累了，超负荷的训练可能适得其反。"

许闯摸了摸下巴："行吧行吧，那就换一天吧。"许闯撇了撇嘴，裹紧大衣走了，走的时候还低声嘀咕着什么。

白新羽松了口气，吓得腿都软了："班长，还好连长听你的话啊。"

"连长有时候跟小孩儿似的，想一出是一出。"

白新羽笑道："那是因为班长最优秀，连长喜欢你嘛，最好班长能一直当我们班长。"

陈靖微怔，一下子沉默了。

白新羽的笑容凝固在了脸上，不知道是不是自己太敏感，他觉得气氛不太对："班长？"

陈靖看着他："新羽，我跟你说件事，你暂时别告诉其他人。"

白新羽心里一紧：“班长，你怎么说这种话，有点儿奇怪啊……”

“本来也不该跟你说的，可是……想到我要走，心里憋得难受，想找个人说说。”

白新羽急道：“班长，你要去哪儿？你要退伍吗？”

“不是。”陈靖摇了摇头，“我已经决定去参加猎豹大队的选拔了。”

白新羽惊讶道：“猎豹大队？你真的要去？”

陈靖点点头：“原本我一心想去军校，现在去不了了，霍乔又几次邀请我，我很心动，所以想去试试。不过我把握不大，如果被淘汰了，我还会回来的，到时候你们别笑话我就行。”

白新羽忙摇头：“怎么可能，班长去不去猎豹大队都很厉害，但是……既然是霍乔邀请你的，还能把你淘汰？”

“当然了，除了团里推荐，霍乔也经常去各个师团考察，挑选他觉得合适的兵。选拔很严格，听说有三四道关卡，最后可能一个都不留下，霍乔仅仅是希望我去参加选拔，但能不能留下要看我自己。”

白新羽倒吸一口气：“班长，你知道俞风城要去参加选拔吗？”

陈靖笑道：“还有谁不知道？他一直以猎豹大队为目标要求自己，我很佩服他，他不仅有执着的决心，还有能配得起这种决心的行动力，这样的人性格坚韧不拔，意志力极强，正是猎豹大队需要的。”

“但是照你说的，他也有可能通不过选拔啊。”

“那倒是，什么意外都可能发生嘛，不过他现在是最被看好的一个。”陈靖道，“你也对猎豹大队感兴趣？”

白新羽连连摇头：“我？我差远了，想都不敢想。”

陈靖笑笑：“没什么，很多人都憧憬猎豹。而且要参加初级选拔并不难，名额比较多，但淘汰率是最高的。如果你好奇，可以自己打申请。”

白新羽差点儿咬到舌头：“啊？这么容易？”

陈靖点头：“看猎豹今年给的名额吧，只要成绩不太差，团里一般都会让去。但我并不建议你去，因为初级选拔非常残酷，很多人去了被淘汰回来后，都会有一段时间的心理阴影。”

白新羽咽了咽口水：“怎么听着跟过鬼门关似的。”

陈靖语气中有一丝兴奋：“正因为猎豹大队是座独木桥，才让人有干劲儿。每年选拔的方式都不一样，我真的很期待。”

白新羽笑道：“班长，以你的实力一定没问题。”别看陈靖一副白面书生的样子，不说话的时候好像挺好欺负，可比综合成绩，全团一千二百多人，陈靖能排进前十，要不然也做不了许闯的班长。

陈靖笑笑："行了，睡觉去吧，明天训练也不能含糊。"

"是。"

白新羽钻回被窝后，脑子里反复想着陈靖的话，既然初级选拔的机会不难得到，要不要去见见世面呢？可去参加选拔的都是尖子兵，他去那儿简直不自量力，会被人笑话吧。但他真的很好奇，那么牛的特种部队，究竟是用什么方法筛选人才的？

许闯没给他们喘气的时间，接下来几天的训练量毫不轻松。在持续不断的高强度训练下，不断有人病倒，连白新羽也在夜里发起了高烧。

早上冯东元下床，发现白新羽的脸红扑扑的，喘气有些困难。他探了探白新羽的额头，吓了一跳："啊，新羽发烧了！"

俞风城最先围了过来。陈靖道："别堵在这儿，你们赶紧集合去，我和东元送他去医务室。"

俞风城道："我送他去吧。"

陈靖道："你去带队。"

现在很多事陈靖分不开身就交给俞风城处理，听说过不久就会把俞风城提为副班长，倒也实至名归。

俞风城只好带队去了。

陈靖和冯东元给白新羽穿上衣服，架着他往医务室走去。

这么一折腾，白新羽醒了，他烧得晕晕乎乎的："班长？东元？"

冯东元道："你是不是晚上踢被子了，怎么突然发烧了？"

白新羽浑浑噩噩地想，难道是因为他昨晚光着身子在澡堂洗衣服？

两人把白新羽送到医务室的床上，白新羽嘿嘿傻乐了起来。

陈靖莫名其妙："你笑什么？"

白新羽哑着嗓子说："我终于能休息几天了。"

陈靖拍了拍他滚烫的额头："这点儿出息。"

白新羽抓着陈靖的手撒娇："班长，我嗓子疼，要吃银耳雪梨粥。"

陈靖哭笑不得："我去炊事班给你问问。"

白新羽摇着陈靖的手，眼睛湿漉漉的，满含期待："现在就去？"

值班军医走了过来："哟，这谁家的孩子啊，怎么不要吃奶呢？"

陈靖有些窘迫："他平时不这样，脑子烧糊涂了。"

医生给白新羽塞了个温度计："人放我这儿，你们忙去吧。"

白新羽抓着陈靖的手不放："班长……"

陈靖道："我保证去给你问。"

白新羽这才放开。

冯东元道："新羽，我休息的时候再来看你。"

白新羽朝冯东元摆摆手，让冯东元过来，然后把手放在他耳边，悄声说："炊事班的冰箱里有冰棍儿。"

冯东元都忍不住笑了。

两人走后，医生给白新羽打了一针，他就睡着了。

一觉醒来，他就看到程旺旺的大脸在自己眼前晃悠。

"白小公主？哎哟，你可算醒了，你再不醒我只能牺牲一下自己，亲你一口了。"程旺旺絮絮叨叨地说，"我一堆事儿要忙呢，班长非让我等你吃完再走，来来来，雪梨那高级玩意儿没有，银耳桂圆粥，趁热吃。"

白新羽爬了起来，笑了笑："旺旺哥，好久没见你了。"

"你还好意思说呢，说经常回来看我，一个月也没回来，那些小猪崽都满地跑了。"程旺旺把粥递过去，白新羽却不接，眼巴巴地看着他。

程旺旺歪着脑袋："要我喂你吗？"

白新羽不客气地点点头，他小时候挺喜欢生病的，虽然会把家人折腾得人仰马翻，但他特别自在，衣来伸手饭来张口，就算做了什么错事儿他爸也不舍得揍他，生病对他来说就是个可以尽情任性，还能把之前闯的祸一笔勾销的好时机。

程旺旺叹了口气，认命地开始喂他："我跟你说啊，我对我媳妇儿也就这样了，算了，谁叫咱小白是公主呢。"

白新羽笑笑："我见过嫂子照片，挺漂亮的。"

"那是。"程旺旺的笑容有几分落寞，"新羽啊，我打算复员了。"

白新羽一惊："为什么？"

"你嫂子想要孩子，说我再不回去，就跟别人生去了，嘿嘿，那我能同意吗，我当兵也有些年了，是该回家了。"

白新羽心里有些伤感。程旺旺退伍后，他们就不知何时能再见了，说是交通发达，但很多人分开后，有了各自的生活，要再聚到一起不是件容易的事儿。空间的距离能把很多感情消磨得寡淡，大家心里都很清楚。他叹道："旺旺哥，我这儿正生病呢，你干吗跟我说这么糟心的事儿。"

"谁让你提我老婆了。"

"不是你自己提的吗？"

"是我自己提的吗？"程旺旺撇了撇嘴，"来，吃你的。"

也许是生病了特别情绪化，白新羽哀伤地说："旺旺哥，我一定会去看你的，真的。"

“这回可说好了一定来啊。”

“一定来。”

程旺旺笑道：“我之前跟你说过吧，我打算在老家开个餐馆，就开地方风味儿的，我们家那块儿这种风味儿的少，生意肯定好。”

“肯定的。”

“哎，不说这个了。等你病好了，抽空给其他人讲讲怎么喂猪，要不咱俩都走了那些猪谁管啊。”

白新羽笑着，心里却酸涩不已，程旺旺是第一个要离开的战友，接下去还会有谁呢？有一天，他在这里认识的朋友们都会各奔东西，冯东元、钱亮、陈靖、俞风城……俞风城，会是最先离开的那一个吧，到时候他们就再也没有理由见面了。

程旺旺走后，冯东元和钱亮跑到医务室来看他。

白新羽见着冯东元就问：“冰棍儿呢？”

钱亮拍了拍他的脑袋：“还冰棍儿，吃了烧更退不了了。”

“不是以毒攻毒吗，听说吃了能降温。”

“你听谁说的？”

“我哥说的。”

冯东元嗤笑道：“你哥逗你呢。早上吃了银耳粥了？武班长一听说你病了，还真就从厨房里翻出银耳来，单独给你熬的。”

白新羽嘿嘿直笑，觉得自己人缘真不错。

钱亮从背后变出了白新羽的iPad：“来来来，兄弟最了解你了，玩玩游戏解解闷。”他悄悄说，“别好得太快。”

冯东元不赞同地瞪了他一眼：“你这说的什么话。”

钱亮道：“能这么躺几天多爽啊，我都想发烧了。”

白新羽高兴地接了过来：“我终于有空玩玩儿了。”

医生道：“想得也太美了，烧退了就得回去，要是让你们连长知道你们在床上耍赖，就等着挨收拾吧。”

白新羽苦笑道：“还好我现在还没退烧……”

三人叽叽呱呱聊了一会儿，就到了午饭时间。医生跟着他们一起去吃饭了，白新羽等着他们给自己送饭。

他正玩游戏呢，医务室的门被推开了。白新羽抬头一看，居然是俞风城。

俞风城看着他：“发烧了还玩游戏？”

“睡不着，躺着无聊。”

俞风城把一袋水果放到床头：“好点儿没？”

白新羽摇摇头，目光瞄着蟠桃。

俞风城道："想吃吗？"

"你给我削皮吧。"

俞风城笑了笑，拿过水果刀削着皮，然后剜下一块桃肉放到白新羽嘴里。白新羽不客气地吃着，他现在嘴里苦，馋甜的东西。

俞风城见他躺在床上，全身哪儿都不动，就一张嘴张张合合，腮帮子一鼓一鼓地嚼着东西，懒到了骨子里，很是好玩儿。

俞风城喂完了半个桃，白新羽有点撑，他摇摇头："不吃了。"

俞风城放下桃子，摸了摸他的额头："怎么会突然发烧的？"

白新羽撇撇嘴："昨晚在澡堂洗衣服来着。"

俞风城轻笑道："那我靠你这么近，会不会被传染啊？"

白新羽哼了一声："最好能传染死你。"

"尽管来吧，正好也让我休息两天。"

白新羽挑挑眉："休息？你不是超人吗，休息多影响你训练啊。"

俞风城对他的讽刺充耳不闻："劳逸结合。"

白新羽嘁了一声："你不去吃饭吗，来这儿干吗？"

"废话，不是来看你我来这儿干吗。"

"看完了吧，你走吧。我还要玩游戏呢。"

俞风城打了个哈欠："最近睡眠不足。"他说着就趴在了床上，小声道，"有时候也想休息休息。"

白新羽看着俞风城青黑的眼圈，知道他确实积累了很多很多的疲倦，俞风城或许真的天资过人，但他付出的努力也绝对超过任何一个人，所以他的收获也理所应当。

白新羽喃喃道："你知道吗，班长也要去猎豹大队。"因为一个猎豹大队，他整个人都被离愁所笼罩了。

"知道。"俞风城轻声说。

"哼，去吧，都去吧……"

俞风城翻了个白眼："你脑子烧坏了，不跟你计较了。"

THE GROWTH OF A DANDY.
FIGHT ALONGSIDE YOU.

第十八章 小白杨教官

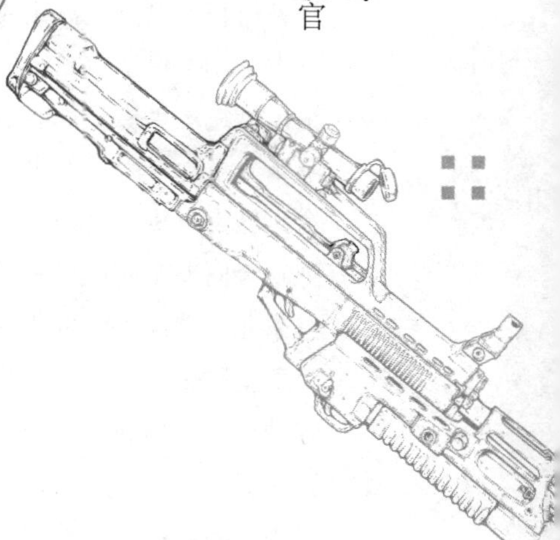

白新羽烧一退，就被医生赶回了宿舍，想多赖两天都不行。

没过几天，他、俞风城、冯东元、大熊和梁小毛被陈靖单独叫到了一起，显然是有话要说。

“军训？”白新羽瞪大眼睛。

“对，库市有一批春季入学的大一学生需要军训，要三十个教官，团长让连长安排，连长把这事儿交给我了，咱们班我抽了你们五个，就俩星期，挺简单的，但你们要认真对待。”

大熊兴奋地说：“那不是跟我们差不多大，肯定有美女吧。”

陈靖瞪着他：“你可不要随便招惹女学生。”

大熊笑道：“哎哟班长，你这么严肃干吗，我就是说说，我看还不行啊，看女生怎么也比看一帮老爷们儿顺眼啊。”

梁小毛也激动万分：“太好了，咱们也要去训别人了。”

白新羽高兴地说：“班长，库市有什么好玩儿的吗？”

“都给我严肃点儿，让你们去给学生军训，一个个都想什么呢！”

几人立刻不说话了。

俞风城道：“班长，能不去吗？我没什么兴趣。”

陈靖看了他一眼：“我是想让你休息休息，你总这么绷着不是好事儿，去吧。”

俞风城点点头：“好吧。”

陈靖看向冯东元：“东元，你有什么意见吗？就你没说话了。”

冯东元笑笑：“我挺期待的，我一直想看看大学是什么样儿的。”

“那就这么定了，你们准备准备，后天出发。”

陈靖走后，白新羽一把抱住冯东元的肩膀，哈哈笑道：“太好了，终于能去一个真正的城市了，东元，我一定带你好好玩玩。”

梁小毛哼道：“班长都说了不是去玩儿的。”

白新羽白了他一眼：“又不带你。”

大熊搓着手：“啊，希望我带的那个班有好多美女。”

只有俞风城皱着眉：“真是浪费时间。”

白新羽心想，怎么那么爱训练呢，训死你算了。他现在训练成绩蒸蒸日上，虽然还不算很优秀，但已经达到了中上，为了能跟上别人的脚步，他付出了很大的努力，每天都累死累活的，可即使是这样，他觉得自己的训练量跟俞风城的还是有差距，他简直无法想象俞风城是怎么坚持下来的。

冯东元道：“风城，我觉得班长说得有道理，你该休息一下了。”

俞风城无所谓道：“只能这样了。”

第三天一大早，他们坐上飞机飞往库市。

去军训不仅轻松，部队还有补助，在学校又受学生尊敬，还可以看女孩子，这样的好差事不是谁都能赶上的，因此他们大多很兴奋。

到了机场，学校派大巴将他们接到酒店。

白新羽和冯东元一间，两人放下行李就出去吃饭了。晚饭是学校领导请的，王顺威和校领导说话的时候，他们在下面狂吃，其实部队伙食不差，但吃久了有些腻，现在逮着新鲜的全都停不下嘴。

这一顿所有人都撑着了，三班的五个人打算散散步。

这一片是大学城，吃的玩的不少，几人七拐八拐地走进一条小吃街，里面有不少新奇小店，他们在部队憋了太久，看什么都新鲜，便挨家逛着。

小吃街上挤满了人，他们的出现引起了全街围观。穿着扎眼的军装不说，还有俞风城这种赛过模特般外形的人压阵，白新羽和冯东元也是帅气的帅气、清秀的清秀，好不惹眼。

俞风城皱了皱眉，有点不耐烦，大熊和梁小毛趁机和姑娘微笑致意，白新羽得意地昂首挺胸，心想自己虽然剪了个土了吧唧的发型，但魅力不减当年嘛，只有冯东元越来越窘迫，最后脸都被看红了。

白新羽搂着冯东元的肩膀，低笑说："你害羞什么啊？"

冯东元紧张地说："好多人看我们。"

"看就看呗，看小爷长得帅嘛。"白新羽兴奋地说，"别怪兄弟没提醒你啊，这里的姑娘跟咱们一个年纪，要是有合适的，平时写写信、传传情，不比你成天给家人写信有意思啊。"

冯东元窘道："你别乱说，那怎么行。"

"怎么不行啊？又不犯法，咱们东元肯定会有女大学生喜欢的。"

冯东元用力摇头："新羽，你别瞎说了。"

白新羽又逗了冯东元两句，把人逗得脸通红，他心里乐坏了。

俞风城听到他们的对话，捶了白新羽肩膀一下："说的什么玩意儿，你别把东元教坏了。"

白新羽不服气道："怎么叫教坏，我教他追女孩子，这是受益终身的事儿，你以为谁都像你啊，成天就知道训练。"

俞风城哼了一声："我有正事儿。"

白新羽撇撇嘴。

俞风城口气里带着一丝警告："你不要瞎教唆东元，也别自己去招惹什么女学生，小心吃不了兜着走。”

白新羽从鼻子里哼出一声：“管得倒挺宽啊。”

这时，两个胆子大的女生跑了过来，撒娇道：“解放军叔叔，和我们去玩会儿桌游吧。”

大熊和梁小毛均是眼前一亮，连忙说好。

可惜女生没看他们，全都眼巴巴地看着俞风城。俞风城刚要拒绝，白新羽马上点头：“好哇好哇，玩儿什么？”

“有很多游戏可以玩儿的，来嘛。”

俞风城按住他的肩膀，脸黑了下来：“我们还有任务，回去了。”

白新羽推开他的手：“有什么任务？”

“九点按时熄灯睡觉的任务。”他拽起白新羽的胳膊，不由分说地往前走去。

“这叫什么鬼任务，你别拽我……”

白新羽一路被俞风城拽出了小吃街，三人只好紧跟其后。

走出小吃街，白新羽用力甩开他的手：“有毛病啊你。”

俞风城拦了辆出租车，把白新羽推了上去：“回酒店睡觉了。”

大熊刚要进来，俞风城把车门一关：“一辆坐不下，你们坐后面的吧。”说完跟师傅说，“开车。”

出租车绝尘而去，留下三人大眼瞪小眼。

白新羽白了俞风城一眼：“你真是……”他都不知道该骂什么了。他心情极其烦躁，连城市风景都没心思欣赏了。俞风城这个浑蛋为什么总是这么扫兴，就生怕他痛快一回似的。

俞风城的脸色也很不好：“你就那么想去跟女人玩儿？部队纪律在你眼里是很么，你忘了自己身上穿着军装啊。”

“说说话也不行啊，什么年代了？”

“我好不容易觉得你像点样儿了，一出来又原形毕露。”

白新羽白了他一眼，走进了酒店。白新羽先一步进电梯，然后拼命按关门键，电梯门果然在俞风城面前关上了，临下电梯前，他又把所有楼层都按了一遍，心想：让俞煞星等死吧。

回到房间，白新羽气得满床打滚，他真想揍俞风城一顿。

过了一会儿，冯东元回来了，见白新羽的样子，犹豫道：“你和风城又闹矛盾了？我真是看不懂你们两个了，你们到底有什么问题啊？”

白新羽没好气地说：“他有问题，他神经病。”

冯东元笑了：“你们怎么跟小孩儿闹别扭似的，大家都是战友，有什么不能化解的矛盾，要不你跟我说说？”

白新羽摇摇头，他和俞风城的恩怨真不知道要从何说起。他闷声道：“没什么大不了的，就是互相看不上，我洗澡去了。”

冯东元轻轻叹了口气。

第二天一早，他们列着队、走着正步来到学校，确定各自要带的班级后，就分别行动了。

就听着俞风城那个班的方向不时传来女生的尖叫声和男生的起哄声，白新羽心里暗骂道，叫个屁，那是个“变态”神经病，谁沾上谁倒霉。

他走到自己班级前，看着学生们青涩的面孔，顿时感觉辈分高了一级。他轻咳一声：“大家好，我是你们的军训教官，我叫白新羽。”

有女生小声叫道：“哇，教官好帅啊。”

一班的人都笑了起来。

白新羽差点儿笑出声来，可还要装威严，忍得肌肉都有些抽搐。他掩饰地咳嗽道：“那个，教官虽然帅，但也是很严格的啊。”他简单自我介绍了几句，然后问道，“你们有什么问题没有？”

一个男生叫道：“教官，我替全班女生问一句，你有女朋友没？”

白新羽这回真忍不住了，也轻笑出来：“女朋友啊，你问哪个？”

一班的人都跟着起哄起来。

白新羽的性格也是爱笑爱闹，而且就比学生们大两三岁，很快就跟他们打成一片。不过训练方面也没含糊，带着他们踢正步、练军姿，陪着他们一起晒太阳。看着这些大学生开始时生疏、懒散的样子，白新羽想到了刚进部队时候的自己，从一个懵懂的、态度不端正的普通人，到一个像模像样的军人，白新羽真的没想到他能在不到一年的时间里完成这样的转变。

中午吃饭的时候，很多学生都抢着跟他坐一桌。

“教官教官，一班的教官是你战友吗？”

白新羽不太情愿地说道：“是啊。”

“天哪，他好帅哦，个子好高，部队里很多这种帅哥吗？”

白新羽挑了挑眉：“你看我不就知道了。”

“哈哈，教官好自恋。”

另一个女生说：“还有三班的教官，好容易脸红，超可爱的。”

白新羽压低声音说：“我告诉你们，一班的教官是个变态，喜欢折磨人，而且生活习惯很不好，经常几个星期不洗衣服袜子；三班的教官人缘可好了，标准的居家型好男人，还没有女朋友。”

“哇，真的假的啊，这么脏。”

“教官不会是嫉妒人家长得帅吧，哈哈哈哈。”

白新羽哼道：“你们爱信不信。”

一个秀气的卷发女生笑着说：“我觉得教官你比较帅。”

白新羽心花怒放：“一看你就有眼光。”

女生脸一红，也跟着笑了起来。

第一天军训结束后，白新羽扬扬得意地跟冯东元吹嘘自己多受学生欢迎，冯东元却心不在焉的，他问道：“东元，你怎么了？”

冯东元回过神来：“啊？怎么？”

“你怎么不说话啊，你没事儿吧？”

冯东元笑了笑：“没事，就是有点羡慕他们能上大学……不过，现在的学生嘴真厉害，太能开玩笑了，我都被他们弄得不好意思了。”

“是你太老实了，一看就好欺负，你这样管不住学生怎么办？”

“我就是严肃不起来。”冯东元叹了口气，“要是能像风城那样就好了，听说他特别严，整天板着脸，学生都不太敢跟他说话。奇怪，他也不是那么冷冰冰的人啊，难道心情不好？”

白新羽撇撇嘴：“装的，你也能装出来。”

两人聊了会儿天，就各自洗漱睡觉了。

军训的日子对学生们来说痛苦而漫长，但对他们来说却轻松而短暂，转眼一个星期就过去了，战士们都和学生们混熟了。

白新羽在和学生们八卦时，得知俞风城一个星期收到了二十封情书，但都石沉大海，没有回音。白新羽心想，俞煞星真能装啊，在学校装得特别冷酷矜贵，谁知道那小子本性如何呢。

不过，白新羽知道被学生爱慕不是件轻松的事儿，毕竟他们马上就回部队了，能留下什么呀。他现在就被一个卷发的女生缠上了，时不时给他买零食、送水、打饭，那种单纯又羞涩的方式，是他从没体会过的。他接触过太多唯利是图的女人，几乎忘了普通的、正常的女孩子是怎么样的，这让他既新奇又紧张，他有些不忍心拒绝这样的女孩子，可他又不能接受，一时很是为难。

这天晚上，白新羽又收到那个女生的短信，说想送他自己种的盆栽，就算带回雪山也能养。白新羽长啸了一声，直拿脑袋撞墙。

冯东元好奇地说：“新羽？你头疼吗？”

“是啊，我头疼。”

“头疼撞墙有什么用，过来我给你按按。”冯东元朝他招手。

“不用……”白新羽看了看手机，“我下去了，有人找我。”

“难道又是那个女生？”

“是啊。”

冯东元无奈道：“去吧，别伤人家自尊。”

白新羽郁闷地下楼了。

今晚很冷，女生的脸被冻得红扑扑的，一见白新羽下楼眼睛立刻亮了起来：“教官。”

“陈晨，我不是让你不要随便离校吗？”

“这里离学校很近嘛。”她笑着递给他一样东西，“送你的。”

“我不能收你的……”

“拿着嘛。”她笑嘻嘻地将东西塞进白新羽手里，“我又送不起值钱的东西，这个是我自己种的盆栽，很好养，以后你看着它记得想起我啊。”

白新羽实在不习惯应付这样的场面：“陈晨，我跟你说过，我……我有女朋友。”

“你骗人，你一开始说自己没女朋友，现在是为了拒绝我吧。”陈晨抿了抿嘴，“你马上就要走了，就让我多见见你吧。”

白新羽还要说什么，陈晨的目光已经越过他看向他身后。白新羽转过头，就见俞风城从酒店里走了出来。

陈晨朝俞风城点点头：“教官好。”

俞风城看了看他们：“你们干吗呢？”

陈晨脸一红，没说话。

白新羽道：“你快回去吧，怪冷的。”

陈晨小声说：“今天孔雀公园放烟花，我们一起去看吧。”

“他没告诉你他已经有女朋友了吗？”

陈晨惊了惊：“是……是真的吗？”

俞风城的手搭在白新羽的肩膀上：“是真的。”

陈晨瞪大眼睛。

俞风城淡淡道：“回去吧，路上小心。”

陈晨脸一红，扭头跑了。

白新羽瞪着他：“你这是干什么？”

俞风城不以为然：“帮你解决一个麻烦，不用谢。”说完转身就走。

白新羽怒道：“你疯了是不是，明天他们都该知道了。”

“她看着不像多嘴多舌的女人。”俞风城就跟什么都没发生过似的，径自朝电梯走去。

白新羽追上去，故意找碴：“谁让你多管闲事了！”

电梯门叮的一声关上了，俞风城一巴掌拍他脑门儿上。

俞风城刚要说话，电梯门突然打开了，大熊和他们面面相觑，原来两人一直没按楼层键。

大熊莫名其妙地看着他们：“你们在电梯里干吗呢？”

白新羽尴尬地说：“照镜子。”

“跑电梯里照镜子？”大熊一副“你没病吧”的表情。

白新羽摸了摸自己的脸：“一进电梯光顾着看镜子，被自己给迷住了，就忘了按楼层键。”

大熊嗤笑道：“真恶心。”

俞风城道：“你晚上不是不回来吗？”

大熊道：“我脑残，忘带钱包了，拿上就走。”

上了楼，打开门，大熊拿上钱包：“你们聊，我先走了。”他朝白新羽眨眨眼睛，迫不及待地蹿出了门，“不准告诉别人啊。”

他一走，白新羽就爆炸了：“你怎么不管大熊？你欺软怕硬是不是！”

“他又没有一个表哥让我舅舅托付我照顾他。”俞风城咧嘴一笑，“我是对你负责。”

“你就是以刁难我为乐！”白新羽狠狠剜了俞风城一眼，气哼哼地回房间了。

第二天去学校，白新羽很是忐忑，他生怕陈晨把昨天的事宣扬出去，那他真是跳进黄河也洗不清了，要是传到指导员耳朵里……想想就浑身起鸡皮疙瘩。

幸好见到学生们之后，一切如常，只是陈晨看他的眼神有些怪异，他就装作什么都不知道，照常训练。俞风城昨天的方式虽然粗暴，但确实有效，陈晨果然没再来找过他。

两个星期的军训很快到尾声了，虽然学生们被训得叫苦连天，但到了要和教官分离的时刻，大家都依依不舍。很多学生都哭了，白新羽也觉得心里特别不好受。

解散的时候，班长找到他，说要请教官们去酒吧聚会。

白新羽一开始没答应，但班长反复保证和要求，说酒吧他们包场了，没事儿。

白新羽最后无奈地说：“那你们可绝对不能张扬。”

班长用力点头。

晚上，白新羽几人背着指导员偷偷摸摸地去了。他们一进酒吧就受到了热烈欢迎，班长站在DJ台上，拿着麦克风讲话，小伙子虽然其貌不扬，嘴倒是很能说，把这群当兵的好好夸了一通，说到最后很煽情，让在场人都很有共鸣。

酒吧里放起了烂大街的DJ曲，他们喝酒、聊天，玩儿得很high。

俞风城、白新羽和冯东元成了主要被劝酒的对象，学生们争相和他们合影，白新羽收到了不少礼物，腮帮子都笑僵了，虽然俞风城人气比他高，但太不近人情，所以他反而成了最受欢迎的教官。

冯东元酒量不行，两杯啤酒下肚头就晕，白新羽只好帮他挡酒。那天晚上大家喝得都有点多，尤其是大熊和梁小毛，走路都直打战，白新羽还有意识，但看人已经眼前发花了，冯东元彻底晕了，躺在沙发上一动不动，他喝多了也不闹，倒是好养活，只有俞风城比较清醒，只是脸红。

后半夜，他们散场了，互相搀扶着往酒店走去。

白新羽迷迷糊糊间一直抓着冯东元，想着一定要把他送回房间，要是扔大街上该冻坏了。

那一夜，他们也像一群无忧无虑的学生，暂时忘掉了刻板的教条，肆意挥洒着青春，为这一生难得的经历而酣然一醉，痛快无比。

“唔……”一觉醒来，白新羽头胀得仿佛随时要爆炸，他半眯着眼睛缓了半天，才爬下了床。

屋子里全是酒臭味儿，实在熏人，他打开窗散味。冯东元也醒了，迷迷糊糊地看着他。

白新羽笑道：“两杯酒就晕了，你这酒量真让人惊讶。”

冯东元难受地敲着脑袋，苦笑道：“我没怎么喝过酒……”

白新羽虽然难受，但是习惯了宿醉之后的感觉，他给冯东元倒了杯水，两人一起吃了解酒药，精神稍缓，才起来洗漱。

中午吃饭的时候，很多人没起来，被王顺威发现了昨晚的事，抓着他们训了个狗血淋头。

剩下的一天半，学校出钱给他们包了个团，他们去看了孔雀河、北门关和一座古城。他们中大部分来自中原或南方，没有领略过这粗犷又豪迈的西部风光，这让他们大饱眼福。

白新羽充当了一天摄影师，拍了好多照片。

冯东元高兴地说：“等回去把照片洗出来，我给家里寄几张。”

白新羽笑道：“没问题，我这里就你的照片最多。”

“真的啊，我看看。”冯东元翻看着单反里的相片，看着看着就笑了，“风城的也不少呢。”

白新羽皱眉道：“没有吧，我没怎么拍他啊。”

冯东元继续看照片。

白新羽回过头，俞风城就坐在他后座，正闭着眼睛打盹儿，纤长的睫毛在下眼睑扫出一片扇形的阴影，他微抿着唇，五官精致俊逸得无可挑剔，那被收进相机里的每一个表情和动作都完全没有死角，光从外形来说，俞风城是个完美得让人嫉妒的男人。

白新羽转过身去，心里轻叹了一声，长得这么好看，怎么总不说人话呢？其实，他心里一直以有俞风城这样一个朋友而偷偷自豪，可是，俞风城有把他当成朋友吗？

第二天，他们就飞机和汽车联程地回了营区。

不仅能休息两个星期，还能扎堆在女学生里，他们成了所有战士羡慕的对象，一回来就被包围起来，七嘴八舌地询问着情况。

这时，炊事班的一个战友把白新羽叫走了，说要给复员的战士们办欢送会，其中就有程旺旺，让他准备准备，唱首歌、写个欢送词之类的。

白新羽那些都没准备，就把自己带来的好烟全都打包了，打算让程旺旺带走。在炊事班如果没有程旺旺热心肠的照顾，他肯定需要花费多一倍的时间才能适应那里的生活。他觉得他运气真的很好，虽然到处都有瞧不上他的人，但到哪儿也都能碰上对他好的人。

这一批退伍的老兵共十人，从入伍新兵到退伍老兵，他们之中最短的经历了四年，最长的八年。他们大半的青春都献给了军队，最年轻最热血的岁月，都是和战友一起度过的。尽管当兵又苦又累，可到了要离开的时候，他们全都相当不舍，军人生涯的经历和战友的情谊令他们永生难忘。

三杯酒下肚，他们都哭了，他们互相敬酒、拥抱、留影，在部队的最后一天，尽情宣泄着他们的留恋和感慨。

白新羽举着杯走到程旺旺面前，红着眼圈说：“旺旺哥，你在家好好开餐馆，等我退伍了我一定去那儿吃你的、喝你的。”

程旺旺哽咽着说：“臭小子，你可一定来啊！”说完一把抱住了他。

两人紧紧拥抱在一起，热泪盈眶。

这是白新羽第一次经历战友退伍，他无法形容自己的心情，他看着那些要离开的老兵，仿佛看到了若干年后自己离开时的情形，无论他对部队有多少抱怨，到时候他一定会痛哭流涕。他们哭的，是再也回不去的、挥洒着汗水和热血的青春，是身边亲如兄弟的战友，是这一身代表着威严和血性的绿军装。

他们亲自把老兵们送上了车，白新羽看着流着泪远去的程旺旺，眼前一片模糊。分别时是最难过的，人生苦短，今天一起欢笑喝酒的人，真的不知道何时何地还能再相见，也许这一面，就是最后一面。

THE GROWTH OF A DANDY.
FIGHT ALONGSIDE YOU.

第十九章 猎豹大队的选拔

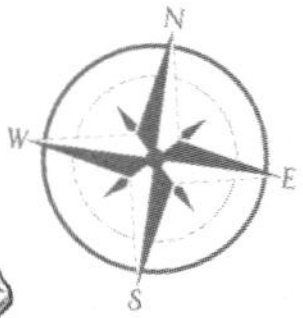

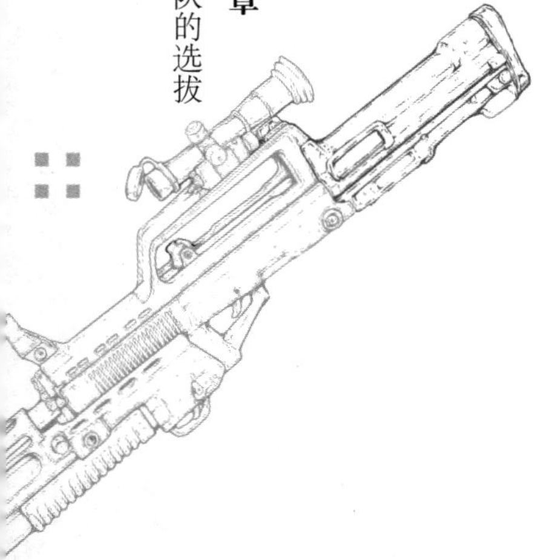

从库市回来没多久，俞风城就被提了副班长。白新羽知道俞风城根本不在意这个，如果他真的在乎军衔，一开始就不会放弃军校来参军，他想要的是和霍乔站在同一战场上。

艰苦的训练依然继续着，为了能进猎豹大队，很多人都开始或明目张胆或悄悄地准备着。白新羽发现，他们班上就有好几个跃跃欲试的，包括大熊、梁小毛、巴图尔这些成绩好的兵。

在听着他们讨论猎豹大队选拔时，白新羽的心态发生了变化。尽管猎豹大队对他来说还是遥不可及，但他突然就不那么畏如水火了，因为他觉得梁小毛和巴图尔并没有比他好太多，至少没有像俞风城和班长那样与他拉开明显的距离，他觉得自己努努力，未必比他们差。既然梁小毛和巴图尔都有自信去参加选拔，他干吗要缩手缩脚的，陈靖也说了，哪怕选不上，也可以带他去见见世面。于是白新羽就萌生了去“见见世面”的想法。

一天，陈靖给他们带来了最新消息，说这次团里选送去参加选拔的，一共有八十个名额，要求各个连长推荐。

听到这次只有八十个名额，几个想去参加的都有些沮丧。

陈靖道：“这次跟往年不同，考虑到选拔一次耗人耗力，所以限制了人数，人员由连长负责考量，大家等消息就行了。”

白新羽立刻就知道没戏，要是名额多，陈靖也许就带他去了，可这回是许闯选，许闯根本看不上他，怎么都轮不到他的。他心里有些失望，虽然明知道自己不可能选上，但他还是想去见识见识究竟猎豹大队会怎样考核人才，他想知道，他和猎豹大队的差距究竟有多远。

他失落的表情被一旁的俞风城尽收眼底。

午休的时候，俞风城把他叫了出去，开门见山地说：“今天班长说猎豹大队的事儿，怎么看你好像挺失望的？难道你也想去参加选拔？”

白新羽道：“你哪儿看出来我想去了，我是想到班长可能要走了比较难过而已，什么选拔，我才没兴趣呢。”

“哦？”俞风城眯起眼睛，“班长走了你难过，那我走呢？”

白新羽左顾右盼，就是不看俞风城的眼睛：“你这么积极要走，我替你高兴呗。”

俞风城的神情也变得不自在起来：“嗯……我只是想提醒你，猎豹大队不是你能去的地方，你不要瞎掺和。”

白新羽不爽道：“我怎么瞎掺和了，一是那本来就没我什么事儿，二是我压根没想去，凭什么到你嘴里就成我瞎掺和了，你有妄想症啊。”

俞风城看着他气急败坏的样子，忍不住笑了出来：“奓什么毛啊，我就是随口说说。”

“你随口说说就能把我说得跟个搅屎棍似的。”白新羽生气不是没理由的，因为他刚来部队的时候，俞风城为了把他赶跑，就用类似这种口气说过他。他现在已经成长起来了，完全是个能胜任各类训练任务的老兵，俞风城居然还拿这口气说他，仿佛如果他真的胆敢动了一丝丝去试试猎豹大队选拔的念头，就是玷污了俞风城心目中的圣地。呸！

俞风城懒得跟他争执：“我没这么想，你犯得着这么激动吗。猎豹大队的初次选拔，几乎都是团队作战，我只是不想到时候碰上不……”他看了气呼呼的白新羽一眼，改口道，“不那么厉害的战友。”

白新羽瞪了他一眼：“你放心吧，就算我真的去，我也绝对不跟你一组拖你后腿。”

“这可不好说，你的性格依赖性太强。”俞风城摇摇头，“反正你也不会去，不说这个了。”

白新羽见俞风城没再刺激他，顿时有种第一次在吵架中占了上风的快感，于是也就不再纠结那个问题，他反问道：“真的都是团队作战？那为什么每次选上去的人那么少，要是赢了，不就是一个团队赢了吗？”

“团队里也会有各种档次的兵，掉队的、中弹的、受不了苦的，任何形式都可能被淘汰，但一个团队里的人如果足够强大，能提升整体生存率。其实初次选拔每年都大同小异，几乎都是把一群人扔在野外生存几天，共同抵抗考核部队的打击，最后完成目标。”

“那目标是什么？”

“不一定，但不能中弹是肯定的。”

白新羽想了想：“那要是有人运气好呢，比如跟着厉害的团队，自己莫名其妙就过关了。”

“这种概率很小，但并不是没可能，所以，才有第二道、第三道关卡。”俞风城眸中闪烁着一丝兴奋的光芒。

白新羽好奇道：“第二道关卡是什么？”

“通过初级选拔的人就会被送到猎豹大队训练，训练是拼体能、拼耐力、拼真正实力的，你说的那种光有运气没有实力的兵，在这一关就会被刷下去。”

“那……要是本来很厉害的兵，因为运气不好没通过第一关呢？”

“那就自认倒霉吧，没人能证明他有那个实力成为特种兵。”

白新羽咂舌：“真够可怕的……哎？还有第三关？”

“第三关……”俞风城眯起眼睛，表情变得有些严肃，“严格来说，第三关是在培养特种兵的过程中的一个长期考核，只有能扛过很多残酷的训练，甚至是改造的战士，才能成为一个合格的特种兵。很多人没通过考核往往不是身体的原因，而是因为心理压力，这个我小舅也没细说，这是机密，只有你到了那一步才会知道。”

白新羽听得玄乎，对猎豹大队的敬畏又多了几分，这怎么听着跟培养杀手似的，不，培养特种兵恐怕比培养杀手要残酷多了。他咽了咽口水：“那你觉得，这次有谁能选上？”

“其他连队我不知道，我们连队，除了我，可能只有陈靖和一排的一个兵吧。”

白新羽哼笑道：“你可真有自信啊，万一你就是那个运气不好被淘汰的呢？”

俞风城目光坚毅，露出一个有些狂妄的笑容：“不可能，足够的实力可以扭转运气，我一定会在今年加入猎豹大队。”

白新羽看着他脸上因执着而散发出来的光芒，心里忍不住难受起来。俞风城总是跑得很快，向着自己的目标一往无前，而他只不过是俞风城追寻目标路上的一个短暂的同行者，俞风城不会为了他偏离一点方向，甚至不会为他慢下脚步，他很快就要被甩下了。他也不知道为什么竟然会有种被抛弃的感觉，真是莫名其妙。

那段时间，不仅是俞风城、陈靖等人在刻苦训练，白新羽也变得非常积极，几乎是拼了命地在训练自己的体能和各项军事、作战技能。他因为起点低，所以进步得很快，在众人都没怎么察觉的时候，他已经名列班级前茅。从一个吊车尾爬到半个尖子兵，其中付出的汗水，不仅仅白新羽自己知道，很多跟他亲近的人一路看着他成长，也是感慨良多。

天气渐渐热了起来，转眼间，白新羽当兵都一年了，有时候想想，自己也该感谢俞风城，如果不是俞风城，他不会有这么大的动力逼迫自己进步。

一天，部队里来新兵了，运新兵的卡车就从他们营区外的大门前经过，不少人爬到围墙上偷看，看着那些新兵稚嫩又疲倦的样子，哈哈直笑，总觉得看到了一年前的自己。

陈靖和俞风城都被调去训新兵了，白新羽连着一个月都没怎么见到他们，他每天也不闲着，起早贪黑地训练。他心里憋着一股气，这股气支撑着他克服了惰性，让他不断地挑战自己，进步，再进步。

这天下午，白新羽被通知去许闯办公室报到，他去了之后，发现办公室里有俞风城、陈靖、大熊、梁小毛，还有别的排的三个人。一见他进来，所有人都看向他，眼神是说不上来的复杂。

他隐隐预感到了什么，但许闯没开口，他不敢乱猜，他的拳头在背后握紧了，身体微微有些发抖，血液好像都跟着沸腾了。

许闯道："叫你们来的目的你们应该都知道了，你们八个人是我推荐给团里去参加猎豹大队初级选拔的人选。"

白新羽瞪大眼睛，差点儿因为兴奋而大吼出来，连长在说什么？连长推荐了他？他可以去参加猎豹大队的选拔？！这个办公室里站着的几个兵，全都是各个连的尖子兵，而他居然也在列！难道许闯承认他是尖子兵了？

白新羽激动的表情尽收众人眼底，许闯皱眉道："哎，白新羽，你瞎激动什么呢，这未必是好事儿，参加这个选拔，出了意外，致伤致残，是几乎每届都无法避免的，你以为这是好玩的？"

白新羽赶紧立正，严肃道："我知道这不是玩儿。"

"那你还愿意去？"

白新羽匆匆瞥了俞风城一眼，他来不及分析俞风城那眼神包含着什么意义，大脑一热，毫不犹豫地说："愿意！"

"好，有这个魄力就好。"许闯把文件推给他们，"大家还有什么意见吗？"

梁小毛看着白新羽明显不服气，可没敢当众质疑许闯，不仅是他，其他几个人都一样狐疑，不明白连里那么多优秀战士为什么偏偏选中白新羽。白新羽虽然进步很快，但还没有跻身最强的那一批，选他有点儿名不副实，也难怪很多人不满意。

"大家领了材料好好看看，回去做好准备，希望你们能珍惜这次机会，散了吧。"

众人拿着材料走出了办公室。

王顺威看着一行人走远后，叹了口气："这猎豹大队又整什么幺蛾子，每年都要出点儿花样，这次居然要我们给安插一个……唉……"

许闯却露出兴致盎然的笑容："你不觉得很有意思吗？猎豹大队考验人的方法总是层出不穷，我都想去试试了。"

几人一走出办公楼就七嘴八舌地议论起来，大熊大笑道："我都猜到了肯定有我，哎哟，还真有点儿紧张啊。"

梁小毛阴阳怪气地说："有你不奇怪，有谁都不奇怪，就是……"他睨了白新羽一眼，口气又是不屑又是不服，"你那名额，不会是连长随机抽的吧。"

白新羽眉毛一瞪，刚想反驳，陈靖却先他一步开口了，语气有些严厉："小毛，不许你这么说话。新羽这几个月的进步是大家有目共睹的，连长做这样的决定自然有他的道理。"

梁小毛轻哼一声，讪讪地扭过头去，但依然没什么好脸色。

白新羽占了一个名额，就有一个比他优秀的人失去了名额，其他人虽然没像梁小毛那样说出来，但心里或多或少不是不服气就是犯嘀咕。

白新羽从出门到现在一直没怎么敢看俞风城的眼睛，他明明没什么好心虚的，可前几天俞风城问他的时候，他撒谎说了根本不想去，结果许闯问他的时候，他都没犹豫就答应了……不过，他也没什么好跟俞风城解释的，又不是他非要去的，是许闯选的他，一定是因为他这几个月的表现让许闯满意了，对这个结果他不免窃喜。

回宿舍后，陈靖把事情说了，班里人的反应不出白新羽意料，有些在祝贺他，也有些不服气，他才不在乎呢，他一没送礼二没走后门，这可是他靠自己的实力得来的！

白新羽知道就算他能去参加选拔也几乎没可能通过，但许闯给他这个机会，不仅是对他这段时间进步的肯定，也让他有机会窥见一点点传说中猎豹大队的风采，至少到目前为止，他还是和俞风城走在了同一条路上，让他知道只要努力，他不比别人差多少。

晚上，白新羽跑去炊事班把这个消息告诉了武清。武清听了之后，居然不像白新羽想象得那样惊讶，反而笑了笑："哦，不错啊。"

白新羽歪着脖子看着他："班长，你不惊讶？连长选了我啊。"

"不惊讶啊。"

白新羽高兴地说："这么说你也觉得我进步大吧。"

武清点点头："你进步是挺大的，我听你们班长说了。"

白新羽得意地说："你说连长是不是觉得我也挺有希望的？"

武清露出一个神秘的笑容，然后给了一个模棱两可的回答："猎豹大队会吸纳多方面的人才，所以很多人都有希望。"

白新羽小声说："班长，要是不违规的话，你能不能告诉我一些注意事项什么的？"

武清哦了一声，还认真想了想，最后说："别中弹。"

白新羽撇了撇嘴，这跟没说有什么区别。他厚着脸皮撒娇道："班长，你就没什么过来人的意见吗？"

武清耸耸肩："我告诉你见着考核方的人就一枪毙掉，你能做到？"

白新羽哑然。

"所以我的意见对你来说没什么参考性……哦，有一点我必须提醒你。"

白新羽兴奋道："什么？"

"猎豹大队的选拔是很严酷的，很多任务根本已经超过了普通列兵的能力范围，一旦你觉得无法胜任，不要勉强，直接弃权。我这可不是说说而已，每年的选拔都会有人受伤，严重的会有人致残，几年前还出了意外死过人，这不是什么运动会，你们所处的是真实的战地环境，用的都是真枪，只不过枪里是教练弹罢了，但意外随时可能发生。”武清拍了拍他的肩膀，“新羽，你一定要记住，自己的安全是最重要的。”

白新羽点点头：“班长，我明白，其实我知道我很难通过选拔，我会尽力而为，但我不会不要命的。”

“那就好。”

白新羽八卦道：“班长，你那届选拔，通过了多少个人啊？”

武清道：“就我一个。”

“啊，班长，你真牛，你们是怎么选拔的？”

武清眯起眼睛：“你小子今天不从我嘴里套出点儿东西，是睡不着觉了吧？”

白新羽嘿嘿直笑：“你就告诉我一点儿嘛。”

武清看了他半晌，道：“好吧，我再提醒你一点，在战场上要团结战友，摒弃个人情绪，凡事以大局为重。”

白新羽抓了抓脑袋：“你这还是等于没说啊。”

武清不耐烦地瞪着他：“作为军人，永远把完成上级任务放在第一位，其次才是你个人的得失和战友的得失，你听得懂就听得懂，听不懂就算了，我要去洗澡了，回去吧你。”

白新羽当然听得懂话，但当时他确实没有悟透里面的意义，他是抱着武清能透露点儿什么“闯关技巧”之类的小心思去问的，结果没问到他觉得有用的就失望地回去了。

第二天，白新羽跑健身室去锻炼，累得汗流浃背、气喘如牛。

“你又发什么神经呢？”一道熟悉的声音在白新羽背后响起，吓得他差点儿把手里的杠铃甩出去。

俞风城不知何时出现在了健身室里，但他显然不是来健身的，衣服都没换。

白新羽道：“你怎么知道我在这儿？”

“路过窗外看到了。”

白新羽放下杠铃，拿毛巾擦了擦汗：“我知道你想说什么，是连长让我去的，又不是我自己说了算的。”

俞风城挑挑眉：“你真的知道我想说什么？”

白新羽站了起来：“不就是让我别拖你们后腿吗，有什么了不起的，我到时候不跟你们一组就是了。”

俞风城笑了：“你以为这个也是你说了算的？”

白新羽皱了皱眉：“难道规定了一个连的必须一组？”

“这倒未必，但如果真的自由分组，你觉得其他不认识的人会接纳你成为他们的组员吗？”

白新羽心里不太是滋味儿，他低声道：“那我就自己行动。”

俞风城捏着他的下巴晃了晃：“别傻了，没人能自己行动，你更不能，你试过一个人孤立无援吗？真要那样你一天都撑不过去，班长也不会放你一个人行动的。”

白新羽抬眼看着他，小声说：“那你呢？”

“什么？”

白新羽淡道：“没什么。现在什么情况都不知道呢，说这个太早了，反正我没指望你……”

俞风城深深地看着他。

白新羽心里刚有点儿高兴，俞风城接着又说：“不管有没有你我都会通过选拔，没什么差别。”

白新羽失望地翻了个白眼：“你不怕我拖你后腿了？”

俞风城道：“这就是我要提醒你的，凡事听指挥，严禁擅自行动，你现在的能力不差，不至于帮倒忙。”

白新羽轻哼一声：“我才不会帮倒忙呢，连长都看好我了，要不也不会特意选我。”

俞风城摇了摇头：“关于这一点，还真不好说……”

“什么意思？”

“没什么，你好好准备吧。”俞风城说完就要走。

“俞风城。”白新羽在背后叫住了他。

俞风城回过头。

“万一……我是说万一，真的因为我你没能通过选拔呢。”白新羽也不知道自己为什么要问这么傻的问题，可他那张嘴就是不受控制地说出来了，他究竟想得到怎样一个答案？他不敢承认，在内心很深处，他有点希望俞风城失败。

俞风城道：“不可能，我一定会通过。”

“我是说万一啊，凡事都有万一。”白新羽恨不得扇自己两耳光，你怎么还说啊！是不是自己的嘴啊！

俞风城的眼神陡然冷了下来：“那你最好别是那个‘万一’的原因。”说完，他头也不回地走了。

白新羽在原地呆立了很久都没有回过神来，俞风城刚才的眼神和口气让他有些害怕。没错，他不能成为那个“万一”的原因，否则俞风城好像会吃了他，像俞风城这样的男人，根本无法忍受自己的前进路上有碍脚石吧。白新羽猛地灌了一口水，眼神变得尤为坚毅，他不会再成为拖任何人后腿的那个人，就算他和俞风城以后都不见面了，两人唯一也是最后一次共同上“战场”，他要成为让人能够信任的战友！

许闯带着他们团选出来的八十人，去往离营区四百多公里外的一个训练基地。那里比雪山气候暖和，有充足的森林资源，地形复杂，非常适合野外实战训练，猎豹大队的人已经在那里等着他们。

他们来到一个临时营地，营地里炊烟袅袅，正在做晚饭。

白新羽下了车，就见一个身高腿长的俊朗男人朝他们快步走来，他一眼认出那是俞风城的舅舅霍乔。

霍乔和许闯相视，哈哈大笑起来。

“又是大半年不见啊老许，你脸上褶子好像更多了，哈哈哈。”

许闯摸摸自己的脸，哼笑道：“越多越爷们儿。”

霍乔看了看他身后的兵：“哎哟，个个鲜嫩嫩的。”

俞风城看着他舅舅却没有上前，霍乔也只是扫了他一眼，没太多表示，两人好像完全不认识对方，白新羽知道他们是为了避嫌。

许闯用力拍了拍他的肩膀：“你小子，已经弄走我好几个宝贝兵了，我每次见你都一肚子气，也不知道你给我们团头灌什么迷魂汤了，专盯着我们团招兵。”

霍乔笑道：“这是对你带兵能力的肯定啊。”他的目光落到了陈靖身上，他朝陈靖招招手，“小陈。”

陈靖小跑过去，敬了个军礼：“首长好。”

霍乔点头笑道：“你终于来了，我很看好你，别让我失望。”

“我尽力而为。”

霍乔捶了捶他的胸口：“我虽然很想要你，但我不会对你们任何一个人手下留情。”他最后一句话提高了音量，显然是说给所有人听的。

陈靖道：“是！”

霍乔又恢复了笑脸：“大家坐一天车都累了，接下来几天你们也吃不上什么像样东西了，所以咱们今晚吃顿好的，来来来，自己动手啊，有吃有喝啊。”

战士们都抱着这是最后一顿的想法，大吃大喝起来，恨不得一次在肚子里存一星期的货。

白新羽见俞风城时不时会朝霍乔的方向瞄一眼，他微讽道：“你不去找你小舅叙叙旧？”

俞风城低声道：“我们都不想让外人知道这个关系，你也别跟别人说。”

白新羽撇撇嘴：“我才不说。”他看着正在和许闯等人谈笑风生的霍乔，那修长健壮的身材、爽朗的笑声、随性洒脱的气质，真是一个让人只是看着，就能感觉到他的强大和自信的男人，也难怪俞风城会崇拜霍乔。在俞风城的成长过程中，霍乔恐怕一直就是这么一个男人中的男人，能让年纪小的孩子充满了敬畏，并在心里埋下“想要成为这样的男人”的种子。

晚上，霍乔在营地里开起了篝火晚会，这群战士从没跟猎豹大队的人接触过，一直以为他们神秘又可怕，结果相处下来，他们跟普通的老兵大哥好像没什么区别，爱笑爱闹爱喝酒，而且闹起来比谁都疯，喝起来比谁都猛。他们想象中的选拔必定惊险无比，结果当天迎接他们的居然是一场欢快无比的篝火晚会，吃喝管够，还没人约束，简直比在部队还爽，一时战士们都玩儿疯了。

那天晚上，他们闹到后半夜才陆续睡觉，大部分人都还有自控能力，知道明天要干正事儿，没有喝多，不过或多或少都喝了一些。白新羽躺在床上，想着明天可能经历什么，不知不觉就睡着了，睡得很沉……

“新羽，新羽！”

白新羽迷迷糊糊间听到有人在叫他，身体好冷啊，他都不知道自己是被叫醒的还是被冻醒的，他缓缓睁开眼睛，日光很是刺眼。白新羽眯着眼睛看着头顶，奇怪……帐篷呢？

“新羽，醒醒！”陈靖的声音再次响起。

白新羽终于反应过来，知道不对劲儿了，他猛地睁开眼睛，发现自己居然在户外，营地里空荡一片。他怎么动不了？他低头一看，自己身上居然绑着绳子，身边全是熟悉的战友，所有人都以连为单位被捆住了，有些人已经醒了，有些还在呼呼大睡。他惊道：“这是怎么回事！”

俞风城淡淡地说：“选拔已经开始了。”

大熊等人也渐渐醒了过来：“这是什么意思？”

陈靖道：“看看你们的手腕。”

白新羽低头，看到自己手腕上系着条蓝丝带。

“咱们团三个营下属九个连，每个连八至十人，被分成了九个队伍，咱们是‘蓝队’。”俞风城朝篝火旁边抬了抬下巴，“那里有九个颜色的信封，里面就是我们的任务，现在要先想办法弄掉绳子。”

听完俞风城的解释，白新羽大脑里只剩下一句话：太会玩儿了！

战士们渐渐醒了过来，他们没料到那热情的篝火晚会后会遭到这样的对待，一时都蒙了。

“快想办法弄开绳子！”梁小毛气得嗷嗷叫，“我就说昨天怎么给我们好吃好喝的，原来是养肥了再宰。”

“绳子挺紧的。”陈靖道，“我们刚才已经挣了半天了，挣不脱。”

“那怎么办？”大熊左顾右盼，“有没有什么刀、尖利的石头之类的，快找找，总不会一直绑着我们，那还考核个屁啊。”大熊从草地里抓起一块石头去磨绳子，可因为他是背手被绑，这个动作别着劲儿的，不好使力，就算能磨断，天也黑了。

跟他们一队的一个排长，叫王胜的人道：“不会那么简单的，这就是我们的第一道考验。”

俞风城道：“用牙咬吧，这是麻绳，虽然粗了点儿，但总能咬断。”

“咬？我们够不着啊。”

俞风城看向离他们最近的一队，道：“我们跟他们队互相咬绳子。”

这句话提醒了众人，他们八人背靠着背，由于脚也绑着，只能像八脚蜘蛛一样一同在地上挪着屁股，朝另一队靠近，其他队伍也反应过来，纷纷朝着就近的队伍靠拢。

他们和另一队挨上后，就分别伸过来几张嘴，咬着对方一个人手脚上的麻绳，那麻绳非常粗糙坚韧，不知道是用多少股亚麻编成的。大熊咬了半天，嘴角和舌头都被割破了，虽然伤口不深，但看着满嘴血有些吓人。

其他队伍也在拼命咬绳子，场面看上去狼狈而滑稽，但没有一个人笑得出来。猎豹大队给了他们一个下马威，把他们从乐园一脚踹进泥地，昨天跟他们把酒言欢的老兵，可能现在正埋伏在森林里狩猎他们。开头已经这么不留情面，后面的路该有多难走？

大熊咬了半天，嘴疼得不行，便开始转圈换人，这么换了几圈，轮到了白新羽，白新羽看着那混杂着血和唾液的被咬得参差不齐的麻绳，他不觉得恶心，只觉得心慌。选拔才刚开始，他已经开始心慌。他俯下身，用力撕咬着那粗粗的麻绳，那绳子一股干草的味道，混合着血腥味，咬在嘴里令人想吐。他使劲撕扯它每一股亚麻，直到那些粗糙的绳子划破他的嘴角和口腔，把他的牙扯得生痛。

就这么轮番咬了半天，陈靖第一个被解放出来，他猛地从地上跳起来，在现场寻找锋利的东西。在翻找了几个帐篷后，他终于找到一包刮胡刀片，弄断了几根绳子后，被解放的人越来越多。

他们蓝队是第一个全员挣脱束缚的，几人跑到篝火堆前拿起那个蓝色的信封，里面只有一张纸，上面写着一串坐标，还有一句话：五十公里奔袭。

“就……就这样？”梁小毛抢过信封，翻来覆去看了一遍，“就这么一个任务？跑五十公里？那不是天黑就能到了。”

“怎么可能那么简单。”陈靖蹙起眉，“居然只有一句话和一个坐标……”

白新羽注意到篝火堆旁边放着一块木板，这木板相比篝火堆，太干净太新了。他拿起木板，翻过来一看，上面用炭灰写了两个单词：Game Start。

白新羽狠狠将木板扔到地上，用力踹了两脚："Game 你大爷啊！"骂完还往上面吐了口带血的唾沫。

其他队伍的人也过来了，打开信封一看，跟他们的任务一样。

八十个兵有些茫然地站在营地里，有些人气急败坏，朝着朗朗晴空大声骂娘。如果一开始他们面对的就是猎豹大队的严酷考验，他们还不至于生气，他们生气是因为感觉被背叛了，被那些昨晚上和他们又笑又闹的老兵们背叛了。虽然这想法有些幼稚，这毕竟只是一个试炼，那些人还是他们的同胞，但愤怒的情绪已经在他们心里埋下了种子。

他们队一个叫刘柳的人问道："咱们现在怎么办？这张纸上没有规定时间，也没有通过或淘汰的条件……"

俞风城道："上面给了坐标，那我们就至少该有指北针，在森林里奔袭五十公里，连套基本的装备都没有，不可能完成，我们要先找到装备。"

几十人开始分头在营地里搜寻起来，但一无所获。

"哎，你们来看看，地上有油印子。"王胜喊道。

陈靖用手指抹了抹地上的油迹："没干……再找找，还有没有。"

他们分头去找，又在一条路上找到一些油迹，汽油、柴油都有。

俞风城道："附近肯定有补给站在提供这个营地发电和车辆用的油料，既然能补给油料，那么肯定也有储备装具，咱们去那个基地找装备！"

其他队还在商量对策，他们已悄悄离开了营地，顺着油迹搜寻。他们顺着油迹一路往南走了四五公里，一个军用补给站就出现在了道路的一旁。这个补给站肯定是专门给野外训练基地服务的，规模很小，门口有两个列兵把守，偶有车辆进出，墙上装着监控摄像头。

他们躲在一旁观察了半天，都没有擅自行动。这毕竟是军队补给站，如果他们去里面偷装备，万一被当成小偷毙了怎么办，那么大大方方进去要装备？能行吗？

他们商量起来，白新羽道："咱们现在怎么办？真的要进去？"

陈靖皱起眉："我们现在犹豫的问题是，这是不是猎豹大队设计好的一个环节，万一这里不是我们应该得到装备的地方，那我们偷东西被发现就犯错误了；万一是，那我们直接走进去就输了。"

大熊咬了咬牙："这是营地唯一能找到的线索了，不如我们赌一把，赌错了就挨罚呗，又不能枪毙我们。"

梁小毛点点头："我同意，目前这是我们唯一知道能有装备的地方，不然接下来的五十公里奔袭怎么走，这应该是猎豹大队设计好的。”

陈靖看向众人：“大家都同意吗？”

俞风城点点头：“赌一把吧，这只是个普通的补给站，又不是什么军事重地，除了看门的和摄像头就没什么警戒了，进去不难。”

众人均点头。

“好，那我们就偷溜进去。”陈靖看了看已经赶到的其他队，“我们要赶在他们前面，进去的人越多越容易被发现。”

“墙上的摄像头怎么办？”

队伍里一个叫李佳乐的兵咧嘴笑了笑：“这个交给我。”他从手腕上拽下一串水晶手链，拿在手里掂了掂，自言自语道，“回去再把你串好。”说完，便把手链里的皮筋咬断了，用皮筋和树杈做了个简易弹弓。

刘柳笑道：“原来你也玩儿这个，我小时候经常用它打鸟。”

“这玩意儿我们老家的小孩儿都会玩儿，打个摄像头不成问题。”李佳乐悄悄绕到补给站的左侧围墙，把石头夹在弹弓上，噗的一下射了出去，那石块正砸在摄像头的镜头上，脆弱的镜头应声而碎。

李佳乐朝几人挥了挥手，他们快速跨过小路，跑到了墙根儿处。

陈靖蹲下身，朝白新羽使了个眼色。

白新羽后退几步，一个助跑，踩着陈靖的背就扑到了墙沿上，这个动作他在新兵连的时候不知道练过几千次，相比当年的笨拙，他现在可灵巧得很，轻易就能翻过去。他扒在墙沿上，悄悄探出脑袋观察着补给站，一般这种小型补给站有一个班驻守就不错了，果然他一眼看过去没看到任何人。他跳了下来：“没看到人。”

“描述地形。”

白新羽快速道：“从东到南依次是营房、加油站、仓库、仓库、楼房，前方一片停车场，主要是油罐车和军用卡车，西南面是个小训练场。”

陈靖道：“咱们选三个人进去吧，太多人容易被发现。”

众人面面相觑，都没有自告奋勇，万一这里真的只是个普通的补给站，不是猎豹大队设计好的任务地之一，那他们的所作所为就太尴尬了。

陈靖道：“我去，我是你们几个的班长，不管怎么样我都得负责。”

“我也去。”俞风城和白新羽异口同声道。

梁小毛和大熊马上道：“我也去！”

陈靖笑道：“就我和风城还有新羽吧，去太多人也不好，你们在这里等着我们把装备搬出来。”

“好。”王胜看了看表，“如果你们半小时内不出来，我们就派一个人进去看，如果那个人还不出来……我们就走进去自首吧，嘿嘿。”

“好，大家放轻松，这毕竟只是个选拔。”陈靖踩着俞风城的背箭步跃上了墙，利落地翻了过去，然后在墙那头小声说，“安全。”

俞风城和白新羽互相助力，都敏捷地翻了过去。

他们一落地就快速顺着墙根儿跑到营房旁，整个补给站静悄悄的，他们一路都没看到人，很快他们就越过营房。在加油站，他们看到了正在卸油的油罐车，有两个兵在那儿干活，他们借着停车场上的车的掩护，悄悄穿过加油站，终于到达了仓库。

仓库大门上着将军锁。

俞风城小声道：“去看看窗户。”

三人猫着腰走到窗户边，窗户也是锁着的，但比铁锁好对付多了，他们趁着下一辆油罐车卸油弄出来的巨大动静，用衣服包着手肘，悄悄撞碎了玻璃，翻身跳了进去。

仓库里散发着一股沉闷的味道，光线也非常暗。

白新羽眼尖地发现墙角堆着的装备，悄声道：“在这里！”

三人跑了过去，拿起一个标准配置的行军包打开看了看，他们穿越森林需要的基础装备差不多都有了。

突然，仓库里灯光大亮，一堆人从仓库最黑暗的角落里跑了出来，举着枪对他们喊道：“不许动，举起手来！”

三人扔下装备，纷纷举手。他们知道自己找对地方了。

仓库门被打开了，霍乔的笑声在他们背后响起。三人转过头去，霍乔双手插兜，悠闲地走了过来：“你们的动作比我想得还晚了一会儿啊。”

三人立刻敬了个军礼：“首长。”

“恭喜你们成为第一个到达这里的队伍，蓝队，嗯？作为第一个到达的奖励，将由我亲自给你们解释游戏规则。”霍乔笑了笑，“简单来说，选拔从现在才正式开始。”他打了个响指，身后有人推着推车走了过来，上面摆放着装备，“这些才是你们的标准装备。”

白新羽问道：“那最后一个到的，有惩罚吗？”

“有啊。”霍乔笑道，“当你们从这里出发，游戏就开始计时了，最后一个到这里的队伍，就是最后一个出发的。游戏规则一，五十公里奔袭任务，限时七十二小时，超过时间的淘汰，最后到达的一半人淘汰。”

陈靖皱眉道：“那就是四十人。”

霍乔哈哈笑道：“四十人？如果你们能有一半人在七十二小时内到达，那我这个考官就该退休了。”

俞风城淡淡道：“继续。”

“游戏规则二，你们的无线电里有一个求救频道，坚持不下去的、受伤的、被困的，必须第一时间求救，放弃选拔。”

“还有吗？”

“游戏规则三，在你们奔袭的过程中会有连队对你们进行围追堵截，中弹的立刻出局。”

俞风城道：“首长，你光说了淘汰，那通过的条件是什么？”

霍乔神秘一笑：“到时候你们自然会知道。”他抓起行军背包和一套衣服扔给俞风城，“换上。”

白新羽拿过衣服和枪，顿时感到有些兴奋。他只用过一次这种装备，在一次小型演习中，他们的枪上有激光发射器，枪膛里是空包弹，枪打到身上，衣服上的激光感应器就会冒烟，很是刺激。这种空包弹虽然不是真的子弹，但近距离射击依然会对人体造成一定伤害，这也是实战演习中无法避免的。

他们换好衣服，霍乔看着他们，目光如炬：“现在是上午九点整，三天后见。”

三人拿上其他人的装备头也不回地跑出了仓库。他们把装备抛过围墙，人也跳了出来。

梁小毛兴奋道：“拿到了？太好了！”

陈靖道：“拿上装备赶紧走，路上说。”

“果然是他们设计好的。”大熊听了陈靖的描述，愤怒地说，“跟耍我们一样。”

“比耍我们严酷多了。”王胜看了看表，“五十公里的路给我们七十二小时，看来路上绝对不会轻松了。”

“怎么轻松。”李佳乐捏着一小袋行军干粮，叹了口气，“七十二小时，就这么一小包。”

陈靖和刘柳在树林里警戒着周围，陈靖扭头道：“算出来了吗？”

俞风城道：“快了。”他正在利用指北针算夹角，计算那个坐标指向的目的地方向，半晌，他道，“出来了，西南方向。”

所有人都换好了全套装备，白新羽拿出一小盒油彩，笑着凑到陈靖面前：“班长，脸递过来。”说着用手指沾着油彩，在陈靖脸上画起了伪装色，“班长啊，我给你脑门儿上画个‘王’字怎么样。”

陈靖笑道：“别闹。”

大熊道：“来，给我画个忍者神龟的。”

几人互相画好伪装色，清点了一下装备，然后正式出发了。

THE GROWTH OF A DANDY.
FIGHT ALONGSIDE YOU.

第二十章
绝不拖后腿

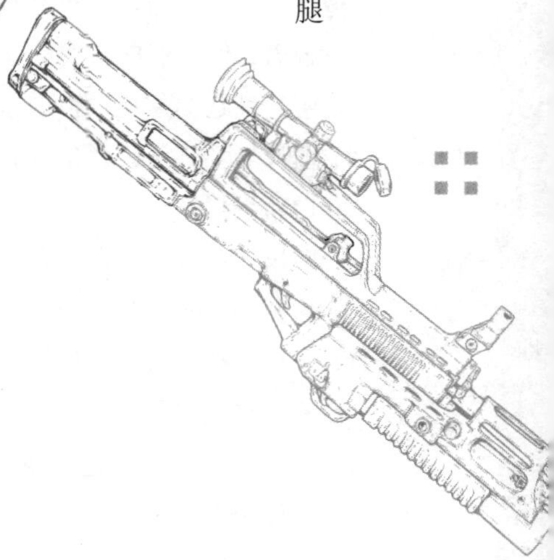

前面几公里还能看到水泥路，后来随着指北针指向的方向，他们彻底进入了森林，朝着目的地小跑着前进。

一上午都相安无事，他们在下午两点多的时候感觉肚子饿了，便找了个地方休息。白新羽看着那袋单薄的口粮，也就是一个小孩儿一顿饭的食量，他有些不舍地拆开了，往嘴里倒了一小把。

其他人也犹豫着要不要吃完。

俞风城道："吃完吧，森林里不缺吃的，保持体力最重要。"说完把口粮一口气都吃掉了。

白新羽一咬牙，张大了嘴巴，把口粮往嘴里倒去。

"有车！有人跟踪我们！"放哨的刘柳从高坡上滑了下来。

白新羽被吓了一跳，猛地呛了一下，口粮撒了一地，他那个气呀，正想去捡，俞风城一把拽起他："别捡了，走！"

树林里响起枪声，伴随着山地摩托的声音，正朝着他们的方向追来，俞风城低叫道："两两分散，梁小毛和大熊引诱他们，我们伏击。"

说着，他抓着白新羽从羊肠小径跳到了一道坡下面，躲藏在一根枯老的树根下。

听着渐近的摩托声，白新羽深吸了几大口气，感到心脏怦怦直跳。

俞风城悄声道："狙过真人吗？"

白新羽摇摇头。

俞风城道："我也没有，但肯定很刺激。"他举着枪，悄悄把枪口对准了来路。

摩托声在不远处停下了，白新羽握着枪，默念着武清对他说的话，见到考核方的人一枪毙掉，对，一枪毙掉！

俞风城瞄准了第一个踏入他视线的兵，毫不犹豫地开了一枪，砰的一声巨响，中弹的人身上立刻冒起了烟，他看了看自己，无奈地举起了手，他身边的战友立刻猫着身体躲在了树后面。

两人快速往前跑去，这一枪已经暴露了他们的位置。摩托再次追来，又是一枪，摩托上的一个人被子弹擦到了，立刻冒起了白烟，但驾驶摩托的人没停，直朝着大熊和梁小毛追去。

白新羽悄声道："好像有十来人。"

陈靖的声音在无线电里响起："我们从左侧进攻，风城、新羽右侧，李佳乐、刘柳后方包抄。"

"好。"

几人借着草木石头的遮蔽，朝着那些人靠拢，半晌，俞风城道："他们散开了。"

"小毛、大熊，你们怎么样了？"

“嘿，摩托车目标这么大，被我们干掉了。”

俞风城道：“太好了，把摩托车抢过来。”

“呃……这好吗？我问问啊。”

“问个屁，抢。”俞风城抓着白新羽道，“我掩护你，你爬到那个山坡上，找好狙击位后掩护我们。”

“好。”白新羽咽了口口水，脸上的汗直冒。

俞风城看着白新羽：“你害怕？紧张？”

白新羽摇摇头：“有点紧张，不害怕。”

俞风城拍了拍他的脸：“小心点，去吧。”

白新羽抱着枪小心爬了上去，快速朝着小坡匍匐前进。有人发现了他，一枪打在他身边的草丛上，他感觉浑身汗毛都竖起来了，他明知道那不是真子弹，可这场景实在太真实了，而且如果他中弹，面对的也是真正的失败。他从来没如此紧张过。

又是一声枪响，朝他放枪的人暴露了位置，被俞风城干掉了。

白新羽猛地冲到了小山坡上，使劲喘着气，快速备好狙击位。

陈靖在无线电中轻声说：“新羽，你喘气声太大了。”

白新羽赶紧抿住嘴，他手里是一把95式突击步枪，他曾用这把枪在射击比赛上赢过俞风城，就在那最后、最关键的移动靶一局，他很熟悉这把枪，他一定能打好！他深吸一口气，感觉发热的大脑冷静了一些，他趴伏在草丛中搜索着藏在树影后的敌人。

俞风城悄声道：“掩护。”他和陈靖突然从草丛中冲了出去，枪声不断响起。

白新羽在准星中锁定了一个离开大树掩体的兵，他食指摩挲着扳机，大脑处于短暂空白的状态，这是他第一次瞄准活人，那不是胸环靶，也不是啤酒瓶子，而是活生生在动的人，速度好快，比移动靶子快多了，但是……比扔在天上的啤酒瓶子慢多了！他猛地扣动了扳机，砰的一声枪响，准星里的人胸口中枪，白烟立刻冒了出来。白新羽心脏跳得极快，兴奋得他想大吼，他打中了！他干掉了一个“敌人”！好爽！好痛快！

耳机里传来俞风城低沉的声音：“干得好。”

白新羽在草丛里翻滚了一圈，离开原来的位置，朝敌人的方向匍匐前进。树林里不断冒出白烟，也不知道是敌人的还是自己人的，那些烟妨碍了白新羽的视线，他一时无法分辨哪些是还没“死”的敌人，他只能离得更近一些。

突然，他感觉右前方的草丛动了一下，他敏锐地朝那个方向一看，隐约看到了一只晃荡的水壶，他想也没想就射了一枪，对方的枪声同时响起，就在他耳朵边炸开，前方冒起了白烟，白新羽心慌地看着自己，还好，他没有中弹！

冒烟的人站了起来，满脸无奈。

白新羽朝他得意地笑了笑，继续往前爬。

远处又传来了摩托车的声音，他扭头一看，梁小毛和大熊开着摩托车冲了过来，还把两个冒着烟的“死人”放在身前当肉盾。

陈靖大叫道：“小毛，十一点方向！”

枪声砰砰砰响个不停，俞风城和陈靖等人把几个敌人逼得直往后退，梁小毛开着车在旁边给他们掩护，他们一举灭掉了好几个敌人。

“新羽，快跳下来！”

白新羽从小山坡上跑下来，跳到了摩托车上，摩托车很快超载了，梁小毛停在一边，把两个“死人”推了下去，笑道：“兄弟，谢啦。”

一个“死人”道：“哎，我的烟，好歹给我留一根儿啊。”

大熊晃了晃那包烟：“这是战利品！”

摩托车载着八人往前冲去，很快就把敌人远远甩开了。

“我第一次知道这车这么能装，哎，你别挤我啊。”

“你才别挤啊，我快掉下去了。”

“干脆用绳子拽着你跑算了。”

“啊啊，真要掉了……”

摩托车载着他们跑了不到两公里，油箱就见底了，他们想偷偷懒的美梦被彻底打碎了，果然那些人不可能给他们这么便利的交通工具。

他们背上行李，继续往前跑去。

白新羽兴奋地问陈靖：“班长，你刚才干掉几个？”

陈靖笑了笑：“两个。”

“我三个！”白新羽笑着说，“有一个躲在草丛里打算伏击我，结果被我发现了，我出枪比他快。”

“干得好。”陈靖拍拍他的肩膀。

白新羽心神一颤，想起俞风城在无线电里说的那句“干得好”，他一下子自信了很多。

他们急行了十多公里，已经是下午，每个人都饿了，往常这时候他们早就已经吃过管饱的午饭，开始下午的训练了，可从早上到现在，他们只吃了一顿干粮，跟体能的消耗根本不成正比。

他们选了个隐蔽的地方休息，大熊揉着肚子，灌了口水：“好饿啊。”

陈靖抓住他的水壶：“别喝太多，咱们到目前为止还没找到水源，省着点儿。”

众人连喝水饱肚的愿望都实现不了，只能躺在地上叹息。

“咱们得找点东西填肚子。”王胜看了看周围，“吃什么？”

李佳乐翻了个白眼："苔藓、蘑菇、野草、树藤……任君选择。"

白新羽无奈道："没点儿荤的？"

"蚯蚓、甲虫、蚂蚁、蝎子，运气好的话说不定会有老鼠呢。"

大熊咽了咽口水："我们还没饿到那份儿上吧。"

俞风城拍拍他的肩膀："明天的这个时候你再说这话吧，我们不能开枪、不能生火，能吃的估计也只有这些了。"

陈靖道："走吧，不能在一个地方待太久。"

众人消除他们在这里休息过的痕迹，继续往前走去。

太阳下山之前他们再一次遭到伏击，幸好没有人中弹，他们杀出一条路之后，疯狂地奔袭了三四公里，才把追击的人甩掉。

看来这一路埋伏不断，随时都有可能被人放冷枪，几人的精神高度紧张，什么风吹草动都不敢轻视，没有人有心情像早上那样聊天开玩笑，精神紧绷加上饥饿和体力的消耗，到了晚上，他们都已经疲惫不已。

陈靖抹了抹脸上的汗："人应该被我们甩掉了，今晚在这里休息吧。"

俞风城道："咱们先找点吃的吧。"

梁小毛躺倒在地，摸着肚子："好饿。"这句话是所有人的心声。

他们静悄悄地在地上找着吃的。

白新羽找了一会儿，突然看到一种熟悉的草，他揪了一把，兴奋地说："这是马齿苋，这个可以吃。"

"真的？你怎么知道？"

白新羽眨了眨眼睛，小声说："这个，是我们用来喂猪的……"

陈靖扑哧一笑："新羽，要不说人生的每段阅历都有意义呢。"

白新羽讪讪道："没多大意义。"他把草在衣服上蹭了蹭，咽了口口水，眼一闭，嘴一张，就把马齿苋塞进了嘴里，刚嚼了两口，他呸的一声又吐了出来，"太苦了！猪过的日子也不容易啊。"

几人嘿嘿嘿地低声笑了起来。

白新羽喝了一口水，使劲漱了漱口。

陈靖揪起一把草："吃吧，好歹能填填肚子。"说完，毫不犹豫地塞进了嘴里，他嚼了几下，脸色微变，看样子好像要吐，但还是忍住了硬是咽了下去。

李佳乐一直拿匕首在地上刨着什么，只见他兴奋地说："出来了出来了。"

众人凑过去一看，他从翻得松软的土里拽出一条长长的蚯蚓，众人均露出恶心的表情。

李佳乐看着那蠕动的蚯蚓，咬了咬牙："这才过去十来个小时，不吃肉扛不住啊。”他抓起一把马齿苋，把蚯蚓裹在里面，揉了揉鼻子，“这个就跟吃烤肉似的，用菜一卷，能杀掉不少肉的味道。”

白新羽的脸皱了起来：“你确定？”

李佳乐点点头，一脸悲壮：“我不入地狱谁入地狱。”说完猛地把卷了蚯蚓的马齿苋塞进了嘴里，大口嚼了起来。众人瞪大眼睛看着他。

“怎……怎么样？”陈靖小心翼翼地问。

李佳乐道：“说实话，这喂猪草太苦太难吃了，根本没尝出蚯蚓味儿，你们放心吃吧。”

众人咽了口口水，默默拿着匕首刨起了地。

白新羽很快从地里挖出了蚯蚓，那蚯蚓生命力极强，在他手里拼命蠕动，凉凉的触感让人感到一阵恶心。他心想，小爷就要生吃蚯蚓了？还是拌着喂猪草吃？这人生也太有追求了。他都是图的什么啊，难道是上天见他又高又帅又命好，非要给他制造点磨难考验他？

俞风城低笑道：“吃吧，闭着眼睛往嘴里塞，别想。”

白新羽小声说：“当特种兵就要吃这些吗？”

俞风城牵了牵嘴角：“有东西吃就该感天谢地了，回去你可以问问武班长，他们当年都吃过什么，恐怕除了人肉……”俞风城耸耸肩，“人肉也未必，谁知道呢。”

白新羽打了个寒战，一狠心，把手里的东西塞进嘴里，他不让自己犹豫，拼命咀嚼，他感觉自己嚼到了什么软乎乎、湿凉凉的东西，好像还动了一下。这时候，他反而要感谢那些喂猪草了，李佳乐说得对，它们太苦了，以至于其他味道都吃不出来。他硬着头皮把东西吞进了肚子里。

往肚子里垫了点货之后，他们一半睡觉、一半放哨，轮班休息起来。

白新羽缩在树根下，累得说不出话来。脸上的油彩已经被狂流的汗弄花了，黏糊糊地抹在皮肤上，很不舒服。其实目前为止的体能消耗，还比不上他们之前的野外集训，但那个时候没有这么紧张，不用为了躲避伏击绕远路，不用吃野草、虫子，也不用担忧下一秒自己会中枪，一颗心吊着的感觉最是折磨人。

他有些睡不着，尽管身体很累，可大脑依然处于亢奋状态，白天的突袭、伏击、枪声、白烟不断在他脑海中浮现，那从准星里瞄准的会动的人，那扣动扳机时亢奋的情绪，都充斥在他大脑里。他睁开眼睛，看着一旁闭目休息的俞风城，悄悄爬了过去。

俞风城警觉性很强，一下子睁开了眼睛，黑曜石般的双眸在寂静的夜里默默地看着他。

白新羽挨着他躺下了，两人都没说话，但光是贴着对方，就让他们疲倦的身心得到了一丝安抚。

睡到半夜，他们换班放哨，陈靖和梁小毛在东面守着，俞风城和白新羽靠在西面的一棵大树下，强撑着眼皮看着幽暗的树林。

俞风城以极低的声音说："撑得住吗？"

"没问题。"白新羽靠在俞风城身上，小声说，"星星真多啊。"

这里远离都市，没有灯火遮蔽夜空，天上布满了繁星，醉人的美。

俞风城道："你后悔来了吗？"

"为什么后悔？虽然又累又紧张，但也挺有意思的，一辈子也未必能有这样的经历。"

"这不是游戏。"俞风城道。

"我没把这当游戏，哪儿有这么折磨人的游戏。"

俞风城淡道："折磨？这才刚开始呢。"

白新羽道："你说，通过选拔的条件是什么呢？你小舅没告诉你？"

俞风城轻轻一笑："你想套我话？你觉得我知道？"

白新羽眨巴着眼睛，心想自己问得有那么明显吗？

俞风城瞥了他一眼："白痴，你那点心思还想瞒我。"

白新羽悄声道："那你到底知不知道啊？"

俞风城瞪着他："我小舅怎么可能给我泄题，你疯了吗？"

白新羽悻悻地低下头："只知道什么样算淘汰，不知道什么样算合格，这……"

俞风城眼中闪烁着亢奋的光芒："就是这样的选拔才有趣呢。我想，奔袭五十公里仅仅是第一个任务，毕竟他可没说到目的地就结束了。"

白新羽翻了翻白眼，感觉前路漫漫，有好多妖魔鬼怪在等着他们。

"你今天表现不错，但如果撑不住了不要勉强。"

白新羽抬头看着星星："我发现勉强自己也不是件难事，不对，不叫勉强，叫挑战，每次挑战自己后，都可能有进步的惊喜，挺爽的。"

俞风城看着白新羽晶亮的眼睛，突然觉得对方比之之前又有些不一样了，白新羽更加坚毅、笃定了。他小声道："你说得没错。"

白新羽咧嘴笑了："所以小爷这次也要前进到自己走不动为止。"

两人非常默契地撞了撞拳头，幽暗的树林里只有虫鸟的叫声，天地这么大却如此空寂，全世界仿佛只剩下了他们。

破晓时分，他们启程了。

昨晚吃下去的喂猪草和蚯蚓经过一晚上已经消化光了，他们饥肠辘辘，幸运的是，天亮没多久，他们发现了一条小溪。

那条小溪在山坡下，正好处于两山夹一沟的地形，沟里地势平坦，树木稀疏，没有隐蔽的地方，这种地形易攻难守，最适合埋伏了。

看着小溪里潺潺流淌着的清澈的水，他们用力咽着口水。

“怎么办？下不下去取水？”梁小毛晃了晃自己的水壶，“我没多少水了，你们呢？”

其他人没说话，显然都是所剩不多了。

俞风城皱眉道：“太冒险了，如果在这里被攻击，简直就是活靶子，根本没地方躲。”

“也不一定会有人攻击啊。”王胜看了看周围，“看着挺平静的。”

陈靖眯起眼睛：“真要埋伏怎么会让我们看出来呢。”两面的山坡都长满了草木，藏个把人完全不是问题，只要在任何一个地方安插一个狙击手，他们八个人有一半都跑不了。

“难道不去取水吗？”大熊使劲咽唾沫，“好渴啊。”

俞风城摇了摇头：“算了吧，太冒险了。”

“要是不喝水，咱们很快就撑不住了。”刘柳道，“再赌一把？”

陈靖道：“这个赌输的可能性太大了，我不想赌。”

众人沉默了一下，最后还是放弃了取水的打算。他们看着那被太阳照射得波光粼粼的水面，想象着那溪水的清澈甘甜，流进喉咙里会是怎样润泽的感觉，心里都火烧火燎地难受起来，恨不能一头扎进溪水里喝个痛快，可惜他们只能离开。

旅途越来越疲累，入夏后，树林里的蚊虫特别多，几人皮肤裸露的地方已经被叮了很多包，刺痒无比。有一段路树木稀疏，太阳直射进来照得人眼晕，穿着包裹全身的迷彩服，热汗顺着皮肤往下淌。只是，他们可以叫饿，可以叫渴，就是不能叫累，当兵的如果喊累，就好像输了一样，如果不把这个字说出口，他们就能告诉自己要坚持，不到了真正体能的极限，他们不能说“累”字。

走了一上午他们都没有碰到伏击，按照那些人攻击他们的频率来看，估计上午的小溪就是一个陷阱，幸好他们绕路避过去了，否则很有可能全军覆没。

下午两点多，正是日头最烈的时候，他们找了个阴凉的地方休息。

他们咬绳子时嘴上弄伤的地方发炎了，嘴角开裂，吃野草的时候都疼得龇牙咧嘴的。

白新羽的嘴角也裂了，但没他们那么严重，比起嘴，他现在最疼的是脚。他脱下两天没离脚的陆战靴和袜子，果然，脚上长了好多水泡，每走一步都疼得他想骂娘。

陈靖叹了口气：“把水泡挑了吧，不然影响走路。”

白新羽用匕首挑破了水泡，撒了点药粉，用纱布把脚缠上了，其他人也简易处理了一下，虽然还能走路，但那时时伴随着的疼是免不了的。

突然，负责放哨的俞风城猛地扑倒在地上："有人追来了，快走。"他话音刚落，枪声就响起来。

几人背上装备朝前方冲去，他们一边跑，一边找树木隐蔽，然后伺机回头反击。看着树木间攒动的影子，这回人可能不太多，就在他们犹豫是打还是跑的时候，跑在最前面的刘柳突然大叫一声，接着，他整个人就被一根绳子吊着脚拽到了空中。

众人大惊，白新羽举枪想射绳子，却想起他们的枪里是空包弹。

刘柳大叫道："你们快从坡下跑！前后都是人！"他一边喊，一边抽出匕首去割绳子，可是晚了，砰砰几枪，他身上冒起了滚滚白烟，他的动作僵住了，然后，他放松四肢，重重地叹息了一声。

白新羽呆呆地看了两秒，心里一酸，就被后面的人推下了坡，快速借地形隐蔽起来。

这时候，所有人心里都生起一股怨气，尽管他们知道中弹不是真的，可淘汰出局是真的，这一天一夜跟着他们一路跑到这里的刘柳，没比他们少吃一分苦，却因为地上的一个陷阱而被淘汰了，如果刚才是自己跑在前面，在那么紧张的情况下有几个能躲过陷阱？

他们心里只有一个念头：不跑了，弄死他们！

白新羽从坡下悄悄往前爬，正好坡上有生长出来的树根挡住了他的身体，他感觉敌人可能就在上方不远处，他犹豫着要不要抬头，刚决定爬起来，有人一下子扑到他身上，接着，砰砰两枪响起，是他们的人放的枪。

白新羽被压得差点儿吐血，回头一看，正对上俞风城的脸。俞风城拽着他往树根下缩了缩，朝他摇了摇头，然后指指头顶。

原来人就在他们头顶……

突然，刘柳大声说着："哎呀兄弟，你有没有水啊，渴死我了。"他说了一遍，没人理他，"好渴啊，虽然我死了，但我能把自己放下来吗？"

一个人低声说："自己下……"

他话还没说完就是一声枪响，只听那人气急败坏地跳起来说："你自己不会直接下来！"估摸着是中枪了。

刘柳笑着说："我不是死了吗？"

"那你还说什么话！"

"这不还没死透吗！"

俞风城朝陈靖、大熊使了个眼色，三人用嘴型数着"一、二、三"，然后猛地站起来，朝着声音发出的方向连射几枪，一时来往枪声不断，空包弹打在草皮上，掀起成片草屑。白新羽和王胜掩护，他们边打边往前冲。

白新羽喘着气说：“对方到底有多少人？”

“十多个吧。”俞风城脱下身上背的行军包，“大熊和我从斜坡爬到他们后面，把他们引出来。”

两人匍匐往后爬了三十多米，绕了一大圈往敌人的后方爬去，白新羽把枪管悄悄伸出草丛，在叶林中搜索着敌人。

俞风城悄声说：“就位了，准备好了吗？”

白新羽低声道：“好了。”

后方砰砰几枪，白新羽见不远处的草丛一阵晃动，他毫不犹豫地扣动扳机，连射几枪，草丛中冒出了白烟，下一秒，他面前的草地也传来枪响，他赶紧爬回树根下，用力喘气，然后再次冒头，朝着草丛放枪。一夹空包弹很快就放完了，白新羽利落地换了个弹夹，继续和陈靖夹击敌人。

俞风城道：“干掉好几个，我们撤吧，他们暂时应该不敢追了。”

刘柳在无线电里叹了口气：“弟兄们，你们加油，咱回头见。”

众人纷纷和他告别。

七人矮着身体往前跑，跑出一段安全距离后就直起身发足狂奔，枪声在背后响起，但距离太远，准头大失。他们在森林里窜了近半个小时才把后面的人甩掉。

他们栽倒在一棵大树下，使劲喘着气，眼冒金星。近三十个小时里，他们只吃了一份行军口粮、野草和蚯蚓，喝了不到五百毫升的水，在这样高强度的运动下，这些热量远远达不到体能的消耗，他们已经饿得开始心慌了。再加上刚才刘柳的出局，几人的心情都很沉重。

梁小毛叹道：“刚才那个陷阱，你们觉得自己能躲过去吗？”

众人一言不发。

梁小毛摇摇头：“我肯定不行。”

白新羽自知肯定也不行，刘柳并非哪里比他们差，仅仅是运气不好，如果是堂堂正正的比试不合格，他们认了，可刚才那个陷阱几乎是一踩一个准，万一踩中的刚好是最有实力的那一个呢？他开始质疑这样的选拔方式真的公平吗？他估计其他人在心里也有了同样的疑问。

由于不断被人追着满森林跑，他们根本无法按照既定路线前进，多次需要绕很远躲开追击，难怪区区五十公里霍乔给他们三天时间，一天多的时间他们连一半的路程都没走到。

日落时分，他们饥肠辘辘，体能急速下降，从土里挖出来的东西根本填不饱肚子，水已经彻底喝完了，他们只能吸吮植物根茎里的水分，那汁液要多苦有多苦，吸完之后整个舌头都是麻的。

白新羽感觉自己两条腿快走断了，脚上的泡已经磨出了血，脚掌发木，袜子上全是血水，每走一步都很疼，可他不能停，这段路他已经走了一半，如果现在放弃，他这苦就白受了。

晚上休息的时候，他们不仅吃蚯蚓，几乎看到任何带肉的虫子都两眼发光，因为不敢仔细嚼，只能囫囵个儿地往里吞，没有水送服，常常噎得他们脸红脖子粗。

吃完“饭”，他们抱着肚子直哼哼。

李佳乐叹道：“我这辈子没这么挨过饿，挨饿的滋味儿真可怕。”

“饿我还能忍，可没有水……”大熊用力咽了口口水，“我感觉我嗓子要冒烟儿了。”

白新羽喃喃道：“好渴……”真的好渴，他都想给老天爷跪下了，只要能下一场雨。

王胜道：“我们走了有一半了吧。”

陈靖说：“快三十公里了，如果顺利的话，明天晚上应该能到。”

俞风城拿着地图和指北针研究着：“我怀疑伏击的人在故意把我们朝反方向赶，他们对这片地形熟悉，故意让我们绕远路，增加难度。”

“那也没办法，怎么对我们都不利。”

俞风城指着地图上的一个点：“这里有一个小型水库，离我们还有十来公里，我们要争取在中午之前抵达，不然真的要脱水了。”

“十来公里……”陈靖摇摇头，“中午未必到得了。”

白新羽哀号了一声：“妈呀，要命啊。”他快崩溃了，现在无论他有多少钱，居然买不来一口水，他这辈子也没遭过这样的罪，他都怀疑自己能不能活着从这里出去了。他扑通一声趴倒在地，手无意识地拽住了俞风城的裤腿，哼唧着：“好渴啊……”

俞风城从身上解下水壶，递到他面前：“还有一口。”

白新羽猛地抬起头，一把抓住水壶：“真……真的？”他想了想又推了回去，小声说，“算了，你肯定也很渴，你……你自己喝吧。”话是这么说，可他的手却抓着不放。

俞风城淡淡道：“没事，你喝吧。”

众人都不自觉地咽了咽口水，这时候一口水有多么珍贵，只有极度干渴的人才知道。食物还能用野草对付，可水却不会平白出现，比起吃的、比起休息，他们现在最需要的就是水，而俞风城居然把最后一口水给了白新羽。

白新羽愣愣地看着俞风城，他不舍得松手，又不好意思喝，一时僵住了。

俞风城松开了手：“喝吧。”

白新羽眨巴着眼睛看着他，眼里充满了感动，可他同时又很羞愧，他能感觉到其他人都在看他，他觉得手里那轻飘飘的水壶有千斤重。

梁小毛冷哼道：“这是最后一口水，他给你你就好意思喝？”

白新羽一怔，脸唰地一下红了。

梁小毛瞪着白新羽，满脸不屑：“真要渴得哭爹喊娘你就弃权求救吧，让人来接你，你马上就可以有吃有喝了。”

白新羽颤声道：“我不会弃权！”

陈靖沉声道：“小毛，别说了！”

梁小毛这一次却没买陈靖的账，这种环境下每个人都心情烦躁，脾气大得很，他尖刻道：“你不弃权，是打算让别人一直照顾你？一开始就不知道你是走了什么后门被选上的，踩中陷阱的不该是刘柳，应该是……”

白新羽猛地从地上蹿了起来，一下子扑到梁小毛身上，红着眼睛，挥拳就朝他的脸打去。梁小毛也不是吃素的，偏头躲过他的拳头就要踹他。其他人赶紧扑上去，拉扯着两人。他们打红了眼，拳脚并用、全无章法地攻击着对方，一腔怒火似乎终于找到了一个发泄渠道。

陈靖厉声道：“都给我住手！你们是想把人引来是不是！住手！”

五人七手八脚地把他们拽开了。

白新羽两手被架着，还使劲在空中踹着腿，大骂道：“放你的屁，我没走后门！我是连长选的，我是连长选的！”

梁小毛叫道：“你凭什么被选上！”

白新羽怒吼道：“因为我比你这个马屁精有潜力，你除了会拍马屁你还……”

陈靖冲上去一人踹了一脚，直接往大腿上踢，踢不坏，但疼，疼得两人说不出话来。陈靖气得发抖，指着他们骂道：“反了你们了！眼里还有没有我这个班长！你听听自己说的是什么话，这是军人该说的话吗？这是你们该对同甘共苦的战友说的话吗？回去一人给我写一万字检讨！”

两人气得腮帮子直鼓，都恶狠狠地瞪着对方。

俞风城拦腰抱着白新羽把他拽到了一边，两人坐在树后，白新羽还浑身发抖，拳头握得紧紧的。

俞风城拍了拍他的脑袋，一脸无奈。

白新羽深吸一口气，恶狠狠地说：“他先招我的。”

“那你就跟着发疯？你知不知道这么大吼大叫很容易暴露目标，这个地方不能久留了，咱们得换个地方休息。”

白新羽撇了撇嘴，不甘道：“难道就让他那么骂我？我没走后门，我进部队是走的后门，可那也不是我自愿的，我被选上是连长看好我，我没走后门。”他说着说着声音哽咽起来，心里满是委屈。他到现在才明白，他付出了这辈子最大的努力，取得的这点成绩在别人眼里依然不算什么，他依然没有彻底摆脱在新兵连的窝囊形象，肯定有很多人背地里觉得他是动用了关系，才让许闯给他这个名额，根本没人觉得他是名副其实的。他心里极难受，想着这两天遭的罪，他不明白自己来这里干什么，他本来就没想进猎豹大队，他一点儿信心都没有，他为什么要来？他为什么坚持到现在都不想放弃？他看着俞风城，眼前有些模糊。

对了，他是想要追逐俞风城的脚步，他想跟俞风城齐头并进，而不是那个总被甩在后面的吊车尾。其实他这么努力地想证明自己，并不全是为了俞风城，他的自尊心在不断地增长，他想要挽回在新兵连那糟糕的形象，他想成为男人中的男人，他想让身边的每一个人都真正地打从心眼儿里认可他、尊重他，因为在部队收获的一切都是他长这么大唯一靠自己争取来的。他珍惜这个能让别人对他刮目相看的机会，他想变得更强！更强！他想让那些和梁小毛一样瞧不起他的人看着他不断进步，最终把那些难听的、质疑的话都烂在肚子里！

俞风城看着白新羽委屈的小模样，有些心疼：“行了，你们本来就不和，他说那些话是故意刺激你，不用太在意，你被选上是堂堂正正的，我和班长都知道。”

白新羽看着他，小声说：“你觉得我有资格被选上吗？”

俞风城毫不迟疑道：“有。”

白新羽心里安慰不少，他轻哼道：“我这次一定会比梁小毛坚持得更久，我怎么都要死在他后面。”

俞风城把水壶递给他：“所以把水喝了。”

白新羽扭头，坚决道：“不喝，喝了更让他瞧不起，渴死也不喝。”

“喝了，他看不到。”

白新羽摇头：“不喝。”

俞风城打开水壶，一把掐住了白新羽的下颌，在他还没反应过来时，强把那口水灌进了他嘴里。

那清凉的液体进入干涸的口腔、流过沙漠般的喉管，瞬间滋润了他的全身，他贪婪地用舌头舔掉嘴唇上的每一滴水，那简直就是世界上最美味的琼浆玉液。

白新羽抿了抿唇，不好意思地看着俞风城，小声说：“谢谢。”

“不用，你保持体力，对我们大家都有益。”

月华下，白新羽黑亮的眼睛一眨不眨地看着俞风城，相处得越久，他越是能熟悉俞风城的脾性，这个人虽然嘴毒又爱戏弄人，但是，是真的关心他，而且无论什么时候，都非常可靠。

THE GROWTH OF A DANDY.
FIGHT ALONGSIDE YOU.

第二十一章 还有下一关

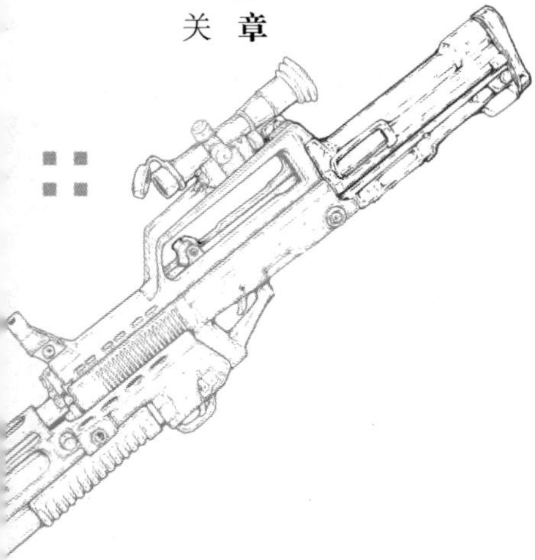

天未亮，他们又出发了。

休息了几小时并没有真正解决什么问题，他们收集晨露和植物的汁液，但那些水的摄入远远不够，他们急需大量的饮用水，否则真的要坚持不下去了。

白新羽的脚已经疼得快失去知觉了，他以前从来不知道，自己可以这么顽强。他小时候脸上长个痘痘都紧张得去医院，在部队一年多，把他二十二年的娇气毛病都给矫正过来了。他妈如果知道他现在在干什么，不知道是会心疼还是会欣慰。

“你们先往前走，我上个厕所。”李佳乐揉着肚子，满脸难言之隐的样子。

大熊皱眉道：“你刚才不是上过了吗？”

李佳乐摇摇头：“又想上了……”说完一扭头跑草丛里去了。

几人放慢了速度，过了几分钟，李佳乐追了上来，但脸色依然很不好。

起初，大家都没怎么在意，可李佳乐一个小时内上了三次厕所后，他们终于意识到问题的严重了。

李佳乐抱着肚子，拉得两腿发软：“肯定是昨天的东西吃坏肚子了，奇怪，你们都没事儿吗？”

众人均摇头。

李佳乐叹了口气：“算我倒霉，走吧，别耽误时间。”

陈靖拍了拍他的背，严肃地说：“你到底行不行？咱们现在又饿又渴，体力还不好，你这样真有可能虚脱，这不是开玩笑的。”

李佳乐挺起了腰板，笑道：“嘿，小事儿，我能因为拉肚子就出局吗？走走走，咱们继续走。”

几人都担忧地看了他一眼，但见他如此倔强，也无法说什么。可惜这次吃坏肚子根本不是小事，他们本来吃的就是不干不净的野草、虫子，胃会抗议一点也不奇怪。李佳乐最后疼得腰都快直不起来了，双腿直打战，脸色苍白如纸。

王胜劝道：“佳乐，你别逞强了，你这看着越来越严重了！”

李佳乐使劲摇头：“不行，我能挺过去，水库……水库还有多远？”

俞风城沉声道：“可能还有两三公里。”

“走……脱水……我喝点儿水就好了，肯定能好。”李佳乐握紧了拳头，“都走到这里了，我不能就这么放弃。”

陈靖道：“说得对，现在放弃太可惜了。”他走到李佳乐面前，弯下腰，“来，我背你。”

李佳乐头摇得跟拨浪鼓一样：“不行，大家都没劲儿了，我不用你们背，我能挺过去。”

陈靖道：“来吧，我们不可能把你扔在后面。”

李佳乐眼圈有些发红，还是摇头："我会拖慢你们的速度，所以你们别管我了，你们先走吧，我挺过去了我自己会跟上的。"

王胜把他的行李拽下来背到自己身上："别废话了，我们轮流背你，到了水库，喝了水说不定你就真的好了，怎么也要把你背到水库。"

众人附和道："对，至少要把你背到水库。"

李佳乐吸了吸鼻子，趴到了陈靖身上。李佳乐个子不高，体重一百二十上下，倒是不重，但陈靖把他背起来的时候腿还是抖了一下。

李佳乐的眼泪顺着脸颊淌了下来，他抹掉眼泪，把头低了下去。

他们轮流背着李佳乐往前走，幸运的是，这一路上没有碰到任何伏击，但短短两三公里的路，他们还是走了两个小时，到最后每个人的腿肚子都直抽抽。

终于，他们看到了不远处的水库，那波光粼粼的水面散发着巨大的诱惑，每一滴甘泉似乎都在召唤他们。

"水库！水库！"白新羽激动地叫道。

大熊拍着李佳乐的背："佳乐，马上就有水喝了！"

趴在俞风城背上的李佳乐抬起头，嘴唇几乎没有血色，哪怕是这么看着，也能想象他肚子有多疼，他颤声道："水……喝水……"

俞风城把他放在地上："我和班长去看看，安全了你们再下来。"

"好。"白新羽从肩膀上解下枪，"我们掩护。"

俞风城和陈靖摸出树林，一路小心翼翼地观察着附近的蛛丝马迹，其实水库周围开阔，并不适合埋伏，但他们不敢掉以轻心。二十分钟后，陈靖轻声道："来吧，安全。"

白新羽背起李佳乐，平时别说一百二十斤，他扛个比自己重的木墩也能一路小跑，可现在那重压让他差点儿跪下，脚下每一步都钻心地疼。

那水库有五六十米宽，长得看不到尽头。他们到了水库边上都疯了一般扑到岸边，猛地把脑袋扎进水里，大口大口地喝了起来。

那水冰冷刺骨，刺激得他们的大脑瞬间清醒了不少，冰水灌进喉管、淌进胃里，几乎整个身体都要跟着冻结了，可他们还是大口喝着，感觉身体里干枯的细胞都活了过来。

王胜舀了一壶水递到李佳乐嘴边，李佳乐用力灌了几大口。

陈靖道："这是生水，别给他喝太多。"

李佳乐抓住水壶不放："让我喝，我现在宁愿淹死。"

喝饱了水，他们开始研究渡水库的问题，那水表面被太阳晒得温度尚可，但十厘米以下水温极低，以他们现在的体能，泅渡存在一定危险。

“有没有其他地方能绕过去？”

俞风城指着地图，摇摇头：“水库的电站离我们有十几公里。”

他们商量着把背包系在一起，浮在水面上把李佳乐驮过去，或者六人分三组轮流拽着他。就在他们商量的时候，在一公里外的地方，另外一个小队正在渡水库。

大熊愤怒道：“被他们超过去了。咱们别商量了，赶紧游吧，万一在这里被攻击就没跑了。”

“好，就按照刚才的办法，我们轮流……”

李佳乐四仰八叉地躺在地上，哽咽道：“兄弟们，你们走吧，我弃权了。”

众人都愣住了，一时没人说话。

李佳乐淌着眼泪：“就算你们把我背过水库，后面还有那么远的路，总不可能背我到终点，我能喝上这口水就够了，兄弟们够意思了。”

几人心里都很难受，可他们也没有别的办法了，李佳乐说得对，他们不能把人背到终点，背李佳乐过河又很危险，这时候送医才是最明智的。

李佳乐擦了擦眼泪：“你们快走吧，我拿无线电求救，别管我了。”

他们红着眼圈转过身去。

陈靖是第一个跳进水里的，他沾到水的一瞬间就闷叫了一声，脸唰地一下就白了。其他人也跟着狠下心跳下水，顿时抽气声不断。

白新羽眼睛一闭，咬牙跳了下去。当水没过他身体的瞬间，仿佛有无数细小的针同时刺向他的皮肤，寒意钻进皮肉、渗入骨髓，把他的血液都冻结了。他张大了嘴，表情扭曲，好冷！好冷！好冷！他的身体控制不住地哆嗦起来。他赶紧摆动四肢，强迫自己往前划。

整个泅渡的过程没有人说话，只听得周围一阵牙齿相碰的声音，他们的脸个个惨白如纸。好不容易到了对岸，他们七手八脚地爬了上去，然后趴在岸上大口喘着气。

陈靖哆嗦着说：“我们……得找地方把衣服晒干，感冒就麻烦了。”

王胜颤声道：“是……是啊，可是，我真的要走不动了。”

白新羽努力想把身体撑起来，可冻僵的四肢好像不听使唤了，他好想就这么躺在地上，一觉睡个天昏地暗，醒来就有热腾腾的食物和干净的水。他想，在李佳乐心里，说不定庆幸是大于遗憾的，如果他也到了无法继续走下去的那一步，他又会怎么想呢？

俞风城把他从地上拽了起来：“还行吗？”

白新羽甩甩脑袋，咬牙道：“行。”真到了那一步，除了放弃别无他途，但只要还能动，他就一定要坚持下去，一定要比梁小毛晚一秒倒下！

他们回头看了看李佳乐，李佳乐朝他们挥了挥手，虚弱地喊道：“加油啊兄弟们。”

又一个人出局了，居然是因为可笑的拉肚子。现实是如此残酷，偏偏是刘柳踩中了陷阱，偏偏是李佳乐吃坏了肚子，这些看似根本无法检测人真正实力的淘汰方式，却又让人无力反驳。这两个人的出局让剩下来的人更加心慌，也更加愤怒。

他们找了个阳光充足的地方，一边放哨，一边晒衣服，为了节省时间，他们只晒了一个小时就穿着潮乎乎的衣服上路了，如果这时候谁发烧了，也只能自认倒霉。

再次休息的时候，白新羽的两条腿都快疼得没知觉了，膝盖关节处酸胀不已，每次屈膝都有种会咔吧一声折断的错觉。再看看别人，除了俞风城和陈靖的状态还算稳定，其他人的脸上都写满了浓浓的疲倦，脏兮兮的脸、混浊的眼睛、干裂的嘴唇，一眼看上去个个像饿了一个礼拜的难民。

休息半小时后，俞风城催促道：“走吧，我们离目的地很近了。”

大熊有气无力地说：“多近？”

“十多公里，趁着现在没有人伏击，我们得抓紧赶路。”

众人听完纷纷从地上爬起来，用意志力催促自己挪动脚步。这一段路上坡下坡极多，平地直线的十几公里距离，实际走起来可能要多至少三分之一的路程。他们完全是靠着心里那股不服输的执念强迫自己在坚持，否则体能的消耗早已经超过了他们的承受范围。

走着走着，白新羽落在了后面，他累得眼皮子直往下坠，潮湿的衣服贴着皮肤相当难受，心里有个声音在诱惑他放弃，只要放弃，马上就能结束现在的疲倦痛苦，可还有一个更响的声音在喊着不能放弃，否则之前受的苦都没有意义了，他一定要让梁小毛、让很多质疑他的人刮目相看。

俞风城架住他的胳膊，低声道：“新羽，你还行不行？”

白新羽有气无力地点点头。

“白新羽，你抬头看着我。”

白新羽抬起头看着俞风城的眼睛，通过俞风城眼球的晶状体，他看到了自己那张狼狈的脸。那是他吗，怎么……怎么这么丑啊……

俞风城皱起眉：“如果你撑不住就别勉强了，你又不是真的要进猎豹大队，何必这么难为自己。”

“我想……”白新羽喃喃道。

俞风城瞪起眼睛：“你想？你想进猎豹大队？”

白新羽混沌的大脑此时清醒了几分，他甩了甩脑袋才意识到自己刚才说了什么。他想？他想进猎豹大队？他真的想吗？为什么？他怕苦、怕累、怕死，他怎么可能成为特种兵呢，他现在都时不时冒出放弃的念头，特种兵的训练只会比这更残酷。

可是……他看着俞风城，低声道："我要坚持到底。"

俞风城深深看着他："你现在都快走不动了。"

白新羽咬牙道："我只是走得慢，谁说我走不动。"他推开俞风城，"你不用管我，我没事儿。"说完还往前快走了两步，脚底板疼得他都快哭了。

下午时分，他们来到了一座小山前，要前往目的地必须翻过这座山，这山虽然不高，但非常陡峭，他们又一次面临绕路还是翻山的两难选择。

绕路，不知道要走多少冤枉路，可这山这么陡，以他们现在的体力能不能翻过去真是个问题。

他们在山脚下休息、"吃饭"，商量着究竟是绕路还是翻山，最后出来的结果是俞风城和陈靖主张翻山，其他三人主张绕路。其实他们各有各的道理，都犹豫不决，于是他们把目光投向了白新羽。

白新羽呆滞地看着那陡峭的山壁，心里一哆嗦。那么陡的山坡，万一摔下来可就真交代了，可让他绕路他也没力气，他多一步都不想浪费。

俞风城道："这不是少数服从多数能决定的，这样吧，我和班长翻山，你们绕路。"他看了白新羽一眼，"跟谁走你自己决定。"

白新羽几乎没犹豫："我跟你们翻山。"俞风城和陈靖是他最依赖的两个人，而且他也不可能跟梁小毛走。

梁小毛咬了咬牙："我还是跟你们翻山吧。"

大熊无奈道："那我也……"

王胜叹了口气："好吧，我们翻。"

"好，既然决定了，大家赶紧把肚子填一填。"陈靖说完，面不改色地把一把野草塞进了嘴里。

吃完东西，他们掏出背包里的绳索系成一股绑在六个人的腰上开始攀岩。那山坡近八十度角，一眼看上去很惊悚，幸好踏脚的地方不少。

白新羽爬了不到十米就感觉全身肌肉都开始发软，力气如抽丝般从他身体里剥离，他抓着岩石壁的手直抖。突然，一脚踩空，整个人往下滑去，他大叫一声，全身寒毛倒竖，猛地揪住石壁里长出来的野草，同时腰上的绳子一紧，他抬头一看，爬在上面的大熊和陈靖正咬牙拽着他，他赶紧重新找到落脚点稳住身体。

俞风城急道："白新羽，你没事吧？！"

白新羽摇摇头，他吓出了一身冷汗，话都说不出来了。

"大家打起精神，一定要拉住身边的人。"陈靖咬着牙，憋着一股劲儿往上爬。

白新羽忍不住低头看了一眼脚下，吓得两眼直发蒙。

梁小毛就在他身边，高声骂道："白痴，别往下看！"

白新羽把唇瓣都咬出血了，疼痛让他的大脑清醒了几分，他感觉身体又恢复了一些力气，便奋力往上爬去。

在部队里训练的攀山跟这比起来简直不是一个档次的，因为他们唯一的防护措施，仅仅是系在战友腰间的绳子。那不足百米的山，是他们这辈子爬过的最艰难的一段路，当他们爬到一多半的时候，上不着天下不着地，连反悔的机会都没有。如果这时候放弃，已经不是淘不淘汰的问题，而是死。

二十分钟后，俞风城第一个爬到了山顶，他翻上去后抓着陈靖的手把陈靖拽了上去，然后两人合力拉着绳索，连拖带拽地把剩下四人都弄到了山顶。

六个人跟死了一般躺倒在地，大脑都呈现了短暂的空白，全身使不上一点力气，这个时候就是炸弹来了，大家也未必跑得动了。

突然，不远处传来汽车的声音。

他们如惊弓之鸟猛地从地上坐了起来，朝山下跑去，但他们想象中撤离的速度和他们实际跑出来的速度相差甚远，汽车很快就到了他们面前。

他们拿起枪就要射击，霍乔却从军车上站了起来，他戴着个墨镜，嘴里居然叼着根棒棒糖："别急着跑，这里不是开枪的环节，都过来吧。"

众人将信将疑，戒备地看着他。

霍乔看着他们狼狈的样子，哈哈大笑起来："你们组还剩四分之三呢，很不错嘛。"

众人面无表情地看着他，连日来的疲倦、饥渴、恐慌和失去战友的愤怒已经让他们的心浮躁不堪，充满了对这次选拔的不满，霍乔玩世不恭的样子更让人恨得牙痒痒。

陈靖沉声道："这个环节是什么？"

霍乔从口袋里掏出一堆白卡，往地上一撒："残片记忆，三十秒背诵，现在开始。"

众人都怔住了，大脑都没消化霍乔究竟说了什么。

还是俞风城最先反应过来，猛地扑上去捡起一张白卡，死盯着上面的字，嘴里念念有词。

其他人也明白过来，全都去捡起卡背诵。

白新羽趴地上干脆不起来了，也实在没力气起来，他看着白卡上的字，眼睛一花，居然是《双截棍》里的一段歌词！他那一瞬间气得差点儿骂娘，但骂娘还要浪费一秒钟，他实在没时间。他上中学的时候这首歌正风靡，他记得自己当时会哼哼两句，一定能想起来的，一定能背下来！

三十秒仿佛弹指间短暂，霍乔笑道："时间到了。"他指着俞风城，"你先开始。"

俞风城背诵的是64式微声冲锋枪的武器参数，这种冲锋枪他们从没训练过，完全是陌生枪型，俞风城死死捏着白卡，硬是给背了下来。然后是陈靖，陈靖背诵的是一段毫无规律的数字。接下来是梁小毛，梁小毛背诵的是一首肉麻兮兮的情诗，大熊背诵的是川菜菜单，王胜背诵的是一段新闻稿。

最后，众人把目光落到了白新羽身上。

白新羽深吸一口气，翻身仰躺在地上，眼一闭，大声念道：“教拳脚武术的老板练铁砂掌……”他硬着头皮背完之后，根本不知道对没对，而他已经不敢把眼睛睁开了。

只听霍乔说：“残片记忆这关只允许出错一个单字，你被淘汰了。”

白新羽的心瞬间如同浸在冰水里，全身都冷透了，他……他被淘汰了？就因为他没能背下一段流行歌曲的歌词！他被淘汰了？！

突然，他听到王胜悲愤地大吼一声。

他猛地睁开眼睛，见所有人的目光都落在王胜身上，他这才反应过来被淘汰的不是他。

霍乔指指王胜：“上车吧，其他人继续，我们在终点见。”

王胜的脸涨得通红，拳头握得死紧，他怒吼道：“我不服！”

霍乔的背影顿了顿，转过身来：“你不服？”

王胜额上的青筋暴突，眼珠子都快瞪出来了：“我不服！我也是千辛万苦遭了大罪爬到这里的，就因为我背错一两个字就淘汰我，我不服！”

其他人虽然没说话但也是一脸愤慨，他们无法接受就因为这种理由随便淘汰一个人，他们离终点只有不到十公里了！王胜坚持到现在，眼看胜利在望，就因为没能背下一段无关紧要的新闻稿就要抹杀他所有的付出？这种事落在谁身上谁能服！

霍乔戴着墨镜看不见他眼里的情绪，但他紧绷的下巴给人一种严肃的感觉：“六个人只有你一个没背下来，你有什么资格不服？”

王胜眼睛血红，哽咽道：“这……这不是公平的考验我能力的方式！”

大熊也忍不住道：“我们刚从山下爬上来，累得站都站不稳，脑子都不会思考了，马上就让我们在三十秒内背东西，这谁能做到。”

霍乔冷道：“特种兵就能做到。”他摘下墨镜，脸上惯常嬉笑的表情不见了，取而代之的是令人胆寒的严肃，“你们来参加选拔不是想成为特种兵吗？知道特种兵是一群什么人吗？特种兵无论在任何艰苦的环境下，只要身体还能动，脑子还在转，就不能停止去完成任务。特种兵是饿了可以吃腐肉、渴了可以喝尿的人，就你们现在经历的这点磨难，我们能不吃不喝跑五个来回！残片记忆是作为军人最基本的技能，无论你们的身体有多疲惫，承担了多少痛苦，如果你们眼前就是关乎整个部队胜败存亡的最机密的文件，你们就是毙了自己也要背下来！”

他说完这番话，全场鸦雀无声。

王胜握紧拳头，浑身颤抖，可最终他抹了抹眼泪，跟着霍乔上了车，他回头对众人说："你们加油，坚持住，我在终点等你们。"

霍乔朝剩下的五人眨了眨眼睛："你们继续吧，对了，刚才那首诗是我写的。"

王胜不断回头看他们，眼里充满了不甘和不舍，五人站在原地久久说不出话来。

白新羽趴在地上用力捶了下身下的土地，心里憋闷不已，身体里好像有一个装满怒火的熔炉，随时都可能炸开。

刘柳、李佳乐、王胜，一个个被无情地淘汰了，尤其是王胜，他的综合实力跟陈靖不相上下，是他们连最有希望通过选拔的三个人之一。他跟着大家辛辛苦苦走到这里，体能、耐力、技术没有一样不优秀，可仅仅是因为背错了一两个字，他所有的才能都被彻底抹杀了。白新羽跟在场很多人一样，无法接受这样的结果，霍乔也许说得有道理，可那道理太不近人情了，他们心里都为王胜感到不值。这次的选拔，不仅让他们的身体疲倦至极，也对他们的心灵造成了无法言喻的伤害。

俞风城道："起来吧，我们走了。"

大熊抓着行李狠狠扔到地上，怒吼道："下一个会是谁，会是什么理由淘汰！我真受不了，这是什么狗屁选拔！"

梁小毛哑声道："王胜居然被淘汰了，这个选拔真的公平吗？霍乔在以特种兵的标准要求我们，可我们还不是特种兵。"

陈靖低声道："他没有以特种兵的标准要求我们，如果我们是特种兵，这趟奔袭会比现在难好几倍。"

俞风城道："没错，这就是猎豹大队备选特种兵的考核标准，如果一个人被淘汰了，不要找理由，运气也是实力的一部分。"

梁小毛握紧了拳头："我不接受这种说法。"

俞风城冷冷道："你可以不接受，猎豹大队也不会接受你，车没走远，你现在就可以弃权。"

梁小毛怒道："你什么意思！"

俞风城目光冰冷令人不寒而栗，他刚要开口，陈靖怒喝道："闭嘴，都给我闭嘴！"

几人顿时沉默了。

陈靖疲倦地叹了口气："现在只剩下我们五个了，你们都是我带出来的兵，从现在开始，我要求你们服从我的命令，我不让说的话都给我烂在肚子里。这趟选拔的目的，不是让你们互相质疑、攻击！猎豹大队有自己的标准，不管你们服不服都得在这个标准下选拔，我明白你们心里有气，我也生气，但因为生气就能内讧吗？你们没长大吗？这要是真正的战场，国家能把保护人民的重任交给你们这种态度的兵吗？”

梁小毛的脸色很阴沉。

大熊低声道：“班长，我们没别的意思，你别生气了，我只是觉得……我们一个个累得跟傻子似的，脚都要走断了，却不知道什么时候就莫名其妙被淘汰了，这实在让人有点儿难接受。”

陈靖道：“你们来参加选拔之前，应该听过很多关于猎豹大队的传闻吧，如果猎豹大队的门槛是轻轻松松就能迈进去的，它就不可能是西北第一悍勇的特种部队。你们现在觉得选拔残酷，如果你们通过了第一关，接下来要面对的训练会更残酷，等有一天你们上了战场，面对的是凶恶的敌人，飞来飞去的是真正的刀枪，随时可能横死异乡，现在的这点疲倦、委屈跟那相比，算得了什么？风城说得对，如果谁觉得自己接受不了，应该理智地选择在这里放弃。”

梁小毛握紧拳头：“我不会放弃，现在的困难打不倒我！”

大熊也道：“我也不会放弃，都走到这里了，我一定要看看猎豹大队到底有多牛。”

陈靖道：“好，大家拿上行李，出发吧。”

白新羽挣扎着爬起来，身体的疲倦已经超出了他的想象，但他的大脑却意外的清醒，也许是刚才的残片记忆把他昏昏欲睡的脑袋给敲醒了，也许是刚才被霍乔那一声“淘汰”给吓醒了。总之，他突然意识到自己也许是个挺幸运的人，他根本不相信自己能在三十秒内背诵一段完全陌生的文字或数字，可他抽到的碰巧是他记忆中有一些印象的歌词。这一关他完全是侥幸过关，这并没有让他感到一丁点喜悦，想起王胜临走前那黯淡的目光，他觉得自己这关过得很不光彩。

一路上，是俞风城在处处照应他，带他躲避子弹，放哨的时候让他偷偷多睡一会儿，甚至把最后一口水给他喝，而唯一需要他独立完成的一关，他还是运气好才过的。他越是急于证明自己的能力，似乎越使不上力气，这种感觉真令人沮丧。

他们距离目的地不过七八公里了，眼看着胜利在望，五人都从骨头缝里挤出一丝力气，快速行军。跑了一段路后，他们遭到了今天第一波攻击，这攻击是飞来的。

当他们看到远处直升机的影子时就料到那是冲着他们来的，直升机搜寻范围广，上面肯定配了狙击手，他们在稀疏的树林里乱窜，绝对没活路。

他们迅速寻找到合适的躲避处，用树枝、树叶等覆盖在身上，建立起了单兵掩体。直升机很快就来到他们上方巡视，那嗡鸣声在头顶来回盘旋，五人心里都有些紧张，不知道自己的掩体做得够不够完美。

突然，他们耳边响起了枪声，子弹打在他们身侧，树叶飞扬，几人大气都不敢喘。这时候哪怕随便动一下，都逃不过狙击手锐利的目光。

直升机在天上足足盘旋了十多分钟，声音才逐渐远去。

他们从掩体里爬了出来，继续赶路，可走了没多久，直升机又回来了，看来它是打算一路跟着他们，拖慢他们的速度。他们一路躲躲藏藏，一直走到天黑。天黑后方便行动，他们决定一口气走到目的地再休息，否则这一晚上肯定会被其他队伍赶超。

凌晨两点多，在经历了六十五个小时饥渴交迫、提心吊胆的长途跋涉后，他们终于来到了一个临时营地，那显然就是他们的目的地。这时，五人都拄着木棍，步履蹒跚，双目呆滞，形如行尸走肉，除了俞风城和陈靖尚且还有人样，其他人已经累得神志不清。

“到……到了，我们到了。”陈靖激动地指着营地。

白新羽感动得热泪盈眶，要不是他还有这个功能，他都怀疑自己现在已经死了，就算没死，他的腿应该已经卖给了魔鬼，因为他几乎感觉不到它们。

“到了……到了……”大熊喃喃着说，这个一米九的壮汉此时居然轻声抽泣起来。

白新羽脚一软，扑通一声跪倒在地。在看到营地的一瞬间，他绷得紧紧的身体就承受不住地塌了，他长叹一声：“终于到了。”

俞风城拽住他，他八爪鱼一样抱住俞风城的腰，可身体还是不住地往下滑，俞风城只好把他扶起来。

五人朝营地走去，值班的人笑道：“你们是第二支到达的队伍，恭喜。”

听到这句话，几人悬着的心彻底落回肚子里，他们到了！到了！五十公里奔袭，历经六十五小时，他们真的抵达了目的地！几人用发颤的腿走进营地后，也看到了比他们提前到达的两个人，一行人纷纷栽倒在地，只觉天旋地转，浑身肌肉都跟融化了般使不出力气。

亮着灯的帐篷里走出几个人，为首的就是霍乔：“恭喜，你们几乎是同一时间抵达的，五十公里奔袭这一关，你们顺利通过了。”

听到这句话，几人眼圈发热，他们很想跳起来欢呼，可实在连张嘴的力气都没有了。

“那么现在开始进入下一关吧。”霍乔笑着说。

什么？！白新羽猛地瞪大眼睛，心里顿时冒出一连串的脏话，霍乔说什么？下一关？还有下一关？现在就进行下一关？

两个队共七个人都发出死气沉沉的哀鸣，他们已经幻想着拿枪托狠抽霍乔的脑袋了。

霍乔道：“这里的皮卡车，可以一队选一辆，也可以一人选一辆，先到先选，你们需要把车开到你们游过来的那个水库的上游，然后驾驶冲锋舟到对岸，最后抵达我们的训练基地，直线距离约一百二十公里。事先声明，你们无论选哪辆车哪条船都有毛病，这关考验的是车船驾驶和维修。这一关的淘汰标准是，最后到的一半人淘汰。”

几人死撑着爬了起来。这比五十公里奔袭轻松多了，有车有船，大部分路程不需要用腿跑，既然最痛苦的已经过去了，自然不能在这时放弃。

最先到的是黄队，九个人只剩下两个，他们发动了几辆车，似乎是想看看毛病的轻重，但毛病没爆发之前很难判断，最终他们随便选了一辆。

他们五个人决定开两辆，以防万一有一辆修不好，还可以开另外一辆。

俞风城和白新羽坐一辆，其他三人坐另一辆，他们比黄队晚了五分钟出发，在他们出发的时候，其他队伍的人还没有到，他们预测，最终到达基地的人绝不会超过十五人。

这关虽然比五十公里奔袭轻松，但淘汰率高了太多，规则也更残酷。霍乔说后到的一半人淘汰，也就是说他们根本不知道究竟能有多少人通过五十公里奔袭的考验，来参加这个项目，万一只有他们两个队进入这个关卡，那么他们七个人里至少有三个要被淘汰，而先出发的黄队的两个人，已经领先于他们了。

俞风城开着车，白新羽瘫倒在副驾驶，累得眼睛都睁不开，但嘴里还嘟囔着："你开一会儿换我啊。"

俞风城道："就算你能开我也不放心你开，我不想车毁人亡。"

白新羽睁开沉重的眼皮："我还怕你走神呢。"

俞风城使劲眨了下疲倦的眼睛："走神是肯定的，你知道我们多久没正经睡觉了吗？"

白新羽苦笑一声："我已经累得快没有思考能力了。"

俞风城道："下了船，还有十公里的路需要步行，今晚上是不可能休息了，你抓紧睡一会儿吧。"

白新羽摇摇头："我不能睡，我要和你说话，不然你也会困的。"

"我撑得住。"俞风城刚说完就狠狠打了个哈欠，他抓起水壶猛灌了一口水，眼里满是血丝。

"你也不是超人，这一路……就你和班长最累了。"有伏击时总是俞风城和陈靖冲在最前面，侦察、探路、试陷阱也都是他们俩的活儿，除此之外俞风城一路上还要额外照顾自己……白新羽感到一阵心虚，如果他没有来，俞风城会不会比现在轻松很多？他忍不住问道，"俞风城，我……"

"嗯？什么？"

白新羽小声说："我拖你后腿了吗？"

俞风城安抚道："没有。"

白新羽可怜巴巴地看着他："真的没有？"

俞风城忍不住一笑："没有，你表现得比我想象得好。"

有这句话白新羽心中稍安，他觉得现在遭的罪也未必不值。这次的考核，不仅磨炼了他的意志力，也让他体会到了俞风城对他的关心，患难之中最见真情，这短短的六十多个小时，他对俞风城改观了很多很多。

俞风城看了他一眼："从我第一次见你到现在，你的改变真的很大，我几乎已经认不出是同一个人了。"

白新羽嘿嘿笑道："最显著的变化是比以前更帅更有男人味儿了。"

"嘚瑟。"俞风城笑骂道。

THE GROWTH OF A DANDY.
FIGHT ALONGSIDE YOU.

第二十二章
猎豹大队新成员

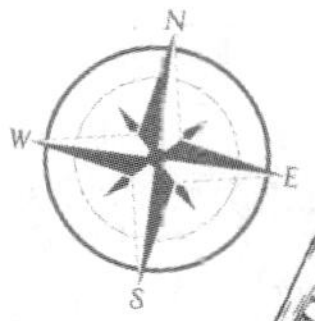

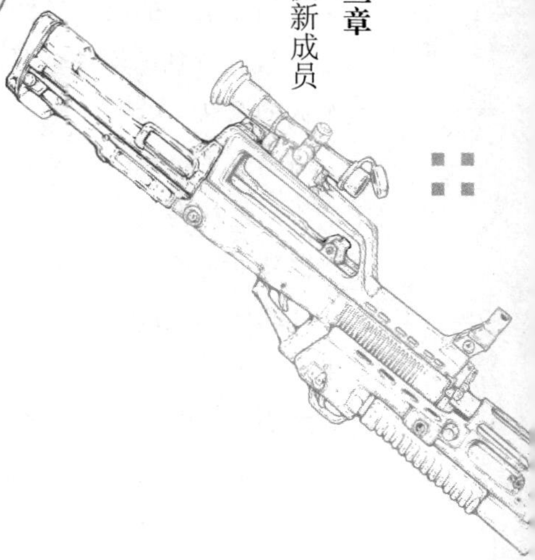

车开出去五六十公里果然出毛病了，俞风城一边检查，一边用无线电联系陈靖，原来他们在半公里外也抛锚了，他们分两拨修理起了汽车。

两人拿出后备厢里的维修工具，检查了半天，终于发现是点火器的问题，又在汽车一个很隐蔽的角落里找到了新的点火器，把点火器换完，他们耗费了近两个小时。

他们重新发动车，踩着油门狂奔，在路上，他们超过了还在修车的黄队，这让他们大大松了口气。

破晓时分，他们终于到达了水电站，这个水电站就是他们游过去的小型水库的源头，水电站的蓄水池可不是小水库那般窄，两岸距离至少有三百米，以他们现在的体力是不可能游过去的。

十几艘冲锋舟已经在岸边准备好，他们跑过去一看，发动机居然和筏艇是分离的，他们必须自己组装！而且由于那冲锋舟很小，坐五个人有些勉强，他们必须准备至少两艘。

他们在部队的时候虽然学过这些交通工具的基础维修知识，但都不精于此，修起来极其费劲。没过多久，另一队人赶到了，居然不是黄队，而是同样只剩下两个人的绿队。

陈靖叹了口气，小声说："我认识他们，那是咱们团汽修连的，专门学这个，咱们不可能快得过他们。"

白新羽急道："这不是变相作弊吗？"

陈靖摇摇头："不能这么说，术业有专攻，我们擅长侦察、潜伏，所以才能留下五个人。"

梁小毛看着那两个汽修连的兵，目光炯炯有神，他压低声音道："猎豹大队没规定我们不能攻击其他队伍的人吧？"

陈靖瞪大眼睛："你想……"

梁小毛道："他们肯定修得特别快，咱们抢一艘吧。"

其余几人反应各不相同，陈靖深深皱眉，大熊一脸犹豫，俞风城面无表情，白新羽目瞪口呆，梁小毛似乎也有些心虚，但还是辩解道："咱们又不是真伤着他们……"

陈靖沉声道："不行，咱们怎么能把枪口对着自己的战友，抢别人修好的……咱们成什么了？"

梁小毛嘟囔道："可这不违反规定。这破玩意儿这么难修，难道咱们游过去？"

陈靖坚决摇头："不行，如果就为了一个选拔做这种事，我会一辈子良心不安。"

梁小毛看向其他人："你们说呢？后面到的一半人淘汰啊，说不定我们就是后面到的一半人，如果都到这里了被淘汰，你们甘心吗？”

其他人都没说话，大熊似乎想附和但又过不了自己这关；俞风城一言不发，埋头研究着发动机；白新羽的喉结上下滚动着，他第一次想要赞同梁小毛，可看着陈靖严肃的表情他不敢，而且，让他拿枪对着自己的战友抢一艘船，他不知道下不下得去手。

没错，霍乔从没说过不能攻击其他团队的人，而且他们本来就存在竞争，为了自己赢，用一些手段似乎也无可厚非，毕竟也不是真的会伤人。可是，白新羽还是觉得不舒服，如果他们真的做了，恐怕会像陈靖说的那样永远良心不安。

他现在才发现，他和梁小毛互相讨厌也许是因为一个共同点：他们都是机会主义者，比较自私，喜欢投机取巧。而陈靖跟他们完全相反，陈靖太正气，有道德洁癖，眼里容不得沙子，有这样一个领导，真是利弊参半。

梁小毛气闷地低下了头：“好，咱们修，输了就输了我也认了，还能怎么办。”

绿队的人很快出发了，又过了半个小时，黄队的人抵达了，这时候，他们才把冲锋舟的发动机装置完毕。有了第一个装置的经验，第二个就快多了，他们花了一个多小时，终于完成了这项让人急得抓心挠肝的工作。他们坐上冲锋舟朝对岸开去，只是，他们目前落后了绿队至少一个小时。

这时，天已经亮了，距离他们从补给站出发已经过去了七十小时，他们一整天靠喝水果腹，超过二十四小时没有合眼，尽管胜利在望，可他们也到了崩溃的边缘。

冲锋舟很快到达了对岸，在落后的情况下，他们没时间休息，等待他们的是近十公里的奔袭。

大熊边走边喘：“如果不是刚才在车上休息了一会儿，现在我肯定一步也走不动了。”

梁小毛叹道：“如果到了基地发现我们还是被淘汰了，那该怎么办？”

众人没说话，谁也不想回答这个问题。经历了这些疲倦和痛苦后，如果最终还是失败了，那该怎么办？还能怎么办，只能接受，可当最终结果还没有出来之前，谁也不会现在放弃，爬也要爬到终点。

天亮后，巡逻直升机再次出现了，在天上对他们进行围剿，他们没时间挖掩体，只能在树林里逃窜，借着树木躲避子弹。直升机飞得很低，空包弹砰砰的声响听得人心惊肉跳。这样下去他们会一直被困在这里，消耗掉时间。

“就不能干掉他们吗？你们谁还有子弹？”

俞风城和陈靖这两个负责突击的，子弹早就打光了，大熊和梁小毛也没有弹药了，最后，白新羽道：“我还有半个弹夹。”

陈靖道："你能打中吗？"

白新羽抬头看了看："距离约四百米，我……我不确定。"

"你可以打中。"俞风城沉声道，"你试过五百米命中靶心。"

白新羽咽了口口水："但那是不动的，这个……"

俞风城看着他："我吸引狙击手的注意力，你射击。"

白新羽立刻道："不行，你出去肯定会被击中的。"

"这样下去是浪费时间，我宁愿冒一次险。"俞风城脱下了身上的背包，"你听着，我现在把背包扔出去，能吸引狙击手半秒的注意力，运气好的话他还会朝背包射击，那样时间能再充裕半秒，然后我自己跑到旁边的那棵树，吸引他朝我开枪，我给你争取三到四秒的时间，你必须瞄准并且命中目标。"

白新羽瞪大眼睛，声音很没底气："俞风城，万一我没命中，而你……被命中了呢？"他从来没有被委以重任过，也没有锻炼出足够的勇气承担责任，他平时对自己的狙击能力还是很有自信的，可那不过是射击场上对着死物、跟其他兵比较出来的自信，让他去射一个直升机上拿着枪的狙击手，并且要在三到四秒间完成瞄准、射击的全部动作，他根本没有把握。如果这是他一个人的成败也就算了，关键是第一次承担这样的重任就关乎俞风城是否会被淘汰，俞风城冒着被击中的风险当诱饵，如果他失败了，他该如何面对俞风城？他想起俞风城说过的话，让他不要成为那个"万一"，可万一……

两人隔树相望，俞风城清楚地看到了白新羽眼中的胆怯："白新羽，你看着我。"

白新羽哆嗦道："你眼睛有问题啊，我……我在看啊……"

"你的眼神在飘，我要你看着我的眼睛。"俞风城加重语气。

白新羽深吸一口气，望向了俞风城的眼睛。那是怎样一双坚定的眼睛，自打认识俞风城以来，这个人眼里就从没有过畏惧和怯弱，他总是坚定的、无畏的、强悍的、张狂的、自负的，他一出现就是整个部队最耀眼的新兵，他身上散发着让人自惭形秽的夺目光彩，哪怕现在满身泥污、一脸疲惫，那双虎狼一般犀利的眸子也没有一丝黯淡。

白新羽一时间忘了言语，从小养成的对强者的习惯性依赖好像又要发作了，他甚至想把枪扔给俞风城解决，可在那样的目光下，他根本无颜退缩。而且他知道，俞风城不会接，俞风城选择当诱饵就是把风险扛到自己身上，不让别人承担。

俞风城深深地盯着他："白新羽，把你在射击比赛上一定要赢我的劲头拿出来，我相信你能射中。"

白新羽的心脏好像被什么东西击中了，酸酸麻麻的，身体里顿时被注入一股无形的力量。

一路上，是俞风城一次次帮着他、护着他，他才能走到这里，现在轮到他来承担一次整个队伍的成败了。他来部队的最大目的，是成长为一个能独当一面的男人，他突然领悟了自己一直追求的答案，那个“如何才能做到不浪费自己打掉的子弹”的问题的答案。现在，就是他证明自己没有虚度光阴、没有浪费子弹的时候。如果眼下他们身在实战之中，天上盘旋着的是真正的敌人，他必须命中目标，保护自己的战友，无时无刻不用自己最大的能力帮助战友、保护该保护的人、完成任务，就是他训练的目的，也是每个军人吃苦受累的目的！他咬着牙点点头，握紧了手里的枪：“我能射中。”

其他三人都看着他，眼里充满了担忧与期待。

俞风城闭了闭眼睛，道：“一、二、三！”他深吸一口气，猛地把背包扔了出去，几乎是同一时间，他朝着反方向跑去。枪声响起，子弹打在了背包附近的草皮上，接着狙击手掉转方向，枪口瞄向俞风城。

短短三秒钟内发生的一切，都被白新羽收入眼底，那些画面像电影的慢镜头一样缓慢流淌着。俞风城朝着相距四米外的一棵树狂跑，然后就地一滚，坐在直升机敞开的舱门前的狙击手在掉转枪口，森林里微风轻抚，树叶悄无声息地飞落，白新羽感觉在那慢得几乎静止的世界里，只有自己的身体和眼睛在移动，他耳边已经听不到任何声音，他的精力和注意力前所未有地集中。那一刻他没有了疲累和饥饿，他的眼里迸射出锐利的光芒，狙击手出现在了准星的正中央，他瞳孔猛地一缩，沾满泥污的手指当机立断扣动了扳机。

“砰——”

缓慢的时间解禁了，耳边又传来风声和叫声，白新羽看着远处的直升机冒起了一阵白烟。

“哈哈，哈哈，打中了，打中了！”大熊兴奋地大吼。

白新羽怔怔地看着直升机，呼吸都在颤抖。他打中了，真的打中了，他干掉了直升机上的狙击手！他猛地看向俞风城，俞风城卧倒在一棵树后面，正朝他竖着大拇指。白新羽看到俞风城完好无损，眼眶一下子红了。他完成任务了，他没有辜负俞风城和其他人的信任！

陈靖拍着他的肩膀，激动地说：“新羽，你太棒了！”

大熊哈哈笑道：“白新羽，你有能耐！”

梁小毛虽然没说话，但表情也是服气的。

俞风城走过来用力抱了白新羽一下，轻声道：“新羽，你很棒。”

白新羽仰头看着俞风城，喉结上下滚动着。他想听俞风城说更多夸奖他的话，非常非常想。如果没有这次选拔，他不会知道，自己有多么渴望俞风城的肯定，多么希望能成为俞风城坚实的伙伴，他更不会知道，自始至终，俞风城的存在给了他多少前进的动力，无论他们最开始的相遇是好是坏，如果没有俞风城，肯定不会有他的今天。

俞风城温热的掌心贴着他的背，重重拍了两下："走。"

白新羽用木棍支撑着摇摇欲坠的身体，执着地往前走去。

在临近目的地只有两三公里的地方，他们再一次遭到了伏击。当他们经过一处洼地时，俞风城突然大喊："卧倒！有狙击手！"

五人猛地扑倒，子弹砰然响起，打在陈靖的鞋帮上。他们快速退到掩体后面，一口气差点没提上来。

此时他们几乎弹尽粮绝，除了白新羽剩下的几发子弹，他们再没有反击之力。白新羽找到掩体后，马上朝着子弹来的方向放了一枪。

狙击手暴露位置后，迅速转移了阵地，只见树叶一片颤动，随即恢复了平静。茫茫丛林，他们失去了狙击手的位置，不知道子弹正在哪里等着他们。

陈靖轻声在无线电里说："我们四人分散当诱饵，从四个方向寻找狙击手的位置，新羽爬到高处，一旦发现他的位置，立刻射击。"

白新羽轻声道："是。"他握着枪的手心直冒汗，他明白，下一次发现狙击手的位置，可能就是某个人中枪的时候。陈靖没明说，但每个人心里都清楚，他们是为了让白新羽找到狙击手位置的诱饵，只是没人知道最终钓到鱼的是哪只饵。

爬到土丘上后，视野清晰了很多，他拼命搜寻着狙击手，却一无所获，反而是底下四个人的踪迹一览无遗，他能看得到，狙击手肯定也看得到，狙击手一定在思考射哪一个，因为一旦开了枪，位置必然暴露，多半就没有开第二枪的机会了，所以那个狙击手在等，白新羽也在等。

这时候，每个人心里都在煎熬着，在缺少子弹的情况下，他们只能以身诱敌，谁会被击中，全凭运气。突然，他发现俞风城停了下来，朝着一个方向看去，由于其他人和俞风城距离较远，而且都趴伏着，没有发现俞风城的异状，但白新羽从高处看得清清楚楚。

难道俞风城发现狙击手了？他朝那个方向搜寻："风城……"

"嘘。"俞风城快速道。

白新羽马上噤声，无线电里只剩下几人有些紧张的喘息声。

其他三人还在匍匐前进，只有俞风城一人停了下来，突然，他身体猛地翻滚，一下子滚进了旁边的一棵树后，同一时间，枪声响起，地上冒起了白烟，大熊发出恼怒的大吼。白新羽心头一紧，来不及多想，朝枪响的地方连射两枪，只见草从波动，却没有任何白烟冒出，白新羽目眦欲裂，完了！他没打中！

就在白新羽感到绝望的时候，又是一声枪响，狙击手藏身的位置冒起了白烟，耳机里传来几声抽气声，因为他们听得分明，那一枪不是白新羽射出的，而是俞风城！

狙击手中枪后马上撤离了，留下迷茫而震撼的五人。

白新羽目瞪口呆，仔细回想着刚才的一切，俞风城不是早没有子弹了吗？为什么……而且，俞风城明明早就发现了狙击手的位置，为什么阻止他发问？如果早提醒大家，大熊也许不会中枪。这是怎么回事？白新羽一时消化不了这些信息，大脑里纷乱不堪。

他们集中到大熊身边看着他身上的白烟，久久没有说话。大熊脸上的泪水、汗水糊成一片，他紧咬着嘴唇，不住颤抖着。在眼看就要到达基地的时候被淘汰，这一刻任何安慰都是苍白的。

陈靖看着俞风城："风城，你不是没有子弹了吗？"

俞风城平静地说："我在背包里发现了一颗。"

陈靖嘴唇抖了抖，最终没有说话。

没有人相信俞风城的话，以俞风城这样步步为营、谨慎多疑的性格，怎么可能会在背包里随便扔一颗子弹，显然俞风城也没有要辩解的打算，只是给了一个好下台阶的理由，堵得其他人接不下去话。虽然最后是俞风城用这颗子弹挽救了他们，但这种被隐瞒的感觉还是让人很不舒服。

白新羽的拳头在背后握紧了，他看着俞风城，眼神充满了不解和质疑。别人没看到，但他看到了，俞风城已经早他一步发现了狙击手的方位，却什么都不说，甚至不出声提醒大熊。当时大熊在俞风城不远处，以那个狙击手的位置，俞风城是射击第一顺位目标，大熊是第二个，俞风城突然躲开，狙击手意识到自己被发现了，所以不得不紧急挑选第二目标，也就是大熊。子弹的事情尚且不算什么，那么这件事俞风城会怎么解释？

俞风城感受到了白新羽的目光，他微微偏过头看了白新羽一眼，眼神深邃，让人摸不透里面的情绪。

白新羽咬了咬牙，最终什么也没说，他不知道如何质问俞风城，也无法预料这件事说出来会有什么后果。

大熊抹掉眼泪，露出一个比哭还难看的笑容："我终于能休息了，你们快走吧，别耽误时间了。"

梁小毛蹲下身，和大熊用力握了握手："兄弟，回见。"

大熊的淘汰，比前几个人更让他们不好受，毕竟他们是从新兵营一路走过来的同班战友，八个人现在只剩下了一半，怎能不叫人失落。

告别大熊，他们继续赶路。

白新羽故意拽着俞风城走在了后面，在和陈靖、梁小毛拉开距离后，白新羽深深地看着他，低声说：“你当时看到了对不对？”

俞风城淡道：“看到什么？”

“狙击手的位置。”

“我只看到了大致方位。”

“那你为什么不提醒大熊？如果你提醒他，他可能不会中枪！”

俞风城斜眼看着他：“你觉得大熊被淘汰是因为我吗？”

白新羽一时语塞，他结巴道：“不……不算因为你，但如果你提醒他……”

“如果我提醒他，那中枪的会是谁？我吗？”俞风城目光冰冷，“没错，我发现了狙击手的大致方位，但我不确定具体位置，如果他不开枪，你我都无法瞄准他，我们四个本来就是去当诱饵的，不是大熊中枪，就是别人。总之，在我们没有足够武器的情况下，必须有一个人在这个环节牺牲掉。”

白新羽心里一凉，俞风城冷酷的目光让他有些震撼，他喃喃道：“你提醒了大熊，狙击手没有开枪，我们也还有机会定位他。”

“那样一是耗时间，二是机会错过了不知道还会不会有，我为什么要错过最好时机？”

白新羽低声道：“可大熊是我们的战友啊，他也是一路辛苦到这里的，咱们离基地只有三公里了，三公里啊，再走几步，他就成功了啊。”

俞风城眯起眼睛：“你还要幼稚到什么时候？”

白新羽感觉心拔凉拔凉的：“那子弹呢？你为什么不告诉我们你还有子弹？”

“以备不时之需。”

白新羽如鲠在喉，他想问问俞风城真的信任过他们吗？俞风城留着后手就是为了在危急时刻保护自己，毫不心软地牺牲掉大熊也是为了自己。尽管这只是一个选拔，尽管俞风城的做法似乎并没有错，可他还是感到不舒服，偏偏他却只能憋在心里。

“新羽，我知道你心里在想什么，但我不能在任何一个地方出差错，我一定要通过选拔。”

白新羽轻声道：“即使是我，必要的时候你也会牺牲掉吗？”

俞风城深深看着他，避重就轻道：“这是选拔，不是实战，别把这事看得太重了。”

白新羽心道，那你又为什么看得那么重，这只是一个选拔啊，值得背弃战友吗？哪怕不涉及生命危险，难道你心里不会不安吗？

俞风城拍了拍他的背，往前走去。

白新羽紧抓着木棍，感觉心里冰凉一片。即使俞风城没有回答，他也已经有答案了。俞风城为了能进猎豹大队，肯定会无所不用其极，他还没有被放弃，恐怕只是因为他没有成为阻碍俞风城的那个“万一”。他才刚刚感动于俞风城对他的照顾，可现在发生的事又让他难受了起来。

一直以来，他都觉得自己看不透俞风城，偏偏他却被俞风城看了个透彻，这真是……太不公平了。

他们到达基地的时候，已经形如乞丐，绿队的两个人果然比他们先到达了，他们被集中到一个屋子前，不给吃、不给喝，只让他们先休息。

这样的对待，让白新羽意识到选拔还根本没结束。

低气压在队伍间弥漫，没有人说话，甚至没有人抬头，他们疲乏不堪，一想到接下来可能还有什么考验，他们就感到无法言说的恐惧和绝望。

等了约一个小时，黄队和红队共三个人陆续到达。

霍乔出现了，他朗声道：“恭喜各位，在你们九个人后面的所有人都被淘汰了。”

白新羽环顾四周，觉得自己看到了八个丧尸，还有一个是自己。

八十个人，出发时精力充沛的八十个人，现在只剩下了九个，而且已经累得随时可能晕过去，然而这一切还没有结束，噩梦还没有结束……

霍乔笑着说：“现在进入下一关卡。”他指了指身后的屋子，“你们将进入这间屋子，我们会往里面放十分之一剂量的催泪弹，能坚持三分钟不出来的人，就通过这一关。”

九人恍惚地看着那间简陋的活动板房，表情就像里面有洪水猛兽。

催泪弹这种非致命性弹药主要是用来驱散暴乱的，放射的刺激性气体虽然不伤人，但能让人在短时间内失去作战能力，他们以前都亲身感受过催泪弹的厉害，也练习过投掷，但那都是在开阔地带试的，马上跑开就没事儿了，如果用在密闭室内，哪怕只是十分之一的剂量，那刺激程度也让人不敢想象。

霍乔笑道：“怎么，害怕了？”

俞风城从地上爬起来，拉开门，义无反顾地走了进去。其他人简直是抱着就义般的心情跟进去的，他们都走到这里了，怎么可能打退堂鼓呢。

那活动板房空间不大，里面什么东西都没有，窗户死死地关着，没有通风口，霍乔站在门口，从口袋里拿出一个 RS97-2 型催泪弹：“这门不锁，想出来随时可以出来，但只要你们的身体伸出这扇门哪怕一个手指头，就算弃权。”他拉开催泪弹的保险栓，扔到了房间正中央，然后快速退出去，关上了门。

九人马上往四周散开，紧紧闭上眼睛，捏住鼻子。

催泪弹里易挥发的液溴很快在狭小的房间里四散开来，闭眼睛、捏鼻子，其实作用并不大，很快那种极具刺激性的气体就入侵了他们眼、鼻、喉等器官的黏膜。

白新羽拼命往墙角里缩，但他知道一切都是徒劳的，那种强烈刺激的气体很快就冲进了他的五官，他眼睛一酸，眼泪哗地就下来了，同时开始剧烈咳嗽起来。

房间里咳嗽声、鼻涕声响成一片，不到二十秒时间，九个人都撑不住了，开始在地上打着滚并哀号。

白新羽觉得自己要崩溃了，除了痛苦、难受，没有别的更好的形容词了，他眼泪鼻涕流了一脸，咳嗽得直不起腰来，每一次呼吸都像要断气一般，让他觉得自己下一秒就要死了。这非人的折磨简直比他们过去三天经历的一切还要可怕，一秒钟的流逝都跟一个世纪那么长。

他受不了地大哭起来，肆无忌惮地、扯着嗓子哭，连日来承受的疲累、饥渴、紧张、压抑，让他的情绪在这一刻决堤了，正好他的眼泪也控制不住，索性哭了个够。他一哭，好几个人也承受不住地跟着哭了，他们哭的是自己那颗在出去与不出去之间挣扎的心。

时间过得太缓慢了，他们的眼睛早已经睁不开，根本不知道三分钟到底过去了多久，明明应该是很短暂的时间，为什么好像没有尽头般漫长？整个活动板房如同人间地狱，他们在地上爬行、翻滚、哀号，当年纳粹的毒气室，不知道是不是也是这番场景。

白新羽听到有人打开门，一股清新的空气灌了进来，有人受不了弃权了。第一个人的弃权动摇了很多人的心，没过多久，第二个人就爬了出去。

白新羽也动摇了，他实在受不了了，眼泪鼻涕糊成一团，喉黏膜被刺激得咳嗽不断，胃里明明没有东西却不停地呕吐，直到泛出酸水。不行了，他再不出去真要死了！可他连门在哪里都分不清，他看不见、闻不着，甚至没有力气站起来，他只能茫然地朝记忆中的方位爬。突然，一只手抓住他的脚踝把他拖了回来。他大着舌头尖叫，接着，一只手抓住了他的手，十指相扣地那么抓着，那宽厚干燥的掌心、修长有力的手指，他再熟悉不过。俞风城把他的手握得生痛，他能听到俞风城粗重如牛般的喘息声和痛苦的闷哼声，但俞风城始终没有大吼大叫，只是忍着、忍着。

白新羽心头大震，用力回握了一下俞风城的手，大脑跟着清醒了几分，如果他现在出去了，他就要彻底和俞风城分道扬镳，他都坚持到这里了，他已经坚持到这里了！

他咬紧牙关，边哭边捶着地板。

又不知道过了多久，房间里飘出一股尿骚味，不知道是谁被熏得失禁了，那强烈刺激的液溴加上排泄物的味道，简直让人想一头撞死。白新羽的意志力几乎瓦解，他实在不行了，他用手指头掰着俞风城的手，含糊地叫着“放开我”，俞风城却死死扣着他的手。

白新羽受不了地乱打乱踹了起来，俞风城翻身压到他身上，把他的四肢狠狠控制住，他这下一点儿招都没有了，只能哭喊着度过这难挨的每一秒。

终于，大门和窗户同时打开了，那可怕的气体立刻从通风处四散出去，他们终于能喘上一口完整的气。

霍乔的声音响起：“恭喜五位，这一关通过了。”

白新羽睁不开眼睛、说不出话，他就跟死了似的趴在地上，俞风城趴在他身上，一动不动，只有起伏的身体能证明两人活着。

脚步声传来，白新羽身上一轻，被抬了出去。

外面的空气是那么清新甜美，白新羽大口呼吸着，他从来没觉得能呼吸一口正常的空气是如此奢侈。有人把水壶塞到他手里，他拧开盖子一股脑地浇在脸上，冰凉的液体驱散了一些浊气，他勉强把眼睛睁开一条缝，看着纯净蔚蓝的天，感叹自己能活下来真好，虽然他现在是半死不活的。

俞风城呢？班长呢？

白新羽翻了个身，眯着眼睛看着躺在不远处胸口剧烈起伏着的俞风城，还有趴在地上大口喘气的陈靖，以及坐在不远处，低垂着脑袋的梁小毛。白新羽一惊，躺地上的刚好五个人，难道梁小毛放弃了？

霍乔走了过来，居高临下地看着他，笑着说：“白新羽，感觉怎么样？”

白新羽有气无力地说：“没死。”

“没死的话，就要进入下一环节了。”

白新羽呆滞地看着他：“还……还有……”

霍乔笑道：“当然了。”

“还有……多少……”陈靖睁开眼睛，虚脱般问道。

“只剩下最后一关了。”

俞风城哑声道：“什么？”

霍乔的口气非常轻松：“原路返回。”

“什么？！”白新羽用肿如核桃的眼睛瞪着霍乔，所有人，包括这一关被淘汰的四人，都在瞪着霍乔。

霍乔面不改色地重复了一遍："原路返回，回到三天前你们来的地方，不过这次就轻松多了，路上没有伏击，限时一天。"

白新羽浑身的血液都冻结了。别说返回几百公里外的原点了，现在就是让他走出一百米，他爬也未必能爬过去，那根本是不可能完成的任务，霍乔是想弄死他们吗？！

梁小毛腾地站起来，他浑身发抖着怒吼："那会死人的！"

霍乔淡笑道："现在死了，起码找得到尸体。"

一个通过了毒气关的兵涕泪横流地怒骂："你就没把我们当人！我……我弃权！"

霍乔眯起眼睛一笑："好，剩四个了。"

另外一个兵也崩溃得破口大骂："我也弃权，去你的猎豹大队，去你的选拔！"

"三个。"霍乔把目光落在俞风城、陈靖和白新羽身上。

白新羽也想骂霍乔的祖宗，但话到了嘴边想起霍乔的祖宗也是俞风城的祖宗，又把话硬咽了回去。他不可能通过这最后一关，那根本不是人类能做到的，霍乔真的是要逼死他们，这就是猎豹大队的选拔吗？难怪通过率那么低，他不禁想，武班长当年到底是厉害成什么样的兵，才能通过这么变态的选拔？

这样也好，到此为止吧，俞风城应该也会……

突然，俞风城从地上爬了起来，尽管身体摇摇欲坠，尽管眼睛肿得几乎睁不开，可他还是爬了起来，站住了。

白新羽趴在地上，仰起脖子看着他，俞风城是那么高大，好像离他更远了……

俞风城抓起背包和枪甩到身上，他低头看了白新羽一眼，轻声道："我不能带你走了。"

白新羽的眼泪一下子就下来了，俞风城要放弃他了，没错，带着他怎么可能完成这最后一关，他现在是彻底的累赘，可是……他颤声道："俞风城，我还没说要弃权。"

俞风城身体顿了顿，哑声道："弃权吧。"

他没有回头，拄着木棍往前走去。

"俞风城！"白新羽哽咽着吼道，"我没说要弃权。"

俞风城没有停下来的打算，他谁也没看，显然是下定了决心要自己行动，这时候他是唯一能动的人，路上又没有伏击，他不需要任何战友了，谁对他来说都是累赘。

白新羽明知道这一点，可眼泪还是控制不住地往下流。他看着俞风城决绝的背影，不知从什么时候开始，他的目光总是追着这个背影，他做的很多努力，都是为了能让俞风城看得起，能在俞风城面前抬得起头。他知道自己为什么会有这样的心理，因为两人离得太近了，而俞风城太耀眼，几乎拥有所有他身为男人渴望拥有的一切，强悍、意志、信念、胆识、魅力。那强烈的光芒时刻映照着他的渺小，他如何受得了。

他崇拜俞风城，把俞风城当作自己的战友、朋友、目标。

俞风城越走越远，马上就要走出他的视线，走出他的世界。俞风城要走向猎豹大队，而他要走回三连。可他不甘心啊，他千辛万苦追到了这里，难道真的就怎么都追不上吗？他现在只希望俞风城能回头，哪怕不带着他，只要回头跟他说句话，安慰他一下，就够了，别这么甩下他，别这么甩下啊！

“俞风城——”白新羽嘶声大喊，他也不管周围有多少人看着他，也不管自己这样多窝囊，就那么放声哭了出来。他觉得自己真没用，他当初烦死俞风城了，恨不得和对方老死不相往来，后来怎么就变成这样了？凭什么呀，俞风城有把他当成朋友、当成一个可以并肩作战的同伴吗？

突然，一只手拽住了他的胳膊，他身体一震，满怀希望地抬头，看到的却是陈靖疲倦、浮肿的脸，他无法形容那一刻的失落和悲伤，他抽泣道：“班长。”

“起来。”陈靖轻声道，“你不是没弃权吗，我也没弃权，起来，我们走回去。”

白新羽摇摇头：“班长，我走不动了。”

“你省下哭的力气，就能走动，起来。”陈靖用力拽他，却没力气把他从地上拽起来。

白新羽看着远处的俞风城，眼中迸射出慑人的精光。他紧紧握住了拳头，挤出身体里最后一丝力气，抓着木棍，在陈靖的帮助下，从地上一点、一点地爬了起来。活了二十多年，他从来不知道靠双腿站立是这么困难的一件事。

霍乔在一旁默默地看着，他面无表情，眼中的情绪让人猜不透。梁小毛等人则眼睁睁地看着陈靖和白新羽真的站了起来，惊得目瞪口呆。

陈靖挽着白新羽的胳膊，两人咬着牙，一步步往前挪。他们每迈出一步，身体各部分的零件都传来难以承受的痛，需要极大的意志力才有勇气迈出下一步，他们就那么挪着，竟然挪出去了一百多米。

白新羽泪眼模糊地盯着俞风城的背影，他其实已经不知道自己在做什么了，为什么到了这时候，他还是觉得，只要他往前一步，就能稍微离俞风城近点儿？他虽然不是什么特别高尚的人，但印象中也没这么贱啊，就算他再怎么追赶，他都不可能追得上俞风城啊！他为什么还要做这种徒劳的事，为什么？！

可心里就是有一根倔强的神经吊着他，让他一步接着一步地走了下去。

突然，背后传来一声枪响，两人身体一震，差点栽在地上。

霍乔朗声道："选拔到此结束，你们三人通过了。"

白新羽瞪直了眼睛，手里的木棍一松，一阵天旋地转，他就像发条走完了的人偶，扑通一声趴在了地上。

在他昏迷前，他看到俞风城转过了身来，终于，转过了身来……

新羽，现在是我在追随你的脚步了

THE GROWTH OF A DANDY.
FIGHT ALONGSIDE YOU.

·下·

逆锋

水千丞——著

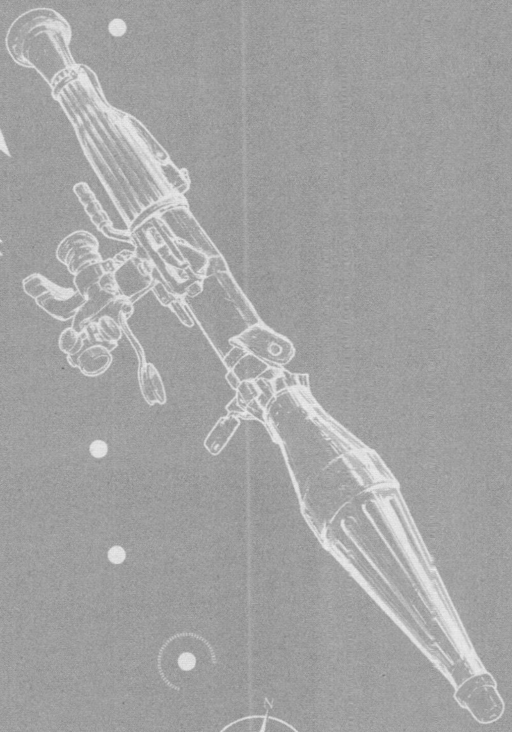

长江出版社
CHANGJIANG PRESS

NIFENG

N I F E N G

目录

CONTENT

NIFENG

NIFENG

他们将继续在祖国的边陲，
用满腔的热血，守护身后亿万同胞。

我们是枪，是盾，是防线；我们要把自己磨炼得更强，更硬，更坚实。这，就是我们站在这里的意义！

第二十三章 不给你丢脸

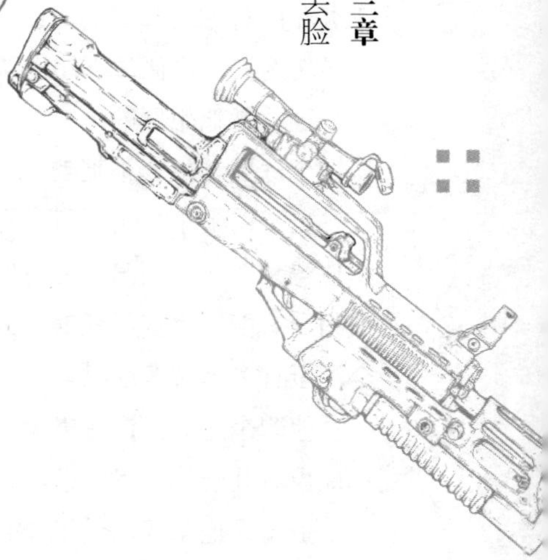

白新羽缓缓睁开眼睛，入目是一片干净的白，鼻间充斥着消毒水的味道，他知道自己在医院。他扭过头去，陈靖在他旁边的病床上睡着，呼吸平稳安详，看上去没什么大碍，他松了口气。

不知道自己躺了几天，现在身体依然疼得几乎动不了，脑袋里还是嗡嗡直响，催泪弹的味道似乎还残留在他鼻子里、嘴里、肺里，让他感到十分恶心。

回想起昏迷前发生的事，白新羽叹了口气，他不知道其他人是怎么想的，但他想掐死霍乔的心都有了。只是到现在他都还有点怀疑昏迷前的一切是不是幻觉，他真的通过了？他和俞风城、陈靖三个人，真的通过猎豹大队的初级选拔了？

回忆了半天，他确定那不是自己的幻觉，幻觉不会让他看着俞风城头也不回地离开时，感到那么难过，那都是真的，俞风城真的毫不犹豫地走了，而他也真的侥幸通过了选拔。他用胳膊挡住了眼睛，深深嘘出一口气，心里五味杂陈。

他现在感到很迷茫。他最初并不是想要进入猎豹大队才来参加选拔的，当时他根本不知道自己为什么要参加，现在他明白了，他只是想要跟着俞风城，想要向俞风城和所有瞧不起他的人证明自己罢了，如今他如愿跟着俞风城进入了猎豹大队的第二轮选拔，可他却不知道该不该高兴。

这就是他想要的吗？为了俞风城进入特种部队，动机本身就不纯了，何况俞风城这个浑蛋还根本不把他当回事。不，不对，不该只是为了俞风城，当他“击毙”直升机上的那个狙击手时，那种浑身血液沸腾的感觉，他现在还记忆犹新，一如当初他得到射击比赛第一名时的兴奋和激动。他想要更多地体会那样的感觉，他想要成为一个能够承担责任的男人，他所做的一切，不该只是为了俞风城，让俞风城那个浑蛋有多远滚多远吧！

他醒来之后，饥肠辘辘，不一会儿，一个温柔清秀的护士走了进来，他不好意思地摸着肚子：“我好饿，有吃的吗？”

护士让他稍等，过了一会儿，端来一大碗拉面。白新羽捧着拉面，狼吞虎咽地吃了起来，护士让他慢一点儿他也充耳不闻。

大概是动静太大，陈靖慢慢睁开了眼睛，扭头看着白新羽，扑哧一笑。

白新羽一愣，高兴地说：“班长，你醒了。”

陈靖疲倦地点点头：“这一觉睡得真长啊，不知道睡了多久。”

护士道：“你们睡了两天两夜了。”

白新羽懊恼地说：“那就错过了六顿饭啊。”

护士忍不住笑了：“你居然就想着吃的了。”

白新羽叹道：“你试试饿三天，肯定脑子里只剩下吃的了。”

护士给陈靖也端了一碗面进来，两人盘腿坐在床上大口地吃着，最后均把那人脸大的碗舔得干干净净，连点汤都没剩下。

白新羽一抹嘴，感动地说："从来没吃过这么好吃的拉面。"

陈靖也附和道："真香。"

护士无奈地说："你们两个真是饿死鬼啊。"

白新羽笑道："再来两碗吧。"

"不行，你们刚醒，一次不能吃太多。"

白新羽犹豫地问："请问，跟我们一起送来的还有别人吗？"

"有啊，好几个呢，你们是不是执行了很危险的任务啊？"

白新羽抓了抓脑袋："有一个个子特别高的吗？"

小护士想了想："好几个都不矮呢，不知道你说哪个。"

白新羽泄气道："算了，没什么。"

小护士给他们量了血压，就出去了。

陈靖漫不经心地说："不知道风城他们在哪个病房。"

白新羽道："嗯……反正都在医院。"

"新羽，我想跟你确认一下。"陈靖揉了揉眉心，"我昏过去之前，好像听到霍乔说咱们通过选拔了，是真的吗？"

白新羽苦笑道："其实我也怀疑是不是自己幻听了，不过不可能两人一起幻听，所以看来是真的了。"

陈靖握了握拳头："其实我当时已经不抱任何希望了，没想到真正的最后一关，考验的是我们的毅力。"

白新羽感慨道："是啊，班长，如果没有你，我肯定就已经放弃了。"

陈靖看着他："不对，就算没有我，你也会爬起来，因为你心里有一个目标，对吗？"

陈靖清明的眼睛一眨不眨地看着白新羽，让白新羽感到一阵心虚，那天他的表现，确实太不正常了，也许陈靖看出了他和俞风城之间的纠葛？想到这儿，白新羽感到一阵头皮发麻。

这时候，有人敲了敲门，白新羽伸长脖子往门口看去，进来的人是霍乔。白新羽一见霍乔，真是恨得咬牙切齿，他对霍乔的感觉本来就很复杂，有些羡慕，也有些嫉妒，这次选拔，霍乔这个笑面虎在每个人心里都留下了不小的阴影。

霍乔自顾自地笑着走了进来，亲切地慰问道："你们两个醒啦，身体感觉怎么样？"白新羽绷着脸说："好像没残废。"

霍乔笑道："那就好，难得一次能招上来三个，这可是好几年不遇的大概率啊。"

白新羽想到那两个从毒气室里出来的兵，特别为他们不值，最痛苦最难熬的时候都已经过去了，他们只要能再站起来走上一百米，就通过选拔了，却功败垂成，实在太残忍了。如果不是陈靖把他拉了起来，他本来也该是那样的命运，所以他特别能体会那两个人的感受。

霍乔道：“你是不是想着那两个放弃的人呢，觉得他们可惜？”

白新羽撇了撇嘴：“对。”

霍乔轻笑道：“他们在最后关头放弃了，对于我们来说，只要腿没断，命没丢，都不该放弃完成任务。”

“可他们不是因为体能不行才放弃的，是你的选拔方式太……”

霍乔道：“恰恰是因为这个，我才不能要。如果他们是真的站不起来了，但心里没有放弃，也许我会酌情收了他们，但他们的状态跟你、跟陈靖差不多，却因为怨愤和不满的消极心态而放弃，光是这一点，已经让他们失去了成为特种兵的资格，因为不成熟的个人原因而影响任务，这是大忌讳。”

白新羽呆了呆，他知道霍乔说得没错，可心里还是堵得慌：“那我……我岂不是也不合格，如果不是班长，我可能也会放弃。”

霍乔勾唇一笑，眼里闪过一丝精光：“真的吗？你真的会放弃吗？”

白新羽也问自己，他会放弃吗？当时那个情况，如果陈靖没有把他从地上拽起来，他是会拼了老命爬起来，只为了能追着俞风城的背影再走两步，还是干脆眼一闭，好好休息？他不知道，因为已经没有了那个如果，所以自己当时究竟会怎么选择，已经无法判断了。他摇摇头：“我不知道，我只知道，比起他们两个，我也未必合格。”

“是啊，你未必合格，谁让你运气好呢，你们小班长关键时候拉了你一把。至于你到底合不合格，还有第二轮选拔来考验你。”他说完，走到陈靖床边，一屁股坐下，笑着拍了拍陈靖的肩膀，“小陈，你果然没让我失望。”

陈靖苦笑一下：“我也算是侥幸吧。”

“你不是侥幸，我相信你有实力通过选拔，你也确实证明了我的眼光。你和风城是我最看好的兵，这次的选拔结果我很满意。”

白新羽心想，自己完全是意外中奖啊，这一路如果没有俞风城，他不可能走到毒气室那关，并最终通过，而如果没有陈靖，他又很可能坚持不到最后，以他这样的实力，能通过第二轮选拔吗？

陈靖问道：“风城呢？”

“在你们隔壁呢，还没醒。”

“没什么大碍吧？”

“没事儿，这次选拔没有人受重伤。”

“我们现在在哪儿呢？”

“在野外训练基地的医院，过两天把你们送回连队，等文件批下来，你们就可以来猎豹大队报到了。”

陈靖有些紧张地搓了搓手，下意识地去推眼镜，却推了个空。

霍乔笑道：“不用戴了，你知道你现在脸肿成什么样了吗？”

陈靖笑了笑。

霍乔站起来，朝陈靖和白新羽行了个军礼：“我代表猎豹特种大队，再次对你们表示祝贺，不过路还长着，继续努力吧。”

陈靖和白新羽连忙回了军礼。

霍乔一笑，从兜里掏出几块糖，撒在两人的被子上：“好好休息吧。”

霍乔走后，他们又躺回床上，虽然填饱了肚子，但肌肉依然痛得受不了，两只脚肿得跟霍比特人似的。白新羽躺在床上照了半天镜子，不断地问陈靖自己是不是黑了，皮肤是不是粗糙了，脸是不是肿变形了，最后把陈靖烦得拿枕头砸他。

晚上的时候，大熊和梁小毛来了，他们都穿着病号服。

陈靖看到他们，就深深叹了口气。

大熊看上去跟没事儿人一样：“班长，新羽，你们好点儿没有？”

陈靖道：“没大碍，休息几天就好了，你们呢？这么快就下床了？”

“我们没事儿。”大熊道，“听说你们最后在毒气室待了三分钟？小毛跟我说有人都熏失禁了，太变态了！虽然被淘汰了挺遗憾的，但要让我进毒气室，我未必撑得住，所以也是因祸得福吧。”

梁小毛叹了口气：“你就别刺激我了，我可是进去遭了罪受不了了才爬出来的，早知道那样，还不如跟你一个时候退出呢。”

大熊哈哈笑了起来。

梁小毛看向白新羽，诚恳地说：“新羽，不管以前咱俩怎么样，这次我对你是真服气了，我祝贺你，真心的。”

白新羽本来见到梁小毛还想嘚瑟一番，这下反而不好意思起来。如果没有俞风城和陈靖，他未必能比梁小毛坚持得更久，而且，当时在毒气室里，他也受不了决定放弃，是俞风城死死拉住他，这件事没有别人看到，他也不好意思说，现在梁小毛的“服气”，让他多少有点儿心虚。他抓了抓脑袋：“其实……要是没有班长，我也不能通过。”

梁小毛笑道：“不管怎么样，是你击中了直升机上的狙击手，你还坚持到了最后，我收回我当初的话，你有实力通过选拔。”

白新羽笑了：“谢谢！”

陈靖露出了释然的笑容："通过这次选拔，大家都成长了不少，光冲着这一点，这次的行动就有意义。"

梁小毛笑嘻嘻地说："班长，那检查可不可以不写了？"

陈靖一瞪眼睛："不行，一万字，少一个字都不行。"

两人哀号了一声。

几人嘻嘻哈哈地聊着天，看上去都恢复了正常，只是这次选拔对他们造成的身心创伤，并不是短时间内能够痊愈的。

第二天醒来，白新羽感觉身体好多了，也有了下床活动的欲望，他和陈靖一起去医院的食堂吃了顿饱饭，然后在外面溜达起来，毕竟是当兵的，半天都闲不住。

散完步，陈靖提议去看看俞风城，白新羽心里一紧，他又想去，又不太想去，不禁犹豫了起来。陈靖却不知道他的纠结，径自领着他去找俞风城了。

敲开病房门，俞风城正坐在床上玩儿手机，他一扭头，正对上白新羽的眼睛，两人的目光在空气中接触，刹那间，好像有无形的火花在刺刺地闪动，俞风城目光微黯，白新羽心头一紧。

陈靖的目光在两人之间扫了个来回，轻咳了一声。

白新羽回过神来，装作若无其事地说："你醒了啊，来看看你。"

俞风城淡道："过来坐吧。"

陈靖道："身体好点没有？能下床了吗？"

俞风城点点头："没事了，就是想好好休息两天。"

三人都有些词穷，陈靖虽然没提，但他对俞风城隐瞒子弹的事始终耿耿于怀，而白新羽则更是不知道该如何面对俞风城，他们尽管坐得这么近，却好像有一层无形的隔阂挡在中间。

最后，俞风城道："班长，我和新羽单独说几句话好吗？"

白新羽一怔，脑袋沉得抬不起来。

陈靖似乎早料到了，他站起身："那我先出去了。"

白新羽一把拽住了陈靖的袖子，他抬起头，跟小狗似的看着陈靖。

陈靖拍了拍他的肩膀，转身走了。

病房里再次陷入一阵尴尬的沉默。

俞风城看着他："你生我气呢？"

白新羽摇摇头："没有。"

他实在没有理由生俞风城的气，俞风城一路上都在帮着他，放哨的时候让他睡觉，最后一口水给他喝，自己开车让他休息，最后的毒气室，如果不是俞风城压着他，他也早就放弃了，他能走到最后，都是因为俞风城，他有什么理由生气。他就是……就是难受，在最后关头，俞风城放弃了他，尽管那是当时最明智的决定，从理智上讲俞风城没做错任何事，可他就是过不去自己心里那个坎儿。

俞风城道："我也没什么好解释的，我不可能在最后关头放弃。"

白新羽心脏抽了抽："嗯，我知道，我得谢谢你，你帮了我不少。"

俞风城蹙起眉："不管怎么样，你最后通过了……但你真的想来猎豹大队吗？"

白新羽低声道："老实说，我不知道，但不到走不下去的那一刻，我不会再放弃了。"他看着俞风城，心情无比复杂，他根本不该将俞风城当作目标，这个目标太高、太远了，可能一辈子他都难以企及，可他又是个很遵从本心的人，他心里吊着一口气，就是想让俞风城刮目相看。

俞风城沉声道："你有来猎豹大队的理由吗？如果你不端正态度，会让你遭遇危险的概率增大，你懂吗？"

白新羽心道，我的理由就是追赶你吧。可他不敢说，他也不知道自己什么时候那么孬了，他白新羽从来不是扭捏的人。他犹豫了一下，道："我想当狙击手。"这话倒也是真的，就算没有俞风城，他还是想当狙击手。

"你知道当一个狙击手有多难吗？"

白新羽摇摇头："不知道，但如果我不适合，第二轮选拔会告诉我的。"

俞风城抓住他的手，认真地看着他："你没必要勉强自己。"

白新羽抿了抿唇："我又未必不适合，不管怎么样我也会试试。"

"第二轮选拔是真正拼实力的，我帮不了你，你只能靠你自己。"

白新羽脱口而出："我不用你帮！"

俞风城深深看着他，白新羽正色道："俞风城，接下来真的是我自己的事了，我会尽我最大的努力留下，但如果我没成功……"他抬起头笑了笑，"等咱俩退伍了，还能聚聚吧。"

俞风城顿了半晌，哑声道："我希望你留下。"

白新羽心脏一颤，明亮的眼睛一眨不眨地看着俞风城："要是我真的留下了呢？"

俞风城张了张嘴，明明想说什么，最后却没说出来。

白新羽自嘲道："看你那样儿，我要是真留下了，你就跪下叫大王吧。"

俞风城嗤笑一声："你先留下再说。"

"我会尽力的。"白新羽朝他扬了扬下巴。

"我希望你留下……"俞风城无奈一笑，"又害怕你留下。成为一名特种兵，不仅要吃很多苦，还要遭受很多危险，我有时候都不知道自己为什么要帮你通过选拔，我很矛盾。"

“我现在不怕吃苦了，不管怎么样，这是我这辈子最大的成就，我不会放弃的。”白新羽笑道，“俞风城，你等着吧，我会让你看看小爷真正的实力，保证吓死你。”

俞风城也跟着笑了起来。

两天后，他们身体恢复得差不多了，就被集体送回了连队。这次通过猎豹大队选拔的三个人，都是三连三班的，给许闯和陈靖大大地长脸，他们回去立刻受到了热烈的欢迎。

一下车，冯东元和钱亮就跑了过来，一把熊抱住白新羽：“哈哈哈哈，新羽，你太牛了，你居然真的通过了，你太牛了！”

白新羽眉开眼笑，得意地说：“怎么样，小爷潜力无限吧，快夸我，接着夸，使劲夸！”

钱亮大笑着：“你小子真有两下子，不过脸皮还是那么厚。”

白新羽大笑不止。

许闯把他们三个叫进了办公室，拍着桌子大笑，冲王顺威说：“老王老王，你看看，有面子不？”

王顺威笑道：“有，都是咱们的好兵。”

许闯哈哈大笑道：“昨天去团里办手续，太有面子了，碰上四连的我都是抬着下巴走的，哈哈哈哈。”

王顺威哭笑不得：“哎呀行了你，老大不小了还跟小孩儿似的，这么好强。”

“当兵的不好强怎么行。”许闯看着他们，“不错，你们这趟给咱们三连争光了，尤其是陈靖，你不仅自己是个优秀的班长，带出来的也是优秀的兵，我真是舍不得放你走啊。”

陈靖笑道：“是连长带兵带得好。”

许闯笑道：“别恭维我了，我现在真不知道该不该高兴了，霍乔那浑蛋一下子弄走了我三个兵……”他的目光从陈靖、俞风城一直移到了白新羽身上，最后定住了，他玩味地摸了摸下巴，“你和风城通过，我倒是不意外，白新羽……你是真叫我大大地意外了一把，应该说从你入伍的那天起，你就给我制造了太多意外。”

白新羽道：“谢谢连长给我这次机会，另外，我也一直想谢谢连长让我去炊事班，虽然我开始不喜欢那个地方，但我认识了武班长，而且得到了历练，这也是我宝贵的一段经历。”

许闯哈哈笑道：“拉倒吧，跟我打什么官腔，你当时心里不知道骂了我几百回了吧。”

白新羽一阵尴尬，他以前对许闯确实是相当愤恨的，可成长起来后，再回头看自己以前的经历，才开始发自内心地感谢许闯，不过，把许闯祖宗十八代都问候过几百回也是事实。他支吾道："怎、怎么会呢。"

许闯道："白新羽啊，我当时把你放到炊事班，是抱着死马当活马医的心态，你要是自己不争气，你现在也还在炊事班，我大概也忘了你这个人了，是你自己抓住了机会，所以你不用感谢我。"

白新羽道："连长，我能问问你为什么当初要给我那个名额吗？"这件事他一直耿耿于怀，岂止是梁小毛和其他战友质疑，他自己都质疑。

许闯反问道："你自己觉得是为什么？"

白新羽眨了眨眼睛："是因为我进步大，你看到了我的潜力吗？"

"你进步确实大，但比你优秀的仍然有不少，说实话，以你当时的水平，是不足以去参加选拔的。"

"那是为什么？"

许闯道："霍乔这次给我们几个连长提了个奇怪的要求，他要求在每个连队选拔的人里，加一个'不确定因素'，可以是一个人缘不好的兵、发挥不稳定的兵、严重偏科的兵，以此来考验其他人对危机和困难的应变能力，这个'不确定因素'，我和老王第一个想到的都是你。白新羽，你明白吗，你就是那个我们最不好把握、最出乎我们意料的兵，你本来是以这样的身份被选送的，可最后你却通过了，你看，你果然是那个不确定因素。"

白新羽惊讶地看着许闯，他心里一时间真是五味杂陈，有些失望、郁闷，可同时又有些庆幸。他本以为许闯是真的看好他，没想到最后发现他是那颗用来考验其他人的棋。可正是因为他是个充满意外的兵，才能得到这次机会。俞风城说过，运气也是实力的一部分，这种运气算不算得上是他的实力呢？

陈靖激赏地看着白新羽："连长，指导员，你们果然有看人的眼光，新羽确实是一个让人出乎意料的兵。"

白新羽被夸得有点儿不好意思了，说实话，梁小毛也好，许闯也好，被原来不待见自己的人刮目相看，那种扬眉吐气的感觉真是让人浑身舒爽。他现在特别能明白他爸、他哥当初看着他那种恨铁不成钢的感觉了，一个有担当的男人很难瞧得起一个草包，他越来越感激他哥当初把他送来部队了，在这里他找到了自己的价值和尊严。

许闯说："通过初次选拔也不代表你们就是猎豹的人了，最多只能算半只脚踏进去，为期三个月的训练可比你们这趟选拔还要折磨人，如果你们没挨过去，到时候还得回来，真回来了也别觉得丢人，咱西北第一特种部队，就不是正常人待的地方。总之，三连这个大家庭永远欢迎你们。"

陈靖笑道："连长，我做什么都竭尽全力，才能不后悔，所以我多半是不会回来了。”

俞风城道：“那是我的目标，我肯定会留下的。”

白新羽心想自己也得表态啊，不然多不爷们儿，马上道：“嗯，我，我也会努力的。”说完自己就想扇自己，怎么一点儿气势都没有。

许闯哼道：“我就懒得祝福你们了，一切看你们自己，这几天好好和战友们告告别吧。”

“是。”三人齐刷刷地行了军礼。

回到宿舍后，三人又马上被战友包围了，冯东元和钱亮把白新羽拽到一边，追问起了选拔的过程，因为有保密协定，白新羽不能说太多，他就尽量模糊细节，主要吹一吹自己的英雄事迹、最后关头的坚韧不拔等，让听众们啧啧称奇，眼里都闪烁着崇拜的目光，大大地满足了白小少爷的虚荣心。

白新羽吹完了，就问起两人最近怎么样，他一走一个多星期，感觉冯东元黑了点儿。

冯东元道：“你们走后，连长派我们去协助训练新兵去了。”

钱亮揶揄道：“你那叫协助训练新兵？你那是给新兵当保姆吧。”

冯东元不好意思地一笑：“都是刚离开家的孩子，想想当初咱们也挺迷茫的，刚来的时候还是要多关心一下嘛。”

钱亮撇撇嘴，给白新羽八卦了起来：“哎，新羽，你知道这小子多让人生气吗？有的新兵看他脾气好，装作不会洗衣服，让他给洗，装作手受伤了，让他给剥烤地瓜的皮，要不是我给阻止了几回，直接就成人家私人保姆了。”钱亮说着说着就来气了，点着冯东元的脑门儿道，“你怎么这么缺心眼儿啊，有点儿老兵的尊严好不好！”

白新羽听得浑身别扭，装作不会洗衣服让冯东元给洗这事儿，自己当初也干过，还干过好几次，冯东元是那种非常不好意思拒绝别人的人，只要脸皮足够厚，说点儿软话，能帮的他都会帮忙，所以很多人都会有那么点儿占他便宜的心理，不过后来熟了就不那么干了。他虽然也干过不地道的事，可听着那个新兵比他还不要脸，这也太过分了。

冯东元辩解道：“他是真的不会洗吧，而且他手确实受伤了嘛。”

钱亮气乐了：“哎哟，你还帮人家说话，我真想把你那脑袋挖开看看，你怎么就这么好欺负呢。”

冯东元皱了皱眉，为难地说：“可我也没觉得有人欺负我啊，我觉得大家都挺好的。”

钱亮捏着他的脸，一副怒其不争的表情。

白新羽道：“钱亮你给我说说，到底怎么回事儿，新兵敢使唤老兵，反了他了，不行咱们去收拾收拾他。”他现在也是一身钢筋铁骨，底气十足。

冯东元连连摆手：“真没事儿，钱亮太夸张了。”

“好，我跟你说啊，有这么一个小子，跟当初的你差不多，好像是太能作了，家里管不了，扔部队来了，不过人家比你强，不像你一开始那么孬。”

白新羽瞪起眼睛：“你说话有重点没有！”

钱亮嘿嘿一笑：“然后这小子呢，大概被人伺候惯了，来这儿就盯上冯东元小保姆了。”

冯东元拍了拍钱亮的背：“瞎说什么呢，你就是太小心眼儿了，战友之间互相帮助一下，弄得那么斤斤计较做什么。”

钱亮一挑眉：“我问你，你给他洗袜子、裤子是怎么回事儿？”

冯东元顿时有点儿蔫儿了。

“反了他了！”白新羽说着就要站起来。

冯东元一把抓住他：“新羽，不是你想得那样，你听我说。”

白新羽是真有点儿生气了，冯东元是他最好的哥们儿、战友，哪能这么让一个新兵欺负。

冯东元叹道：“不是他让我洗的，是这孩子……太浪费了。你知道吗，他不洗裤子和袜子，穿过一天直接往垃圾桶里扔，我实在看不下去了，哪能这么浪费啊，都是新的呀，好好的呢。”

钱亮翻了个白眼，哀伤地说：“新羽，我真要被他气出毛病了。”

白新羽一脸震惊：“那，那你也不能……不是，人家浪不浪费跟你有什么关系啊？”“我是他们新兵班的班长啊。”冯东元一副痛心疾首的样子，“那好好的东西穿过一次就不要了，我真是接受不了，我看着难受，所以……”他声音降了八度，扭捏地说，“我就给捡回来洗了。”

白新羽跟钱亮一样说不出话来，最后他憋了半天，说：“部队不是整天宣传勤俭节约是美德吗，你就不会教育教育他？”

“我教育了，他也答应改了，所以我这不是教他洗衣服嘛。”冯东元认真地说，“每个人都有毛病，只要肯改就行。”

白新羽无语地看着钱亮，钱亮一摊手，一副“怎么样，没办法吧”的表情。

冯东元笑着说：“真没什么大不了的，我在新兵营待得挺开心的，就好像看到了一年前的我们，觉得自己终于成老兵了。”

钱亮也附和道：“成老兵真的挺爽的，可以管人，还有那些新兵蛋子看咱们那敬仰的眼神，啧啧，太享受了。”

两人给白新羽讲起新兵营的趣事，他们聊得很开心，白新羽一想到他们很快就要分开了，心里万般不舍。

晚上吃完饭后，他去炊事班找了武清。

武清早听说了他通过选拔的消息，一见他来，毫不意外的样子。

白新羽回想起临走前武清对他说过的话，这时候他才真正理解了那些话的意思。

武清叼着烟，斜睨着他：“你小子真是让我意外啊，居然真的通过了，而且这次居然一下子招了三个，能通过一两个都很不错了。”

白新羽笑道：“我其实是运气好，有两个强人帮着我，不然我绝对不可能通过。”

“我猜也是，要不凭你那两下子，跟我当初可差远了。”

白新羽高兴地说：“武班长，这次我的狙击技能派上大用场了呢。”

“哦？”武清来了兴趣，“说给我听听。”

白新羽就把他们当时只剩下半个弹夹、情况危急，俞风城如何当饵，他如何射击的事绘声绘色地描述了一番。光是回忆当时那心跳加速、大脑却又意外冷静的感觉，就让他热血沸腾，在那一瞬间，他的灵魂好像进入了另一个空间，他就像一个旁观者般冷静地控制着手里的枪和自己的眼睛，瞄准、扣扳机，一气呵成，那种专注直接超越了肉体的痛苦，让他有种“非人”的体验，他很想再回味一次。

武清听完之后，笑着说：“不错，有两下子。”

白新羽道：“主要是俞风城胆子大，他要是不去当饵，我也没那个底气开枪。”

“胆子大是一方面，重要的是他的判断力很强。他早已经通过那个狙击手之前对你们的攻击，判断出狙击手的水平有限，如果换作是我坐在直升机上，别说四个人了，就是十四个你们也一个都别想跑，就你们这帮菜鸟，如果猎豹大队真的派他们那个水准的人来阻碍你们，你们很早就已经结束选拔了，所以俞风城看似冒险，其实是经过深思熟虑的，这小子确实是猎豹大队需要的人才。”

白新羽呆了呆：“我还真没想到。”

“等你参加完猎豹大队的训练，这些你就都懂了。”武清弹了弹烟灰，“当然了，你也未必能坚持三个月，很多新兵都是在第一个星期的时候回来的，能坚持过一个星期的，再坚持过一个月那个坎儿，基本就能留下了。”

“又是拼命折磨人是吧，很有猎豹大队的风格。”

“嗯，往死里折磨。”武清轻描淡写地说，“训残了评伤残，训死了评烈士，加油吧。”

白新羽缩了缩肩膀：“班长，你说得好吓人啊。”

武清笑道：“吓唬吓唬你，这样你去了才不至于被他们吓倒。其实也没那么可怕，你如果真的不合适，很快就会知道的，他们也不会勉强你，把你送回来就完了。但你如果真的想成为一名在战场上能保护自己、能让战友放心把后背交给你的特种兵，你就必须达到他们的标准，一个不合格的兵会害死很多人的。”

白新羽道：“武班长，我能问你一个问题吗？”

武清瞪着他：“你都问了我多少问题了，还差一个？”

白新羽嘿嘿一笑：“我就是想问问你，你当时为什么想当特种兵呢？”

“为了保家卫国，为了实现军人的理想。”武清说完，自己笑了，“这么听着是不是有点儿假大空？这些都是我们宣誓的时候说的话，其实如果你没真的上过战场，你是很难体会这样的使命感的。我当初想当特种兵，根本没有那么崇高的信仰，我只是觉得，多好玩儿啊，我可以成为最牛的兵，用最好的枪、最好的装备，接触最机密的信息，光是猎豹大队这个名号打出去，我就与有荣焉，走路都带风。那个时候我是真年轻，跟你一样二十出头，气盛得很，我只是想过刺激的生活罢了。可是执行过几次任务之后……”

白新羽眼睛一眨不眨地看着他。

武清抽了口烟：“我觉得这个你最好自己去体会。”

“哎呀班长，你别吊人胃口啊。”

“怎么说呢，当你看着被你救下来的同胞满脸感激的时候，当你把那些胆敢越过咱们国境线捣乱的畜生一个个斩杀的时候，当你因为惩奸除恶、保护良善而由衷地觉得自豪的时候，你就明白了，你就明白你往死里训练是为了什么，你就明白你受的苦、承担的危险值不值了。”

白新羽现在确实体会不了那样的感觉，但他还是听得热血沸腾。在部队待久了，爱党爱国爱人民的教育天天听，周围全是这样的氛围，就算一开始觉得这些太官腔，可耳濡目染之下，人也就慢慢地跟着发生了变化，他也想惩奸除恶、保护良善，他也想自己学的一身本领，能真正派上用场。

武清拍了拍他的脑袋：“你多少算我一徒弟，去了猎豹大队别给我丢脸，但你也不许勉强自己，毕竟人生还有很多重要的事，别为了这个真把身体搞坏了，总之，像个爷们儿一样尽自己最大的能力就行。”

白新羽用力点点头：“武班长，我一定不给你丢脸！”

武清笑看着他，眼里有赞赏，也有羡慕。白新羽读懂了他的眼神，忍不住有些心酸，但更多的是对这个真男人的敬重。

THE GROWTH OF A DANDY.
FIGHT ALONGSIDE YOU.

第二十四章 蜕变

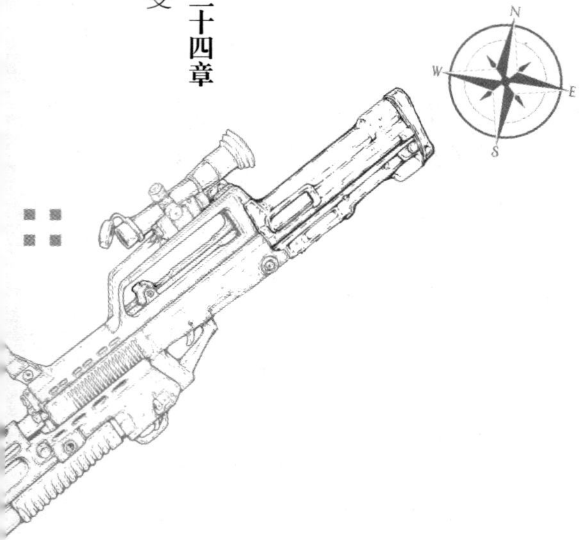

在三连的最后几天，白新羽喂喂猪、除除草、去炊事班帮帮忙，还给家里打了电话，不过没敢说自己要去当特种兵。

走之前，他收到了一批从库市寄来的信和包裹。看完学生们的信，最后他拆开包裹，发现是陈晨寄来的，里面有一些零食、特产，还有一个信封，信封里居然是一沓照片，翻了几张，除了他自己的，还有他和俞风城的！仔细看，这些照片都是偷拍的，各种角度、各个场景，还有一张明信片，陈晨用娟秀的字迹写着：白教官，祝你平安快乐，我们都很想你，保重！

白新羽看着照片上他和俞风城自在说笑的样子，心里一热，忍不住想，这谁家的儿子啊长这么帅，真是英姿飒爽，军人的气魄已经无形中融入骨血了。

他把照片仔细收好了，打算等没人的时候给俞风城看看。

临走前一天，许闯让他们三个去新兵连亮亮相、讲讲课，激励一下那群新兵蛋子。

那天不仅有新兵们，还有一些老兵凑热闹。看着台下呼啦啦的一群板寸脑袋，白新羽真有点儿打怵，毕竟他是第一次在这么多人面前讲话。

俞风城和陈靖说得都很好，言简意赅。

轮到白新羽的时候，他把演讲稿攥在手里，有些紧张地在话筒前说了起来。前面说的都是一些不会出错的话，说着说着，看着那些稚嫩的、英气的脸，他真的感觉自己回到了一年多前，短短十几个月，他的蜕变却连自己都不敢相信，这些新兵里，会不会也有老掉队的、很灰心的，就像当初的自己？

他把演讲稿塞进裤兜里，轻咳一声，道："说实话，我刚进部队的时候，可能比你们中的绝大多数人素质都差，我第一天晨训就迟到，连长警告我之后，我第二天又迟到，被罚跑步，跑得我差点儿吐血。"

台下响起笑声。

白新羽也笑了："头一个月的训练，我一直是得过且过的心态，老是想着怎么偷懒，所以我当时的成绩是全连倒数第一，后来听说训不好要去炊事班喂猪，我才开始认真训练，但那时候已经晚了。因为我考核成绩差，最后果然还是被派去炊事班喂猪了。"

台下又是一阵哄笑。

"从那个时候起，我才意识到自己有多想念枪、想念起床号。我想当一个让人看得起的兵、合格的兵，我想回连队，我就是抱着这个目的，真正开始努力训练。当你为某个目标认真努力的时候，很多事自然而然就好起来了，我得到了我想要的尊严和成功的喜悦，我开始觉得自己的时间有意义，我还想变得更强。我说这么多，就是想告诉那些一开始在部队生活不顺畅的兵，你们不要怀疑自己的能力，既然来到了这里，就不要空着手回去，竭尽所能地去做，一定能做好！"

台下掌声爆响！

坐在他身后的许闯和陈靖，脸上露出了欣慰的笑容。

俞风城看着白新羽挺拔的身形，就好像看到了他们营区内外随处可见的那些笔直笔直的白杨树，在高远的雪山上迎风挺立，什么也压不弯它。白新羽这时候转过脸来，他明眸闪动、炯炯有神，两人的目光隔着两三米的距离相望，那一瞬间，他们的心都狂跳了起来。

大会结束后，白新羽见到了那个被冯东元特别“照顾”的兵，个子很高，长得很好看，就是眉宇间一股桀骜之气，一看脾气就不太好。

白新羽特意去警告了他两句，他虽然表面上“是”来“是”去的，但好像没怎么把白新羽说的当回事儿。不过有钱亮，有这么多兄弟在，不可能真的让新兵骑到老兵头上来。其实他就是不舍得冯东元和钱亮，一想到要和他们分开，总想为他们做点什么，留下点什么，可他知道这次分开就是分开了，也不知道下次见面是什么时候。

钱亮挺心酸地说：“没想到咱们当了一年的战友就要拜拜了，不过也不一定，说不定你没通过第二轮选拔又回来了呢。”

白新羽叹道：“你可真会说话，谢谢你啊。”

晚上，许闯给他们办了个欢送会，三连百来号人全来了，在食堂给三人送行。

白新羽看着墙上贴的气球、条幅，突然就想起程旺旺退伍那天的事，他当时还感叹，程旺旺就这么走了，不知道下一个会轮到谁，却没想到，轮到的是他自己，当自己成为那个要离去的人的时候，心里更是五味杂陈。

来部队这一年多，他的人生被彻底改变，他已经快记不得自己从前是什么样子了，他只知道在这里，他学到了从前二十多年都没学到的东西，改掉了从小伴随他长大的很多臭毛病，结识了一些好兄弟、好领导，看到了很多他从前根本不相信其存在的美好品质，比如正义、耿直、无私、血性，找到了自己积极生活的目标和意义。

尤其是，他还认识了俞风城。因为俞风城，他才知道人有了榜样、有了目标，能爆发多么大的力量。他和俞风城从最开始的互看不上，到逐渐欣赏，如今成了羁绊颇深的战友，他才明白什么是真正的朋友，不是一起喝酒就叫朋友，朋友是能将对方引为镜子，督促自己不断前行，是关键时刻能信任、能依赖、能托付的人。

三杯酒下肚，白新羽哭了，很多人都哭了。他抱着冯东元和钱亮，哭了很久很久，他当时唯一的想法，就是要回来看他们，一定要回来看他们。

离开的那天早上，白新羽没让其他人送，他这人感情丰富，容易哭，他不想走的时候哭哭啼啼的，太有损他形象了。

三人最后仔细地看了一会儿他们生活过的营区，才依依不舍地上了车。

车开出去没多远，白新羽的目光瞥过后视镜。他猛地扭头，三班的人不知道什么时候已经跑了出来，朝着他们的车齐刷刷地敬起了军礼。俞风城和陈靖也扭过头去，看着他们的战友越变越小的身影，心中酸涩不已。

三人也齐齐敬起军礼，尽管没人看得见，可他们一直没动，直至看不到战友为止。

白新羽心头一热，眼泪又开始在眼眶里打转，他赶紧扭过了身，不想被他们看见。

陈靖靠在椅背上，重重叹了口气。

白新羽哽咽道："班长，咱们平时能回来看看吗？"

陈靖道："很难，这里太偏僻了。"

白新羽抽泣了起来："我现在就开始想他们了。"

陈靖拍了拍他的背："只要你记挂着他们，以后总有机会见面。"

俞风城握住白新羽的肩膀，轻轻摇了摇，由宽厚掌心传来的温暖，让他的心逐渐平静了下来。这次的分离，虽然也让他伤心，但跟一年多前他离家时完全不一样，因为现在他身边有俞风城和陈靖，他知道自己并不孤独。

东元、钱亮、旺旺哥、武班长，咱们一定会再见的！

他们坐了一夜火车，第二天到了乌市，霍乔亲自开车来接的他们。

这时没外人，俞风城见到霍乔很是亲热，两人勾肩搭背地上了车，说的全是家里的事，白新羽自觉存在感很强，却连句话都插不上。

霍乔从后视镜里看着陈靖和白新羽，笑着说："这两天挺热的吧。"

陈靖点点头："中午真热。"

"这里气候比雪山好很多，毕竟是城市，好吃好玩儿的不少，有空我带你们四处转转。"

白新羽看着窗外的风景，心情好了不少，他终于又回到大都市了，虽然他已经适应了雪山的偏远和贫瘠，但他始终还是更喜欢现代化的城市，他高兴地说："我们平时有假吗？"

"集训期没有，如果你们留下来，以后每个月有两天假。"

一听到还能放假，白新羽更兴奋了。

霍乔笑看了他一眼，马上浇下来一桶冷水："前提是你能留下。"

白新羽干笑两声。

霍乔开到加油站，陈靖去上厕所了，霍乔去付钱。

两人刚走，白新羽的手机突然响了，他一看，是个陌生号码："喂？"

电话里传来一个女人的声音："喂？你怎么一直关机啊，我打了好久。"

白新羽一愣，这声音听着有些耳熟，但他又想不起来是谁。

车厢里很安静，电话里的声音一下子传进俞风城耳朵里，他脸色顿时暗了下来。

白新羽刚要说话，俞风城劈手夺过电话，声音如寒冰："我给你个电话，你联系那个人。"

白新羽脑门儿上冒出了冷汗……

俞风城还想说什么，却见陈靖和霍乔陆续回来了，他看着白新羽，目露寒光："这件事你不用再管了，我来处理，记住你现在是什么身份，我刚对你改观，别让我失望。"

说完狠狠推了白新羽一把，转过了身去。

白新羽脑子里乱糟糟的一片，俞风城真的生气了，两人已经很久没这么关系紧张过，他没想到来猎豹大队的第一天，迎接他的却是这种破事儿！

两人一路无话，到了营区，霍乔和陈靖都觉出他们之间的怪异气氛了。下车后，陈靖悄悄地问白新羽："你和风城吵架了？"

白新羽摇摇头，无力地说："没有。"

陈靖看着他，欲言又止。

霍乔用手指了指："来，看看咱们新建的军营，大气吧。"

白新羽看着眼前的现代化军营，比起雪山的确实气派多了，但他现在没什么心情欣赏，他一直在偷瞄俞风城，俞风城却看也不看他，一直冷着脸。

几人进了营区，迎面走来一个壮实的男人，肩章一毛二，冲霍乔行了个军礼："副队，队长正找你呢。"

"我这就去，这三个人是新来的，你安排一下。"说完，霍乔又指着他对三人道，"这是严强教官。"

"严教官。"三人行礼道。

严强打开手里的文件夹，点了三人的名字后，道："跟我来。"严强领着他们进了宿舍，"桌上那张纸，是这里的规矩，你们要一条一条地仔细背下来，严格遵守这里的纪律。"

"是！"三人异口同声道。

严强走后，三人站在宿舍里，一时都有些感慨。

这宿舍条件比他们以前的好多了，空间宽敞，生活用品一应俱全，三人开始收拾起行李。

白新羽边收拾，边继续偷瞄俞风城，俞风城一直冷着脸不说话，他感觉自己要被冻起来了，他决定等两人独处的时候好好跟俞风城解释解释。

由于不让随便离开宿舍楼，他们收拾完东西后，就在宿舍里看书打发时间，直到楼里响起号声，提醒他们去吃晚饭。

一整楼的兵都出来了，白新羽数了一下，不到三十个。这些兵看着都很利落，那种精气神一看就不是普通的兵，能通过猎豹大队初级选拔的，必然都是各个团的顶尖精英，白新羽感到压力有点儿大，不知道像他这样走运混进来的人多不多。他这时候挺有危机感，很怕自己重蹈一年多前的覆辙，再次成为吊车尾，不过，这一次他不会再得过且过了，无论他跟别人的差距有多大，他都会拼命地追上去。

吃饭的时候，整个食堂鸦雀无声，因为有明确的条例规定吃饭时不许说话。以前白新羽最喜欢的就是吃饭时间，不仅可以休息，还能跟战友吹牛聊天，一大帮人一起吃饭，会特别香。可这里完全没有那种气氛，吃个饭都好像被人监视着，白新羽不禁怀念起他们每次吃饭前背的“锄禾日当午”，他现在就开始想念三连了。

饭后，他们回宿舍继续发呆，到了八点多，开始分批洗澡。

陈靖准备好东西：“风城，新羽，你们去不去洗澡啊？”

白新羽刚要说话，俞风城就淡淡道：“我们下一拨去。”

白新羽把话硬生生给咽了回去，陈靖看了看他们：“好吧，那我先去了。”

陈靖走后，俞风城斜睨着白新羽：“你这一天都想找机会跟我说话，现在说吧。”

白新羽咽了口口水：“我想跟你解释。”

“解释什么？那女的打错电话了？”俞风城眯起眼睛，“白新羽，你当我是傻子吗？”

白新羽额上冒出了冷汗，俞风城说得没错，他很是懊悔。

俞风城的目光深邃而冰冷：“我说了，这件事我来解决，你不用再管了。”

白新羽呆滞地看着俞风城拿上洗澡的东西，大步离开了宿舍，他怔愣了很久。

第二天下午，宿舍来了个新人，帽檐压得低低的，个子很高大。

严强很敷衍地介绍了一下：“这是你们的新室友，最后一批新人已到齐，明天正式开始训练。”

新室友拎着行李走了进来，白新羽正躺在床上跷着二郎腿玩游戏，他懒得转身，就倒仰着脖子看着来人，第一眼就看到了一双笔直的长腿。

那人脱下帽子，露出一张俊逸非凡的脸蛋，他冲着三人微微一笑，说不出的风流倜傥。

白新羽心想，军营真是出帅哥啊。他最讨厌自己身边有长得比他帅的了，为了看清那个男人的脸，他脖子仰得过头了，肩膀下的枕头一滑，整个上半身跟着往地上滑去，他大叫一声，“扑通”摔在了地上，撞得眼冒金星。

俞风城皱起眉，上去把他拎了起来：“你白痴啊。”

那人看着白新羽，哈哈笑了几声，眼角微弯，极富魅力。

白新羽郁闷地揉着脑袋：“不会摔出毛病吧。”

陈靖摇了摇头，介绍道：“我叫陈靖，这是俞风城、白新羽，我们都是九团侦察连的。”

“我叫燕少榛，是六团装甲步兵连的。”

白新羽注意到他的肩章，是个中尉，没想到后备新人里居然会有尉官。

燕少榛看了看自己的肩章：“怎么了？很意外？”

白新羽尴尬道：“呃，不是。”

“猎豹大队牛人多得是，我算不了什么。”燕少榛伸了个懒腰，“坐了一天车，累死我了。”他冲白新羽道，“我的床位是你上面吗？”

白新羽点点头。

燕少榛笑了笑：“不错，上下铺的，要彼此多照应了。”他朝白新羽伸出了手。

白新羽一下子想起了冯东元，当初冯东元就是因为睡在他上铺，才会和他走得格外近，否则凭当初他那股全班不待见的劲儿，冯东元应该也不会主动搭理他吧。他对这个上铺的哥们儿产生了爱屋及乌的好感，笑着说：“那是肯定的。”

四人聊起了天，燕少榛是他们团唯一一个通过初级选拔的。燕少榛那个团的选拔方式，跟他们大同小异，考验人体能、战斗力的同时，也额外考验人的意志力。

说到选拔，白新羽脸上是掩不住的痛苦，而燕少榛用的形容词却是“刺激”“好玩”，眼里都闪烁着兴奋的光芒。白新羽心想这人若不是太强，就是变态。

陈靖问道：“你知道这次一共选上来多少人吗？”

“二十八个。”燕少榛道，“这次算多的。”

白新羽心想，他们军小十万人，选出来二十八个，都是精英中的精英，一想到自己是其中一员，他就有点儿得意，但同时，也暗暗感到心虚。他觉得自己就像乔装打扮混进松鼠群的老鼠，不知道什么时候会被人发现他没有骄傲的大尾巴。

他们早早就上了床，但都有些难以入眠，明天就要开始训练了，不知道有多少挑战在等着他们。

第二天天没亮，起床号的声音响起，四人利落地从床上跳了起来，以最快的速度整装完毕，下了楼。

从起床号响起到二十八人全员到齐列队，花了不到三分钟时间，这些千挑万选出来的兵各个看起来精神抖擞，军人矫健骁勇、朝气蓬勃的精神面貌在他们身上一览无遗。

在操场上等待他们的，除了霍乔和严强，还有一个看上去悍勇精干的男人，肩章两杠三星，是个上校。

白新羽当兵一年多，只在全团比武上见过校官，那是他们的副师长和团长，这个男人三十来岁就比他们团长的军衔还高一级，应该就是猎豹大队的队长了吧。猎豹大队直接隶属军区，难怪这里的军官满地跑，白新羽看了一圈，发现自己是唯一一个没有军衔的列兵。

男人开口了，声音铿锵有力："我是猎豹大队队长韩卓，你们是猎豹大队第 31 期实习兵，在这里的每一个人，不管以前是军官还是士官，是炮兵还是步兵，来到猎豹大队的训练场，你们不再有军衔和兵种的分别，你们将被一视同仁地对待。猎豹大队的训练强度，是你们在普通部队想象不出来的，因为我们是特种兵！什么是特种兵，就是能别人所不能，永远最危险、永远最玩命、永远最牛！坚持不住的随时可以退出，能通过考核留到最后的，才有资格成为西北第一虎狼部队的一员。废话不多说，训残了评伤残，训死了评烈士，全员立正、向左转，十公里开胃菜，跑——"

二十八人整齐划一地跑了起来。早上空腹十公里，即使是对习惯了高强度训练的兵来说也不是件轻松的事儿，不过能通过选拔的兵，都是有底子的，也都对猎豹大队变态的训练方式早有了心理准备，十公里下来没有一个人掉队。

跑回操场后，白新羽都不太敢相信自己居然一点儿也没落后，他不禁有些窃喜，也许他跟其他人的实力差距并不那么大。

早餐过后一小时，开始第二轮的负重十公里越野。这样的训练量在普通部队要均摊到三天，他们则只有半天时间，负重十公里跑到三分之一的时候，实习兵体力的差距开始显现出来了。白新羽观察了一下，俞风城、燕少榛是体能最好的那一批，陈靖稍次，但依然在中上游，而他果然是最差的那一批，很快就落在了后面，只是现在没有人会拉着他或者代替他跑，他也不再是那个需要处处寻求依靠的白新羽。

他现在要做的不是让俞风城陈靖慢下来等他，而是自己追上去。

十公里跑到后半部分的时候，大多数人开始不行了。霍乔跷着二郎腿坐在边三轮摩托上，嘴里叼着棒棒糖，和旁边跑得要死要活的实习兵一比，简直欠揍至极。

正午烈日当头，夏天的太阳简直能把人烤化，实习兵们感觉到皮肤要烧起来了，那是晒伤的前奏，他们汗流浃背，跑步鞋都是湿的，硬是咬着牙跑完了十公里。

回到操场，一群人东倒西歪地坐在地上，全都疲惫不堪。

霍乔笑着说："怎么？这就累了？前三天只是让你们适应一下，强度不会太高，都站起来。"

白新羽气喘吁吁地从地上爬了起来，他的衬衣都黏在了身上，用手一拧，哗哗淌水，那可都是汗啊。

霍乔道："已经错过午饭时间了，那就正好别吃了，给你们十分钟时间休息，然后我们进行下一部分的训练。"

白新羽心里骂道，去你大爷的正好别吃了，老子好想吃啊。不过他知道，这顿饭霍乔是怎么都不会给他们吃了。休息十分钟后，霍乔就把他们领到室内搏击场，开始两两对练格斗。

分组的时候，白新羽故意远离俞风城，以俞风城的性格，这要是逮着机会了，肯定要趁机教训他，他才不触那个霉头呢。他正打算去找陈靖，燕少榛走了过来："新羽，咱们俩来吧。"

白新羽笑道："来。"

二十八人两两相对地站成两排，霍乔一声令下，他们大吼一声，带着一身没干的汗水冲向了战友，开始了自由格斗。

白新羽的格斗成绩一直都比较一般，对付外面的小混混当然还是高手，但放到部队里就不怎么样了，初级选拔没考核到这方面，否则他早就被淘汰了。

燕少榛的动作非常快，这人跟俞风城一样，虽然身材高大，但有意想不到的灵活。

白新羽只觉眼前一花，燕少榛拳头带起的风已经先一步拂到了他脸上，他矮身一躲，下盘稳扎，用肩部去撞击燕少榛的胸口。

燕少榛侧身闪避，白新羽肩膀擦过他胸口，有些火辣辣地疼，他一把抓住了白新羽的胳膊和肩膀，猛地往后一带，白新羽的身体被他彻底扭转了过来，眼看就要被他按倒在地。

白新羽一把抓住他的手腕，想借力脱开他的控制，却被识破了意图，脚下一绊，白新羽重心不稳，扑通一声摔倒在地。

白新羽甩了甩脑袋，燕少榛笑了笑，朝他伸出手，白新羽抓着燕少榛的手腕站了起来，不服气道："我刚才没准备好，再来。"说着，长腿一扫，直取燕少榛的脑袋。

燕少榛身体一矮，轻松躲过，下蹲的同时右腿也在地上一扫，正中他小腿，他身体一偏，咣当一声又趴在了地上。

燕少榛蹲在他旁边，笑着说："这回准备好了吗？"

白新羽有些郁闷地瞪着燕少榛，他错了，这个人除了睡在他上铺，跟冯东元小天使一点可比性都没有。

燕少榛把他从地上拽了起来："再来。"

白新羽在原地跳了跳，放松了一下身体，握紧拳头，大喝一声，朝燕少榛攻去。

燕少榛偏头避过他的拳头，身体一转，后背贴着白新羽的后背，两人就跟黏在一起似的，白新羽往哪个方向转，燕少榛也跟着转。白新羽心里一慌，知道又要不好，果然，燕少榛反手搂住了他的腰，用力一捞，白新羽整个人被燕少榛从背后捞了过来，抓着肩膀又往地上按去。

白新羽气坏了，这一次，他及时抬脚往燕少榛的膝盖弯处勾了一下，燕少榛脸上闪过一丝惊讶，身体跟着白新羽往地上坠去。

扑通一声，两人双双摔倒在地，燕少榛直接摔在了白新羽身上，白新羽闷哼一声，被他压得眼冒金星，但他迅速用一只胳膊夹住了燕少榛的脖子，拳头朝着他肚子捶去。

这一拳打中了！

白新羽兴奋得差点儿叫出来，可还没等他高兴，他的手腕已经被燕少榛捏住了，燕少榛的爪子跟铁钳子似的，捏得他手腕都快断了。他越是疼，越是不肯放开夹着燕少榛脖子的手臂。两人在地上翻滚纠缠、僵持不下的时候，白新羽一睁眼，正对上霍乔戏谑的眼神。

白新羽愣了愣，浑身顿时泄力了。

燕少榛趁机坐在了他肚子上。

白新羽抬头一看，周围已经围了不少看热闹的人，都指着他们哈哈直笑。白新羽脸一阵发烫，回想自己刚才那么耍赖的打法，果然闹笑话了。他是感觉燕少榛在捉弄他，有点儿生气，要不然也不会忘了他们是在格斗，不是流氓打架，嗨，又丢人了。

霍乔摸了摸下巴：“你们这是干什么？小孩儿抢糖吃？”

周围一阵窃笑。

白新羽尴尬道：“激动了。”

“起来。”

燕少榛把白新羽拽了起来，他看着燕少榛脸上坦然的笑容，顿时有点儿不好意思，刚想说什么，却接触到了俞风城不善的目光。

俞风城的表情和眼神怎么看都不善，要说这人真是小心眼儿，都解释多少回自己是喝醉了，这么多天了，还怄气呢。白新羽也懒得搭理他，冲燕少榛道：“不好意思啊，我有点儿急了，以后绝对不这样了。”

燕少榛笑了笑：“没关系，你挺有意思的。”

俞风城把燕少榛玩味的表情尽收眼底，心里有点儿不是滋味儿，就好像他好不容易培育出来的白菜，被别人看上了。

接下来的训练，燕少榛不那么咄咄逼人，白新羽也不胡来了，两人过招拆招，练得很顺利。

天黑后，折腾了一天的实习兵们累得四肢直打战，霍乔一声令下解散，他们跟饿死鬼投胎似的冲去食堂，胡吃海塞起来。吃完饭，休息一小时后，他们跑了这一天最后的十公里。

晚上回到宿舍，很多人躺床上就不动了。

白新羽一身臭汗，皮肤又油又黏，难受得要命，实在应该洗个澡，可他完全不想动，只是躺在床上轻声哼哼。

陈靖拍了拍他的脑袋："新羽，咱们去洗个澡吧，要不这大夏天的，晚上睡觉多难受。"

白新羽抓着他的胳膊："班长，你背我去吧。"

陈靖粗暴地拍了下他的脑袋："背不动，别耍赖，起来。"

白新羽哀号一声："好累啊，一天跑了三十公里。"

燕少榛道："这才是刚开始而已，你听副队说了吧，前三天只是让我们适应。"

俞风城把白新羽的上半身从床上拖了起来："走，去洗澡。"

白新羽跟没长骨头似的，抱住了俞风城的腰，他抬起头，眨巴着眼睛，心虚地看着俞风城，撒娇道："你背我吗？"

俞风城看着白新羽，简直哭笑不得。

白新羽眼睛亮晶晶的，有些期待地看着俞风城。

他从小到大，做错了事后最常用的一招就是撒娇，这招无论是对他爸妈还是他哥都管用得不得了，只要豁出去脸不要，使劲认错耍赖，到最后都能大事化小、小事化了，就是不知道俞风城吃不吃这套。

俞风城捏着他的脸："起来。"

白新羽见他脸色稍有缓和，赶紧乘胜追击，"你背我吧，你背我吧。"

燕少榛有些吃惊地看着两人，陈靖倒是习以为常的样子，白新羽本来就是出了名的能耍赖，最常耍赖的对象就是他和冯东元，而且从来不脸红，他和很多兵一样，都是第一次知道男人也能把撒娇这项技能用得炉火纯青的。

俞风城把白新羽从床上拽了起来："立正，站好。"

白新羽嘻嘻笑了起来，一下子跳到俞风城背上，紧搂着他脖子："我就知道你背得动。"

俞风城满脸无奈，真的背着白新羽朝门口走去。

陈靖拽住白新羽的领子："行了你们两个，这么出去被人看着了，还以为你瘫痪了呢。"

白新羽跳了下来，心情大好，拿上自己的洗漱用品，高高兴兴地洗澡去了。

白新羽已经很久没和俞风城一起洗澡了，下连队后，宿舍条件比较好，不需要抢时抢点洗澡，随时都可以去。

洗澡真是一件解乏的事，他们累了一天，站到莲蓬头下，温热的水淌过酸痛的身体，顿时带走了不少疲倦，他们也稍微有了点精神，笑闹了一番。

今夜一定能睡个好觉了。

THE GROWTH OF A DANDY.
FIGHT ALONGSIDE YOU.

第二十五章 合格的特种兵

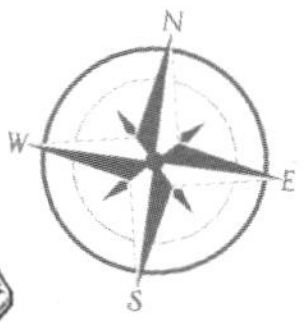

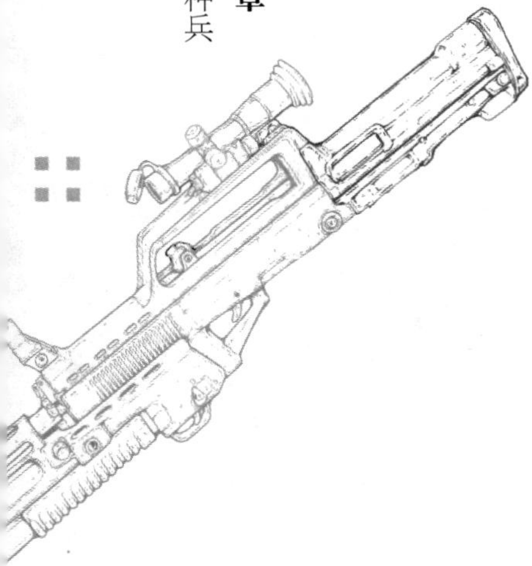

第二、三天的训练跟第一天基本一致，只是逐渐加量，白新羽每天醒来，都感觉胳膊腿儿不是自己的了，一下地脚跟踩在棉花上一样，这样高强度的训练他能坚持三天不掉链子，他觉得自己实在低估自己了。

到了第四天，他们负重越野的强度已经达到了三十五公斤二十公里跑，几乎就等于背着一个人在身上，行军包里装的是大铁锭、砖头，肩膀上垫着厚厚的棉垫，但还是被肩带磨得红肿破皮。短短四天，白新羽就跑坏了一双鞋。

霍乔说过，猎豹大队的第二轮选拔，头一个月是纯粹的体能训练，第二个月开始才会有军事知识和作战技巧方面的学习。能通过初级选拔的，都是意志坚定的人，谁也不会轻言放弃，但这样超高强度的训练持续了一个星期后，还是有两个兵因为承受不住而退出了。

他们离开的那天，剩下的二十六个人都在楼上看着，看着他们脸上没有沮丧或失落，反而是释然和解脱。

白新羽想，如果没有坚定的信念，有几个能熬过这样可怕的训练？这里的每个人都很强，不仅强在体魄，还有一颗坚韧不拔的心，跟他们比起来，自己有什么呢？自己的信念又是什么呢？

他看着俞风城，心里微微地泛起了酸意。

一天的训练结束后，四人拖着脚步回到宿舍，累得都不想说话了。

白新羽对陈靖道："班长，咱们互相按摩吧，我怕我的腿明天动不了了。"

陈靖点点头："好。"他坐到床上，拍打、揉按着白新羽的大腿肌肉，白新羽疼得直抽气，呜咽着说："听说才过了十天？"

陈靖苦笑道："嗯，还有五十多天。"

白新羽顿时觉得人生一片昏暗："班长，你还撑得住吗？"

陈靖道："既然来了，就没打算回去。"

白新羽不说话了，没错，来都来了，谁都不想回去，这跟面子关系不大，大部分人只是为了给自己争一口气。他除了这个，还有一个很重要的原因，他的目光朝对面床飘去，俞风城正闭目休息。

两人调换过来，白新羽给陈靖按摩，燕少榛从床上跳下来："我身上也酸得难受，有没有人给我按按啊。"

白新羽刚想说俞风城，但又想起俞风城和燕少榛之间总有一种微妙的抵触气氛，说是敌意还算不上，但周围人都能感觉出两人不太对付，也许是他们都太优秀，多少有些竞争意识，谁也不服谁。想到这儿，白新羽道："我一会儿给你按吧。"

俞风城猛地睁开眼睛，机械地转过脸来，对燕少榛凉凉地说："过来，我给你按。"

燕少榛微眯起桃花眼："真的啊，那我不客气了。"

说完过去往俞风城的床上一趴。

俞风城抓起他的胳膊，用力往后拉扯，燕少榛闷叫一声，扭头看着俞风城，目光犀利。俞风城淡道："怕疼还按摩干吗？"

燕少榛咧嘴一笑："不疼，你继续。"

俞风城用膝盖压着他的后背，把他的肩膀用力往后扳。这个动作是放松肩颈的，固然有效，但一般按摩师都会循序渐进，不会像俞风城那样一开始就下狠手，把燕少榛疼得脸发白，但又强忍着不说。

燕少榛咬牙道："挺有劲儿啊。"说完一把抓住俞风城的手腕，"换个地方吧。"他的手暗中使劲儿。

俞风城笑着露出一口森白的牙："彼此彼此。"

白新羽和陈靖眨巴着眼睛看着两人暗中较劲儿，均闹不明白他们是怎么了。

两人那架势似乎快要掐起来了，陈靖立刻从床上跳了起来："我去洗澡，还有谁去？"

白新羽摇摇头："我过一会儿。"

陈靖上去把俞风城和燕少榛分开了："风城，去不去？"

俞风城看了白新羽一眼："我也过一会儿。"

陈靖拽着燕少榛："少榛，咱们去吧。"

燕少榛转了转酸痛的胳膊，冷冷看了俞风城一眼，跟着走了。

两人离开后，白新羽莫名其妙地看着俞风城："你们俩怎么回事儿啊？"

俞风城撇撇嘴："没怎么。"

白新羽耸耸肩："那去不去洗澡？"

"你过来，我先给你按按。"俞风城朝他招手。

白新羽缩了缩脖子："算了，你下手太重了。"

"我轻点儿，过来吧。"

白新羽这才犹豫着走了过去，临到床畔，被俞风城一把拉到了床上，按压着他的背。

力道始终如一，虽然有些酸痛，但更多的是解乏，白新羽舒服地哼了一声。

两人沉默了片刻，俞风城问道："新羽，你还撑得住吗？"

白新羽嘿嘿一笑："撑得住。"离开就见不到俞风城和陈靖了，就冲这个他也会撑住。

俞风城点点头："撑下去，我不想见不到你。"

白新羽心里一喜："真的吗？"

俞风城也笑了："平时看你挺烦人的，但要是一下子看不到你，我肯定不习惯。"

"我怎么烦人了，我又帅又讨人喜欢。"白新羽咧嘴笑道，"我要是不在了，你肯定想死我了。"

俞风城淡淡地嗯了一声。

两人轮换了一下，白新羽也给俞风城按摩了半天，主要是放松腿上的肌肉。

互相按摩完，他们都累了，就并肩躺在床上休息。

就在白新羽昏昏欲睡的时候，俞风城突然说："你能不能跟那个燕少榛保持点距离。"

白新羽奇道："为什么？"

俞风城哼了一声："我烦他。"

"不会是你嫉妒他吧？"

"我比他强，我为什么嫉妒他。"

"你们又没比过，怎么知道你比他强呢，他真的挺厉害的。"

俞风城愈发不爽，从前白新羽只拿那种敬佩的眼神看着他，如今竟然当着他的面儿夸别人，实在是……他不耐烦道："我就是比他强，你再在我面前夸别人，我就揍你了。"

"多新鲜啊，我天天夸班长、夸东元，你还不是天天当着我面儿夸霍乔，成天'我小舅'这，'我小舅'那……"

俞风城拧了他大腿一把："你是皮痒痒了还是欠揍了？"

两人嬉闹了起来。

最后，俞风城还是不依不饶地说："反正你不准跟他太近，别忘了你是三连的。"

"幼稚。"

"听到没有，你不听话，小心我揍得你下不了床。"说完他手脚并用地去挠白新羽的痒痒肉。

白新羽边挣扎，边从他身子底下钻了出去，跳回了自己床上，并从被子里伸出一根中指："我明天就未必下得了床，谢谢你伟大的小舅。"

俞风城哈哈大笑起来。

从那天起，白新羽感觉俞风城和燕少榛之间的较劲儿越来越明显了，无论是什么训练，都要争出个先后。部队里是提倡这种力争上游的精神的，所以霍乔看得特别开心，只有白新羽觉得俞风城目的不单纯。

三个月的训练过去了一半，果然如霍乔所说，能挺过第一个月，基本就能习惯这样的训练量了。当他们开始加入军事知识课程时，白新羽发现，最难熬的时候居然已经过去了，而这一个半月里，原来的二十八人只剩下了二十二个。如同当时的初级选拔那样，很多人扛过了最可怕的毒气室，但一听到还有那么多任务，就从心理上放弃了，其实只要再坚持一下，胜利就在不远处等着。白新羽就是抱着这样的心理，哪怕每天累得跟死狗一样，也没有放弃。当然，这其中也有俞风城和陈靖的功劳，若不是两人在身边，给予他强大的精神支柱，他一个人恐怕是坚持不下来的。

不过，能不能真正留下，还要看最后的考核成绩。

第二个月的下旬，开始了武器训练。猎豹大队的射击训练让白新羽大开眼界，他见到了好几样普通连队根本摸不到的高级武器，训练标准非常严苛，还融入了非常前端的高科技应用，就连白新羽这个从前的枪械全能都感觉到了很大的压力。他平时在训练中并不出彩，总在中下游徘徊，但在射击场上扳回了不少分数。

这天，霍乔要进行一次实战演习，地点是市郊的一个烂尾楼盘，二十二人分成敌对两组，抢夺一个目标物。

他们全副武装，被拉到了演习地点。

白新羽看着自己的一身装备，摸着手里装了空包弹的95狙，开始止不住地兴奋。他现在像极了电视、电影里那些威武的特种大兵，马上就要去执行一项绝密任务，在枪林弹雨中穿梭，和敌人殊死搏斗，那画面光是想想就叫人热血沸腾。

下了车，他们抽签分组。俞风城和陈靖分到甲组，白新羽和燕少榛分到了乙组。

霍乔朗声道："这里一共有七栋商品楼，你们要寻找的目标物就在这七栋楼的某一个房间里。结束演习有三个方式，第一，一组杀光另一组全部人员；第二，一组成员活着将目标物带到我面前；第三，超过两个小时，以上两条都没有实现，就算你们全员阵亡；作为处罚，明天训练照旧，但不准吃饭！"霍乔环视众人，"听懂了没有！"

"是！"二十二人声如洪钟。

"给你们三十秒寻找掩蔽物，听我口令。"

俞风城和燕少榛自觉担负起了组长的角色，带着组员快速地分别钻进了一栋楼里。半分钟后，霍乔在车上拿着喇叭大喊："演习开始！"

燕少榛带着组员商讨作战计划："这个小区商品楼分布呈U形，其中在中间的4号楼是最高的，是狙击手必争的制高点，新羽，你需要前往4号楼抢占狙击位，我随行掩护你。"

"是。"

"剩下九人分成四个小队，一、二、三队每队两人，搜索5、6、7号楼。四队三人，由阿达带队游击对方，并防止对方先发现目标物带回目标地。解散。"

燕少榛分派好任务后，众人领命而去，他和白新羽朝着4号楼跑去。

两人一路跑跑停停，很快就跑到了4号楼和5号楼之间的草丛处，这里野草疯长，很适合隐蔽。两人匍匐着爬行，不远处的草坪上闪过一个人影，两人立刻翻滚进掩体，枪声响起，子弹擦边而过。

燕少榛道："我掩护你，你跑到4号楼门口的立柱那里。"

白新羽目测了一下，有七八米，他点点头。

燕少榛一边半蹲着往另一块草坪小跑，一边朝对面射击。同一时间，白新羽一步冲了出去，快速朝立柱跑去，子弹追着他的脚后跟打来，激烈的枪声不绝于耳，那短短的几秒钟让他的肾上腺素疯狂分泌，他化作一道墨绿的影子，冲进了4号楼。跑到立柱后面后，他立刻抬枪朝对方射击，不需要长时间的瞄准，他对目标的射击准确度仿佛已经深入了骨髓，他的大脑能在第一时间根据对方的位置做出最有利的判断，他的胳膊一刻也不懈怠地抬到了最合适的角度，枪口对准了最精确的那一点，手指毫不犹豫地扣动扳机。

"砰——"

对面一缕白烟冒起，一人出局。

燕少榛快速跑到了白新羽身边，激赏地看了白新羽一眼："干得好。"

白新羽和他用力一击掌，得意地抬了抬下巴："走，上楼。"

为了抢占狙击制高点，他们没有时间搜索目标物，一口气冲上了八楼，顺着梯子爬上了顶楼天台。天台上空无一人，白新羽兴奋地在无线电里说："兄弟们，狙击位是咱们的了。"

无线电里传来高兴的吆喝声。

燕少榛道："目前情况如何？"

阿达道："我方一人出局。"

"目标物呢？"

"还没找到。"

燕少榛对正在架狙击位的白新羽道："我下去搜索4号楼。"

"好。"

燕少榛下去后，白新羽把通往天台的梯子抽了上来，他在楼顶找到了一个最佳俯瞰位置，架好枪，耐心地在瞄具里搜索着敌方。隐藏在建筑里的他别人是看不到了，但有些目标藏在草丛里，只要他们一露头，就是白新羽下手的目标。

"5号楼干净。"

"6号楼干净。"

"7号楼干净。"

耳机里不断传来战友的声音，看来目标物不在他们占领的几栋楼里，那么就在甲组的楼里了，或者，就在 4 号楼。

果然，很快地，燕少榛的声音传来："我在 4 号楼三层发现目标物，但我被两个甲组的人堵在三层了，请求支援。"

甲组的人显然也发现了东西在 4 号楼，他们开始从楼里撤出，和四小队在中庭发生了激烈的枪战。

白新羽占据制高点，发挥了极大的作用，只要有甲组的人冒头，就毫不迟疑地一枪"毙命"。甲组在出局了两个人后，不敢贸然离开掩体了，但乙组也无法顺利通行，两方在中庭僵持不下，互相损失了几个人。

燕少榛声音有些急促："我刚才从三楼看下去，俞风城不知道哪儿去了，你们小心点。"

白新羽心想，俞风城是对方领队，这时候会去哪里？他沉思片刻，猛地跳了起来，朝着天台另一面跑去，他往下一看，八楼的窗户上系着一根绳子，俞风城正利用绳子攀墙，此时已经爬到了七楼！

两人的目光在空气中交汇，白新羽快速举起枪，俞风城纵身跃入七楼的窗户里，让他扑了个空。他忙道："少榛，俞风城已经从外墙进入 4 号楼，目前在七楼。"

燕少榛道："目标物在我手里，我现在藏身四楼，他们至少有三个人在楼里，一人在七楼，两人在三楼，我无法突围，支援什么时候能到？"

白新羽打断了俞风城的那根绳子，防止再有人顺着它爬上来。就在这短短的十几秒时间里，没有了白新羽的火力压制，甲组终于冲破火线，在"牺牲"两人的情况下率先进入了 4 号楼。等白新羽回到狙击位，已经没有了目标。他决定下去支援燕少榛。

"少榛，你在哪里？"

"四楼东南角房间。"

白新羽经过七楼的时候，格外小心，但并没有发现俞风城，俞风城显然已经下楼了。他顺着楼梯、贴着墙往下跑，很快就来到四楼，找到了燕少榛。

楼下不断传来激烈的枪声，甲组人知道燕少榛在三楼以上，但不确定是哪一层，他们只得堵着楼，让目标物无法离开。

白新羽爬到燕少榛身边："咱们现在怎么突围？"

"两个方案，第一，我把东西从楼上扔下去，其他人在下面接手；第二，从楼里突围。无论哪个方法都很危险。"

白新羽皱起眉："我们剩下的人比他们多，还是别让目标物脱离掌控了。"

燕少榛点头道："我也倾向于第二个方案。"他在无线电里把突围计划说了一遍，让其他人做好掩护工作。

突然，两人同时听到四楼传来一丝细微的擦碰声，那擦碰声尽管很轻微，但对于受过训练的他们来说，也能分辨出那是枪管不小心磨到墙的声音。

白新羽做了个嘘声的动作，用嘴形道："俞风城。"

燕少榛做了个掩护的手势，他轻轻把装目标物的背包放到地上，贴着墙往门口走去。

白新羽抓起枪紧随其后，他表面上冷静，心里却挺紧张的。从前他总是站在俞风城的后方，作为被保护、被帮助的那一方，这是第一次他和俞风城敌对，第一次，他要直面俞风城的强大实力，并且还要尽全力将俞风城击倒。

白新羽咬了咬牙，来吧俞风城，让你看看小爷的进步！

俞风城低沉的声音在墙对面响起："白新羽，你在里面吗？"

白新羽哼笑一声："对，你敢进来吗？"

"你一个人？"

"你猜。"白新羽和燕少榛分别站在门的左右两侧，俞风城只要一现身，绝对会被打得烟雾缭绕。他和燕少榛交换了一个眼神，他闪身出去，快速射击两枪，俞风城也跟着还击，但都打到了墙皮上。

俞风城道："你不是一个人，跟谁在一起呢？燕少榛吗？"

"你觉得我会告诉你吗？"

俞风城轻笑一声。他们听着脚步声往后退去，看来俞风城是不打算进来了，可外面包围重重，支援迟迟无法上来，他们也出不去，只能眼看着时间流逝。

燕少榛当机立断："这么等下去不是办法，我们得想办法突围。"

两人小心地拐出房间，互相掩护着贴着墙面前进，楼下枪声不断，战况很是激烈。

突然，一个绿色的身影闪出门廊，抬枪朝他们射击，两人快速躲在墙后面，子弹打得墙灰乱飞。第一轮攻击过后，白新羽计算着对方换弹夹的时机，枪声一停，他就闪身出去射击，打得对方冒不了头，一发弹夹打空，他靠回墙后，边喘气边笑："俞风城，是你吧？"

俞风城道："反应挺快啊。"

"还有更快的呢。"白新羽又对燕少榛悄声道，"我掩护你跑到左边那个房间。"

燕少榛点点头。

白新羽大叫道："俞风城，让你尝尝小爷的子弹！"说着闪身出去，朝着俞风城的方向猛放枪，在俞风城被子弹压制的时候，燕少榛快速冲了出去，跑进了下一个房间。

白新羽这边子弹刚停，燕少榛马上接管火力，白新羽也趁机和燕少榛躲进了一个房间，两人互相掩护，一连前进了十几米，越来越靠近楼梯口。

这时，耳机里传来阿达的声音："我们的队员正尝试从外墙进入四楼。"

"好。"

可很快地，一个沮丧的声音从耳机里传来："我中弹了，外墙被他们控制了，走不通。"

"我们还剩下几个人？"

"包括你们一共五个。"

"对方呢？"

"比我们多一人。"

燕少榛冷静道："但目标物在我们手里，大家保持冷静，局势对我们有利。"

白新羽道："他们控制了外墙，很可能会从外墙进入四楼，俞风城就是这么上来的。"

他刚说完，俞风城就对他们进行了火力压制，他们刚才离开的屋子有两个人影闪动，显然真的有人这么上楼了。这下，他们陷入了前后夹击，情况非常不利。

燕少榛道："新羽，我们这样是没法突围的，我做诱饵牵制俞风城，你一定要想办法到达楼梯口。"说着就要把背包脱下来给他。

白新羽阻止了他："这玩意儿太重了，还是你背着吧，我来做诱饵，我一定会保护你到楼梯口的。"

燕少榛看着白新羽自信的笑容，忍不住捏了捏他的肩："小心。"

两人深吸一口气，猛地冲了出来，背靠着背，大喊着朝走廊两个方向射击，并往楼梯口移动，眼看离楼梯口只有不到两米了，在燕少榛打空一个弹夹的瞬间，俞风城冲了出来。

白新羽一个扭身，把燕少榛护在了自己身后，在那一瞬间，他和俞风城的枪口正好对上，虽然枪管里是空包弹，但如果距离太近射击，依然会对身体造成一定损伤，何况他们之间距离不到两米，如果打在身体上，严重的可能伤到内脏。两人同一时间顿住了。

白新羽干脆扔下枪，猛地冲俞风城扑去，同时大喊道："少榛，快跑！"

俞风城被白新羽扑倒在地，燕少榛毫不犹豫地跨过俞风城，朝楼下跑去。俞风城枪还没脱手，转手就要射击，白新羽双腿夹着他的腰，死死抱住他的胳膊，只听砰砰两枪，空包弹擦过白新羽的裤子，他身上冒起了白烟。

俞风城翻身把白新羽压在地上，虽然他知道这是演习，而两人是敌人，可看到白新羽那么拼命地维护燕少榛，他还是气得眉毛直抽。

白新羽嘿嘿一笑："我完成任务了。"

俞风城咬牙道："你可真拼命啊。"

"这可是我第一次实战任务。"白新羽得意地说，"我对自己的表现还算满意。"

俞风城推开他，抓起枪朝楼下追去。

燕少榛已经和三楼的队员会合了，主战场彻底转移到了三楼。

白新羽和其他"阵亡"的战友一起回到了霍乔那边，听着楼里枪声不断，时间在飞快地流逝，眼看着只剩下十分钟了。

白新羽不断地听到他们组的成员出局，剩下的人越来越少，最后，燕少榛背着背包从楼里冲了出来，快速躲藏在草丛里，俞风城也追了出来，两人在中庭再一次上演坚守战。显然只剩下他们还活着了。

霍乔看了看表，皱眉道："还有五分钟。"

阿达叹了口气："这两人真是，要是时间过了，集体挨罚，还不如放弃算了。"

陈靖严肃道："当然不能放弃，这是实战演习，就要当实战情况处理。"

霍乔搂住他的肩膀，笑道："说得很好。"

陈靖不好意思起来。

俞风城和燕少榛在中庭展开了一场颇有看头的枪战，俞风城抢不到燕少榛手里的目标物，可燕少榛也无法在俞风城的火力下把东西带到霍乔面前。众人看得又激动又心急。

就这样，他们生生拖过了两个小时的时限，霍乔的哨声响起，众人都发出了哀号。

俞风城和燕少榛走了回来，情绪都不太好，均黑着脸。

霍乔脸上的笑容不变，但说出来的话却锐利刺耳："你们太有能耐了，这是我当猎豹大队教官这么多年，见过的最失败、最窝囊的一次演习！"

众人心一沉，在霍乔眼神的逼视下，都有些不敢抬头了。

霍乔指着他们："看看你们，二十二个最后剩两个，这要是实战，猎豹大队就等于全军覆没了！你们还有脸回来？！"他拍着陈靖的肩膀，"你刚才怎么说的？要把实战演习当实战处理，在实战中，你们会牺牲战友去挡枪吗？真要这么玩儿，猎豹大队早晚要死绝了！"

现场鸦雀无声。这二十二人都是地方的精英尖子兵，习惯了被夸奖和赞美，来到猎豹大队后，言语的羞辱一天三顿没落下过，平时霍乔都是连讽带刺的，虽然也让人牙疼，但今天这么直接指着鼻子骂人，更让人脸皮发烫。

严强道："明天别做饥饿训练了。"

霍乔点点头："对，饥饿训练不做了。"他环视众人，"明天，两人一组，提前开始为期五天的高强度野外生存训练，不能坚持下来的直接淘汰。"

众人一听野外生存训练，开始心理性胃疼。他们第一个月时做了个三天的野外训练，被两个加强连不停歇地在森林里围追堵截了三天，而且不是中枪了就能休息，而是一刻不停地被追击，吃野草、喝泥汤，不能睡觉，三天下来，已经人不人鬼不鬼了。白新羽那时候才知道，初级选拔对一个特种兵来说真跟度假差不多，他们是硬生生被逼出了“消失在森林”里的技能，只为了多睡一会儿觉，如果以他现在的实力去参加初级选拔，那些来自普通连队的考核兵根本无法发现他，他会遛弯一样跑完五十公里。

只是那三天太摧残人了，这回增加到五天，想想就要命。

霍乔露齿一笑：“对了，这回你们面对的，是真正的猎豹大队成员，包括我和严强，感受一下一个合格的特种兵是什么样的，如果觉得自己望尘莫及，趁早退出也是件好事。”

返回宿舍后，俞风城和燕少榛之间的气氛有些紧张，弄得陈靖和白新羽颇为头疼。燕少榛对白新羽道：“新羽，咱们今天配合得很好，明天的野外生存训练，我们一组吧。”

白新羽刚要说话，俞风城粗暴地打断道：“他和我一组。”

燕少榛挑挑眉：“新羽？”

“呃……”白新羽尴尬不已。

俞风城微讽道：“让他出去挡枪叫配合得好？”

燕少榛眯起眼睛：“你不也干了一样的事儿？”

陈靖严厉道：“风城，少说两句，你们都几岁了。”

俞风城冷冷瞥了燕少榛一眼，把白新羽拽了过去：“明天跟我一组，知道吗。”

白新羽点点头。

燕少榛失望道：“新羽，你不再考虑一下吗？”

俞风城拉起白新羽：“走，洗澡去。”

走到楼梯间，白新羽压低声音说：“俞风城，你搞什么呢？”他印象中的俞风城，只在他面前像个浑蛋，在外人面前可是一贯的冷静成熟，说话做事有尺有度，在部队里人缘很好，从来没见他和哪个人关系这么差的，两人除了喜欢互争高下，也没什么明显的矛盾啊。

俞风城憋了一肚子火，他怎么能说今天自己看着白新羽和燕少榛协同作战对付他，让他很生气呢？他硬邦邦地说：“怎么了，难道你想和他一组？”

“哪儿跟哪儿啊，我就想不明白你们俩怎么这么剑拔弩张的。”

俞风城冷哼一声：“不知道，看他不顺眼。”

白新羽撇了撇嘴："幼稚。"

俞风城钩住他的脖子："我不准你跟他走太近。"

白新羽失笑："我们俩睡上下铺，怎么走远你教教我？再说你凭什么不准啊？"

"因为我幼稚。"

白新羽捏着他的脸："俞风城，你不会是吃醋了吧？"

俞风城一僵："放屁。"

白新羽直视着他的眼睛："说实话，是不是吃醋了？"

俞风城推了一下他的脑袋："别废话，赶紧洗澡去，野外生存训练，我们一定会一起通关的。"说完径直快步走了。

白新羽看着他的背影，想了想，忍不住笑了。

:: THE GROWTH OF A DANDY.
FIGHT ALONGSIDE YOU.

第二十六章 尽力而为

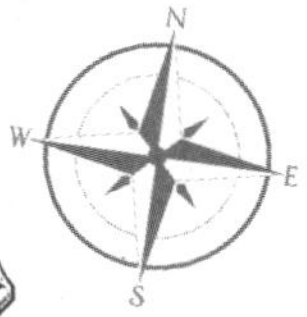

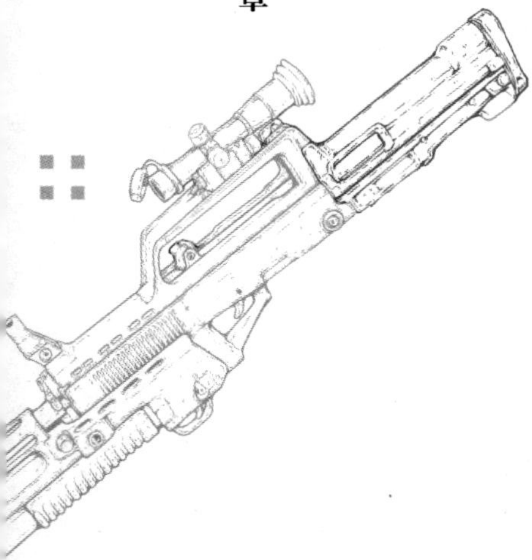

第二天一早，他们就被拉去了野外集训场，霍乔好心赏了他们一顿饱饭，因为接下来的五天，他们将吃不到任何正常的人类食物。

霍乔跟他们穿着一样的衣服，脸上涂着一样的油彩："我将带领猎豹大队十名成员在两个小时后进入森林，这期间你们可以自由地隐藏，但如果你们被我们发现并制服，将遭到无情的惩罚。你们的无线电锁定在求救频道，撑不住可以求救，视为弃权，哪儿来的你们就会被送回哪儿去，听明白了吗？"

"明——白——"震天的吼声惊起林间飞鸟无数。

霍乔一声令下，二十二人分成十一组钻进了茂密的森林里。他们携带的装备和弹药都很少，根据上次的经验，打是打不完的，反而会先把自己饿死、累死，最好的办法就是一直藏、跑、躲，如果谁能完美隐藏自己的行迹不被追踪到，就能少遭罪。

俞风城和白新羽蹿进森林后，就开始一刻不停地急行军，寻找最佳的隐蔽点。

半小时后，他们发现了一个完美的躲藏地点，一个隐在坡下的很浅的山洞，只用树枝稍微遮掩，就能形成天然屏障。白新羽开始做掩体，俞风城则在周围布置简易机关。他们学习过利用天然地形和材料布置多种机关，有的能杀人，有的能起到报警作用，俞风城布置的就是后一种。完工后，他们把来时半里路上留下的行动痕迹尽量清除。做好这一切后，两人便躲进了山洞里。

只要能在山洞里熬到夜幕降临，他们就会安全很多，到时候就可以去觅食了。

卸下背包，白新羽靠在岩壁上，叹了口气："怎么这么快就饿了。"他现在食量大得惊人，不过也不奇怪，就这种体力消耗，吃得不多怎么够。

俞风城点点头："我也饿了。"

"早上吃的都是肉，红烧肉、小炒肉、梅菜扣肉……"白新羽咽了口口水，"要我说副队绝对是故意的，让我们吃一顿最肥最香的，然后饿我们五天，那才够劲儿呢。"俞风城勾唇一笑："我们也能吃到肉啊，有蝎子肉、毛虫肉、老鼠肉。"

"快别说了。"白新羽拿脑袋撞了几下石壁。

山洞非常狭小，他们甚至无法躺平身体，高度也不够他们站起来，只能坐着，有些憋屈。

两人在山洞里大眼瞪小眼了一会儿，气氛就有点不对了。俞风城凑了过来，低声道："你看我干吗。"

"不看你我能干吗。"

"轮流睡觉吧，我们晚上才行动。"俞风城道，"你先睡，我守着。"

白新羽点点头，爬到俞风城身边躺下了。

俞风城看着低矮狭小的洞穴，突然脱口道："真像个天然棺材。"

白新羽忍不住踹了他一脚："晦不晦气。"

俞风城疼得脸都白了："你还真踹啊。"

白新羽吓了一跳："啊？疼啊？"

"废话。"

白新羽笑道："不知道什么时候劲儿都变大了，不好意思啊，谁让你嘴欠。"他往俞风城的方向靠了靠，脑袋靠在了他的肩膀上，"那我睡了，你可看好了，一会儿我换你。"

俞风城调整了一个舒服些的姿势，握紧了手中的枪。

两人隐藏行踪的能力很是合格，轮班睡了觉，直到天黑都没被发现，只是时不时响起的枪声，提醒着他们此处危机四伏。

天黑后，他们睡饱了觉，肚子也饿了，就悄悄从山洞里爬出来找吃的。白新羽用力舒展了一下身体，调侃道："今天吃荤吃素？"

"看能找到什么吧。"

两人找了半天，寻到一个鸟窝，从里面掏出了几个鸟蛋，生吞了，又塞了些野草之类的。

他们摸回了山洞里，如果这里没被发现，他们就可以一直藏着。

半夜时分，他们被一阵急促的脚步声惊醒了，那脚步声就在他们头顶。

两人在黑暗中对视一眼，心叫不好。果然，脚步声变得更加纷乱，树林间传来怪异的声响，随后石头落地，俞风城设置的警戒线被触发了。他们第一时间判断是有实习兵被追到了这里，可警戒线暴露之后，就证明附近有人，他们也藏不下去了。

两人背上行李，离开洞穴，往山林里跑去。他们断定背后有人追踪，可怎么都甩不掉。上一次的三天野外训练就是这样，没被发现还好，一旦被发现了，就会被穷追不舍，想停下撒个尿都心惊胆战，只不过那时候的加强连来自普通连队，靠人数堵的他们，而这次追他们的虽然只有一个人，却是猎豹大队的现役特种兵，光吃干草就能把他们追得上天入地，两人的好日子彻底到头了。

追击的人一直跟他们保持着一两公里的距离，如暗夜幽魂般时时威胁着他们。

两人跑了大半夜，彻底进入了森林腹地。

白新羽叹道："这个尾巴是甩不掉了。"

俞风城道："除非把他绑起来，不然他会一直追我们。"

白新羽咽了咽口水："要打吗？"他从来没跟猎豹的现役大兵交过手，只见过霍乔为了羞辱他们露过的几手，就让人望而生畏了，要对付后面那个"尾巴"，他没什么底气。

俞风城果断地说："早晚要，还是趁我们体力好的时候行动吧。"

白新羽一咬牙："好。"

"我们分头行动，不管他会尾随哪一方，我们前后包抄他，如果迷路了，无论怎么样都要回到这里会合。"

两人蹲在地上，用指北针和手表校准了一下当地的粗略坐标。准备完毕后，俞风城看着白新羽的眼睛，小声道："你第一次单独行动，怕不怕？"

白新羽笑道："不怕。"

俞风城的眼睛明亮得如天上星斗："我还真有点不习惯……"

白新羽心里一热，一路走过来，一直是俞风城帮扶着他，如果他没遇到俞风城，不知道自己现在是不是还在炊事班种地、喂猪，他恐怕一辈子也没机会接触顶级的部队，甚至受训成为其中一员。猎豹大队的训练有常人无法想象的苦，可哪怕再苦再累，他也不想放弃，因为他身边都是牛人，他被感染着一心也只想成为牛人，那是身为男人一辈子最高的荣耀。

他明白，他之所以会执意追随俞风城，是因为在俞风城有意无意的影响下，他变成了一个更让自己看得起的人。他笑了笑："我早自立了。"

俞风城看着白新羽那爽朗的笑容，忍不住拍了拍他的帽盔："行啊你，越来越像样了。"

白新羽眼前一花，俞风城戴着帽盔、扎着野草、涂着油彩的脸，好像瞬间跟一年前的自己重叠了。那个时候俞风城虽然桀骜狂妄，眉目间却有未脱的稚气，他总是邪笑着拽着自己，羞辱自己，又暗暗帮助自己。明明不过是一年前的事，可因为这一年中有了太多终生难忘的经历，和俞风城有过太多深刻的回忆，白新羽感觉两人已经相识多年，让人不禁感慨。白新羽伸出手："回见。"

俞风城也伸出手，两人不敢击掌，只能用力相握："回见。"

然后他们分两个方向扎进了森林里。

白新羽跑了一段路后，确定那个人朝他追来了，他紧张得心脏怦怦直跳，一边跑，一边寻找有利的埋伏地形。终于，在天亮前，他找到了一个理想的洼地，他快速绕到洼地高处，躲进了草丛里，架起狙击枪和夜视仪，扫描附近草木的动向。几分钟后，他成功观察到了一处草木较为诡异的地方，顺着那个方向查看，就能确定追踪者的大致位置。

对方肯定也发现他了，草丛很久不动，那人显然也躲了起来。两人在暗中较劲儿，谁也不敢放松警惕。

约半个小时后，白新羽发现了一公里外俞风城故意暴露的踪迹，就在追踪者的斜后方。白新羽知道时机已到，便朝着瞄准好的地方放了一枪，然后迅速滚下洼地，和俞风城一起朝着开枪的方向冲去。

追踪者朝另一个方向撤退，俞风城和白新羽像两道风，在草木间快速奔驰，此时就算有镜头，也跟不上他们的速度。

前方响起枪声，子弹擦身而过，他们把身体压低，双方离得越近，子弹往来越频繁。

白新羽看到俞风城已经从侧方接近了追踪者，趁着天微亮，他朝俞风城打了个手势，两人互相掩护，把追踪者堵在了一个山窝处，终于无路可退了。

两人聚到一起，相视而笑，白新羽得意地说："终于堵住他了。"他指指一块大岩石，"我爬到那上面去，你从地面接近他。"那块石头正好在追踪者藏身地的上方，视野很好。等他爬上去，俞风城和追踪者之间的距离不过三四十米，白新羽悄悄摸出枪，瞄准了追踪者的背影。

瞄具的十字形还没有锁定追踪者的背心，追踪者却突然转过身来，以极快的速度掉转枪头。白新羽大惊，要躲已经来不及，砰的一声枪响，白新羽只觉得肩头一震，他迅速滚到了旁边的草从里。

俞风城连放两枪，人也跟着蹿了过去。

白新羽心里升起一股挫败感，他自以为悄无声息，而且还占据有利位置，可这种情况下居然都能被反攻一枪，那个人好像根本不需要瞄准，转身就射，枪法之准实在让白新羽沮丧。

俞风城突然喊道："新羽小心！"

白新羽一扭头，就见一个脑袋从岩石上冒了出来，接着整个人就跟飞起来一般，攀着岩石壁就爬上来了。白新羽此时还在地上趴着呢，他一个鲤鱼打挺从地上蹦了起来，抡起手里的枪朝那人砸去，那人矮身躲过，把白新羽扑倒在地，一拳挥在白新羽脸上。

这一拳真是没留手，打得白新羽眼冒金星，嘴里立刻弥漫起血腥味儿。他大喊一声，揪着那人的衣服，挥拳反击，那人偏头躲过，他用力一扭腰，把人从他身上推了下去，肘部狠撞在那人腹部。两人分开后，都死死地盯着对方。

白新羽朝地上吐了口唾沫，全是血，他心里把那人祖宗十八代问候了一遍，只是训练而已，居然打这么狠，他妈生他这么张俊脸容易吗，破相了怎么办，好像牙有点儿松了。

那人嘿嘿一笑："胆子不小，敢堵我。"

这时，俞风城爬了上来，那人一抬手，冲锋枪直对着俞风城的身体，两人距离只有两三米，真开枪了可不是闹着玩儿的。

白新羽咬牙道："你……你不会开枪吧？"

"说不准。"

白新羽也抬枪对着他，狠声道："你敢开枪，我也……"

那人冷笑："你也开枪？小子，你打过真人吗？"

白新羽冷哼道："就拿你练练。"

俞风城冷静地说："你被两个实习兵堵在这里，已经失败了。"

那人笑了起来，放下枪："没错，我轻敌了。你们走吧，两小时内我不追你们。"他一屁股坐在地上，从兜里掏出烟抽了起来。

白新羽忍不住问道："拉开两个小时你还追得上？"

那人吐了个烟圈："你们可以试试。"

两人跳下岩石，往森林里跑去。此时天已经亮了，他们跑出去三四公里才放慢了速度。

俞风城拉住他："我看看你脸。"

白新羽把脸凑到他面前："你看你看，都肿了，可疼了。"

俞风城轻轻摸了摸他的脸颊，他就疼得直抽气。俞风城皱起眉："下手真狠！"

白新羽简直欲哭无泪："我没破相吧？但这颗牙松了……"

俞风城安慰道："没事，消肿就好了。"

白新羽骂道："绝对是看我长得好看，居然打我的脸，奶奶的。"

俞风城捏了捏他的肩膀，安抚道："对，他就是嫉妒你长得好看——张嘴，我看看牙。"

白新羽张大了嘴。

俞风城看着他嘴里的血，摸了摸白新羽的头："回去加固一下。"

白新羽郁闷地说："算了，掉了就掉了吧，反正在里面也看不到。"

两人狂奔了十几公里，在中午日头最烈的时候找到了一个地方，再次藏了起来。

那天晚上，他们填饱肚子后抵足而眠。在这种四下无人的荒山野岭，好像全世界只剩下彼此，两人颇有相依为命的感觉，这让他们的心靠得更近了几分。

黎明前，他们离开掩体，边走边找吃的。没过多久，他们再次感觉被人盯上了，那个人果然又追了上来，难道他都不用休息吗？想要甩掉这个尾巴，必须不眠不休地在森林里绕弯，这才第二天，那种强度谁受得了，但白新羽觉得，他们很快就要被逼到那个份儿上了。

果然，接下来的一整个白天，他们的休息时间加起来没超过一小时，他们不停地跑、躲，被追得饥渴交迫，无法休息，无法觅食，三天过后，已经快要虚脱了。

白新羽倒在一棵大树下，喘着气说："这个疯子……怎么都不知道累呢？"

俞风城叹道："他们习惯这样不眠不休的追踪了。"

"打也打不死，甩又甩不掉……"白新羽摇了摇头，"好累啊，我不知道还能撑多久。"

俞风城看了看四周："那边有个隐蔽地，你藏起来，我把他引开后，天黑再回来找你。"

白新羽瞪起眼睛："不行，你会先撑不住。"

俞风城道："我撑得住，你听我的，我一定会想办法回来找你的。"

白新羽抓住俞风城的手腕，认真看着他："风城，你听我说，这虽然只是训练，但以后我真的上了战场，情况可能比这恶劣千百倍，难道你能总护着我吗？"

俞风城张了张嘴，眼中闪过一丝惊讶。

白新羽眼神异常坚定："我已经靠你侥幸通过初级选拔了，如果二次选拔我依然需要靠你完成，那就证明我根本不适合当特种兵，否则，我上战场岂不是找死。我必须靠自己通过这一关，不只是这一关，所有的考核，我都要靠自己。"

俞风城定定地看着白新羽，简直不敢相信自己的耳朵。究竟是从什么时候开始，白新羽真的独立了，不再需要自己一遍遍教他怎么翻墙、如何跨沟，不用自己牵着他的手，帮他渡过难关，他是自己的战友，是个特种兵预备役，而不是那个处处需要自己维护的吊车尾了。这样的白新羽，是何等的耀眼！他抓住白新羽的肩膀，用力捏了捏："你说得对，你要和我承担同样的训练量。"

白新羽笑了起来，牵动嘴角，疼得他直皱眉头。

俞风城拉起他的手："走，咱们就算不能甩掉他，只要一直跑，就能和他拉开距离。"

两人在森林里不眠不休地穿梭，每天吃野草虫子、喝污水晨露，睡觉的地方换到了树上，争取一切时间休息。这五天，比初级选拔经历的一切要辛苦好几倍，可两人的心里却没有当初的浮躁和愤怒，反而因为有对方在身边而非常坚定、顽强。

最后一天，他们需要回到直线距离四十公里外的出发地点。

两人形容憔悴、满身泥污，为了减轻负重，已经扔掉了大部分没用的东西，但走起路来依然步履蹒跚。

白新羽开玩笑道："这累得跟孙子似的，真不行了。"

俞风城嗤笑道："谁说我不行。"

"那你行一个来看看。"

"你以为耍猴啊，我行给谁看。"

"给名山、大川……"白新羽朝着空旷的森林，疯了一样大喊，"你来追啊啊啊——”

俞风城哈哈笑了起来。

白新羽挽住俞风城的胳膊：“咱们算不算那个什么难兄难弟？”

俞风城脸上的油彩糊成一片，脸是黄绿色的，一点儿也不好看，可他挺直的鼻梁和明亮的眼睛是什么也遮挡不住的，只见那双眼睛微微弯了起来：“我同意。”

白新羽心里一热，感觉腿又有点儿劲儿了。尽管现在累得半死不活，他却觉得这一刻简直太幸福了，他为了能跟俞风城并肩走这条路，遭点罪算什么，少颗牙算什么，有钱难买他乐意啊！

离目的地越近，路上碰到的战友越多，经过五天地狱般的折磨，他们终于爬回了营地。

霍乔搭了个帐篷，正在吃烤羊肉，那香味儿飘出好几里地，馋得人眼睛都泛绿光。见他们回来，霍乔笑着说：“好久不见了，还怪想你们的。”

几人趴在地上，连站起来的力气都没有。

霍乔拿着个羊腿走了过来，蹲在白新羽和俞风城面前，边啃边说：“知道这次有多少人出局了吗？”

白新羽摇摇头，眼睛直勾勾地盯着那羊腿，猛地挺起身，一张嘴就咬住了羊肉。

霍乔毫无防备，吓了一跳：“松嘴！”

白新羽咬住就不放了，使劲撕扯着上面鲜嫩的肉，霍乔抓着骨头往回扯，最后还是被白新羽撕下了一块肉，白新羽用力嚼着羊肉，得意地看着霍乔。

霍乔拍了下他的脑袋：“出息。”

俞风城笑了笑：“教官，淘汰了多少？”

“四个。”霍乔晃了晃手指头，“有两个被严强绑起来吊树上了，还有一个被困在坑里出不来了，另外一个摔断了腿，三个月下不了床。”

白新羽急道：“没有陈靖或者燕少榛吧？”

霍乔道：“没有。”

白新羽松了口气，可他越嚼那羊肉，心里越不是滋味儿。五天下来，又淘汰了四个人，实在太残酷了，他每天都提心吊胆，不知道自己何时会成为那个打包回连队的人。

他们被拉回了营区，集体去医务室输了一天的液。白新羽的脸被纱布缠了一圈儿，其实没什么大碍，但他强烈要求认真治疗，他怕毁容。

处理完伤口，吃饱饭后，他睡了个天昏地暗。

白新羽从噩梦中惊醒，梦中他还在被吃人的怪兽追得漫山遍野地跑，但清醒过来后，第一眼看到的人就是俞风城，他顿时就安心了。

俞风城正在背弹道公式，见他醒了，就摸了摸他的额头：“你有点儿发烧，多睡会儿吧。”

白新羽喃喃道：“难怪做噩梦呢，难受死我了。”

“做什么梦了？”

“快忘了，反正就是被人追，不停地追。”白新羽苦笑道，“太惨了。”

俞风城合上资料，深深看着他：“这次你已经对我们将来要经历的一切有点体会了吧。哎，我问你件事。”

“说。”

“你是为了我才想来猎豹大队吗？”

白新羽马上道：“当然不是。”

俞风城挑起一边眉。

白新羽有些犹豫：“一部分吧，主要我自己也想来，多酷啊，而且，我想当狙击手啊。”

俞风城淡道：“如果你是因为我，那我不希望你再走下去了，你现在已经很出色了。”他直视着白新羽的眼睛，“你可能还没真正明白成为特种兵意味着什么，你也没做好准备，你不适合上战场。”

白新羽皱起眉：“你怎么知道，你接受的训练我一样没落下，我怎么就不适合上战场？”

“你能杀人吗？”俞风城严肃道。

白新羽愣了愣：“当然能，如果是威胁咱们国家的坏人，我为什么不能。”

“你现在说得轻松，可当你面对一个真正的活人的时候，他的皮肤跟你一样的灼热，会喷出跟你一样的鲜血，会说话、会思考，当你真的把枪管抵在他头顶，他哭着哀求你放过他的话，你还能吗？”

白新羽喉结上下动着：“你跟我……说这些是什么意思？”

俞风城抓着他的手：“新羽，你……你不属于这里，你不够狠，我也不想让你出现在战场上。如果你来这里是想证明自己能行，那你已经证明了，这一年多你的变化，我服气，但你到此为止吧，下个月的考核你未必能通过，就算通过了，你也不适合上真正的战场。”

白新羽一眨不眨地看着他：“那你呢？你一定会留下吧？”

俞风城坚定地说：“我会。”

白新羽笑了笑：“那我要是回去了，以后就见不着你了吧。”

俞风城垂下眼帘。

白新羽心脏难受了起来："哼，见不着就见不着，谁稀罕。"

俞风城咬牙道："你就会气我，我是怕你出事，你个傻子懂不懂？你以为当特种兵好玩儿吗？"

白新羽轻声道："我也是费了九牛二虎之力才走到这里的，我不是来玩儿的，我留下不是为了你，是因为我想留下，想自己学的本事能派上用场，我喜欢枪，我想用枪履行军人的职责。俞风城，你别忘了我是跟你一样的军人，我已经不是以前的那个我了。"

俞风城深深叹息一声："……两年。"

"什么？"

俞风城定定看着他："为了进猎豹大队，我跟家里大吵了一架，最后各退一步，我两年后必须离开这里去读军校，到时候你跟我一起走吧。如果我离开了，你还留在这里，我没办法安心。"

白新羽直视着他的眼睛："好吧。"

俞风城闭了闭眼睛，似乎有些疲倦，他低喃道："早知道会把你带到这里，我就……"白新羽打断他道："我也没想到自己有一天会成为特种兵，但说真的，这是我这辈子最值得骄傲的事，我一点儿也不后悔。"

俞风城摸了摸他的脑袋："量力而行。"

白新羽笑了笑："不，我要尽力而行。"

休息了一天，他们被赶回了宿舍。

白新羽扑上去抱住了陈靖，稀罕地蹭着他的脸："班长，我好想你啊。"

陈靖直笑："这才分开几天啊，想什么想。"

"一个星期呢。"白新羽上下看了看他，"你没受伤吧？"

"没事儿。"

燕少榛从上铺伸下来一个脑袋，眨巴着眼睛："新羽，我呢？"

白新羽轻佻地摸了摸他的脸，开玩笑道："宝贝儿，可想死小爷了。"

燕少榛哈哈笑了起来。俞风城抱着脸盆，故意从两人中间穿了过去，把白新羽撞到一边，还警告地瞪了他一眼。

白新羽心里觉得好笑，俞风城吃醋的时候格外像个被别人抢走了最好朋友的小孩儿，太可爱了。

陈靖道："新羽，追踪你们的是谁呀？"

白新羽摇摇头："不认识。"说起那个人，他就一肚子火，他把脸凑到陈靖面前，"班长你看他给我打的，脸现在还肿着，牙都松了。"

陈靖摸了摸他的脸："哎，比起其他人，你知足吧。"

"怎么了？"

燕少榛把身体伸出床外，用膝盖卡住护栏，身体慢慢倒挂了下来："我们在森林里碰到两个战友，他们被严强抓住了，然后就……"他松开两只手，彻底倒吊在床上，"被绑起来吊树上了。"

白新羽咧了咧嘴："吊了多久？"

陈靖心有余悸："我们去的时候，已经吊了三个小时，把他们放下来都不会走路，直接晕了，只能放弃。"

白新羽皱眉摇头："这也太狠了。"

燕少榛倒挂在床上做起了仰卧起坐："我觉得挺公平的，如果不能通过层层考验，说明他们不具备成为特种兵的能力，上不了战场是在保护他们。"

"班长，是谁去追你们的？"

陈靖一副心有余悸的表情："霍乔。他跟幽灵一样，不让我们睡觉、吃饭，好几次我们想跟他拼了，但想到可能会被倒吊起来……说实话，那种心理压力比直接打起来还大。"

白新羽打了个冷战，这么说起来，他们碰到的也不算什么了，起码还有时间休息，跟被吊起来和不眠不休跑五天相比，他宁愿痛快地挨一拳。他拍了拍陈靖的肩膀，安慰道："班长，教官那么喜欢你，不会把你吊起来的。"

陈靖苦笑道："那是因为我们一直在跑，真要被他抓住了……"

俞风城笑了笑："你不会以为他是抓不住你们吧。"

陈靖一时语塞："……我们和真正的猎豹大队成员差距到底还有多大呢？"

这个问题白新羽也很想知道，他舔了舔嘴里那颗松动的牙，心里燃起了斗志。

俞风城道："我们和他们的体能差距并不很大，至少没有大到能成为胜败的最关键因素的程度。我们之间最大的差距，一是心理素质，二是实战经验，这两样训练不来，都是需要在实战中积累的。"

燕少榛说："我很期待上战场。"

白新羽真羡慕这种无所畏惧的自信。

最初选拔上来的二十八人，现在只剩下了十八个，训练的强度有增无减，需要学的东西也越来越复杂，他们每天连吃饭、上厕所的时候都在看书学习，繁重的日程压得他们几乎喘不过气来。

有一次速记课上，白新羽想起了初级选拔时他们爬上悬崖马上要进行残片记忆的那关，现在想想那真是太轻松了。他们经常需要在最累、注意力最涣散的时候强行速记各种莫名其妙的内容，背错一个字就要做一百个俯卧撑，要是背错三个，那就一天都别想吃饭了。

除此之外，他们还要学习方言、英语、俄语以及部分东南亚国家的日常和战斗用语；要熟练操作、组装和调协各类武器；要车、船、飞机、坦克、装甲车都会开和维修；要学习现代化科技在军事中的各种应用；要学医，而且不只是简单的急救和包扎，要摸出大部分骨头属于身体哪一截，了解如何破坏、破坏了对人体有什么损伤，要熟悉人体经络、关节、脏器，要知道人体所有要害，还要学会控制打击力度；要学心理学、行为学、刑侦学、国际法等。虽然有些东西他们还只是接触了皮毛，但可以预见等他们成为正式役特种兵后，有多少东西等着他们去吸纳。

在猎豹大队做实习兵的三个月，颠覆了白新羽过去对特种兵的大部分认知，他以前只觉得特种兵能打，现在他明白，光能打、会杀人是不够的，特种兵要绝顶聪明、绝顶冷静、绝顶优秀，要朝着“无所不能”不断努力，他们这批实习兵里，有武术世家的传人，有外科医生，有刑侦学博士，牛人比比皆是，“一个特种兵是用他等身的黄金培养出来的”，这句话并不夸大，光是在他们这群实习兵身上投入的人力物力，就已经叫人叹为观止。

初级选拔时，白新羽觉得猎豹大队的选拔方式太苛刻、太残酷，现在他才明白，那果然是针对普通优秀兵的选拔，对于真正的特种兵来说，那就跟夏令营差不多。

踏入第三个月，他们开始进行抗药物训练。

白新羽对那次被催泪弹熏得要死要活的经历还心有余悸，但也只能硬着头皮上。他们在两个星期内断断续续尝试了几种毒药，有催泪弹这种驱散类的，有逼供类的，还有致幻类的，虽然都是小剂量，但毕竟是拿血肉之躯直接试，痛苦程度可想而知。那半个月里，就没有人没进过医院，最轻的是上吐下泻和昏厥，重的要洗胃，有三个人因为身体反应过于强烈，不适合抵抗药物而被淘汰了。

白新羽无法想象自己那段时间是怎么熬过来的，他觉得把自己当成死人会轻松一点。每次他觉得要死了，就想想自己坚持到现在有多么不容易，哪怕是为了自己流过的那些泪和汗，他都不能这么屈服。

那时候，俞风城问他为什么来猎豹大队，他并没有说谎，为了俞风城确实是一部分原因，甚至是他一开始参加选拔的目的，可现在他已经不只是为了俞风城想留下来，他的意志力被锻炼得越来越强悍，他想争这口气，他想像个男人一样走完全程，扛上枪、拿上刀，保卫边疆，那样他所经历的一切才有意义！

抗药物训练暂时结束后，三个月的实习期只剩下半个月，他们正式进入了考核期，最初的二十八人，还剩下十五个。

考核开始的那天早上，他们集合后，霍乔让人搬来一面立身镜：“我现在要求你们每个人过来照镜子，一人照二十秒。”

众人互相看了看，有些莫名其妙，但还是一个个过去照镜子了。

轮到白新羽的时候，他往镜子面前一站，跟前面所有人一样，愣住了。他确实已经好久没认真照过镜子了，他们连上厕所都争分夺秒，哪儿来的时间干这种没意义的事，可是……镜子里的这个人是他吗？精壮的身体，小麦色的皮肤，身上的肌肉把背心撑得鼓鼓的，身体自然站成一条垂直的线。最重要的是两道浓眉下的眼睛，那坚毅的、锐利的、明亮的眼睛，军人的魂好像已经刻进了他的骨血，让他从内而外地散发着刚毅不屈的气质。这是他吗？这真的是他吗？如果说过年回家时的自己让身边的人认不出来，现在的自己连他自己都快认不出来了，他的变化居然如此之大，跟以前的他判若两人，这就是他白新羽，镜子里的这个人，是让他骄傲的、真正的男人！

呃……不过……是不是没以前帅了？他以前可是没有毛孔的，现在皮肤好像有点……“白新羽！”严强喝道，“谁让你贴镜子上的？”

白新羽立刻站回了队列里。

众人照完镜子，霍乔眯着眼睛看了他们一遍：“对镜子里的自己有什么想法？”他把帽子卷成话筒的样子，凑到一个兵面前，“来，发表一下感想。”

“报告，更壮实了！”

“下一个。”

“报告，黑了，瘦了！”

“报告，身材更好了！”

“报告，比以前更帅了！”

轮到白新羽时，他胸口气一沉，热血沸腾，扯着嗓子吼道：“报告，脱胎换骨！”

霍乔用帽子拍了拍他的脸，笑道：“没错，脱胎换骨！我就是要让你们脱胎换骨，你们必须成为那个最牛的兵，才配得上猎豹的臂章。你们离成为一只真正的小豹子，只有一步之遥了，我相信能留到现在的，体能、技术、知识，这些东西只要真的下了功夫学，不缺胳膊少腿智障的，都能够通过考核，现在还有一项最严峻的考验横在你们面前，这项考验，不累、不疼，还有吃有喝，但却是所有考核里最痛苦、淘汰率最高的，你们知道是什么吗？”

战士们大喊：“不知道。”

“你们现在还不用知道，我们将用一个星期的时间做常规项目考核，通过考核的，就将进行最后一关考验，那个时候能留下来的，才是被承认的猎豹大队的一员。”

众人均好奇不已，他们想象不出“不累、不疼，还有吃有喝”的考核怎么就能淘汰率最高？

这十五人绝对是经历了冰与火的考验才留下来的，他们吃过常人无法想象的苦，也受过非人的折磨，他们有无比强健的体魄和顽强的意志力，究竟是什么考验，能达到霍乔所说的效果？

不过，他们不敢怀疑，霍乔的心狠手辣，是这几个月他们用血泪验证过的。

:: THE GROWTH OF A DANDY.
FIGHT ALONGSIDE YOU.

第二十七章 愿我们在猎豹大队重逢

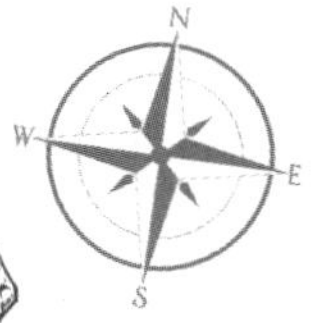

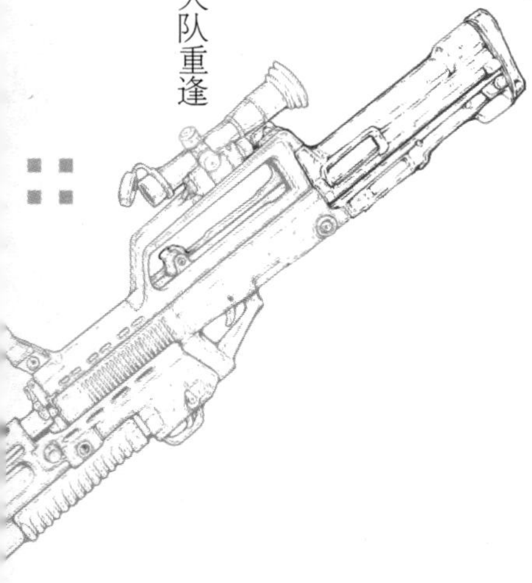

接下来的一个星期，他们所学的东西都被考了个遍，考核方式跟以前在新兵连的时候差不多，只不过项目数量和难度不可思议地高，但就像霍乔说的，能坚持到现在的，都已经不是一般人，如果跟不上的，早就被淘汰了。

一星期后，考核成绩公布了，十五人不出意外全部合格。白新羽的考核总成绩倒数第四，但射击总成绩排名第二，俞风城考核总成绩第一，燕少榛第二，陈靖第五。霍乔公布成绩的时候，很高兴地夸了俞风城一句。来到猎豹大队后几乎不苟言笑的俞风城，因为那一句“干得不错”，露出了笑容。

考核结束后，霍乔给他们放了两天假，可以在营区里自由地活动、吃喝、谈笑。

大部分人都觉得自己已经两只脚踏进了猎豹大队，最多只剩下尾巴还没甩进来，就连白新羽也因此沾沾自喜。

他们在食堂里吃饭、喝酒、聊天，发泄着这地狱般的八十天所积压在内心和身体上的压力和痛苦，他们第一次有机会攀谈，了解对方以前是干什么的、哪里人、有哪些有趣的经历。暂别训练时的高压状态，其实他们都是一群二十来岁的年轻人，也爱笑、爱闹、爱喝酒，他们喝多了就高声唱歌、大骂霍乔和严强是魔鬼，并高声发誓自己以后要杀多少敌人、立多少战功。

白新羽看着这群醉得东倒西歪的人，笑得腮帮子都僵硬了，他们都有理想、有抱负、有能力，他们马上就要加入西北第一特种部队，成为那最牛的特种兵了！

他们疯狂到半夜，白新羽被俞风城扶着往宿舍走去，俞风城嘲笑道：“酒量也不见有多好，每次就你最爱喝。”

“我酒量……哪儿不好了……”白新羽打了个酒嗝，“我也没……没醉啊。”他勾着俞风城的脖子，把脸凑了过去，嘻嘻笑着。

俞风城推开他的脸：“醉醺醺的，老实点儿。”

白新羽扁着嘴：“你嫌弃我啊。”

俞风城捏着他的下巴晃了晃：“嫌弃。”

白新羽一下子跳到了他背上，哈哈笑着：“嫌弃也晚了，来，跑快点儿，驾！”

俞风城翻了个白眼，却没把他扔下去，就那么背着他在操场上慢慢走了起来。此时已经是凌晨，四下无人，入秋后的夜晚非常冷，但他们喝得浑身热乎乎的。

白新羽把脑袋歪在俞风城背上，笑着说：“我爸说，我小时候哭闹不睡觉，他就这么哄我睡的，别人背都没用。”

“你小时候几斤，现在几斤。”

白新羽哈哈笑道：“你背一会儿嘛，你背完我，换我背你。”

“谁敢让你背。”

白新羽心里甜滋滋的：“今天喝得好爽……”

“你别吐我身上啊。”

“怎么会……”白新羽含糊道，“到了这儿后，这是最爽的一天了。”

俞风城忧心道：“明天的考核……”

冷风一吹，白新羽清醒了一点：“怎么了？明天的考核，难道你知道什么？”

俞风城点点头：“我大概能猜到一点，虽然不能确定。”

“是什么？”白新羽好奇地说。

“不告诉你。”

“为什么不告诉我？”白新羽晃着他的脖子，“为什么不告诉我啊？”

“因为告诉你也不能让你轻松半点，还不如让你今晚睡个好觉。”

“你这么吊我胃口我还睡得着？”

俞风城哼了一声：“你肯定睡得着。”

白新羽摇头晃脑地耍赖：“啊啊啊俞风城，你告诉我啊！”

俞风城用手拍了拍他的屁股：“你再叫唤我把你扔下去。”

白新羽老实了下来，小声说：“你告诉我嘛。”

俞风城沉默了一下：“应该是心理剥离。”

“什么？什么心理剥离？”

“简单来说，就是强制把你对社会和群体的依赖性剥离掉，让你从此不再害怕孤独，绝对的独立。”

白新羽呆了呆：“那要怎么做？”

俞风城不说话了。

白新羽搂紧了他的脖子，酒醒了大半。俞风城说得还真有点儿吓人，到底要通过什么手段才能把人的依赖性剥离掉？那几乎是不可能的啊，别说人了，就是动物都有群居性，把依赖性剥离掉，听上去就像让人把所有感情都戒掉一样不可思议。

俞风城淡道：“你别想了，我说了，就算你知道考核的全部细节，对你也不会有任何帮助，今晚上好好睡一觉吧。”

白新羽轻声道：“你害怕吗？”

俞风城点点头：“有点。”

连俞风城都会害怕的考核，他……能通过吗？他贴着俞风城脖子上温暖的皮肤：“但你一定会通过吧。”

“我会。”

“那我也会通过。”白新羽坚定地说。

俞风城不置可否：“我还是那句话，量力而行。”

“我也还是那句话，我要尽力而为。”

俞风城摇了摇头，背着白新羽穿过无人的操场，在月光下安静地走着。

白新羽不知不觉地，就那么趴在俞风城背上睡着了。

白新羽一觉睡到第二天中午，秋日的阳光透过窗洒在他脸上，暖洋洋的，这看起来是多么美好的一天啊。他伸了个懒腰，大大地打了个哈欠。

燕少榛从上铺探出脑袋："醒了？"

白新羽笑道："这一觉睡得真舒服。班长呢？风城呢？"

"打饭去了。"燕少榛一跃跳下床，脚掌落地，悄无声息，"晚上不就要考核最后一项了吗，我们打算在宿舍聚餐。"

白新羽高兴道："好哇。"

燕少榛看着他，突然露出一个暧昧的笑容："你知道你昨天怎么回来的吗？"

白新羽想了想，他的记忆只到俞风城背着他绕操场："我喝断片儿了，不太记得了。"

燕少榛长长地哦了一声。

白新羽小心翼翼地问："我是怎么回来的？"

"俞风城背回来的。"

白新羽干笑道："哈哈，难为他了，我也挺沉的。"

燕少榛比画了一下自己的后脖子："他脖子上全是你的口水。"

白新羽微窘。奶奶的，又丢人了，太有损他的形象了。

"衣领上也是，还说胡话，让他给你剥虾壳，给你洗衣服。"

白新羽窘道："我去，真喝大了，忘了吧忘了吧，只记住小爷勇武的形象。"

燕少榛调侃道："俞风城平时看着挺冷酷的，怎么就特别惯着你呢。"

"我帅呗。"白新羽扬了扬下巴，吹了声口哨。

燕少榛含笑道："你的眼睛老跟着他，我很早就看出来了。"

白新羽不好意思地笑笑："你知道吗少榛，我刚进部队的时候，特别菜，特别窝囊，老是拖全班后腿，俞风城也看我不顺眼，老找我麻烦。但是他又暗暗地帮我，新兵连考核的时候，他陪我练了两个星期的障碍……"他抓了抓头发，"怎么说呢，他那么厉害，一直是我的目标，我看着他，就想要跟上去，想像他那样，这股劲儿给了我很大的动力。"

燕少榛拍了拍他的脑袋："我明白，你崇拜他。不过，他的眼睛总跟着谁，你观察过吗？"

白新羽不解道："啥意思？"

燕少榛笑着耸了耸肩。

这时，俞风城和陈靖回来了，带回了丰盛的饭菜。

白新羽看了俞风城一眼，表情有些古怪。

俞风城挑眉道：“怎么了？”

白新羽迟疑道：“听说我昨晚在你背上睡着了……”他越说越小声。

俞风城哼道：“真有脸说，哈喇子都流我脖子上了。”

陈靖扑哧一声笑道：“新羽，你真有创意，一百三四十斤还能在别人背上睡觉，你绝对是头一个。”

白新羽尴尬地笑了笑，不着痕迹地绕到俞风城背后，把他衣领拉下来看。

俞风城扭头看着他：“你干吗？”

“我看你领子湿不湿。”

俞风城瞪了他一眼：“我还能穿着被你口水弄湿的衣服过夜？水房呢，一会儿去给我洗了。”

白新羽不情愿地嘟囔了一声。

他们吃的这顿饭，其实就是散伙饭了。按照霍乔的说法，最后这道关卡，可能淘汰一半以上，他们一路走来很不容易，虽说俞风城和燕少榛之间有些隔阂，但往大了说，以后可能是生死相依的战友，而且朝夕相处八十天，四人之间的感情很是深厚，一想到这也许是他们最后一次聚在一起，每个人心里都不免有一丝惆怅。

他们以饮料代酒，陈靖说道：“愿我们在猎豹大队重逢。”

“愿我们在猎豹大队重逢！”四人用力碰杯，一饮而尽。

日落时分，他们在操场集合，霍乔要求他们什么也不许带，在操场上搜身后，就用黑布罩住了他们的脑袋，赶上了车。

众人都忐忑不已，霍乔不告诉他们干什么、去哪里，甚至不让他们看，那种严肃而紧张的气氛越来越浓烈，车厢里几乎没人说话。

白新羽和俞风城一直握着彼此的手，掌心交换的温度让他们的心踏实下来。

车开了一个多小时，停了下来。他们下了车，霍乔朗声道：“最后这一关，是心理剥离考核，你们要做的事很简单，就是在一个地方待着。离开那个地方只有两个办法，第一，考核时间结束；第二，弃权。”

阿达道：“报告。”

“说。”

“考核时间多久结束？”

“不知道。”霍乔冷硬地回答。

“那是什么地方？”

“你们马上就知道了。”

众人被推搡着往前走。白新羽突然有些慌张，伸手想去抓俞风城的手，但他的指尖却只是轻轻擦过了俞风城的手心，那一点温度瞬间就在空气中消失了，白新羽很想叫一声，但他忍住了。

他被带进了室内，渐渐地，除了自己和身后的人，他感觉不到别人的存在了，他紧张地说：“大哥，咱们是要去哪儿呀？”

身后的人沉默不语。

“到底要做什么啊？我能见到其他人吗？”

依然是沉默。

白新羽还要开口，突然，身后的人猛地推了他一下，他踉跄几步，刚稳住身体，就听砰的一声，一扇很厚重的铁门在他身后被关上了。他扯掉头巾，却发现眼前一片漆黑，落锁的声音狠敲了一下他的心脏。

白新羽怔愣了一下，突然明白他们要做什么了，这是禁闭室啊。禁闭室里没有光线、没有声音，面积也很小，他摸索到一张行军床，床底下有一大筐干粮和水，再往前摸，是洗脸台和马桶。白新羽坐倒在床上，心里有一丝慌张。

俞风城显然已经猜到了，白新羽明白他不告诉自己的原因了，确实，就算知道了，也改变不了什么。他在小说里看到过这种关小黑屋折磨人的方法，时间长了能把人逼疯，但没有亲身体验过的人是无法想象的。白新羽摸着那粗糙的墙壁，才刚进来，他已经对这个地方充满畏惧了，他并不是怕黑，他害怕的是，考核才刚开始，就已经预感自己无法过关，因为他是个很害怕孤独的人。他用力拍了拍自己的脸，简直要被自己的没出息气得撞墙了，这才进来十分钟，他怎么能现在就产生这种想法！

他把食物和矿泉水散放在床上，摸索着数量。他要通过这些东西判断霍乔到底要关他们多久。算了半天，得出的结论是十天至半个月，听上去好像也不是很难熬，只要每天吃了睡睡了吃，应该很快就能过去吧。

白新羽躺在床上，胡思乱想起来。

如果这次能通过选拔，他一定要告诉他爸妈和他哥，希望他们能为他感到骄傲。不过，他哥可能会亲自跑到部队把他揪回去，他哥虽然从小老是揍他，但对他也是真的好，估计不会让他去当危险的特种兵吧，但他是不会回去的，除非是两年后他和俞风城一起离开。

俞风城现在在干什么呢？肯定也跟他一样数了一粮和水，会不会在想他？白新羽嘿嘿笑了笑，漆黑一片的禁闭室里发出这种笑声，还挺瘆人的。他翻了个身，脑子里幻想着俞风城现在在做什么、想什么，回忆两人认识以来的点点滴滴，和自己经历的那些不可思议的事，想着想着就自己笑了起来。

他很快就睡着了，这一觉睡得格外香甜。

也不知道睡了多久，白新羽实在躺不下去了，就下了床，摸黑洗脸、上厕所、吃饭。做完这一切后，他无聊地在屋子里转了一圈，禁闭室太小了，估计也就比一个面包车大点儿，他用步子丈量了一遍，七八步就能走到头，横着的距离更窄，他两只手就能同时摸到左右墙，狭小的空间格外地压抑。

干点儿什么呢？白新羽努力想找点事情打发时间。他开始玩矿泉水，把水摆成方阵，让压缩干粮在方阵里走来走去，自己配音发出“嘟嘟”的声音，玩够这个后，他又开始杂耍似的抛干粮，玩了不知道多久，又觉得没意思了。

他躺倒在床上，大声唱起了歌，什么会唱不会唱的一通乱吼，吼得脑子都嗡嗡直响，后来他吼累了，又睡着了。

再次醒来，白新羽意识到，计算霍乔要关他们几天根本没有意义，因为他现在已经完全感受不到时间的流逝了，他在这里待了多久？一天？两天？说不定才过了一晚上呢。好无聊，好安静，什么都没有，什么都看不见，他好想出去，哪怕现在有条狗陪他说说话呢！

俞风城在干什么？班长在干什么？燕少榛呢？是不是也无聊死了？他们四个人一起打盘拖拉机多好啊，凑在一起聊天喝酒多好啊，哪怕是一起训练也好啊，至少不是他一个人啊。

东元和钱亮现在干什么呢？武班长呢？旺旺哥呢？有没有人想他呢？他想好多人啊，他想爸妈、想他哥，这个时候怎么这么想回家呢？

他在床上翻来覆去，根本睡不着，四周的静谧和黑暗就像一股无形的压力，狠狠压迫着他的神经，他感到呼吸变得有些难受。他从床上蹦了起来，用力踹着墙，说不定隔壁有人呢，说不定隔壁就是俞风城呢。可他踹了半天也没听到任何动静。他踹完墙，又去踹门，那铁门被他踹得咣咣作响，这么大的动静就是隔着长城那么厚的墙也该听到了，可他依然没得到任何回应。他感觉自己被流放到了一个孤岛，只有他和无尽的黑暗做伴，那种孤独感是前所未有的。

踹了半天，他累出一身汗，他发现累一点儿能转移注意力，于是开始做运动，按照平时训练的量来，一下子就是两百个俯卧撑和仰卧起坐。就这么做了大半天，他累得气喘如牛，一头栽回床上，终于有了困意，沉沉睡了过去。

白新羽醒着的每时每刻，都在给自己找事情干。他已经不知道究竟过了几天，他拼命告诉自己坚持下去，至少现在他还没疯。那狭小的房间里，他把一切东西利用起来解闷，他用床撞墙，用身体撞门，一倒立就是半个小时，用空的矿泉水瓶接水玩儿，大吼大叫，自己给自己讲笑话，把床单扯成碎布条，甚至通过放水和抽水马桶的声音排遣寂寞，他觉得自己离疯掉也不远了，只是脑子里还有那一股毅力和理智支撑着。

又一次一觉醒来，他大脑清醒了点儿，开始回忆霍乔说过的话，从这里离开的方式，一个是到时间，还有一个是……弃权。他脑中灵光一现，弃权？怎么弃权呢？这里无法和外界沟通啊，霍乔怎么知道他要不要弃权呢？难道，他们一直被监视着？

他感到一阵毛骨悚然。自己关在小黑屋里已经够吓人了，如果还有人随时看着、听着他们，那真是太恶心了，那自己大吼大叫，跟神经病似的各种样子不都被人看去了？

……好瘆人。白新羽从床上蹿了起来，开始满屋子找摄像头或监听器，他把他能够到的每个角落都摸了一遍，但再高处他就碰不到了，而天花板的四角都隐藏在黑暗中。他感到一阵心慌，抱着被子疯狂地尖叫了起来，叫到嗓子都哑了，才颓然地倒回床上。

究竟过去几天了？有多少人放弃了？俞风城现在在干吗？是不是也跟自己一样在发疯？白新羽感觉自己快要撑不下去了，他想要光，想要声音，想要触摸人类的皮肤，感受生物的体温，这里好黑、好可怕、好寂寞，好像全世界就剩他一个了。

全世界！只有他一个了！

巨大的恐惧和孤独不断侵蚀着他的心，他感觉自己要崩溃了……

他不断地睡着、醒来，时间之于他已经失去了意义。他摸着干粮和矿泉水，已经吃喝掉一多半了，这是不是证明考核快结束了？他的神智已经有些不清楚了，但在模糊间，他突然想起了霍乔说过的话，说这会是淘汰率最高的一项考核，可笑他当时还不信……

没有体会过的人永远无法理解，这个封闭的空间能给人的身心带来怎样的摧残，那无边的黑暗、窒息般的孤独把他的心理防线一点点撕碎，他眼睁睁看着自己被黑暗吞没，却无能为力。他开始出现诸多幻觉，控制不住地幻想黑暗中隐藏着什么厉鬼、怪物，正悄悄偷看着他，随时可能在这个无人知晓的地方把他拽入地狱，以前经历的一切都可能以扭曲的噩梦出现，渐渐地，他再也不敢去想那些美好的回忆，因为想着想着，最后都可能在他大脑里转变成血腥的场景。他的大脑里充斥着绝望、孤寂和痛苦，他用身体撞墙，他把脑袋淹进蓄满水的洗手池里，他拼命地吼叫，他不知道自己是不是已经疯了。

到底什么时候能离开这里？爸，妈，哥，你们在想我吗？那快来看看我啊，跟我说说话，一个字也行……俞风城，你在干什么？你是不是也疯了？说不定你已经放弃了，这是人能受得了的吗？……如果你已经放弃了，我还坚持着干什么？

白新羽扑到门前，咣咣敲着门，嘶声吼道："我受不了了！我弃权！救命啊——"

他又哭又喊，到最后嗓子都发不出声音了，可那扇门依然紧闭，隔绝着他和另外一个世界。这扇门简直成了他的仇敌，他搬起行军床，用力往门上撞，巨大的撞击声和金属摩擦声刺得他耳膜发痛，可他喜欢这剧烈的声响，这让他觉得自己还活着。

也不知道在里面折腾了多久，他又累得睡着了，醒过来继续折腾，反反复复。他不仅产生幻觉，甚至开始幻听、幻视，即使他其实什么也看不见。他时而窝在床上喃喃自语，时而像疯子一样蹦跳吼叫，时而痛哭着哀求着放自己出去。

为什么？为什么他已经说要弃权了，还不把他放出去？难道没有人监视他？那他该怎么选择弃权？不对，一定可以弃权，霍乔应该不会骗他们的，该怎么做呢？对了，让自己受伤……他就不信监视他的人能眼睁睁看着他死！

他从床上跳了下来，深吸一口气，拿脑袋往墙上狠狠撞了一下，砰的一声响，他整个人被撞击力弹回到床上，后脑勺又撞上了另一面墙壁，他抱着脑袋，在床上滚了两圈，痛哭出声。

太疼了……他不敢撞了，脑袋好像流血了，皮肤火辣辣的，整个人都天旋地转。

他在床上躺了很久。这次的撞击，除了轻微脑震荡外，还让他浑噩如一团糨糊的大脑稍微清醒了一点。他知道自己现在的行为就像个精神病人，能意识到这一点，也许自己还没有疯吧？

在经历了几天的崩溃期后，疼痛让他意识到自己无法通过自残离开这里，最重要的是，他意识到自己不该自残。他怎么能伤自己呢？他还想活着出去啊，他想再一次感受阳光，想回家，想见到亲人还有俞风城，他不要变成疯子，他应该想办法保持理智，而不是自暴自弃！

他平躺在床上，调整呼吸，试图缓解自己的压力，他所剩的食物和水不多了，他一定很快就可以离开这里了！

这份被逼迫出来的理智支撑了白新羽一段时间，直到他的干粮彻底吃完。

当他摸遍整个房间，再也找不到一块饼干渣的时候，他心里那个勉强缝补起来的恐惧的大洞，再一次撕裂了。

难道……他们被放弃了？他抱着脑袋，眼珠子瞪得快凸出来了。

食物都吃完了依然不能离开，霍乔想杀了他们吗？对，霍乔肯定想杀了他们，要不然怎么会把他们关在这么可怕的地方，这里面有鬼啊！霍乔一直就没有人性，把他们不当人地训……他想起霍乔那玩世不恭的笑容，越想越觉得那笑容诡异万分，简直就像嗜血的魔鬼！

突然，黑暗中浮现出一张惨白的脸，那是霍乔！霍乔的脸朝他飘浮而来，张开了血盆大口，森白的牙齿锋利不已！他疯狂地尖叫起来，用力踢打、蹬踹，就好像被什么东西附身了，他跳下床，在那狭小的禁闭室里到处冲撞、哭喊。他要死了！

他要在这个暗无天日的密室里活活饿死了！

接下来的时间，白新羽只能靠喝水充饥，他像个死人般瘫倒在床上，连喊叫的力气都没有，他知道自己就是在等死，死了就能解脱了，如果俞风城也死了，他们到时候还能一起走阴间的路呢。让他死吧，快点结束这无尽的折磨……

半梦半醒间，他听到那扇铁门被打开了，门口传来了说话声，可他动也没动，不仅是没力气，而是他知道这肯定又是幻觉，是他出现了无数次的幻觉。

有人走到他面前，轻拍着他的脸，声音如天外传音："考核结束了。"

他半睁着眼睛，却什么都看不到，那人拿什么东西罩住了他的脑袋，他彻底昏了过去。

白新羽的意识苏醒了过来，他眨着眼睛，想睁开，却发现自己眼睛上缠着纱布，他动了动手指，指腹滑过身下的被单，触感跟被他用水弄湿的床单不一样……

他……他离开了吗？这回还是做梦吗？还是他真的离开禁闭室了？或者……他已经死了？他竖起耳朵，听到外面有鸟叫声，还有人说话的声音，一切都那么真实，一点都不像梦境。

一个女声道："同志，你醒了？"

白新羽张了张嘴，依然不敢相信："我……出来了吗？是真的吗？"他舌头发木，好像都不会说话了。

温暖的手覆盖在他额头上："是真的，你现在在医院，我是护士。"

白新羽一把抓住了那只手，用力握着，这是他渴望的人类的体温！

护士叫道："哎呀好疼！"

白新羽放松了手劲儿，但依然握着不放，语无伦次地说："你是人，真的是人……"他原本以为自己会喜极而泣、痛哭失声，可当他真的出来后，他却哭不出来，身体里好像有什么东西被彻底割掉了，心里出现了一个巨大的空洞，不知道如何才能填补。护士哭笑不得："哎，每年都有你这样的送来，真不知道你们到底是干什么的。"

白新羽感觉自己做了个很长的噩梦，现在终于醒了。虽然，因为他眼睛看不见，他还是没有离开了禁闭室的真实感，他把身体蜷缩成一团，这是他在禁闭室里最常用的姿势——他依然没有安全感。

接下来的几天，他也一直蒙着纱布，他的眼睛在黑暗中待了太久，一时无法适应光线，只能每天增强一点光感刺激。他住在单人病房，每天都会有心理医生来探访他，对他进行针对性的治疗，他平静地躺着，一言不发，医生显然也习以为常，自顾自地说着话，让他渐渐适应自己已经回归了正常社会这个事实。

五天后，绷带彻底拆除了，他缓缓睁开眼睛，好像有一个世纪那么长，他再次看到了光、白色的天花板、绿色的植物、蓝色的病号服，那望不到尽头的黑，在他面前消失了，可他知道那黑暗永远地留在了他心底。经历过这一切，他再也不会怕黑、怕孤独，因为他是从最黑、最孤独的地狱走出来的，他不相信世界上还有什么痛苦能比得过这些。

这就是霍乔的目的，这就是通往猎豹大队必经的深渊！

护士推来一把轮椅："恭喜你今天拆纱布，你们的上司召集开会，我推你过去吧。"

白新羽摇摇头，自己下了床，躺了这么多天，身体已经恢复了，他披上外套，护士领着他往门外走去。

走廊里，护士说："你们这些当兵的真奇怪，各个都沉默寡言，一天也不说上一句话。"

白新羽愣了愣。沉默寡言？谁？他吗？他什么时候成了沉默寡言的人了，别说一天了，他应该是一小时不说话都难受的人。他最怕寂寞，喜欢热闹，在禁闭室里他那么渴望和人交流，为什么真的出来之后，他却不愿意交流了？似乎，为了在禁闭室里支撑下去，他开启了连他自己都不知道的保护机制，这种保护机制让他开始抵触和防备来自外界的刺激。他不信任这个护士或心理医生，他不需要帮助，在他最绝望的时候没有任何人来救他，现在他更不需要，从今往后都不需要，他可以一个人从地狱回来，就能一个人撑过所有困境！

推开会议室的门，他一眼看到站在中间的霍乔，屋里还有几个人，他一一扫过，看到了陈靖和燕少榛，还有俞风城。

俞风城见到他的瞬间，表情就变了，从椅子上站了起来。

白新羽眼眶发热，呼吸变得有些困难，他走了过去，用力抱住了俞风城。那一瞬间，他真有种劫后余生的感动。俞风城也紧紧抱住他，两人一句话也没说，彼此经历的一切已经无法用语言来表达。会议室里非常安静，因为能坐在这里的人，心情和他们都一样。

白新羽坐在了俞风城身边，并向陈靖和燕少榛投以激动的目光。

霍乔拍了拍手："恭喜在座的七位，从现在开始，你们正式成为猎豹特种大队的一员了。"

七人看着他，表情出奇地平静，甚至眼神都没有变，也没发出任何声音。

霍乔并不意外，他笑了笑："我知道你们现在在想什么，因为你们经历的一切，每个猎豹大队的成员都经历过。在离开禁闭室最初的那一个月，是非常难熬的，你们会变得不像以前的自己，会对周围的很多事产生怀疑和抵触，不过随着时间的推移，你们的性格和脾气会重新回到自己的身体里，你们会变回经历禁闭室之前的那个人，但这段经历对你们意志力的改变，却是永久的，它让你们不再惧怕黑暗和孤独，无论在怎样的绝境中，哪怕整个队伍死得只剩下你一个，也能坚持去完成任务，这就是成为特种兵的必要条件。”

七人还是没说话，他们并不怀疑霍乔说的，只是他们现在噩梦刚醒，都还没能回过魂来。十五人只剩下了七人，果然是淘汰率最高的一项考核。

霍乔道：“现在有什么想问的吗？尽管问吧。”

陈靖道：“报告，我们在禁闭室待了几天？”

“十七天。”

“报告，你说我们可以选择弃权，弃权方式是什么？”

这个问题让众人的呼吸变得急促，他们心里埋藏着一股深深的怨气，相信在场的每个人都想过弃权，虽然最后他们撑了过来，但万一他们没有呢？就算有人死在里面也不足为奇。

霍乔道：“你们一直被全程监控着，如果出现严重的自残行为，或是心理医生判断不能继续考核的，则视为弃权。”

“那其他人……”陈靖咬了咬牙。不用多说，那被淘汰的八个人，此时肯定还在接受身体和心理治疗。

霍乔点点头：“他们的情况不算很严重，治疗后应该可以恢复健康。”

燕少榛沉声道：“报告，用这个方式淘汰人真的公平吗？”

霍乔道：“你们心里都有这个疑问吧？很正常，当初我从禁闭室出来的时候，和同一批的战友都有这个疑问，也为那些身心遭到折磨还被淘汰的战友愤愤不平，可他们现在遭遇的一切，恰恰是为了证明他们不适合成为特种兵，免于他们以后在战场上被轻易牺牲。心理剥离不仅是考核，也是试炼，这件事只能做一次，成功则已，不成功就再没有第二次机会剥离你们的依赖感，因为你们心理上已经有所防备了，而且，恐怕没人愿意再尝试第二次了吧。他们这次失败了，那就是彻底失败了，特种部队不能接受一个因无法抵抗恐惧和孤独而试图结束自己生命的兵。”

白新羽喉结鼓动着，感觉身体有些冰冷。他在最痛苦的阶段，也曾想通过自残离开，甚至不止一次产生了自杀的想法，只是因为他怕疼，才没有继续下去，这能算是他通过了考验吗？但无论如何，霍乔的目的达到了，白新羽仿佛能用肉眼看到自己为自己上了一层无形的武装，他已经经历了至深的绝望和恐惧，现在他无惧了。

众人再没有问题了，他们的魂魄暂时还留在禁闭室，此时个个都像不完整的人偶。开完会，陈靖和燕少榛走了过来，陈靖按着俞风城和白新羽的肩膀：“你们还好吗？”

白新羽抱住了陈靖，叫了一声“班长”，然后就说不出话来了。他们心里想的都是一样的，那份压抑让人难以顺畅呼吸。

陈靖也回抱着他，浅淡地说：“熬过来了，我们都熬过来了。”

白新羽勉强牵着嘴角一笑：“明天就要回去了，我感觉医院快成我家了，我半辈子住过的院都没最近半年多。”

俞风城摸了摸他的脑袋：“最好这是我们最后一次住院。”

白新羽点点头。

几人都默契地没有谈起在禁闭室的经历，这段记忆最好被尘封在脑海深处，再也不触及。

燕少榛淡笑道：“教官说要给我们放几天假，我们可以离开基地，去市里玩玩儿。”

“好，咱们租一辆车，去附近的景点逛逛。”

“对，吃些好吃的……”

他们闲聊一些无关的内容，这样温馨平静的时光，本是可以抚慰他们的心灵，可白新羽却总觉得有什么东西在阻止他享受这片刻的温暖，他心里隔了一层无形的墙，让他无法坦然面对离开禁闭室后的生活，希望真如霍乔所说，心理的创伤能够随着时间痊愈。

:: THE GROWTH OF A DANDY.
FIGHT ALONGSIDE YOU.

第二十八章 不能和你回家

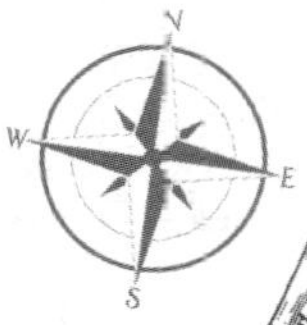

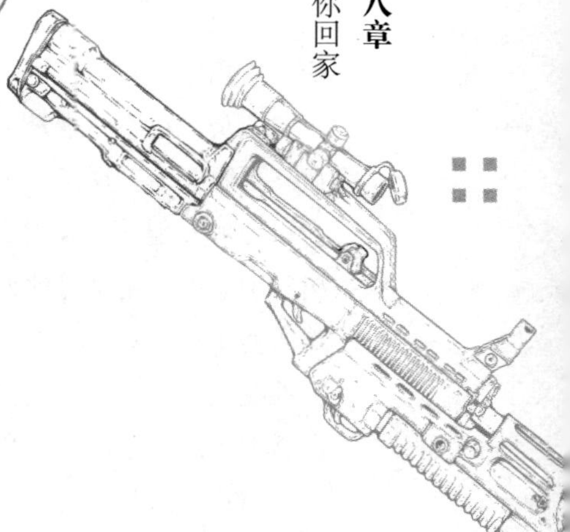

第二天，他们出院了。

回到基地后，他们集体搬到了另一栋宿舍。

严强介绍道：“这是猎豹大队现役特种兵宿舍，你们从今天开始就住这里了，两人一间，自由组合。”

俞风城和白新羽挑了一间进去了。

白新羽放下行李，参观了一下宿舍，这宿舍条件比以往他睡过的任何一个都好多了，不但有独立的卫浴，还各有各的书架和衣柜。

俞风城钩住白新羽的脖子，用拳头钻他的脑袋：“记不记得新兵刚入伍的那天，嗯？你哭着喊着不要跟我一个宿舍，还去找指导员。”

白新羽一边反抗一边笑道：“你丫也有脸说，上来就欺负我，换现在我肯定跟你对打。”

“嗯哼，可惜当时你只会哭，其实你那时候也挺好玩儿的。”

“去你的。”

这时，走廊传来喧闹声，严强笑骂道：“哎，你们正经点儿，别吓着新苗子。”

两人走出宿舍一看，一群人刚训练完回来，他们还是第一次见到这么多猎豹大队的正式成员，也不知道是不是心理作用，这些人的气势看着就很不一样。

白新羽眼尖地发现了一个人，指着那人道：“啊，是他。”

俞风城顺着他的手指看去，是个三十出头的精壮男人，正是在野外生存训练时揍得白新羽脸肿了半个月的人。

那人愣了愣，笑了：“是你们两个小子啊，不错，我当时就觉得你们能进来。”

霍乔笑道：“老沙提到你们好几次了。”

白新羽下意识地舔了舔那颗有点松动的牙，感觉腮帮子又疼了。

霍乔道：“跟你们这群新兵科普一下猎豹大队的建制，猎豹大队总人数常年保持在六百人左右，团级单位，直接隶属军区，大队下属九个中队，其中四个在兰市，五个在乌市，每个中队五到六个班，在咱们这个基地的是七队和八队，老沙是七中队的中队长，是你们的上司。”

白新羽感觉被噎了一下，他看着老沙，老沙一脸坏笑，他诧异道：“这个基地有那么多人吗？”

“八队在外执行任务，目前基地只有七队的人。”

燕少榛道：“我们什么时候能执行任务？”

霍乔斜睨着他：“怎么？这么急着上战场？”

燕少榛笑道：“不是早晚的事嘛。”

“不急，闲不着你。”霍乔道，“给你们放三天假，我带你们去市里玩儿两天。”

老沙道："副队，怎么每次这好事儿都你争着干呢？"

霍乔眨巴着眼睛："因为我也想出去玩儿啊，你别叫唤，想去我就带上你。"

老沙撇撇嘴："我才不去呢。"说完进宿舍了。

霍乔道："你们几个新来的回去休息休息，换身衣服，下午我带你们去市区。"

白新羽回到房间，躺到床上，深呼吸了一口。他到现在都有些不敢置信，自己真的成了猎豹大队的一员，几个月前自己还想都不敢想。

俞风城也放松地躺在他对床，看着天花板，沉默不语。

白新羽道："你现在什么感觉？"

俞风城道："说不清。"

"这不是你从小的梦想吗，现在终于实现了，应该很兴奋吧。"

"应该兴奋才对，但我感觉很平静。"俞风城牵了牵嘴角，"可能是因为，我一直都知道自己能实现。"

"嘁，受不了你。"白新羽翻过来看着他，"你家里要你去读军校，读完了军校你做什么？"

俞风城道："如果可能的话，我会再回来。我们全家都是军人，我从小到大都没想过干别的，但从列兵往上升太困难了，必须读军校才行。"

白新羽摸了摸下巴："军校啊，可惜我年纪过了，已经读不了了。"

俞风城笑道："你以后想做什么？"

白新羽摇摇头："不知道，没想过，要是不读军校，早晚我也要退伍的。"

俞风城拍了拍他的脑袋："你想留在部队，我会让你留下的，只是你不能一直做这么危险的兵种，年纪大了或者受伤了……总要下前线的。"

白新羽想了想："以后的事儿，以后再说吧。要是退伍了，我也挺想做生意的，我现在比以前稳多了，让我哥带带我的话，应该能起来吧？要不就咱们那点儿工资，都不够养车的。"

俞风城嗤笑道："突然这么有担当了呀。"

"那是。"

两人换上许久不穿的便装，和其他人在楼下集合，上了霍乔开的小面包车就往市里去了。

他们把乌市内外的一些景点玩儿了一遍，霍乔充当起导游，一出来"放风"简直比他们还欢快，一路走一路吃。他们渐渐明白霍乔把他们带出来的原因了，这三天的游玩，让这群刚从"小黑屋"出来、心里压抑的士兵情绪好了很多，脸上也重现了笑容。

白新羽拍了好多照片发给他妈和他哥，他妈全程和他互动，还要求他多拍帅哥战友的照片，最后他妈得出的结论是最招人喜欢的是陈靖，最帅的是俞风城，他哥则粗暴冷酷，只给他回了个“嗯”，让人有点伤心。

在做了充足的铺垫后，白新羽把自己去了特种部队的事告诉了他妈，他妈震惊不已，他仗着他妈对部队了解不多，故意把特种兵说得危险性没那么高，但他已经做好被他爸和他哥质问的准备了。

晚上回到酒店休息，白新羽有件憋了很久的事，终于扭扭捏捏地跟俞风城说了：“风城，上次那个……那个事儿，怎么样了？”

俞风城挑眉看着他，明知故问道：“哪个事儿啊？”

“就那个呗。”白新羽挤眉弄眼。

俞风城踹了他一脚：“好好说话。”

白新羽心虚道：“那女的。”

俞风城瞪着他：“你可真好意思跟我提，她张嘴跟我哥们儿要钱。”

白新羽睁大眼睛：“你不会给了吧？”

“你以为我是你啊。”俞风城气得牙痒痒，“真怀疑你那几年是怎么混的。”

白新羽壮着胆子问：“最后到底怎么样啊？”

“被我哥们儿逼出真话了，打发了。”

白新羽松了口气。

俞风城越想越来气，把他按在床上捶了两拳：“上次不过回去了两个星期，你就给我闹出这事儿，要是回去得久了，还不知道会怎么样呢。”

白新羽彻底放下心来，他觉得自己命也挺好的，虽然为人不怎么靠谱，但身边一直有靠谱的人罩着他，以前是他哥，现在是俞风城，嘿嘿。

玩了三天，一行人意犹未尽地回了基地。

霍乔没给他们松懈的时间，马上就开始了训练，这种训练是长期的，所以强度比第二轮选拔的时候有所下降，而作战方面的课程比重在增加。

几天后，霍乔把白新羽单独叫了过去，把手机递给他，让他看一条短信，发件人是“简隋英”，内容是：让他给我回电话。

白新羽心里一阵紧张：“我哥怎么跟你联系了？”

“你们的手机又用不了。”霍乔抱胸看着他，“这么重要的事儿你居然瞒到现在，你打算怎么办？”

白新羽抓了抓脑袋：“副队，我用你手机给我哥回个电话行吗？”

“休息结束之前回来。”

“是。”白新羽走到个没人的地方拨通了电话。

很快，熟悉的声音从话筒里传来：“喂，霍乔。”

白新羽深吸了口气：“哥，是我。”

那头沉默了一下，就听着简隋英咬牙切齿地说：“白、新、羽。”

白新羽心里一惊。他有些哀伤地发现，他居然还是怕他哥，哪怕他现在能一只手把他哥撂倒，可从小养成的对他哥的服从，还是让他本能地小心脏直颤，他尽量镇定地笑道：“哥，好久没联系了，你最近好吗？”

简隋英根本不吃这套，骂道：“你脑子是不是出问题了？谁让你去当什么特种兵？你知道特种部队一年死多少人吗？你知道哪天轮到你？”

白新羽道：“哥，我知道，但我觉得这里适合我……”

“适合你大爷，你妈就你一个儿子，你要是有个三长两短，你想过他们没有？”

白新羽沉默了一下：“哥，来当兵就得有上战场的准备啊，不然我当什么兵。”

“别的兵种跟特种兵能一样吗。”简隋英怒道，“我懒得跟你在电话里废话了，我在机场呢，现在飞乌市。”

白新羽急道：“哥，你别来，我已经决定了，我……”

简隋英已经挂了电话。

白新羽愣愣地看着电话，感到一阵头大。他没想到自己已经通过了选拔，还要面临一次重大的危机，他哥可是相当难缠的……

把手机还回去的时候，霍乔见他一脸沮丧，挑眉道：“挨说了？”

白新羽点点头。

霍乔摇了摇头：“你也是，风城也是，都先斩后奏，玩儿什么呢这是。”

俞风城走了过来：“新羽，怎么了？”

白新羽闷声道：“我哥要来这儿抓我。”

霍乔一瞪眼睛：“什么？”

白新羽看着霍乔：“副队，咱们这是秘密军事基地吧，一般人不能来吧，你给我哥打个电话，让他别来了。”

“这个基地也没秘密到不能有访客的程度，隋英非要来，我也拦不住他，再说你自己家里的事，你应该自己处理好。”

白新羽郁闷地拍了拍脑门。

俞风城道：“有什么可烦的，你不想回去就不回去，他总不能绑着你。”

白新羽叹道：“你不了解我哥，我哥凶起来很吓人的，而且他不光会来硬的，嘴也能说，他一定会说得我愧疚得抬不起头来为止。”

俞风城挑起眉：“你可真崇拜他啊。”

白新羽点点头："没办法，从小到大习惯了，我哥对我来说比我爸还有威严。"

俞风城轻哼一声："那就看你够不够坚定了。"

白新羽握紧拳头："我好不容易进来的，我不会走的。"

简隋英晚上到了乌市，霍乔派人去接的他，把他安排在了基地附近的招待所。白新羽训练结束后，霍乔带着他去见简隋英，俞风城也非要跟上。

白新羽一下车心脏就怦怦直跳，一想到马上要面对简隋英的怒火，他就心慌得很。一推开包厢，坐在里面玩儿手机的男人抬起头来，依然是出众的相貌、桀骜的气质，大半年不见的简隋英，已经没有了过年时的颓废和憔悴，重新变得英姿焕发。

简隋英凌厉的目光定格在白新羽的瞬间，变成了错愕。

白新羽讨好地叫了一声："哥，你来了。"

简隋英满脸的不敢置信，如果说过年时见到的白新羽让他惊讶，那么眼前这个干练、利落的特种兵简直让他感到陌生。白新羽除了晒黑了一些，外貌变化不大，可就是整个人都不一样了，要不是那声"哥"，就是站在大街上他也未必敢认。

霍乔笑道："隋英，怎么样，我没唬你吧？你现在还认得出新羽吗？"

简隋英喉结滚动着，半天才吐出一句："认不出。"

白新羽努力找回点儿自己当初的样子，凑到简隋英身边一把抱住了他，笑嘻嘻地说："哥，我想死你了。"

简隋英推开他："别耍赖，坐好了。"

白新羽挽起袖子秀了秀自己的肌肉："哥你看，我现在身材可好了，可壮实了。"

简隋英还在白新羽的巨变中回不过神来，心不在焉地嗯了一声，来时打算好说的话此时有些顺不过来。

霍乔坐到简隋英旁边："隋英，咱们有两年没见了吧。"

"可不是，自从你调来边疆，见你一面可真不容易。"简隋英倒了两杯酒，递给他一杯。

霍乔接过酒，哈哈笑道："那你就把这趟当成专门来见我的成不成？"

简隋英笑了笑："拉倒吧，我得多想你啊？我这趟来就是为了我这个弟弟。来吧，说正事之前，我先敬你一杯。"

两人重重碰杯，把那白酒一口闷进了肚子里。

白新羽看了俞风城一眼，有些紧张，俞风城从桌子底下碰了碰他的小腿，示意他冷静。

简隋英放下酒杯，揉了揉白新羽的脑袋："你看你晒得这熊样，你都不照镜子吗。"

白新羽笑道："男人黑点儿好。"

简隋英眯起眼睛："两年前你还说现在流行小白脸，你要当一辈子小白脸。"

白新羽微讪："我那不还小嘛。"

"你现在多大了？"简隋英捏着他的下巴，仔细端详着他的脸，"我让你来部队改改脾性，可你现在矫枉过正了知道吗？你的改变已经让我们挺满意了，你现在可以跟我回去了。"

白新羽摇摇头："哥，你不知道我吃了多少苦才进了猎豹大队，我还什么都没做呢，我不能回去。"

"你想做什么？你以为动真刀真枪是好玩儿的？你要是出了事儿，你爸妈怎么办？"

白新羽严肃道："哥，我除了是儿子，也是军人，没有大家何来的小家。"

简隋英皱起眉："你在部队可真是学得一套一套的，我懒得知道你是怎么被洗脑的，你是我弟弟，我不能让你当这么危险的兵。霍乔，你这边放个行吧。"

霍乔摸着下巴，没说话。

白新羽深吸了口气，坚定道："哥，我不走。"

简隋英眯起眼睛："你再说一遍。"

"我是猎豹大队的成员，我不走。"

简隋英一巴掌拍在他脑袋上："你怎么回事儿？从小缺你吃还是缺你穿了？用得着你去卖命吗？！"

俞风城冷道："他都这么大了，能自己做决定。"

简隋英情绪极差，不客气地说："轮不到你管。"

俞风城一怒，刚要说什么，霍乔一把按住了他的膝盖，静静地看着白新羽。

白新羽深吸一口气，猛地站了起来，抓起桌上的茅台对着嘴咕咚咕咚灌了好几口。这举动把三人都惊住了，那可是五十三度的酒啊。

白新羽把酒瓶子往桌上一放，嘴一抹，用发红的眼睛看着简隋英："哥，你说的道理我都懂，这一年多我也长大了不少，可正是因为我成熟了，我才不能跟你回去。我从前，说白了就是个混子，混日子、混时间，花了无数精力在没有意义的事情上，到头来什么也没得到，我不想再过那样的生活了。我是从进入部队，真正开始喜欢部队生活的时候，才觉得找到了自己的价值。我从前没靠自己获得过任何成功和赞美，可在这里，我能从一个普通列兵成为西北第一特种部队的一员，靠的都是我自己。哥，你知道有多难吗？你知道我能穿着带有猎豹头标志臂章的衣服有多难吗？你知道我吃了多少苦遭了多少罪吗？好几次都死去活来的，可这是我这辈子第一次觉得自己牛，第一次啊哥！"

简隋英怔愣地看着他，白新羽那执着又豪气的样子让他感到诧异和陌生，这真的是那个他从小看到大的弟弟吗？回想当初自己一怒之下把白新羽送到部队的决定，他真的没想到，会把白新羽变成这样一个……一个真正的男人，不再是从前那个烂泥扶不上墙的纨绔子弟，不再是让他恨铁不成钢的草包，而是一个能够成为特种兵的男人。他从前一直希望白新羽能有出息，现在白新羽真的让他刮目相看了，他又不能不担心。

白新羽抓着简隋英的胳膊，轻声道："哥，我从小都不敢逆着你的意思，因为我知道你总是对的，你现在也是对的。可我不能跟你走，我是特种兵，我在这里有归属感，我不能还没上战场就因为怕死而退缩！"

简隋英把玩着酒杯，深深地看着白新羽，表情凝重，白新羽毫不退缩地和他对视。简隋英看向霍乔，指着白新羽道："这就是你想让我看的？"

霍乔轻笑道："对，你不亲自来看看，是不会死心的。我没骗你吧，见到他就会知道，他是个军人，你是带不走他的。"

简隋英眯起眼睛："白新羽，我订了一台全球限量的兰博基尼，你要是跟我回去，我就给你开了。"

"兰……兰……真的吗？"白新羽咽了口口水，大概没想到他哥来这招。

"从小到大净是你撒谎，我骗过你吗？"

白新羽眼珠子都要瞪出来了，他在那一瞬间真的心动了。

"怎么样啊？"

白新羽小声说："哥，那车能等我两年不？"

"放屁。"

白新羽深吸一口气，看了俞风城和霍乔一眼，才沮丧地说："我……还是不能回去。"

简隋英忍不住踹了他一脚："你失心疯了吧你？"

白新羽叹道："哥，我已经决定了，你回去帮我劝劝我爸妈吧。"

简隋英瞪着霍乔："我觉得这事儿跟你脱不了干系。"

霍乔无辜地耸耸肩："隋英，你弟弟已经长大了，让他自己决定自己的路吧。"

简隋英道："你打算在这里待多久？"

白新羽刚要张嘴，简隋英指着他鼻子道："不准跟我说你不知道或者看情况，给我一个时间，让我回去能给你爸妈个交代，我总不能跟他们说你打算死在这里吧。"

白新羽再次忍不住看了俞风城一眼。

简隋英怒道："你老看他干吗！"

白新羽马上道："两年！"既然俞风城两年后就要去读军校，那么两年后，他也会离开猎豹大队吧，他知道自己不能在猎豹大队待太久，特种兵的更新换代原本就很快，即使没在战场上出意外，长时间的高强度训练对人身体的摧残也是很厉害的，他早晚要离开。

简隋英道："好，两年，两年后你必须给我滚回去，不管到时候你还想不想留在部队，你总不能在边疆待一辈子。"

白新羽点点头："哥，我答应你。"

简隋英手痒想揍他，但还是忍住了，白新羽那一身结实的肌肉，让他觉得即使揍了大概也不会疼，他感到有些沮丧，就好像白新羽不是慢慢长大的，而是一天没见突然从小孩儿变成了大人，让他有种莫名的失落感。他没好气地说："过来跟我喝酒。"

白新羽倒了两杯酒："哥，我敬你一杯，就这一杯，我明天还得训练呢。"

"喝这点儿酒就影响训练了？你来部队不长酒量，那你来干吗的。"

白新羽嘿嘿笑道："长肌肉了。"

简隋英拍了下他的脑袋，笑骂道："德行。"

白新羽敬了简隋英一杯酒，又忍不住抱住他的腰，拿脑袋蹭着他的肩窝："哥，我可想你了。"

简隋英早习以为常了："别腻歪，去弄一下羊肉。"

白新羽乖乖拿刀给简隋英割羊肉。

霍乔饶有兴趣地看着这对兄弟，俞风城则是一脸不爽。

白新羽一边给简隋英夹菜，一边遮遮掩掩地问："哥，我听我妈说你生意回暖了，最近过得还不错？"

简隋英点点头："嗯，是啊。"

白新羽小心翼翼地问道："那小林子他们……"

"被我收拾老实了，都过去了。"简隋英似乎不愿意多提。

白新羽竖起大拇指："不愧是我哥，但是李家那小子……"白新羽凑到他耳边小声说，"他还骗过你呢，你就这么放过他了？"

简隋英抽了口烟，闲适道："嗯，他表现不错，我暂时放他一马。这样吧，你在部队多学学东西，以后他要是再敢惹我，你就回去给我把他做了，做得干净点儿，别让人查出来。"

白新羽脸色微变："哥……我、我不是干那个的。"

简隋英哈哈笑了起来："小傻子，你还当真啊。"

霍乔低笑起来："新羽，我们干那个，我们还会干很多事，只不过要看对象。"

他们聊着部队上的事，不知不觉就喝了不少酒。霍乔特许白新羽在外面留宿一晚。白新羽和简隋英回酒店后继续聊，他也不知道那一晚上自己说了多少，最后因为觉得对不起父母，他好像还哭了。

第二天，在简隋英的监督下，白新羽给家里打了通电话，跟他爸妈好好沟通了一番，终于暂时得到了他们的理解，也算放下了他一件心头大事。

简隋英很忙，当天下午就要走，白新羽亲自把他送到了机场。

简隋英道："行了，你别下车了，就送到这儿吧。"

白新羽依依不舍地看着他："哥，我爸妈就拜托你照顾了。"

简隋英白了他一眼："知道了，这么多年难道你照顾过？"

白新羽愧疚道："等你老了我来照顾你。"

"滚犊子，我才比你大五岁，说不定你死在我前面呢。"

白新羽笑道："那样也好。"

简隋英定睛看着他，轻叹一声，用手按住了他的脑袋："你真的变了，现在你像个有担当的男人了。"

白新羽眼睛一亮，感动地说："哥，我长这么大，你这是第一次夸我。"

"那是你以前不争气。"

"那倒是……"白新羽不好意思地说，"哥，我现在是你理想中的弟弟了吗？"

简隋英看了他半晌，淡笑道："接近了。"

白新羽露出笑容。

"你小子给我听好了，一定要保证自己的安全，不要逞能，想想家里还有多少人挂念着你，你必须给我好好回家来，知道吗？"简隋英严肃地说。

白新羽用力点头："哥，你放心。"

"行了，我走了。"

白新羽抓着他的胳膊："哥，我以后会经常给你打电话，你有什么事也要告诉我，我现在不一样了，我能帮你了。"

简隋英咧嘴笑了笑："我又不混黑社会，你能帮我什么啊。"

"我就是给你撑场面也行啊。"

简隋英拍拍他的脑袋："知道了。"

白新羽用力抱了抱他："哥，你记得想我啊。"

简隋英笑骂道："少扯淡，走了。"

白新羽看着简隋英修长的背影，眼圈有些泛酸，他长这么大犯了那么多错，不管简隋英再怎么生气跳脚，最后也还是原谅了他，如果不是简隋英的决定，他又怎么会来部队，彻底改变自己的人生呢？有朝一日，他一定要回报他哥。

开车回到基地，已经是晚上了，他一进屋，俞风城就追问道："你哥没再跟你说什么吧？”

白新羽莫名其妙：“说什么？”

俞风城撇了撇嘴：“谁知道他会说什么引诱你回去。”

白新羽笑了笑：“我连兰博基尼都拒绝了，还有什么诱惑是我抵抗不了的？”说到车，他一脸惋惜的样子，夸张地捂着心脏叫道，“哎哟我的小心肝儿啊……”

俞风城把他按倒在床上，低笑道：“让我摸摸你的小心肝儿怎么样了。”说着就去挠他痒。

两人嘻嘻哈哈地闹了一会儿，还顺便过了几招。

闹累了才停下来，白新羽问：“今天训练怎么样？累不累？”

“累。”

白新羽嬉笑道：“我偷懒了一天，真爽。”

“出息，我现在让你运动运动。”俞风城说完就一拳挥向白新羽的肚子，白新羽用膝盖一挡，两人继续闹了起来。

几天后，离开基地一个多月的猎豹大队队长韩卓回来了，他一脸煞气，连带霍乔和老沙都面色凝重，三人进了会议室，大半天没出来。

老兵知道这是有任务要来了，新兵们也都预感到了什么，情绪有些激动。

晚上吃完饭，七中队的人被霍乔和老沙叫到了会议室，霍乔开门见山地说：“我们接到一个任务。”

白新羽抓了抓陈靖的胳膊，心里有一丝紧张，但同时也有些兴奋，终于来了，终于要用真正的子弹打敌人了！

霍乔手撑着桌子，犀利的目光扫过他们：“我们接到情报，有一伙从阿国来的恐怖分子想要翻越雪山入境，人数可能超过百人，这是一次很大的行动。养在边疆的特种兵，最重要的作用就是打击这些想越境作乱的恐怖分子，在这种危急时刻，你们要化身为一面盾牌，牢牢地矗立在祖国边疆，坚决不让那些畜生越国境线半步！”

会议室里鸦雀无声，所有人都表情严肃。

“为了得到这次的情报，猎豹大队有两名外派的特种兵，已经永远无法回来了，他们的牺牲得用对方来换，代价就是那些恐怖分子的项上人头，这次的任务就是把他们消灭！”霍乔满脸杀气，让人望而生畏，他朝俞风城的方向看去，“新加入的七名成员，这是你们第一次实战任务，告诉我，你们准备好没有！”

七人统一大吼：“准、备、好、了！”

“他们人数比我们多，而且受过训练，怎么办？”

“杀！”

“他们有轻武器、有炸药，而且不怕死，怎么办？”

“杀！”

霍乔一拍桌子：“这次我亲自带队，下面做任务分析。”他打开投影仪，各种绝密资料出现在了他们面前。

他们讨论了一整个晚上，制订了初步计划，由于这次越境人数多，将是一次整个中队倾巢出动的大行动，还会有边防兵配合。

白新羽想着几天后自己就要真正上阵杀敌，只觉得气血翻涌，军人的魂被彻底点燃了。正像他在部队一年多来受过的教育说的那样，他的身后是无数祖国同胞的安全和幸福，他为马上就能手刃敌人而感到热血沸腾！

THE GROWTH OF A DANDY.
FIGHT ALONGSIDE YOU.

第二十九章 血战沙场

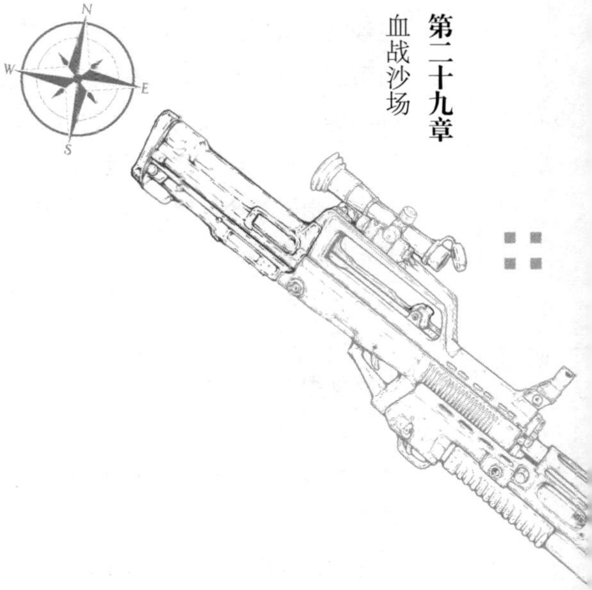

两天后，他们坐上运输直升机，朝雪山飞去。

白新羽在空中看着那片他曾经扎根一年的巍峨雪山，很是感慨，他原来的团就驻扎在雪山的某一处，现在肯定也在不松懈地操练着，冯东元、钱亮、武清，他们还好吗？上一次联系，是他刚刚正式加入猎豹大队的时候，现在已经过去了一个月，他又有点想念他们了……

陈靖的脸贴着窗户，轻声说："三连就在下面吧。"

"应该吧，快入冬了，肯定已经死冷死冷的了。"白新羽感慨道，"真想回去看看。"

老沙道："你们在说第十六团吗？"

"是啊，中队长，你不会也是十六团来的吧？"

老沙笑了笑："当然了，你们知道武清吗？"

白新羽眼睛一亮："知道，他是我班长！"

老沙皱了皱眉："我听说他在炊事班啊，怎么会是你的班长？"

白新羽一怔，暗骂自己嘴贱。本来猎豹大队没几个人知道他曾经待过炊事班，这下好，他自己给说漏嘴了。他尴尬地张了张嘴，不知道怎么圆场。

霍乔大着嘴巴说："他以前就是炊事班出来的啊。"

此言一出，整个机舱里的人都不敢置信地看向白新羽。

俞风城和陈靖低笑不止，燕少榛则托着脸颊，一副颇感兴趣的样子。

白新羽一梗脖子："看什么看，我们三连的炊事班都是奇人。"

老沙摸了摸下巴："还真有可能，武清曾经可不就是猎豹大队的传奇神枪手。"

白新羽得意地说："中队长，我是武班长的徒弟，我的射击技能是他一手教出来的。"

老沙瞪着他："你说这么大声，不怕给你师父丢人啊，就你那两下子，离神枪手差远了。"

白新羽讪讪道："我是未来的神枪手。"

陈靖道："中队长，给我们说说武班长吧，让我们也怀念一下从前。"

老沙清了清嗓子："武清在巅峰的时候，我还是个刚进猎豹大队的新人……"

老沙和几个老兵谈起了武清。一个荡气回肠的传奇狙击手的故事展现在众人面前，白新羽这才知道，他在三连时听说的武清，不过是点皮毛，老沙嘴里的武清还要更牛，而武清受伤退出的原因，也更悲壮。

他们就这么聊着，飞机降落在了一个边防补给站。

这是白新羽第一次来边防兵的地方，他以前只在电视上看过边防兵有多苦，如果不亲自来体验一下，根本无法感受其十分之一。

那个补给站很小，差不多就一个学校的操场大，在白茫一片的雪山里，宿舍和几个库房孤零零地矗立着，显得那么渺小。因为这个补给站利用率不高，只有一个小班——六个人驻扎，外加一条狗，方圆两百公里荒无人烟，补给车每两个星期来一次，那是他们和外界接触的唯一机会。他们的生活枯燥到只有一片小操场和几个仓库，面对的是一成不变的雪山，终年严寒，草木不生。白新羽想起自己曾经抱怨在三连的生活苦，现在看到这些边防战友，只觉得惭愧不已。那不是一天两天的驻守，那是日复一日、年复一年的死守，他无法想象这些二十上下的年轻人是怎么度过这种日子的，一想到还有许许多多像他们这样的边防兵牺牲自己的青春年华，守卫着祖国的疆土，心里除了敬佩，还是敬佩。

他们在补给站里拿到了地方运送上来的装备，见到了他们的雪山向导，六十多人分坐四辆皮卡车，往雪山更深处开去。

山里白天温度是零下十几度，早晚能降到零下二十度以下，他们捂得严严实实，几个新成员心情忐忑。

晚上，他们在雪山某处露营，霍乔、老沙和向导兵在一旁商量着什么，其他人缩在火堆前边做饭边搓手跺脚。

白新羽哈着气："真冷啊，这寒气直往人骨头里钻的。"

"还没到最冷的时候呢。"燕少榛翻了翻火堆，"水开了吧？快把羊肉下了。"

他们煮了一锅羊肉汤，喝一口肉汤，灌一口二锅头，身体很快暖和了起来。

这时，霍乔坐了过来，抄起酒瓶子就灌了两口。

俞风城道："副队，怎么样？"

霍乔道："明天我们就不能坐车了，要步行挺进，那伙人对这里的熟悉程度跟当地人差不多，我们的人也要分成三股，从三个方向围堵他们。"

陈靖抱着膝盖："副队，中队长，你们第一次执行任务的时候，心里想什么？"

霍乔笑道："跟你们一样，又害怕，又期待，害怕自己死，期待能立功。"

陈靖点了点头。

霍乔抬起下巴笑道："怎么了这是？你不会害怕了吧？"

陈靖笑笑："不至于……副队，我有个问题一直想问你。"

霍乔道："我已经写了十六首诗了，攒到二十首我就找部队的出版社出版去，让他们看看什么叫铁汉柔情。"

陈靖无奈道："不是这个。"

"哦，你要问什么？"

"当初你还是我排长的时候，你就怂恿我去猎豹大队，你怎么就知道我适合这里呢？"

霍乔笑了笑："直觉吧，你这样的人，做什么都努力，做什么都较真儿，当特种兵也一定称职。"

陈靖不好意思地说："有时候我自己也不知道自己行不行。"

白新羽在一旁静静地听着，心里有些触动。

陈靖虽然从来不是自负的人，但在他身上，白新羽也从来没有感到过自卑和怯弱，陈靖一直是那个优秀的小班长，刚正无私、竭尽全力，他惊讶，是因为他第一次意识到陈靖心里也会有很多不安，就跟自己一样。

不过不同的是，陈靖心里一直有自己的信念，无论做什么都那么坚定，而他则是一路不停地在寻找自己的信念，现在他终于找到了，他也可以坚定不移了。

霍乔抱着他的肩膀，用头撞了撞他的脑袋："你是我看好的人，你必须行。"

众人围着火堆聊了一会儿，趁着身体还暖和，纷纷回帐篷睡觉去了。

大伙挤在一块儿，可以取暖。

只是大任务在即，其实谁都有些睡不着，帐篷里不断传来翻身的声音。

白新羽转过身，以极低的音量对俞风城说："睡不着。"

俞风城也低声说："必须睡。"

"你眼睛真亮。"白新羽一眨不眨地看着他在黑暗中显得格外明亮的眼睛。

俞风城闭上了眼睛："快睡觉吧。"

不知为什么，白新羽突然想起了心理剥离考核前，燕少榛对他说过的话。燕少榛说，他的眼睛总是跟着俞风城，可他却不知道俞风城的眼睛总是跟着谁。

俞风城那双明亮的眼睛，总是跟着谁呢？

第二天天没亮，他们就整装出发了。

最新接到的线报显示，那伙人为了躲避追查，把队伍分散了，他们也只能把队伍分成了三队。白新羽这一个宿舍的四个人，都跟了霍乔领的队，悄无声息地潜入了雪山深处。

刚刚入冬，雪山上的雪还不够厚，路并不难走，有些地方还有暴露出来的岩石，但温度可是一点不含糊，冷得人牙碜。

在国境交界处，有七个相连的村落，那是个在互联网上连名字都被屏蔽的地区，从雪山越境的各类人群混迹其中，恐怖分子、偷渡的、走私的、贩毒的、盗猎的、偷矿的，几乎都要在那里进行补给或交易，那里没有法律，遵行的是当地上千年流传下来的传统规则，居民的成分非常复杂，是个很尴尬的地带。

越过国境线本身就危险重重，那群恐怖分子不可能背上一卡车的物资翻越雪山，肯定要在这些村落中的某一个偷偷进行补给，而他们的任务，就是找到那伙人并将其格杀。要找那些人并不容易，这里地广人稀，有时候两户人家能隔一公里，而且不通公路和水电，要在这种地方找人，其实跟在雪山打游击差不多，更何况他们只掌握了其中几个人的相貌。

他们走了一天，天上突然下起了雪。

白新羽抬头看着天，感叹道："今年的第一场雪啊。"

霍乔长嘘一口气："哎呀，我又想作诗了。"

陈靖笑道："副队你够了啊。"

霍乔眨眨眼睛："怎么了，我这不叫文武双全吗？"

白新羽想起霍乔那些肉麻兮兮的情诗，不禁笑道："副队，你那些诗都是写给哪个情人的啊？"

霍乔啧了一声："那是一种情怀，并不一定是要写给谁的。"

白新羽嘻嘻笑道："你就直说自己没女朋友不就完了。"

霍乔踹了他屁股一脚："你懂什么，我这不都把时间献给国家了吗，这里谁有女朋友，嗯？拉出去毙了。"

众人大笑起来。

燕少榛笑道："副队，你喜欢什么样儿的？我把我妹妹介绍给你？"

霍乔挤眉弄眼的："你妹妹有照片吗？"

燕少榛指指自己："她跟我长得差不多，够不够有说服力？"

阿四马上凑了过来："小燕子，副队不要给我吧。"

出来执行任务，他们不能互相叫本名，都需要一个外号，陈靖叫小班长，俞风城叫小鱼，白新羽的外号很是莫名其妙，叫白小公主，他是真的不知道，究竟是哪个缺德的把旺旺哥给他取的外号流传到猎豹大队了。

燕少榛嫌弃地推开阿四的脸："我妹妹才看不上你。"

众人又是一阵大笑。

俞风城白了燕少榛一眼："你妹妹长得像你有什么好的，你那面相一看就花心。"

燕少榛瞪起眼睛："哟，你什么时候也信面相了？真要说面相，你那面相绝对是天生刻薄寡情。"

"你从哪儿看出来的？"

"你又从哪儿看出来的？"

眼看两人又要掐起来，霍乔抓起雪团往他们脸上扔去："好了好了，别扯淡了，咱们速度是不是慢下来了？要是比老沙他们晚到，我可削你们啊。"

他们不再玩闹，加快了行进速度。

白新羽走在俞风城身边，开玩笑道："少榛家世也好，他妹妹肯定也漂亮，说不定跟副队挺配的呢。”

俞风城瞥了他一眼：“没看出来。”

白新羽微讪，难道风城真那么讨厌少榛？还是说，他崇拜舅舅，容不得舅舅找他讨厌的人的妹妹，哪怕大家开开玩笑都不行？这也太小心眼儿了……

步行了六十多公里，他们在第二天凌晨四点多到达了村落附近，当地村民主要以放牧、打猎为生，还有一部分专做边境走私和偷渡的掮客，是个相当不让人省心的地方。

他们找了个隐蔽的山沟休息，同时联系上了离他们不远的另外两队，商量作战计划。

俞风城和白新羽在守夜，白新羽见其他人都睡了，靠到俞风城身上撒娇道：“走了一天，累死我了，真想缩被窝里热乎热乎。”

俞风城安慰他：“快了，任务结束就能回去了。”说着递给他一杯热茶。

白新羽用手捂着热乎乎的茶杯：“你心里有没有点儿紧张？第一次真正的任务。”

“没有，我很兴奋，我等这一天好久了。”

“是真正的任务，还是和副队一起执行的任务？”白新羽没来得及阻止，这问题就直接顺嘴出去了，说完后，他屏息等着俞风城回答。

俞风城沉默了一下：“都有。”

白新羽略有些失望。

他们不再说话，安静地靠在一起守夜。白新羽抬头看着繁星密布的夜空，突然就想，这场景好像还有一点……浪漫？

其实他是个挺能玩儿浪漫的人，以前追女明星的花样可是一套一套的，现在连母猪都不容易见着，旁边还是个大老爷们儿，却丝毫不减这片夜空的美。

能够在祖国的边境，用自己的热血去守护这片属于他们的星空，这就是军人的浪漫吧。

黎明前夕，他们派了几个兵乔装成偷渡客，混入村子打探消息，其他人则在附近搜寻敌人的踪迹。

下午，根据搜集来的情报判断，一个三十多人的队伍，凌晨将从村落出发，打算沿着黑水河的一条支流走，他们决定在黑水河堵截那群人。

那些人从村落里买了马，速度比他们快，所以他们必须提前出发。在向导的带领下，他们连夜急行了三十多公里。

沿着支流一边走，霍乔一边骂娘：“怎么连一个能隐蔽的地方都没有？”

这里本就比较贫瘠，黑水河的那条支流两岸都是岩石，冬天草木不生，一眼望过去，几公里一马平川，没有什么地方能供他们隐蔽，这要怎么设埋伏？他们拼死拼活赶到这里岂不是没有意义？

俞风城拿望远镜看了看：“真的没有合适的地方，要是藏在雪山上，等我们下来人早跑了。”

陈靖道：“如果在来路上伏击呢？”

霍乔摇摇头：“他们有马，路上更不好作战。这处是洼谷地带，四面光秃秃的，对他们来说是最有利的地形，因为藏不住人。根据路程判断，中午的时候他们大概能抵达这片地区，一定会在这片区域休息，这里就是最好的伏击地点。”

“那该怎么办？”

霍乔沉思一会儿：“只能藏水里。”

众人一惊。藏水里？现在那河水上都漂着冰碴子，有多冷可想而知，虽然他们有防水服，但防水服防不了多少寒，这温度，在水下待十五分钟人就完蛋了。

陈靖沉声道：“副队，藏水里危险性很大。”

霍乔点点头：“对，可除此之外，没有更好的办法了。我们可以杀他们个措手不及，不然战线再往前延伸几十公里，就不知道是什么情况了，他们有马，我们迟早会跟丢。”

燕少榛一咬牙：“藏水里就藏水里。”

霍乔道：“公主和小班长，你们两个埋伏在山上，最近的狙击位到这里的有效距离大约五百米，以你们的技术，应该没问题。小班长，你的枪声就是我们突击的信号。小燕子，你脚程快，这次就充当斥候了，你沿路返回，追踪上他们，在他们快接近的时候无线电通知我们。”

燕少榛点点头。

霍乔看了看那浮着白冰面的河水：“剩下的人跟我一起潜在水里，大家换防水服吧。”

白新羽咽了咽口水，担忧地看着他们，那超低温的河水不是开玩笑的。

俞风城看了他一眼，安慰道：“没事儿的，又不是没冬泳过。”

白新羽想说冬泳是在活动，这是一动不动的啊，可他没说出来，说出来也没什么意义，从他们套上这身带着猎豹头臂章的衣服开始，什么危险、困难、痛苦，都不再是他们退缩的理由。

燕少榛以极快的速度消失在了来路，其他人套上防水服，原地开始做热身运动，白新羽和陈靖则分散开来，各自寻找狙击位去了。

这时候，老天爷又不开眼地下起了雪，那风雪一吹，天地一片苍茫，狙击难度增加了好几倍，再加上近五百米的距离，这大概是白新羽经历过的最差的狙击环境了，但是他必须成功，他打偏一颗子弹，他的战友就多一分生命危险。

他隐蔽在山上的一块岩石后，调试着瞄具，对准了河边的战友们。瞄具里不断飘着硕大的雪花，非常影响视线。他一边移动，一边校准瞄具，不知不觉地，瞄具对上了俞风城，俞风城被放大了很多倍的脸清晰地出现在他眼前，那长长的沾着白霜的睫毛、挺直的鼻梁和冻得泛青的薄唇一览无遗，白新羽在心里感叹一声，这小子真他奶奶的帅啊。

俞风城的目光正看着一个方向，看得好像挺专注的，白新羽心里一动，又想起了燕少榛的话：俞风城的眼睛总是跟着谁，你观察过吗？他慢慢地顺着俞风城的视线移动瞄具，接着，霍乔的脸映入了他眼帘。

白新羽手一抖，心脏猛颤，在那具有放大功能的瞄具里，每个人的表情和神态都那么清晰……俞风城，在看霍乔。

白新羽呆了几秒，忍不住笑了。自己这是发哪门子神经呢，刚才霍乔在说话，俞风城看着他不是很正常的吗，虽然……那眼神真的很专注，但是这时候他们不可能在瞎聊天，说的肯定是重要的事，专注又有什么不对了。白新羽甩了甩脑袋，不愿意多想，把瞄具移开了。

过了没多久，无线电里传来燕少榛的声音："我发现他们的踪迹了，距离这里不足十分钟。"

霍乔道："好，我们现在下水。小班长，你记住了，在最佳的时机开枪，这是考验你判断力的时候，不容出差错。"

陈靖沉声道："明白。"

众人清理掉他们在岸上遗留的痕迹，然后纷纷走进了河里。

白新羽应该庆幸自己不是那个需要下水的人，即使不去看那些战友的表情，他也知道在这个季节潜入水里是什么滋味儿。

他们潜入水下后，嘴里含着透气的东西，就悄悄分散开了，水面重新恢复了平静，刚才的十几人凭空消失，这是很完美的潜伏。

几分钟后，白新羽在山上看到了一个马队，他祈祷那个马队真的在这里休息，并且休息的地方离他们潜伏的地方不要太远。

马队走进洼谷地带后，真的放慢了速度，最后，三十几人停在了距离潜伏地六十多米的地方，可以想象水下的人正忍着怎样刺骨的寒意悄悄地往前游。

白新羽悄声说："班长，他们下马了。"

陈靖说："我知道，等马走到河边喝水，这样他们出来的时候，能有个东西挡一挡子弹。"

“好。”

又等了三分钟，白新羽按捺不住了：“班长，他们下去已经超过十分钟了。”

陈靖道：“我知道，耐心。”

这一句“耐心”让白新羽冷静了不少，他深吸一口气，暗斥自己还是有些浮躁，应该把关小黑屋时候的感悟拿出来才行，这么一想，他整个人稳多了，专注地盯着那伙人。

陈靖道：“有五个人可能在五秒钟之内拿起枪射击，我们要把他们先干掉。公主，左三和左四，小燕子，右八，剩下两个我来。”

白新羽咽了口口水：“是。”他的心突然提到了嗓子眼儿，脑袋有些嗡嗡作响。

“准备。”

燕少榛突然道：“公主，不要记住那个人的长相，你只要记住，他们是敌人。”

白新羽深吸一口气：“明白。”

陈靖的声音也有一丝颤抖：“一、二、三！”

“砰砰砰”，三声枪响同时响起，惊醒了沉寂的雪山。

白新羽早已经瞄准他的目标，射中轻而易举。

他在陈靖和燕少榛放枪之后，只觉得一阵气血翻涌，大脑轰的一声炸响无数杂乱的声音，整个人说不上来的恐惧，他没有时间犹豫，好像有一股本能驱使着他扣动了扳机，瞄具里那被放大了的陌生敌人的脑袋，在他面前炸裂了。

他的眼睛瞬间红了，他脑子里只有一个想法，他杀人了，真的杀人了！没有想象中的惊恐和慌张，在打爆了一个人的脑袋后，他反而神一般地冷静了下来，迅速移枪瞄准下一个目标。

那个目标已经跳了起来，朝他的方向举起枪，在还没来得及扣动扳机的时候，已经被他一枪打碎了整个左肩！

藏在河里的猎豹们如水鬼般浮出了水面，拽掉枪管上的防水套，大吼着冲了过去，隐藏在马的身后射击，一时间，枪声震天响。

白新羽、陈靖和燕少榛在远处狙击，干掉了好几个敌人。白新羽弹无虚发，打倒了四个敌人后，他只觉得整个人被一种莫名的亢奋所支配，手里的这支枪就是掌握生杀大权的判官笔，那些敌人如同活动靶子，根本逃不过他的子弹，他每干倒一个人，都在降低他的战友们的伤亡概率。

一群人如战车过境，碾压着这些图谋不轨者，三十多人很快就被他们干掉了一多半，有几个离岸比较远的，跳上马就跑，最终还是有四个人逃脱了。

白新羽三人从山上跑了下来，紧张地问：“有人受伤吗？”

一个老兵坐在石头上，捂着流血的胳膊道：“没事，擦伤。”

霍乔道："找找有没有活口。"

他们找了半天，有两个伤势比较轻的人，被他们拽了过来。霍乔用当地语问他们："逃跑的人会去哪儿，知道吗？"

那两个人假装听不懂，叽里呱啦地说着什么，霍乔没什么耐心，拿枪托咣咣照着他们的脸敲了两下，把他们牙都打掉了，这两个人还是嘴硬不说。

霍乔抖了抖身子："太冷了，联系边防站的人来接我们，回去再审。"

他们带着抓获的人，往下游走去，等着和边防站的人会合。一路上，大家都在讨论刚才的一场激战，各个说得眉飞色舞。比起老兵的得意，四个新人都纷纷沉默，大家心里想的都差不多，对于第一次执行任务的兵来说，无论做了多么充足的心理准备，亲手杀人对一个正常人来说，始终在心里是一个坎儿。

走了一个小时，他们和边防兵会合了。

上车后，白新羽缩在角落里，看着自己的手，它们现在还在微微发抖。激战时候的亢奋散去，他发热的大脑也冷静了下来。

道理他都懂，可这件事依然不好消化，他杀的是活生生的人，不是靶子。

霍乔坐了过来，看着他们四个，轻声道："是不是手还抖呢？很正常，这里的每一个老兵，都跟你们一样有第一次，虽然我们现在不愿意谈起，不过很多人的第一次，表现比你们差多了。"

赵哥笑道："这个可没人会承认啊。"

霍乔分别拍了拍他们的脑袋："多执行几次任务你们就习惯了。一会儿到了边防站，你们可以听边防兵给你们讲讲那些畜生是怎么残害咱们老百姓的，边防兵常年跟他们交战，各个恨不得喝他们的血，到时候你们只会后悔自己杀得少了。"

白新羽点点头："副队，我不是觉得愧疚，我只是没适应。"

霍乔笑了笑，漆黑的眼眸一眨不眨地看着他："你真的没适应吗？你可杀了四个啊。"

白新羽一怔，低下了头。

霍乔低声道："我发现我真的在你身上找到一点武清的影子了，天生的狙击手，除了射击天赋外，还有一样别人少有的东西，那就是拿着枪的时候，那种'老子最大'的斗志，你第一次打真的子弹，你感觉到那股'斗志'了吗？"

白新羽愣住了，他回想起自己那短暂的亢奋……

回到边防站，下水的十几人已经冻得路都快走不了了，嘴唇发白，手直哆嗦，他们换了身衣服，围着大厚被烤火炉，半天才缓过劲儿来。

可惜他们没休息多久，吃了顿饭就出发了。边防站的人接到消息，发现了逃跑的四个人的踪迹，那四人很可能是要去跟其他队伍会合的，他们要追上去一网打尽。

他们顺着马匹留下的痕迹追踪了一整天，这群人并没有急着往境内跑，反而又绕回了近国境线的位置，甚至很可能是打算再回到那些村子中。他们猜得差不多，这四个人会钓出更多人来。

第二天下午，他们和老沙的队伍会合了。交换消息得知，那伙人为了躲避追踪，跑进了大山深处，数量可能还不少。

老沙道："最近的村子离我们只有四公里，这批人肯定曾经在这里躲藏，村子里有接应他们的人，我们得进村看看，但这里民风剽悍，我们不能明目张胆地去，入夜之后潜进去吧。"

白天，他们绕到村子附近，把整个村子的地形摸了一遍，剩下的时间用来休息。

霍乔看了看表："抓紧时间睡一觉，我们今天晚上必须找到那伙人。"

白新羽盯着霍乔看了看，越看越觉得……是挺好看的。

霍乔注意到他的眼神，俯视着他："看什么呢？"

白新羽道："看副队长得帅。"

霍乔赞赏地一拍他的大腿，笑道："好眼光。"

俞风城正低头擦枪呢，闻言也抬起头，朝霍乔笑了笑，那笑容真够阳光的，白新羽心里不大是滋味儿。

俞风城在别人面前是稳重威严的虎，在他面前是嚣张野性的狼，到了霍乔面前，最多是个忠实的拉布拉多，白新羽知道狼才是俞风城的真面目，他是不是应该为俞风城从不在他面前掩饰自己而高兴呢？

白新羽假装漫不经心地问俞风城："你小时候是副队把你带大的吗？"

俞风城莫名其妙："他就比我大七岁，怎么带我。"

"我的意思是，你小时候是不是经常跟着他啊，就像我经常跟着我哥那样，我哥也就比我大五六岁，他从小就带我玩儿的。"

俞风城点点头："有一段时间我姥姥身体不好，他在我家住了好几年，因为他跟我妈相差十九岁，我妈几乎把他当儿子带的。"

白新羽高兴地说："那跟我哥差不多嘛，我小姨去世之后，我哥就时不时来我家住，我特别能理解你为什么崇拜副队，我也特崇拜我哥，小时候什么都学他，也希望长大之后能像他那样。"听到这个白新羽释怀了不少，如果比照他对简隋英的感情，俞风城对霍乔这种从小生根发芽、深植心底的憧憬也就不难理解了。

俞风城心不在焉地嗯了一声。

白新羽又道："副队这么多年来一直在部队，也不交女朋友？我哥那么花心的都稳定下来了，他肯定还是没碰上那个人。”

俞风城皱起眉：“你干吗突然打听起我小舅来了，他跟你哥不一样，他的时间都奉献给党和国家了，你哥……”俞风城轻哼一声，没再往下说。

白新羽听这口气，心里有些不爽：“我哥怎么了，我哥还把时间都奉献给家和亲人了呢，大家小家不都是家，你有什么不服气的。”

俞风城闷声道：“我没不服气。”他只是越来越不爽白新羽提到简隋英时那一脸的向往。

“那你……”白新羽学着他的口气轻哼一声，“这是什么意思？”

俞风城瞪着他：“你今天发什么神经啊，是你先跟我提我小舅的。”

白新羽飞快地说：“你小舅不能提吗？”

俞风城眯起眼睛：“你脑子进水了是不是，莫名其妙的。”

白新羽也觉得自己有些莫名其妙，可他心里就是有什么东西堵着，不太舒服，他翻了翻眼皮：“累了，我睡觉去了。”说完闭上眼睛，靠在石头上睡了起来。

俞风城盯着白新羽看了一会儿，眼中情绪有些复杂。

躺了一会儿，白新羽也睡不着，索性起来上厕所去了，回来的时候，看到角落里的燕少榛，忍不住走了过去，踢了他一脚。

燕少榛睁开一只眼睛：“怎么了？”

“跟你聊聊。”

燕少榛坐起身，看了看远处的俞风城，俞风城正休息呢，他笑道：“坐吧。”

白新羽盘腿坐在雪地里，把玩着手里的石头，闷声道：“你上次说的，是什么意思？”

“什么呀？没头没尾的。”燕少榛打了个哈欠。

“就是咱们临去小黑屋考核前，你在宿舍里跟我说的。”白新羽低声道，“你说，俞风城的眼睛，总跟着……”

燕少榛笑了笑，眼中闪过狡黠的光芒：“你发现他的眼睛总跟着谁了吗？”

白新羽反问道：“你发现了？”

燕少榛嗤笑道：“我大学辅修社会心理学，说辅修有点不准确，因为后来闲着无聊我就考了个学位。”

“那是干什么的？”

“干什么的不重要，重要的是，”燕少榛指了指自己的眼睛，“我特别会观察人。”

白新羽悄声道：“那你观察俞风城的时候，发现了什么？”

“你又发现了什么？”

白新羽白了他一眼：“我要是知道还问你。”

燕少榛耸耸肩："你要是真什么都不知道，就不会来问我了。"

白新羽微怒："不跟你说了，神神道道的。"说着就要走。

燕少榛一把抓住他的手，把他拽了回来，在他耳边道："新羽，我们是朋友，所以我想提醒你。"

白新羽皱眉道："什么意思？"

燕少榛笑着说："以后你就明白了。"他的目光飘向了白新羽后方，俞风城正一脸煞气地朝他们走来。

白新羽正回味着那句话呢，突然身体一轻，被人从地上提溜了起来。

他回头一看，俞风城正居高临下地看着他，皮笑肉不笑地说："上个厕所这么半天，用不用我给你治治肾虚？"

白新羽一阵发蒙。

燕少榛笑着说："我们聊天呢，你也一起来聊聊？"

俞风城瞪着他："不用了，他必须休息。"说完把白新羽拽走了。

燕少榛看着两人的背影，露出一个莫名的笑容。

俞风城把他按回雪地里："睡你的觉，你要这么精力充沛就给我擦枪管。"

白新羽推开枪："不要。"

俞风城搂着他的肩膀，低声说："你们刚才说什么呢？"

"瞎聊。"

"瞎聊什么？"

"瞎聊能聊什么，忘了。"

俞风城眯起眼睛："你不会有什么想瞒着我吧。"

白新羽不耐烦地说："我现在生活这么简单，能有什么瞒着你。"他越想燕少榛的话越不舒服，那小子阴阳怪气的什么意思啊？

俞风城偷偷掐了他的腰一把。

白新羽低叫了一下，咬牙道："你干什么！"

俞风城冷哼道："手痒。"

白新羽朝他竖了竖中指。

俞风城低声道："睡你的觉，不准再去找他。"

白新羽看着他那样子，有些好笑："哟哟，吃醋了？"

俞风城轻哼一声，没说话。

白新羽挨着他，闭上了眼睛。自己也没资格说俞风城，他这么疑神疑鬼的，也是心里不爽。

他崇拜着俞风城，在部队这个闭塞的环境里，俞风城就是他心目中的王者，是他奋斗的目标，他觉得俞风城现在也是看得起他的、把他当朋友的，可一想到他和俞风城在彼此心目中的地位是不对等的，他就难以克制那种不甘心，尽管他自己都觉得幼稚。

第三十章 探亲

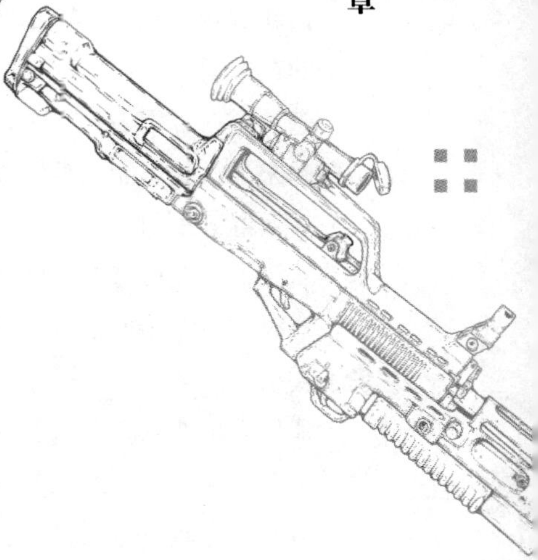

天黑后，他们行动了。村子里住户之间隔得很远，而且太阳下山之后非常冷，一般没人出来活动，他们悄无声息地潜进村子，搜索着那伙恐怖分子留下的痕迹。

找了两个多小时，老沙用无线电通知他们找到了线索，他在一户人家的院子里发现了两头新宰的羊，杂乱的脚印，以及别的一些蛛丝马迹，判断这里最近两天可能有很多客人。

霍乔道："想办法把屋主带出来。"

半小时后，老沙带着一个老头回来了，那老头眼窝深陷，骨瘦如柴，目光充满了畏惧。

一个当地兵负责问话，很快就问出来了，那伙人确实在他家住过两天，给了他一些金子，带走了一些吃的。

霍乔道："问他那伙人去哪儿了。"

"他说他不知道。"

"他撒谎。"霍乔指着他，"你们上过心理分析课吧，看看他的表情和眼神。"

白新羽看了看，这老头没有文化，不太会隐藏自己的情绪，目光闪躲、眉毛轻颤，典型的在撒谎。

老沙道："雪山这么大，没有当地人带路，怎么敢随便进山，那伙人肯定是进山躲起来了，很可能就是他领的路，继续问。"

战友继续逼问，对着一个老头，他们也不好刑讯，最后霍乔把老头上衣扒了，绑在石头上，然后带着人假装要走。

这时零下二十度低温，真要绑在这儿，没多久人就完了，老头害怕了，叫嚷着说了实话。

那伙人果然躲藏在山上，想等他们走了之后再下山。

霍乔要求老头带路，老头无奈，带着他们上了山。

山上的雪越下越大，路也越来越难走，一脚踩进雪里，还得费力拔出来，他们都担心那老头能不能撑得住，结果老头习惯了这样的环境，一点儿也不打怵。

走了一个多小时，他们来到了两峰之间，中间有一条窄路通行，两边是奇形怪状的岩石和山洞，这样复杂的地形，真是太适合游击了，他们立刻起了戒心。

老头到这里就不走了，说那些人就在附近，具体哪里他也不清楚，老头原本和他们说好三天后来接他们，现在不到时候，也不确定人还在不在这儿。

没寻到人的踪迹，霍乔不放他走："我们分两队去山上侦察，如果有紧急情况就放烟花。"

他们顶着风雪，分别往两座山上爬，这里海拔超过了五千米，干燥缺氧，每个人都感觉到了呼吸有些困难。

白新羽大口喘气，一张嘴灌进一嘴风雪，越往上爬风越大，吹得他眼睛都快睁不开了，这里能见度这么低，如果遭遇敌人，真不知道是好是坏。

正想着，前面突然传来一声喊：“卧倒！”

众人想也没想，本能地扑通一声趴在雪地里，紧接着，耳边传来枪响。白新羽连滚几圈，躲到一块石头后面，迅速举起枪，喊道：“什么情况！”

老沙急促地说：“发现敌人踪迹。”

霍乔骂道：“风雪这么大，天这么黑，看得清是敌是友就有鬼了，大家看清楚再开枪！”因为无线电电波不稳定，他的声音带着聒噪的杂音，特别刺耳。

白新羽看了看旁边的俞风城：“你看到人了吗？”

“看到人影，不确定是什么人。”俞风城皱起眉。

他们都在等霍乔的下一步指示。

霍乔快速说：“一小队左翼，二小队右翼，三小队掩护，切记，看清楚再开枪，别误伤自己人。”

“是！”

俞风城和白新羽抱着枪，默念两声，猛地朝左面冲去，漆黑的夜色下，勉强能看到几个人影在岩石后闪动，朝他们比画着枪，三队拼命放枪掩护，他们和二队顶着子弹的压力往前冲，把那伙人逼得连连后退。

霍乔冷笑道：“兄弟们，这次不能再让他们跑了，有几个算几个，杀干净！”

一群人大吼着冲了过去，虽然看上去是横冲直撞，其实每个人都谨慎地边冲边躲闪，吼得厉害点儿只是为了吓唬敌人。

子弹伴着刺骨的寒风从身边呼啸而过，在这个风雪交加、没有星星的夜里，几十人在雪山上上演了一出亡命追击。

敌人被他们逼得节节后退，很快就溃不成军。这些人虽然受过军事训练，但跟正规军是没法比的，跟他们这些千挑万选的精英特种兵更是云泥之别，在山上逃散开后，更方便了猎豹们逐个击破。

霍乔大喊道：“别让他们跑了，你们两个去东面拦截，快！小鱼，带着小班长和公主去北面，别让任何人溜掉。”

“是！”

俞风城一马当先，白新羽和陈靖紧随其后，三人像三条黑夜之狼，在纯白的雪地里快速奔跑，追击着前方落荒而逃的猎物。此时的雪已经快及膝深，在那么深的雪里保持奔跑速度，对体力的要求非常苛刻，他们追了两天，身体已经是超负荷运作，可长期挑战极限锻炼出来的结果是，在关键时刻，他们依然能爆发出惊人的战斗力，咬着猎物不放。

很快，他们离逃跑的五个人越来越近，白新羽一边跑一边举起枪，砰的一声响，却没打中，但把那五人吓得速度又慢了几分。

三人在背后接连开枪，终于击中了一个人，其他四人见一人中枪，更加慌了，也不跑了，就近躲在石头后面，朝他们开枪。

三人迅速找好掩蔽，双方枪来枪往，战况一时胶着。

俞风城低声道："你们两个掩护我，他们枪打得这么小气，肯定快没子弹了。"

白新羽和陈靖做了个 OK 的手势。

俞风城探出身体，砰砰放了两枪，打得对方无法冒头。他猛地冲了出去，白新羽和陈靖朝那些人藏身的岩石射击，掩护着俞风城一路往前冲，很快就距离那些人不到四米了。

俞风城一枪毙了一个，同时拉开了一枚手榴弹的拉环，扔向了另一边，自己则猛地扑倒在地。

手榴弹轰然炸响，整个山峰好像都跟着颤了颤。

最后一个人刚瞄准俞风城，白新羽就一发子弹穿过风雪，猛地穿透了那人的身体。一切归于平静了。

俞风城从地上爬起来，拍了拍身上落的雪。

白新羽和陈靖跑了过来："风城，没事吧？"

俞风城摇摇头。

三人过去检查了一下，只有一个还有口气，但眼看也不行了。

白新羽看着那被他打穿肺叶，在雪地里垂死挣扎的敌人，心里不知道是什么感觉，他只知道自己变了，他觉得自己真的成了一个特种兵。

他们回去会合，只见雪地里躺着一个人，身下的雪变成了红色，队医麦子正在给他包扎。

那是他们中年纪最小的一个新兵，只有十九岁，左腿被流弹打中了，情况不太乐观。霍乔急得满头是汗："我有一个非常艰巨的任务交给你们，就是把他带下山，你们必须以最快的速度联系上边防部队抢救他，谁能完成这个任务？"

一圈人都沉默了几秒，最后老沙道："给我三个人。"

霍乔道："好，你点名。"

老沙点了三个脚程最快的，他把那个兵背到背上："小子，一定坚持住，知道吗？"

小兵有气无力地说："一定……一定坚持住。"

老沙深吸一口气："走！"说完，背着他快速往山下跑去，其他三人紧随其后。

剩下的人则继续清剿躲藏在山里的恐怖分子，一剿就是一整夜，到了第二天天明，老头所说的三十一人已经全部被剿，还抓了四个活的。

战士们一夜没睡，各个疲倦不堪，他们绑着敌人下了山，又在天寒地冻的雪山里步行了半天，终于和边防部队接上头，被拉回了营区。

回到营区，他们才知道那个新兵已经做完手术，腿保住了，只是他的伤要恢复至少得半年，如果恢复情况不好，就不能留在猎豹大队了。这是他第一次执行任务，他成为猎豹大队的一员还不到两个月，可现实就是这么残酷。

一伙人在边防部队的营区里烤火，沉默了很久都没说话。这次任务虽然完成了，但任何有伤亡的成功，都是让人愉快不起来的，尤其是这次有这么多新兵加入，对于新兵来说，第一次总是伴随着很多困惑和阴影的，他们一时之间不容易调整这种心情。

那个受伤的新兵，让白新羽不禁联想到了自己，如果有一天他也重伤，甚至死了……他并不是没有考虑过这些结果，每个加入猎豹大队的人，都是做好了心理准备的，只是，当他在枪林弹雨中顶着压力冲锋时，他第一次感觉到死神离他那么近，他不知道如果自己中了弹，或者俞风城中了弹，他会怎么样。

三天后，他们准备离开了。白新羽看着这苍茫的雪山，还幻想着一会儿能从飞机上看到他从前的营区，可那营区跟漫漫雪山相比太渺小了，他对三连的思念无处寄托。

他们提着行李正打算离开边防宿舍，霍乔走了进来，扫视一圈，无奈地说："你们这几天嘴是被缝上了吗？咱们这趟清剿了一百多人，却一个没死，仅仅是部分受伤，已经是很好的结局了。哎，果然还是新兵啊。"

众人沉默不语。

霍乔倚着门框，轻笑一声："没关系，多几次经验就好了，这不，马上又有任务了。"

白新羽愣愣地看着他。

霍乔嘴角轻扯："这就是猎豹大队的生活，欢迎领略。"

俞风城问道："什么情况？"

"刚刚接到的紧急任务，回乌市的行程取消了。不过也有个好消息，由于下一个任务地点还是在边境，我们这次要去十六团的营区待命，以及等待下次任务需要的特殊装备。"霍乔说完，朝陈靖眨了眨眼睛。

陈靖惊讶道："去……去我们团？"他本就白净的脸更加亮了起来。

白新羽和俞风城也喜出望外，他们已经离开十六团半年，本以为可能再也没机会回去了，这对他们来说，是最好的犒劳！

霍乔得意地说："本来应该去更近一点的边防营，但我看你们挺想家的，就带你们回去看看吧。"

陈靖和白新羽异口同声道："谢谢副队！"

霍乔眨了眨眼睛："感动吧？"

陈靖笑道："感动。"

霍乔拍拍他的脑袋："你们啊，以后在背后骂我的时候记得想点儿我的好啊。"

众人都笑了起来。

陈靖脸微红："副队，我没骂过你。"

霍乔捏了捏陈靖的脸，嬉笑道："嗯，咱们小班长最好了。"

俞风城冲霍乔笑道："副队，谢谢。"

霍乔笑着按按他的肩膀。

白新羽看着两人之间那种默契和亲密，心里越发不是滋味儿。他现在都有些埋怨燕少榛了，如果不是燕少榛说了那句话，他也不至于纠结俞风城看不看自己的舅舅，他真不知道自己到底在瞎想什么了。

他甩了甩脑袋，尽量把自己投入到马上要回十六团"探亲"的喜悦中去。

运输直升机将他们带回了曾经的军营，还在天上的时候，他们就看到停机场上站着好多人，那些人快速集结成队，最后两长一短，站成了一个"三"字，三排三班，那是他们三排三班！

白新羽激动地扒着窗子，抓着陈靖兴奋道："班长，班长，你看！"

陈靖搂着白新羽的肩膀晃了晃，那熟悉的营房、操场、仓库，他看着看着，眼眶就有些发热，他们回来了，真的回来了！

飞机落了地，舱门一打开，白新羽就蹦了出去，大叫道："我回来了——"

停机场上的队伍散了，冯东元和钱亮老远跑了过来，三人狠狠撞到一起，死死抱着对方，大吼大叫着，还有更多人冲过去把陈靖抬了起来，俞风城也受到了热情的欢迎。

白新羽高兴得眼泪都出来了："东元，钱亮，我想死你们了。"想着这半年自己受过的苦，他有一肚子的话想跟两人说。

冯东元哽咽道："我还以为好几年都见不到你了呢。"

钱亮拍着白新羽的脑袋："我们也可想你了，经常猜你现在干吗呢，变得多牛了。"

白新羽紧紧搂着两人，边哭边笑："我现在要多牛有多牛。"

钱亮笑骂道："又不要脸了吧。"

白新羽哈哈大笑："要脸干吗。"

几人被拥簇着去了食堂，许闯早已经备了酒菜，一见霍乔就拉着他热络地聊天去了。

白新羽直奔厨房，一眼就看到了武清高大的背影，他有些激动："武班长！"

武清扭过头，哼道：“你们要回来也不早通知，我这准备得手忙脚乱的。”

白新羽扑上去抱住了他，哈哈笑道：“武班长，你好像又胖了！”

武清也跟着大笑起来。

两人坐在门口抽烟，武清问起了他在猎豹大队的情况，白新羽不再像从前那样上来就抱怨苦累了，避重就轻地描述着自己的新生活。

武清感叹道：“你呀，绝对是我见过的短时间内变化最大的一个人，你刚来炊事班的时候，真是乱七八糟的，连我都不愿意要你，真没想到你有一天能成为特种兵，还比以前成熟了这么多。你在咱们团是个传奇了，从炊事班走出来的特种兵，哈哈哈。”白新羽眨巴着眼睛：“真的吗？我也成传奇了？他们都是怎么说我的？”

武清吐了口烟圈：“连长现在一教育新兵，就拿你当例子，说从前有个谁谁谁，一开始是烂泥扶不上墙，在新兵连的时候连考核都没过，被扔到了炊事班，后来靠自己的努力，一步步走进了西北第一特种部队。”

白新羽哈哈笑道：“这么一说真够励志的啊。”寥寥数语，轻易地概括了他当兵两年发生的种种，只有他自己知道，这些翻天覆地的变化，是他付出了多少血汗换来的。当年，如果有人说白新羽能进猎豹大队，别说别人会嗤之以鼻，就连他自己都能笑掉大牙，当时猎豹大队对他来说还是一个遥不可及的梦，他怎么都不会想到，他会一路跟着俞风城穿上这身作战服。他中途无数次想放弃，最后却都挺过去了，有时候想想，这可不就是命运的安排吗。

武清笑了笑：“这回你回来，连长少不得拉着你现身说法。”

白新羽囧道：“我能躲则躲吧，最烦在一堆人面前说话了。”

武清道：“你们这次来是在等情报吧。”

“嗯，已经接到任务了，但还没具体细化行动。”白新羽避去机密内容，给武清讲了讲他们刚结束的任务。

武清抽了口烟：“你们第一次的任务这么轻松，对你们也未必是件好事。”

白新羽哽了一下：“还轻松？为了追那伙人，我们差点累吐血了。”

“那真吐血了吗？”武清瞥了他一眼。

白新羽悻悻道：“那倒没有。”

“那就是还不够累嘛。我们当年是真有人累吐血的。你们追踪的地带海拔不算很高，而且碰上的一伙人都是杂鱼，没有厉害的，你们一个没死，这趟任务真的算非常轻松了。我觉得新人出任务，还是困难点好，让你们一次就认清现实的残酷。”

白新羽讪笑道：“武班长，每次跟你聊天你都得吓唬吓唬我才行。”

武班长嗤笑道：“我一次都没吓唬过你，说的都是实话。”

白新羽把话题岔开了：“我在猎豹大队听说了好多你的故事，你还记得老沙吗？”

“老沙？哦，是小沙吧，唉，现在都成老沙了。”

两人闲聊起来，不知不觉，天就黑了。

晚饭开始了，白新羽好久没跟这么多人一起吃饭了，回到三连，那种熟悉和亲切让他整个人都轻飘飘的，自在得不得了。

正喝酒呢，俞风城过来了，搂着他的肩膀道：“还喝？差不多了吧？”

白新羽双眼迷离地笑着：“这不高兴嘛，让我放开肚子喝吧。”

俞风城哼道：“喝多了又得我背你。”

燕少榛笑道：“你要是累了就回去休息吧，我会负责把新羽弄回去的。”

俞风城眉毛一挑，皮笑肉不笑地说：“多谢，不用了。”说完把白新羽拉到角落，递给他一杯水，“醒醒酒，看你喝的，都找不着北了。”

白新羽喝了水，反而更兴奋，莫名其妙地哈哈直笑：“风城，我好久没这么高兴了，真的。”在猎豹大队的生活是很压抑很紧张的，回到这里才能真正地放松。

俞风城道：“我也很想这里。”

白新羽看着他：“你想这里？”

“怎么了？我不该想这里吗？”俞风城奇怪道。

白新羽幽幽看着他：“因为你一开始来这里目的就很明确，三连只是你暂时待的地方，你的目标是猎豹大队……”白新羽觉得，俞风城对这里应该是没什么感情的，说白了这里只是他的一块跳板。除了俞风城，其他人都不会预先知道自己只会在这里待一两年吧，有这个前提在，谁还会对一个地方格外付出感情呢。

俞风城道：“猎豹大队是我从小的目标，但我也很喜欢三连。”

“是啊，你从小的目标。”白新羽酒精上脑，醉醺醺地说，“霍乔也是你从小的目标吧。”

俞风城皱眉道：“你喝多了。”

白新羽露出一个勉强的笑容：“是啊，喝多了。”

“走，我送你回宿舍。”俞风城不由分说地搂着他的腰，扶着他往外走去。

这时候大家都喝得差不多了，没人注意到他们。他们离开食堂后，顺着那熟悉的操场往回走，边疆刺骨的寒风一吹，让他们发热的大脑清醒了几分，这条路他们白天操练、晚上散步，曾经走过无数次，聊过无数的天，那段时光回想起来真是十分有趣，毕竟都是他们青春的宝贵回忆。

俞风城也想起了当年在三连的时光，不知不觉，两人就拐到了他们以前常去偷偷喝酒的小林子里，白新羽憨笑着从裤兜里掏出一小瓶白酒：“这地儿……以前咱们可是常客啊。”

俞风城笑了：“你还没喝够。”

白新羽低笑道：“就在这里偷偷摸摸喝酒才最带劲儿呢，我每次都幻想有人拿手电筒照咱们，就像大学的时候保安在小树林里捉奸那样。”

“捉个屁奸，会不会说话。”

白新羽哈哈大笑起来：“至少现在没有人抓得着我们了。”

两人你一口我一口地喝着酒，顿时驱散了冬日的寒意，重游故地，回忆起当初在三连的岁月，真是别有滋味儿，白新羽也敢趁势吹几句牛了。

喝完酒，他们并肩往宿舍走去。

再次经过食堂，正瞧见陈靖和许闯架着醉醺醺的霍乔往外走。

俞风城见状：“喝多了？小舅？”

霍乔甩了甩脑袋，说着听不清的胡话。

陈靖点点头：“不止，好像有点儿发烧。”

俞风城上去摸了摸霍乔的额头，皱眉道：“真的在发热，可能是昨天在水里冻的。”他接过霍乔，把人背到背上，“我带他回去休息，明天再去医务室。”说完背着霍乔头也不回地走了。

白新羽愣在原地，半天没反应过来。他也是喝多了走路直颤悠的，俞风城居然看都没看他就走了，这浑蛋……

陈靖扶住他：“走，我送你回宿舍。”

白新羽只觉一阵天旋地转，一下子扑到了陈靖怀里，闷声道：“班长，你能背我吗？”

陈靖啊了一声：“你走不了吗？”

许闯踢了他一脚：“又耍赖，刚才不是走得好好的。”

白新羽伸出一只手：“剪刀石头布，你输了就背我。”

陈靖哭笑不得：“行。”

两人比了一盘，白新羽输了，他愣愣地看着自己的拳头：“不算，三盘两胜。”

陈靖无奈，又跟他比了两盘，白新羽如愿以偿地赢了，他不客气地跳到了陈靖背上。

许闯回去休息了，陈靖就背着白新羽往宿舍走去。

两人原本一路无话，可喝了酒的白新羽，情绪过于敏感，突然抽泣了起来。

陈靖吓了一跳：“怎么了你？”

白新羽摇摇头，把鼻涕蹭在了陈靖的领子上：“过几天又要走了，我舍不得。”

陈靖道：“天下无不散的宴席。但说不准哪天又能见面呢，像这次，咱们也没想到突然就回来啊。”

白新羽哽咽道：“班长，你，你最好的兄弟是谁？”

陈靖笑道："当然是你们啊。"

白新羽吸着鼻子："那，那要是你最好的兄弟把别人当最好的兄弟呢？"

陈靖扑哧一笑："你跟风城吵架了？"

白新羽刚要张嘴，突然一愣，整个人顿时酒醒了一半。

陈靖见他不说话，就道："你们啊，怎么跟小学生似的，今天我不跟你好了，明天我又跟你好了。"

白新羽呜咽道："哪有你说得那么幼稚，别埋汰人。"

"哦，你也知道你们幼稚啊，二十来岁的人了。"

白新羽搂紧了陈靖的脖子："反正我们没吵架。"

"那你们怎么了？"

白新羽没法开口，确实很幼稚，可他就是心里难受，即便他现在已经是一名特种兵了，可他还是很难摆脱过去二十年的窝囊印记，能跟俞风城这样的人做朋友，是一件让他特别自豪的事，但他心中总忍不住怀疑，俞风城会不会时不时地，还是有些看不起他，谁都喜欢亲近强者，而俞风城心中的强者是霍乔，永远不可能是他。他努力地追赶俞风城，是不是毫无意义？是不是太自取其辱？

他怎么都不理解自己这种矫情的念头是怎么兴起的，为什么他的身体越变越强壮，心却越变越狭隘了？

陈靖道："不管怎么了，要好好沟通，什么事情都怕误会的。"

白新羽嘟囔道："知道了。"

陈靖扑哧一笑："道理谁不懂啊。"

白新羽叹了口气，把脑袋搭在陈靖肩膀上，软软地说："班长，你真好，以后一定能娶个特别好的老婆。"

陈靖笑道："嗯，借你吉言。"

由于三班已经没有他们的床位了，他们暂时被分配到炊事班宿舍。

一进宿舍，就见俞风城在照顾霍乔，给他换衣服、喂药、擦汗，忙得就抬头看了他们一眼，说了句"回来了"。

白新羽躺在旁边的床上，用眼角余光偷瞄俞风城和霍乔。

都说世事无常，他自进部队以来的经历，也太过离奇，竟然成了特种兵，简直颠覆了他过去二十多年的人生，所以其实他没有真正适应这些巨变，有些古怪的想法，也是正常吧，他这样安慰自己。有时候迷迷糊糊间，他怀疑自己是不是做了一场梦，也许一醒过来，他还是在某个酒店，一转身，身边躺着个不知名的女人，那似乎才是他正常的生活，而不是一转身，因为俞风城在照顾自己发烧的舅舅而感到有些吃味。

第二天一早，他们跟着三连出操去了。当初让白新羽痛不欲生的早起五公里，现在他跑下来跟散步一样轻松，许闯果然拿他来教育了一番新兵，弄得他浑身不自在。

下午，霍乔召集开会，他烧还没退，脸红扑扑的，哑着嗓子说："我跟你们说说这次的任务。"他拿着一个易拉罐一样的东西，"知道这是什么吗？"

陈靖接了过来，沉甸甸的，他道："铝热剂炸弹？"

霍乔道："继续。"

"铝热剂炸弹燃烧能产生高达三千摄氏度的高温，这么一小罐足够把方圆三百米内的所有东西瞬间汽化，通常用来销毁病毒、细菌、放射物、易燃物等需要即刻摧毁的东西。"

霍乔点点头："没错，我们这两天在等的其中一样东西，就是它。"

"这次的任务会用到？"

"对，昨天在飞机上我接到情报，一伙恐怖分子携带了最新型的畜牧病毒，准备几天后入境。现在还不确定入境地点和路线，可以确定的是他们分成了两队人马，每队十二至十五人，一旦让他们得手，将会有大批牲畜被感染，会对牧民造成非常严重的经济损失。由于不确定病毒类型，上面要求我们如果不能控制病毒，就原地销毁。"

一个外号叫金雕的当地士兵咬牙切齿地说："这群畜生又想干这种事！"

众人纷纷看向他。

金雕眼睛通红："我老家就是以畜牧为生的，几年前就有人故意放牲口的病毒，好几个村子养的牛羊全死了，牲口就是一户人家全部的生计。当时好几个人就为这个自杀了。虽然后来政府补贴了钱，可也无法弥补我们的损失，好多年轻人上学耽误了，治病耽误了，我七岁的妹妹就是因为没钱治病……"这个平素刚毅悍勇的军人，眼泪都下来了。

一屋子人都沉默了，他们只在电视上看到过禽流感、口蹄疫之类的畜牧瘟疫，但不是亲身经历，无法体会那些养殖、放牧的人如何承担那样巨大的损失。这种针对普通百姓的攻击，是最卑劣无耻的，但却恰恰是最能达到险恶目的的。

霍乔咳嗽两声道："所以我们要不惜一切代价阻止这伙人，一接到情报，我们就要马上出发。大家要做好准备，因为这次的敌人比我们前一个任务碰到的敌人要专业得多，很可能是雇佣兵，武器也更加先进，但无论是什么人，只要是敢在咱们国境线内作乱的，一定要杀个片甲不留！"

“东元，哎呀，你怎么又给我洗衣服……”白新羽跑到水房一看，果然见冯东元在那儿搓他的衣服呢，连他的陆战靴都给刷得干干净净的。

冯东元头也没回：“没事儿，我今天正好闲着。”

“我现在洗衣服比你还快，不用你干这些。”白新羽说着就要去抢洗衣盆。

冯东元拿胳膊一挡，温柔地笑笑：“你又待不了几天，以后你想让我给你洗都洗不着呢。”

白新羽扑哧一笑：“你这话说得怎么跟嫁闺女似的。”

冯东元笑骂道：“去你的。”

白新羽撸起袖子，跟他一起洗了起来：“我衣服怎么这么脏？”

“你问我？”

“哎，你不知道在雪山那几天……”

两人边洗边闲聊起来，白新羽感觉自己又回到了一年前，那时候他怎么会抱怨在三连累呢，这分明是轻松自在得不得了啊。

门口突然闪进来一个人：“你在这里啊。”

两人回头，进来的人白新羽有印象，就是刚入伍不洗内裤和袜子，冯东元特别照顾的那个新兵，这小子本来就长得贼帅，半年没见，好像更挺拔了。

冯东元道：“找我有事？”

那人走过来，看了白新羽一眼，又看了看水盆里的衣服，眉毛立刻皱了起来，看白新羽的眼神就不太友善：“没事不能找你吗？”

冯东元笑道：“我们聊天呢，你洗衣服吗？”

“不洗。”

白新羽挑挑眉：“你们一个班？”

冯东元道：“没有，他在二班。”

他们也没在意，继续聊，那小子就在旁边站着，既不洗衣服，也不说话，就盯着冯东元的手发呆，弄得白新羽越来越不自在，洗完衣服就回宿舍了。

霍乔病还没好，正靠坐在床上一边打点滴，一边跟老沙研究任务资料。白新羽一进宿舍，就听俞风城说：“你当兵这么多年，应该比我懂吧，发着烧能上雪山吗？不是找死吗？”

霍乔不在意地摆摆手：“我到时候肯定退烧了。”

老沙也说：“等烧退了再说。”

霍乔瞪起眼睛：“这伙人会等我退烧吗？”

老沙也瞪着他：“你烧不退就我带队，还有什么好说的，难道你真想去送死？”

霍乔撇撇嘴：“肯定能退的。”

“就算退了短时间内也有复发的可能，小舅，这趟你别去了，太危险。”俞风城把他手里的资料压了下来，认真地看着他。

霍乔叹了口气，低声道：“你知道我们这次面对的是什么人吗？上面已经确定是雇佣兵，这些雇佣兵是在M国受训的，除了我，队伍里没有人跟他们训练出来的兵交过手。老沙，不是我不信任你，你没有这方面的经验就是没有，而且我也不能让你承担这次的战损比。你听说过特种大队的副队长因为感冒不出任务的吗？”

老沙粗声道：“那得分什么情况，发着烧上雪山，你还下得来吗。”

霍乔拍拍他的肩膀：“我都说了，到时候肯定退了。”

“你……”

俞风城看着霍乔，眼中满是担忧。

白新羽在一旁听得也挺忧心的，如果霍乔不带队，他们的损失肯定会加重，但如果霍乔的感冒不好，也是坚决不能上山的，这次的任务还没出发，已经是危机重重了。

其他人还想劝，霍乔挥手制止了：“行了行了别说了，我心里有数。”

俞风城烦躁地扒了扒头发，起身走了，白新羽连忙跟了上去。

“风城。”

俞风城走到凉亭处，一屁股坐了下来，深深叹了口气。

白新羽道：“当兵的哪个没有倔脾气，劝是劝不动的。”

俞风城握紧拳头：“如果到时候他还没好，我死都不会让他上山。”

白新羽拍拍他的肩膀：“放心，大家会一起阻止他的。”

俞风城点点头。

白新羽假装漫不经心地说：“你跟副队感情真好啊，你们是一起长大的吧。”

“他在我家住了三年，很多东西都是他教我的，怎么学习，怎么打架，如何做人、做事。”俞风城的目光飘向远方，“我大部分的观念和想法在很小的时候就被我小舅塑造出来了。”

“所以你就一直以他为目标。”

俞风城耸耸肩：“不止我，家里的小孩儿都被教育着要以他为榜样，但我跟他是最亲的。”

白新羽心想，他要怎么跟一个人的“人生导师”竞争地位啊，再说这究竟有什么好竞争的，他笑道：“那跟我哥差不多嘛。”

俞风城皱起眉，他本就心情烦躁，听到白新羽又用这种口气提起那个“万能表哥”，心里更不痛快，他毫不客气地说：“别总拿我小舅和你哥比。”

:: THE GROWTH OF A DANDY.
FIGHT ALONGSIDE YOU.

第三十一章 不死不归

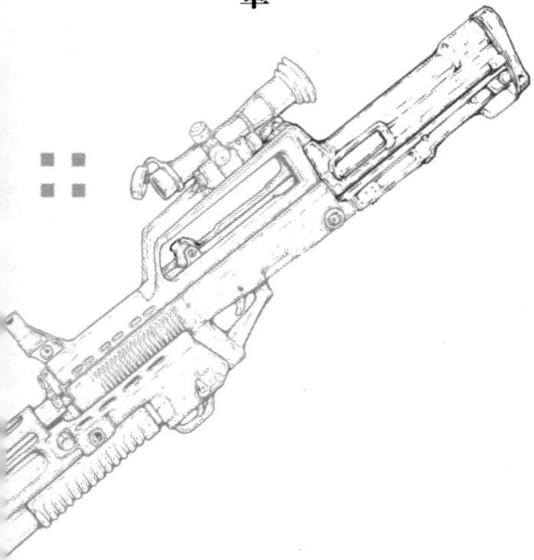

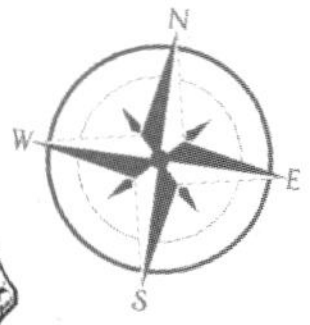

白新羽瞪起眼睛：“你什么意思啊。”

俞风城冷哼一声：“我小舅是保家卫国的军人，为了守卫这片疆土，不知道流过多少血汗，你哥？不过是个市侩的商人，有什么可比的？”

白新羽瞬间怒了：“你会不会说话！对，我哥在这方面比不上副队，可他也是我从小崇拜的人，他又精明又厉害，一大家子的生计都是他在扛着，在你眼里副队是你的目标，可在我眼里我哥也是谁都比不了的。”

那句“谁都比不了”简直点燃火药桶了，俞风城额上青筋突突直跳，他冷笑道：“你把简隋英当目标，结果你成他了吗？你除了学了一身游手好闲的本领，还学什么了？如果你不来部队，你一辈子也就是那副烂泥扶不上墙的样子，是部队改造了你，不是你那个哥！你看看自己，再看看我，你还觉得你哥能跟我小舅相提并论吗？”

白新羽感觉俞风城的话夹着刀子，深深地把他刺伤了。他没想到俞风城会这么不给他面子，攻击他哥。更让他难过的是，同样是把人当偶像，俞风城成长得那么完美，他却像棵营养不良的歪脖子柳，这么一比，简直就像他把他哥的分数拉低了，对于俞风城说的话，他竟然没法反驳。正如他担心的那样，就算他现在改变了，也没法抹杀以前那个自己的存在，在俞风城内心深处，还是有些瞧不起他。瞧不起他哥，更让他无法忍受。他紧紧握着拳头，眼圈都红了，腹腔翻滚着一股怒火，好像马上就要爆炸了。

俞风城看他伤心愤怒的样子，立刻后悔了，拉住他的手：“好了，别吵这个了，我……”

白新羽狠狠甩开他的手，口不择言地讽刺道：“至少我哥没把我教育成自私又自大的浑蛋，也没教我为了通过考核可以放弃队友，你成天小舅这小舅那的，这就是他教你的？”

俞风城的表情好像要吃人，他猛地站了起来，一把把白新羽按到了树上，眼中闪动着熊熊怒火，整个人好像暴躁的野兽，随时可能把人吞进肚子里，他寒声道：“你胡说八道什么？！”

白新羽也不甘示弱地吼道：“你又胡说八道什么？你不配说我哥！”这些天来压抑着的猜忌和妒意瞬间爆发了，他脑子嗡嗡直响，肚子里的话不假思索地脱口而出，“你跟你舅舅一个德行！”

俞风城眼里一片血红，一拳击在白新羽腹部，白新羽只觉一阵剧痛，好像五脏六腑都移位了，他大吼一声，一把抱住俞风城的腰，将他扑倒在地，铁锤般的拳头狠狠砸向俞风城的脸，俞风城用手一挡，小臂震得发麻。白新羽另一拳也过来了，正打在俞风城的脸侧，他脑袋顿时就有些发蒙，他飞起一脚把白新羽踹了下去，然后爬起身，又给了白新羽一脚，白新羽从地上跳起来，再朝他狠扑了过去。

两人都在盛怒之中，完全打红了眼，毕竟是最严酷的特种部队里训练出来的，格斗技能都是一等一的精湛，但白新羽还是逊了俞风城一筹，等人过来劝架的时候，白新羽已经挨了几拳几脚，俞风城也没好到哪儿去，半边脸都肿了起来。两人在平时训练时没少过过招，但这是第一次动真格的。

“兔崽子，敢在我眼皮子底下干架！”许闯第一个冲了上来，一脚把俞风城踹翻在地，然后抱住了白新羽的腰，和陈靖合力把发疯一样的白新羽按在了地上。

老沙几个人把俞风城也给拽开了，其间也挨了不少冤枉拳。

一群人扯了半天，终于把两人拉开了，他们隔着好几米远怒瞪着对方。

白新羽大骂道：“俞风城我跟你没完！”他一张嘴，腮帮子疼得他眼泪都飙出来了。

陈靖啪啪扇了他两耳光，厉声道：“闭嘴！”

霍乔也赶了过来，一脸阴鸷地看着两人，气得咬牙切齿：“你们俩嫌不嫌丢人，啊？叫人看到猎豹大队就这素质？”

许闯寒着脸：“关禁闭去。今天的事谁都不许往外说，赶紧散了。”

俞风城已经冷静下来了，他深深看了白新羽一眼，眼神黯淡不已。

白新羽眼圈酸涩，嘴唇颤抖，被陈靖硬拖着走了。走了没多远，他就一把抱住陈靖，委屈地哭了起来。

陈靖还在气头上，被他这么一哭，也无奈了：“你可真不让人省心啊你。”

白新羽呜咽着说：“班长呜呜呜……”

陈靖抚了抚他的背：“够了啊你。”

许闯狠狠拍了下他脑袋：“浑蛋玩意儿，脸都被你丢尽了。”

白新羽哭哭啼啼地被扔进了禁闭室，当门关上的一瞬间，心理剥离考核时的恐怖记忆顿时袭上心头，他立刻顾不上哭了，大叫道：“连长，班长，要关我几天啊？”

许闯没好气地说：“这辈子别出来了。”

陈靖小声说：“三天吧。”完全是询问的语气。

许闯怒道：“别求我，滚犊子。”

“连长……”

声音渐渐远去了，四周只剩下黑暗和死静。

白新羽靠坐在墙角，一摸脸，眼泪鼻涕一把，他心脏骤疼，却哭不出来了，现在四下无人，他哭给谁看啊，又没人心疼。他拿脑袋咣咣撞着墙，回想着刚才发生的一切，不敢相信自己会那么冲动，他究竟是因为俞风城说他哥，还是因为嫉妒霍乔，已经说不清了，应该都有吧。他一肚子怨念憋得太久了，只是没机会说，也不敢说，今天的事，正好给了他一个发泄口，他就彻底爆发了。

刚才他打了俞风城几拳？三五拳吧，还踢了好几脚，真后悔没多揍几下，俞风城也没怎么留情呢，浑蛋玩意儿……

白新羽慢慢躺倒在地上，被揍过的地方疼得他脑门子突突直跳，其实这跟他受过的那些训练相比根本算不了什么，可因为是俞风城揍的，所以真是格外疼……他吸了吸鼻子，四周的黑暗和孤寂让他有种要窒息的错觉，他不禁想起那次的考核，他到底是靠着什么撑到最后的？俞风城肯定是其中一个原因吧，现在想想，值得吗？在俞风城眼里，他就是个普通战友而已，他一直拿热脸去贴人家冷屁股，真是够丢人的。

白新羽抱着脑袋，用力大吼了几声，他感觉自己要爆炸了，等从这里出去了，他一定要找俞风城问个清楚，他这性格原本也不是能藏得住话的人，索性说开了干净利落！

有了上次的经验，白新羽在小黑屋里显得淡定多了。

三天不到，禁闭室的门打开了，一道光射了进来，他用手挡住了眼睛。

陈靖靠在门口："我们马上就要出发了，出来吧。"

白新羽跟着陈靖走了出去，眼睛一时还无法适应光线，只能半眯着，他抓着陈靖的袖子轻轻摇了摇，小声说："班长，你别生我气了。"

陈靖道："这件事不该我生气，我早已经不是你班长了。"

"你永远都是我班长。"

陈靖叹了口气："新羽，你和风城无论怎么小孩子脾气，私下吵吵闹闹算了，绝对不该、不能，也不应当发生直接冲突。往小了说，这只是闹点别扭；往大了说，你们是要一同上战场的战友，任何不安定因素在战场上都是要命的，那可是出生入死的地方，你们这么一闹，其他战友能安心吗？"

白新羽低声道："班长，我错了。"

"你跟我认错没有用，这次的事可大可小，就看副队怎么评判了。"

白新羽点点头，想起霍乔，心里一阵难受。他对霍乔本人是没有任何不敬的，也跟猎豹大队的大部分人一样对他很佩服，可他不知道自己还能不能坦然面对霍乔了。都是俞风城这个傻子的错。

回到宿舍，大家都在收拾东西，俞风城一抬头，两人打了个照面，均是微微一愣，然后都别开了脸。

白新羽看着俞风城肿起来的脸，就能想象自己的脸是什么德行了，他也懒得照镜子，匆匆收拾了行李。

霍乔背上装备往外走，路过他身边时说："这次任务结束了，我跟你好好谈谈。"

白新羽闷闷地嗯了一声。不知道霍乔是怎么看他们的，霍乔又是他们的领导，又是俞风城的长辈……这都是什么乱七八糟的事儿啊，烦死了。

白新羽去跟武清、冯东元和钱亮告了别，这次几人都平静多了，没像半年前那么伤感，但他们眼中的担忧却更甚了。

冯东元不厌其烦地叮嘱着："新羽，你一定要小心，一定要小心。"

白新羽拍拍他的肩膀笑道："放心吧，我自己的命我能不小心吗。"

武清表情严肃地说："这次的任务听上去很困难，没用的话我就不说了，祝你平安。"

白新羽用力点点头："武班长，我一定不辜负你的栽培。"

武清笑了笑："去吧。"

白新羽依依不舍地看了他们一眼，扭身上了直升机。

落座后，白新羽偷偷看了看俞风城，两人平时总坐在一起，现在却几乎隔得最远，他在心底叹了口气。经过两天黑暗里的思考，他冷静了很多，还是找机会把话说清楚吧，他不想这么不明不白的，心悬在嗓子眼儿的滋味儿一点都不好受，如果只有他一个人这么难受，那更是不值得，他不想把时间浪费在纠结俞风城究竟拿不拿他当兄弟这件事上，太蠢了。

燕少榛坐了过来，递给他半颗橘子。

白新羽接过来，直接扔进了嘴里，结果他太高估自己的食道，那半颗橘子把他呛着了，他顿时咳得脸通红。燕少榛无奈地笑笑，给白新羽拍着背，白新羽扒着他的胳膊，指着他："你……咳咳……你想谋杀啊……"

"用橘子谋杀？真有创意。"燕少榛递给他水，"来，顺一顺。"

俞风城在机舱对角线的位置坐着，听到声音，身体和脑袋都没动，单单是眼睛斜了过来，冷冷地盯着他们。

燕少榛朝俞风城微微一笑，继续给白新羽顺着背，俞风城眯起眼睛，拳头握得咯咯响。

白新羽喝了几口水，才缓了过来："你从哪儿来的橘子？"

"一个炊事班的老乡给的。"燕少榛笑笑，"你不是嫌自己晒黑了吗，吃这个美白。"

白新羽嗤笑道："那我要吃下一个雪山的橘子才能白回去。"

"不用白回去也挺好的。"

白新羽总觉得那笑容有点儿不太对，但他也没多想："你是不是想来打听我为什么和俞风城打架？别问，我不会说的。"

燕少榛失笑："你觉得我会猜不到吗？"

白新羽斜睨着燕少榛，突然想起来就是这小子跟他嚼舌根，自己才会疑神疑鬼的，如果不是燕少榛告诉他那件事，就他这脑子可能一辈子也不会瞎想，不过，他也该感谢燕少榛，否则他还要蠢到什么时候啊。他轻咳一声：“哦，也是。”

燕少榛凑近他，轻声道：“不过我确实没猜到你们会打起来。”

白新羽皱起眉：“你这口气听着怎么这么幸灾乐祸呢。”

燕少榛眨巴着眼睛：“有吗？”

白新羽烦躁地搓着手：“别跟我提这个了，烦。”

燕少榛拍拍他的肩膀：“想倾诉的时候可以找我，随时恭候。”

白新羽敷衍道：“嗯。”

“不过说真的，我觉得你们俩好不了多久。”

白新羽挑眉：“你从哪儿看出来的？”

两人坐在机翼的位置，噪音特别大，几乎要贴着脸说话，旁人看来尤为亲密。俞风城如坐针毡，几次想过去，却又生生忍住，表情越来越难看。

燕少榛神秘一笑：“你在他心目中，永远比不上副队，你受得了？”

白新羽脸色微变，紧抿着唇线，心里相当不舒服。燕少榛说得没错，他的能力比不过霍乔，地位也拼不过霍乔，这不是受不受得了的问题，而是……他为什么要跟一个人的舅舅比啊！他甚至不知道有一天离开了猎豹大队，两人关系会怎样？他不甘心啊，他这辈子第一次碰到一个真正的朋友，再不济，他们还是可以过命的战友呢。

白新羽抱住了脑袋，心乱如麻。

飞机降落在了一个边防基地，他们一下飞机，一阵风雪袭来，吹得人脸颊生痛。寒冬彻底降临了，这时候的雪山，俨然化身成了吃人的魔鬼。

他们到了基地，正赶上吃午饭。

白新羽早上吃多了，不太饿，扒了两口就上厕所去了。从厕所一出来，俞风城就靠在门外的墙边，明显是在等他。他愣了愣，压抑着紧张，双手环胸看着俞风城，不想输了气势：“找我？”

俞风城脸色阴沉，直勾勾地盯着他：“我们聊聊吧。”

白新羽扬着下巴：“先给我哥道歉。”

俞风城微眯起眼睛。

白新羽冷哼道：“你不道歉就别聊了。”

俞风城叹了口气：“我不该那么说你哥，这件事是我错了，对不起。”

白新羽脸色稍缓：“从今往后我再也不会拿我哥跟副队比了。其实我没想比，我就随口提提家人，就像我跟朋友说我妈长得漂亮一样，我朋友也不会反驳说我妈跟他妈没法比。”

俞风城沉声道："我只是讨厌你成天把你哥挂在嘴边。"

"我把他挂嘴边怎么了，他是我哥。"

俞风城剑眉微蹙："就是讨厌。"

"那你成天把你小舅挂嘴边，我说过一句讨厌吗？"

俞风城抿了抿唇："那不一样。"

"怎么不一样？"白新羽瞪起眼睛，"就因为你比我厉害，你的感情都比我高贵了？"

俞风城高声道："你还胡说八道！"

白新羽狠狠一脚踹在墙上："我是不是胡说八道你心里清楚！"

俞风城深吸一口气："我不是来吵架的。"

白新羽轻哼了一声，低下头，沉默着。

俞风城脸上的肌肉有些扭曲，他咬牙道："我已经道歉了，能不能翻篇了？"

"不能。"白新羽失笑，"本来就是你先说我哥的，你道歉是应该的，怎么还一副我应该感恩戴德的口气？"

俞风城有些恼怒，又不好发作，那漆黑的眼眸一眨不眨地看着白新羽，眼中情绪相当复杂。

白新羽眼眶发热，哑声道："我也说了副队，我也可以道歉，但我现在要问你一个问题。"他深吸一口气，"你以副队为榜样，立志要进猎豹大队，假如当初，大熊的位置趴的是我，假如你必须牺牲我才能合格，你是不是……也会毫不犹豫地……"俞风城张了张嘴，喉咙好像被什么东西卡住了，怎么都发不出声音来。

白新羽那一瞬间心都冷透了，俞风城不说话，是默认了吗？他只觉双腿发软，心里难受得不知所措。

"这种问题没有意义……"

白新羽吼道："就一句真话，是，还是不是，就这一两个字。"他也知道没有意义，既然没有意义，俞风城骗骗他不就得了？问出这种傻子问题，已经够他难堪了，俞风城这么聪明的人，难道不知道他只是需要发泄一下情绪，他只是需要被哄一哄吗？为什么就不能骗骗他，弄得他这么下不来台，弄得他这么……难过。

俞风城砰地一记重拳捶在墙上，低声道："我不知道。"

白新羽眼圈通红："俞风城！"

俞风城胸口闷得几乎无法呼吸，他明明可以撒谎，他了解白新羽的脾气，单纯又容易讨好，他只要开开玩笑，说两句软话，这事儿就过去了，可他做不到，越是对着白新羽干净又哀伤的眼睛，他就越是说不出轻飘飘的谎言。

白新羽吸了吸鼻子，快步走了。他嘴里尝到了点儿眼泪的咸味儿，他咬着牙，恨不得嚼的是俞风城的肉，俞风城你去死吧！

俞风城看着白新羽的背影，拳头握得死紧，指甲几乎陷进肉里。

吃完饭，他们坐车往边境进发了。霍乔的感冒好了，但还有些咳嗽，不过也没人阻止得了他。

他们分坐了三辆越野车，白新羽随便上了一辆，上车后才发现俞风城就坐在里面，正阴沉地看着他。下车显得太矫情，他大大咧咧地坐下了，和陈靖、燕少榛聊了一会儿，全车人开始补眠。

根据几个小时前军用卫星定位获取的热感图像，那伙雇佣兵已经越境了，按照他们的路线计划，他们会比那伙人提前六个小时到达一个埋伏点，在那里将雇佣兵一网打尽，他们预留了如此充分的时间以备紧急情况，却没想到老天爷跟他们开了个大玩笑。

白新羽正迷糊着，突然感觉车停了下来，就听开车的人大骂了一声。全车人都醒了，往外看去，他们前进的路完全被雪堵住了。

他们下了车，冷汗也跟着下来了。这里显然刚经历过一场小型雪崩，两山中间的路被完全埋了，这是进山的唯一一条路，但车到这里算是彻底废了。

老沙气得大声骂娘："这里荒无人烟，怎么会突然雪崩的！"

霍乔沉声道："这几天雪几乎没停，雪层不承重了。"

"弃车吧。"老沙叹了口气，"如果速度快，我们依然能赶在他们前面。"

霍乔叫道："阿四，再校对一遍卫星图。"

阿四抱着定位仪器工作起来，半晌道："副队，山里信号断断续续的，现在连不上。"

霍乔果断道："全体弃车，尽量减轻负重。"

众人筛选了一遍装备，他们都知道，这会是一次长途奔袭，他们要预先赶到埋伏地点，必须铆足了劲儿地跑，这些天风雪不断，直升机根本无法飞，现在车也废了，关键时刻，还得靠两条腿。

阿四突然叫道："有信号了！他们的路线跟我们之前分析的出入不大。"

"很好，每隔半小时定位一次他们。"

二十人整装出发。

这时候风雪减弱，但连续几天的恶劣天气，已经让积雪逼近人的膝盖，每走一步要比在平地上多花费不少力气，而且整个雪山没有任何参照物，到处是雾蒙蒙白茫茫的一片，只要一个不小心，就会迷失方向。

阿四每隔半小时就定位一次，但山里信号时有时无，两个小时后，雇佣兵突然改变了路线，虽然没有偏离方向，但彻底拉长了他们之间的距离。

霍乔大叫道："大家提高速度！"

经过两个多小时不间断的奔袭，不少人已经感到疲倦，越来越大的寒风、厚厚的积雪、严酷的低温，无一不折磨着这些年轻的战士，最让人压抑的是，这苍茫的路仿佛没有尽头，除了雪山还是雪山，天和地好像融为了一体。

白新羽不禁想，如果他们死在这里，恐怕一辈子都不会有人发现吧。

他们不断地校准路线，不断地向前，四五个小时后，很多人的体力都开始跟不上了，为了抢时间，他们中途只休息过两次，加起来不到二十分钟，每个人身上都覆着一层白雪，从远处看几乎和雪山融为一体。

白新羽感觉自己的身体快要不是自己的了，在过去的训练中，他有过好几次这样的体验，对"累"，他分为四个阶段：第一阶段，比较疲倦，但还充满信心；第二阶段，很累，但能靠意志力坚持；第三阶段，累得翻白眼，但死咬着一口气，还能继续往前走；第四阶段，每多走一步都好像会死。他现在处于第三阶段，根据他的经验，离第四阶段已经不远了。可是他绝对不能进入第四阶段，因为这既不是选拔，也不是训练，这是真正的任务，他们在追击一伙携带畜牧病毒的雇佣兵，如果失败，将会有成千上万的百姓蒙受巨大损失，而且，如果他在这里走不动了，猎豹大队不会为了他一个人放弃任务，他会被留在这荒无人烟的雪山，那么他的下场只有一个"死"字。

猎豹大队里的每个人都明白这个道理，所以他们不敢停、不能停。

又一次定位的结果，显示那伙人已经完全偏离了他们预估的路线，目前距离他们尚有七十多公里的路程。

白新羽跑着跑着，感觉喉咙越来越痒，他用力咳嗽了一下，一口痰涌了出来，他吐在了雪地上，却发现是红色的。他心里一惊，身体有些发抖，海拔五千米的雪山，零下三十度的低温，长达五个多小时的夺命奔袭，他知道自己正在挑战极限，那口血，不是他肺里出来的，就是喉咙黏膜被冻伤了，他希望是后者，因为前者会要他命，后者……最多哑巴了。

俞风城一把抓住他的胳膊："你怎么了？"

白新羽推开他："牙龈出血。"

"放屁。"俞风城揪着他的领子，顶着风雪大喊，"到底怎么了？"

白新羽吼道："死不了！"他吼得太用力，喉咙顿时刀割一般地疼，完了，他是不是真的要哑巴了！

霍乔跑了过来，一眼看到地上那口血痰，脸色顿时变了："张开嘴我看看。"

白新羽张开嘴，灌进一肚子的风。

霍乔打开手电，照进他喉管，看了一会儿，松了口气道："喉黏膜，没事。"他拍了拍白新羽的背，"撑住，你的每一分牺牲，都值得骄傲，我们现在不能停，必须追上他们。"

白新羽咬牙，用力点头，看着这刺得人眼睛发痛的白雪，他感觉自己已经死了。

他们没命地往前跑，很多人跌跌撞撞，两条腿快没知觉了，绝大部分人都已经到了体能的极限。他们都是受过非人训练的顶级特种兵，甚至为了减轻负重，一路扔东西，可这样的强度，依然让队伍里的每一个人透支了体力。队伍拉得越来越长，体力好的尚且能跑，体力稍次的，几乎是连走带爬。但没人敢停下来，不仅仅是为了任务，如果在这里掉队了，真是死无葬身之地。

突然，随风从山谷中飘过来一丝荤油的味道，那是自热型单兵口粮加热后的味道，在风雪的强袭下，那丝味道非常淡，但却逃不过他们的鼻子。

霍乔喘着粗气道："他们曾经在这附近休息过。"

燕少榛道："我们离他们不远了。"

"没错，大家撑住。"

老沙颤声道："副队……休息五分钟吧，很多人快不行了。"

霍乔回头看了看蹒跚的战士们，心里一酸，道："休息五分钟。"说完一屁股坐在雪地上，大口喘着气。

众人也都原地坐下了。

阿四继续摆弄着定位仪，他摇头叹气："已经快三个小时没信号了。"

老沙道："没事，特种兵的鼻子都是属狗的，我们马上就要追上他们了。"

金雕握紧了枪："我一定要杀他们个片甲不留……咳咳……"

"别说话，专心休息。"

白新羽喝了口水，漱了漱口，一吐出来，全是血色的。

陈靖用厚厚的手套抱着他的脑袋，盯着他的眼睛："新羽，你看着我，你还行吗？"

白新羽哑着嗓子，苦笑道："不行也得行。"他不想死，他要阻止那伙人，不行，也得行。

五分钟时间一到，霍乔起身道："出发！"

众人咬紧牙关，一声没叫，从地上爬了起来。

只听队伍最后面的金雕叫道："赵哥，走吧。"

他们何尝不想多休息一会儿。

"赵哥，走了啊，再不走跟不上了。"金雕疲倦地又叫了一声。

众人走出二十多米了，突然听金雕撕心裂肺地大吼了一声："赵哥——"

一行人心脏一沉，赶紧往回跑。

金雕抱着赵哥大哭起来，那哭声听得人心都要碎了。

众人跑到赵哥身边一看，只见他瞳孔涣散、口鼻出血，细碎的肺部内脏从鼻端涌出来，不知道什么时候，人已经……

老沙双膝跪进雪里，喉咙里发出野兽般的悲鸣。他和赵哥是一个团选进来的，感情深厚，谁能想到一个身经百战的特种兵会活活跑死，甚至来不及留下一言半语！

没人能接受一个活生生的人在几分钟内突然就没了，这悲剧来得太突然，整个队伍都快疯了，悲伤的吼叫声响彻整个山谷。

白新羽双腿发软地坐在地上，哭都哭不出来，想着这个憨厚的大哥一直以来给了他们多少照顾、说了多少不好笑的笑话。那是活生生的人啊，几小时前还和他们一起吃饭，说自己的孩子刚上小学，考试考了 99 分……没了，就这么没了……

霍乔身体止不住地颤抖着，眼泪刚从脸上滑下来，就冻成了冰碴。

巨大的悲伤快要把人淹没了，在这孤独而绝望的雪山里，没有什么比同伴的死亡更能摧毁人的意志力了，每个人心里都充满了悲愤和恐惧。

霍乔作为领队，最先恢复了冷静："把老赵埋在这儿，任务结束后我们回来找他。"

众人沉默不语，但心里都清楚，过后再回来找一个死在雪山里的人，如同大海捞针。

因为雪地下的冻土根本挖不开，而且他们要赶时间，只能把赵哥草草埋进雪地里，把他的背包立在一边暂当坟墓。

老沙含泪掏出笔，颤抖着要在上面写赵哥的名字。

霍乔一把抓住他的手，哽咽道："不能写名字，我们现在根本不知道自己是不是还在国内，如果是在别国境内，老赵在这里出现会惹麻烦。"

老沙眼泪哗哗地流。这可能就是赵哥唯一的坟墓了，而坟墓上甚至不能写上他的名字。老沙哭着说："兄弟，不写名字、不写籍贯，你能找着回家的路吗？"

一句话让所有人泪如雨下。

最后，老沙抖着手，在雪地上画了五个大字：忠骨镇边陲。

那庄严而脆弱的墓志铭，在这风雪交加的夜里，恐怕一个小时就会消失，他们还能不能找到老赵的遗体？会不会有人知道，在这里埋葬着的，是共和国的勇士？

他们冲着老赵行了一个长长的军礼，最后含泪离开了。

死亡的威胁和痛失战友的悲伤，并没有削弱他们的意志，反而激起了他们心里钢铁般的信念，他们顺着敌人留下的痕迹，拼了命地追，最后，终于发现了敌人留下的脚印，那证明他们和敌人之间的距离不超过一小时了。

霍乔再次叫了休息，这一次，每个人都拉着身边战友的手，仿佛这样就能确保他们留在人间、留在自己身边。

霍乔悲凉而沉痛的声音在风中响起："当年志愿军强袭三所里，百战悍卒，累死几百，最后比敌人抢先半小时到达……咱们抗日抗美，永远是装备和武器最差的，却能得到最后的胜利，因为我国军人的脊梁是铁做的，非死不折！"

白新羽紧握拳头，心脏如遭重击。

如果说他当初来猎豹大队，很大的原因是因为俞风城，那他现在可以肯定地说，哪怕没有俞风城，他也不后悔。这辈子能为家国而战、为信仰而战，是他身为男人一生最大的荣耀，他从一个对奉献精神嗤之以鼻的纨绔子弟，成长为一个对死都做好了准备的军人，这段变化的历程是他一生最重要的时光。他无论是平安地活下去，还是某日战死，他都会为自己是一名军人而感到骄傲。

休息五分钟后，他们再次出发了，每个人都感觉到了自己那根铁做的脊梁，那根脊梁支撑着他们紧追敌人，不死不归。

第三十二章
遇险

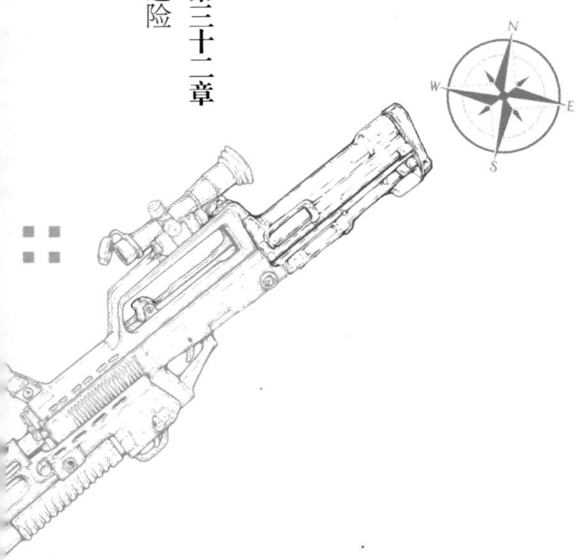

敌人的踪迹越来越显眼，他们最终在一处避风口，锁定了敌人的位置。

霍乔用夜视仪望远镜观察着情况：“他们在休息，根据脚印判断，他们刚到达这里不足二十分钟，现在还没有深入睡眠，我们半小时后突袭，趁这时间大家赶紧休息。”

老沙数着对方的数量：“这是一个小队……”

“对，还有另外一个小队不知道在哪里。”霍乔脸色凝重，“也不知道是不是这个小队携带的病毒，或者两个队都携带了。”

老沙阴冷道：“一会儿留几个活口，问问就知道了。”

玩命奔袭了一夜，这半小时是他们休息时间最长的一次，躺下来的时候，好几个人都几乎感觉不到自己的下半身了。

半小时后，狙击手就位，突袭的人也爬到了合适的位置。

由于无线电没有信号，只能以枪声作为联络，霍乔趴在山坡上，口中念念有词，十秒钟后，他扣动扳机，砰的一声枪响，子弹穿透风雪，将一个守夜人当场爆头。

整个队伍开始了强袭。敌人当前，他们疲倦的身体里升起一股强大的能量，一路以来压抑着的痛苦和仇恨瞬间爆发了，杀死敌人是最好的发泄方式！

“杀！”老沙嘶吼。

白新羽咬着牙，以平均两枪放倒一个的速度，狙击着避风口里的敌人。这些雇佣兵果然比上次碰到的那伙人训练有素，反应很迅速，躲的躲，反击的反击，但他们还是比猎豹大队逊了一筹。雇佣兵到M国受训很多都是政府或反政府组织花钱送过去的，他们虽然能培养出极其强大的国际知名的特种部队，但不可能把所有外籍雇佣兵都训练得那么牛。猎豹们连正规特种部队都不惧，自然不会输给这些雇佣兵，何况他们人数还比对方多。

二十分钟后，他们以无一人伤亡的压倒性胜利歼灭十一人，俘虏两人。

老沙抽出匕首，蹲在敌人面前，用英语冷冷地说：“我没多少耐心，我要在十秒钟内听到另一队人的情况，否则我就把你们的肉一片一片剜下来。”

俘虏知道自己活不成了，也不想死得太痛苦，立刻透露了另一支队伍的下落，而且他们两队都携带了病毒。

他们从领队身上搜出一根钢化玻璃针管，里面紫红色的液体一看就充满了邪恶的味道。

霍乔把针管扔进背包里，然后眼也不眨地连开两枪：“走吧。”

“副队。”俞风城突然一把扳过他的肩膀，手贴在了他的额头上。

霍乔一愣，猛地打开俞风城的手，厉声道：“走了！”

俞风城吼道：“你又发烧了！我早说过你不能来，感冒刚好很容易复发……”

霍乔甩了甩脑袋："现在说这个有个屁用，走！"

俞风城脸上阴云密布，眼里充满了血丝。没错，现在说这个已经没用了，霍乔就是死在这里，他也无能为力。

其他人脸色都变了，担心地看着霍乔。在高原地带发烧，有很大的概率引发肺水肿，如果不能及时得到治疗，人说死就死，这方圆几百公里荒无人烟，霍乔现在的脑袋就是在脖子上悬着，经历过了赵哥的突然离世，他们如何能再接受更多的死亡？霍乔加重口气："走！"

没人知道霍乔是什么时候开始发热的，他出发的时候确实还没事，但这连续一夜的奔袭，身体素质再好的人也能被拖垮。

他们朝着另一队的方向拼命地追，这场生死之途不知道还要多久才能看到尽头。

一个多小时后，天亮了，风雪渐弱，阿四搜到了卫星信号，他喜忧参半地说："我定位到那伙人了，距离我们只有不到十二公里，好消息是再翻过两座山，就能到达一个比较大的城镇，那里有医疗设施，坏消息是，他们也正朝着那个方向前进，那里同样会有交通工具，如果被他们抢先到达，我们就彻底追不上了。"

霍乔抓了把雪塞进嘴里，轻咳两声道："追，赶在他们翻山之前，一定能追上。"

白新羽跪在地上，解开帽子，拿雪搓了搓脸，那刺骨的寒意强迫他的大脑清醒了几分。他其实已经到了多走一步都想死的阶段，他相信就是队伍里体能最好的那几个，也都快要不行了。没有人知道，下一个活活累死的会不会是自己，但累死总比待在这里等死好。

一只有力的臂膀将他从地上架了起来，白新羽抬头一看，俞风城包裹得严严实实的脸上只露出两只眼睛，那长长的睫毛上带着白霜，眼里布满了血丝，白新羽能清楚看到里面的担忧。他感到心里一酸，赵哥的离世，让他分外感悟到生命无常，谁也不敢保证自己这趟一定能活着回去，万一死的是他或者俞风城，他实在不想死之前还闹得不可开交，那恐怕死也不会瞑目吧。这一次，他没有挥开俞风城的手，而是借力站了起来，尽管两人又吵又打的，但俞风城永远都是他生死相依的战友，这一点跟队伍里的其他人没有分别。

他们互相搀扶着，咬紧牙根，在雪地里深一脚浅一脚地前行。

休息的那半小时多少起了一点作用，紧迫的时间更是逼得他们不敢松懈，他们的身体摇摇欲坠，却始终没有倒下。

天地间一片苍茫的白，无边无际的、没有参照物的雪景，让白新羽渐渐找不到平面在哪里了，他甚至有种自己在横着走、倒着走的错觉，他只觉得天旋地转，恶心得想吐，喉咙里火辣辣地疼，被冻伤的喉黏膜挂在嗓子里，让他一直有种难忍的异物感，每次一咳嗽好像整个咽喉都要被他咳出体外，发出的声音完全没了人的动静，最后他彻底无法说话了。他会变成哑巴吗？他已经做好这个准备了。如果放在以前，他恐怕无法接受自己会再也不能说话，可赵哥的死，让他意识到自己就算变成哑巴，也已经是不幸中的万幸，如果和赵哥一样被冻伤了内脏，那么无名无姓地长眠在昆仑雪山的会是他。

他只想活着回去。

说他们在用命追赶那群雇佣兵，也一点不为过。白新羽第一次相信信念的力量，这股信念支撑着这伙早已经精疲力竭、随时可能晕倒的战士，疯狂地奔袭了十数公里。阿四哑着嗓子喊："就是那座山！"

燕少榛有气无力地说："他们不会已经翻山了吧？"

阿四急道："又没信号了。"

霍乔往山脊高处爬去，爬了十几米，他突然道："不用找信号了，我看到他们了。"

众人手脚并用地爬上高处，果然在四五公里外的山坳处看到了一队人，他们马上就要通过一处山口，过了这道山口，再走不远就能抵达那个城镇了！

老沙狠狠捶了一下地："恐怕来不及了！"

他们之间相距这么远，打是打不到的，追也几乎不可能追上，只要一下山，马上就能被对方看见，对方会加快速度，就算比他们早到十几二十分钟，也足够那伙人获得交通工具了！

就连霍乔都坐在了地上，眼中有了绝望，这四五公里的直线距离，他们至少需要半个小时才能爬过去，他咬咬牙："不管怎么样也要追，我们都看到他们了，不能在这里放弃。"

金雕看着那火柴盒般大小的一队人，嘴唇几乎咬出血来。

霍乔站了起来："追！"刚说完，他就一阵眩晕，身体往后倒去。

陈靖一把扶住了他："副队！"

俞风城跑了过来，急道："小舅……"他一摸霍乔的额头，热得烫手。

霍乔瞪大眼睛看着无云的晴空，每一次呼吸看上去都很困难，他紧紧抓住陈靖的胳膊，张了张嘴，吐出一口白气："没……没事……"

俞风城撩起他的胳膊架到了自己肩膀上："小舅，我背你。"

霍乔深吸一口气，用力推开了俞风城的手："不用，我自己能走。"

"小舅！"

霍乔拍了拍俞风城的脸："傻小子，你背不动我，我能走，你们不用管我。"他被陈靖和俞风城联手拽了起来，往前踉跄了几步，哑声道，"追……"

一行人连滚带爬地往山下跑去，很多人眼里已经没有正常焦距了，有时候脚下不稳，趴在雪地里半天都爬不起来，如果没有人拽，恐怕能活活闷死在雪里，他们就这么互相拖拽着往前爬。

那伙人很快发现了他们，立刻加快了速度。但看得出来对方也一样精疲力竭，现在比的不是体力，而是毅力。

当他们下到半山腰的时候，陈靖突然道：“金雕呢？”

很多人都已经意识涣散，没反应过来他在说什么。

陈靖左顾右盼，惊恐道：“金雕呢？你们谁看到金雕了？”

一行人如梦初醒，纷纷在旁边找了起来，那个潇洒热情的小伙，真的不见了？！

“金雕——”老沙扯着嗓子喊了一声。

白新羽一抬头，他视力5.2的眼睛立刻在另一侧的山顶发现了一个几乎和雪融为一体的人，正在缓慢地往跟他们完全相反的方向爬，他想叫喊，喉咙里却只能发出怪异的声音，他拼命往山上指。

众人往山上看去。

霍乔看了看周围的地形，似乎反应过来了什么，他大喊道：“金雕，你回来！”他沙哑的声音被吹散在风雪中，也不知道金雕到底听到没有，因为他根本没有回头。

众人渐渐都明白过来了，开始发疯一样往回跑，想阻止他：“金雕！不要干傻事，金雕——”

他们离得太远，金雕此时已经爬到了山顶，他回过头，朝众人挥了挥手，大声喊道：“咱们一定能追上他们！”

顺着风向，他的话一字不漏地传进了众人耳中。

战士们眼睁睁地看着他拉开了一个手榴弹，用力朝远处扔去，然后人奋力地往回跑。

轰然一声巨响，爆炸震得整个雪山都跟着抖了一抖，山顶的积雪就像断裂的冰层，慢慢地移位、滑坡，最后以气吞山河之势翻滚而下，金雕还没跑出多远，就瞬间被白雪吞没了！

猎豹大队的其他人刚好处在一个雪很薄的陡坡下面，山上涌下来的雪大部分都被山体吸收了，小部分漏网的也不会对他们造成生命威胁，他们就傻傻地站在陡坡下，看着那冰雪魔鬼彻底抹杀了金雕的身影。

“金雕——”

雪崩之势不可当，千百吨的白雪从山顶翻滚而下，很快就追到了山口处，硬生生将那山口堵住了！雪滚到山底威力已经小了很多，雇佣兵慌忙往回跑，但依然被冲倒了好几个。

白新羽踉跄着往上走了几步，就走不动了。雪山很快恢复了平静，可那白雪之中再也没有了金雕的踪影。在雪崩的中心被掩埋，还有可能活命吗？

队伍里传来干号声，那痛苦的声音直接穿透了人的心脏，沉重得让人几乎无法承受。

霍乔捂住了眼睛，身体狠狠晃了两下，哽咽着指挥："你带三个人去找金雕，其他人火速下山，不要浪费了他给我们争取的时间。"

领命的四个人，奋力往上爬去。

其他人顾不上抹掉眼泪，连滚带爬地往山下跑，他们一定会追上，一定要追上！

山口已经无法通行，雇佣兵想从雪堆上爬过去，但雪太松软，并不好攀爬，他们的速度一下子下降了很多。

猎豹们越来越逼近他们，终于在他们攀爬到一半的时候，进入了彼此的武器射程。雇佣兵在雪堆里隐藏着身体，做好了战斗准备。猎豹大队的人也躲在山岩后面，边和他们对峙，边趁机休息。

阿四轻声道："小燕子，他们能找到金雕吗？"他的声音很小，但肆意飘散的风雪把这句话传递到了很多人耳中，却没人能给他答案。

燕少榛摇摇头，无法回答，他抓起雪塞进嘴里，他们的水壶早就空了，只能靠这个解渴。

白新羽拽了拽燕少榛，想说话却说不出来，急得他眼睛都快红了，他指指雪，又指指自己的喉咙，让燕少榛不要吃雪。

燕少榛轻声道："好好休息，别说话了。"

对面响起了枪声，子弹打在他们藏身的岩石上，回荡在山谷中，他们也不甘示弱地回击，两方就这么僵持了十多分钟，谁都无法动弹。

霍乔指指俞风城和老沙："你们两个……想办法绕到……他们侧方。"他刚说完，又是一阵剧烈的咳嗽，咳得整个人颤抖不已，他扑倒在雪地上，身体几乎无法动弹。

俞风城把他扶了起来，揪心地看着他："小舅，你别吓唬我。"

霍乔摘下口罩，深吸了一口气，却似有什么东西堵在肺部一般，这口气怎么都提不上来，在如此寒冷的地方，他满脸是汗，脸烧得通红，伴着咳嗽，嘴角溢出粉白色的细小泡沫。

俞风城满心恐惧："小舅……"

白新羽是第一次看到俞风城露出害怕的表情。霍乔现在的状态就是典型的肺水肿征兆，严重时候会休克，最后活活窒息而死，他们最害怕的事情还是发生了，看着霍乔几乎无法呼吸的痛苦样子，他们却无能为力，那种绝望简直能把人逼疯。

老沙咬牙道："咱们得争取时间把副队送医院，必须早点弄死这帮孙子！"

俞风城的眼神变了，他把霍乔交给陈靖，抓起枪，借着雪掩着身形，往敌人的侧方匍匐爬去，老沙带着两个人紧跟其后。

霍乔抬手指着他们，想说什么，却又是一阵剧烈的咳嗽，就好像下一秒会把肺咳出来一般，听得人心都揪在了一起。

陈靖眼眶含泪，紧紧抱着霍乔：“副队，你别动了。”

霍乔无力地抓着他的衣领说：“再派人……往后方……不能溜走一个……病毒……”燕少榛握了握霍乔的手：“副队，你放心，绝不会溜走一个。”他抓起白新羽，又点了四个人，“跟我去包抄后方。”

陈靖一边掩护，一边哽咽着说：“副队，你撑住，我们一定会把你送到医院，你不能在这里出事，你还有诗集没出版呢。”

霍乔勉强笑了笑，伴随着咳嗽，他哑着嗓子说：“对……宣传委……都同意了……”陈靖的眼泪顺着脸颊往下淌，几乎模糊了他的眼睛，他用力拭去眼泪，手里的冲锋枪吐着子弹，吸引了对方全部的注意力，让白新羽几人悄无声息地往雪堆后方绕去。

燕少榛低声道：“新羽，我们绕过这个雪堆就没有掩体了，他们很快就会发现我们，看见山岩上那个人了吗，一会儿你负责干掉他。”

白新羽点点头。

燕少榛一把捏住他的下巴，强迫他张开嘴，看着他一片血红的扁桃体和浸泡在血水里的牙齿，眼中满是心疼：“新羽，我们马上就能去医院了，喉黏膜是可以修复和再生的，你别害怕。”

白新羽用拳头撞了撞燕少榛的肩头，然后比了个 OK 的手势。比起他的喉咙，他更关心生死未卜的金雕和生命垂危的霍乔，这时候，每个人心里就一个念头：争取时间。

他们躲在雪堆后面，等待最佳时机。

没过五分钟，雇佣兵的侧方传来枪声，肯定是俞风城和老沙他们发难了。

燕少榛叫道：“新羽！”

白新羽的两只手几乎快冻得没知觉了，可这不妨碍他射穿敌人的头颅，他把外界附加的一切痛苦和悲伤都在那一瞬间冻结，心里和眼里一片清明，大脑顿时冷静了下来，他忘了火烧一般的喉咙和仿佛快要断掉的四肢，眯起眼睛瞄准他的目标，毫不犹豫地扣动了扳机。

一枪爆头！

燕少榛四人猛地蹿了出去，往敌人的后方狂奔，白新羽跟在最后面，边跑边打，掩护着冲在前面的人。敌人的注意力大部分被侧方的俞风城吸引了，等把部分火力移动过来，他们已经跑完了大半路程，眼看就能进入下一个掩护点。

突然，跑在白新羽前面的阿四，身体猛地被子弹击飞了出去。

"阿四——"身边的战友朝阿四扑了过去。

白新羽猛地转身，朝开枪的人放了一枪，那人还没来得及把身体缩回掩体，子弹已经直接掀掉了他半边肩膀，殷红的血在一片白茫的世界里极为扎眼。

燕少榛等人已经跑进了掩体，开始还击。

白新羽和另外一个战友扑到阿四身边，将他连拖带拽地弄进了掩体。

"阿四！"他们把阿四的身体翻了过来，发现阿四大睁着眼睛，表情有些扭曲。

阿四捂着肚子："我……我中枪了吗？"

白新羽翻开他的衣服，发现子弹打在了他挂在胸前的定位仪上，那仪器已经彻底报废了，阿四的衣服破了，但身上只受了点擦伤。白新羽紧绷的心弦松弛了一些，他紧紧抓着阿四的胳膊，喉咙里"咿咿呀呀"的，露出又哭又笑的表情。

阿四看着自己的伤，哈哈大笑两声，眼角却有热泪渗出："命大，命大！"

侧方的战况越来越激烈，白新羽不知道俞风城那边的伤亡情况如何，但他们已经成功控制了战事，正前方陈靖正带着人挺进，敌人被他们三面包抄了。

为了防止敌人从后方逃脱，他们顶着火力继续往后移动，刚爬过雪堆，便见有两个人果然已经快要翻过山口的雪堆，企图逃跑。

白新羽趴在雪堆上，架好狙击枪，他现在离那伙人的距离至少有四百米，而且对方还在不停移动，风雪又大大影响了视线和弹道计算，这恐怕是他面临的最严峻的一次狙击条件，但他两条腿已经跑不动了，他必须赌一把。他在瞄具中搜索到了其中一个人的背影，全神贯注地跟随着那人跑动的频率，预估着对方下一次的落脚点，风雪声仿佛离他远去了，他的眼里只有瞄具中的目标，他深吸一口气，必须击中，必须……

砰的一声枪响，其中一人身体猛地往前扑去，趴倒在了地上，身下的雪地顿时被染红了。

另外一人立刻画着龙跑了起来，并且很快拉开了距离，燕少榛把背包一扔，一步跃出了雪堆掩体，朝着那人狂追。

阿四大叫道："公主，快躲！"

白新羽来不及思考，身体猛地往旁边滚去，子弹追着他而来，他在翻滚间只看到飞溅的雪花，接着他身体一空，直接从雪堆上摔了下去，他本以为下面是柔软的雪，却没想到雪层下面是岩石，他整个背部撞到了岩石上，顿时一阵剧痛，他摔得天旋地转，差点儿晕过去。

"新羽！"阿四把他扶了起来，拍着他的脸，"怎么样？摔哪儿了？"

白新羽用力甩了甩脑袋，眼冒金星，疼痛过后，他眼前清明了一些，咬牙爬了起来。阿四道："我们要去支援老沙，你能走吗？"

白新羽点点头，用枪把拄着地，硬是把身体撑了起来，蹒跚着爬出雪堆。

刚才朝他开枪的人不见了，肯定也去侧方战斗了，他们后方已经没人，火力全部集中在前侧面。远处，燕少榛已经追着逃跑的人绕过了一个雪堆，完全不见人影了。

他们匍匐着从后面绕到侧方，那里战况正酣，白新羽躲在掩体后面放冷枪，一连击毙了两个人，一摸背包，只剩下一个弹夹了。他们之前遭遇过一队人，已经消耗了一遍弹药，这伙人的弹药比他们充足，必须速战速决。

他们从三面逐步缩小包围圈，打死打伤八九人，剩下三个雇佣兵一直顽固抵抗，而他们却因为弹药不足迟迟无法拿下。

俞风城急得心肺都要炸开了，他们拖的不是时间，而是霍乔的命，霍乔现在已经严重呼吸困难，随时可能休克，他无法承受任何可能的结果。他换上最后一个弹夹，咬牙道："你们掩护我。"

老沙抓住他："他们现在火力太强……"

俞风城眼睛血红："一分钟都不能再拖下去了！"他匍匐着跑出岩石，在火力的掩护下朝那三人的后方跑去。

一个人发现了他，转身就要朝他开枪，那人的身体刚探出掩体一半，就被一枪击倒在地。

俞风城一抬头，就看到离他不远的白新羽，枪口还飘着白烟。两人的目光隔着风雪和硝烟相望，那一瞬间的眼神交汇，仿佛穿透了一切，直击对方的心底。

俞风城奋力一跳，跃进了白新羽身处的掩体后。

白新羽发不出声音，只能深深地看着俞风城。

俞风城用粗糙的手摸着他的脸，哑声道："帮帮我。"

白新羽心脏猛地一颤。俞风城的眼眸中闪动着一丝无助，尽管稍纵即逝，却还是被他捕捉到了，霍乔的病情牵动着每个人的心，而对俞风城来说，更是天塌一般的灾难。白新羽感到心酸的同时，又很心痛，他以为他这辈子都不会看到这个男人脆弱的一面，俞风城总是强硬的、彪悍的、游刃有余的，何曾有过这样的表情？他张开嘴，用嘴型对俞风城说：好。

俞风城俯下身，两人的脑袋相碰，尽管隔着帽盔，他们依然体会到了直击心脏的暖意。白新羽那一瞬间什么都不想计较了，在生死面前，一切都显得不重要。

俞风城道："新羽，掩护我。"说完，他再一次探出掩体，对方也刚好有一个人冒头，他疯狂地朝着对方射击，在对方缩头的瞬间，跳出了掩体，步步逼近。

白新羽用最后一个弹夹掩护着俞风城，他想告诉俞风城他快没子弹了，却无法开口，时间也容不得他解释。在最后一个弹夹打光前，他再次击毙了一个人。那个雪砌成的掩体里，就剩下最后一个敌人了。

俞风城的弹夹也见空了，他把冲锋枪一扔，抽出匕首，朝掩体跑去，老沙和陈靖也在侧方一拥而上。

白新羽瞪大眼睛，火烧一般剧痛的喉咙发出了一声无法辨认的叫喊：“风城——”他猛地跃出了掩体，身体不知道从哪儿来的力量，让他一个箭步冲了上去，将俞风城扑倒在地，同时，枪声响起，一阵剧痛袭来，他感觉半边身体顿时没有知觉了……

“新羽——”俞风城悲愤的嘶吼声响彻整个山谷。

白新羽右肩中弹，子弹从肩窝处造成了贯穿伤，鲜血洒了一地，刺痛了人的眼睛。开枪的雇佣兵马上被击毙了，众人围了上来，焦急地看着白新羽：“公主怎么样了？！”

俞风城抱着白新羽，眼圈通红，声音颤抖得不成样子：“新羽……新羽……”他看着白新羽一身是血、双目失神的样子，心疼得快要喘不上气来了。他猛然想起了第一次见到白新羽时的样子，白皙的皮肤、帅气的五官、明亮的眼睛，还有那有些软弱却又爱嘚瑟的气质，是什么把当时那个白新羽变成了眼前这个不畏生死的军人？最该清楚白新羽的变化的应该是他，可他却因为靠得太近，有时候反而忽略了。从他把白新羽带进猎豹大队的那一刻起，他就发誓不惜一切也要保护这个人，可现在为什么是白新羽受伤？这一枪应该是他的啊！

俞风城心痛如绞，几乎无法承受。

老沙拨开人群，撕开了白新羽的衣服：“是贯穿伤，比子弹留在体内好多了，都让开让开，让麦子给他止血，快。”

白新羽眼前已经没了焦距，耳朵里不断地嗡鸣，别人说什么他都听不清了，他“看到”不少人头在他眼前晃来晃去，脸上都带着焦急的表情，却只有俞风城的脸是清晰的。俞风城哭了？那是眼泪吗？他感觉不到自己的肩膀了，他的肩膀还在吗？忽热忽冷的，难道他要死了？原来这就是中枪的滋味儿，真的很疼，那种痛简直让人抓狂，可他连开口喊一声的力气都没有。他会死吗？

麦子是中医学博士，也是猎豹大队的老资格了，他迅速从背包里拿出急救箱，把银针深深刺进白新羽肩部穴位止血，又说道：“我只能暂时止血，这里温度太低，很容易造成细胞冻伤、坏死，必须马上送医院，不然胳膊就保不住了。”

这时，燕少榛拖着一个血糊糊的人从山口处走回来了，正是那个携带病毒企图逃跑的雇佣兵。燕少榛把人扔到地上，抹掉了脸上的血：“病毒拿到了，这个还没死……谁受伤了？”当他习惯性地搜索白新羽却没找到时，一下子反应过来，猛地扑了上去，果然见白新羽一身是血地躺在地上，他顿时感到一股寒意贯穿了身体，他哑声唤道：“新羽……”

白新羽涣散的眼神一直盯着俞风城，很努力地想对准焦距，他想多看看俞风城，在生死关头，一切都不重要了，他只想记住他这辈子最重要的兄弟，他时刻追赶的目标。他感觉掌心传来一丝暖意，那宽厚的手掌，是俞风城的，他分辨得出来，俞风城不断呼唤着他，他却有些听不见了。

陈靖突然悲鸣道：“新羽怎么样了？副队快不行了！”

一句话让俞风城如梦初醒，他看向霍乔，又看了看白新羽，脸上的表情痛苦不已。

麦子正在缠纱布：“先送副队走，我帮不了他，快！”

这时，在场的十几人里，俞风城是体力最好的一个，以霍乔现在的情况，必须选至少三个体力好的人轮番以最快速度背他去医院。

俞风城抹了把脸，眼中的情绪是无尽的挣扎，就好像在做世界上最艰难的决定，而且无论他如何决定，最后都会后悔和痛苦。他拳头握得咯咯响，心脏针扎一般地疼，最终，他看了白新羽一眼，用仅剩的意志力站了起来。

白新羽不知道哪里来的力气，一把握紧了他的手，喉咙里发出无法分辨的声音：“不……”别走，俞风城，你为什么要走？别走，让我再看看你，再看最后一眼，万一以后看不到了呢。

俞风城的眼泪顺着脸颊往下淌，他强忍着心脏处传来的巨大痛楚，一根手指一根手指地掰开了白新羽的手，白新羽的手指是那么温暖，当两人的皮肤彻底分开的时候，一瞬间好像全世界都冰封了。他不敢回头，就那么朝霍乔跑去了，他将霍乔背到了背上，和陈靖等人往山口跑去。

白新羽偏着头，看着俞风城头也不回远去的背影，眼里终于滑出了热泪。为什么最后要给他留一个背影……心脏的疼痛，似乎已经盖过了被打穿的肩头，那随风飘荡的皑皑白雪，在他眼里变成了即将蒙身的白纱。

他感觉自己被人背了起来，那人身上混合着硝烟和血的味道，不好闻，却让他感到安心。那人回过脸来，一双熟悉的眼睛里布满了深深的担忧，是少榛啊……

他眼前模糊，终于昏了过去。

THE GROWTH OF A DANDY.
FIGHT ALONGSIDE YOU.

第三十三章 必须好起来

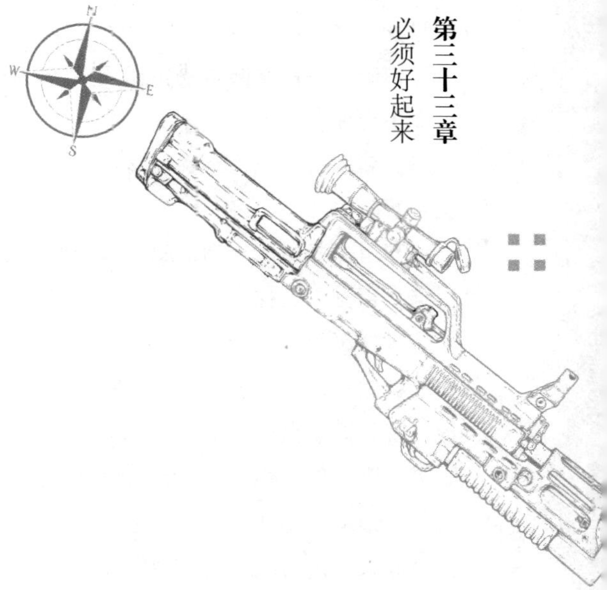

白新羽感觉自己睡了一个世纪，当他睁开眼睛的时候，恍然间不知道自己是不是还在人间。

“新羽？”耳边传来熟悉的呼唤，他慢慢转过脖子，看到的是简隋英的脸。

他张嘴想叫，却发不出声音。哥……他哥来了，这么说他没死？身体的感觉渐渐恢复了，首先就是肩膀处的剧痛，还有喉咙里火烧一般的痛楚。

“大姨，姨夫，新羽醒了！”简隋英有些激动地叫道。

李蔚芝顶着青黑的眼圈扑到床前，哭喊道：“新羽，我的宝贝啊……你要妈妈的命啊……”

白庆民也老泪纵横，他下巴处青胡楂密布，看着一下子像老了好多岁。

白新羽眼眶一热，眼泪也跟着流了下来，爸，妈，对不起……

简隋英看他努力想说话的样子，摸了摸他的头，轻声道：“你都昏迷三天了，总算醒了。你喉黏膜受损，医生说至少要一两个月才能恢复，这段时间你就别说话了。”

白新羽拼命拿眼睛瞄自己的肩膀，简隋英叹道：“你的肩伤会恢复的，但……可能不会像以前那么灵活了。”

白新羽沉默地点点头，这个结果比他预想中的要好多了。至少他既没死，残废也是暂时的。

在雪山经历的一切，就好像一场噩梦，回想起当时的种种，他还是会觉得呼吸都痛。霍乔怎么样了？金雕找到了吗？还有俞风城……想到俞风城，白新羽心脏一紧，身体深处传来一阵钝痛，他已经无法形容那是什么滋味儿了。他怪俞风城吗？俞风城做错什么了吗？没有，俞风城仅仅是重视霍乔远胜于他，这有什么错？只是，他终于认清了自己，他终于不再纠缠于那些古怪的、矫情的情绪，也许是在鬼门关走了一遭，他的心一下子清如明镜，很多事都想通了。

不知道经历过这一次，他还能不能继续留在猎豹大队，不仅仅是因为他的肩伤，他全家人肯定会极力反对他继续当特种兵，这一次的任务，也侧面证明了他还不够合格，他不够冷静、不够理智，他无法承受战友一个个离他而去，赵哥和金雕的事，已经让他深为恐惧，如果有一天轮到俞风城、陈靖、燕少榛，他如何承受？

他无法说话，只好用没伤的那只手握着父母的手，用眼神和笑容安抚他们。

这时，门开了，进来两个人，矮一点的是陈靖，高个子又长得极好看的是他哥的总裁助理——李玉。

白新羽朝陈靖伸出手，陈靖一把握住他的手，颤声道：“新羽，你终于醒了。”

白新羽急得用嘴型问霍乔、金雕。

陈靖眼神黯淡：“副队经过抢救，现在还在重症监护室，还没彻底脱离危险。金雕……我们找了一天一夜，都没找到他，赵哥也一样找不到了……”

白新羽颤抖着叹息了一声，心里难受不已。赵哥和金雕就那么长眠在了雪山的终年积雪之下，可那皑皑白雪不能抹杀他们存在过的痕迹，更不能抹杀他们的英勇和牺牲，猎豹大队的每个人，都会永远记着他们。

陈靖摸着他的头道："很多人也都累病了，现在都还没醒。新羽，你比你自己、比我们想象得都要勇敢，大难不死，必有后福。"

白新羽含泪点点头，紧握着陈靖的手，不舍得松开。他想感受这些活着的战友的温度，以此来温暖他满心的悲愤和伤痛。

他在床上又躺了两天。

这天上午，燕少榛穿着病号服推开了白新羽的房门，他双腿微微有些发软，但是怎么都不肯坐轮椅。

白新羽一看到他，就笑了起来，他过去搀着燕少榛坐到床边，指指自己的喉咙。

燕少榛深深看着白新羽："我知道你说不出话。"

简隋英、李玉和白庆民都出去了，李蔚芝笑道："你们俩聊，我去拿药。"

当病房只剩下他们两人时，燕少榛突然一把抱住了白新羽，身体都在颤抖："新羽，你真是吓死我了……"

白新羽愣了愣，他轻轻地拍着燕少榛的背，试图安抚对方。

燕少榛怕压到他的肩伤，很快松开了，只是眼睛依然直勾勾地盯着他，似乎想确认白新羽真的全须全尾地活着。

白新羽拿过平板电脑，用左手手指在上面敲下一行字：是你送我来医院的吧？谢谢。

燕少榛道："不只我，阿四、麦子、老沙，我们轮番把你背到镇上的，在那里处理伤口后，直升机把我们集体送来了市医院。"

白新羽叹了口气，又写道：副队怎么样了？

"副队脱离危险了，只是还没醒。他被送到医院的时候已经休克了，抢救了七个多小时，再晚来一步命真的保不住了。"燕少榛说到这里，心有余悸。

白新羽悬着的心这才放下，如果霍乔也出事了，整队人不知道会多痛苦，俞风城更是会……他愣了愣，暗斥自己怎么又想起俞风城了，这个结局已经是不幸中的大幸，他不需要再为霍乔和俞风城担忧了。

燕少榛一眼看穿了他，沉声道："你不问问俞风城怎么样吗？"

白新羽心神一颤，假装漫不经心地打字道：应该还没醒吧。

"嗯，他体力严重透支，还在昏迷呢，我也是刚醒，醒过来就没事了。"

白新羽点点头，也没多说什么。

燕少榛垂下眼帘，闷声道：“你对他真是情深义重啊，但是他……他并不是不在乎你，但你永远也比不上副队。”

白新羽笑了笑，心却在滴血，他敲着字：正常，那是他舅舅嘛。

燕少榛轻声道：“新羽，不要再装作不在意了。”

白新羽摇摇头，写道：我没装，他做得对。

燕少榛摸了摸他的头，笑道：“新羽，我知道现在说这个不适合，但是你不止有俞风城，还有我，有小班长，无论是在三连还是猎豹，你都有数不清的生死之交，你不必一直以俞风城为目标来为难自己，你有你突出的地方，是俞风城也比不上的。”

白新羽愣愣地看着燕少榛，没想到平时话并不多的人，会突然说出这么煽情又这么令人窝心的话，他一时很是感动，用力点了点头。

燕少榛拍拍他的脸：“好好休息，争取快点好起来。”

白新羽做了个 OK 的手势。

在医院的几天，白新羽过得非常平静，不时有战友过来看他，他父母和他哥也一直在医院照顾他，只是他时时要忍受肩膀和喉咙的痛楚，肩膀的伤让他生活几乎无法自理，洗澡什么的都是护工帮忙，喉黏膜的伤更是让他只能灌流食，不能吃任何可能刺激到黏膜修复的食物，短短一个星期，他瘦了五六斤。

这天，他听说霍乔醒了，便跟燕少榛一起去看霍乔。两人一进屋，屋子里已经有不少人了，白新羽在那十几人中，一眼就定位到了俞风城。

这是从雪山下来后他们第一次见面，他听说俞风城两天前就醒了，但他没有过去看，甚至连现在的碰面，都是他想避免的，可惜回避不了。

两人隔着空气相望，彼此深深地看着对方复杂的眼神，那一瞬间，他们都有种身体血液冻结的错觉，明明只隔了三四米的距离，心却仿佛相距千里，远得让人无能为力。

病房里的人都感觉到了他们之间的异样，老沙打圆场道：“新羽来，副队一直惦记你呢。”

白新羽回过神，快步走了过去，在霍乔床边坐下了。

霍乔脸色还很苍白，整个人瘦了一圈，但精神还可以，他摸了摸白新羽的肩膀，笑道：“恢复得怎么样？”

白新羽淡笑着点点头，同时指指自己的喉咙。

霍乔道：“我知道你说不出话。新羽，这一趟你表现得很英勇，让每个关心你的人都为你骄傲。”

白新羽竖起大拇指，比画着每个人，他想说每个人都很英勇，都值得骄傲。

陈靖握住了他的手，霍乔也握住了他的手，渐渐地，十几人的手都握到了一起，用力地握着，再没有什么比死亡更伤人，也再没有什么比能看到战友活着更欣慰。

霍乔道："我从阎王殿里晃了一圈回来了，但这趟我们还有两个兄弟没回来，有些事是比命重要的，有些死亡能超脱时间，这就是我过去所有牺牲的战友告诉我的，我相信大家会永远记住他们。"

沉重的哀伤在病房里流淌，每一次的胜利都是战友用血汗铺成的，所以他们高兴不起来，他们只祈祷伤亡能越来越少。

离开霍乔的病房，白新羽和燕少榛走在走廊上，背后突然传来一声叫唤："新羽。"

白新羽身体一僵，没有停下，继续往前走。

俞风城追了上来，轻轻抓住白新羽的胳膊，沉声道："新羽，我们谈谈。"

白新羽深吸一口气，他抽回自己的胳膊，回头和俞风城对视，他摇了摇头，目光平静。没什么好谈的了俞风城，以后都没有了，他们该沟通的，都已经用行动沟通完了。

"新羽……"俞风城再次想去抓他的胳膊。

燕少榛一把扣住俞风城的手腕，低声道："风城，他伤还没好，你别刺激他了。"

俞风城狠狠瞪着他，有些狼狈："我们之间的事跟你没关系。"

燕少榛淡道："是跟我没关系，但他并不想和你谈，你自己长了眼睛不会看吗？"

白新羽直视着俞风城，强忍着心痛，再次坚决地摇摇头。他不想听俞风城解释，比如当时多危急，霍乔的情况比他更危险，这些他都知道，他知道俞风城的选择是对的，霍乔比他更需要早一步被送到医院，所以这点他不能怪俞风城。他只是单纯地明白了，明白自己永远也无法超越霍乔在俞风城心目中的地位，这本是理所应当的，毕竟霍乔是俞风城的亲人。

霍乔和俞风城都没有错，他无法面对的，也许只是如此不懂事、如此可笑的自己，就连他都瞧不起这样的自己。再者，他敬重霍乔，他不想这份敬重最后转化成毫无意义的嫉妒。

"新羽……"俞风城眼中满是隐痛，嘴唇都在轻轻颤抖。

白新羽淡淡一笑，朝他挥了挥手，转身走了。俞风城看着白新羽的背影，心痛如绞，他突然想到，当初他头也不回地离开时，白新羽是不是也跟他一样的痛苦，不，甚至比他还绝望……

白新羽回到房间的瞬间，眼泪唰地就下来了，他靠在门上，心痛难当。

李蔚芝紧张地跑了过来："宝贝你怎么了？是不是哪里疼啊？"

白新羽用力摇摇头，他实在不想哭，平白让他备受煎熬的父母担心，他在哭自己的失败，哭自己的幼稚。改变他的不仅仅是部队的环境，还有部队里的人。

在部队近两年的时间，他得到了很多，也失去了很多，这些得与失，终将伴随他一生，让他再也不可能变回那个没心没肺的白新羽。成长的代价是如此巨大，他怎么还能活回去呢。

李蔚芝紧紧抱住他的腰，啜泣道：“宝贝你别哭啊，妈妈难受死了。”

白新羽抚摸着李蔚芝的头发，那精心养护的头发间已然掺杂了一些白丝，他的父母老了，再也经受不起这样的打击了。

几天后，他们飞回了基地。

白新羽的肩伤和喉咙伤可以评伤残了，以后每个月都能领到各样的补助，他并不在意这些，让他难受的是，他的肩膀需要长时间的复健，受伤的右肩难以承受枪的后坐力，肩部肌肉也不允许他长时间保持一个姿势，他伤到了狙击手重要的“零件”之一，和武清一样，只不过，他还没有被判死刑，能不能恢复，恢复到什么程度，一是看他的复健做到什么程度，二是看命。

他舍不得猎豹大队，但他又不知道自己该不该留下。

他的父母想将他的档案转回去，坚决不准他继续留在猎豹大队，但他迟迟不肯签字。最后，两方各退一步，白新羽保留猎豹大队的资格，但要回首都最好的医院进行治疗。

去宿舍收拾行李的时候，俞风城也回来了，两人都不约而同地想起了他们在这间小宿舍里的共同回忆，他们曾在这里聊天、打游戏、看电影、喝酒、吃夜宵，那些笑笑闹闹的时光也不过是上个月的事，为什么想起来却那么遥远。

碍于白新羽的父母在，俞风城没有说话，只是深深地看着他。

白新羽假装没有注意到那灼人的目光，把自己的行李收拾了出来。

收拾好后，俞风城道：“叔叔、阿姨，我能跟新羽单独说两句吗？”

白新羽一怔，想摇头，却又怕他爸妈看出什么，最后想了想，俞风城从来不是会轻易善罢甘休的人，现在说不上话，也会找别的机会，索性就现在吧。

白庆民和李蔚芝看了看白新羽，他点了点头，两人才出去，并带上了门。

白新羽掩饰着心湖的波澜，尽量平静地看着俞风城。

俞风城几步走过来，一把将他抱进了怀里，轻颤着在他耳边说：“新羽，对不起。”那一声“对不起”里，包含了太多东西，他亏欠白新羽的何止一件，可千言万语，最后他却只能说出一句“对不起”。

白新羽闭了闭眼睛，这是他第一次从俞风城嘴里听到道歉，可这句话安慰不了他半点，反而让他体会到无尽的悲凉。这有什么可道歉的？谁也没有错，只是他心里一时翻不过那道坎儿。

俞风城哑声道："我醒了之后一直想去看你，可我不敢……新羽，我对不起你……很多事，我不该说你哥，不该跟你动手，我甚至……不该帮你来猎豹大队，我不想你受伤，你为什么要救我……这些不该你来受……"

白新羽很想告诉俞风城，换作是别的战友，他当时也会冲出去，虽然他现在要每天忍受疼痛和不便，可如果再来一次，别人他也许会犹豫，但俞风城他不会。拿自己的肩伤去换不知道会打在俞风城身上哪个地方的子弹，值得，他一点都不后悔。

而且，有些事真是要经历过生死关头的考验才能想通，现在他总算想通了，他可以把俞风城当作一个普通的朋友、战友，而不至于想要跟俞风城的亲人较劲，是他太幼稚可笑了。

白新羽轻轻推开俞风城，掏出手机想写点什么，却不知道写什么好，他该说些什么？原来他已经跟俞风城无话可说了……

俞风城拉住他的手："新羽，你问过我为了进猎豹大队，我会不会像牺牲大熊那样牺牲你，我一直在想这个问题。我从小就立志要当军人，小舅是我的目标，他进了猎豹大队，我也一路追随他的脚步，甚至放弃已经考上的最好的军校，我是个设立了目标就一定要去达成的人，从没有例外。可是如果是你……"他咬牙道，"我想了很久，我现在可以回答你，不会。"

白新羽心脏一颤，呼吸顿时变得有些急促，他知道俞风城说的话是真的，如果有必要骗他，那么不必等到现在，俞风城真的是深思熟虑过，才给了他这个答案，如果在之前，他会非常高兴，但是现在……他不后悔为俞风城挡下那一枪，他也不认为俞风城丢下他去背霍乔下山有什么错，但他心里过不去这道坎，他忘不了自己昏迷前看到的残影里只有俞风城逐渐离他而去的背影。理智是理智，感情是感情，他不怪俞风城，但他也不想勉强自己装作不在乎。

他深吸一口气，在手机上打下字：这话我听着挺舒服的，谢了。不过，我现在已经不在乎了，我得回家了，你保重。

俞风城眼圈一红："新羽，你在我心里一样没人能取代，当时副队的情况比你危急，所以我才……"他也意识到这样的辩解太过苍白，有些说不下去了，只是紧紧握着白新羽的手，他不想放开这只手，他放开过一次，不想再有第二次。

白新羽心脏剧痛，真有些撑不住了。

俞风城深邃的目光紧紧盯进他的双眸："新羽，我知道你怪我，对不起。"

白新羽摇摇头，写下字：我不怪你，我只是没法释怀，你给我点时间吧。

他想离开这里，他想远离俞风城，他好不容易觉得自己现在是个真爷们儿了，不想再变得软弱矫情。

俞风城依然紧紧拉着白新羽的手，不肯松开，眼圈通红。

白新羽深吸一口气，鼻头发酸，眼前有些模糊了。离开之后，他们不知道还会不会再见，这两年的军营生涯跟一场梦一样，所经历的好像比他从前半辈子都多，让他在短时间内成长了，倒也不枉他遭这一趟罪。他强忍着眼泪，拽开了俞风城的手，开门走了。

俞风城浑身发软地靠在墙上。

当天中午的庆功会，也成了白新羽的送别宴。

军区的领导专程飞了过来，因为出色完成任务，并且将战损比控制在了最低范围内，霍乔被授予个人二等功，参与行动的小队全员授予集体三等功，牺牲的老赵和金雕被追认为烈士。

当白新羽别上那枚军功章时，心里百味杂陈，如果他的肩膀无法恢复，那么这就会是他一生获得的最高荣誉了，他能站在这里领功，是战友们用血汗换来的，他一辈子都不会忘记那短短两天时间里发生的一切，那彻底改变了他的人生，他见识了超越生命的大义和大勇，即便有一天他退伍了，军人的精神也已经永远刻进了他的骨髓。

获得战功，并没有让战士们露出一丝笑容。霍乔摸着自己的军功章，一声惨笑，喃喃道："什么能换回我兄弟的命啊……"

屋子里传来低低的抽泣声，气氛一时很是伤感。

因为很多人身体都没恢复，他们以茶代酒，给白新羽送行，以命相交的感情不需要过多的语言，白新羽知道，他的心有一部分将永远留在猎豹大队。

没想到茶也醉人，喝到最后，不少人哭了起来，死别，生离，总是人过不去的坎儿。白新羽感觉自己醉了，如果在猎豹大队的经历真是一场梦，他突然不想醒了。

陈靖坐到白新羽旁边，红着眼圈摸着他的头："新羽，你的肩膀一定会恢复的，不管以后还能不能当你的班长，你都要好好的，知道吗。"

白新羽鼻头一酸，抓住陈靖的手，用口型叫了一句"班长"。

陈靖的眼泪在眼眶里转了转，自己抹掉了，他笑了笑："你以前话那么多，现在突然不出声了，还真挺不习惯的，你走了之后，我该更不习惯了。从你入伍那天起，就是我带的你，以后不能带你了，你也不能在我看不见的地方偷懒，经常给我写信打电话啊。"

白新羽用力点点头，把脑袋顶在陈靖的肩窝处，轻轻撞了两下，心里满是不舍。

他在军营里碰到了太多好人，陈靖就是其中之一，一路帮扶他、鞭策他、照顾他，对他的影响不可估量，这个正直又责任心强的小班长，明明比他还小了一岁，却像个大哥一样阻止他走歪路，用自己的品行和原则感染着他，他无法形容对陈靖的感激之情，这是个值得一生尊重的战友和前辈。

燕少榛也走了过来，和白新羽碰了碰杯："新羽，我会经常给你打电话的，你要好好治疗，好好复健，大家都会等着你。"

白新羽朝他竖起大拇指，咧嘴一笑。

俞风城一直在远处默默地看着他，却没有靠近。

这一场庆功宴，气氛是从头到尾的压抑和伤感。

散伙的时候，霍乔把白新羽叫进了办公室，把一个文件袋递给他："新羽，这是你休伤病假的文件，给你保留了猎豹大队的资格。"他盯着白新羽的眼睛，郑重地说，"我们都希望，有一天你能够回来。"

白新羽点点头，接过材料的时候，心里特别感慨。他刚进部队的时候天天盼着熬过两年赶紧退伍，可真有机会暂时休息了，他却不想走了。

霍乔抽出一根烟，刚想点，大概想起医嘱来，又放下了，他看着白新羽道："新羽，你是个让我很意外、也很舍不得的兵，更是一个让我惊喜、让我佩服的兵，猎豹大队需要你这样的人才，祖国需要你这样的战士。同时，我也要以风城舅舅的身份，向你道谢，谢谢你救了风城。"

白新羽点点头。

霍乔叹了口气："我昏迷之后发生的事，陈靖跟我说了……风城这孩子，从小一直追着我的脚步，我不是没阻止过，我们全家都阻止过，但他不愧是老俞家的人，天生一个'倔'字，结果真让他追到这里来了。他小时候父母忙，很不服管教，作起来能把大人活活气死，我是唯一一个能制住他的人，他对我是崇拜也好，害怕也好，总之，小时候他只听我的话，不知不觉地，我干什么他都要学，时间久了，他就成惯性了。"

白新羽淡淡一笑，是啊，俞风城追逐着霍乔的脚步，已经成了惯性，而他追逐着俞风城一路从三连到猎豹大队，又何尝不是惯性。

"虽然我们都觉得，他应该去读军校，但他放弃军校来当兵，家里人也没拦着他，说实话，比起他闯过的祸，这都不算什么大问题。他当兵之后老实多了，以前在我们家那片儿可就是个惹不起的混世小魔王。"

白新羽静静地听着，他逐渐能理解俞风城，当一个人将另一个人当作目标的时候，能够迸发出百倍的力量。

霍乔温和地看着白新羽："风城跟你的情谊，我也看在眼里，他从来没对哪个朋友这么上心过，他不仅把你当朋友，还将你当作他的责任，因为他心里始终认为，你是他带进来的，他有义务保护好你，所以这次你受伤，还是为他受伤，他是真的很痛苦。”

白新羽垂下头去，平时不是嬉皮笑脸就是严苛狠辣的霍乔，突然推心置腹地与他谈如此感性的话题，他实在有些不习惯，何况他们谈的是俞风城。

霍乔拍了拍白新羽的肩膀：“我话就说这么多了，你们俩还是要看造化，希望你过段时间冷静冷静，也能有一个新的视角。最后，祝你早日痊愈。”

白新羽如获大赦，他站起身，跟霍乔用力握了握手，却无法直视霍乔的眼睛。

霍乔摸了摸他的头，温言道：“你是一个优秀的共和国战士，也是猎豹大队永远的荣耀，我再说一次，我等你回来。”

白新羽眼眶一热，最终抬起头，直视霍乔，用左手向他行了个标准的军礼。无论发生什么事，他对霍乔的崇敬从来没变过。

晚上，霍乔派车送他们全家去机场，猎豹大队全员在操场给他送行。

白新羽看着那一个个熟悉的面孔，心酸不已，他的目光扫过霍乔、陈靖、燕少榛，最后落到了俞风城脸上，两人遥遥相望，已经分不清眼里究竟藏了多少说不清道不明的情绪，他怕自己失控，强忍着眼泪上了车。

车一开，他的泪水就控制不住地落了下来，他没想到自己会这么快就离开部队、离开俞风城，一个月前，他还是一个斗志昂扬的特种兵，转眼间，他们因伤而分道扬镳。

简隋英搂着他的肩膀，揉着他的头发：“想哭就尽情地哭。”

白新羽揪着简隋英的衣服，无声地哭泣着，他感谢简隋英把他送到了部队，这里让他变成了一个更好的人、一个合格的战士，不论结局如何，他无怨无悔。

无怨无悔！

回来后，白新羽静心休养身体，积极配合治疗，又动了一次大的手术。

他喉咙渐渐能发出一点声音了，肩膀也开始可以活动。但他总是睡不好觉，家里的大床比部队的行军床舒服千百倍，他却不习惯，看不到熟悉的军营和战友，他感到无法形容的空虚和寂寞，他还无法把自己的身份抽离出来，他始终觉得，自己依然是一名特种兵。

冯东元、陈靖和燕少榛都给他打过电话，虽然他无法发声，但听着他们说话，他也觉得很安慰，武班长还给他写过一封信，那样粗糙冷硬的人，字迹居然很是端正，而且信上是满满的暖人心扉的安慰之词。

他在收纳信件的时候，不经意看到行李里的一个大纸袋，他猛然想起了那是什么，颤抖着手把里面的东西拿了出来。

那是一沓厚厚的照片，是他们去库市军训的时候，那个对他有好感的女孩子偷拍的。照片上的他，神采飞扬，笑容无忧无虑，他忘不了俞风城还拿这女孩子揶揄他。他心脏猛地收紧，难受的情绪将他的身体贯穿了。他把照片收进纸袋里，再不敢看。

回到家这一个多月以来，冰化了，雪融了，他的伤也在好转，可为什么他好像还活在部队里，他的心似乎被囚禁在了那里，时时牵挂，无法解脱。

因为伤病，他拒绝了以前所有朋友的邀约，不参加任何活动，但每天依然准时五点半起床，出去锻炼一圈，保持着部队的作息，连他爸妈都快不认识他了。

他哥来找他谈过一次，问他伤好之后有什么打算，他不敢说他想回猎豹大队，他怕家人受不了，而且，他也不知道自己的肩膀能不能恢复，所以他给了个模棱两可的答案，说要等伤好之后再说。

他哥也不置可否，就说让他好好养伤，其实他心里也不抱太大希望了，也许这份执念会随着时间慢慢淡去。

回家两个月后的某一天，他接到了从猎豹大队打过来的电话，他以为是陈靖或是燕少榛，高兴地接了，想让他们听听自己久违了的声音。

电话接通后，那边传来的却是俞风城的声音："新羽，是我。"

白新羽怔住，握着电话的手情不自禁地收紧了。

"你的伤好点了吗？"俞风城知道他不能说话，自顾自地说着，"这两个月我们又执行了一次任务，身边的战友又少了一个，其实我也不知道哪天会轮到我，每次想着自己可能会死，我都会特别……想你。"

白新羽深吸了一口气，俞风城的脸清晰地出现在眼前，他一直觉得俞风城很强，所以避免去想俞风城会受伤、会死的画面，可子弹无情，俞风城也是肉体凡胎，随时可能在这个世界上消失，他突然感觉到了深深的恐惧，哑声道："……谁？"

俞风城一愣："新羽？你能说话了？"尽管那声音沙哑得吓人，完全听不出是谁发出的。

白新羽艰难地说："谁……走了？"

俞风城沉声道："别问了。"

白新羽沉默了，是啊，他不知道更好，就让那些战友一直活在他的记忆里吧。

俞风城迟疑地问道："新羽，你回家之后，有想过我吗？"

白新羽轻声道："嗯。"

俞风城呼吸一滞，半天说不出话来。

白新羽一字一顿道："我想猎豹。"

"……我们也都想你。"

电话两头一阵沉默。

从前他们无话不谈，从前他们时常聊天到半夜，现在他们竟然相顾无言。

白新羽借故要忙，挂了电话，一整天都心神不宁。

因为他成天憋在家里，沉默寡言，他哥甚至给他请了心理医生，医生说他这是创伤后压力综合征，也就是所谓的“战后综合征”，其实他心里清楚，这只是一部分原因，肩伤、可能破灭的梦想以及和俞风城之间难以理清的纠葛，让他每天都沉溺在消极的情绪里，难以自拔。

俞风城的一通电话，虽然令他难受了半天，但也让他清醒了许多，也许是过去有太多太多次，他将俞风城的鼓励当作最好的强心剂，所以那熟悉的声音，再一次给予了他勇气。

他必须好起来，他告诉自己。

THE GROWTH OF A DANDY.
FIGHT ALONGSIDE YOU.

第三十四章 以前的事，我早忘了

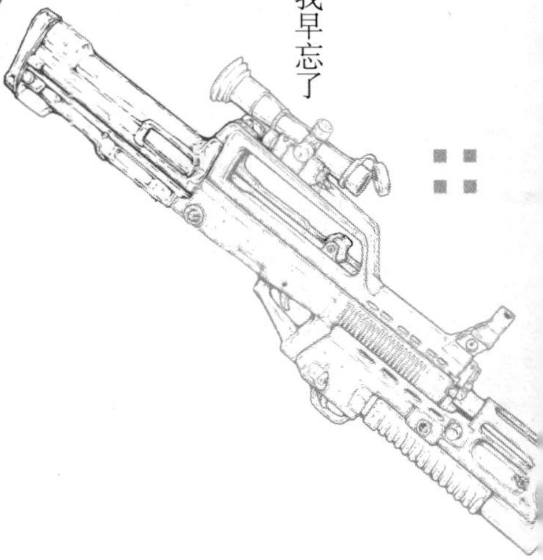

伤势愈合后，白新羽开始做复健，他一周往医院跑五天，这只曾经属于狙击手的胳膊，此时要从头开始练习摆动、抓握，从他有记忆以来，胳膊就随着他的意识在动作，从未想过有一天，使用它是需要练习的，而且是那么难。

神经虽然大部分都接上了，但还没有长好，他时常感觉到麻痹和肿胀，有时候眼看着一个物件在自己眼前，却怎么努力都无法拿起来，那种懊恼、痛苦和不甘，一次次煎熬着他的意志，但他始终咬牙挺着，面对父母的时候，还要装出满不在乎的笑脸。

他的喉黏膜也长好了，但声音变得低沉，略有些沙哑，这种后遗症需要漫长的时间才有可能修复，但他觉得这嗓音还挺有男人味儿的。

除了做复健，他也开始出门见一些朋友，开车去周边城市转一转，不过，他不再抽烟，也尽量避免喝酒，晚上十点就准时回家，以前那些花天酒地的生活现在他半分不沾，酒肉朋友们知道他现在变了个样子，渐渐也就不再约他了。他从前觉得自己朋友很多，现在才发现能留在身边的寥寥无几，但他觉得很好，他不可能再做回原来的白新羽了。

生活平静却乏味，他对部队的思念越来越强烈，这就好像他刚刚燃起的热血，被劈头盖脸一桶冷水浇了下来，可是，浇不灭的，他不会轻易被浇灭，这是部队教给他的，这是猎豹教给他的。

当然，他也知道爸妈强烈反对他回去，他一意孤行进猎豹大队，对亲人伤害很大，所以他一直都没有提过，相关的文件也被他锁在了抽屉里，夜深人静的时候，才会拿出来看一看，给自己坚持下去的动力。

他的复健速度比旁人快许多，因为绝大多数普通人承受不了这种肉体和心理的双重折磨，会偷懒，会讨价还价，会间歇性崩溃，但对于他来说，这些苦根本算不上什么。

等白新羽的胳膊能简单活动了，简隋英要他去自己的公司实习，说是不想让他在家闲出毛病来。他知道他哥的用意，一来给他找点事情做，免得成天跑医院心情会很压抑；二来，希望能教他些东西，到时候劝他复员。

他觉得挺好，多学点东西总不是坏处。

上班之前，他把自己的保时捷 911 卖了，给赵哥和金雕的家属各汇了三十万，并且匿名资助冯东元的妹妹上学，自己则换了个一二十万的车代步。

跑车、名牌、奢侈的生活，从前对他来说很重要的东西，现在似乎都不重要了，他只希望自己的时间能过得有意义，而不是像从前那样挥霍青春。

他依旧保持着在部队的习惯，每天五点半起床晨练，七点吃早餐，洗漱一番，刚好八点半之前到公司，从不迟到。

自从到他哥公司上班后，他碰见李玉的机会也变多了。他始终看这小子不大顺眼，毕竟李玉骗过他哥，偏偏人家现在看着挺好的，虽然那是他亲表哥，可要他跟简隋英这样脾气的人长期相处，他可受不了，但李玉可以，而且看上去很和谐，他无奈之下也就接受了。

养伤四个月后，他的新生活逐渐步上了正轨。

一家人对他的改变都非常满意，不过他父母觉得他稍微矫枉过正了，以前男女关系乱，现在完全变了个样子，又着急让他相亲。可惜他心思不在这上面，复健、锻炼、学习、上班，每天都过得很充实。

对部队生活和战友的思念，让他心里渐渐形成一个想法，等他真的退役了，他想开一个安保公司。他花钱找咨询公司做了这方面的调查，发现市场前景还不错，除了国内安保方面的需求，有些大企业在不太太平的国家开设分公司，也需要安保公司护航。他想，过几年他那些战友退伍了，很多农村上来的兵没文凭没背景，到了社会上难找工作，他开个最能让他们施展拳脚的公司，把战友们都聚集起来，又能赚钱，真是一举多得。

正好最近他在学着写商业企划，就当作练笔写了一份，去给他哥交作业。

简隋英翻了半天，支着下巴看着他："你小子，是不是闲不住，还想摸枪？"

白新羽嘿嘿笑着："当然想啊，忘不了。"

简隋英把材料往桌子上一拍："你的胳膊怎么样了？"

"医生说我恢复得挺好的，我比别人都努力，所以……"

"我倒希望你别这么努力了。"简隋英沉声道，"你恢复好了，是不是还想回猎豹？"

自他回来后，全家人，包括他自己，都在回避这个话题，兄弟俩更是从来没有提起过，可是随着他身体的康复，这个问题，早晚他们是要面对的。

"哥。"白新羽咬了咬嘴唇，有些心虚地小声说，"我想……"他偷偷瞥了简隋英一眼，突然就㞞了，"我还没想好。"

简隋英似乎也松了一口气："那等你想好了再说。"

"哎。"白新羽很狗腿地给简隋英捏起了肩膀，撒娇道，"哥，我知道你一切都是为了我好。"

简隋英嘶了一声："轻点儿，手劲儿这么大。"

白新羽赶紧放松手。

简隋英点着桌子："这不废话。对了，大姨让你去见的那几个女的，你去了没有？"

白新羽无奈道："我才二十四岁，急什么呀。"

"我也觉得不值得急，男人立业最重要。可大姨也不知道怎么了。"

"还是哥最明智。"

"对了，你那车，真不换换？"简隋英想起白新羽的车，就直皱眉头。

"我刚买的。"

"你从我车库里挑一辆吧。"

白新羽笑道："不用了，你那些车太招摇了，我现在这个挺好。偶尔借我过过瘾就行。"

简隋英看着他："你以前不是很喜欢这些东西吗？"

白新羽云淡风轻地说："喜好会变嘛。"

简隋英轻叹一声："有时候，我都说不好送你去部队到底正不正确了，你变得比我们想象中还要……让我们都有点适应不了了。"

"当然是好事了，不然我现在能这么端正吗。"

简隋英撇撇嘴："端正过头了。"

"哥，你的决定总是正确又明智的，这件事也是。"白新羽拍拍他的肩膀，"我这么英俊又上进的小伙子，可不是谁家都能养得出来的。"

简隋英笑骂道："也就这两年像样了。"

两人又瞎聊了一会儿，白新羽就下班回家了。

这个点儿正是最堵的时候，白新羽放上音乐，看着窗外淅淅沥沥的雨，心情很平静。

这几个月来，他整个人沉淀了许多。

他跟以前的战友时常联系，电话、信件不断，他还去看了一次旺旺哥，西北小饭店开得红红火火，孩子刚满月，特别可爱。每一次跟战友联系，其实他的心都是悬着的，他特别怕听到噩耗，尤其是那些关系好的，幸好，陈靖、燕少榛、霍乔、老沙他们都平安，当然……还有俞风城。

俞风城半年来给他打过几次电话，他要么没接，要么说几句就挂断了。其实现在想到俞风城他已经不那么难受了，至少不会整夜整夜地梦见那些事、那些人。

但是，也许是因为太多特殊的经历，他变得无法对别人敞开心胸，他妈给他介绍的相亲对象，都又漂亮又有家世，但他提不起半点兴趣。有时候他怀疑那次情感剥离，真的剥离了他的"情感"，但他分明对家人、对战友、对部队，还有着强烈的热爱。

尤其是俞风城。他和俞风城的友情是在部队那个特殊环境里用血汗铸造出来的，中间掺杂着无数终生难忘的体验和回忆，很多跟挑战身体极限和生死有关，所以他怎么都忘不了，就跟他忘不了在部队的一切那样。只希望时间能改变他……

正想着，他的电话响了起来，低头一看，是猎豹大队打来的，他心脏一颤，难道会是俞风城？窗外的雨越下越大，这个安静流淌着音乐的小车厢好像把他隔绝在了一个独立的世界里，让他充满了安全感，他突然觉得，这时候如果能听听俞风城的声音，也不错。

他按下通话键，对面传来了燕少榛的声音："新羽。"

白新羽忽略掉自己那一瞬间的失望，高兴地说："少榛啊，好久没联系了，你们又去执行任务了？"

"是啊，刚回来没多久，你最近怎么样？"

"忙着呢。"白新羽兴奋地说，"医生说我的肩膀恢复得很好，现在日常生活都没什么问题了。"

"太好了，你复健都做些什么啊？"

白新羽跟他说起了自己的日常，燕少榛安静地听着，不时发表一点意见，两人聊着天，堵车的时光也不再索然无味。

最后，燕少榛笑着说："对了，我有个消息要告诉你，算是，好消息吧。"

"哦，什么消息？"

"我春节后要调回来了。"

"……"白新羽怔了片刻，"你要离开猎豹了？"

"对，很多原因吧，我调去了这边的军区。"燕少榛的声音里，不免有一丝失落，"我考虑很久，现在定了。"

"哎呀，既然是你决定了的，那就恭喜你，那这没几个月了呀。"

"是啊，咱们马上就能见面了。"

白新羽笑道："好久没跟你喝酒了。"

"等我回去，一醉方休。"

白新羽豪气地说："好！"他想了想，假装不经意地问道，"对了，其他人怎么样了？班长啊，副队啊，老沙他们。"

燕少榛笑了笑："他们都挺好，但你最想问的是俞风城吧。"

白新羽有些尴尬："呃……他也还好吧。"

"他听说我要调回来，脸色可难看了。"燕少榛得意一笑，"说实话，你走之后的半年，他变了很多，性格比以前稳了，几乎每次出任务都表现突出，让我挺意外的。"

白新羽掩饰着哈哈一笑："挺好。"那就是俞风城想要的生活。

挂了电话后，道路顺了起来，白新羽踩着油门，看着两旁飞驰的风景，心中思绪万千。

回来后的第一个春节很快到来了。

白新羽看着大街小巷张灯结彩，忍不住想起了在三连度过的那个春节。他记得那个春节，大家一起大扫除、购年货、做饭、包饺子，自己编排节目娱乐战友，用大炮和枪声当礼炮，他头一次离开家人，却并不觉得寂寞。整点钟声敲响的时候，他们跑到外面看烟花，俞风城就站在他身旁，他一辈子也忘不了当时雪山的夜空是多么深邃，星星是多么明亮，战友的欢呼声犹在耳畔，甚至能记得身边之人透过衣料传来的一丝温度。

白新羽这天晚上喝多了，养伤期间，他一直严于律己，这是他头一次喝多。他抱着简隋英，说："哥，我羡慕你。"

简隋英莫名其妙："撒什么酒疯呢？"

白新羽含糊地笑着，摇摇头："就是羡慕你。"

"想要车你就说，又没说不给你开。"

白新羽再次摇头："哥，你背我呗。"

"背不动。"

"背得动。"

"背不动。"

"你试试嘛，他都背得动……"白新羽耍赖道。

"谁？"

白新羽打了个酒嗝："班长……班长也背得动。"

简隋英拍了下他的脑袋："你烦不烦。"

"你背一下嘛，就走……十步，就十步。"白新羽拿手指比了个十字。

李蔚芝劝道："新羽，别闹了，回房间睡觉了。"

李玉放下酒杯："你哥喝多了，我背你回房间吧。"

"不要，不要你，我要我哥。"白新羽搂着简隋英的脖子，"哥你小时候都背我的。"

"你那时候才几斤。"简隋英拿这个醉鬼没办法，"算了，我背他进去吧。"说完，真的把白新羽背了起来。

白新羽个子高，肌肉又结实，着实不轻，简隋英喝了点酒，脚下虚浮，站起来就晃了晃。

李玉赶紧起身，皱眉道："我来吧。"

"没事儿，回房间没几步。"他背着白新羽往房间走去。白新羽拿脸颊蹭他的后脖子，蹭得他脖子上全是口水，把他烦得想把人扔地上，"你再蹭口水，我揍你啊。"

白新羽身体一顿，突然抽泣起来。

简隋英翻了个白眼："不揍你，别哭！"白新羽从部队回来后，完全是长大成人了的架势，这时候喝多了，好像年纪又回去了。简隋英心想，如果他觉得这才是他弟弟，是不是也太犯贱了？

白新羽哽咽道："风城……"

简隋英没太听清："什么？"

白新羽不再说话了，只是轻轻吸着鼻子，声音听上去有几分可怜。

简隋英想了半天，总觉得白新羽说的两个字呼之欲出，可他一时就是想不起来，他甩了甩脑袋，把白新羽送进了房间，往床上一扔。

白新羽蜷缩进被子里，迷迷糊糊的。这时候，他手机响了，简隋英刚要走，又退了回来，从他裤兜里翻出手机，看了看来电显示，是猎豹大队，简隋英犹豫了一下，还是推了推他："新羽，电话，猎豹大队打来的。"

白新羽听到"猎豹大队"四个字，猛地睁开眼睛，一下子抢过了手机，行动之迅猛，完全不像喝醉的人。

简隋英气得揍了他一拳："你这是喝醉了吗？玩儿我是不是？"李玉跟着进屋，把简隋英扶走了。

白新羽按下通话键，把手机贴在耳畔，轻声道："喂？"

"新羽，新年快乐！"电话那头传来陈靖喜气洋洋的声音。

白新羽心里一暖，眼圈一热："班长，新年快乐，我好想你啊。"

陈靖笑道："我们也想你，听你这声音是喝多了吧？大家都喝多了，可是开心啊，一年到头，还能一起喝酒过年，开心啊。"陈靖有些语无伦次。

也许他想说的是，他们都还活着，开心啊。

白新羽喃喃重复着："班长，我想你们，好想你们。"

陈靖吸了吸鼻子："我们也想你。"

白新羽哽咽道："班长，你们没忘了我吧，我正努力复健呢，我快好了，真的，你们……别忘了我，咱们离得这么远，你们会忘了我吗？"

"不会，永远都不会忘。"

"我也不会，我天天惦记你们。"白新羽浑浑噩噩之间，意识到自己有多么想要回去，那段热血峥嵘的回忆，是他一辈子最珍贵的时光。

"哎，风城要跟你说话。"

白新羽心脏一颤，拿着电话的手都在跟着发抖。

俞风城低沉磁性的嗓音透过话机，直接钻进了他心底："新羽，你还好吗？"

白新羽沉默了半晌，忍着眼泪，轻声道："还好。"

“我后天到家，休的探亲假。”

白新羽一怔，一时紧张得说不出话来。

“我会去找你的。”

白新羽小声说：“我……最近有点忙。”

俞风城沉默了一下：“那我也会去找你。”

白新羽深吸一口气：“把电话给班长。”

俞风城再次沉默，最后还是把电话还给了陈靖。白新羽和以前的战友们一一打了招呼，聊了很久，知道了很多好消息，陈靖立功了，霍乔的诗集出版了，老沙的媳妇儿怀二胎了，阿四的通信学博士论文发表了，那满满的喜讯让他沉闷的心情也跟着晴朗了不少，只是俞风城马上要回家这个消息依然冲击着他的大脑。

他还没做好准备见俞风城，他并不是记恨什么，他只是不知道该怎么面对。

和战友们聊完，他又把电话打回了三连，三连那边同样热闹非凡。冯东元兴奋地跟白新羽说：“新羽，告诉你一个好消息。”

“哈哈，今天净是好消息。”

“我们家情况好转了，有个好心人资助我妹妹上学，我爸工伤的赔偿款也拿到了，我决定退伍了，参加今年的高考！”

白新羽激动地说：“太好了，你会考来我这里吗？”

冯东元笑道：“我尽量。”

“你一定要考来，跟我做做伴。”

“我也想去找你，你那儿好大学又多，我一定会努力的。”

白新羽鼓励了他几句，又问了问钱亮、武班长、许闯的近况，听到大家都过得很好，他感到由衷地欣慰。

挂了电话，他长嘘一口气，觉得自己今晚能做个美梦了，梦到自己回到雪山，手握狙击枪，在战场上万夫莫当……

俞风城要回来这件事，把白新羽搅和得又有点儿寝食难安了，他这人本来就情绪化，容易受人影响，在猎豹大队的经历已经让他沉稳很多了，但性格这东西真不是那么好改变的。

这天下午，他刚走到公司停车场，就感觉身后有人跟踪他，他没回头，从包里拿出一把瑞士军刀，借反光镜悄悄往身后照了一圈，果然看到一个黑色的人影。白新羽心想，怎么会有人跟踪他？他回来之后可是安分守己，欠债都是多少年前的事儿了。

他定了定心神，嘴角噙着一抹冷笑，好久没活动筋骨了，小爷倒也看看你想干什么。他故意穿梭在汽车之间，把路线变得复杂，同时用车隐蔽着身体，最后一闪身躲进一辆车后面。

脚步声渐近，他深吸一口气，猛地从车后面跳了出来，抬脚就朝来人面门踢去。

那人偏头一闪，轻松避过。

白新羽这一脚踢出去就后悔了，跟踪他的不是别人，而是俞风城。

俞风城后退两步，淡笑道："快一年没见，你有点退步了。"

白新羽心脏怦怦直跳，表面上却很冷静，他皱眉道："你……跟踪我干吗。"

"想试试你的警觉性。"

"故意泄露自己的踪迹来试探我的警觉性？你也太瞧不起人了。"

"又不是玩儿真的。"俞风城的目光从见到白新羽的那一瞬间，就紧锁在他脸上，一动不动。白新羽的皮肤白了一些，额头光洁得好像在发亮，头发还保持着在部队的习惯，剪得很短，那份干练已经刻入骨髓，哪怕是西装革履，也有一股不同寻常的硬朗气质。他幻想过无数次再见到白新羽的情景，连说什么话都设想好了，可真的看到人，他发现他无法好好地组织语言。

白新羽也在看着俞风城。几个月没见，俞风城的目光愈发犀利，气质也愈发刚毅深沉，当然，皮肤也更黑了，整个人就像一只潜伏的黑豹，不知道什么时候会化作闪电扑上来，让人光是站在他身边，就觉得毛孔发寒。回想起当年他们初遇，那时候的俞风城还有着介于少年和青年之间的青涩，笑起来露出一口洁白的牙，老是喜欢戏弄他，得逞后会露出让人恨得牙痒痒的笑容。现在，他已经完全变成了一个男人，一个沉稳内敛的男人。

白新羽意识到，部队不仅改变了他，也改变了俞风城。两人在改变中相识，可能从一开始就是错的，毕竟，那个时候他们都还没定型。

他平静地说："你找我干吗？"

"去吃个饭，或者喝一杯吧。"

白新羽道："晚上还有事儿。"

俞风城眼神执着："新羽，撇开别的不说，我还是你的战友啊。"

白新羽对这句无法反驳，避着俞风城显得太不坦然了，没错，俞风城毕竟还是他的战友。他道："上车吧，我请你吃饭。"说着他转身去开车门。

俞风城上了车："真没想到你会开这样的车。"

白新羽坦然道："嗯，没钱。"

"我的车给你吧，反正我也不开。"

白新羽白了他一眼："省省吧。"

"你给赵哥和金雕家里汇钱的事儿，我们都知道了。"

白新羽惊讶道："怎么知道的？"他是匿名的啊。

"想查总有办法查。"俞风城专注地看着他的侧脸，"我一直想告诉你，那次吵架，我说的很多话都不是真心的。无论从前的白新羽是什么样的，你现在都变得非常出色，而且，我相信有一件事一定是你哥给你灌输的，那就是男人的担当。"

白新羽怔了怔，沉声道："以前的事，我早忘了。"

"我没有。"俞风城深深看着他。

白新羽嘴唇微微颤抖着，就算不去看俞风城的眼睛，他也已经感受到那灼人的目光。

他把俞风城带到一个湘菜馆，他知道俞风城不怎么能吃辣，故意点了一桌子重辣的菜，自己吃得热火朝天。

俞风城果然吃了几口就放下了，他要了一瓶酒，倒上两杯："新羽，好久不见了，干一杯吧。"

白新羽眼都没抬："我养伤，不喝酒。"

俞风城笑了笑："行，我自己喝。"说完一口干掉了杯中酒。

两人吃得热了，俞风城脱掉羽绒服，里面就穿着一件短袖，他举杯的时候，手肘上抬，白新羽看到了他上臂处的一块疤，那疤有半颗核桃大，很狰狞。他知道那疤是新添的，因为他们太熟悉彼此了，现在……不知道俞风城这十个月新添了多少伤。

俞风城注意到他的目光，看了看自己的胳膊："你走之后的事，匕首从这里刺进去了。那次任务特别危险，幸好你不在……猎豹大队一直是战损比很低的特种部队，但每次出任务，至少都有人受伤，我不想再看到你受伤了。"

白新羽讽刺地一笑，他本来想忍住的，可那嗤笑声不受控制地发出来了。没办法，因为俞风城这句话太可笑了，好像他受伤的时候，俞风城真的做了什么一样。不过，他什么也没说，只是拿起桌上的酒，抿了一口。

辣，菜辣，酒辣，心都好像要烧起来了。

俞风城眼神一黯，呼吸有些艰涩："新羽，我不会为自己做过的事狡辩，我对不起你很多事，我在那个时候走了……"

"以前的事别跟我叽歪了。"白新羽给他满上酒，"来，这一杯，我敬战友，敬勇士。"

俞风城愣了愣，还是跟他碰了杯。

白新羽把酒干掉后，不客气地说："你吃饱了吗？我吃饱了。"

俞风城摇摇头："没有。"

"那你慢慢吃，我把账结了，我有事先走了。"白新羽说着就要起身，他实在受不了和俞风城这么面对面坐着，难受。

俞风城一把抓住他的手，他挣了一下没挣脱，就瞪着俞风城。俞风城也一眨不眨地看着他，左右都是人，他知道俞风城是个厚脸皮的主儿，无奈只好又坐回去了。他从前想象自己上新闻，是跟女明星闹绯闻，现在想象自己上新闻，是立了战功，总之，肯定不会是发酒疯跟战友打架这么有损军人形象的事儿。

白新羽整了整衣服，用尽量平静的口气说："俞风城，我知道，入伍那会儿你就瞧不起我，不怪你，那时候我是挺不像样的。可直到后来，我以为咱们俩算是……最好的朋友了，可你心里，其实还是有点瞧不起我吧。"

俞风城张嘴要反驳，却被白新羽抬手制止了，他继续道："我知道，你是把我当战友的，雪山上你没管我，我不怪你，副队是你的舅舅，情况又比我紧急，换了我，也会做一样的事，我理解。可理解是一回事儿，感情是另外一回事儿。怎么说呢，我一想到你，就难受，还自卑，而且忘不了你当时就那么扔下我走了。我自己都觉得自己矫情，为了不难受，不自卑，不嫌弃自己矫情，"白新羽忍着心头阵阵的闷痛，看着俞风城，"咱们俩，好聚好散吧。"

俞风城轻声道："你是我最好的朋友，你还救过我的命，无论怎么样，我不愿意我们变成这样。"

"可我们已经这样了。"白新羽皮笑肉不笑地说。他不想在他把俞风城当作目标去努力的时候，俞风城却根本不把那点进步放在眼里。

俞风城正色道："我不是这样想的。"

白新羽胸中顿时翻涌起一股怒火："你说这话不心虚吗？"

俞风城的眼神不闪不避，没有一丝迟疑，可白新羽却不知道拿什么相信这个人，他压抑着内心的波动："行了，再说下去更矫情了，你怎么想，都是你自己的事了，我救你是因为你是我的战友，换作别人我也一样会去挡枪，你不必觉得欠了我。"

俞风城沉声道："我来找你，不只是因为亏欠。"

白新羽讽刺地一笑："那还能因为什么。"

"因为你是我出生入死的兄弟。"

白新羽暗自握紧了拳头："风城，不管怎么样，我们还是战友，你回来了我有好酒，但我们只能到此为止了。"

俞风城哑声道："我们不会到此为止，新羽，我欠你很多个'对不起'，有一天，希望你能真正原谅我。"

白新羽感觉大脑有些眩晕，从今天见到俞风城的那刻起，他脑子一直就这么发蒙着，有时候都有些分不清自己是不是在梦中。其实他自己也觉得可笑、觉得丢脸，交个朋友而已，竟会这么计较得失。

他深吸一口气："俞风城，过去就是过去了，你继续在猎豹大队实现你的理想，我呢，该干吗干吗，我们本来就是两个世界的人，以后也很难再有交集了，你也……"

"我们什么时候成了两个世界的人了？"俞风城咬牙道，"我们从新兵连一路走到猎豹大队，哪一次不是并肩前进，我们吃过一样的饭，爬过一样的泥坑，受过一样的苦，我们一直都在一起！"

"现在不在了！"白新羽低吼道，"说这些有什么意思啊？你心里清楚，我们从来不是一起的，你进猎豹大队，是追随副队进去的，你跟我一起走过的那段路，不过恰巧是你追随他必经的一段路，跟我有什么关系？这里面其实从头到尾跟我都没什么关系，我只不过是刚好出现在了路上，你觉得好玩儿就带我走一走，但你不会为了我偏离方向，因为我想怎么走，走得快慢，跟不跟得上，根本不在你的考虑里，这样你还敢说我们是一路的？"他说着说着，开始鼻头发酸，"俞风城，其实一直以来，都是我在跟着你走罢了，参加选拔也好，进猎豹大队也好，一开始，都是我想跟着你才走进去的，从来就不存在我们'一起走'。不过现在不一样了，你走你的，我走我的，我有自己的方向了，你的方向，我不在乎了。"他掏出钱包，拍下几张钞票，起身就走了。

俞风城抓起酒瓶，对着瓶口狠灌了一口，硬是把那泛滥的伤心压抑下去，起身追了出去。追到停车场，白新羽正要关车门，俞风城一把推开车门，把人从车里拽了出来。

白新羽推了他几下没推开，硬是忍住了挥拳头的冲动，两人都喝了酒，又是当过兵的人，玩儿不来 "轻拿轻放"，情绪上来喜欢动手，他不想在这里跟俞风城打起来。

俞风城哑声道："新羽，别动，听我说一句话，就一句。"那音调到最后，带了点哀求。

白新羽的呼吸都在发颤，他咬牙道："说！"

"我这次回来不只是休假。"俞风城仔细看着白新羽的脸，这张脸在过去的几个月里反复出现在他的脑海中，裹挟着愧疚、后悔、思念，反复折磨着他，"我是回来办事的，副队后天也会回来，给我弄推荐入军校的资格。"

白新羽眼中闪过一丝惊讶。今年？当初俞风城说的是两年，这才过去了一年……

俞风城看了一眼白新羽的肩膀："你的肩伤，需要长时间复健，一时半会儿恢复不了，正好我爸希望我去进修，我回来陪你。"

白新羽忍不住问道："你就这么回来？猎豹大队不是你从小到大的理想吗？"

"它也是你的理想。我知道，你付出了那么多才进了猎豹，我都看在眼里，它是你的骄傲，可现在你因为我，不得不离开。"俞风城沉声道，"我有什么资格留下，我要和你一起离开，再和你一起回去。”

白新羽用力推开了他，脑中一片混乱：“俞风城，你有毛病吧，谁需要你这么做？”

“是我想这么做。”

“你脑子是不是进水了你！”白新羽怒道，“我每天比别人付出几倍的时间去做复健，是为了有一天再成为合格的猎豹大队狙击手，谁需要你因为什么乱七八糟的愧疚还是同情说回来就回来？你以为这样我就高兴了？你以为这样就算还我了？”

“我没想过这样能还你，只是……”俞风城动容地说道，“当初是我陪着你进猎豹，这一次，我想陪你回去。”

白新羽怔怔地看着俞风城，心头一阵慌乱，他转过脸去，半晌，才道：“你给我听好了，要是有一天，你后悔可以，但你记住，这是你自己的决定，跟我没有半点关系。”

俞风城道：“这是我自己的决定。”

路边有等着给喝了酒的人开车的代驾，白新羽招手叫了一个。

他钻进了车里，重重带上车门，绝尘而去。

俞风城看着那远去的车，缓缓握紧了拳头。

到了家，白新羽回到房间，虚脱一样倒在床上。

李蔚芝推开他的房门：“新羽？你喝酒了？”

白新羽闷声道：“嗯。”

“见朋友了？”

“嗯。”

李蔚芝坐在床边，摸着他的脑袋：“心情不好啊，还是累了？妈给你炖点解酒的汤吧。”

白新羽抱住他妈的腰，把脑袋放在她腿上蹭了蹭：“不用，没喝多少，你陪我一会儿我就好了。”

李蔚芝笑道：“好久没和妈妈撒娇了。”

“妈，你介绍的女孩子我不去见了好不好，我现在没那个心思，我可忙了。”

李蔚芝叹了口气：“不见就不见吧，我也看出来了，你是真不上心。”

白新羽犹豫了一下：“妈，如果我以后都不结婚，你能接受吗？”

李蔚芝吓了一跳：“为什么？”

“我是说‘如果’。”白新羽笑道，“你儿子我也算看尽红尘了，突然觉得恋爱啊、结婚啊什么的挺没意思的，什么女人都不比妈妈好，我不想结婚。”

“男人总要娶妻生子的呀，妈妈不能陪你一辈子，你老了谁照顾你啊。”

“那么远的事儿，现在考虑干吗。”

李蔚芝深深皱起眉：“谁不考虑以后啊，你可千万不能有这种想法啊。”

白新羽笑了笑。

早在进入猎豹大队，成为一名特种兵时，他就已经做好了为国家、为人民牺牲自己的准备，回来这么久了，他依然怀念着过去的生活，他会拼尽全力回去，去过那种尽管凶险，却能让他看到自己的价值的生活，但这样的生活，并不适合婚姻，这也是他不想谈恋爱、不想相亲的原因。

心里虽是这么想的，但嘴上他还是安慰道：“妈，我是最近太忙了，才没这个心思，再说我才二十五，你就让我相亲，你是觉得你儿子讨不着老婆啊？急什么呀。”

李蔚芝想了想，似乎也有道理：“我儿子又帅又厉害，怎么会讨不到老婆。”

白新羽笑嘻嘻地说：“就是嘛，不急，我有妈妈一个公主就够了。”

他哄了半天，总算把他妈糊弄过去了，否则再深究下去，也许他妈就会意识到，他是因为想回部队，才不愿意找女朋友的。

第三十五章 你不欠我

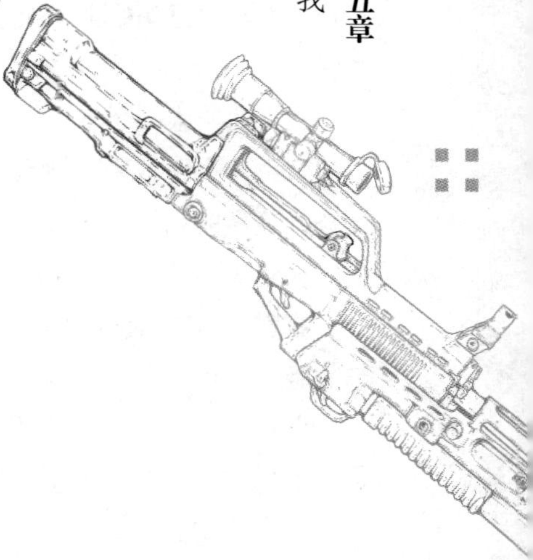

过了两天，简隋英给他打来电话。

“哥，你从秦岛回来了？”他哥每年都要去秦岛陪简家老爷子住几天。

“没有，你过来吧。”

“啊？”

“霍乔回来了，还有他外甥，他打电话找我们聚聚呢，你赶紧来。”

白新羽怔了怔，哦了一声。

“怎么了？”简隋英有些意外，“你有事？”

“没事，我这就过去。”他不敢表现出异状，在简隋英眼里，他可是非常想念战友的，他确实想念，可俞风城是他最不想见的那一个。

他没开车，坐动车去的，他哥派人把他接到了饭店。

一进包厢，里面坐着的四个男人是个顶个的好看，跟明星聚会似的，包厢里的女服务员比客人都多，看到他进来更是眼睛发直，大概闹不明白这是什么性质的聚会，为什么一个个都长这么帅。

白新羽刻意忽略俞风城犀利的目光，一进包厢就朝霍乔行了个军礼，笑道：“首长好。”

霍乔哈哈大笑起来：“你小子，快过来坐。”

霍乔起身跟他用力拥抱了一下，两人也快一年不见，见到战友最能让人忆起共同挥洒热血的岁月，令人不胜唏嘘。

简隋英笑道：“哎，霍乔，赶紧把你那‘大礼’发一下啊。”

霍乔道：“对对对。”他从包里拿出一本书递给白新羽，“来，送你一本我的诗集，精装版。”

白新羽接过来一看，诗集封面素雅大方，说白了有点土，名字叫——《雪山的雪》，他忍不住笑了出来：“好，真漂亮，真有分量。”

简隋英揶揄道：“印了一千自留八百送人，这就叫伤敌一千，自损八百，哈哈哈哈。”

“你丫缺不缺德，宣传委说我这本诗集在军区广受好评，还要加印呢。”霍乔翻到封底，“看看，这是我们军长给写的推荐，‘用浪漫凄美的文字勾勒大气磅礴的军中情怀’。”

简隋英趴在李玉肩膀上，笑得直抖。

白新羽笑道：“副队，这本诗集我一定好好拜读、珍藏。”

“哦，那我再送你一本，你看一本，珍藏一本。”霍乔又塞给他一本，还硬给他签了名。

简隋英抹掉眼泪：“新羽，过不了多久你就不能叫他副队了。”

“为什么？”

霍乔笑了笑：“韩卓大队长提上去了，调去了军区，他走之后，我要接任猎豹大队队长。”

白新羽眼前一亮：“恭喜啊副队！”

霍乔轻叹一声：“压力更大啊。”

简隋英拍拍他的肩膀：“保家卫国使命重大，来，我们敬你一杯。”其他人跟着他一起举杯，齐敬霍乔。

霍乔和他们一一碰杯，一饮而尽。

俞风城一直安静地看着他们，没怎么说话，只是眼睛时不时瞄向白新羽。

霍乔看向白新羽：“新羽，你跟风城见过了吧？”

白新羽正喝果汁，差点儿呛着：“呃，是，前天吃过饭了。”

当着简隋英的面，霍乔没表现出一丝异态，他笑道：“我就知道他回来肯定先来找你了。我这次回来主要是为了他上军校的事，我姐听说他终于肯回来进修，都要高兴哭了，他到时候在这里上学，就得麻烦你多照顾他了。”

白新羽干笑道：“没问题。”

简隋英笑了笑：“有意思啊，当年新羽去部队，我托你让你外甥照顾他，现在反过来了。”

霍乔笑道：“风水轮流转嘛，什么事都说不准啊。”

俞风城举起杯：“以后就麻烦简哥和新羽了。”

三人客气地碰了碰杯，却各怀心思。

一顿饭吃得倒也融洽，霍乔说了很多猎豹大队的趣事，听得白新羽都不想走了，他希望自己被这些熟悉又陌生的事情淹没，就好像他还在猎豹大队，和那些可亲又可靠的战友在一起一样。

那天晚上，他们聊到饭店打烊，才依依不舍地离开。

五人都喝了点酒，白新羽脚下有些虚浮，一只有力的胳膊立刻扶住了他。

他回头一看，就赶紧推开了俞风城，生怕被他哥看出来异样。俞风城再次抓着他：“我送你上车吧。”

霍乔派了两辆车来，俞风城架着白新羽上了其中一辆，白新羽坐进去后，俞风城弯下腰，靠近他耳边低声说：“你喜欢听猎豹大队的事，我可以给你说很多。”

白新羽用力眨了下眼睛，大声道：“哥，用不用我扶你？”边说边把俞风城推了出去。

李玉道：“不用，我来就行。”

俞风城躲开了，李玉把简隋英送进车里，自己也坐了进去。

俞风城深深看了白新羽一眼，关上了车门。

车发动之后，白新羽深吸一口气，感觉酒都醒了不少。

车开出去没多久，简隋英轻声嘟囔着：“白新羽。”

“哥，怎么了？”

“你说过，以前俞风城那小子在部队欺负过你，是他吧？”

白新羽闷声道：“嗯，以前是有过，不过后来就好了。”

原本醉醺醺的简隋英，突然一把揪住他的领子，把他按在了车门上。

白新羽吓了一跳：“哥……”他以为简隋英发酒疯了。

李玉也是这么想的，抱着简隋英的腰想把他拽开。

简隋英恶狠狠地瞪着白新羽：“他以前欺负你，你还为他挡枪，你怎么这么孬呢？你什么时候这么圣母了？”

白新羽哭笑不得：“哥，你喝多了……”看着简隋英凌厉的目光，他小心脏一抖，突然很没出息地觉得……有点尿急……他咽了咽口水，拼命朝李玉使眼色：“快坐稳了，一会儿该吐了。”

简隋英眯起眼睛：“我喝多？我的酒量是你这兔崽子能揣测的？”他揪着白新羽的衣领使劲晃了晃，“我今天看你们俩就有点不大对劲儿。”

“我们是战友啊，还能怎么回事儿。”

简隋英拽住他的领子，用脑门狠狠撞了他的脑门一下。砰的一声，把两人都撞晕乎了。

白新羽确定他哥是真喝多了，要不然不会用这种“杀敌一千，自损八百”的方式揍他，小时候都是用工具打他的，再不济也用脚踹。

李玉抱住简隋英的腰，用力分开他们，把简隋英扶到车门那边，自己坐在中间。

简隋英张牙舞爪地要扑上来：“白新羽，你说话！”

李玉抓着简隋英两只手按在了腿上，低声道：“什么事儿等你酒醒了再说。”

“不行，就现在说。”

“酒醒了说。”李玉加重语气，“你这样影响司机开车。”

简隋英顿了顿，把脑袋从后座伸到了前座，搭在司机胳膊上，瞪着司机：“喂，我这样影响你开车吗？”

司机吓坏了，支吾起来。

李玉又把他给拽了回去。

白新羽把自己拼命往角落里缩，简隋英探头过来，他就往李玉身后躲，两人用李玉的身体当墙，在狭小的车厢里玩起了捉迷藏，最后简隋英气得直骂娘。

白新羽可不想在他哥喝多了并且正在气头上的时候跟他谈话，反正除了挨揍没别的。李玉说得对，等酒醒吧，他现在脑袋也昏昏沉沉的，组织不出像样的语言，他怕自己一时控制不住，什么该说的不该说的都说了，那他第二天醒来估计只有开窗户往外跳了。

李玉最后把简隋英弄睡了。白新羽才松了口气，真心地说："谢谢啊。"

李玉看了他一眼，面无表情地说："没关系，不过他不会放过你的。"

白新羽嘴角抽了抽。

回到家，他洗了个澡，因为心事太重，在浴室差点儿摔着。

倒在床上后，他打算把手机关了，免得明天他哥找他，能躲一天是一天。结果一看手机，有一条俞风城发来的短信，他心里已经够烦了，手指晃了半天，最后直接删除了。

他一点都不希望俞风城回来上学，两人隔得这么远，偶尔一通电话，就能让他两三天不是滋味儿，如果真的在一个城市……他真不想让俞风城这浑蛋影响自己的情绪，可是怎么才能阻止俞风城来烦自己呢？他想了半天，觉得像俞风城这种自尊心强的人，也受不了太多次拒绝吧，下次把话说难听点儿好了，向他哥看齐。

想到他哥，他用力拿脑袋撞了撞枕头。

怎么办，怎么办，怎么办？

他哥一直就很聪明，观察力也好，可能真的在两人的眼神、态度里看出了什么，他哥从小就以他的保护者自居，要是觉得俞风城欺负了他，是不会善罢甘休的，毕竟他中的那一枪，已经是他哥的一块心病。他懊恼地抱着脑袋，在床上滚了好几圈，感觉一个头两个大。

为什么过个年麻烦事儿这么多，还让不让人好好过日子了！

他拼命想着怎么跟他哥解释，可是从小到大，但凡是跟他哥撒谎的，十有八九会被拆穿，就算暂时瞒住了，最后也会被拆穿，而且他会遭到比当场拆穿还严厉的胖揍，他要撒谎吗？他能骗得过他哥？承认？那不是又找麻烦？他烦得想扯嗓子大吼，大爷的，到底该怎么办！

纠结了大半夜，最后他抵挡不住困意，不知道什么时候睡着了。

白新羽一觉睡到了第二天九点，他妈还以为他生病了呢，特意来他房间看了两次，因为这一年来他几乎每天都是五点多起床的。

起床后，他第一件事就是问他哥有没有打电话来，李蔚芝奇怪地说："没啊，怎么了？"

白新羽松了口气，他这几天都不打算开机了，对付他哥他有一套心得，别在气头上触霉头就是了。

忙完复健和学习，一整天很快就过去了。

晚上吃完饭，李蔚芝问道：“新羽，你现在不忙吧？”

“不忙啊，怎么了？”

李蔚芝拿过一个保温盒：“你把这个给你哥送过去，我卤了点鸭胗，他今天突然打电话来说想吃。”

白新羽脸色微变：“呃……现，现在吗？”

“就现在吧。”李蔚芝高兴地说，“他好久没说想吃了，放心，妈也给你留了。”

白新羽认命地接过保温盒，他知道该来的躲不掉。

到了简隋英家，他打开手机的前置摄像头，在楼道里摆了半天的可怜表情，最后觉得每个表情都挺帅的，忍不住自拍了好几张。

犹豫了快二十分钟，白新羽终于战战兢兢地按响了门铃。

李玉开的门，他暂时住在这儿，一见他就露出一个浅笑，那笑容在白新羽眼里怎么看都像“你也有今天”。

白新羽轻咳一声，明知故问：“我哥在吗？”

“一直在等你。”

白新羽咽了咽口水，把保温盒交给他：“喏，卤鸭胗，省着点儿吃。”他鼓起勇气走了进去。

简隋英正跷着脚在客厅看电视，一见他进来，斜睨了他一眼，用下巴指了指自己面前的沙发。

白新羽露出讨好的笑容坐了过去：“哥，昨天喝多了，现在还难受吗？”

“难受。”简隋英瞪着他，“我想到你的事，难受得一天没吃下饭。”

白新羽有点期待地问：“昨天的事你都不记得了吧？”

简隋英咬牙道：“你说呢？”他脱下拖鞋扔了过去，“别跟我废话，说，你和俞风城是怎么回事儿？！”

白新羽叹了口气，他觉得自己是瞒不住他哥的，就算现在糊弄过去了，就冲俞风城现在那个劲儿，也难保以后不被看出来，还不如承认算了。他一边偷瞄简隋英，一边说：“呃……我们俩之前挺好的，现在闹掰了。”

“为什么？跟你为他挡的那枪有关吗？”

“也算有，也算没有。”白新羽抓了抓脑袋，“但是不怪他，也不怪我，我也不知道怎么说，总之你别去找他麻烦，更别跟我们副队说，要不我没法做人了。”

“什么叫也算有也算没有，当初你说那小子欺负你，我就想收拾他了，是你自己说要自己解决的，你可是给他挡了枪，他就是给你做牛做马也是应该的，他不会不知感恩吧？”简隋英眼神好像要吃人。

白新羽小声道：“真不是……哥，我们俩以前挺好的，除了刚入伍那会儿，后来他处处帮我，真的，有些事情我不知道怎么解释，大概就是……我把他当一百分的兄弟，他把我当五十分的，你懂吗？我知道这样挺矫情的，可我心里不痛快，我们俩也就淡了，就这样。”

简隋英眯起眼睛：“就这样？”

白新羽点点头：“就这样，他没对不起我，真的。”

简隋英稍稍松了口气，但还是继续训斥白新羽：“如果是这样，那你就把他当傻子得了……”

李玉正端着两杯茶过来，歪着脖子看着他们。

白新羽干笑两声：“扯哪儿了哥。”

“你还敢笑！”简隋英扬起手。

白新羽下意识地跳了起来，想了想，又坐回去，委屈地看着简隋英。

简隋英拍了下他的脑袋：“不准尿，知道吗，别人对不起你，你要加倍还回去！”

白新羽抓了抓头发：“知道了。”

简隋英道：“把脸抬起来，看着我的眼睛。”

白新羽抬起头，直视着简隋英的眼睛。他受过保密训练，这项训练里，包括控制自己的面部表情，不让敌人通过表情揣度自己的情绪，这项训练他的成绩并不差，如果面对的是敌人，他有自信能隐瞒住百分之九十的真实情绪，可他现在面对的是亲人，是他不愿意欺骗，欺骗了会心虚、会愧疚的人。

简隋英严肃地说：“我一直都不理解，你从前那么好吃懒做，胆子也不大，性格也没那么无私，怎么会突然去当特种兵。你说实话，你拼了命地去猎豹大队，是不是为了追赶俞风城？”

白新羽微微一怔，心脏不可抑制地狂跳了几下，但还是淡定从容地说道：“也不能说全没有吧，确实他影响我挺大的，不过肯定不是全为了他，在部队里，整个环境和周围的人都在影响我，你能说我现在变成这样是为了某个人吗？同样，我想当特种兵，也不是为了某个人，当时很多人都把进猎豹大队当成理想，我那时候一心想干点儿让人佩服的事儿，毕竟我前半辈子都没干出一件有出息的事儿，所以我就发愤图强了嘛。哥，能进猎豹大队，是我这辈子最骄傲的事儿。”

他一边说，一边感到难受，他用特种部队里学来的东西骗他哥，就算能骗过，也没什么值得高兴的。不过，这番话也并非违心之言，部队改变了他，猎豹改变了他，但一开始，他确实是追随着俞风城进去的。

简隋英表情缓和了一些："好吧，我信你。今晚别回去了，怪远的，外面还下雨了。"

"好。"白新羽用力点头，喜笑颜开，"哥，咱们上楼打会儿桌球吧。"

"让李玉陪你打吧，我腰疼。"简隋英打开手机，"附近有家外卖的麻辣小龙虾特好吃，我给你叫来。"

这件事看似有惊无险地过去了，但白新羽心里依然担忧，他和俞风城之间已经够牵扯不清，要是再被他哥掺和进来，他就没有个消停了。

虽然好久没用那个词形容俞风城了，但俞风城真是他的煞星。

新年假期很快结束了，俞风城每天都给他打电话、发短信，但他没接，短信也一条没看，两人自然也没再见面。

他不怀疑俞家的办事能力，俞风城也符合资质，肯定会回来进修的，到时候，他真不知道该怎么逃避这些，怎么他帮人挡了枪子儿，还挡出一屁股麻烦来呢？

几天后，俞风城和霍乔回边疆了，他知道自己暂时解脱了。

年后，燕少榛率先调回来了。

回来那天，白新羽特意请假去机场接人，燕少榛才是他期盼的战友。

"少榛！"老远的，他就看到出口处一个高大英俊的军人拖着箱子走来，周围的女性都盯着他猛看。

"新羽！"燕少榛兴奋地快步走了过来。

两人用力拥抱在一起，心情都有些激动。

白新羽哈哈笑道："你小子，是不是又黑了啊。"

燕少榛脱下军帽，笑弯了那双风情的桃花眼："你倒是快白回去了，但总体没怎么变。"

白新羽拎起他的箱子："你就这么点行李？"

"我自己来！"燕少榛急忙就要抢回来，同时担心地看了一眼他的肩膀。

"嘿，没事儿，我还不至于连这么个小箱子都拎不动，"白新羽故意晃了晃肩膀，"我恢复得很不错呢。"

燕少榛由衷地高兴："太好了，大家都在等你回去。"

白新羽开心地笑了起来："不过，你就这么点东西？"

"其他东西寄回来，主要是书。"燕少榛搂住他的肩膀，"快，请我吃饭去，饿死我了。"

"走走走。"

白新羽把燕少榛带到个海鲜餐厅，点了好几样菜，要了一瓶酒："早就说要和你喝酒，说了快一年了，你刚下飞机，咱们不多喝，就这一瓶。”

燕少榛含笑道：“好。”他的眼睛一直盯着白新羽，似乎想看看白新羽跟过去有什么变化。

白新羽渐渐也感受到燕少榛的目光了，嗤笑道：“别看了啊，我知道我长得帅。”他满上两杯酒，递给燕少榛。

燕少榛接过酒杯，笑道：“可不只是帅。”

“接着说，我最爱听人夸我了。”

“看到你现在的样子，我就放心了，虽然没穿军装，但军人的气度还在，一见到你，我就知道你没有消沉、没有放弃，我代表猎豹大队全体成员对白新羽同志表示敬佩和祝贺。”

白新羽哈哈大笑起来：“那当然了，小爷我可是猎豹，怎么可能为了这点小伤就沮丧，我现在一边上医院一边上班，复健的同时，也学点儿东西，不至于闲出毛病来。对了，我最近在研究投资一家安保公司。上次电话我跟你说过的，你记得吧？”

“当然记得，我还跟班长他们说了，他们都开玩笑，说退伍了就来找你。”

“我巴不得他们来找我，等我和我哥把公司做大了，兄弟们退伍后总能多个选择。”

“敬你这个选择。”燕少榛举杯。

两人轻轻碰杯，豪气地一口干尽。

燕少榛一边给两人倒酒，一边说：“新羽，你真是一个……总让人出乎意料的人。”

白新羽笑道：“什么意思啊？”

“你身边的人都有这样的感觉。比如，明明觉得你是什么样的人，可又会发现你能比那还好；明明觉得你的实力也就这个程度了，可你又能做出意想不到的成绩。你总是在刷新大家对你的认识，让人意外，让人惊喜，尤其是让人期待，你还能怎么出乎我们意料。”

白新羽笑着摇了摇头：“听不懂，我怎么没觉得，很多事我都是被逼出来的。”

“很多人逼也逼不出来，但你能，这证明你有那个潜能。”

白新羽笑道：“干吗呀，一下飞机就夸我。”

燕少榛也笑了：“因为大家都是这么想的，我说的也都是真心话。”

白新羽赶紧给他倒酒：“哎呀，夸得我都不好意思了，没事你继续。”

燕少榛晃了晃杯中酒：“新羽，第一次见面的时候，我只觉得你挺好玩儿的，跟当初的大部分实习兵一样，我不相信你会留下，可你一次次让我惊讶，等我反应过来的时候，我的眼睛已经经常追着你了，说实话，你的意志力和改变鼓励了很多人，我也是其中之一。”

白新羽与他碰杯：“你们的优秀和坚持也在鼓励着我，如果只有我一个人，我是不可能做到那些的。”

“对，部队是一个集体，每个人都在影响着别人。”

两人把酒言欢，聊起曾经在部队的日子，简直有说不完的话题。白新羽也从燕少榛那儿得知了很多他离开猎豹之后发生的事，有的振奋人心，有的让人伤感，白新羽心里惆怅着，没能成为那故事中的一分子。

“先说说你最关心的小班长吧。他现在过得挺好的，有能力、有胆识，而且副队喜欢他，最近两批新的特种兵里，他是最有希望往上提的。你也知道，副队马上就要变正队了，他那么赏识小班长，往后肯定会把小班长带上去的。”

白新羽高兴地直拍桌子：“好事儿好事儿，班长确实是当领导的料，他就是让人信服。”

“对，陈靖有让人信服和推崇的能量，特种兵是活得越久前途就越远，战场经验多了，命也就长了，只要他能熬过三五年，前途不可限量。”

白新羽听了很欣慰，他一直觉得陈靖一定会有好的前途，虽然当初阴差阳错没能读军校，肯定是陈靖心里一辈子的遗憾，但这条路陈靖走得也不错，他觉得陈靖是能成为职业军人的，恐怕这也是陈靖的理想。他笑道：“其实如果你留在猎豹大队，肯定也是前途无限。”

燕少榛摇摇头：“我也是家里压力太大，硬是把我调回来了，本来当初团里派我下去，也没打算让我待太久的，就算是个历练吧。”

白新羽虽然对燕少榛的背景了解得不多，但一打听就能打听出来，不过他不关心这些，对他来说，副队和冯东元没有差别，都是他的战友。

两人又聊了聊其他战友的情况，燕少榛说得详细，白新羽听得起劲儿，在初春乍暖还寒的时候，能和远方归来的战友吃吃饭、喝喝酒、聊聊旧事，这可是白新羽期盼了很久的。

吃完饭，白新羽找了个代驾，把燕少榛送去了部队，自己也回了家。

洗完澡，他坐在床上看书呢，手机响了，拿过来一看，是猎豹大队打过来的，不知怎么的，他直觉这是俞风城打来的，犹豫了一下，还是接了。

果然，那边传来了俞风城微醺的声音，俞风城的声音本就好听，此时被酒气晕染，更平添了一分慵懒的性感：“新羽，你干吗呢？”

“睡觉。”

“这个点儿你不会睡觉的。”

“你有事吗，没事的话我……”

“有事。”

白新羽耐着性子："说。"

俞风城道："新羽，我军校的事办妥了，我会把手里的事处理完，争取提前回去。"

白新羽冷淡地说："哦，恭喜。"

俞风城顿了顿，低声笑着："你老大要回来了，你不高兴吗？"

"耍酒疯耍到长途电话上来了？别再浪费我时间了。"说着就要挂电话。

"别挂！"俞风城叫道，"你挂了我还会打，除非你以后都不接猎豹大队打来的电话了。"

"你发什么疯。"

"我就是想和你……说说话。"俞风城轻声说，"你见到燕少榛了吧，你们吃饭了吗？喝酒了吗？聊天了吗？你能不能不要理他？"

白新羽看着自己的大脚丫子，试图分散注意力："俞风城，你管得比机场跑道都宽了？"

"你以前就是归我管的。"俞风城打了个酒嗝，"上次净在你面前装孙子了，其实我装得不好，那不是我的性格，我这辈子就没跟谁服过软……下次我还是把枪给你，你看哪儿顺眼打哪儿，咱们俩能不能揭过去了？"

"我都说了你不欠我了，你有完没完？"

俞风城低声笑了起来，笑着笑着，声音居然有了一丝哭腔："对不起，新羽。"

白新羽拿着手机的手一抖。

"新羽，你知道……我最恨自己什么吗？"俞风城喃喃道，"我曾经想过，我把你带进猎豹大队，我决不让你受伤，谁要是伤着你，我会把他撕碎了，可你却因为我受伤……我还……我还走了……"俞风城的呼吸都在颤抖，"想一想，你崩了我的心都有吧，这哪儿是装孙子能解决的问题呢。"

白新羽咬了咬牙，挂了电话，把手机摔床底下去了。大概俞风城上次真是太能装了，他都差点儿忘了俞风城是多不要脸的性格，这一喝酒又暴露了，气得他脑仁疼。他真想猎豹大队给俞风城装个专线，这样他就可以拉黑了，但那电话是固话，陈靖他们打来也是这个号码，这可真像节日彩蛋啊……

燕少榛虽然回来了，但他在部队里，一个月都未必能出来一趟，两人叙旧的机会不多。不过，白新羽很快迎来了另外一个让他高兴不已的消息——冯东元退伍了，为准备今年六月的高考，他要回家闭关冲刺去。白新羽不让他回家，他家事情多，回去肯定没法安心学习，就怂恿他来自己这儿。

冯东元在电话里犹豫半天："我去你那儿干吗呢？"

"来找我啊，我有空房子让你住，你一个人住，没人打扰，才好学习呢。"

冯东元不好意思地说："那多麻烦你啊，再说你房子不租出去吗？"

"麻烦什么啊，我房子一直空着，我怎么可能租给不认识的人住，你来了正好帮我看看房子，我闲的时候过去跟你吃个饭、聊聊天，多好啊。你家亲戚多，又要干活，你还哪儿有时间学习。"

冯东元想了想，觉得有道理，但还是很过意不去："那……那……"

"别'那'了，让连里把火车票给你买到我这儿的，就这么定了吧。"

冯东元小声说："新羽，谢谢你。"

"多少年的兄弟了，还说什么谢，我等着你来啊。"白新羽心里那个高兴，这帮战友，除了陈靖，他就最想冯东元了，因为跟冯东元在一起最舒服。他当了一圈兵回来，跟以前的朋友都没共同语言了，他真希望冯东元能赶快来首都陪陪他。

几天后，冯东元到了，白新羽穿梭在熙熙攘攘的人群中，终于在出站口看到了那个熟悉的身影，提着大包小裹的行李，却依旧站着挺拔的军姿。他拼命挥舞胳膊："东元，这里！"

一年多不见，冯东元几乎没什么变化，清秀的五官，温和的笑容，还是一样的暖人心扉，白新羽时常能想起冯东元从上铺伸出个脑袋叫他起床的样子。

"新羽！"冯东元扛着几个军绿色的帆布包，朝他跑了过来。

两人狠狠抱了一下，心里都雀跃不已。白新羽笑道："你带的什么东西啊，把三连搬回来了？"

冯东元拍了拍包："都是特产，我估计你好久没吃，也该想了。"

白新羽搂着他的脖子，一语双关地说："想死我了。"

冯东元笑得阳光灿烂："这里真暖和啊，真繁华啊。"

"第一次来？"

"嗯。"

"不急，我会带你好好转转的，好多你听说过的景点，我都没去过，改天咱们一起去。"

"啊？你为什么不去啊？"

"就在你家门口，你反而没兴趣了。"

冯东元大笑道："我明白了。"

"走，上车。"

白新羽带冯东元往他二环的公寓开去。一路上，冯东元好奇地看着街上的风景，不停赞叹着："我真想来这里上学，大城市真好，真漂亮，工作机会也多。"

"当然了，所以我才让你来嘛，你毕业之后不用愁工作的事，我肯定给你解决了。”

冯东元笑笑：“新羽，你越来越厉害了。”

白新羽不好意思地说：“拉倒吧，别夸我。”

冯东元轻轻捏了捏他的肩膀：“新羽，你……”

白新羽晃了晃肩膀：“没事儿，早好了，平时一点感觉都没有。”

“那就好，但你声音比以前低沉了。”

白新羽轻咳一声：“我这是变声了。”

“你都几岁了还变声。”

“我正在‘妙龄’啊，我现在的声音比以前不是更有男人味儿了吗。”白新羽调皮地朝他眨巴着眼睛。

冯东元扑哧笑道：“那倒是，这样也挺好的。”

两人聊起三连的事，这一年三连又发生了很大改变，听说许闯要提副营了，梁小毛和大熊分别提士官了，以前懵懵懂懂的新兵，现在都成了厉害的老兵，白新羽听了很是欣慰。

冯东元高兴地说：“我当兵这几年，攒了一点钱，第一年的学费应该够了，以后靠奖学金和打工，肯定能把大学读下来，虽然晚了几年上学，可我一点也不后悔。”

白新羽道：“你做什么都努力认真，肯定能成功的，留下吧，咱兄弟俩一起奋斗。”

冯东元用力点点头。

把冯东元送到公寓，他一进屋就惊呆了：“这么大的房子，就……就给我住吗？”他听说过这里房价吓人，二环的高级公寓，里外都透着一股“贵”气，让他感到特别局促。

白新羽把他推了进去，看着冯东元无措的样子，忍不住偷偷乐了起来。

“新羽？”

白新羽道：“空着也是空着，你住吧，附近有超市、地铁，这里安静，生活也方便，最适合考前复习了。”

冯东元为难地说：“我就一个人住这种地方？”

白新羽朝他抛了个媚眼：“你想让我陪你住你就说呗。”

冯东元扑哧一笑：“看你方便吧，你要是住这儿，两个人的饭比一个人的好做。”

“我会来陪你的，我上班的地方离这里近，要是路上太堵我就不回家了。”

冯东元憨笑道：“好。”

白新羽帮他整理完行李，又带他去吃了饭，回家的时候，扛回一大包特产，这些东西他真是好久没吃了，晚上回去吃去。

THE GROWTH OF A DANDY.
FIGHT ALONGSIDE YOU.

第三十六章 再见面

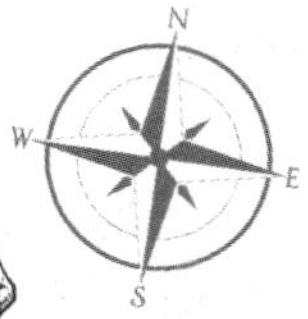

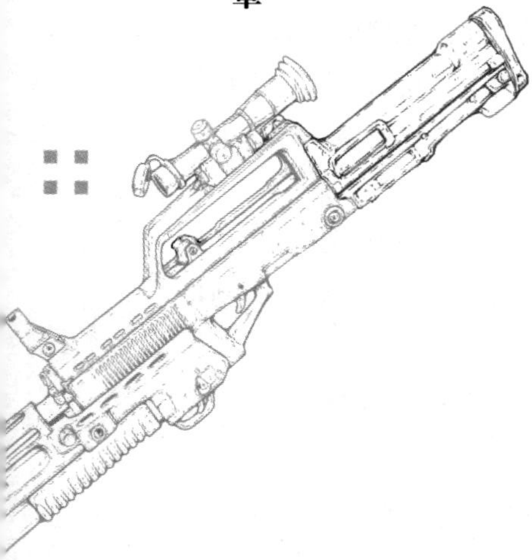

天气突然就热了起来，这种天让人的心特别容易浮躁。白新羽做复健的时候，必出一身的汗，要不是在部队里经历过比这苦几十倍的训练，寻常人真坚持不下去。当兵的经历锻炼出了他那股韧劲儿，不把事情做完坚决不罢休，有时候碰上什么难关，他都会想起他们连续两天两夜雪山奔袭追敌的经历，那让他觉得，熬过了那一关，就再没什么苦是他吃不了的了。

白天复健完，累得要命，一个不留神把手机给丢了，他还有些工作要处理，这几天就没倒出空来去买手机和补卡，一直用着备用机。

李蔚芝端了一碗莲子羹给他，温柔地摸摸他的头："累了吧？"

"啊，没事儿，不累。"白新羽伸了个懒腰，心里并没有抱怨。

李蔚芝道："对了，前两天有人往家里打了电话找你，咱们都不在，阿姨接的，她回头给忘了，刚刚才想起来跟我说。"

"哦？什么事儿？"

"是你一个战友打来的。"李蔚芝道，"问你为什么一直关机，是不是出事了，你手机不是丢了吗，怎么还没去补办？"

白新羽奇道："是谁啊？"以前的战友联系他，都会打他手机，家里的电话必须得特意去查他档案才能知道，这么急切地找他，会是谁？有什么急事？想到这儿，他紧张起来，莫非……出什么事了？

"不知道，不过那个人的声音听着有点虚弱，不知道是不是生病了。"

白新羽心里一紧。不知为什么，他直觉那通电话，可能是俞风城打来的。

俞风城……找他干什么呢？想到他妈说那人的声音有点虚弱……恐怕是训练累了吧。他心里惶惶不安，赶紧打了个电话回猎豹。

传达室的人找陈靖过来接了电话，白新羽道："班长，是我。"

陈靖道："新羽啊，你手机怎么一直关机？我们都联系不到你。"

"班长，不是，我手机丢了，还没倒出空来去补办，出什么事了？你别吓唬我。"

陈靖欲言又止："……现在没事儿了。"

"怎么了呀？"

陈靖犹豫了一下，叹道："前几天风城受伤了。"

白新羽的心咯噔一下，狠狠漏跳了一拍。他喘了口气，故作平静地说："受伤了？严重吗？现在怎么样了？"

"当时不知道严不严重，所以急着联系你，只是没联系上……"

"到底是怎么回事？"

"我们执行一个任务，风城吸入了有毒气体，送去医院抢救了，现在已经稳定，不过当时真的挺危险的。"

白新羽脑子一片空白，足足愣了四五秒钟。

“新羽？你没事吧？”

“呃……”白新羽一直最害怕听到的，就是谁谁谁受伤的消息，因为这在猎豹大队几乎是无法避免的，虽然每次打电话他们都不说这些，但不说只是不想让他平白操心，并不代表不存在。

陈靖叹道：“其实进医院什么的，早就是家常便饭了，风城这一年多，大伤小伤没有十处也有八处了，但他从来不跟你说，一般他不频繁给你打电话，打电话多半是在医院……那天我们是不知道毒气的严重性，怕真的出大事，所以我决定通知你，还好没我们想象得严重。”

白新羽声音有点发颤，心脏传来一阵密密麻麻的刺痛：“没事……就好。”如果俞风城出事，他不知道自己会怎么样，他那么强悍的男人会残疾甚至死的可能，让人完全无法想象。

大概是传达室没人，陈靖的话变得多了起来：“风城马上要回首都上学了，你知道吗？”

“知道。”

“嗯……你们……”陈靖欲言又止。

白新羽知道，陈靖肯定对他们之间的事好奇，虽然能忍住不八卦，但毕竟是个凡人，凡人都有好奇心，不过这一点他就无法满足亲爱的小班长了。他避重就轻地说：“没什么。”

陈靖听到这句，也就不再问了，只是轻轻叹了口气，转移了话题：“听说东元现在在你那儿复习高考呢？”

“嗯，是啊，我让他考我那儿的学校，以后能一起有个照应。”

“我真替东元高兴，上大学一直是他的理想，帮我给他捎个话，祝他成功。”

“一定。”

挂了电话后，白新羽依然浑浑噩噩的，脑子里全是俞风城躺在医院，用手机一遍遍拨他手机却不通，最后打了个他家里的电话，却是保姆接的……那个时候的俞风城，在想什么呢？如果俞风城当时真的……真的那个了，他会……

他躺倒在床上，半天回不过神来。他用力拍了拍自己的脸，觉得自己是不是神经过头了，俞风城明明已经没事了，他在这儿瞎想什么呢？自离开猎豹大队的那天起，他心里一直有一块阴影，那块阴影是对危险生活的担忧，因为他自己就受了伤，见识过残酷的死亡，他无法不担心这种残酷降临到自己战友身上，而因为眼睛看不到，身在千里之外，这种担忧就更甚。这次听到俞风城吸入有毒气体，他那一瞬间有种“噩梦成真”的错觉，虽然转瞬即逝，但那种浑身发冷的感觉他现在还忘不了。

他深吸一口气，翻出了俞风城的手机号，犹豫着要不要回拨，盯着那号码看了足足有五六分钟，最后还是把电话扔到了一边。

俞风城没事就好。尽管两人有了隔阂，但战友情谊却永不湮灭，他只希望两人安稳度过各自的人生。

电话在这时却突然响了起来，白新羽心脏猛颤，一把抓过手机，竟真的是俞风城打过来的，他无法形容那一刻的心情，这该叫心有灵犀吗？他接了电话：“喂？”

“喂，干吗呢？”俞风城的声音听上去很平静，既不像上次醉酒那么欠揍，也不像他妈说的那么虚弱，白新羽都能想象他靠在墙上，拿着电话漫不经心的样子，就好像两人还是从前的模样，打着日常的电话。

白新羽的心也平静了下来：“处理点工作。”

“班长给了我这个号码。”

“嗯，我手机丢了，这是临时号。”白新羽忍了又忍，终是不知道该不该开口问他身体怎么样了。他害怕对俞风城付出额外的关心，他宁愿两人就此分道扬镳。可是，一想到电话那头的俞风城，也许现在正躺在医院里，穿着病号服，脸色苍白，双目失神地看着天花板，他就感觉呼吸变得异常困难。他知道，在基地是不可能打手机的……

俞风城轻声说：“我这几天，老想起你。”

白新羽深吸一口气：“你……怎么样了？”

俞风城小声道：“没死。”

“怎么受的伤？”

“保密部分就不说了，我们那天……”俞风城简短地描述了一下他们经历的那次任务。

白新羽听得心惊肉跳，他从那只言片语里，拼凑出了俞风城受伤的经过。

说完之后，俞风城轻叹一声：“还好你不在，那次真的很危险。”

白新羽沉默了。

“新羽，我们真的就这么无话可说吗？”俞风城声音微微有些发抖，“我们以前有说不完的话，什么时候开始无话可说的？”

白新羽眼圈微红：“说这个有什么意思。”

“你担心我吗？”

“我担心你，我担心我的每一个战友。”白新羽几次想挂电话，想到俞风城可能躺在病床上，又狠不下心，他安慰自己：好歹是战友，好歹是战友。

“那就好，起码你还担心我。我就是想跟你说会儿话……”俞风城笑了几声，却伴随着一阵剧烈的咳嗽。

白新羽沉声道："你好好养伤吧，我还有事，先挂了。"

俞风城顿了顿，哑声说道："要是我死了，你会想我吗？"

白新羽心脏如遭钝击，不知道如何回答。

在他沉默的时候，他听到电话那头俞风城有些沉重的呼吸声，半晌，俞风城用极低的声音说："你忙吧，挂了。"

电话里传来了忙音。白新羽一手捂住了眼睛，当真是心乱如麻。

忙完一段时间，白新羽发现自己已经快一个月没见冯东元和燕少榛了。于是他给燕少榛打了个电话，准备一起去看看冯东元，三人在家里吃顿饭，热闹热闹。

他和燕少榛约在他家附近的超市见，他在超市门口等了一会儿，老远地，就看到一个高大的男人戴着墨镜、穿着休闲服走了过来，宽肩窄臀、细腰长腿，看着就像模特。

白新羽看得一愣，直到燕少榛走到他面前，摘下墨镜，他才反应过来。

燕少榛笑了笑："干吗呀，一副不认识我的样子。"

白新羽笑道："我认识你这么久，第一次见你穿休闲服。"

燕少榛眨着眼睛："帅吧。"

"帅。"白新羽真心称赞道，"咱猎豹大队出来的，个个是大帅哥。"

燕少榛钩住他的脖子晃了晃："一起去买东西？"

"是啊，去买点儿菜。东元一直跟我说他手艺好，我还没尝过呢。在三连的时候，净是我给他们做饭，不过我做饭他们都嫌难吃，哈哈哈。"

燕少榛笑道："其实我手艺也不错，东元不是要复习吗，今天我下厨吧。"

"你？行啊。"

两人走进超市，一人提了个篮子，边聊天边采购。

"今天我一定要做葱油饼。"白新羽拿起几捆大葱，挑挑拣拣，"这是我唯一做得好吃的，是跟武班长学的。"

燕少榛意外道："看来你干过炊事班是真的啊，挑的菜都不错。"

"那是，这都是练出来的，我不仅会挑菜，还自己种过，我连养猪都会呢。"

燕少榛扑哧一笑。

白新羽哈哈笑道："以前觉得不堪回首，现在还有点儿想念呢，人啊，真是奇怪。"

燕少榛点点头："我也想念在猎豹大队的日子，不过你走之后，我就觉得有点寂寞了。"

白新羽淡淡一笑。

两人买东西上瘾，觉得冯东元肯定什么都缺，把购物篮塞得满满的。

白新羽把购物篮挂在小臂上，当哑铃一样练起了上臂肌肉，以展示自己复健的结果，不小心把土豆滚得满地都是，两人蹲地上捡了半天，才嘻嘻哈哈地去结账。

到了公寓，白新羽没用钥匙开门，而是按的门铃。

很快地，大门打开了，冯东元惊讶地说："新羽？"

白新羽一看，冯东元光着膀子，只穿了一条大短裤，头发长了也没剪，下巴一圈胡楂，眼圈青黑，眼里全是血丝，一看就是忙晕头了的样子。他皱眉道："东元，你昨晚几点睡的啊？"

冯东元抓了抓头发："我忘了，困了就睡了，你怎么来了？"

他朝燕少榛点了点头，他们见过，但没说过话。

白新羽介绍道："这是我在猎豹大队的战友，燕少榛。少榛，这是东元，我跟你说过的……我去，东元，这么热的天，你怎么不开空调啊！"他一进屋，感觉屋里跟蒸笼似的，这公寓在高层，采光特别好，夏天很热。

冯东元不好意思地说："空调很费电的。"

"费什么电啊，又不用你交电费。"白新羽热出一身汗，赶紧打开了空调。

冯东元小声说："我到时候会付你房租和水电的。"

"你说什么？"白新羽夸张地把手放在耳朵上，"刚才那话我再听到，我可揍你了。"

冯东元还要说话，白新羽一把捂住了他的嘴，捶了他两拳，把冯东元逗笑了。

"你快去洗个澡，躺一会儿去，黑眼圈都赶上国宝了，我们两个做饭，你今天放松放松吧，我真怕你这么学下去，哪天我进来就得收尸了。"

冯东元叹道："我这都扔下两年了，不抓紧怎么补得回来啊。"

"谁说你扔下两年了，你在部队不也一直看着书吗。"

"那也退步很多了。"冯东元打了个哈欠，"我去洗个澡，麻烦你们了。"

两人去厨房准备晚饭，白新羽发挥了他炊事班备菜小能手的技能，一个人洗菜、择菜、切菜，把所有材料都准备出来了，整整齐齐地码放在盘子里。

燕少榛笑道："有两下子啊。"

"我不是做菜难吃嘛，所以只能备菜了。"白新羽拿起一段翠绿的黄瓜条，扔进了嘴里。

燕少榛倾身过去，张开嘴，啊了一声。

白新羽掰了一段儿，隔空扔向燕少榛嘴里。

当然不可能扔进去，最后还是燕少榛一把接住，嚼了一口那脆生生的黄瓜，笑道："真新鲜。"

"我挑菜没错的。"

两人在厨房里有说有笑，气氛很是融洽。冯东元洗完澡后，也过来帮忙了。他们做了一桌子菜，都是以前在食堂常见的，从前天天吃，他们嫌腻，现在却要好好怀旧一番。

三人开开心心地吃了顿饭，席间有数不清的话题可聊，没有片刻的冷场。尽管他们三个人现在都不在雪山了，可每个当过兵的人，都永远有军人的魂，回忆在部队的时光，白新羽向来乐此不疲。

吃完饭，白新羽和燕少榛去书房参观了一下，顿时被冯东元那厚厚几大摞的书和参考试题震惊了，冯东元一个人到底是怎么在两个月的时间里写完这么多题的？

白新羽拿起一本试卷集："这是去年高考的卷子？"

"是啊，我昨天刚给自己模拟了一遍。"

"成绩如何？"

冯东元想了想："过一本分数线绰绰有余，但比我自己定的目标还差了一点。"

白新羽瞪起眼睛："好想踹你两脚。"

冯东元笑道："为什么呀？"

白新羽钩住他的脖子："成绩这么好，你要是不考来，我可不放过你。"

"一定，一定。"

白新羽伸了个懒腰："我打算今晚住这儿了，监督你早点睡觉。对了，明天带你去游泳怎么样？消消暑？"

冯东元摇摇头："还是算了吧，我要抓紧时间复习。"

"我真怕你还没考试，身体先不行了。"

冯东元笑道："当兵的身体哪儿有那么娇弱。"

"去吧，要劳逸结合。"燕少榛笑道，"你不介意我也住几天吧，我休了个假，正不知道去哪儿玩儿呢。"

"当然好啊。"

他们就在公寓里住下了，为了不打扰冯东元复习，两人不看电视，也不在屋里大声说话，就在白新羽房间里看电影、打游戏，一起做饭、聊天，日子过得简直像在度假。

燕少榛是个挺有生活情趣的人，为了炖一盅汤能耗费一下午的时间，还会做好看的蛋糕、饼干，他们过着几乎每天只去超市的生活，却也不觉得无趣，反而每天嘻嘻哈哈的。

这天，两人正打《街霸》呢，白新羽的手机响了，他眼睛专注地看着屏幕，用脚把手机踢了过来，低头看了一眼，顿时僵住了。

来电显示是俞风城。

燕少榛一击必杀，把白新羽彻底败了。

白新羽叫道：“啊，我刚才血还比你多呢。”

燕少榛瞄了一眼手机，似笑非笑地说：“谁让你分心。”

白新羽把手机翻了过来，电话立刻静音了，他道：“再来。”

燕少榛看了他一眼，没说什么。两人又打了一盘，白新羽的水准一下子下降了不少，被燕少榛的角色虐得惨兮兮的。

白新羽气闷地摔了手柄。

燕少榛几不可闻地叹了一声：“你不接他电话吗？”

白新羽仰躺在地板上，双手大开，深吸一口气：“不接。”

燕少榛的表情有一丝无奈：“你们俩啊，真像闹别扭的小学生。”

白新羽嗤笑道：“说实话，我以前真不是个果决的人，我没主见，耳根子软，怕承担责任，但以前那个白新羽在雪山上死过一次了，现在活过来的这个，就可以果决了。”

“挺好的，但是我奉劝你一句，人只有不违背本心，才能得到真正的平静和快乐。”

“哎哟你还给我灌鸡汤呢，还是那天你炖的花胶鸡汤更好喝。”

“哈哈，我晚上得回部队了，今天再给你们炖一次。”

送走燕少榛，白新羽也回父母那边了。

此时已经快到六月，大地热得像蒸笼，白新羽跟着简隋英和李玉跑项目、跑关系、跑工地，几乎每天忙得想不起吃饭，他现在算是彻底明白赚钱的辛苦，想到以前自己大肆挥霍，却不事生产，真想穿越回去扇死自己。忙碌地工作好处很多，比如，他积累了很多经验；还比如，他没有时间想那些让自己心烦的问题。

俞风城隔三岔五会打电话来，但他再也没接过，他觉得自己足够坚决了，哪怕是俞风城有一天回来，他也可以做到视而不见。

离高考不到一个星期的时候，他把冯东元送上了回老家的火车，他觉得冯东元肯定会争气地考上好大学，最好是这里的大学，两人能够延续从部队里发展出来的友情。

这天，白新羽刚到公司，就被简隋英叫进了办公室：“哥，你找我。”

简隋英点点头：“朋友介绍了我一个项目，我觉得有点意思，想听听你的意见。”他递给白新羽一份资料。

白新羽接过来看了看，是一个即将倒闭的羊毛纺织厂的资料：“哥，你想收购？”

“嗯，我想做纺织品出口东南亚，我爸不是有船队吗，我们可以走他的集装箱，运输成本能降到最低。这家厂子资金链断了，但本身条件是不错的，有国内一流的生产机器，你觉得怎么样？”

“看着确实不错，纺织品好，单价高，还好运输。”

“我也是这么想的，这两天我想和李玉去乌市考察考察，你去不去？”简隋英看了白新羽一眼，目光中有几分异样。

白新羽坦然道：“去啊，干吗不去，正好回去看看战友。”

简隋英道：“你只是想回去看战友，不想回部队吗？”

白新羽咽了咽口水：“哥，不带这样的，你给我下套呢。”

“哼。”简隋英瞪着他，“你一直回避这个话题，我看你胳膊越来越灵活了，你打算回避到什么时候？你就不能干脆把转业办了吗？”

白新羽低下头，不说话。

简隋英摇了摇头：“算了吧，我这次带你回去，其实也是想让你认清一下自己，有些事，你长大了，我勉强不了你，但这次回去之后，你要给我一个答复，是经过你充分考虑过父母、亲人的感受之后，给我的答复。”

白新羽点点头：“是。”

“行，你让梁秘书订票去吧。”

两天后，三人飞去了乌市。

到乌市的前三天，他们都在考察工厂，应酬了不少人。

白新羽原本以为自己算半个边疆人了，身体应该早已经习惯了这里昼夜温差大的气候特点，没想到晚上吹了阵冷风，居然感冒了。简隋英嘲笑他没用，把他扔酒店里，自己和李玉出去玩儿了。但他和陈靖已经约好了时间，便强撑着出了门。

两人约在一个酒店，陈靖一进门，白新羽就兴奋地迎了上去：“班长！”

陈靖看到他，喜笑颜开：“新羽！”

两人一年多不见，彼此都想念得很，赶紧扑上去抱在了一起。

白新羽使劲蹭着陈靖的脸：“班长班长，我可想死你了。”

陈靖哈哈笑道：“一年多不见，你还是没怎么变，来来，坐。”

白新羽坐下之后，打了个喷嚏：“班长，我感冒了，要是传染给你，你别怪我啊，就当见面礼了。”

陈靖笑道：“我哪儿那么容易感冒的，你是不是有点发烧了？”

白新羽摸了摸额头，不在意道：“有点吧，没事儿。”他一眼注意到陈靖的肩章，惊喜道，“班长，你升啦！”

陈靖不好意思地说：“嗯，上个月的事儿，副队现在是正队了，我也沾光提了个中队长。”

白新羽笑道：“恭喜啊班长，你就是到哪儿都是当领导的人。”

陈靖笑骂道：“就会寒碜我。新羽，你现在怎么样？你穿西装也挺好看的。”

白新羽看了看自己：“那是，我穿不穿衣服不都挺好看的吗。”

“你小子……”

两人点上几盘菜，两瓶酒，吃得热火朝天，聊得不知疲倦。陈靖现在越来越有军官的范儿了，即使不戴眼镜，也比以前成熟了不少。白新羽看着陈靖，就觉得自己的理想都在陈靖身上实现了，他真心为自己的小班长感到高兴。

陈靖问道：“新羽，其实队长一直在跟医生跟进你的复健情况，按照现在的进展，再过一年，你就能用枪了，你……还打算回来吗？”

白新羽垂下了眼帘，犹豫道：“班长，老实说，我不知道。”

陈靖叹了口气。

“我上次受伤，对我家人伤害挺大的，我一直都想回猎豹，不然不会那么玩儿命地做复健，我只是……还不敢跟他们说。”

“我理解你，新羽，你家庭条件好，当兵不是唯一的出路，甚至对你来说，可能是最差的出路，你家人的担忧也是对的。”陈靖拍拍白新羽的肩膀，“不管你怎么选，班长都支持你。”

“谢谢班长。”

陈靖又想起什么：“对了，你这趟来，不见见风城啊？”

白新羽避重就轻道：“嗯，不见了，没时间，后天就要回去了。”

“你这是故意躲着他吧？”

白新羽一怔，干笑道：“班长，咱们不提他好不好？”

陈靖轻叹一声：“你们的事，我也不好多话，不过，看你们俩这样子，我心里也挺难受的。”

白新羽抿着嘴唇，不知道该说什么。

“少榛调回去后，我和风城一个宿舍了，他时常跟我聊起你。”陈靖喝了点酒，皮肤粉扑扑的，眼睛看着窗外，不知道在想什么，“有时候聊着聊着就不说话了，然后经常做噩梦，梦到雪山……那一趟，有的战友没了，有的战友伤了，有的至今没走出来。”

白新羽艰涩道：“班长……”

“我也知道我说这些有点多管闲事，但是憋太久了，总觉得不告诉你，也不是个事儿。”陈靖叹道，“前几个月风城住院，昏迷的几天满嘴胡话，我们换了好几个人轮番听，终于听出来是在叫你。醒来之后，他想跟你说句话，但你不接电话，老沙把你的档案调出来，把你家的电话给了他，后来就没后话了，他也不说到底打了没有，只是越来越沉默。我记得刚进新兵连的时候，他不是沉默的性格，还是爱说爱笑的，现在却一天说不上一句话，谁也不知道他心里在想什么。那次受伤之后，副队停了他好几期任务，当着全队人骂他心里杂念太多，上了战场是送死，还拖累别人。其实副队说得有道理，风城心事太重了，从一年多前在雪山上，他选择背副队下山而不是你的时候，他就一直没走出来。”

白新羽握紧了酒杯，沉声道：“班长，你怎么突然说起这些了。”

陈靖喃喃道：“可能是因为，我这一年多见了太多死亡，人说没就没，我的人生观已经被彻底改变了，我知道珍惜今天、珍惜眼前人有多重要，因为谁也不知道能不能活到明天，在死亡面前，很多事都微不足道。新羽，我不知道说这些是不是冒犯了你，可能今天喝多了，心里话憋不住，你是那个为他挡了枪又被他没有优先选择的人，没有人能体会你的感受，但我们都能理解你现在的做法，我只是觉得……他一个人躺在病床上一遍遍给你打电话却打不通的时候，挺可怜的，下次他再受伤了，多少接他个电话吧……”

白新羽的心脏一抽一抽地疼，他没想到出来和陈靖吃顿饭，还要听到俞风城的消息，他原本只想躲得远远儿的，为什么，为什么就躲不掉呢！

陈靖也意识到自己失态，喝了一整杯冰水，清醒了一下，就和白新羽告别了。

白新羽把陈靖送上出租车后，自己步行往不远处的酒店走去。他脑袋昏昏沉沉的，不知道发烧到多少度，再加上喝了点酒，走路有点飘忽，这点小病本不至于影响什么，可他还是觉得身体变得难受起来。

有时候想想，很多事他以为自己能做到永远，其实一直在变。他以为自己能一直保持在部队的习惯，其实他慢慢地也有点松懈了；他以为他会记住猎豹大队每个战友的名字，可时间久了，有几个交情浅的，脸都开始模糊了。所以他始终相信，早晚有一天他想起俞风城，会很潇洒地说一句“哦，那孙子啊，我们是战友”，仅此而已。虽然现在他做不到，但他早晚能做到，因此现在这一点难过，他不应该太放在心上，他只是……只是有点生气，为什么该忘的不忘，不想忘的却忘得那么快？

他摇摇晃晃地穿过马路，突然，一阵强光刺得他睁不开眼睛，身体被猛地往后拽去，撞进了一个结实的怀抱，接着，急刹车的声音响起，他半眯起眼睛，看着停在自己身前不远处的车，惊出一身冷汗。

司机降下车窗，惊魂未定地大骂：“你是不是找死啊！”

白新羽甩了甩头，也不知道声音是不是自己发出来的：“不是，我活得好着呢。”

司机还要说什么，目光飘向他背后，突然有些害怕地咽了咽口水，自认倒霉地开走了。

白新羽转过头，对上一双漆黑沉静的眼眸，他半天没反应过来，就那么愣愣地看着。

俞风城沉声道："还好我跟着你，走吧，我送你回酒店。"

白新羽甩开俞风城的手，他懒得问俞风城为什么会出现在这里了，他现在连自己是不是烧糊涂了出现幻觉都不确定。

俞风城紧跟着他，把他送过了马路。

白新羽闷声道："你别跟着我。"

"我不跟着你，你再往车上撞怎么办。"

"撞不死。"白新羽一肚子恶气，他真不想这副德行出现在俞风城面前，不说春光满面吧，怎么也不能是这随时要倒的样子啊。

俞风城没说话，只是一路跟着。

白新羽越走越觉得天旋地转，到了酒店门口，他感觉要晕了，赶紧蹲在地上，想缓一缓。

俞风城摸着他的额头，轻声道："我带你去医院吧。"

白新羽摇摇头，瞪着布满红血丝的眼睛看着他："你为什么会在这里？"

"班长在猎豹大队一年多，从来没请过假，就算出基地，也不会是一个人，我猜到是你来了，所以就跟出来了。"俞风城黯然道，"你来了都不愿意见我？"

"不愿意。"白新羽深吸一口气，勉强站了起来，往酒店内走去。

酒店的大理石地面打磨得太光亮了，那花纹就像层层叠叠的螺旋纹一样，看着看着就像要把人吸进去，白新羽只觉得头晕眼花，身体摇摇欲坠。

俞风城从后面扶住了他："行了，我送你回房间，你再这样就要趴地上了。"

"不用你……"白新羽想推开俞风城，但俞风城却扶住他的腰，硬把他送上了楼，用他的卡刷开房门后，把人放倒在床上。

躺在床上的一瞬间，白新羽顿时觉得自己的身体找到合适的位置了，眩晕的大脑舒服了很多，他陷在床垫里轻轻哼唧了几声，就不动弹了。

迷糊中，他听到俞风城在打电话，要什么什么药。打完电话后，一只手覆在了他额上，那只手干燥温厚，凉凉的很舒服，他正热得浑身难受，情不自禁地蹭了蹭。

俞风城低柔的声音在他耳边响起："睡吧，好好休息。"

白新羽眯着眼睛，看着俞风城朦胧的脸，一瞬间恍如隔世，竟觉得眼眶发酸。

半梦半醒间，他知道有人来给他打过针，喂过药，还给他擦汗、换衣服。

也不知过了多久，房间的灯突然亮了，他听到了吵嚷声，他睁开眼睛，好像是他哥回来了。他哥在跟俞风城没好气地说什么，李玉在旁边劝着，他张了张嘴，想提醒他哥千万别和俞风城打，肯定打不过……但他喉咙很疼，发不出声音，只是拼命叫了两声，吸引了所有人的注意。

简隋英过来探了探他的额头，皱起了眉："这么烫。"

俞风城看着他，眼神异常专注。

最后俞风城还是走了，简隋英和李玉留下来照顾他。那一晚白新羽烧得分不清时间空间了，总是晕了又醒，醒了又晕，直到彻底失去意识。

再次醒来，他有些疲倦地看着天花板，尽管还是头疼欲裂，但身体没那么热了。

"你醒了？"

一转头，见李玉坐在沙发里，他哑声道："想喝水。"

李玉起身给他倒了杯水，顺便摸了摸他的额头："退烧了。"

白新羽喝完水，问："我哥呢？"

"我让他去睡觉了。我们走的时候你还没怎么样，一回来怎么就发高烧了？"

"可能是喝酒了。"白新羽感觉身体很沉，他想起昨晚的事，想问问俞风城是不是真的出现了，却不敢开口，万一真是幻觉，他问出口岂不是丢人。

结果李玉没给他纠结的时间："你哥看那小子很不顺眼，等你醒了肯定得质问你。"

白新羽解释道："我们在大街上碰到的。"

李玉挑眉："你跟我说有什么用？"

白新羽翻了个白眼："说得也是。"

李玉摇了摇头："撒谎技能都退步了。"

白新羽深吸一口气："没退步，让我想想，肯定能重振雄风。"其实他和俞风城真是在大街上碰到的，不过这话鬼才信呢，他该庆幸自己病还没好，应该可以抵消一部分简隋英的怒火，一会儿还是装可怜吧，不，还不如说自己烧糊涂了，什么都不知道呢。

白新羽想着怎么应付他哥，想着想着肚子就饿了，他年轻体壮的，发个烧来得快去得也快，倒是一顿饭不吃，就饿得发慌。

如果这时候能来一大碗汤饭、几根肉串，再加一罐啤酒，那该多爽啊。

这时，门铃响了，李玉喊道："不用打扫。"

一道低沉的声音在门外响起："是我。"

白新羽一个激灵，那分明是俞风城的声音。

李玉看了白新羽一眼，白新羽也看了他一眼，眼睛一闭，装睡过去了。李玉眯起眼睛，淡道："不愧是兄弟。"说着起身去开门了。

白新羽听着两人在门口说了几句话，李玉说他睡着了，俞风城说看看就走，最后僵持了半天，俞风城还是进来了，他闭着眼睛都能感觉到俞风城从外面带进来的风。俞风城坐在床边，很不把自己当外人地对李玉说："你先出去吧。"

李玉呵呵冷笑了一下，真的出去了。

白新羽心里一阵骂娘，他老觉得李玉一直在伺机报复曾经挨过他揍，虽然不明显，但他的直觉是敏锐的。

俞风城道："别装了，你睡没睡觉我会看不出来吗。"

白新羽也觉得没劲，就睁开了眼睛。

俞风城见他睁开眼睛，露出一个特别高兴的笑容，整个人好像都亮了起来。他打开自己带来的饭盒："我估计你要睡到这个时候，给你买了吃的，牛肉汤饭，放了点辣椒，还有肉串儿，你喜欢吃的，起来吃吧。"

白新羽眼中闪过一丝惊讶，真是想吃什么来什么。

俞风城把他扶了起来："吃辣的发汗，快吃吧。"

白新羽看了看他，平静地说："你先回去吧。"

俞风城怔了怔，勉强笑道："看你吃完我就走。"说完又补充道，"我就住你楼下。"

"你回去吧，被我哥看到不好。"

俞风城眼神有几分黯淡："有什么不好？你哥管得是不是也太宽了。"

"嗯，我哥管得再宽也是我哥，跟你没关系。"

俞风城被噎得难受，还是坚持道："吃饭吧。"他把筷子塞到白新羽手里。

白新羽看了一眼那还冒着热气的汤饭，一看那配料，就知道是他们以前溜出来玩儿的时候最喜欢吃的一家。在部队待久了，饭量太大，已经无法把精致的食物当作正餐，就喜欢这样味香肉多、大碗管饱的，能一次吃个痛快。这个城市有很多他们的回忆，他没忘，俞风城也没忘，只是很多事都变了。

"你先回去吧，我一会儿吃。"

"我看着你吃完。"

白新羽微怒道："我看着你吃不下饭！"

俞风城小声说："那你闭着眼睛吃好了。"

"你……"白新羽接过汤饭，放在了床头柜上，看着俞风城道，"这么下去也不是办法，咱们谈谈吧。"

俞风城眼神有些抗拒："等你好了再说吧。"

"不，现在说。"白新羽轻咳两声，"俞风城，我不知道你干这些有什么意义，你要是真的那么内疚，我再郑重其事地跟你说，我不怪你，我理解你，你放下吧，你没有对不起我，我自己心里那道过不去的坎儿，是我小心眼儿，是我天生娇气，是我矫情，跟你真没关系。咱们大路朝天，各走一边，对谁都有好处。"

俞风城摇了摇头："你就是我心里那道过不去的坎儿。"

"你过不去关我屁事啊？现在大家都这个岁数了，什么事儿自己解决行不行，你别再来烦我了行不行？”

俞风城定定地看着白新羽，一脸受伤的神情：“我们两个经历的，是你跟别人这辈子也经历不了的，新羽，你都忘了吗？”

白新羽咬了咬牙，他不想撒谎，他一辈子都不可能忘，看着俞风城那么骄傲的人被他说得露出那样的表情，他以为他会觉得痛快，可实际上，他只觉得难受，加倍难受。

两人正僵持着，房间门突然被唰地一下拉开了，他心里一阵紧张，眼睁睁看着简隋英冲了进来。

简隋英一见俞风城，火气腾地一下蹿了上来，他冷冷地说道：“小俞，看在你舅舅的分上，我一直算是挺给你脸了，但我们家新羽明显不想搭理你，你这么阴魂不散的做什么啊？”

俞风城淡定地看了他一眼：“送饭。”

简隋英被他那漫不经心的态度激得很上火：“我还能饿死我弟弟啊，要你送饭？”

俞风城依然是云淡风轻地说：“我知道他想吃什么。”

“他不吃想吃的也死不了。”简隋英拔高了音量，有点被俞风城惹恼了，“你可以走了。”

俞风城充耳不闻。

简隋英被他气得直翻白眼：“你走不走？我，我告诉你舅舅！”

“嗯，你告诉他吧，我顺道把我爸妈的电话也给你。”

简隋英瞪直了眼睛：“你……老俞家怎么教出你这么个玩意儿的？”

俞风城点点头：“他们不管我。”

“我管管你！”简隋英简直气坏了，抬脚就要踹。

李玉一把拽住了他：“行了行了，你打不过他。”

简隋英瞪着李玉：“那你呢？”

李玉淡道：“我不想试。”

俞风城道：“没关系，我不还手。”

简隋英阴笑道：“这可是你说的，我今天帮你爸妈教育……”

“哥！”白新羽叫道，“行了，我已经让他走了。”

“那他怎么还不滚？！”

白新羽看向俞风城：“你能让我安心吃个饭、养个病吗？”

俞风城沉默了一下，拍了拍他的脑袋：“咱们回头见。”说完起身走了。

简隋英恶狠狠地看着白新羽：“这人怎么回事儿？有毛病啊？”

白新羽的心脏还在咚咚咚狂跳着，半天回不过神来，他尽量轻描淡写地说：“我也不知道他怎么找到我的。”

“你不知道？你们就在大街上碰上，然后他就跟你回酒店了？”

白新羽点点头，虽然这说法挺扯淡，却是事实。

“你是不是白长一身肌肉，怎么还这么容易被人拿捏住，看着我就来气。”他掏出手机，“我给霍乔……”

“哥！”白新羽勉强笑笑，态度却很坚定，“哥，让我自己解决吧。”

简隋英愣了愣，垂下了手去。他有时候总是会忘了，白新羽已经不是那个什么都需要他出马的弟弟了，不是那个被小混混缠上要回家向他哭诉的小屁孩儿了，他已成长为一个有担当的男人，能自己解决自己的麻烦了。他收回手机，没好气地说：“赶紧吃饭，我们换一家酒店。”

白新羽捧起那碗汤饭，已经有点儿凉了，但依然香得不得了，他拿着勺子舀了一大口，那熟悉的味道让他眼眶发热。真好吃，完全是记忆中的味道，如果是夏天的夜晚，约上一群战友，在饭馆外面撑一张桌子，要上一大捧烤串，配上冰扎啤，有吃有喝、有说有笑地闹到半夜，那日子该有多痛快啊。

俞风城说得对，他们经历过的事，是跟任何人都复制不了的。

他吃着吃着，被辣油呛得咳嗽不断，眼圈都红了，视线有一丝模糊。

简隋英皱眉道：“感冒还吃那么辣的。”

白新羽含泪笑着：“辣点儿好，发汗……”

简隋英叹了口气，走过来摸了摸他的头：“我跟你说过没有？你在我面前撒谎，其实一次都没有成功过，我要是相信了，那一定是因为我暂时不想拆穿你。”

白新羽抬头看着简隋英。

简隋英拍了拍他的脸：“你那点儿伎俩也只能用来骗骗大姨和姨夫。”

白新羽放下保温盒，抱住简隋英的腰蹭了蹭，轻声道：“哥，就这样你还没不要我，真是亲哥。”

简隋英冷哼道：“可不是亲哥嘛。”

THE GROWTH OF A DANDY.
FIGHT ALONGSIDE YOU.

第三十七章 你选谁

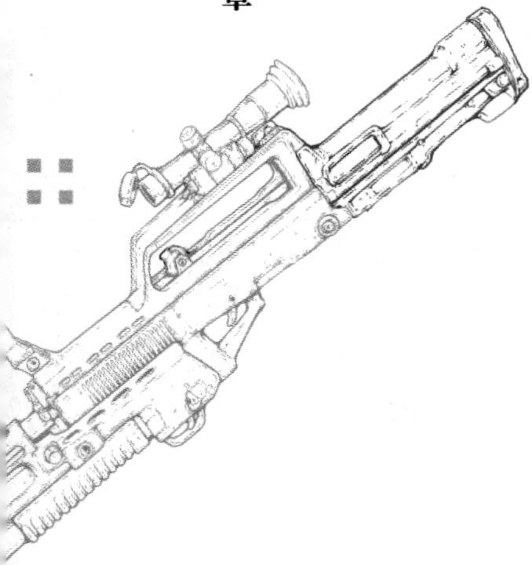

白新羽休息了一天，隔天三人回去了。

纺织厂的项目他们总体很满意，下一步就是谈价和合作方式，之后肯定还要再跑乌市，不过简隋英不会让白新羽去了，白新羽自己也不想去。

全国统一高考在火辣辣的夏日里结束了，冯东元一考完，白新羽电话就打了过去，紧张地问情况，冯东元非常淡定，说觉得不错．但口气里是掩不住的喜悦，肯定是发挥很好。

白新羽感觉放下了一桩心头大事：“那你这段时间干吗？”

冯东元笑道：“我这人闲不住，先去镇上打工吧，多赚点钱，等成绩。”

“你在镇上打工，能赚多少钱啊？”

“我们这边工厂多，看工时的，一天差不多能有六七十吧。”

白新羽听了差点儿吐血：“行了，你还是来我这儿吧，我哥这儿正缺实习生呢，两千二一个月，包早午餐，工资是不高，但总比你在工厂轻松吧。”

冯东元扭捏道：“老是麻烦你……”

“什么麻烦不麻烦的，我本来就想安排你上学的时候也在我哥那儿实习，你去其他地方工作就是卖体力，去公司实习能学到东西，换取的回报不一样，你说是不是。”冯东元嗯了一声。

“你来吧，还住原来那儿，等你上了学就可以搬宿舍了。”

冯东元小声说：“新羽，我都不知道怎么谢你了，我复员后，一直是你照顾我……”

“行了行了，就不爱听这些。”白新羽笑道，“我在部队的时候，还一直是你照顾我呢，不然我连衣服都不会洗。来吧，我带你吃好吃的去，庆祝你高考结束。”

“好！”

两天后，冯东元到了，白新羽带他去他哥那儿报到。公司现在同时开展好多项目，人手确实不够，需要几个干杂活的，冯东元一进办公室，就被那种忙碌又专业的氛围感染了。

白新羽对于冯东元的工作能力非常有自信，他虽然可能一开始什么都不会，但学东西快，聪明又勤奋，以后说不定能成为公司的骨干员工呢，那就一举多得了。

白新羽变得越来越忙，他往军区医院跑的时间少了，现在的复健阶段可以脱离专业设备了，只需要自己在家完成日常训练，但同时，为了不让自己闲着，他参与了更多项目，为自己之前设想的安保公司做准备，他哥也很支持他。他让自己的时间被填满，他不约会，也几乎没有娱乐生活，因为精力过于充沛，经常加班到很晚，像机器人一样投入，很多次连简隋英都看不下去了，让他出去玩玩儿，休息几天，他就笑着反问“跟谁出去啊”，堵得简隋英都说不出话来。

冯东元报的志愿，一水儿的本地高校，最后果然被一所名校录取了。

白新羽高兴坏了，他张罗着叫上燕少榛，给东元好好庆祝一番。

正高兴地聊着上哪儿玩儿呢，一个陌生电话打了进来，电话一接通，他就后悔了。

“新羽，我回来了。”俞风城的声音在电话里响起，满含着一种难言的渴望。

白新羽早已经把俞风城的手机号屏蔽了，但俞风城要找他，总有办法。

俞风城道：“明天我去公司找你吧，我带了很多特产想给你。”

“别来。”白新羽转过身去，小声对着话筒道，“你还想干什么？”

“我马上就要常住了。”俞风城轻笑道，“战友团聚一下，没什么问题吧？”

“有。大哥，算我求你了，我不想见你。”白新羽手指一划，挂了电话。

冯东元眨巴着眼睛，他听得出电话那头是男的，但不确定是谁：“新羽，没事吧？”

白新羽道：“没事。”

冯东元欲言又止，最后还是什么也没问。

白新羽憋了一肚子愤懑，特别想和自己最好的朋友倾诉，却不能。冯东元不知道他和俞风城之间的那些纠葛，就算说了又能怎么样呢，没人帮得了他。

冯东元抓着白新羽的手轻轻晃了晃，特别温柔地说：“你要不要和我聊聊呀？”

白新羽心头一热，但最后还是笑着摇了摇头。

跟冯东元聊完，白新羽就回他父母那边了。

到了他家楼下，他发现院子里停着辆外省牌照的越野车，家里时常有人拜访，他也没放在心上。进屋后，却在自家沙发上看到了正大大方方喝茶的俞风城，他顿时眼珠子差点瞪出来。

李蔚芝笑道：“新羽回来了，你战友来看你了。”

白新羽噔噔噔跑了进去：“俞风城？你……你怎么会在这里？”

俞风城冲他粲然一笑：“我带回来好多特产，要是送去公司你还得折腾回来，我想不如直接送你家来。阿姨，这茶点真好吃，是哪家店买的呀？”

李蔚芝眉开眼笑：“是我自己做的啦。”

白新羽背着他妈，朝俞风城挥了挥拳头，用嘴形道：“赶紧走。”

俞风城假装没看见：“这些全都是你喜欢吃的，班长他们听说我要给你带，给我装了三大包的行李。”

李蔚芝道：“新羽，你别站着啊，坐下跟战友好好聊聊。”

白新羽干笑两声，在俞风城旁边坐下了。

李蔚芝笑眯眯地说：“小俞，你开学就去读军校了呀，军校可不好考吧。”

俞风城笑笑：“有些难度，不过我是进修，不算全日制的。”

李蔚芝又问起他们在部队的事情，白新羽坐立难安，最后忍不住道：“妈，你去跟王姨说一声，晚上我不在家吃了，我带我战友出去吃。”

李蔚芝皱眉道：“干吗不在家吃啊，你王姨都开始准备了。外面有什么好的，家里什么都有。”她笑道，“小俞，要不要在家吃饭呀？”

俞风城马上道：“好啊，谢谢阿姨。”

李蔚芝站起身：“那你们聊，我去帮帮你王姨。”

李蔚芝走后，白新羽怒目而视，低声道：“你跑我家来干什么？”

俞风城朝着门口的行李抬了抬下巴：“给你送特产。”

“放屁，谁让你随便来我家的。”

俞风城抿了口茶，含笑道：“来看看你。”

白新羽一把揪起他的领子：“你要点脸行不行？”

俞风城抓住他的手，颇为怀念地说：“咱们俩刚认识的时候，你也经常跟我说这句话，结果怎么样呢？”

结果这个人完全不知羞耻，白新羽想。他推开俞风城：“趁我妈不在，你赶紧走吧，我不想闹得太难看。”

俞风城很是淡定：“阿姨留我吃晚饭呢。”

“你……”白新羽恨不得在他脸上印个大鞋印！

俞风城专注地看着他：“你不想问问陈靖的情况吗？”

白新羽压着火气问道：“他们怎么样？”

“都挺好的，让我给你带好，陈靖过两个月也休探亲假，说到时候来看看我们。”

“哦……”

俞风城语气诚恳地说：“先把我当战友吧，这对你来说也为难吗？”

白新羽脸色阴沉，不知道该如何回答这个问题。他有时候觉得自己害怕俞风城，这种害怕不是刚开始认识的时候那种对强者的畏惧，他单纯只是害怕看到俞风城，害怕听到这个人的声音，因为那会把他好不容易平静一点的心，又给搅得一团乱。每次当他想把所有精力都投入到工作中时，俞风城总会恰好出现，提醒着自己，心里面还有一块地方长期拥堵，怎么都无法疏通，这症结一发作，依然会胸口闷痛、难以呼吸。

他深吸一口气：“你说当战友，你想怎么当战友？”

俞风城反问道：“你想怎么当？”

“战友聚会的时候我会叫你，平时不要出现在我面前。”白新羽道，“现在从我家滚出去。”

俞风城大言不惭道：“不，我要吃晚饭。”

“吃你大……”

“新羽，”李蔚芝从厨房里探出身子，“你战友吃不吃辣呀？”

白新羽吓得立刻坐直了身体。

俞风城笑道：“阿姨，我都可以。”

“你们不要老在沙发上坐着，多闷啊，新羽，你带战友去后院看看你王姨种的菜，还有咱们养的锦鲤。”

白新羽抓起俞风城：“走。”

他把俞风城带到了后院，后院没人，他终于能尽情说话了：“吃完饭你就赶紧走，别赖在我家。”

俞风城看着白新羽线条完美的侧脸：“晚上不跟我出去喝一杯吗？”

“不去。”

“什么时候把东元约出来让我见见，哦，还有燕少榛。”提到燕少榛，他微微蹙眉，两人一直不大对付。

白新羽敷衍道：“我们都挺好的。”

俞风城目光黯淡：“那我呢，我们就不能回到从前吗？”

白新羽自嘲地笑了笑：“算了，这话我以为我一辈子都不会说出来，会永远烂在肚子里，不过我突然觉得，说了也没什么，因为我已经不在乎了，我不说，你就一直不死心。你听好了，如果雪山上的事重演，那一次你选的是我，咱们就能回到从前。”

俞风城定定看着他，双眸闪动，眼中是浓得化不开的哀伤，那种情绪不加掩饰地弥漫在空气中，让两人都尝到了无法形容的苦涩。

白新羽轻声叹道：“说出来好多了……我一直对自己说，我不怪你先背副队下山，因为副队情况比我危急，你做的是正确的选择。可心里深处，我还是希望你当时选的是我，我愿意把更好的医疗资源给副队，我愿意副队比我先得到治疗，可唯独不愿意当时是你为了副队，扔下了我……我一直不想说，是因为我觉得我不该这么想，我现在也这么觉得，所以我不能拿这件事怪你，可我心里真堵得慌。这话我这辈子就说这一次，我自己听着都不妥，但我说出来了，我舒坦多了。”

俞风城握紧了拳头，眼里渐渐蓄满了血丝：“新羽，我没法再重回雪山，就算能重回那一天，我也还是会先背副队下山。换作是你，你也会做一样的选择。”

白新羽的心脏狠狠一颤，好像瞬间被一柄利剑贯穿了。

他曾经幻想过很多次，幻想自己问俞风城：“如果时间倒流，你选谁？”他不知道俞风城会如何回答，其实无论是哪一种答案，都不会让他好过半点，俞风城如此直白，让他感觉自己的心在滴血，可与此同时，他又有一种奇怪的释然感。

如果俞风城违心说会选择他，他也不会相信，假设当初他和俞风城情况对调，为了顾全大局，他也该先带副队下山，这件事上俞风城从来没错，哪怕现在，也像个男人一样说了实话。他突然就觉得心里通透了起来，也许……俞风城对这件事的考虑，是理性多于感情的，他一直强迫自己理解这个决定，其实只是表面上装作理解，心里却一直在埋怨。他猛然醒悟，在当时那样的危急背景下，纠结于“选我还是选他”这个问题的自己，有失他猎豹的身份。

如果真像他说的那样，重回那一天，俞风城选了他，霍乔如果出了事，俞风城不会原谅自己，他也不会原谅自己，说来说去，那一天对俞风城来说，竟然也是别无选择的。他刚才那番话果真应该烂在肚子里，因为说出来爽过之后，只剩下羞愧。

他也明白了武班长那种悔恨的心情，那种明明以为自己已经足够好，到头来却发现自己输在了某些最根本的东西上的顿悟。

因为俞风城的一句话，他想通了很多。

也罢，俞风城连最后一刻也像个男人，他也可以不后悔自己真心相交过。雪山的生死一幕无法重来，缺失的感情也补不回去，他无法和俞风城回到从前，但这一刻，他豁然放下了对俞风城难以启齿的怨恨，和对霍乔微妙的、更加难以启齿的嫉妒。

他万万没想到，会因为和俞风城的一番对话，在自己家后院解开了郁结一年多的心结，就好像身体里某个堵塞的血管突然疏通了，他顿时觉得身体轻松了起来。他淡笑道：“我就知道你会这么说。”

俞风城深深看着他：“我不想骗你。我做过的事，我敢当，但我认定的事，我也一步不会退。新羽，给我一个弥补你的机会吧。”

白新羽清明的双眸盯着俞风城：“你始终是我的……战友，这一点永远不会变。”

就在这时，李蔚芝打开门叫道：“新羽，小俞，吃饭了哦。”

“妈，就来。”他答应了一声，看向俞风城，“以后战友聚会我会叫你，但请你不要再随便来我家了。”

“我可以去你公司找你吗？”

“不行。”

俞风城黯然道：“那你来学校找我吧，不然我只能想办法来找你。”

“俞风城，你有这力气干什么不好。”白新羽转身往屋里走去。

俞风城在他背后道：“我知道你想办安保公司的事。”

白新羽一愣：“你怎么知道？”

“燕少榛说的，他和陈靖提起过，我在旁边。”俞风城走了过来，“我可以帮你把所有手续都办好。”

白新羽皱眉：“我没要你帮忙。”

“我上赶着想帮你不行吗。”俞风城坦然道，“我就是想帮你。”

白新羽后退了一步："你不用吓唬我，难不难办，我自己试试就知道了。"

俞风城道："你不用试，去打听打听就行了。我做这个也不光是为了你，我知道你的初衷是希望能让兄弟们在退伍之后有个容身之处，我也希望能出一份力。新羽，让我帮你吧。"

"改天再说吧。"白新羽一时不知怎么回答，便转身进屋了。

李蔚芝和保姆准备了一桌子丰盛的饭菜，热情地款待俞风城。她有心想巩固和俞家的关系，俞家的能量太大了，说白了，以后白新羽想做什么，俞家人能给说上一句话，结果都会天差地别。

可惜白新羽没有这样的心思，反而只想和俞风城撇清关系，他并不是一味清高之人，只是他和俞风城之间，已经完全超脱了这些东西，两人的相遇和相处，一开始就很单纯，一路过来更是单纯，白新羽打谁的主意，也不会把马屁拍到俞家人头上。可他却没法阻止他妈向俞风城献殷勤，这一顿饭吃得他相当难受。

吃完饭后，俞风城想让白新羽出去和他喝一杯，白新羽把他推到院子里，指着他的车说："上车，从哪儿来的开回哪儿去。"

俞风城道："后天，我带你去见一个人，是中伟集团的国际安全部部长。你知道中伟是干什么的，他们的国际安全部其实就是一个大型的安保公司，只不过专门负责中伟在动荡国家的员工安全，你从他那儿能得到很多信息。最重要的是，中伟现在因为一些敏感原因，必须把国际安全部独立出去，成立安保公司，然后这个安保公司再向中伟提供安保服务，其实是换汤不换药，还是同一批人。但就像我说的，安保公司，尤其是涉及国际的，审批手续非常复杂，我想牵头让你们合作，这样一来，我们提供公司的壳子，他们提供各项资源，我们占股份。公司可以分成两部分，一部分主要为中伟服务，另一部分，你可以拿着他们的庞大资金和人脉，运作自己的生意，我觉得这比你独自一个人开公司，跑关系，承担所有风险，要好得多，对不对？"

白新羽怔住了，俞风城说的简直是天上掉馅饼的好事，他一分钱不用花，还白得公司股份？一下子启动资金和客源全都有了，上哪儿找这么好的机会去。他皱眉看着俞风城："你……你不是开玩笑吧？"

俞风城笑道："我跟你开什么玩笑。"

"有这么好的事你找我合作干吗，这里面根本没我什么事儿。"

"谁说没你的事儿。我们家不可能直接参与商业活动，但你哥可以。"

"……你先回去，下次再说。"这么好的事儿，他根本不敢答应，他不想欠俞风城什么。

俞风城轻轻摸了摸他的脑袋："这么好的事儿你要是拒绝，你就不是白新羽了，白新羽没那么傻，对不对？"

白新羽低下头，心里很是犹豫。俞风城说得对，这么好的事儿傻子才会拒绝，可他如果答应了，跟俞风城就更撇不清了。拿人手短，他以什么理由、什么身份替俞风城赚这份钱啊。他一咬牙，摇了摇头："我没法替你赚这份钱。"

俞风城道："就算你不答应，见见那个安全部长，吸收一下经验，也没什么损失吧。"

白新羽踌躇着。

俞风城道："新羽，大家都是成年人了，别在正事上闹别扭，好不好？我是真的想帮你，给我一个机会，我可以给你很多很多，你想要的，我都会为你实现，只要你给我一个机会。"

白新羽道："我考虑考虑。"

俞风城笑了："到时候我给你打电话。"

俞风城走后，白新羽感觉双腿有些发软，短短几个小时的相处，俞风城就好像把什么东西渗透进了他的防线，让他心中警铃大作。

在雪山上结束的一切，应该已经被冰雪永远冻结了，就让那些永远冻结吧！

冯东元正在打材料，白新羽飘了过来，从背后把下巴垫在他肩膀上，看着屏幕，嘟囔道："你干吗呢？"

冯东元头也没回地敲着键盘："孙经理让我做个市场调查。"

"你陪我玩儿呗。"白新羽低声说。

冯东元扭头看了他一眼，笑道："你发什么神经啊。"

"真的，陪我出去玩儿吧。"

"这是上班时间啊。"

"去一个好地方喝下午茶，顺便……见个人。"

冯东元奇道："见谁啊？"

"熟人，你认识。"

冯东元更好奇了："谁？"

白新羽犹豫了一下："俞风城。"

"啊？风城回来了？"

"嗯，他去军校进修。"

"哇，真好啊，等我忙完咱们就去，我也好久没见他了。"

白新羽拍了拍他肩膀："嗯，你快点，我带你吃号称全城最好吃的冰激凌蛋糕。"

"真有那么好？"

"吹呗，味道还可以。"

下午四点多，冯东元忙完工作，白新羽就把他带走了。

今天俞风城给他约了上次说过的那个人，白新羽想了半天，还是决定去见见，这种人平时他想见还得找关系，现在能这么方便地见上，他实在不想错失良机，正好把冯东元带去，就不用和俞风城单独相处了。

到了咖啡店，他们在一个小商务隔间里，见到了俞风城和那位部长。

白新羽一见这人，就知道他以前是当兵的，当过兵的人身上有一种独特的气质，就算身材微微发福，也掩盖不了。

俞风城站了起来，惊讶道："东元？"

冯东元笑道："风城，咱们好久不见了啊。"

两人握了握手，寒暄了几句，之后俞风城的眼睛就一直在白新羽身上了："新羽，给你介绍一下，这是中伟集团国际安全部部长，徐总。徐总，这就是我的战友，白新羽。"

徐总笑道："你好你好，小俞跟我说了不少你的事情，真是个青年才俊啊。我虽然离开部队十来年了，可始终把自己当军人，看到我的后辈们这么像样，我心里真是安慰啊。"

白新羽也说了一番客套话，他对自己想要开安保公司的事心里更加有底了，因为显然他不是先例。

俞风城拉着白新羽让他坐下了，并笑着介绍道："徐总也是特种兵退下来的，狼牙特种大队，和咱们猎豹可是齐名的。"

徐总哈哈笑道："怀念啊，怀念年轻时候的岁月。"

白新羽笑道："我听他说徐总在中伟工作多年了，为中伟海外安全事务的贡献是居功至伟。我现在在养伤复健阶段，不想闲着，正好我哥是做生意的，就希望能发挥点专长，做一些安保方面的工作，将来也能为退下来的战友留一个后路，现在有一些问题想请教徐总，希望徐总不要嫌弃呀。"

徐总笑道："怎么会怎么会，我这次来，也是想拓展一个合作的可能。"

白新羽来之前已经整理出了一份材料，都是他想问徐总的，徐总避去一些保密内容，都很慷慨地告诉了他，让他收获良多。

言语间，他听得出徐总有多倚重和俞家的关系，看来相关手续没有俞家从中走动，就算是中伟这么大的企业，也一样难上加难，难怪俞风城有这种自信，能让人把股份双手奉上。

冯东元开始听得有些云里雾里，白新羽给他点了个冰激凌蛋糕，他就在一旁安静地吃着、听着，然后搞懂了白新羽想做什么，登时也来了兴趣。

他们聊了两个小时，徐总晚上有事，很歉意地说不能请他们吃饭了，但最后却提出一个建议：“不知道两位有没有兴趣跟我去趟博茨？”

他眨着眼睛一笑：“旅游。”

白新羽抓了抓脑袋：“那不是在边境？我们出不了国的。”

“不算出国，还在咱们境内。”徐总哈哈笑了笑，“不过抬抬腿就能跨国。”

白新羽心里有些犹豫。

徐总道：“那里有一个通信基地，是中伟为接壤的邻国做的基站，咱们国家这边是很安全的，可一旦过了国界线，就特别乱，所以我们在那里设立了安全部门，保护我们员工和基站的安全。我建议两位去那里看看，尤其是小白，你如果真想做安保公司，一定要去做些考察，那里的环境比较像国外，你们出国不方便，不然就带你们去非洲了。光国内的生意赚不着太多钱，国外市场更广阔，非洲是个新兴市场，有很多大型跨国企业在那里设立分公司，非洲也是个不安稳的市场，安保力量几乎是每个公司的标配，但大部分公司不专业，也不愿意投入太多资金独立设置安全部门，这时候安保公司就非常受欢迎。你们可以先去博茨感受一下，以后如果真的能做起来，咱们一起去拓展非洲的业务。”

徐总走后，冯东元兴奋地说：“新羽，你以后要去非洲吗，听说非洲很乱啊，到处都是沙漠？”

白新羽笑道：“我也没去过，以后再说吧。”

俞风城道：“你现在在养伤期，打个报告就能去，我还要审批，比较麻烦，但如果你想去，我陪你去。”

以他们的“履历”，这辈子出国的希望渺茫，就连在国内活动也得提前上报。

白新羽道：“如果要去，我自己去就行了。”

俞风城拍了拍他的背：“我不放心你自己去。”

白新羽道：“我考虑考虑吧。”

俞风城笑道：“好，不急，走吧，我带你们去吃饭。”

“我们公司还有事，改天吧。”

俞风城拉住他：“起码让我请东元吃顿饭，庆祝一下他考上大学吧。”

冯东元笑道：“风城，谢谢你啊，咱们把少棒叫来吧，正好他说他最近不忙。”

俞风城听到这个名字，表情微滞，看了白新羽一眼。

白新羽道：“那就把少棒叫上吧，咱们来个战友聚会。”

俞风城不动声色地笑笑：“好啊，我也很久没见他了。”

白新羽给燕少棒打了个电话，燕少棒正好有假，痛快地答应了。

四人约在一个俞风城朋友开的私房菜馆，地方很不好找，但环境清幽宜人，让人觉得不枉来一趟。

到了饭馆，他们一边聊天，一边等燕少榛。

正说着呢，几个人走了进来，隔着老远，就听一个男人阴阳怪气地说："哟，俞少？这也太巧了吧，在这儿都能碰着你。"

俞风城瞥了一眼，根本没拿正眼看对方："嗯，巧。"

那是个跟他们差不多年纪的男人，身边跟着好几个男男女女，白新羽一看他下盘虚浮、双眼无神，就知道这是个浑蛋，他很庆幸自己以前还没到这种程度。

男人大大咧咧地走了过来："俞少，这些你朋友啊，不介绍介绍？"

俞风城冷冷看了他一眼："他们俩是我战友，这个是梁庆，梁总的儿子。"

白新羽点点头，不咸不淡地说："梁公子，久仰。"

冯东元没见过这样的场面，愣愣地说："你，你好。"

梁庆扑哧一笑："俞少，你唬谁呢，要是当兵的都一个个长这么好看，我早第一个报名了。"

俞风城瞥了梁庆一眼，淡道："你有何贵干？"

梁庆笑眯眯地说："叙叙旧嘛，怎么，赶我走啊。"他的目光最后落到了冯东元身上，在他看来，衣着朴素、面容清秀又有点儿羞怯的冯东元，比较好欺负，他伸出手去。

白新羽一把抓住了他的手腕，冷冷看着他："不许碰。"

梁庆脸上的肉抖了抖，不甘示弱地说："什么意思啊你？"

俞风城道："他说不许碰，就是不许碰。"说完站了起来，高大的身材给一众人不小的压力，餐厅里为数不多的几桌人全都偷偷看着他们。

梁庆的手腕被白新羽握得生疼，他咬牙道："怎么了，跟俞少打个招呼都不欢迎啊，你还能再打我？上次俞叔叔可是为了你当众下不来台，我就不信……"

俞风城从白新羽手里接过了梁庆的手腕，把他的手压在桌子上："我不打你，也有的是法子让你跪下来叫。"说完，他突然抓起餐刀，狠狠朝梁庆的手背扎去。

现场一片惊叫声，梁庆更是杀猪一样叫了起来。

手起刀落，想象中的溅血场面却没发生，餐刀贴着梁庆的手背扎进了桌子里，离他的皮肤不过半厘米，看得人心惊肉跳。

梁庆浑身都抖了起来。

俞风城斜睨着他，目若寒星："梁庆，我承诺我爸不再揍你，可我有的是办法弄你，怎么样，还玩儿吗？"

梁庆浑身直哆嗦，用力抽回了手，逃也似的走了。

俞风城坐回座位，从后面的桌子上换了把餐刀，神色如常，好像什么都没发生。

白新羽挑挑眉：“什么情况啊。”

“不自量力的孙子，被我教训过一回，告我爸那儿去了，尿包。”俞风城不屑道，他看向冯东元，“东元，不好意思，吓着你了吧。”

冯东元笑笑：“吓着倒不至于。”

白新羽也没把这点小插曲放在心上，不过看俞风城那凶狠的模样，再想想上次在秦岛酒吧的一幕，他多少可以猜到俞风城当兵前是什么德行。

这时候，燕少榛到了，他一进屋就引起了所有人的注意。

“少榛。”白新羽和冯东元笑着和他打招呼。

燕少榛走了过来：“久等了吧，堵车太厉害了。”他在冯东元旁边坐下来，淡笑道，“风城，好久不见了。”

俞风城点了点头：“是啊，这半年新羽受你不少照顾，多谢了。”

这口气听着有点泛酸。

燕少榛笑笑：“我和新羽是很好的朋友，我们互相照顾。”他特意强调了“互相”二字。

俞风城把菜单递给白新羽：“新羽，喜欢吃什么？”

“你来过，你点吧。”白新羽把菜单推给俞风城，转而对燕少榛道，“少榛，你上次说的集训结束了？”

“是啊，可把我累坏了，要不然早出来找你们了，我本来想等东元被录取了好好庆祝一番呢。”

白新羽笑道：“现在庆祝也不晚，是吧，东元。”

冯东元笑笑：“谢谢大家了。”

燕少榛从公文包里拿出个东西，递给冯东元：“送你的礼物。”

冯东元吓了一跳，他一看那盒子就知道是手机，连连摆手道：“别别别，太破费了。”

燕少榛道：“你上了大学，是要交朋友的，总得有个像样的手机吧，别跟我客气了。”

冯东元脸涨得通红，使劲摇头：“我不能要，少榛，谢谢你，但我真的不能收，我手机还能用，挺好的。”

白新羽叹了口气：“别难为他了，我给他买了电脑他也不要。”

燕少榛无奈，只好收了起来。

俞风城点了一桌子海鲜，那只脸盆一样大的阿拉斯加帝王蟹上来之后，服务员本来要放在中间，俞风城突然把其他菜往他那边挪了挪，指着白新羽和燕少榛中间的位置：“放这里。”

服务员愣了愣，这只螃蟹自身大，装它的冰盘更大，要是放在那里，对面的两个人就几乎只能看对方头顶了。

俞风城加重语气：“放。”

服务员只好把螃蟹放在了白新羽和燕少榛中间，两人之间摆着这么大一盘螃蟹，根本无法交流，气氛一时很是尴尬。

俞风城吹了声口哨，拿起蟹腿放在白新羽的餐盘里：“这家店的海鲜都是活着空运过来的，尝尝吧。”

白新羽隔着大螃蟹看了燕少榛一眼，眼神有一丝无奈，燕少榛笑着摇了摇头，冯东元的目光在三人之间游移，有些无奈，又觉得好笑。

四人聊起了部队上的事，自然是有说不完的话题。

边聊天，俞风城边给白新羽剥蟹壳和虾皮，他从动作到表情都是理所当然的样子，好像他不是来吃饭的，而是专门来喂白新羽的。

白新羽也懒得阻止他，在家不是他妈就是保姆给他剥，他也习惯了。

这家店客人本就少，他们聊得太投入，客人都走光了，他们成了最后一桌。

就在这时，店门口传来了迎宾“欢迎光临”的声音，以及那明显有一丝慌张的“请问您几位”。

燕少榛和冯东元同时伸直了脖子，惊讶地往门口看去。

俞风城和白新羽不明所以，也转过头去。

只见一个五十来岁的高大男人正朝他们的方向走来，那人穿着一身绿军装，气度威严、大步流星，光是寻常走路，就有种让人想对他弯腰的刚硬气势。四人全都不自觉地站了起来，因为他们看到了男人的军章，这人还长得和俞风城神似，不用说也知道是谁了。

他走到桌子旁，看了四人一眼，对服务员道：“来，加把椅子。”完全是命令的口气。

俞风城皱眉道：“爸，你怎么……”他立刻明白了，梁庆那孙子又去告状了，他眯起了眼睛，满腹危险的念头。

燕少榛最先反应过来，行礼道：“首长好。”

白新羽和冯东元也马上敬军礼。

俞晨光回了礼：“不用拘谨，坐吧。”他说着便坐了下来。

其他人也跟着坐下了，俞晨光却踹了自己儿子一脚：“你站着。”

俞风城翻了个白眼，老实站着。

俞晨光脱下帽子和外套：“饿死我了，一个破会开了三个小时还不管饭，服务员，给我上碗面条。”

“请您看菜单……”

“面条还看什么菜单。”

“那您是要海鲜意大利面还是……”

俞风城瞥了服务员一眼：“煮一碗白面条，加点菜肉鸡蛋，快去。”

其余三人大气都不敢喘，完全反应不过来这是怎么回事，他们本来好好的战友聚会，怎么突然俞风城他爸就来了？

俞晨光喝了口水，拎起一个螃蟹腿：“哎呀，资本主义的小毛腿，块头真大。”

俞风城低声道：“爸，你来这里干吗？”

“我在这附近开会，听说你在这儿，过来看看你，怎么了？你从部队回来，在家待了没两天就跑了，我就是来确定一下，我是不是真的有个喘气儿的儿子。”

“我过两天就回家。”

“谁稀罕你回家，你每次回家十有八九不让我和你妈省心。”

俞风城皱眉道：“爸，你特意跑过来训我？梁庆那孙子告状了是吧，梁叔养了这么个废物，我看你就该替老战友好好教训教训他。”

“放屁，你自以为你比他好多少？我教训你都教训不过来。”俞晨光冷哼道，“上次你打了小梁，弄得我丢了人，你也不用怀疑你是不是我亲生的了，你要不是，我早毙你八百回了。”

“爸，你换个地方吃吧，你一来我们就吃不下饭了。”

俞晨光没理他，目光扫过其余三人：“你们哪个是白新羽啊？”

白新羽一惊，顿时冷汗都下来了。

俞风城满脸的不痛快。

白新羽小声说：“首长，我是白新羽。”

俞晨光点了点头：“小伙子长得真精神。”

俞风城不耐道：“爸，你要干吗啊，我们出去说吧。”

俞晨光又踹了他一脚，沉声道：“站好了，立正！”

俞风城觉得有点丢人，但还是老实地在原地立正。

俞晨光看着白新羽，和蔼地说：“小白啊，你们在部队的事我都知道，你肩上的这一枪，是为了风城挨的，我作为父亲，本该亲自去慰问你，向你道谢，但是我的身份……又不合适。”

“首长，我们是出生入死的战友，这都是应该的，不需要谢。”

“我明白，我当了一辈子的军人，我都明白。”俞晨光道，“所以我郑重地谢谢你，救了我儿子，以父亲的身份。”

白新羽不好意思地说："您客气了。"

"你们都是好孩子、好战士。"

能得到首长的夸奖，燕少榛和冯东元都不免有些激动，白新羽更是感到战栗。

"哎，我面条来了，放这儿放这儿。"俞晨光拿起筷子，先吃了一大口，然后继续说道，"我托人打听你了，你和简老爷子还有亲戚关系？"

白新羽点点头："他是我小姨的老公公。"

"哦，风城回来进修，是不是为了你啊？"俞晨光毫不婉转、单刀直入地问道，把白新羽都问蒙了。

白新羽咽了咽口水。

"你不用紧张，我儿子什么样儿我比你清楚，当初全家怎么劝，他都不肯回来上军校，现在谁都没劝，自己却滚回来了，我知道你们俩有点别扭，年轻人嘛。"

白新羽尴尬得不知道该说什么。他只觉得俞晨光真是非比寻常的人，难怪当初一见俞风城，才十九岁就那样，他本来觉得他们家就挺不正常的，他妈过度宠他，他爸无可奈何，但见识了俞风城父子俩，他觉得他们家还挺正常的。

燕少榛和冯东元均是一副看好戏的模样。

俞风城烦躁道："你吃完快回去吧，司机在外边儿等着呢。"

俞晨光自顾自地吃起了面条，边吃边问他们地方连队和猎豹大队的情况，听得津津有味，俞风城就一直在旁边站军姿，服务员都不敢靠近他们这桌。

十分钟后，俞晨光把一碗面条扫荡了个干净，穿上外套，戴上帽子："行了，我走了，你们这些年轻人很有前途，好好干。"

俞晨光走之后，四人半天都没说出话来。

白新羽站了起来："我回去了，东元我送你。"

"呃，好。"冯东元赶紧站了起来，跟着白新羽出去了。

结了账，俞风城追到停车场，抓着车门，小声道："新羽，你生气了吗？"

白新羽瞪着他："不敢。"

"你被我爸吓到了？你别理他，我跟他很少见面，今天是被他堵着了。"

"那是你们的家事，我走了。"

白新羽拉上车门，开车走了。

俞风城看着绝尘而去的汽车，深深叹了口气。

第三十八章 祝你梦到我们一起打靶

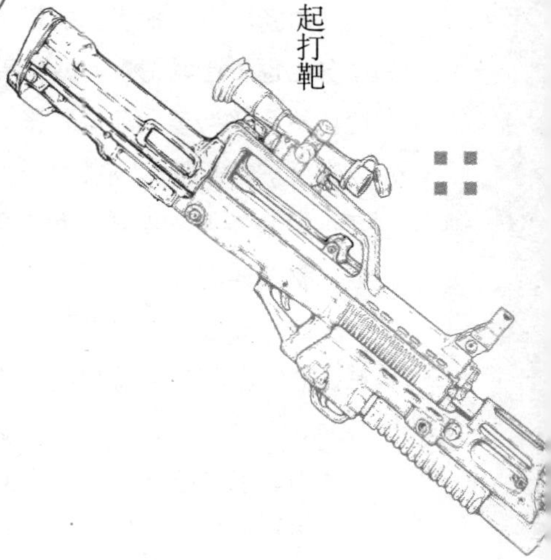

车里陷入了长达五六分钟的沉默，冯东元坐在一旁，一副欲言又止的模样。

白新羽突然打开音乐，笑着说："听听这个，是我一个玩乐队的朋友自己录的。"

冯东元伸手把音乐关掉了："新羽，你和风城的事儿，你想不想跟我聊聊？"

白新羽叹了口气，把车停在路边，趴在方向盘上看着冯东元，轻轻噘起嘴："聊啥呀，我没什么想聊的，很多事，也懒得提了。"

"我其实听说过一些。"冯东元抓了抓头发，"但我一直都没提，就是因为我见你也不太想说的样子。但我看着你也并不开心……其实你为他挡枪，我真的挺意外的，因为一开始，你们俩好像不合来着。"

白新羽想起两人刚开始那两个月的相处，确实乌烟瘴气的，后来怎么就变味儿了呢？他都忘了，他曾经特别讨厌和害怕俞风城。他笑了笑："过去的都过去了，今天吓着你了吧？"

"没有。"冯东元想了想，也笑了，"俞将军确实有点儿吓着我了。"

白新羽嘟囔道："不愧是俞风城的爹，横竖不正常。"

冯东元眨巴着清澈的眼睛看着白新羽，小心翼翼地说："你和风城算是……吵架了吗？"

白新羽看着他谨慎的样子，都有点不忍心了。冯东元的性格特别柔软，宁愿委屈自己也要迁就别人，见着亲近的人难受，他可能更难受，所以见着身边人有矛盾，他竟然会比当事人还要紧张。本身冯东元已经为他和俞风城之间的气氛倍感尴尬，今天又被首长的气场震得一愣一愣的，纯朴的心灵有点儿承受不住。白新羽叹了口气："也不算吵架吧，我心里有个过不去的坎儿，看着他就不舒服，所以想和他疏远，就这样而已。"

冯东元难过地叹息了一声："虽然我不能理解你们之间的恩怨，但你怎么想、怎么做，我都是支持你的，我只是希望你能放下过去的伤痛，再像以前那样开开心心的。"

白新羽哈哈笑了两声，抱着他的脖子使劲晃了晃："我的东元真好。"

冯东元淡淡一笑。

白新羽揉了揉冯东元的头发："放心吧，我哪儿能让自己成天闷闷不乐的，我这不成天找事儿做，找开心嘛，再说我还有你、有少榛陪着我，我好得很。"

冯东元将信将疑地说："那就好，如果我能帮你什么，你一定要开口。"

"知道了。"

"我是说真的！"冯东元急道，"新羽，这不是随口说说的话，我是真心想帮你的，真的。在部队的时候，你适应得慢一些，所以起初是我帮你。后来，我们互相帮助。但离开部队来到这儿后，我……处处都是你在帮我。我也希望我们能像从前那样，互相帮助，我们是一辈子的战友。”

白新羽看着冯东元干净诚挚的目光，心中感动不已，他笑看着冯东元的眼睛：“好，一言为定，我们是一辈子的战友！”

把冯东元送回家后，白新羽沿着二环绕了一圈，又绕了一圈。他心情太烦躁，顺手买了包烟，他已经很久不抽烟了，一抽就会想起俞风城怎么让他戒烟的。他抱着一种“以毒攻毒”的心态，硬是抽了起来，结果肺里太久没接收尼古丁，有些不适应，抽了几口他就扔了。

都说部队改造人，他确实被彻底改造了，从生活习惯到作风，再也挥不去军人的影子。其实他一直在思考自己还要不要回猎豹，虽然以他现在的康复进度，他是可以回去的，可是时间拖得越久，他就越犹豫。

如果他孑然一身，他会毫不迟疑地在医生批准他归队的第一时间回去报到，但想到他的家人，他就觉得自己无法那么自私。他的心被架在了半空，左右拉扯，难以决断，这时候，他反而希望自己的肩膀恢复得慢一点，这种逃避的心态，连他自己都有点瞧不起自己了。

而且，他原本以为，回来后，他和俞风城就不会有什么交集了，没想到都一年了，两人还没掰扯清楚，他想，他的一部分是真的留在了部队，怎么都带不走了。

第二天一上班，白新羽跑到他哥的办公室，冲着他哥一阵讨好地笑。

简隋英斜睨着他：“干什么呀大清早的，这么谄媚，一看就没好事儿。”

“哥，有好事儿，我昨天见了一个人。”他把徐总的事说了。

简隋英挑眉：“哦，不错啊，这人倒是真能帮上忙，不然这种类型的公司我也没做过，还真有点儿不好下手，这个徐总是谁介绍给你的？”

白新羽咽了咽口水，小声说：“我战友。”

简隋英眯起眼睛：“哪个战友？”

“就是战友。”

“这个战友姓俞吗？”

白新羽道：“哥，你听我给你分析分析……”

简隋英抓起桌上的皮质抽纸盒朝白新羽扔了过去，白新羽一把接住，嬉笑着说：“哥，你听我说嘛，我没打算跟中伟合作，但我是真的想从徐总那儿得到一些经验，这样对咱们有大大的帮助嘛。”

“你智商有没有点儿长进啊？”简隋英一副恨铁不成钢的样子，“俞风城是嫌钱烧手啊，非得往你卡里送？他这是趁机接近你，你看不出来？”

白新羽耸耸肩："我知道，但我眼里看的是正事儿，我们俩战友一场，他就是帮我牵牵线也是应该的。哥，我是真想把这个公司做起来，这个考察的机会要是错过了，以后还不知道能不能有了，我……我想去。"

简隋英一拍桌子："你以为只是帮你牵线这么简单？你办手续要不要求他？你不求他，他自己送上门儿来要帮你，你要不要？白新羽，你要是真想跟他撇清关系，就别掺和跟他有关的任何事情，否则你看着他你……你肩膀不疼啊？"

白新羽脸色微微一白，不说话了。

简隋英道："白新羽，如果这事儿让我办，我能把姓俞的用完了再一脚踹了，你能吗？俞风城那小子一看就是人精，你这两下子就别和他玩儿了，安保公司的事儿先缓缓，我再找其他人咨询一下，你放心，哥的资源都给你准备着，慢慢来也没什么。"

白新羽尴尬地搓了搓手，他哥说得对，他这智商，怎么都绕不过俞风城，但这次机会难得，他实在不想错过。他其实感觉得出来，他哥不太赞同他做这个生意，一是他们从来没涉足，没这方面的人脉和经验；二是里面的门道太多，还不如做地产来钱快。他哥大概是不愿意打击他创业的积极性，所以不直接说反对，但听那意思，就是想让他过个几年知难而退。而他在部队里学到的最重要的一条，就是迎难而上，决定了的事情不可能轻易放弃。如果他哥不想帮他，而他又错过这次机会，那以后只会越来越难……

简隋英甩给他一份文件："你看看这个，一个地产项目，让李玉带你做一做，其实怎么赚钱都是赚，你也别太较真儿了。"

白新羽点点头，拿上资料出去了。

回到办公室，他靠在椅子上想了很久，觉得他哥说得有道理，他既然要和俞风城保持距离，这趟就不能去，否则等于沾了俞风城的光，太被动了，他和徐总已经互留了手机，他自己也能把关系建立起来，以后有机会再说吧。

下午的时候，俞风城电话打过来了，问他去考察的事。

白新羽说："哦，那个，我这边事情太多走不开，暂时先不去了。"

俞风城沉默了一下："你是不想和我一起去是吗？"

白新羽顿了顿："咱们也确实不适合一起出门。"

"怎么不适合？"俞风城笑道。

白新羽笑不出来："俞风城，你跟你爸解释了吗？"

"有什么好解释的，我不需要他理解什么，你也不需要。"

"……算了，反正是你们家的事。"

俞风城把话筒贴近脸边，轻声道："新羽，我做了很多让你失望的事。所以我现在回来了，我想弥补过去犯的错，我在雪山上曾经放开过你的手，再不会有第二次了。”

“俞风城，到底要我说多少次，雪山上的事，我不怪你，你做得没错。可我不想违背自己的心假装什么都不在意，还去跟你当什么兄弟、朋友的，我做不到。”

“……我不去了。”俞风城闷声道，“你跟徐总去吧，对你来说，这趟旅行有很重要的价值，不必为了我放弃，好吗？”

白新羽沉默了。

俞风城柔声道：“新羽，你跟徐总去吧。你为我受伤，为我离开猎豹大队，我没办法还你这颗子弹，但我希望在别的地方能补偿你，所以你想要的，我都想送到你面前，你觉得厌烦也无所谓，我还是要去做，你想做什么，我都会尽全力帮你。你不用担心会欠我人情，我欠你的更多，我为你做的一切，都是应该的。”

白新羽握着电话的手心被汗浸湿了，他脑子里一团乱，他生性就不是个果决的人，唯一做过的最坚定的决定，俞风城却一次次想要来动摇。他哑声道：“我……考虑考虑。”

俞风城平静地说：“你想要的，我会尽全力帮你实现，所以给我一个机会吧，这次我不会再让你失望了。”

白新羽感觉喉咙被一只无形的手扼住了，他轻轻挂掉电话，抱住了脑袋，身体好像要炸开了。

隔天，白新羽提上两笼小肉包和豆浆，跑简隋英办公室去了。

简隋英正和李玉商量事儿呢，一见他就眯起了眼睛。

白新羽把早餐往桌上一放，露出灿烂的笑容：“哥，我……”

简隋英抬起手：“打住，一看你那样儿我就知道你想说什么了，不行。”

白新羽的脸顿时垮了下来：“哥，我就是给你送早餐……”

简隋英白了他一眼：“李玉，你熟悉他这个表情吗？”

李玉点点头，似笑非笑地说：“有事儿要求你。”

白新羽一看被拆穿了，索性也不装了，往桌子上一坐，打开早餐盒：“哥，李玉，赶紧尝尝，热乎的好吃。”说完往自己嘴里扔了一个，“哎，我去，好烫……”

李玉双手抱胸，摇了摇头。

简隋英啧了一声：“有屁快放，我这儿忙着呢。”

白新羽半身越过大大的办公桌，抓住简隋英的手，哀求道：“哥，我想跟徐总去考察。”

简隋英眼睛一瞪：“滚出去。”

白新羽跟牛皮糖一样抱着简隋英的胳膊："哥哥哥哥哥，让我去吧，俞风城他不去，就我自己，真的。"

简隋英烦躁道："爱去死去，你还买不起机票啊，滚！"

白新羽求道："哥，我不想背着你去，我去是为了商务考察，不为别的。我是真想把公司办起来，我不会轻易放弃的，你别生我气好不好？俞风城他真不去。"

"他为什么不去？"

白新羽解释道："他不好办手续。哥，你相信我，我真的是去考察的，这个机会我不想错过，以后中伟把国际安全部独立出去了，徐总就未必说了算了，以后也未必有这样的机会，这次对我真的很重要。哥，好不好？求求你嘛。"

"从我桌子上滚下去。"

"哥……"白新羽很不要脸地耍赖，他知道他哥吃这套，反正最后不是心软就是不耐烦，总归会答应他。

简隋英揪起他的领子："白新羽，你这招要用到什么时候？这么大的人了，有没有点儿羞耻心！"

白新羽摇摇头，嬉笑道："只要好用，我会一直用下去。"

简隋英推开他："爱去你就去！"

白新羽立刻从桌子上滚了下去："谢谢哥！"

"那个地方有没有危险？"

"有一点儿，不过只要不乱跑，随时跟着安保人员行动就可以了，你还怕我有危险？我可是猎豹大队出身。"白新羽自信满满地说。

简隋英没好气地说："回来后给我一份完整的考察报告，让我知道你是去干正事。"

白新羽用力点头："你放心吧！等咱们的安保公司赚大钱了，我一定让你吃香的喝辣的，你去谈判我给你派十个保镖撑场子。"

简隋英笑骂道："滚吧你。"

得到了简隋英的"首肯"，白新羽也就专心给组织打申请去了，虽然他现在是养伤复原阶段，但去外地还是要得到批示的。

第二天一到公司，冯东元就拼命朝白新羽挤眉弄眼，他不明所以："东元，你干吗？"

冯东元指指总裁办公室："那天见的那个徐总，在简总办公室。"

白新羽瞪起眼睛："什么时候来的？"

"刚来，我给你发短信了。"

白新羽刚才开车，根本没看手机，他小声道："你确定是那个徐总吗？他来干吗？”冯东元摇摇头：“不知道。”

“就他一个人？”

“还有助理。”

白新羽犹豫了一下，往总裁办公室走去，他敲了敲门：“简总，我白新羽。”

“进来。”

白新羽推开门，果然见徐总带着个年轻助理，正坐在沙发上和简隋英、李玉聊天。

“徐总，您怎么来了？也不先给我打个电话。”

徐总笑道：“我给你打了，没人接啊。”

白新羽不好意思地说：“我开车呢，手机好像静音了，您怎么会……”

徐总道：“我老板让我来和简总谈个事儿，是关于我们共同感兴趣的一个项目的，在拍卖会上争来争去没有意义，要是能合作不是一桩美事吗。”

简隋英不动声色地笑笑：“徐总客气了，让刘董打个电话，我这晚辈肯定就登门造访了，怎么还麻烦徐总跑一趟呢。”

“哎，麻烦什么，我最喜欢和简总这样的青年才俊聊天了。小白也是，多好的小伙子，那天我们聊了一下午，他非常有想法，总让我想起我在部队的时光，看来我和你们都很投缘啊，哈哈哈。”

简隋英笑道：“新羽，坐，听听徐总带来的消息。”

白新羽坐在一旁，心里直犯嘀咕，徐总这是来哪一出？中伟这种大国企，根本不差钱，要是有好项目，自己就有实力一手运作，怎么会突然来找他哥合作呢？虽然这也不是什么奇事，但一联想到徐总和俞风城的关系，他就总觉得哪儿不太对劲儿。

果然，听着听着，他就感觉徐总完全是来给他哥送钱的，光是口头承诺的一些利益就相当诱人，这种肥得流油的项目，要是找合作伙伴，通常都是被集团内部的关系户消化了，他们跟中伟从来没合作过，关系也浅薄，主动找上门儿来这种事，过于蹊跷。

简隋英越听笑容越深，时不时瞄上白新羽一眼，眼神很是让人捉摸不透。

白新羽如坐针毡。这背后是不是有俞风城的事儿？这是什么意思，想讨好他哥？

徐总在简隋英办公室坐了一个多小时，四人相谈甚欢，勾勒了一幅美好的合作蓝图。简隋英一直眉开眼笑的样子，只是白新羽偶尔和他对视，还是会被他的眼神惊出冷汗来。

谈完后，徐总就告辞了，三人一直把他送到了电梯口。电梯门一合上，简隋英脸上客套的笑容立刻消失得无影无踪，转头看着白新羽。

白新羽瞪着无辜的大眼睛：“哥，我什么都不知道。”

简隋英沉声道："回办公室说。"说完越过两人往办公室走去。

白新羽抓着李玉，悄声道："我没来的时候你们谈什么了？"

"我想要看看你哥小时候的照片。"李玉看着他。

白新羽一愣："啊？"

"你哥小时候的照片，在你家的。"

白新羽皱眉道："你没有吗？"

"在你家的那部分我当然没有。"

白新羽眯起眼睛："行，我全复制一份给你。说吧，你们谈什么了。"

"徐总说了你们见面的事，安保公司的事，还有你们要去博茨考察的事。"

"就这些？"

"还假装不经意地夸了俞风城几句。"

白新羽咽了咽口水："这件事不至于迁怒我吧。"

"你问我吗？"李玉一副"你确定吗"的表情。

白新羽叹了口气，往总裁办公室走去。

一进办公室，白新羽就看见简隋英跷着二郎腿坐在椅子里，正斜睨着他。

白新羽笑道："哥，徐总人还不错吧，挺靠谱的。"

"嗯，不错，上赶着来送钱，我都忘了他长什么样儿了，光记着脸上贴着钱了。"

"哥，我发誓这件事我一点儿都不知道。"

"我知道你不知道，但俞风城打算干什么，你应该知道吧？"

白新羽厚着脸皮摇摇头："我不知道。"

"你不知道个屁啊，这不就是想讨好我们吗，我看出来了，这小子是内疚，不把这颗子弹还给你，怎么都过意不去是吧。不错，他总算干了件上道的事儿，知道投其所好了。"

"哥，那你打算……"

"这还有什么好打算的，上赶着送钱不要，我傻啊。不过，哼，他想靠这个讨好我？太天真了。"

白新羽指指自己："那我……"

"你就装作不知道就行了。"

"我怎么装作不知道？"

"就是不主动提，他如果提了，你转移话题，总之别给他机会邀功，也别有任何欠他人情的想法，这都是他自愿的，不要白不要，你为他挨的那一枪，可是万金难换的。"简隋英抬起下巴，一副理所当然的样子。

白新羽不得不佩服，他哥的心理素质是真好，他用力点点头："好，哥，你安心赚你的钱。”

“出差要小心，知道吗？”

白新羽笑道：“放心吧。”

下班后，白新羽本打算找冯东元吃饭，但冯东元要加班，他就自己走了。

刚到地下停车场，他就看到自己车旁边有一个高大的男人，穿着运动服，戴着鸭舌帽，交叠着两条大长腿，正抱胸靠在车上，一动不动的样子，就是不看脸，也让人无法忽视这么完美的体型。

白新羽走了过去，皱眉道：“你在这儿等多久了？”

俞风城抬起头，鸭舌帽下是一双明若繁星的眼眸，他勾唇一笑：“两三个小时吧。”

“我不会跟你去吃饭、喝酒，我直接回家。”

俞风城挡在他和车之间，目不转睛地盯着他：“我知道，我只是想在你出差之前见见你，你这次去至少要一个星期呢。”

“你没别的事儿干了？”

“昨天我还去执行了一个任务，我估计我这几年军校会读得很充实。”俞风城拉开运动服的拉链，里面什么也没穿，赤裸的胸肌上绑着白纱布。

白新羽看着那刺眼的纱布。

“小伤，还非让我留院观察，我就跑出来了。”

白新羽这才发现，俞风城的脸色有点苍白，怪不得这段时间电话、短信不断，唯有昨天杳无音信。白新羽皱眉道：“别折腾了，回医院吧。”

俞风城含笑看着他：“医院好没意思。”他的笑容突然黯淡了下来，“你往医院跑了一年，一定很难受吧。”

“有什么难受的，在部队训练更苦更累。”白新羽满不在乎地说。

“我都把去医院当特训。”俞风城眨了眨眼睛，“过一关就更强一点，去满十次能兑换额外一条命。”

白新羽嗤笑一声：“你那么多年不良少年没白当，咱俩当初没切磋一下胡说八道这项技能，真是遗憾。”

“你现在想切磋也不晚。”

白新羽拽开了他：“行了，我要回家了，你也赶紧回去休息吧。”

俞风城突然闷哼一声，弯下腰去。

白新羽一把扶住俞风城，紧张道：“怎么了？”

俞风城挂在白新羽身上，突然低笑出声。

白新羽气得想揍他，一把就要推开他，他却抓住了白新羽的手腕：“你这一下子，够我回医院躺上一个礼拜的。”

白新羽的胳膊硬是僵住了，为这个把俞风城打到医院里去，未免小题大做了。

俞风城收紧了手臂，下巴垫在了白新羽的肩膀上：“你记不记得，当初通过猎豹大队考核的时候，咱们互相搀扶着走了多远的路？”

白新羽淡道：“忘了。”

“你才不会忘呢。”

白新羽默然。他当然不会忘，他累到两条腿就像断了一样疼，是俞风城扶着他、拖着他、拽着他，让他一步步坚持走了下去。

白新羽轻轻推开了俞风城，拉开车门上了车。

俞风城怔愣地看着自己的手，最终慢慢握紧了拳头。

白新羽把车开出停车场，阳光洒进车里的刹那，他才觉得眼前的阴云消散了一些，他深吸一口气，把车里的摇滚乐声音开到了最大，当那震荡内脏的重金属音乐冲进耳膜，他才感觉自己从刚才那种情绪中抽离了出来。

几乎每次见俞风城，他都要好半天才能缓过劲儿来，偏偏他无法回避。俞风城高超而执着的追踪技能不仅用在了战场上，也用在了他身上。他感觉自己陷入了一个沙地，他不想往下沉，却又逃不出去，他用力捶了一下方向盘，眼里尽是挣扎。

部队的申请通过后，白新羽跟着徐总出发了。

徐总是个性格豪爽、博学健谈的人，两人又都是军人出身，一路上很有共同话题，不知不觉已经“大哥”“小弟”地相称。

这一次同行的还有中伟的两个领导和五个安保人员，那五个人一水儿的退伍兵，而且都不是普通部队退下来的，看来徐总网罗了不少人才，但也从侧面证实了中伟的跨国项目有多危险。

有些不发达国家政局不稳定，所以中伟的工作经常受到一些武装的、非武装的势力的威胁，这就是中伟的国际安全部存在的意义。

白新羽想开安保公司，业务范围大多就在这些不稳定的国家，这次虽然不出境，但临行前徐总依然反复强调了“不排除有危险的可能”，他也没在意。他当然知道有危险，没有危险安保公司还靠什么吃饭。

飞机抵达博茨，已经是深夜，他给他妈和他哥分别发了个报平安的信息，然后早早休息了。

刚躺下没两分钟，手机响了，他拿过电话一看，是俞风城打来的，他不想一晚上被骚扰，就接了电话。

“新羽，你到了吗？”

“嗯，刚到。”

“平时一定要跟徐总一起行动，不要乱跑，注意安全。”

“我知道。”

“睡觉吧，晚安。”

白新羽顿了顿：“嗯。”

“新羽，”俞风城笑道，“我入学那天，你能来看看吗？听说场面会很有意思，而且，我会代表新生发言。”

那充满期盼的语气，让白新羽拒绝的话卡在喉咙里，一时吞不下吐不出，差点儿把他憋出毛病来。

“我也会邀请东元和燕少榛，你们就当来给战友庆祝入学了，行吗？”

白新羽艰涩地说：“好，我们会去。”

俞风城笑道：“我那天肯定会很帅的。”

“我……我累了，睡觉了。”

“睡吧。”俞风城低笑两声，“祝你梦到咱们一起打靶。”

白新羽挂了电话，对着屏幕用力比了个中指：“梦你大爷啊。”

THE GROWTH OF A DANDY.
FIGHT ALONGSIDE YOU.

第三十九章
死也不逃

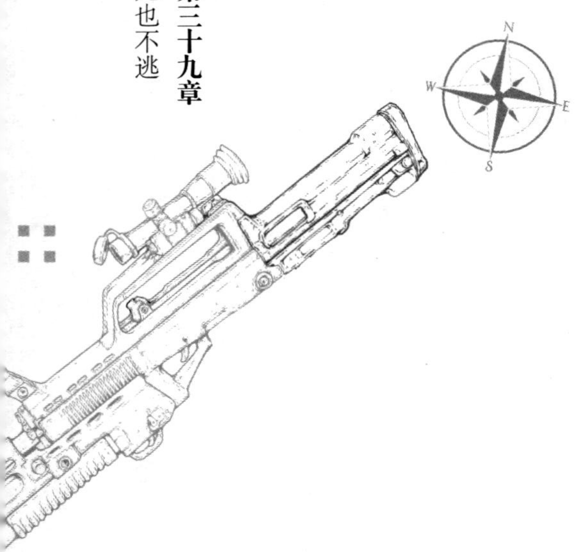

第二天，白新羽跟着徐总开始了在博茨的考察，这一天的大部分时间，他们都耗在了公司里，白新羽参加了一个商务会和午餐会，不知道是不是因为俞家的面子，他受到的热情招待远超想象。

不过，这个地方经济不发达，稍微像样点的东西都得空运过来，所以招待得再好，条件也有限，但他也不在意这些东西。

下午，公司派车带他在附近逛一逛，越是未开发的地方，越有一些值得看的自然风光。在车上，徐总道："这两天我在公司有一些事务要处理，也有一些关系要维护，所以你得等我两天。后天咱们就去边境考察一些通信基站，你到那里就可以看到我们的安保人员是怎么工作的，其实也就是比当兵的自由度大一些，以及工资高很多，但一样的辛苦和危险。"

"通信基站要派人长期看守吗？"

"不一定，我们经历的大部分威胁，都是在建基站的时候，时不时会受到各种势力的骚扰，有反政府的，有勒索要钱的，甚至有时候会受到当地居民的要挟，我们在很多地方建立的通信基站，都是拿枪守着建出来的。不过一般建出来之后就没事儿了，第一，通信塔不那么好破坏；第二，我们人都走了，他们没处找碴，很多也就散了。除非是当地有特别动荡的事情，可能威胁到基站，才会派人看守。当然了，我是不会带你去那些危险系数太高的地方的，你跟着我出来，我得把你完整地送回去不是。"

白新羽笑道："徐哥，你别忘了我是猎豹大队出来的，我想开安保公司，就必然要跟危险共处，方便的话，还是带我多见识见识吧。"

徐总笑了笑："也有道理，我考虑考虑。"

"好，看徐哥方便。"

在市里待了两天，白新羽也领略了一下别有风味的西部风光，公司的人怕他闷，还变着法儿带他去玩儿，其实他连雪山那么贫瘠的地方都待过，没人比他更耐得住寂寞。

两天后，徐总带着他和那五个人，开车前往边境，在车上，白新羽见到了一些真家伙。

"勃朗宁，AK-47，MP7，你们可真有本事啊。"白新羽抓起一把德国产的MP7冲锋枪，抚摸着那特殊碳烤的枪身，感受着那沉甸甸的手感，简直爱不释手。时隔一年多，他终于再一次摸到枪了，他不禁回忆起了在部队练枪的生活。他第一次用95狙打出10环，第一次拿到射击比赛的冠军，第一次用真正的子弹打爆匪徒的脑袋……那些热血的记忆全都蜂拥进他脑海，让他胸口生出一股豪气。

他是如此地想念枪，想念这些让他第一次建立自信、获得认可的宝贝。如果他不是在射击上大放异彩，就不会有今天的他，是射击的优秀成绩，让他走出了自卑和畏缩，想要为自己争一口气。这一刻，想要回到猎豹的欲望愈发强烈起来，他的心再一次陷入了挣扎。

徐总重重拍了拍他的肩膀："新羽，你现在的心情我特别懂，其实我当初来中伟，也是抱着跟你一样的想法，我怀念战场，怀念枪，我想给我的战友们多一个选择，所以我觉得跟你很投缘，你还这么年轻，你还有选择，无论是回部队，还是在这个领域，你一定都能大放光彩的。"

白新羽用力点了点头，目光坚定而明亮。

一行人开着车，沿着边境参观了好几个通信基站，大部分是已经建好的，安保人员要带着技术工人定期进行维护，有一个在建的，果然如徐总所说，他们的人荷枪实弹地把守着，工人在旁边作业。

一边考察，徐总一边给他讲解他们是如何工作的，人员的调派，资源的分布，武器的配备，如何提高安全性，如何减少或解决和当地居民、武装势力的冲突。听了一路，白新羽才发现自己以前做的调查实在是太表面了，想要运营好这样一个公司，实际面对的问题要复杂太多，如果完全没有经验，也就只能给明星、老板当当保镖了。

这几天吸收的知识和经验非常多，让白新羽欣喜不已，预计的考察期被他主动延长了，他还在一个通信基站住了两天，不断地和那些安保人员沟通。渐渐地，他明白俞风城为什么建议他和徐总合作了，因为他可以少走很多很多弯路，而这些"弯路"意味着的大多是安保人员自身的安全，就这一点，就让白新羽对俞风城有几分感谢。

在他们的行程快要结束，准备折返博茨市里的时候，徐总突然接到了一个电话，当时他们正在吃饭，徐总拿着手机出去了，过了十分钟，他回来了，脸色有些凝重。

白新羽问道："徐哥，没事儿吧？"

徐总摆摆手："北部一个基站出了点问题，我得赶过去处理一下。新羽，我让大灰送你回市里，我就不跟你们一起回去了。"

"出什么问题了？"白新羽道，"徐哥，你介不介意我跟去看看？"

徐总笑道："倒不是涉及机密的，只是这趟可能会有点危险，没事儿，问题不大，等回去了我再和你说。"

白新羽道："徐哥，你这么说我就更想跟去看看了，我要是想做这行，危险是避免不了的，我这趟来是考察的，就这最关键的一部分我没考察到。我大老远跑过来，实在不想错过这个机会，咱们以后要是真合作了，也不可能有危险你往上冲，我回酒店待着吧，你说是不是？"

徐总皱眉犹豫着。

大灰道："徐总，什么情况啊，给我们说说，要是不是特别危急的，就一起去看看吧，我们也能帮着你处理处理。"

徐总道："是北部靠近卡普维地区的一个通信基站出了问题。"

大灰哼道："又是那儿，我就知道那里太平不了。"

"卡普维？"白新羽这两天时不时听到这个词，这是徐总在这一片的工作重点地区。

卡普维是他国与我国交接的一个城市，这个地方非常奇特，是一个细条形的地区，被夹在三个国家之间。现在虽然归属了他国，但在这种复杂的历史和奇特的地理位置环境中，这个地区常年动荡，当地两大民族——罗吉人和欧凡波人之间的民族矛盾非常激烈，再加上是几国边界，走私、越境、贩毒、盗矿情况也很严重。中伟虽然没在卡普维建立基站，但在博茨最北部沙卡韦的那个通信基站，距离卡普维地区只有不到十公里，是一个非常重要的、不能放弃的"眼睛"，中伟入驻博茨期间，两次死过人的冲突事件，都是在沙卡韦基站。

徐总点点头："有两个罗吉人喝醉了，把车开到了咱们的基站附近，出车祸死了，结果这两个人是当地很有势力的罗吉黑帮老大的儿子和情妇，他们带了一大帮人来沙卡韦领尸体，咱们的人不知道发生了什么事，又因为沟通上的误会，发生了一些冲突。总之现在罗吉人认为我们和欧凡波人联合起来陷害这两个人，因为我们不允许他们对基站进行取证，博茨的警察认为罗吉人非法越境，也掺和了进来，现在情况有些混乱，不过还在控制中，所以我要赶过去处理一下。"

白新羽笑了笑："徐哥，这可比上战场安全太多了，我听着没什么大问题，带我去看看吧。"

大灰也道："咱们毕竟和他们没有正面矛盾，到当地协调一下应该就没问题了。其实大部分的安保任务，还是以防御和沟通为主要安全手段的，我觉得应该带白总去看看，这样这趟考察才算完整嘛。"

白新羽连连点头。

徐总想了想："行吧，咱们一起去看看，不过新羽啊，咱们可提前说好了，到了那儿要一切听我的。"

"徐哥，我这一路什么不听你的了？"

徐总道："好，咱们现在出发吧，这里离沙卡韦只有两三个小时的车程。"

白新羽隐隐感到有些兴奋，这一趟肯定会见识到一些不一样的东西，而且他体内有一种埋藏很深的对危险和刺激的渴望，平静的都市生活让他这个经历过血腥战场的人，时不时会感到有些厌倦。

一行七人坐着两辆越野车，往北部沙卡韦开去。

车行到半路的时候，白新羽接到了俞风城打来的电话。

徐总一听电话响，得意一笑："看看，要不是咱们中伟，你在这破地方能随时打电话吗。"他视力极好，一眼就瞄到了白新羽的屏幕，"哦，小俞打来的？"

白新羽笑道："那是，真是太方便了。"当着徐总的面儿，他也不能不接，"喂？"

"新羽，你们在哪儿呢？"

"在北部考察呢。"

"是后天的飞机回来吧？"

"差不多。"

"差不多？"

白新羽避重就轻地说："还要去下一个地方考察，不知道能不能赶上后天的飞机。"

"你已经把归期延后一次了，难道还要再延后？"俞风城低声道，"那不是好玩儿的地方，差不多就回来吧，以后有机会你还可以再去。"

"跑一趟不容易，还不如多看看。"白新羽道，"我这边儿很晚了，回去再说吧。"

俞风城沉默了一下，无奈地说："小心点，北部治安不太好。"

"我明白。"

俞风城压低声音："你会给我带纪念品吗？"

白新羽道："机场的纪念品都是义市产的，你想要多少，我直接从义市给你批发。"

俞风城笑了笑："也可以，只要是你送的。"

白新羽当作没听见，匆匆道："嗯，不用担心，回见了。"然后立刻挂了电话。

徐总笑着说："你们在部队关系就特别好吧？"

白新羽干笑着说："是啊。"

徐总感慨道："大灰是我在狼牙时候的小兄弟，阿凌是他的表弟，一批入伍的，国际安全部里，有一半是我在部队的战友或者旧识。当兵的，尤其是特种兵，退伍之后是很难适应正常社会的节奏的，会因为找不到自己的位置而彷徨，我能为他们做点什么，心里会好受很多，所以你想开安保公司的初衷，我非常欣赏。"

白新羽点点头："徐哥，我都想来给你打工了。"

两人相视笑了起来。

半夜十一点多，他们终于到了沙卡韦，这个通信基站果然非同小可，为了它专门修了一个小基地，基地四周都用围墙和钢刺保护了起来，足以见得这一区域有多不太平。

基站不远处的公路上，有一片狼藉的痕迹，显然就是车祸现场，侧翻的跑车已经完全变形，整个车祸区域都被隔离带隔开，旁边还有不少人守着。天太黑，看不清具体是什么人，只是看到不少人拿着枪。

他们的车从基地后门开了进去，基地的主管跑出来迎接他们，一见到徐总就一副看到救星的模样："徐总，你可算来了。"

"现在情况怎么样了？"

"这不天黑了嘛，闹了一天，暂时消停了，但明天还不知道怎么样呢。"

"给我们具体说说怎么回事。"

他们进到会议室后，了解了自车祸发生到现在八个小时内发生的事情。先是罗吉黑帮带着人来找尸体，然后把基地围了起来，要求看基地外围的监控录像，他们为了不惹事，就把那一时段的录像给了出去，但罗吉人不满意，要求进入基地搜查，还要看过往半个月基地内外的所有录像，找到欧凡波人刺杀老大儿子的证据。基地里有些东西是军事级别的机密，自然不可能让他们看，就在他们僵持不下的时候，边境警察来了，要让非法越境的罗吉人离开，但又不敢动武，所以三方僵持到现在。

徐总听完后，沉吟片刻："先把重要资料转移，有备份的全部销毁，今天晚上我们要连夜把基地'清理'出来。"

"徐总，我们需要这么做吗？我们只要配合调查，他们总不至于来硬的吧。"

徐总摇摇头："那可说不准，这里毕竟不是我们的地盘，我们的势力和影响力是最弱的，我们毕竟只是一个公司，罗吉人虽然有所顾忌，但他们的忍耐也是有限的。他们一大堆人公然出现在博茨，边境警察都不敢强制将他们驱逐出境。这里与卡普维一线之隔，真要出什么事，他们的外援十分钟就能赶到，我们的却远在千里之外，如果我们配合的程度不能让他们满意，他们就会用自己的办法调查，与其这样，不如打开门让他们进来，所以现在马上行动。"

"是。"

基地的人赶紧行动了起来。

白新羽嗅到了一丝紧张的气氛，他看着面色凝重的徐总，沉声道："徐哥，情况是不是比你想得严重一些？"

徐总点点头："太巧合了，刚好就在基地旁边出车祸，咱们开车经过都看到了，那里道路平坦，没有障碍物，也没有能影响视野的东西，车突然就翻了，当时正是破晓前最黑暗的时候，附近没什么灯光，就这一个孤零零的基地，摄像头拍摄到的画面非常暗，普通人可能看不出来，但是我们都看出来了，那车翻得很蹊跷，难怪罗吉人怀疑，他们有可能是从车上检查出了什么。这里面到底有多少猫腻，咱们现在一概不知，情况太不明朗了，必须早点为最坏的情况做准备。"

"最坏的情况……"

“最坏的情况就是会起武装冲突，不过这个概率很小，罗吉人应该不至于这么冲动，他们是不想招惹我们，但他们很可能强行进入基地，搜查我们的东西。”

“基地有多少人？”白新羽问道。

“员工和工人十二个，安保人员五个，加上咱们七个，一共二十四人。”

“武器呢？”

徐总撇嘴一笑：“还算充足，不过那是我们最不愿意用的。”

白新羽摸了摸下巴：“我再去看几遍录像。”他把车祸的录像反复看了几十遍，越来越确定这是一起人为车祸，车子可能是被小型胶囊炸弹破坏了方向盘的涡轮增压系统，车子一下子失去了平衡，侧翻进了公路下干涸的排水沟里，车里的两个人都没系安全带，跑车又皮儿薄，当场都死了。如果真是欧凡波人谋杀了这两个人，罗吉人肯定要找出证据才能寻仇，所以他们是倒霉，刚好处在了车祸发生的地方？

徐总坐到他旁边，疲倦地喘了口气。

“徐哥，清理得怎么样了？”

“得忙一个晚上。”他扭了扭脖子，“不行了，老了，年轻时候受的伤，感觉没什么大不了的，好了之后还活蹦乱跳，但过了四十岁就不行了，什么旧毛病都找上来了。”

“徐哥，你看着可一点儿也不像四十的，精神着呢。”

徐总笑了笑，朝视频抬了抬下巴：“看出什么没有？”

白新羽摇摇头，又点点头：“太巧了，这地方方圆几公里只有咱们的通信塔一个建筑，怎么刚好就在有视频监控的地方翻了车呢？这车显然是被人动了手脚，但为什么偏偏选在这里？如果欧凡波人想搞暗杀，就不该给罗吉人留下可以追寻证据的线索。”

徐总叹了口气道：“这就是最蹊跷的地方，我很担心，这背后有别的对我们不利的目的。”

“你是说……”白新羽皱起眉，“有可能是冲着咱们来的？”

“不排除这种可能，不过概率不大，我更愿意相信这是卡普维地区两大民族之间的内部冲突，我们只是碰巧搅和了进去。新羽，你看到了吗，这就是安保部门要面对的，在异国他乡，什么情况都有可能发生，我们要尽最大的能力，首要保护员工安全，其次保护公司机密和财产，而要做到这些，最重要的一点反而是避免冲突，所以不要以为安保人员就是拿着枪耀武扬威的，我们做每一件事，都必须……”

砰——

两人猛地站了起来。那个声音他们再熟悉不过，是枪声！

徐总沉着脸打开屋里的密码柜，里面摆着一柜子武器，他抓起一把 92 式手枪，扔给白新羽："来，给你一把习惯用的。"他自己也拿上一把，几人一起走了出去。

白新羽用力握了握那沉甸甸的手枪，体会到了一种久违的安全感和亢奋，他把手枪别在后腰处，跟了上去。

出去一看，果然是守在基地外的罗吉黑帮和边境警察发生了冲突，现在已经是半夜三点多了，这两方虽然一直对峙，但暂时相安无事，如果突然在应该熟睡的时候起冲突，那么必定是某一方预谋好了要在这个人精神最疲倦的时候发动攻击。

徐总低喝道："快，把咱们的员工转移到地下室去，让翻译过来。"

几人悄悄摸到门边，大铁门外，警察和罗吉人吵嚷不止，说着他们听不懂的话。翻译很快跑了出来，紧张得冷汗直冒。

"他们说什么？"

"太远了，听不太清，好像是在争论是谁先开的枪。"

"扯淡！"徐总骂道，"这要闹起来就真不知道怎么收场了。"

"嗯？怎么回事？警察撤了？"白新羽瞪起眼睛，他视力极好，黑夜中也隐隐能看见对方的行动。

"什么？"徐总惊道，"警察真的撤了？"

刚说完，就见两辆警车顺着他们门前的公路开走了，连车灯都没开。

大灰咬牙道："警察可能被贿赂了，他们的警察一向很好贿赂。"

白新羽简直不敢相信："他们就这么扔下我们跑了？"

"这里是边境，本来就人烟稀少，真发生什么，公众可能要好几天之后才会知道，如果警察有意掩盖，那就更麻烦了。"徐总抓住一个安保人员，"马上去把我们的情况反馈给大使馆。"

"是。"

大灰道："徐哥，咱们现在怎么办？"

罗吉人已经气势汹汹地朝他们走来，对方至少有四五十人，全都带枪，而且离这里七八公里外就是他们的地盘，援军随时可能到，如果打起来，哪怕他们能把这一拨人弄死，也成了瓮中之鳖，而且这个基站肯定也保不住了。

徐总处理过的突发事件很多，此时依然很冷静，想要和平解决。他站在铁门前，用罗吉人的语言问了一句好，然后把翻译拽了过来，问他们想怎么样。

罗吉人要求进入基地，查看近半个月的监控录像，以及搜索其他证据。

徐总强调基地里有很多商业机密，他们可以把监控录像交出去，但不希望罗吉人进入基地。

警察走之后，罗吉人态度很强硬，就差直接掏枪了。

两方僵持了大约五分钟，徐总知道不能吃眼前亏，只好打开门让他们进来了。

白新羽的手一直按在枪上，戒备地看着那伙人长驱直入。

徐总退到他身边，低声道：“别轻举妄动。”

罗吉人进入基地后，开始在基地唯一的一栋三层楼里搜索了起来，但他们进屋之后不奔向监控室，反而直接去宿舍搜寻，最终在地下室里发现了躲藏起来的十二名员工。

徐总见情况不对，猛地掏出了枪，指着他们用英语喊道：“你们想干什么？”

白新羽等人齐刷刷地举起了枪，事态演变到这里，罗吉人恐怕不是冲着录像来的。

更多罗吉人从屋外冲了进来，手里均拿着冲锋枪，将他们团团包围。这伙持步枪的人，装束跟罗吉人不太一样，武器更是黑帮不太常用的冲锋枪。面对黑洞洞的枪口，众人冷汗都下来了，如果在这个穷乡僻壤被杀了，尸体挖个坑一埋，真是没地儿找去。

罗吉人用枪逼着地下室里的员工，安保人员则被团团包围，他们完全没办法反抗了。

事到如今，他们全明白了，可也晚了。这场车祸从头到尾就是个局，罗吉人，或者说这伙带冲锋枪的人，就是冲着他们来的，伪造这起车祸，让他们在想要息事宁人的情况下放弃抵抗，直接打开门把敌人放了进来。这一招太黑了，他们本就处在别人的地盘，顾忌颇多，这伙人正是利用了他们的弱点，没费一兵一卒就把他们控制住了，还避免了在他国境内发生冲突可能引发的纠纷。

一个蒙面人说：“你们已经被包围了，放下枪，我们不会伤害你们。”

徐总冷道：“我们只是一个电子产品公司的员工，你们到底想干什么？”

“到时候你自然会知道，现在放下枪，你们已经没有反抗的余地了。”

白新羽的手伸进了裤兜里，掏出了手机。

蒙面人把枪指向了白新羽，厉声道：“放下手机。”

白新羽也用枪指着他，冷道：“我要给家人发一条短信，就一条。你可以开枪试试，你杀了我的同时，这颗子弹也会从你的眼球穿过去。”

蒙面人眯起眼睛，这个人的气势非同寻常，他确实不敢冒这个险。

白新羽快速解锁屏幕，最近通话记录里的第一个人就是俞风城，他摸索着打下两个字：“救我”。

徐总深吸一口气，垂下了手，众人也纷纷放下枪，扔到了地上。

蒙面人抢过白新羽的手机扔到地上，一脚踩碎：“搜身，把所有人带走。”

他们被缴了所有的武器和通信设备，套上头套，推上了车。

黑暗中，白新羽听到徐总低声道：“阿凌，把消息发给大使馆没有？”

“发了，公司也发了。”

有人暴喊一声："不许说话。"

白新羽闭着眼睛感受着车辆的运行，在大脑内计算路程、上下坡、大的转弯、经过的减速带以及坑路，还有一路上听到的所有明显的声音，比如鹅的叫声、火车的声音，这一段路程至少走了两个多小时，他集中精力记了一路，大脑晕得想吐。

车终于停了下来，他们下了车，白新羽能明显感觉到这里的空气湿度很大，西部大部分地方都是干燥缺水的，空气如此湿润的地方，一定靠近水源。

他们被赶进了一个房间，厚重的铁门关闭时，发出铁锈摩擦的声音，非常的刺耳，听得人心情沉重。

门关上后，他们用力把头套甩掉了，打量着周围的环境。

这是个仓库，显然已经废弃很多年了，墙面斑驳残破，地上积着厚厚的灰，通风口很小，勉强能容一人通过。

白新羽道："徐哥呢？"

徐总不见了，可能是被那帮人带走了。

大灰苦笑一声："这帮土猴子，居然有点儿脑子。"

白新羽晃了晃手上的手铐："绑架我们的并不是当地人，口音我有点熟悉……大灰，让我看看你的手铐。"

大灰把身子凑了过来，白新羽趴下仔细研究那手铐："A型军用手铐，是南非惯用的65号锰钢涂碳电镀。"那伙人的口音他一直觉得在哪儿听过，根据手铐的线索，他几乎能确定这伙人是南非雇佣兵。又是南非雇佣兵，那次在雪山，他们碰上的那伙南非雇佣兵，不仅让他们损失了两个战友，也让他和俞风城就此决裂，他与南非雇佣兵简直不共戴天。

俞风城……白新羽想到这个名字，心里重重叹了口气。当时他发的那条短信，俞风城收到了吗？他第一时间就想向俞风城求救，也不知道是因为俞风城的名字在通话列表的第一位，还是因为他内心深处认为俞风城能救他们。这伙绑匪的目的不明，他们随时可能有生命危险，除了自救，外界的救援是他们最大的希望。

只是就算俞风城看到了，也不可能立马做出反应，救援行动需要审批，何况，连他们自己都不知道自己身在何方，俞风城要如何找到他们？他到底是怎么想的，居然把重要的一条短信发给俞风城了……

可除了俞风城，还有谁可信又靠谱呢？

白新羽靠在墙上，后脑勺撞了两下墙壁，烦闷不已。

过了半个小时，徐总回来了。众人齐刷刷地看着他。

徐总一屁股坐在地上，叹道："他们想要中伟的一份机密资料，这个资料涉及的东西关系重大，我只知道一点皮毛。如果这份资料泄密，那是叛国罪，能不能用这份资料赎回我们，根本不是中伟能做主的。”

白新羽沉声道：“胆子真大，背后是哪个国家或者团体操控的，有线索吗？”

徐总点点头：“我大概能猜到，但是涉及保密，我还是不能说。”

阿凌骂了一声：“这帮浑蛋，敢在太岁头上动土，就不怕引起国际纠纷吗？”

“我们现在肯定不在国内了，鬼知道我们在哪儿。”

徐总看着白新羽，愧疚道：“新羽，是我考虑不周，把你牵扯进来了，你本来现在应该准备回去了。”

白新羽苦笑道：“是我坚持要来的，这怎么能怪你呢？”他也没想到出来做个商务考察都能碰到绑架，这是什么命啊。

徐总正色道：“咱们不能干等着别人来救。”

“对，我们要想办法离开这里。”

徐总把他刚才被带去审问时观察到的废弃工厂的结构描述了一遍：“主控室在楼上，有通信设备，但有人把守，不过大部分人都集中在楼下，人数超过四十个。”

白新羽道：“如果能用通信设备把我们的大致位置告诉大使馆，就还有希望获救。”

“关键是怎么出去啊？”一个经理凑了过来，看了看离地两米多高的通风口，“那么高，咱们手还铐着。而且，我们根本不知道自己在哪儿啊。”

徐总没理他：“我们把各自记下的地形和方位串一遍。”

几个当过特种兵的，都受过相关训练，快速地串联和纠正他们一路经过的路程，最终串出了一个最一致的。

这时候，天已经亮了，绑匪给他们送来了饭，是一些干硬的面包和矿泉水。

徐总晃了晃手铐：“我们这样怎么吃。”

绑匪轻蔑地看了他们一眼：“你们可以饿着。”

绑匪走后，白新羽用膝盖夹着矿泉水，用牙齿拧开了瓶盖，咕噜咕噜喝了一大口，然后叼着干面包吃了起来。在这样紧张的环境下度过了一整晚，他们早已经又饿又渴。最后，他们商定天黑时行动。所有人都开始休息。

白新羽窝在角落里，脑袋贴着冰凉的、布满灰尘的地面，闭着眼睛却睡不着。人真是奇怪，当他退伍回家的时候，他已经习惯了部队的硬板床和执行任务时的幕天席地，再睡那柔软的席梦思，他经常整夜睡不着觉，可睡惯了席梦思，他又一时无法适应这样的环境了。他是不是变得软弱了？也可能他从来没有真正刚强过，他的身体素质已经合格，可心理素质差了一截，他想起武班长说的话，心里是满满的感慨。

今天他没有给家里报平安，过不了多久，他爸妈、他哥，都会知道他出事了，他哥应该要气疯了吧，一意孤行地要来，结果出事了，就算他这次能平安回去，也肯定会被他哥揍个半死。想到这里，他忍不住笑了笑，目光却变得异常坚定。他一定会回去，他不会让父母和亲友承受他客死他乡的悲痛，他是特种兵，这种破烂水泥房子，困不住他！

夜幕降临后，徐总悄声说：“我这身材是出不去了，你们几个瘦的，谁去？”

大灰和阿凌齐声道：“我去。”

白新羽道：“我去。”

徐总道：“人太多了容易打草惊蛇，只能一个人去。”

白新羽正色道：“我去吧，我比你们都瘦，通风口那么小，恐怕只有我能出去。”

徐总满脸愧色：“新羽，你不是中伟的人，你不必……”

“现在还分中不中伟？我们在一条船上，是朋友、同胞，我也是为了自己能获救。”

一旁的经理用很小的音量说：“要是你出去不回来了怎么办？”

黑暗中，其他员工都传来高低不齐的抽气声，没错，如果白新羽自己跑了，明天绑匪发现少了人，不知道会做出什么来，而他们唯一的希望也就破灭了。

徐哥怒道：“你胡说八道什么！”

白新羽沉声道：“我是西北第一特种部队——猎豹大队的一员，我就是死，也做不出背弃同伴自己逃跑的事。”

大灰道：“没错，白总一定会回来。”

一个员工疑惑道：“可你要怎么出去，这手铐……”

白新羽一笑，昏暗的月光下只能看到他露出的一口编贝般的白牙，他深吸一口气，只听咔嚓一声，手上一阵剧痛传来，他的大拇指关节被他硬生生卸掉了。

众人一惊。

白新羽忍着痛，把手从手铐里往外抽，当大拇指穿过手铐，受到挤压的时候，他疼得想骂娘，他咬着牙，快速把手抽了出来，再咔嚓一声把关节给合上。短短二十秒，他已经流了一身汗。

那经理看着白新羽，满眼惊恐，再也不敢说半个字了。

大灰蹲在墙边，白新羽踩着他的肩膀够到了窗户，他脱下外套，包在胳膊上，寸着劲儿一撞，年久失修的窗棂随着玻璃的碎裂也断开了，那声音在黑夜中有些刺耳。一屋子人静默着，连呼吸都不敢大声。

等了足有一分钟，没有任何动静，白新羽才轻轻把碎玻璃清理掉，奋力往外爬。那个通风口非常小，他费尽九牛二虎之力，才把肩膀挤了出去，肩膀出去后，身体就好办了，他翻出通风口，摔落到了草地上。

THE GROWTH OF A DANDY.
FIGHT ALONGSIDE YOU.

第四十章 有人受伤

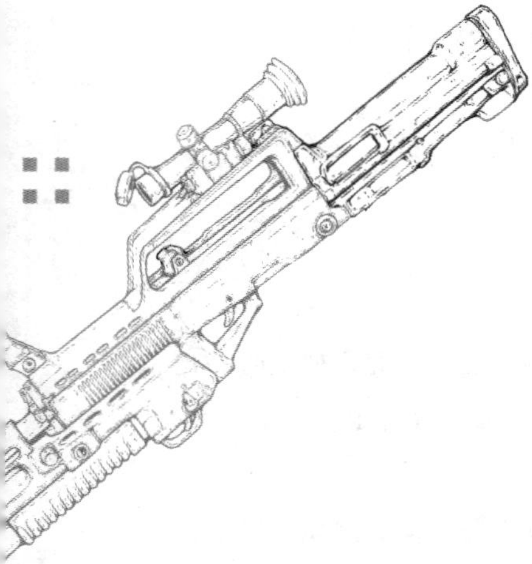

四周漆黑一片，阴风阵阵，其实那些员工根本不需要担心他会逃跑，这么偏僻的地方，光靠两条腿，他能跑到哪儿去。同时，他也打消了带着那些人逃跑的想法，就凭那些成天坐办公室、缺乏锻炼的员工，跑出去两公里就会被追上。

他靠着墙深呼吸了一口气，便悄无声息地顺着墙根儿摸索起来，他要找到一个合适的地方潜入工厂。

绕着工厂走了大半圈，他找到一个办公室的窗户，他把眼睛贴在灰蒙蒙的窗户上看了半天，确定里面没人后，轻轻推了推窗户，窗户没锁，只是年久生锈，推起来咔嚓作响。

把窗户半推开后，他轻巧地翻了进去。离开办公室，是一条长长的走廊，他在配电室里顺了一把扳手，贴着墙往前走。四周漆黑，且安静得落针可闻，白新羽甚至能听到自己的心跳声。他用手揪了一下自己的头发，告诉自己冷静下来。离开部队一年后再一次经历这样紧张的环境，他一时有些适应不了，他不断深呼吸，乱蹦的心脏终于平静了下来。

穿过走廊，眼前出现了一个楼梯，徐总说主控室在二楼，他悄悄上了楼，在阳台处看到了点点火光。他探身一看，一个守夜人正靠在墙上抽烟，背对着他。

白新羽把扳手别在了裤腰上，精亮的目光在黑夜中锁定他的猎物，一步一步，猫一般靠近守卫。当他距离守卫不过三四个台阶时，守卫似乎感觉到了什么，猛地回身，白新羽一下子扑了上去，一手捂住守卫的嘴，另一只胳膊夹住了他的脖子。

守卫奋力反抗起来，嘴里发出“唔唔”的声音，但怎么也挣不脱。白新羽一狠心，胳膊一错，拧断了守卫的脖子。

守卫的身体软倒下去，白新羽拖着他回到一楼，拿了守卫的行军包和武器，把尸体塞进了配电室。关上门的一瞬间，他感到自己的手有些发抖。这是他第一次近距离杀人，以前都是用枪，直接感受着人的体温和呼吸，痛下杀手，所需要承受的心理冲击，比用枪要严重得多，但他没时间想这些了，他必须赶紧完成任务，否则死的可能就是自己人。

白新羽重新摸回二楼，顺着几间屋子寻找起来。他在经过一间办公室的时候，听到里面传来打呼噜的声音，这个工厂的办公区域是回形的，空间非常大，在转过一个拐角后，一间办公室外面有两个持枪的人在巡逻，那间屋子肯定就是主控室了。他在黑暗中观察了一会儿，发现没有办法在不惊动其他人的情况下突破守卫，于是决定从外墙进入。

他顺着楼梯上了天台，这个工厂只有四层楼高，空降难度不大，他从那个守卫的行军包里翻出了绳索，一头绑在天台的护栏上，一头系在腰上，抓着绳子，脚踩着墙面，“走”了下去。在降到二楼主控室的窗户时，他倒立着挂在绳子上，往屋里看去。

主控室没开灯，但有电脑和通信设备发出的蓝光，里面有个人，躺在椅子上睡着了。

白新羽静默了两秒，猛地推开窗户，生锈的窗棂发出难听的摩擦声，他翻身跳进了主控室。睡觉的人醒了，张开嘴就要喊，白新羽一把掷出匕首，正中那人的咽喉。

外面的守卫听到动静，问了一句什么。

白新羽快速解开腰上的绳子，抽回匕首，靠在了门边。

一个守卫推开了门，白新羽毫不犹豫地起刀，锋利的刀刃准确地从横膈膜处刺进了那人的肺部，那人张大了嘴，却发不出半点声音。

后面的守卫怔愣半秒后，刚要举枪，白新羽却比他更快一步掏出枪，抵在了他腰侧："别动。"

守卫咽了口口水，瞪视着白新羽。白新羽把他拽了进来，卸了枪，用绳子将他绑了起来，再把他的手套塞进了他嘴里，用绳子缠了两圈封口。

做完这一切后，白新羽靠在桌子上，胸口起伏不定。有时候他依然会觉得不敢置信，自己居然变得这么厉害……

他观察了一下主控室的通信设备，有一台不知道能不能上网的电脑和一个小型卫星接收器，类似当时在雪山上阿四随身带的那个东西，他们学过利用农业卫星追踪、定位和发射信号，不过这门课他成绩一直不太好。

他打开电脑，发现这电脑是只能连接内网的，用来翻译卫星接收器接收到的信号，他摆弄起接收器，如果这里离沙卡韦不算太远的话，他就有希望搜索到他们通信基站的信号频段，毕竟通信基站的信号强度不是一般的通信设备能比的，很容易分辨，这个时候大使馆派的救援人员一定已经在通信基站了，只要能和基站的频段连接上，救援人员就能确定他们的大概位置。

他焦急地搜索起来，如果他们对方向的判断没有错，他们应该在距离沙卡韦两百公里的范围内。

每一分钟的流逝，都让白新羽的心脏负荷更沉重一分，他不知道这些人是多久换一次班的，但他已经搜索了半个小时，耳机里不断传来各种无关的声音。

终于，他在一个频段里听到了中文！他激动得手一抖，悄声道："能听到吗？能听到吗？"

耳机里传来一阵噪音，他深深皱起眉，不断地低声呼唤。

"谁……？我们……是……你是……"耳机里的声音断断续续，但那声音白新羽总觉得相当熟悉，似乎是……

"副队？副队！是你吗！我是白……公主！"在那一瞬间，白新羽真的感觉自己回到了战场，回到了猎豹大队，他做梦也没想到会听到霍乔的声音，对于现在的他来说，那简直是天籁之音！他立刻进入了角色，仿佛他还是猎豹的一员，从未离开。

“公主？是你吗？请回答！完毕。”

“是我！是我！完毕。”

霍乔沉声道：“你在哪里？完毕。”

“我们被绑架了。我趁夜逃出来使用通信设备联系救援，你们怎么会在沙卡韦？完毕。”

“马上描述情况。完毕。”

白新羽快速地把他们串联出来的方位、路程、所经过的有辨识度的地点告诉了霍乔，有了这些，就算猎豹大队不能通过卫星定位，也一定能通过这些线索找到他们。

“保持通讯畅通，我们正在试图定位你们。完毕。”

“我……”门外的走廊传来了一阵脚步声，白新羽心里一惊，“我要被发现了，我得离开了。”

“白新羽！”耳机里突然传来俞风城焦急的声音，他喊道，“你听着，我一定会找到你们，一定会救出你们，活着等我们来！”

白新羽莫名地眼眶一热。俞风城……是俞风城的声音，当他发出那条短信的时候，他就觉得如果这世界上有谁能来救他的话，那一定是俞风城。

俞风城真的来了，如同天降神兵，和猎豹大队一起来了！现在他就像吃了定心丸一样，内心充满希望。没有人比他更清楚猎豹大队的实力，已经升为大队长的霍乔甚至亲自带队，他们一定会获救！

他知道自己藏不住了，抓起匕首把电脑和通信设备捅了好几下，然后拿上枪，在守卫推开门的瞬间，他从窗户跳了出去。一落地，他就贴着墙狂奔。

枪声追着他响起，那声音回荡在空旷的厂区内，响彻整个夜空。

他以最快的速度跑出了工厂，一头扎进了工厂外的野草地里，那些野草都一人多高，非常适合藏匿，他就不信还有人能抓到他。

身后不断有枪声响起，白新羽借着黑夜的遮掩，轻松避过。

突然，工厂方向传来扩音器的杂音，接着，一个冷酷的声音响起：“我给你三分钟的时间回来，否则每隔三分钟我会杀一个人。”

白新羽的脚步顿住了，他用力咬着嘴唇，眼圈泛起了红。

爸，妈，哥……

如果他回去了，能保住命吗？他杀了对方三个人，九成九的概率是活不了了，可他能放着那么多人去死吗？

他是军人，他一辈子都会是军人，他不能给猎豹大队抹黑。

他握紧拳头，卸下了身上的武器和行军包，往工厂方向折返。

他想起依然萦绕在耳边的俞风城最后的吼声，那是他听到的最后的来自亲近之人的声音，如果他就这么死了，他真后悔当时没跟俞风城说声再见，在生死面前，很多事都显得不重要了，他只希望能好好道一句别……

当他走回工厂时，一个提着枪的人跑了过来，一枪托将他打翻在地。

白新羽眼前一晕，看着依然黑暗的夜空，眼里全是留恋。

一只脚踩在了他胸口，狠狠碾了几下，白新羽用力咳嗽起来。他被人从地上拎了起来，拽进了工厂里，迎接他的是一通杂乱的拳脚。他蜷缩起身体，护住腹部和脑袋，心里痛骂这群浑蛋。

“杀了他，老大，杀了他。”

蒙面首领摆摆手：“不急，把绳子拿过来。”

白新羽的手被捆了起来，吊在天花板上，他双脚无法着地，只有脚尖能勉强碰触一点地面。这是相当折磨人的刑讯姿势，过不了多久他的胳膊就会废了，也不知道是不是幻觉，他总觉得以前的肩伤开始隐隐作痛。

首领冷冷看着他：“你在主控室联络上了什么人？”

白新羽吐出一口血唾沫：“大使馆。”

“说了什么？”

“当然是求救。”

“你怎么求救？那么短的时间他们不可能定位到你。”

白新羽心想你们这帮杂种兵真菜，就这样也敢混雇佣兵，他道：“不知道，我只是求救。”

首领搓了搓拳头，猛地一拳打在白新羽的腹部，白新羽一阵干呕，感觉自己要把内脏吐出来了。

首领冷笑道：“我给你们公司的交易最后时限很快就要到了，如果他们不满足我们的要求，我会每隔一段时间杀一个人，原本我们无冤无仇，我想让你们痛快一点死，可你杀了我三个人，很遗憾，我不能让你痛快地死了。”他挥了挥手。

一个人打开了关着徐总他们的房间，把剩下的二十三人全都放了出来，让他们蹲在白新羽正对面的墙角。他们看着被吊起来的白新羽，眼中尽是焦急和不忍。

首领拿枪指了指白新羽：“离交易时间还有三个小时，你们现在就可以给这小子的命倒数了。”

三个小时……白新羽心脏颤抖了起来，他的命只剩下三个小时了？俞风城，你能找到我吗？班长，副队，你们会来吗？

他不想死，他无法想象他的亲人该有多痛苦，他妈肯定会崩溃……不，他不能死，猎豹大队一定会救他出去，俞风城……俞风城说了一定会来救他，就一定会来，一定会来！

等待天亮的那段时间，是白新羽一生最难熬的时刻。承担整个身体七十多公斤重量被吊起来的双臂，虽然时时给他一种生拉硬拽要脱臼的疼痛，但远比不上心理上的折磨更让他煎熬。如果猎豹大队不能在三个小时内赶来救他，他真的会没命，就算中伟愿意拿信息换人，这帮绑匪也绝对不会放过他，他就算死也不会死得舒坦。

白新羽咬了咬嘴唇，强迫自己清醒几分，开始打量起周围的环境，寻找一线生机。

他们现在正在工厂开阔的大厅里，大厅天花板有三层楼高，吊着他的绳子被绑在二楼的栏杆上，正对着他的是中伟的二十三个人，大厅里有十个持枪守卫，楼上和厂房外还有更多人，有些在他的视线死角，要在这么多双眼睛的监视下脱身，根本不可能。

他抬起头，观察着自己头顶，他的手离二楼的护栏不过几十厘米，但是他看不到自己头顶有没有人，如果没有的话，他也许可以翻上二楼……

蒙面首领正在和其他人研究被他破坏的卫星接收器和电脑，他听到这些人在商量是不是要转移地方。

白新羽觉得无论转不转移对他都有益处，如果转移，他还能伺机在途中逃跑，但他不认为这些人会转移，他们对这个地方的隐蔽性似乎很有自信，而且距离最后时限不过两个多小时了，这时候很难再带着这几十人找到一个合适的落脚处。

果然，最后他们没有转移，大概是不相信救援人员能在三个小时内找到这里来。白新羽对猎豹大队的行动能力很有信心，猎豹早晚会找到这里，只是时间问题，而时间，恰恰是他最急迫的。

徐总时不时跟白新羽目光对视，虽然不能开口说话，但白新羽也能看出他眼里的焦急。白新羽回给他一个安抚的微笑，只是笑容很勉强，绑着他手腕的绳子已经磨破了他的皮肤，他觉得再这么吊下去，身体就要被扯散了。

时间一分一秒地流逝着，天边渐渐泛白，太阳徐徐升起，白新羽额上不断冒出细汗，他知道他剩下的时间不多了。

清晨六点整，蒙面首领拿出一个火柴盒一样的手机，拨通了一个电话，他没说话，只是听着那头在说着什么，不住地说“是”或者“不是”。

两分钟后，他挂断了手机，突然掏出枪，对着中伟的一个员工就放了一枪，众人措手不及，眼睁睁地看着自己的同事倒在了血泊中。

现场响起一片惊恐的叫声，徐总怒道：“你们还要谈判吗！”

首领冷道：“我们正在谈判。”说着拿起手机拍了张照片。

白新羽给徐总使了个眼色，他们必须反抗了，否则这些人可能全完蛋。

首领把照片发出去之后，对白新羽阴笑道：“下一个是你。”他用自己的语言跟属下说了什么。

属下转身走了，不一会儿，拎回来一桶汽油，他冲白新羽冷笑：“这将会很漂亮。”

白新羽瞠目欲裂，狠狠瞪着他。

徐总厉声道：“等一下！让我跟你们的雇主谈话！我把所有我知道的都说出来！”首领笑着摇摇头：“你知道得太少了。”他打了个响指。

属下拎起汽油，用力朝白新羽泼去。

白新羽无处闪躲，被泼了一身一脸，汽油浓烈的刺激性气味冲进他的鼻息，他深吸了几大口气，险些窒息。他吐出一口苦涩的唾沫，高声吼道：“你们这些杂碎！畜生！”

旁边的人从口袋里掏出了打火机，哈哈大笑起来：“没错，这肯定会很漂亮的。”

徐总急叫道：“住手！让我和你们的雇主通话！”

首领看了看表：“没有这一环节。”他把手机对准了白新羽，残忍地笑道，“下一个十分钟，就发这段视频吧，好了，开始拍摄。”

拿着打火机的人走到了白新羽旁边，阴笑着晃了晃手里的火机。

白新羽身体哆嗦了起来，他从未感觉死神离自己如此近，就算要死，他也不想这样死，至少让他留着这张脸吧？

俞风城，俞风城，你在哪儿？我不要被烧死，你说要来救我的，你在哪儿！

那人咔嚓一声点燃了打火机。

白新羽漆黑的瞳孔里反射出明晃晃的火苗，那火苗如地狱鬼火，让他心里泛起无边的恐惧，他控制不住地嘶吼：“俞风城——”

砰！

枪声伴随着玻璃破碎的声音一同响起，拿着火机的人应声倒地，打火机掉在了地上，轰地一下将地上的汽油点燃了。

白新羽蓄起全身力气，猛地往上一跃，抓住了他头顶的绳子，鞋底堪堪躲过上蹿的火舌，他双腿借力往上一蹬，一只脚钩住了二楼的护栏。

这时，一枚气雾弹滚了进来，浓烟顿时在工厂内弥漫开来。

耳边不断响起杂乱的枪声，场面混乱一片，不时伴随着怒吼声和惨叫声。白新羽能听到子弹打在他身侧、撞击着金属护栏的声音，他一个翻身跃上了二楼，眼睛的余光瞄到了旁边有人，在那人掉转枪口之前，他已经猛地冲了过去，用手里的绳子勒住了对方的脖子，同时将他挡在自己身前。

那人在他怀里拼命挣扎，白新羽咬着牙，双眼通红，差点被烧死的愤怒让他身体里充斥着一股狠劲儿，他恨不得把这帮绑匪都千刀万剐。

很快地，那人就不动了，白新羽夺过他的枪，抽出匕首割断绳子，往楼梯处跑去。

猎豹大队的人分别从工厂的正门、侧门和窗户冲了进来，他们戴着烟雾透视镜，朝着绑匪疯狂射击。

徐总和其他安保人员已经在枪声响起的第一时间冲上去和绑匪搏斗，烟雾还没散，谁都无法计算伤亡情况，那时不时响起的惨叫，让人的心直往下沉。

白新羽跑下楼后，躲在了楼梯后面，他跟大部分人一样什么都看不见，既怕中枪，也怕误伤，不敢随便乱跑。

突然，他看到了中伟的一个女员工，他上去一把抱住了那个惊慌失措的女人，捂住了她的嘴，沉声道："不要叫，我送你去安全的地方！"他带着那女人小心翼翼地贴着墙往远离枪声的方向跑，找到一间办公室，把她推了进去。

关上门后，他又折返回大厅，那里依然烟雾弥漫，猎豹大队的人有透视镜，自然会利用这一优势，白新羽每走一步都心惊胆战，生怕迎面就撞上举着枪的敌人。

突然，一只手猛地从背后钳住了他的腰，白新羽刚要回击，耳边就传来俞风城低哑而熟悉的声音："是我。"

白新羽怔住了，在听到这个声音的瞬间，他眼圈就热了起来。

俞风城真的出现了，在他最需要的那一刻！

俞风城拽下了烟雾透视镜，露出一双布满血丝、眼圈青黑的眼睛，他死死盯着白新羽，生怕一眨眼人就会消失一般。

白新羽也看着他，不知道该说什么，只能喃喃道："我差点被烧死。"

俞风城把透视镜戴到他眼睛上，塞给他两颗手榴弹，最后把防弹背心也脱了下来。白新羽阻止道："我不用……"

俞风城硬是把防弹背心套到了他身上："别乱跑，小心。"说着抓起枪冲进了烟雾里。

白新羽只好提枪跟了上去。

在浓雾里戴着透视镜就跟黑夜里戴着夜视仪一样有作弊的快感，但这透视镜能见度也不过十米，他一转眼就找不到俞风城了。他不断搜索着绑匪和没头苍蝇一样乱窜的中伟员工，把那些员工一一送进办公室藏了起来。

在击毙了两个绑匪后，白新羽发现绑匪都往楼上跑了，因为楼上没有浓烟，他也摸着楼梯上了楼，刚拐到二楼的楼梯口，一道熟悉的声音叫道："新羽？"

白新羽大喜："班长！"他在浓雾里看到了一个模糊的影子，他赶紧扑了上去，尽管眼前的人戴着钢盔和透视镜，但他依然能从下巴和嘴型分辨出这正是陈靖！

陈靖如释重负，声音都有些哽咽了："还好你没事！"

白新羽很想用力拥抱陈靖，但现在情况不允许，两人背靠背站着，谨慎地往前移动："班长，我差点被烧死，还好你们及时赶到了。"

陈靖安慰他道："我们一定会把你好好带回去的。"

"班长，他们揍了我一顿，把我吊了三个多小时，最后还想烧死我。"白新羽把手腕凑到陈靖面前让他看，声音充满了委屈。

陈靖咬牙道："这帮人一定会付出代价！"

"你们怎么都来了？"

"你通知风城之后，风城马上联系了队长，队长又联系上了大使馆，主动要求来救援，队长说'里面有一个猎豹大队的荣誉成员，这次救援任务一定会成功'。"

白新羽眼眶微热，尽管他已经离开猎豹大队一年了，可当他陷于危难的时候，战友们如神兵天降，解救了他，那一刻的感动，根本无法用言语形容。这就是他引以为豪的猎豹大队！他抽泣道："班长，我看到你们太高兴了。"

陈靖道："新羽，你真的没让我们失望，如果不是你及时把位置信息传递给我们，我们根本不可能在天亮的时候找到这里，这次能解救人质，一大半是你的功劳。"

白新羽吸了吸鼻子："班长，我真怀念跟你们并肩作战。"

陈靖撞了撞他的胳膊："我也是，我们都在等你回来。"

两人摸到一间办公室，分别站在门的左右两边，陈靖脱掉了透视镜，和白新羽交换了一个眼神，白新羽一脚踹开门板，两人朝屋里连开数枪。他们就这么清理了好几间办公室，击毙了三个绑匪。

南侧的办公室清理完毕后，他们往东侧跑去，那里显然正在激战，枪声不断。

白新羽在主控室门前看到了很多熟悉的身影，霍乔、老沙、阿四、麦子，都来了！他冲了过去，感动得几乎热泪盈眶。

"公主！"他们异口同声地叫道。

白新羽感到斗志昂扬，此时此刻，他依然是一名特种兵，就好像他从未离开过。他在队伍里搜索了一圈："俞……小鱼呢？"

"他去追捕这伙人的首领了。"霍乔走了过来，用力握了握白新羽的肩膀，目光炯炯，"你干得好，不愧是咱猎豹的人！"

白新羽顿觉热血沸腾："副队，不，队长，谢谢你们！"

霍乔看着白新羽脸上的瘀肿、手腕上的伤痕和满身的汽油，心中为之动容，他狠狠抱了白新羽一下，沉声道："你小子好样的！"

白新羽浑身发烫，那一定是军人的魂在燃烧。

"队长，二号战斗位置已经就绪，是否强行突破房间？"

霍乔道："听我指挥，三，二，一！"

几个特种兵齐朝主控室开枪，同时，主控室里的玻璃应声而碎，肯定有人从外墙突破了，两相策应下，主控室被彻底控制住了，里面传来投降的呼叫声。

霍乔在无线电里沉声说道："留两个俘虏，其余击毙。"

白新羽心里很是忐忑，想着俞风城把透视镜和防弹衣都给了自己，那他……

霍乔道："小班长、阿四，你们带人去找小鱼和阿强。"

"我也去。"白新羽道。

霍乔看着他，顿了两秒："去吧，小心。"

"是！"

陈靖带上四人离开工厂东区，赶去俞风城和严强所在的西区支援。陈靖一直用无线电和俞风城联络着，可刚说了没几句，他突然皱起眉："小鱼？小鱼？队长？"

阿四摘下了耳机："信号受到干扰了。"

白新羽道："这个工厂很大，没有无线电恐怕很难找到人。"他们又不可能大喊大叫，那纯粹是给敌人练靶子。

阿四道："你们先走，我能找到干扰源。"

陈靖指挥道："笛子跟阿四一起去，麦子跟我们走，小心点。"

两人打了个 OK 的手势，很快消失在了楼梯间。

白新羽低声道："小鱼那边什么情况？"

"他们追踪几名绑匪进入了西区的化工车间，这伙人的首领很可能就在其中，他还没说完信号就断了。"

白新羽眯起眼睛，想起那个蒙面首领，拳头握得咯咯响，肩膀的肌肉和关节到现在还僵硬、抽痛，最好能留个活口，他会好好"招待"一下他们。

麦子捏了捏他的肩膀："吊了你多久？"

"三个多小时。"

"没事，休息几天就好了。"

白新羽反问道："你们在外面埋伏多久了？"

"他枪杀第一个人的时候，我们刚到，我们正愁找不到时机突袭，你就吸引了他们的注意力。"

白新羽苦笑道："是啊，他们都等着看我烧成火球呢，差点儿就挂了，真吓死我了，还好你们来得及时。"

麦子笑道："是你冒险给我们提供的信息，救了你自己和其他人的命。"

穿过西区的办公区，三人的脚步在厕所前停了下来，白新羽看着地面，洗脸台前有一些杂乱的脚印，虽然印迹非常浅，几乎很难观察到，但逃不过他们的眼睛。

陈靖朝两人使了个眼色，三人举着枪，悄悄迈进了厕所，厕所隔间里传来极力压抑的呼吸声。

陈靖道："出来，否则我就开枪了。"

里面的人一顿，马上叫道："自己人。"

好几间隔间门都打开了，里面跑出来五六个人，包括徐总。

白新羽惊喜道："徐哥。"

徐总一见到他，立刻扑了上来，他欣慰得差点哭了："新羽，你……你还活着，太好了！"

陈靖嘘了一声："安静。"

白新羽低声道："你们怎么躲到这里来了？你们不是应该在东区吗？"

"我们跟其他人走散了，被追到这里来了。"徐总掂了掂手里的枪，"我缴了一把枪，但也不够护着这么多人的，干脆躲在这里，等安全了再出去。"

"做得对。"陈靖道，"现在我们护送你们出去，你们在这里随时有被发现的危险。"

徐总道："其他人呢？"

陈靖快速说："混乱中死亡一人，受伤三人，十三人已被猎豹大队护送到工厂外的安全地区，加上你们六个，还有三人下落不明。绑匪对无线电进行了干扰，我们现在无法彼此联系，也不知道失踪的三个人找到了没有。总之先带你们去安全地带，那里有人接应。"

麦子道："你们护送他们出去，我去找小鱼，我担心他和强哥。"

白新羽也深深担心，当时只有俞风城和严强追踪上了绑匪首领，对方不知道还有多少人，而他们只有两个，如今无线电联系不上，不知道他们能不能应付得来。

陈靖沉默了两秒，咬了咬牙："不行，护送人质安全撤离是我们的第一任务，你别忘了公主现在也是人质。"

白新羽一怔，虽然想反驳，却生生忍住了，没错，护送人质撤离才是眼下最重要的，即使他们都担心俞风城和严强。

他们带着徐总等人悄悄往出口处跑去。

西区有大大小小好几个车间和实验室，地形复杂，他们边走边研究工厂地图，终于确定了自己的方位和最近出口的位置。

在穿过一个小车床仓库的时候，他们同时嗅到了空气中一丝不寻常的味道，那是危险的杀气，那气息无色无形，对于久经战场的人来说，是一种会让人起鸡皮疙瘩的战栗。

陈靖做了个手势，要全员蹲下，然后让白新羽掩护，他和麦子去开路。

白新羽贴着盖车床的脏兮兮的帆布，小心翼翼地跟在两人后面。

突然，一个人影从二十多米开外闪了出来，连开三枪，陈靖和麦子第一时间把身体贴向了车床，白新羽一秒都没有耽搁，快速反击。

对方缩了回去，弹壳掉在白新羽脚边，发出叮的脆响，敲打着众人紧张的心脏。

陈靖低声对白新羽道："保护好人质。"他和麦子打算绕路从侧方袭击敌人，他们很快消失在了白新羽的视线里。

这个仓库里不会只有一个敌人，白新羽让人质全部爬进帆布里躲起来，他扔给徐总一个弹夹，两人背靠着背，竖起耳朵听着周围的动静。

远处再次响起枪声，吐子弹的声音连绵不断，很是激烈，人质们各个如惊弓之鸟。

白新羽额上不停地冒着汗，这是他第一次需要保护普通人，以往身边都是彪悍的战友，不用他瞻前顾后，但现在不同，负担着别人生命的压力让他有些喘不上气来。

突然，他感觉徐总的肩膀往后一抖，撞了他一下，尽管他看不到，但他熟悉那是抬枪射击的姿势导致的。果然，下一秒枪声响起，白新羽回身朝躲在车床后面的敌人连续射击，只听一声痛叫，血花飞溅在空中，敌人手臂中枪了。

白新羽急道："徐总，你在这里守着他们，我去把那个人干掉。"

徐总道："好，你小心。"

白新羽趁着对方不敢露头的间隙，飞快地跑到了隔壁的车床后面，从右侧绕向绑匪藏身的车床。绑匪显然发现了他的意图，两人隔着障碍物，展开了拉锯战。白新羽很快断定对方有两个人，一个已经受伤，他只剩下半个弹夹了，这么拖延下去肯定吃亏。他想了想，抬起头看着这三米高的车床，决定爬上去。

他一把抓住防潮的帆布，因为年代久远，帆布上落满了灰，他轻轻一抖，灰尘洒了他一头一脸，他强忍着不敢咳嗽，紧闭眼睛和嘴，手抓帆布，脚蹬车床，快速地攀了上去。他这一手攀爬技能，可是在新兵连的时候就练出来了，这曾经是他的最弱项，是俞风城又吓又骂地陪着他练了无数次，才让他在考核时拿到了及格。

眼睛里还是不可避免地进了灰，他睁开眼睛，眼圈有些发红。

他踩着凹凸不平的车床，一边朝着绑匪藏身的地方悄悄走去，一边摸出了防弹背心夹层里的手榴弹。

绑匪发现了白新羽的踪迹，朝他头顶的灯管连开两枪，灯管砸了下来。

白新羽拔足跑了起来，同时朝绑匪的方向抛出了手榴弹，只听绑匪大叫了一声，猛地朝远处跑去，白新羽快速举枪，一发子弹了结了他。

手榴弹并没有炸响，白新羽本来就没拉拉环。他从车床上跳了下去，找到绑匪藏身的地方，发现了那个右臂受伤的绑匪，居然正是当时朝他泼汽油的人。

那人看到白新羽，左手徒劳地举起枪，被白新羽一枪打穿了左腕。

绑匪大声嘶吼起来："不要杀我！不要杀我！"

白新羽走了过来，抬起脚踩在了他流血不止的手腕上，狠狠碾了碾。

绑匪发出杀猪般的号叫。

白新羽冷笑道：“放心吧，我不会杀你，毕竟你们也没能成功烧死我嘛。”他晃了晃左腕上还没去掉的手铐，“有通用钥匙吧？”

绑匪脸色苍白地点点头，指了指自己的腰侧。

白新羽解开自己的手铐，把绑匪铐在了车床上：“任务结束后，如果你没失血过度而死的话……嗯，就看他们怎么处理你了。”白新羽说完，把钥匙抛向了远处，抓起枪走了。

刚回到人质藏身的地方，仓库的一角就传来了手榴弹爆炸的声音，他心里一惊，陈靖和麦子不会出事吧？

徐总紧张地说：“你不用担心我们，快去看看。”

白新羽循着爆炸声跑去，刚绕过一个车床，就看到前方有人影闪过，他快速举起枪，却发现是陈靖和麦子，麦子受了伤！

“班长！麦子！”白新羽跑了过去，一把扶住了左半身全是血的麦子。

陈靖脸上脏兮兮的，蹭着灰尘和血污，看上去有些狼狈，他咬牙道：“人我们已经干掉了，麦子中枪了，我们必须马上撤离。”

白新羽急道：“伤哪里了？”

麦子虚弱地说：“左前肋，我自己摸了一下，子弹卡在肋骨里了，内脏暂时没大事。”

白新羽朝徐总叫道：“徐哥，马上带人撤离，我们有人受伤了！”

人质从藏身的帆布下钻了出来，他们快速跑出了仓库。

The growth of a dandy.
Fight alongside you.

第四十一章 没子弹了

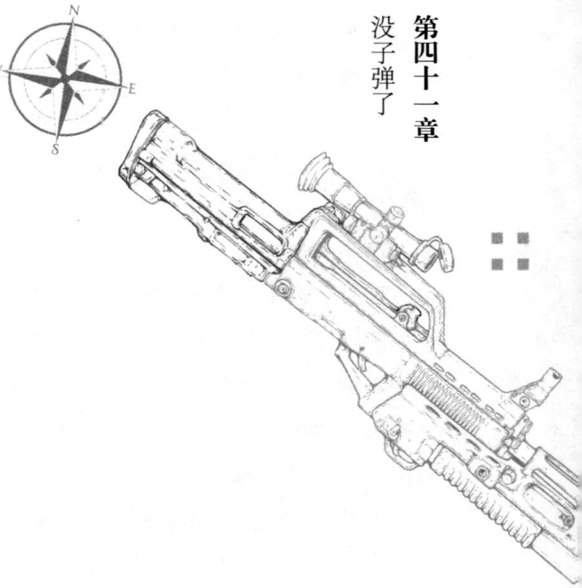

西区，化工车间。

俞风城喊道：“只剩下你一个人了，想活命就投降。”

蒙面首领大笑道：“你们没子弹了，想抓我就来啊。”

俞风城看了看这一路被他们放倒的尸体，那首领说得对，他和严强以二挑七，都没子弹了，而对方还有。他们甚至无法去捡任何一个绑匪的枪，那首领并不好对付，只要一现身，就有被击中的危险。

严强冷道：“难道你想就这么拖延下去？你的人已经被清剿了，我们的支援很快就会到，你早晚要死。”

“无线信号已经被干扰了，他们要找到这里可不容易，否则支援早该到了。”

“无论早到晚到，你都不可能逃脱。”

首领喘了口气：“你太小看我了。”他突然闪出遮蔽物，向他们连开两枪，然后朝着车间出口处拔足狂奔。

俞风城和严强也跳了起来，径直追了上去，途中碰到一个死去的绑匪，俞风城顺手捞起他的枪，朝首领逃跑的方向连开数枪。

车间里的杂物和器械很多，非常适合隐蔽，这几枪都落了个空。两人兵分两路，计划抢在首领到达前堵住出口。没想到这绑匪极其狡猾，他快到出口时突然转弯，朝着严强的方向直逼而去。严强意识到他的意图后，立刻闪身躲进了隐蔽物，子弹追着他打了过来，原来蒙面首领想把两人分散击破。

严强没有子弹，自然不能硬碰硬，只能在车间里快速逃窜，俞风城紧追在蒙面首领身后，三人在偌大的化工车间里上演了一场螳螂捕蝉黄雀在后的追逐战。俞风城刚缴获的枪里只有寥寥几发子弹，在追逐的过程中大部分打空了，只有一发子弹命中了蒙面首领的肩膀，但他却没停，继续朝严强追去。

眼看着严强被逼到了角落，俞风城速度快得几乎飞起来。

见俞风城追了上来，严强不再闪躲，他抓起地上一个死人挡在身前，下一秒，子弹穿过死人，射进了他的胯骨，他抱着肉盾，高大的身体扑通一声跪在了地上。

俞风城大吼一声，一跃而起，猛地跳到了蒙面首领身上，一手抓住他握枪的手腕，另一只胳膊勒住了他的脖子。

蒙面首领奋力反抗，手肘狠狠撞击俞风城的胸口，俞风城闷哼两声，嘴唇白得几乎没有了血色，他抓着对方的手腕用力撞向一旁的器械，首领吃痛，手枪掉在了地上，他一脚踢开枪，狠狠掐着首领肩膀上的伤，大拇指几乎陷进肉里。

蒙面首领大声痛叫，抓住俞风城的胳膊试图将他摔出去，结果反被俞风城一个过肩摔，拍在了地上。俞风城一脚踩住他的胸口，手上一使力，就将他的胳膊拧脱臼了，又接连照着他的脑袋狠踢两脚，踢得他眼冒金星，几乎无法动弹。

俞风城扔下蒙面首领，快速跑到严强身边，掏出止血带就要给严强处理伤口。

严强身下流了一大摊血，他咬牙道：“我没事……快，他在干什么？”

俞风城回头一看，见蒙面首领从防弹马甲里掏出了什么东西，便一个箭步冲上去，将东西踢飞，同时一脚踏碎了他的手腕骨，那股狠劲儿简直像是两人有不共戴天之仇，实际上也确实有，他差点儿杀了白新羽，又射伤严强，足够让俞风城想将他千刀万剐了。

蒙面首领凄厉地惨叫过后，又诡异地笑了起来：“哈哈哈，晚了，哈哈哈哈。”

俞风城用力碾着他的手腕，恶狠狠地说：“你在说什么？”

“工厂各处，已经被我们安装了炸弹，刚才炸弹启动了。十分钟后，这里就要被炸毁了，哈哈哈哈。”

俞风城捡起被他踢飞的东西，那确实是一个定时炸弹遥控装置，时间显示还剩下 589 秒！

蒙面首领疯狂大笑：“你们的人可能在东区，也可能在任何地方，工厂这么大，谁知道呢，没有了无线电，你要怎么通知他们？如果你去找他们，你就没时间逃跑了，哈哈哈。”

俞风城抽出匕首，狠狠扎进他肺里：“你废话太多了，好好享受这十分钟的痛苦吧。”

蒙面首领剧烈咳嗽了两下，嘴里冒出了血色的泡沫，他用力呼吸着，却无法喘出一口完整的气，在所有的死亡方式里，肺部被刺穿绝对是非常痛苦的之一。

俞风城背起严强，快速朝出口跑去。

严强道：“小班长和公主在西区。”

俞风城脸色苍白如纸，眼神如同被逼到了绝境的野兽，他沉声道：“我知道。”

“风城，你没有时间折返两个区了，让我去找他们，你去东区通知队长。”

俞风城厉声道：“你怎么去！爬去吗！”他身上、脸上全是汗，心脏疯狂地跳动着，过去几分钟了？有一分钟吗？白新羽你在哪里？其他人在哪里！

严强叫道：“俞风城，你别管我了！马上去通知队长！”

俞风城充耳不闻，他心里已经快急疯了，他扯着嗓子大吼着：“白新羽，白新羽！”陈靖和白新羽不是在西区吗？你们究竟在哪里？炸弹马上就要爆炸了，新羽，你们在哪里！

严强狠狠勒住他的脖子，将他扳倒在地，俞风城下意识地将他摔了出去。严强滚落在地，鲜血染红了乳白色的大理石地砖，看上去触目惊心，他忍着痛叫道：“俞风城你听好了，你不知道白新羽他们在哪里，但你知道队长他们在哪里，你现在马上去东区通知队长他们离开！”

“那白新羽呢！”俞风城瞪着血红的眼睛大叫。

“没时间了！”严强厉声吼道，“我去找白新羽，找不到我跟他们一起死！”

俞风城眼圈红了，他颤抖着后退了两步，用低得几乎听不见的声音说：“为什么……为什么又让我选……”他此时只觉得心如刀绞，内脏仿佛被一只无形的手给揪住了，他终于明白肝肠寸断是什么滋味儿。

究竟是用剩下的时间去找很可能在西区的白新羽，还是放弃爬都爬不动的严强，以最快的速度跑回东区通知霍乔撤离？他只有不到九分钟了，他只能选择一边……

为什么，为什么又让他选？为什么总要让他在在乎的人之间做选择？他放弃过白新羽一次，那一次已经让他从雪山的那一天开始，痛苦、愧疚到现在，他发誓这辈子不会再有第二次，可为什么现在又把他逼到了绝境？！

俞风城感觉时间好像在这一刻静止了，他和严强隔着两三米的距离对望，却好似他们根本不在一个世界，严强张口说了什么，他听不见，他只觉得大脑嗡嗡直响，脚像生根了一样钉在原地。

他现在恨不得掏枪把自己毙了，也不想面对这样的选择，因为他知道不管现在选哪个，他以后都会后悔。

严强怒道：“去啊！”

俞风城从小到大都是个果决的人，这辈子唯二陷入两难境地，犹豫不决，都跟白新羽有关，他辜负了白新羽一次，岂能有第二次？可这偏偏又不是他们俩恩怨情仇的问题，这关乎着多少条命啊！

严强抓住了门把手，强撑着要从地上爬起来。

俞风城看着他，拳头握得咯咯作响，瞠目欲裂。

就在俞风城觉得自己要疯了的时候，西区突然传来一声手榴弹的爆炸声，整个地面都跟着震动起来。严强抓着门把的手一松，整个人再次跌回地上，脑袋咚的一声撞在了大理石上，他本就失血过多，现在彻底晕乎了。

俞风城颤声道：“他们在西区！他们在西区！”他欣喜若狂，这一声爆炸简直是将他从地狱里捞了出来！

他身体瞬间恢复了行动力，跑过去背起严强，朝着爆炸的方向拔足狂奔。

跑了三百多米后，他终于找到了那间爆炸发生的车床仓库，又循着血迹和杂乱的脚印追了一百多米，远远地，他看到了白新羽一伙人。

“新羽！”俞风城大叫道。

白新羽等人猛地回头，就见俞风城正背着什么人朝他们跑来。

白新羽一颗七上八下的心在看到俞风城的瞬间终于得到了稍许的平静，他赶紧跑了过去，紧张道：“强哥受伤了？”

俞风城把昏迷的严强交给了徐总，一把抓住白新羽的手臂，眼睛一眨不眨地看着他，仿佛想把这张脸刻进自己的瞳孔里。

白新羽感觉到了一丝不寻常："你怎么了？"

陈靖急道："你来得正好，马上跟我们一起护送人质离开，麦子受伤了，我们必须以最快的速度撤到安全地点。"

俞风城低声道："我不能护送你们，你们尽快离开吧。"

陈靖怔愣过后，不解道："你还要去哪儿？"

俞风城转身就走："去找队长他们。"

"队长他们人手足够，麦子受伤，新羽没子弹！"陈靖叫道，"俞风城，你听到没有！"

白新羽也叫道："万一这段路再碰上敌人怎么办？"

俞风城头也没回："敌人都被我们杀了。五分钟之内离开建筑物，强哥失血太多了。"

"俞风城！"白新羽厉声道，"你的任务是护送人质撤离！"

俞风城眼睛通红，嘴唇微微颤抖着，却始终没有回头。如果这时候告诉他们炸弹的事，以白新羽的性格，恐怕会跟上来，他不能让白新羽跟着自己涉险。

白新羽刚刚平缓的心脏又似被一只无形的手揪了起来，他无法理解俞风城现在的举动，霍乔那里可是还有半个队伍的人，他们却只有陈靖一个还富有战斗力，哪怕西区的敌人已经被清剿了，万一有一个漏网的呢？那也可能对他们造成威胁啊。俞风城在这种时候，关心的也是……霍乔？他总觉得俞风城不该如此不顾大局，但除了这个，他想不出别的理由了，也许是因为俞风城曾经为了霍乔抛下过他，所以发生类似的事，他在混乱中先产生的只有这样的想法。他看着俞风城的背影，牙齿几乎咬出血来，控制不住地吼道："俞风城，你站住！你小舅安全得不能再安全，你让我们带着两个伤员和一堆人质撤离？你……你脑子是不是进水了！"他说到最后，声音已然哽咽。俞风城千里迢迢跑来救他，他原本很感动，可这感动还没在他心里停留多久，就再一次被俞风城踩了个粉碎。

作为猎豹大队的特种兵，这些话他本不该当着这么多人的面喊出来，但他同时也是"人质"，可以自由地让情绪操控自己，他简直无法控制内心的愤怒和失望，几日来被威逼、囚禁、殴打，还有险些被烧死的怨念和悲愤在这一刻完全爆发了，他大脑一片空白，朝着俞风城的背影嘶声喊道："俞风城，别让我再看到你！"

俞风城眼里浮上一丝水汽，他闭了闭眼睛，朝着东区的方向狂奔。时间太紧迫，他没法做过多解释，如果他们能活下来，他自然有时间让白新羽明白，如果不能，那么此刻的解释更加没有必要了。

白新羽抹了把脸："走，赶紧走。"他低着头，不想看别人投向他的目光。

陈靖皱眉道："风城肯定有其他原因，他不是这么不识大体的人。"

白新羽甩了甩脑袋："先出去再说。"

他们背着伤员，护着人质，忐忑地冲出厂房，幸运的是，这一路没再遭遇敌人。

在呼吸了户外清冽的空气后，白新羽感觉大脑清醒了几分，他想到刚才俞风城的样子，似乎有点不太对劲，也许真像陈靖说的，有什么其他原因？他不知道，他也不想再想了，他太疲倦，只希望任务赶紧结束，他想倒头大睡，在梦里把一切都忘掉。

俞风城几乎是在用百米冲刺的速度朝着东区飞奔，边跑边不断看着手表，距离爆炸时间不到六分钟了。两个厂区相隔甚远，能不能赶到东区，并跟其他人在爆炸前撤离，他心里一点把握都没有，那秒针几乎是催命一般在走着。

在距离爆炸不到两分钟的时候，他终于跑到了东区那个他们一开始和绑匪正面交锋的大厅，他朝着楼上大喊："队长！队长！"

他叫了两声，却没有人回应，他心急如焚地往楼上跑去。

时间开始进入百秒倒数。他跑到四楼，发现原来绑匪藏身的办公室只留下战斗的痕迹和几具尸体，人全都不见了。难道他们已经撤离了？俞风城心里虽然这么期望，但还是不放心，毕竟工厂太大了，他正想往另一个方向寻找，突然，他听到远处传来喊叫声。

他循着声音跑出办公室，冲到了四楼的围栏前，往楼下一看，霍乔等人正带着俘虏站在大厅里。

"队长！"

霍乔仰头看着他："小鱼？我听到你……"

俞风城大吼道："快跑！这里马上要爆炸了！"

霍乔脸色一变："马上撤！小鱼，你快下来！"

俞风城看了一眼手表，只剩下十八秒，他来不及下去了，便扭头跑回了办公室。

他听到霍乔狂吼了一声他的名字。同一时间，原本沉寂的无线电耳机里突然传来杂音，他愣住了，下一秒，里面传来了阿四的声音："无线电干扰已经解除，听到请……"

什么人喊了一句："马上要爆炸了，快跑！"

霍乔叫道："风城你快下来！"

俞风城沉声道："来不及了，还有十二秒，你们快走。"

频道里瞬间安静了。

俞风城冲到窗前，看着楼下的野草丛，四层楼，十二米的离地高度，跳不跳都可能没命。他突然想起了白新羽，脸上似乎有什么湿润的东西滑过，这一刻当真是心如刀绞。

远处传来了接连的爆炸声，整个建筑开始剧烈摇晃，俞风城推开窗户，毫不犹豫地跳了出去……

霍乔等人刚冲出大门，炸弹就起爆了，他们被爆炸的余波冲倒在地，摔得灰头土脸。霍乔从地上爬了起来，看着迅速坍塌的厂房，大吼道："俞风城——"

"队长，快离远点！"几人拉着霍乔远离了建筑。

大大小小的石块漫天乱飞，一时之间偌大的工厂火光冲天，那剧烈的声音震得人心脏直颤。

霍乔无力地蹲在了地上，双手抱住脑袋，肩膀控制不住地颤抖起来。

白新羽和陈靖安顿好伤员和人质后，突然看到工厂爆炸，便心急如焚地跑了回来。他们看到灰头土脸的猎豹们，急问道："怎么回事？怎么爆炸了？"白新羽搜寻了一圈，却没发现俞风城，他心脏一紧，声音突然降了八度，小声地问："俞风城呢？"

霍乔突然从地上跳了起来，眼圈通红，脸上的肌肉仿佛都扭曲了，他哑声道："马上组织搜索，搜索……小鱼和阿四。"

白新羽只觉得脑子轰的一声炸开了："俞风城怎么了？"

霍乔没有时间回答他，朝着俞风城最后待的办公室的方向跑去，其他人也跟了上去。

白新羽脸色惨白如纸，他看着陈靖："他是不是还在里面？"

陈靖深吸了一口气："先去搜索。"

猎豹们围着东区厂房展开了地毯式搜索。

他们先是发现了阿四和笛子，这两个人运气不错，屏蔽无线信号的装置放在东区到西区之间的一个配电室里，当得到爆炸通知时，他们第一时间跳出了建筑，只受了点轻伤。

一行人开始疯狂地寻找俞风城，甚至人质都加入了搜索的行列，中伟集团也正在协调当地关系，派出救援队。

东区厂房坍塌后，现场环境变得相当复杂，他们围着偌大的厂房找了一圈，都没有发现俞风城的踪迹，这是最糟糕的情况，俞风城很可能已经被埋在了残垣断壁里，他们只能等待专业救援队。

前后一联系，白新羽已经想明白怎么回事了。他想到俞风城走之前那复杂的眼神，想到他们之间说过的最后一句话，他就感到心脏抽痛。

俞风城最后什么也没说，是因为他知道如果说了，自己一定会跟上去，东区那么大，一旦猎豹们抓到俘虏后离开了那间办公室，俞风城很可能无法在短时间内找到人，而自己也不可能坐视不管。

俞风城把透视镜给了他，防弹衣给了他，连最后的安全也给了他，他却……白新羽感到头痛欲裂，眼眶直发胀，随着每一次的呼吸，他都体会到一种难以形容的恐惧，如果他最后说的那句话一语成谶，他这辈子都没法走出来。

俞风城，俞风城，你在哪儿？你还活着吗！无论他们之间发生了多少糟心的事，在他心里俞风城是从头牛到脚的，他无法接受俞风城会死，永远无法接受！

陈靖走过来，搂住了他的肩膀，轻声道："新羽，救援队很快就到了，风城生命力很顽强，他不会有事的，他是第一个知道有炸弹的人，他一定有准备。"

白新羽眼圈通红地看着他："班长，我最后说的那句话是不是太狠了？"

陈靖抿了抿唇："不怪你，当时情况太紧迫了。"

白新羽抱住他，哽咽道："班长，俞风城……"他已经不知道该说什么了，无论他询问谁，都无法得到俞风城生死的答案，他这时候多希望有个能让他信服的人，告诉他俞风城一定活着，一定一定活着！

一只大手覆在了他脑袋上，白新羽抬起头，一眼对上了霍乔青黑的眼圈。

霍乔哑声道："风城一定活着，我们一定会找到他。"

白新羽嘴唇颤抖着，眼前一片模糊。他觉得再这么等下去他要急疯了，他又跑去厂房的废墟上漫无目标地寻找起来，他大声叫着俞风城的名字，他期望下一秒俞风城就从废墟里爬出来，用调侃的语气说"我的命硬着呢"。

救援队很快赶到了，不仅带来了热感探测仪，还带来了搜救犬。

白新羽把俞风城的防弹背心给了搜救犬，也不知道混合了自己的味道，搜救犬还能不能闻出来。

此时天已经全黑了，他们跟着救援队彻夜搜救，坍塌厂房的每一寸区域都被他们反复寻找了一遍。

终于，几条搜救犬围着一个坍塌点大声吠了起来，救援队的人拎着探测仪跑了过去，惊喜地大叫："这里有反应！"

众人赶紧跑过去。白新羽的心提到了嗓子眼儿，热感探测仪有反应，说明人还活着！

救援队开始勘察掩埋情况，并制定挖掘方案。

白新羽趴在废墟上，摸着冰冷的石块，叫着俞风城的名字，却没有得到任何回应。他想到俞风城可能就在下面，也许重伤昏迷，也许奄奄一息，心脏就痛得几乎无法呼吸。

为了防止二次坍塌，救援队光研究挖掘方案就研究了近一个小时，把猎豹大队的众人急得团团转，恨不得扛着工兵铲自己上。

终于，起重机开始工作了，同时救援队和猎豹大队的人也开始人力辅助。

这一夜对很多人来说都异常地漫长，白新羽耳朵里充斥着机械作业的声音、人的喊叫声、狗吠声，他大脑时而一片空白，时而繁杂混乱。眼看着废墟上的石块渐渐被清理开了，他内心的恐惧跟着不断地升级，他不知道自己会看到一个什么样的俞风城，俞风城的血会不会已经将身下的土地染红？俞风城能不能熬过这一劫？

“看到人了！”不知是谁叫了一声。

白新羽双膝一软，险些瘫在地上。他强撑着凑了过去，从被清走的石块下方，看到了俞风城沾着血的一动不动的后背。他这下真的撑不住了，扑通一声跪倒在地，眼泪一下子流了出来，恐惧和绝望已经快要把他淹没了。他恨不得就此消失，因为他不知道自己能不能承受接下来的一切。

陈靖把他从地上拽了起来，哑声道：“风城还活着，热感探测仪还有他的温度。”

白新羽深吸一口气，攀着陈靖的胳膊站了起来，恍惚地说：“对，他还活着……”活着就好，他只求俞风城活着！

把石块彻底清走后，他们小心翼翼地把俞风城从废墟里拽了出来。当俞风城混合着血和泥污的脸出现在众人视线里时，他双眼紧闭，一身是血，呼吸极其微弱，所有人都受不住地扭过头去。俞风城尽管年纪小，却一直是个可靠的战友、无畏的战士，这次的任务原本不是顶级难度，他们虽然都有随时殉国的准备，却无法接受俞风城这样强悍的一个人，会在这里出事。

霍乔伸出手，却不敢碰俞风城，他踉跄了一下，被老沙扶住了。

白新羽同样在那一瞬间丧失了上前检查俞风城伤情的勇气，越是在乎一个人，在危急关头就越是无法冷静地思考。

救援队的人将俞风城抬上了救护车，对他进行紧急现场救治。

白新羽看着他们剥开俞风城的衣服，给他插上呼吸机，看着这个高大健硕的男人现在一动不动地任人摆布，看着这个从不退缩和胆怯的军人，如今脆弱得甚至睁不开眼皮，就心如刀绞。他无法克制地想象万一俞风城不能再走路了，不能再拿枪了，不能再当兵了，会怎样？

救护车要带俞风城去医院了，白新羽想上车，但车上坐不下。猎豹这边只有霍乔作为负责人上了车，其他人坐上另一辆车，跟着往医院开去。

白新羽等人赶到医院的时候，俞风城已经被推进了手术室，他冲到霍乔面前，有一肚子的问题想问，可看着霍乔满脸的沉重，却如鲠在喉。

霍乔沉声道：“他运气还可以，从四楼跳下来后，滚进了草丛的一个低凹处，厂房塌了之后，他被埋在下面，但大脑没有遭到重击，比较明显的伤是后背和前胸的撕裂伤，以及四根肋骨和右腿骨折，更详细的目前还不知道，他现在失血过多……”

白新羽靠着墙，深吸了一口气，只觉得天旋地转，手术室门上亮着的红色抢救灯，刺伤了他的眼睛。

这时，徐总拿着手机走过来：“新羽，简总刚才打电话来，你赶紧打回去报个平安。”

白新羽这才想起来自己失踪好几天，家里肯定担心坏了，他赶紧接过电话拨了回去。

“喂？新羽？”电话里传来简隋英急切的声音。

白新羽听到这个声音的瞬间，眼泪唰地就下来了：“哥……”

“白新羽！”简隋英暴喊一声，情绪有些激动，他咬牙切齿地说，“你……能让人省心吗！”

白新羽抽泣不止：“哥，他在手术室，他在手术室。”别的他已经听不见了，他只知道电话里的这个声音来自自己最信任、最依赖的人，他从小到大，有了什么委屈和麻烦，第一时间想到的求助对象不是自己的父亲，而是这个表哥。他很早就知道简隋英不是万能的，可当他痛苦的时候，他还是下意识地想向简隋英求助，他渴望他小时候的英雄能在任何时候拯救他。

简隋英沉默了一下，低声道：“俞风城？”

白新羽用力点头，完全忘了简隋英看不到，他蹲在墙角，抓着那小小的电话，那是他现在唯一的安慰。

简隋英几不可闻地轻叹一声：“你受伤没有？”

“没有。”白新羽吸了吸鼻子，“我爸妈，你没告诉他们吧？”

“暂时还没有，如果今天还联系不上，就瞒不住了，所以你赶紧打电话回家，就说那里信号不好。”

挂了电话后，他调整好情绪，给他妈打了个电话，口气如常。

猎豹们尽管刚经历过一场战斗，却没有一个人有休息的打算，他们的战友，俞风城、严强、麦子，全都在手术室里，这注定是个无眠的夜。

严强和麦子陆续被推出了手术室，都已经没有大碍了，其他受伤的特种兵和人质也都得到了妥善的安排，只有俞风城的手术进行了七个多小时。

猎豹们就在手术室外等了七个多小时，手术灯熄灭的时候，一群人冲上去堵在门口，率先出来的是当地的医生，一下子被一帮人高马大、满身血污、一脸杀气的特种兵围住，吓得眼镜都差点掉了。

“医生，他怎么样了？”

“伤情已经稳定了，目前没有生命危险，但他外伤较重，最好尽快转移到首都的医院接受治疗。”

老沙粗声道：“对，马上回去。”

陈靖也道：“这里的医疗水平有限，队长已经联系直升机送他转院 301 了。”

霍乔扒了扒头发：“已经安排好了，等他情况一稳定，马上就转院，大家都回去休息吧。”

白新羽站在门边一直没说话，他很想进去看看，但他知道现在不能探视。

猎豹们陆陆续续地去休息了，直到门前只剩下霍乔和白新羽。

霍乔看着他恍惚的样子，叹道：“新羽，去休息吧。”

白新羽点点头，疲倦地叹了口气，转身要走。

“新羽。”

“嗯？”

“你能获救，对风城来说比什么都值得，所以你别多想。”

白新羽身体僵了僵，霍乔竟然一眼看穿了他在想什么。白新羽小声说：“如果他不能再当兵了呢？”俞风城性命无虞后，这是他最担心的。俞风城想成为职业军人，这一点从小到大都没动摇过，如果因为这次的伤，俞风城不能当兵了，甚至不能上军校了，他不知道该怎么面对俞风城。所有人都会告诉他这跟他没关系，但他心里不可能一点都不在意。

霍乔道：“从他选择进入部队的那天起，就已经做好了受伤甚至死亡的准备，不止是他，我们所有人，包括你，都是有了牺牲的觉悟，才能提枪上战场的，如果他不能再当兵了，那也是他的选择里可能发生的，跟他人无关。”

白新羽难受地垂下了眼帘。

霍乔好像突然想到了什么，淡笑道：“对了，你见过风城的爸爸了？”

白新羽愣了愣，有些尴尬：“嗯。”

“姐夫对你评价挺高的，他说你是少数能够给予风城正面影响的朋友。”

白新羽牵了牵嘴角，不知道该不该高兴。

霍乔拍了拍他的肩膀：“你和风城之间确实发生了很多事，有些问题，只能你们自己去解决。但这一次，严格来说，这是猎豹执行的一次任务，就算没有你在，猎豹的每一个人也应该全力以赴，所以，别多想，这是他应该做的。”

白新羽点点头，他倒是希望自己真能这么坦然。

回到医院临时给他们准备的休息室，他倒在床上就睡着了。他已经超过四十八小时没有合眼，这短短两天内发生的事不仅透支了他的体力，也让他的心脏承受着难以形容的重压，这在他离开猎豹大队后，还是第一次。

一觉醒来，天已经黑了，白新羽感到头痛欲裂，他一翻身，从病床上站了起来，却觉得眼前天旋地转，他感觉自己应该是发低烧了。他摇摇晃晃地走出病房，病房外刺眼的白炽灯，让他浮肿的眼睛更加难以睁开。

“新羽，”陈靖走了过来，“休息好了？”

白新羽点点头：“俞风城醒了吗？”

陈靖沉重道：“还没有。”

“强哥和麦子呢？”

“他们都醒了，如果风城后天能离开重症监护室，我们就立刻飞回去治疗。”

“他受得了长途飞行吗？”

“队长正在跟医生沟通。”陈靖伸手探了探他的额头，“发烧了？”

“一点低烧，没事。”

“队长让我提醒你，后续你和中伟的员工都需要配合调查，你猎豹大队成员的身份可能会有一点麻烦，不过没大碍，你只要坚称此次行动是你个人的旅游考察就行。”

“我明白。”

陈靖道：“你这次，是为了安保公司来考察的？”

白新羽苦笑道：“是啊，没想到会碰上这种乱子。”

“中伟在海外市场发展快十年了，也是第一次发生如此严重的绑架事件，只能说你太倒霉，刚好碰上了。”

“但我真的没想到你们会来。”白新羽抱住陈靖的肩膀，“班长，我跟你说了没有，看到你我真高兴。”

陈靖笑道：“说过。”

“这趟你跟我们回去，就趁机休个假吧，东元和少榛都很想见你。”

陈靖点点头：“好，我也很想他们。”

白新羽轻轻把脑袋抵在陈靖肩膀上：“班长……”

陈靖道：“怎么了？烧得难受就吃点药吧。”

“班长，有时候我觉得，服从命令要简单得多。”

陈靖愣了愣：“为什么这么说？”

白新羽沉默了。他不知道怎么形容，当他感到迷茫时，他希望有个他信任和尊敬的人能代替他做决定，有这种想法，说明自己依然不够成熟吧。

THE GROWTH OF A DANDY.
FIGHT ALONGSIDE YOU.

第四十二章 成长是一瞬间的事

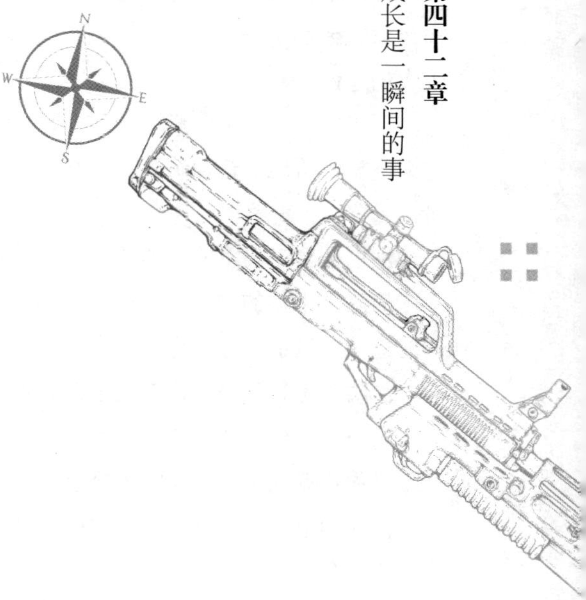

他们在医院待了三天，俞风城才解除隔离，回到了普通病房，但依然没有醒过来。白新羽看着一动不动躺在雪白病床上的俞风城，挡在他面前的这一道玻璃，就像一堵无法逾越的墙。

霍乔走了过来，靠在玻璃上，看着白新羽道："俞风城马上就要回去了。"

白新羽点点头："他怎么还不醒呢？"

"他会醒的。"

白新羽沉声道："还有不到一个月就开学了，他没有办法去报到了吧？"他想起俞风城邀请他参加开学典礼，还说自己会代表新生发言，当时他根本不想参加，可现在却忍不住想象俞风城站在讲台上意气风发的样子，脑海里的那幅画面跟眼前俞风城虚弱的样子形成了鲜明的对比。

"看情况，如果到时候恢复得不理想，也没办法。"

白新羽抿了抿唇，心里五味杂陈。他怨过俞风城，但那仅是两人感情上的事，俞风城在他心里一直是个优秀的军人，如果因伤不能上军校，对俞风城来说实在是天大的遗憾。

下午，一行人乘专机飞了回去。

飞机一落地，俞风城就被送往了医院，白新羽等人还没出机场就被专案组的人带走了。

他们配合专案组的人调查了好几天，把事情都如实交代了，才暂时把他放了。

简隋英来接的他，看到简隋英的一瞬间，他心里真是酸涩不已，就好像受了委屈的孩子看见了父母一样："哥。"

简隋英黑着一张脸，李玉站在简隋英身后，轻轻朝他摇了摇头。

白新羽立刻止住了要凑上去的脚步，老远就低着头说："哥，我错了。"

"你错哪儿了？"简隋英冷冷地说。

白新羽怔了怔，一时也不知道自己错哪儿了，就是习惯性先认错。

"上车。"

白新羽钻进车里，简隋英一把揪住了他的领子："说吧，错哪儿了？"

白新羽眨了眨眼睛："我……不该拖延行程。"

"还有呢？"

白新羽想了半天，还是不想说自己不该去，尽管发生了这件事，他也没有打消想要开安保公司的念头，如果碰上挫折就要放弃，那他肯定会一事无成。

简隋英眯起眼睛："你还是没放弃，是吧？你还是想回猎豹。"

白新羽心想，恐怕再没人比他哥更厉害了，看他一个表情就知道他在想什么。他轻声道："哥，我……我不想自欺欺人，无论是安保公司，还是猎豹大队，都是我想要的。”

“你怎么就这么不惜命啊你！”简隋英一副恨铁不成钢的样子。

白新羽苦笑道：“哥，人这一辈子太短了，如果不能做自己真正想做的事，那还有什么意义。”

简隋英狠狠白了他一眼：“你自己去向大姨解释，我可不会帮你，摊上你这么个弟弟，我真是倒了八辈子霉。”其实他心里早就有了白新羽想要回猎豹的心理预料，应该说，他看得出来，白新羽从来都没有放弃过，所以听到这个答案，他也并不意外。

白新羽抱住简隋英的胳膊：“哥，我有你这个哥哥真是修了八辈子福呢。”

“少拍马屁！”

“是真的啊。”

简隋英瞪着他：“还有，这件事没报道，但姨夫成天在生意场上混，保不准他什么时候会知道，到时候他们知道了，你别来找我给你求情，想都不用想。”

白新羽笑道：“我知道，这件事我能自己解决，很多事我都能自己解决，你放心吧。”

“那个姓俞的小子呢？”简隋英凉凉道，“死了吗？残了吗？”

“没死，残不残……要看恢复情况。”白新羽的语气立刻低沉了下去。

“他怎么着，也不是你的错，你可别往自己身上大包大揽，大不了……”简隋英放软了口气，“你们算扯平了。”

白新羽沉默了。

“怎么，我说得不对吗？他救了你，你以前也救过他，就是扯平了，你还想怎么样？他还想怎么样？”

白新羽低声道：“不怎么样。”他哥说得有道理，他们是扯平了，但是他们之间，从来就没有计较过付出与回报，这不是一回事儿，可惜只有他和俞风城能懂。

“老实在家休息几天，别乱跑了，让我省省心，知道吗？”

白新羽点点头，靠回椅背里，心里纷乱不已。没错，这只是一次任务，他心里已经放下了对俞风城的所有埋怨，他感谢俞风城救了他一命，但还能怎样呢？

看着窗外不断飞掠的风景，他的视线渐渐地失去了焦距。

回到家后，他陪了父母半天，就把陈靖约了出来，他还得安排冯东元和燕少榛一起聚一聚呢。

见面之后，冯东元着实激动了一番，抱着陈靖喊了半天班长，陈靖也特别高兴，对于陈靖来说，最让他欣慰的就是他带出来的兵一个个像模像样。

燕少榛看着白新羽脸色不太好，捏了捏他的肩膀：“你们在博茨的事我听说了一点，你还好吧？”

白新羽笑道：“没事了，我就一点轻伤。”他故意转了转肩膀，“正好检验一下复健的结果，我跟你说啊，一点儿不影响我开枪。”

燕少榛调侃道：“你这是属柯南的啊，商务考察一趟都能出这种事。”

白新羽无奈道：“我也承认自己太倒霉了，改天去卧佛寺拜拜去。”

陈靖把话题引开了，虽然燕少榛曾是他们的战友，但涉及保密的东西，他们私底下最好不谈论，这对所有人都好。

冯东元太久没见到陈靖，话匣子打开之后，他们聊得很是投机。

白新羽一直很想问问俞风城恢复得怎么样了，醒了没有，他以为陈靖会主动告诉他，可直到他们吃完饭，陈靖都只字未提，这让他心里有些不好的预感。

他们聊到很晚才散伙，冯东元和燕少榛各自回去了，陈靖人生地不熟，白新羽送他回招待所。

路上，白新羽实在忍不住了：“班长，俞风城醒了吧？”

陈靖道：“嗯，今天刚醒了。”

“恢复得怎么样？”

“看着还可以，我没跟他说上话，医生只允许探视五分钟，他父母进去了。”

白新羽沉默了。

陈靖也沉默了半天，才小声说:“我没跟你说，是因为你这几天没来，我以为……”

白新羽怔道：“以为什么？”

“上次在乌市见面的时候，我喝多了，说了些多余的话，你可能不太愿意听，所以这回……”

白新羽勉强笑道：“那不一样，他这次伤得比较重。”

“如果你想知道他的情况，可以直接去看他，或者联系队长吧，我过两天就得回基地复命了。”

“好。”

陈靖道：“你……打算去医院看他吗？”

白新羽抿了抿唇，声音几乎是从声带里挤出来的：“我不知道。”

陈靖点点头：“也好，你自己看着办吧。”

白新羽不知道陈靖这一声“也好”，包含了多少意思，又或者什么都包含了。

就这样……也好。

虽然自俞风城醒来后，白新羽一直没有去医院探视，但他始终关注着俞风城的情况。

冯东元和燕少榛去看了俞风城后，白新羽马上找到冯东元询问，眨巴着眼睛看着他："怎么样？"

冯东元叹道："我和少榛昨晚去看风城了，现在一天只准探视一会儿，当时他妈妈在，我们就和他说了几句话。"

"伤势如何？"

"腿伤比较严重，跟你一样，需要复健。"

白新羽倒吸了一口气，他靠在椅背里，半天都没说话。

冯东元看着他，一副欲言又止的样子。

白新羽道："还有别的？"

冯东元小声说："你不去看看风城吗？"

白新羽垂下了脑袋，疲倦地说："我该去吗？"

冯东元沉默了一下："风城毕竟是咱们的战友。"

白新羽把脸埋在了办公桌上："东元，你知道吗，我不敢去。"见了面说什么、做什么？俞风城会用什么样的眼神看着他，他会看到怎样一个俞风城？这些都是他想都不愿意想的，可如果见到俞风城，就需要他去面对。

他想起简隋英严肃的目光，想起他和俞风城之间发生的一切，感到一个头两个大。冯东元拍了拍他的肩膀："我明白。"

"你不明白。"白新羽按了按太阳穴，"你只知道我们开始不好，后来又好了，然后又闹掰了，但这中间发生了多少事，你都不知道。"

冯东元用明亮干净的眼睛看着他："你要是想找人说说，我随时都在这儿。"

白新羽感到心脏颤了颤，这一刻，他真的有了倾诉的欲望，他很想把那些积压在心底、折磨他很久的糟粕往事都一股脑地倒出来，向这个他信任的朋友倾诉，说不定那样他心里会好受很多。可是他不能，他就是说不出口。

冯东元摸了摸他的脑袋："不想说也没事儿，我只是希望你别太勉强自己，你没做错什么，就不应该承受不属于你的心理负担。"

白新羽勉强对他笑了笑："说话文绉绉的，是不是这段时间书看太多了？"

冯东元笑道："可能是。"

"东元，这段时间，你就时不时帮我去看看他吧。"他现在只希望俞风城的伤能尽快恢复，猎豹大队一直是俞风城的人生目标，如果不能再回去，对俞风城来说一定是个很大的打击。

几天后，陈靖和猎豹大队的其他人回边疆了，霍乔则要在这里多留一段时间。他们走的时候，白新羽和燕少榛都去送机了，猎豹们看白新羽的眼神有些古怪，均是欲言又止的样子，大概不能理解白新羽为什么不去探病吧。

把人送走后，他们坐着霍乔的车回市里。霍乔问起了燕少榛在这边的情况，两人相谈甚欢，白新羽则一路沉默。

霍乔道："我把你们俩送到哪儿？"

燕少榛道："把我随便放个地方就行了，我今天放假，不回部队了。"

"那就在这里吧。"白新羽道，"这里离我公司很近。"

霍乔从后视镜看了他一眼："好。"停下了车，道，"少榛，你先下车等一会儿，我跟新羽说两句话。"

燕少榛并不意外，利落地下车，关上了车门。

白新羽暗自深吸了一口气，等着霍乔开口。

霍乔道："风城明天上午要做个腿部的大手术，他的腿再怎么样治疗，也不可能恢复到从前，但以后能不能恢复到八九成的灵活度，就要看明天手术是不是能成功。你经历过这些，你应该懂的。"

白新羽安静地听着。他感觉心脏好像被什么东西拽着，一直往下坠，那种沉重的感觉让他呼吸困难。

"我觉得比起他妈给你打电话，还是我亲口跟你说比较好，风城说不见到你，他不进手术室。"

白新羽身体一颤，他的头几乎垂到了胸口。

霍乔看着窗外，叹道："咱们都做过抗药物训练，如果他不配合，麻醉很难起效果；如果强行加大剂量，对他大脑会有损伤。我们勉强不了他。我知道你跟所有人一样，希望他恢复健康，所以，你明天早上能去看看他吗？"

白新羽哑声道："我去。"

"新羽，谢谢你。风城这孩子有些地方我们教得不错，有些地方却教得一塌糊涂，实在是……"霍乔又叹了口气，"不管怎么样，谢谢你。我姐姐、姐夫都是明理的人，你不用担心尴尬。"

白新羽沉默了半晌，抬起头，定定地看着霍乔英俊而阳刚的面孔，埋在胸中很久的话毫无遮拦地脱口而出："队长，我以前非常嫉妒你。"

霍乔微怔，随即露出一个淡淡的笑容："现在呢？"

白新羽不知道怎么回答。

"人是会成长的，风城从小崇拜我，但那不代表他看轻了你。当然了，我不是在为他说话，我只是觉得，你们本是可以以命相托的朋友，现在这样，未免可惜。"霍乔眨了眨眼睛，"不过我确实比你帅一些，这点还是值得你嫉妒的。"

白新羽不知道该作何表情，他甚至不知道自己脑子哪根筋搭错了，才说出这句话，但说出来之后他感觉轻松多了。他一直尊敬霍乔，不愿意用任何阴暗的心情去面对这个人，霍乔又没做错什么，他想要无所顾忌地坦然。他笑了笑：“最后这句话我不同意。”

霍乔也笑了：“去吧，少榛等着呢。”

白新羽下了车，燕少榛静静地看着他，仿佛已经猜到了他们大概在谈什么。

白新羽道：“明天早上我去医院看看他，你陪我去吗？”

燕少榛反问道：“你希望我陪你去吗？”

白新羽怔了怔：“我只是随口问问。”

“我按理应该今晚回部队，但如果你不敢一个人去，我可以陪你。”

白新羽抹了把脸：“不用了，你别特意请假，我哪儿来的‘不敢’。”

“哪儿来的？”燕少榛露出无奈的表情，“你这好几天都没去，还问我‘哪儿来的’。”

白新羽有点尴尬，没有说话。

“你一直不去医院看他，不就是觉得内疚和不好意思吗，你觉得他救了你，你们俩之前又别别扭扭的，见了面也不知道该说什么，所以干脆躲着。”

白新羽捶了他一拳：“你那什么社会心理学的文凭含金量可真高。”

燕少榛苦笑：“我恐怕是最了解你们之间情况的人了，虽然我一点都不想知道这么多。”

白新羽沉声道：“你说得对，我不知道怎么面对他。”

“那就别去。”

白新羽摇摇头：“我不去，他不进手术室。”

“哈。”燕少榛忍不住乐了，“这小子真是绝了。”

“我明天会带东元去。”

燕少榛捏了捏他的肩膀：“我会陪你去的。”

“你不……”

“我想陪你去。”燕少榛强调道。

第二天一早，三人提了些鲜花水果就去医院了。这些东西是冯东元坚持要买的，白新羽完全无法想象自己提着这些东西走进病房是怎样一幅诡异的画面，但也拗不过冯东元。

到了医院，霍乔已经等在那里了，他身边站着一个四十多岁的女人，长得跟霍乔很像，漂亮干练，眉目间有一股英气，显然是俞风城的母亲。

白新羽把手里那个傻了吧唧的大水果篮塞给了燕少榛，有些忐忑地走了过去。

霍乔道："姐，这就是小白。"

霍洁上下打量了白新羽一番，露出有些疲倦的笑容："你好，我是风城的妈妈。"

白新羽紧张地点点头："伯母好。"

"小白，你进去看看他吧，他醒了就一直找你，不见到你也不肯做手术，希望你能帮我们劝劝他，谢谢你了。"

白新羽调整了一下呼吸，推开了病房的门。

俞风城听到声音，扭过头来。他脸色苍白，面容消瘦了几分，两人四目相接，似乎都从对方眼中看到了浓得化不开的复杂情绪。隔着几米的距离，白新羽却体会到了什么叫一眼千年。

在看到白新羽的瞬间，俞风城整张脸都亮了起来，但当燕少榛和冯东元接连进来时，他的眼神又黯淡了下去。

白新羽在门口僵立了两秒，一把从燕少榛手里抢过水果篮，朝俞风城示意了一下："嗯，来看看你……"他明白水果篮和花的作用了，大概就是减少一点尴尬吧，冯东元真有先见之明。

俞风城有些委屈地说："你总算来了？"

冯东元局促地挠了挠头，走也不是，不走也不是。燕少榛就显得坦然多了，挑眉看着俞风城，似乎是没打算痛快地走人。

白新羽叹了口气，他知道自己不可能总躲着，便低声道："你们出去等我一会儿吧。"

两人走后，白新羽带上门，提着水果篮走了过去。

俞风城的眼睛一直盯着他，直到他坐在自己面前。

白新羽轻咳一声："你腿好点了吗？"

"一会儿手术。"俞风城看了看自己的腿，表情很平静，"以后走路是没问题，但长途越野或者高强度腿部运动恐怕不行了，要看手术过后能恢复到什么程度。"

白新羽抿了抿嘴："我相信你可以恢复好，我的肩膀，当初医生也说不乐观，我就玩命地复健，玩命地训练，现在恢复得远远超过预期。"

俞风城笑了笑："我也相信。"

白新羽淡道："我这次来……"

"是我小舅把你请来的，我知道。"俞风城轻声道，"你当时也是这样吗……"

白新羽愣了愣："什么？"

"雪山受伤之后，在医院醒来的时候，你是不是也希望第一眼就能看到我，就像我希望第一眼就看到你一样？"

白新羽沉默了。也许当他刚醒过来，大脑还不清醒的时候，他真的希望能看到俞风城，可当他逐渐回忆起雪山上发生的一切，那些记忆和肩膀上的伤痛，一遍遍提醒着他，让他最终心灰意冷了。

“我去看过你……只是不敢见你，我不知道你会拿什么样的眼神看我，会对我说什么。我一直以为自己胆子很大，天不怕地不怕，但那个时候，我特别怕面对你。”他深深看着白新羽，“所以这几天你不来，我完全能理解。”

白新羽凝视着俞风城的眼睛：“风城，我很感谢你救了我，还把防弹衣给我。最后……最后我说的那句话，也是误会，我收回来。你就别往心里去了……”

俞风城静静地看着他：“你当时叫了我的名字。出事之后，你联系的第一个也是唯一的一个人就是我，在绑匪要烧死你的时候，你喊出的最后一句话，是我的名字。新羽，这些才是最重要的，其他的，我早忘了。”

白新羽闭了闭眼睛，他就知道俞风城会提这个。没错，诚如俞风城所说，两人是永远的战友。

俞风城拉住他的胳膊，将他拽到了身前：“新羽，当我知道受了重伤，跟你当初一样，面临着可能无法回到猎豹的困境时，我以为我会很难接受。很多年以来，我一直把猎豹当成我的目标，读完军校，我依然要回猎豹。可当时我接受了，虽然遗憾，但是我接受了，因为我想到了你。我想到你当时为我挨了那一枪，打碎了你狙击手的梦想，医生也说你很可能无法再拿枪。可是只要有希望在，无论多么微小，你都没有放弃，这一年的时间，你一次都没有懈怠，才能恢复得这么好，有你做我的榜样，我一点都不害怕。”

白新羽定定地看着俞风城，心中升起难言的感动。

俞风城紧紧抓着白新羽的手：“新羽，你觉得你在雪山上看清了我，我也是在雪山上看清了我自己。我曾经是个非常傲慢的人，我承认，一开始我不把你当作军人，我觉得你不配做军人，我是带着戏弄你、想把你赶走的心思接近你的，可你的身上逐渐爆发出了让所有人都震撼的潜力，你让我们刮目相看，所以我后来把你当作战友，当作可以并肩作战、交付后背的伙伴，我尊敬你，信任你，即便你因伤暂时离开了猎豹，但你在复健时表现出来的勇气和毅力依然让我佩服。”

白新羽张了张嘴，想说什么，却被俞风城制止，并抢着说道：“我一次次来找你，希望跟你和好，不仅仅是因为内疚和亏欠，还因为佩服你，你懂吗？”

白新羽凝望着俞风城：“风城，这话我听着……挺感动的。其实我以前心里一直挺在意你是不是看得起我这件事儿，就是因为自卑了太久、窝囊了太久，哪怕挺直了腰板，有时候还是有点抬不起头来，所以拼命想在你面前表现，所以我才会那么介意……但现在，我是真的放下了。”

他说到最后，声音颤抖了起来，他又想起那个关于“成长是一瞬间的事”的说法了，这一刻他意识到他改变了什么，但他却不确定这是不是成长。从前的他，不会瞻前顾后，喜欢就往上冲，为了能和俞风城并肩而行，他能把自己活生生逼进猎豹大队，可现在的他，也不过是大了一两岁，却突然成熟了许多。他明白他想要得到的尊重，只有靠自己才能获得，他不需要以俞风城的肯定来衡量自己的价值，他就是他。同样的，他也不应该以俞风城对他的否定来否定自己。何况，他现在真的相信，俞风城没有轻视他，一直以来，是他的自卑和狭隘在作祟。

成长究竟是变得更强大，还是变得畏首畏尾?

俞风城看着他，眼眸中渐渐浮上一层水雾，他低声道：“你跟在新兵营的白新羽相比，好像是两个人了，我是被你的成长和改变吸引的，可现在我却不希望你成长得这么快。新羽，现在是我在追随你的脚步了，我要追随你的脚步，去努力恢复自己的伤，我要用你的努力来激励自己，走过漫长的康复期，你会帮我吗？”

白新羽看着俞风城眼圈通红的样子，心里难受了起来，从他踏进这个病房，和俞风城四目相接开始，他的心脏就好像一直被什么东西揪着，他毫不犹豫道:“我会，我会帮你，现在你要做的第一件事，就是配合医生的治疗，去动手术吧。”

俞风城点点头，露出一个笑容，他朝着白新羽伸出了手。

白新羽也禁不住微微一笑，伸手与他重重击掌。

这一刻，他们之间，一扫阴霾。

这时，医生推门进来了。

医生身后跟着霍洁和霍乔，霍洁道：“风城，时间到了，你准备好没有？”

俞风城坦然而无畏：“好了。”

医生道：“行了，该走了。”

俞风城冲白新羽道：“我手术完你还来看我吗？”

白新羽说：“你乖乖动手术，配合治疗，我肯定来。”

“什么时候？”俞风城不依不饶地问。

霍洁拍了他一下：“你还有完没完了。”

白新羽被他的厚脸皮逼得无可奈何：“后天。”

“好。”

护士将俞风城推出了病房。

霍洁冲白新羽不好意思地笑了笑：“大热天让你跑了一趟。”

白新羽淡笑道：“不算什么。”

“我一直不知道，在雪山上救了风城一命的那个战友就是你……男孩子长大之后，什么都不愿意跟父母说……小白，谢谢你，我儿子给你添麻烦了。”

白新羽感到有些不自在："我们是战友，危急时刻互相帮助是应该的。"

霍洁笑看着他："不知道你们因为什么吵架了，我想大概跟你受伤有关吧，身为受益方，我没有立场要求你什么，只能说更多的谢谢。如果你以后有需要帮忙的地方，尽管跟我们开口，好吗？我是认真的。"

白新羽窘迫道："阿姨太客气了。"

"不，这是应该的，你救了我的儿子，现在又要再一次拯救他，你是我们家的恩人。"

白新羽臊得不行，他可从来没有以什么"救命恩人"自居过，吓死人了。幸好霍乔及时把话题转开，解救了他。

三人走出医院后，白新羽长嘘一口气，感觉憋闷了许久的心胸开阔多了。

燕少榛道："新羽，你没事吧？你和风城怎么样了？"

白新羽笑了一下，又有些唏嘘："没事，我觉得我想开了，不是因为俞风城这次救了我，当然，这肯定是很大的一个原因。最重要的是，当我们再一次并肩作战的时候，我就知道，无论我心里有多少埋怨，在战场上，我还是会百分之百地信任他，我们仍然是生死与共的战友，就冲着这一点，我不能把我们之间的隔阂带回猎豹大队。"

燕少榛拍了拍白新羽的肩膀，开心地说："你能这么想真的太好了，我们都为你们高兴。"

白新羽看着头顶明媚的暖阳，心中也是一片晴空万里。

:: THE GROWTH OF A DANDY.
FIGHT ALONGSIDE YOU.

第四十三章
复健

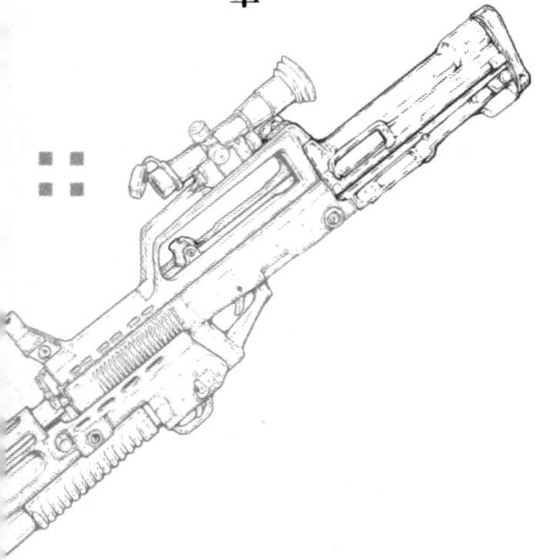

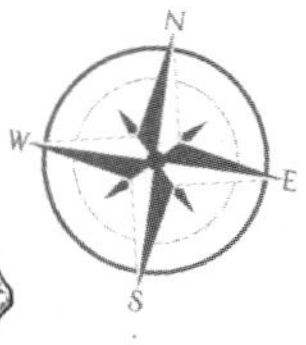

晚上回到家，霍乔给他发来一条简短的短信：手术很成功。

白新羽落下了一块心头大石，马上回道：收到。

手术完成后，接下来就是漫长的复健了。白新羽把自己过去复健用的书籍和相关知识、经验都整理了一份，打算给俞风城拿去。

还有不到两个星期学校就要开学了，以目前的恢复情况来看，俞风城可以带伤入学，反正他的专业是指挥类，训练要求不高，况且以他的身体素质，学校的那点训练量可有可无。只是，白新羽想到俞风城要拄着拐杖代表新生演讲，心里就多少有点不舒服，毕竟那跟他想象中意气风发的样子差距有点大。

两天后，徐总约他吃饭。自博茨回来后，他们还是第一次见面，经历了一场生死劫难，两人的关系更加亲密了。徐总对他赏识有加，徐总底下的人也对白新羽感激不已。博茨这件事，对中伟内部的冲击很大，也加快了中伟把国际安全部分离出去的速度，现在徐总正在全力准备这件事，最快年底就要把公司组建起来，两人到了真正开始谈合作的时候。

他们在咖啡厅里聊了一下午，顺便把中伟要跟简隋英合作的那个项目也谈了谈。能和中伟这条大船对接上，他哥的公司将迎来巨大的机遇。

回公司后，白新羽把跟徐总聊的内容给简隋英说了说，有利可图，自然谁都不会往外推，简隋英对于这次的机会很满意。

简隋英道："上周五，你和小冯一起请了假，大半天才回来，上哪儿去了？"

白新羽故作镇定地说："有个战友找我们吃饭。"

简隋英微眯起眼睛："就这样？"

"是啊。"

简隋英慢悠悠地喝了口茶："不是去医院看俞风城了吧？"

白新羽本想淡定地扯个谎敷衍过去，可他突然就有些说不下去了。他既不想骗简隋英，也不想回避自己做过的事。

简隋英挑了挑眉："你们和好啦？"

白新羽道："哥，怎么说也是我战友。"

"你呀，看来还是没长大，小孩子家家的。"简隋英道，"和好就和好吧，他拼了命去救你，也是真够意思了。"

白新羽苦笑一声："但我根本不希望任何人受伤。"

"这是在所难免的，不怪你。"简隋英睨着白新羽，"对了，你的打算，你跟大姨和姨夫说了吗？"

白新羽哽了一下，讪讪道："还没。"

"你打算拖到什么时候？"

“我还需要再休养几个月，还有这次博茨的事件，我还得配合调查，一时走不开，再……再缓缓吧。”

“你就㞞吧。”

白新羽一点儿都不想承认自己㞞，但在这件事上，他确实没有勇气开口，他要如何在自己受了重伤好不容易康复之后，再跟自己的爸妈开口他要继续回去过那么危险的生活？

可他想回去。

对这一点，他毫不犹豫。

星期天上午，冯东元给白新羽打电话：“新羽，你今天要去看风城吧？我陪你去吧。”

“我这两天没空，改天吧。对了，还有一个礼拜就开学了，你都准备好了吗？”

冯东元兴奋道：“我提前去报到了，这两天就搬宿舍。开学要先军训一个月，哈哈哈，在库市的时候我训别人，现在反过来别人训我了。”

白新羽笑道：“你还能再稍微体会体会军营生活，多好啊。”

“嘿嘿，也是，不过这军训对咱们来说太小儿科了。”

“你可别欺负人小教官啊。”

“哪儿能啊，我从来不欺负人。”

白新羽嘻嘻笑道：“我都想去欺负欺负人。”

“可拉倒吧你……”

两人闲聊几句，便挂了电话。白新羽想着俞风城和冯东元都要成为大学生，心里稍微有些遗憾，以前自己没有好好读书，正正经经考个大学，不过能看着他们上大学，尤其是冯东元，他甚至生出一种为人父母终于把孩子养大的欣慰。

不过，冯东元倒是提醒了他，他该去看看俞风城了，不然那小子又该不老实了。

星期一早上，他照常去上班，车刚拐进地下停车场，他就看到自己固定车位的地方站着一个高大的男人，戴着鸭舌帽，拄着拐杖，他心里咯噔一下，仔细一看，真的是俞风城。他心里飙出一连串的脏话，一股火气直冲脑门，他一个急转弯，漂移着拐进车位。

那弯拐得非常急。白新羽从十四岁开始玩儿跑车，他虽然算不上专业，但对这个弯度还是有绝对自信的，但是在外人看来，尤其是站在弯角处的人看来，这个角度就像车要从自己身上碾过去一样，绝对的心跳加速。白新羽是心里憋着气才来这一手，方向盘打过去的时候他就后悔了，他何必吓唬一个瘸子？可这时候也不可能收手，若刹车来不及，不把这个弯拐过去，他是肯定会撞到俞风城的，可没想到俞风城只是抬头看了他一眼，居然站在原地一动也没动。

轮胎摩擦地面发出刺耳的声音，白新羽一脚刹车踩到底，稳稳地停在了车位里，估计车头离墙壁的距离不超过五厘米。

这时候正是上班高峰期，很多人都被那手漂移和急刹车吓住了，纷纷朝他们看来。白新羽下了车，看着俞风城，恶声恶气地说："你都不躲？你就不怕我撞死你？"

"我觉得这个弯度你能拐过来。"俞风城耸耸肩，"再说你要是撞了我，下半辈子你就真得负责了，我躲什么。"

"大哥，你伤的是腿不是脑子！伤还没好就敢跑出来，我跟你说的配合医生治疗你都忘哪儿去了？"

"医院闷死了，你又不来陪我玩儿。"俞风城理直气壮地说。

"你去医院是玩儿的吗？你是去疗伤的！"白新羽给他气得，"你不是要向我学习，好好治疗，好好复健，争取早日恢复吗？你拄着拐杖就跑出来了，腿还要不要了？"

"放心，我很小心的。"俞风城满不在乎地说，"等夹板拆了，我就跟你一样玩命训练，肯定会好起来的。"

"别废话，你赶紧给我回医院。"

"我不回，我想吃点好吃的，医院的饭菜我也吃腻了。"

"食堂你怎么没吃腻？还挑。"白新羽把俞风城推上了车，"走，我送你回去。"

"食堂那是没得选，这里这么多好吃的，我才不吃盒饭呢。"俞风城笑道，"带我去吃好吃的。"

白新羽白了他一眼："我是来上班的。"

"翘班呗。"

"你……"白新羽有点后悔跟俞风城和好了，这小子真能打蛇随棍上，马上就恢复了以前的霸道又不要脸，他应该让俞风城继续在他面前装装孙子，那多享受啊。

"走啊，难道还要我开车啊。"俞风城甩了甩手，"我现在手也没劲儿。"

"放屁，你单只手都能倒立二十分钟。"

"被腿传染了。"

白新羽真想揍他。

这时候，电话突然响了，白新羽拿过来一看，是霍乔打来的。他指了指屏幕，朝俞风城竖了个中指，不顾俞风城示意自己不要接的手势，按下了通话键："喂，队长。"

"新羽，那浑小子是不是去找你了？"

白新羽不情愿地嗯了一声。

“你把地址给我，我现在去接他，在医院跟医生玩起反侦察了，看我怎么收拾他。”白新羽刚要说话，俞风城突然抢过了手机：“小舅，我过会儿自己回去就行了。”

白新羽听到霍乔怒言：“你怎么回来？爬回来？”

俞风城笑道：“怎么来的就怎么回去嘛，小舅，我能处理好。”

“腿是你自己的，你是不是不想要了？”

“放心，我有分寸。”

白新羽一把抢过手机，边骂道：“你有个屁，我现在带你去吃饭，吃完饭，马上送你回医院。”

“那你明天再来接我吃饭呗？”

白新羽瞪着他：“我接你大爷，你这臭无赖的脾性真是一点儿没改。”

俞风城眨眨眼睛：“改不了了，大家都希望真实的我回去。”

白新羽瞪了他一眼，无奈地开动了车。

路上，俞风城轻笑道：“没想到你用这个车也能来一手漂移。”

“这车怎么了，照样四个轮子跑，挺好的。”

“除了不方便泡妞，其他都挺好的。”俞风城看着他，“你退伍到现在，应该没交过女朋友吧。”

“轮不着你操心。”

“没有啊，挺好，你看女人的眼光太差了，下次我帮你挑吧。”

“又放什么屁呢。”

“哎，我可是帮你处理过的，我没有资格对你看女人的眼光发表点意见？”

“我乐意。”

“你乐意当冤大头啊。”

白新羽恼羞成怒：“关你屁事，闭嘴！”

两人就像从前那样拌着嘴，仿佛回到了从前在部队的旧时光，一时让人的心都变得柔软了起来。

白新羽带俞风城去吃了一顿饭，然后把他送回了医院。

他给霍乔打了个电话，霍乔说自己已经不在医院了，让霍洁去接俞风城。

白新羽不知道为什么，有些害怕见到霍洁，但也只能硬着头皮等着。

过了一会儿，霍洁从医院里出来了。

两人下了车，霍洁走到跟前，面无表情地看着俞风城，甩手就是一个重重的耳光。

俞风城眼睛都没眨：“妈，我错了。”

霍洁怒道：“你是不是不想要腿了？不想要趁早砍了，省得还花钱治。”

俞风城道："想要。"

"想要你还敢擅自离开医院！"

"我错了。"俞风城淡定地重复这句话，可他从表情到语气，都没有一丝愧疚。

霍洁狠狠瞪了他一眼后，转向白新羽："小白，不好意思，给你添麻烦了。"

白新羽道："不客气。"他想了想，还是忍不住道，"阿姨，您找个护工看着他吧。"这话说得挺不客气的，但实际上他想建议霍洁把俞风城捆起来。

不过，如果俞风城想跑，一个医院也根本拦不住他。不过是养个伤而已，弄得跟被绑架一样，白新羽是真的想抽俞风城。

霍洁白了俞风城一眼："找了，没用，他就是待不住。小白啊，你也多说说他，老不让人省心。"

"阿姨您放心，我骂他了。"

"今天麻烦你了，你回去忙吧，下次他再这样，你不用搭理他，我派人去接他。"

白新羽偷偷瞥了俞风城一眼，一副幸灾乐祸的样子，心想：孙子，你也有今天。

俞风城撇了撇嘴，满脸郁闷。

白新羽转身要走。

俞风城一把抓住他的胳膊："开学典礼你会来吗？"

"星期一啊，我要上班儿呢。"

"来吧，我要代表新生发言呢。"俞风城晃了晃他的胳膊。

霍洁笑盈盈地看着白新羽，什么也不说。

白新羽一副勉为其难的样子："行了，会去的。"

俞风城露出了笑容。

随着跟中伟的合作提上日程，简隋英、白新羽和徐总见面也频繁了起来，可他每次见到徐总，想到的第一件事不是生意，而是他们在博茨经历的那次绑架。那件事他后来没再关注过，反正就算他关注也不可能知道太多，他只是无法忘记那惊魂四十八小时发生的事。

徐总显然也无法忘记，每次见面都要和他反复聊。对于徐总这个年过四十的退役特种兵来说，能有一次机会重温年轻时候的峥嵘岁月，虽然差点儿丢了命，但回忆起来也是别有感慨的。

几次商谈后，他们大致有了一个合作的框架。其实等白新羽回猎豹之后，主要的对接和运营还是要靠简隋英的公司，白新羽还在期间，只要尽力把前期工作做好了，让徐总和他哥的合作能尽快成型，促成这件事，比给他多少股份更让他有动力。

这天下午，他正跟简隋英、李玉在办公室谈正事儿呢，俞风城的电话就打来了，白新羽瞄了一眼来电显示，啪一声把手机扣在了茶几上，直接静音了。

简隋英正说着话，突然顿住了，看着他的手机。

白新羽一本正经地说：“我觉得这个提议可行。”

简隋英指着手机：“拿过来。”

白新羽道：“哥，咱们谈正事呢。”

“让你拿来。”

白新羽无奈，只好把手机递给了他。

简隋英接过手机一看，冷哼一声，直接按下了免提。

俞风城在电话那头懒洋洋地说：“新羽啊，我……”

“少叫那么亲热，连名带姓。”简隋英不客气地说。

俞风城那边顿了一下：“简哥吗？”

“是，新羽这边儿正约会呢，没空接你电话。”

“现在是上班时间，他不会约会的。”

简隋英怒上眉梢：“他约不约会还得通知你？”

白新羽露出哀求的表情，示意简隋英赶紧挂电话。他知道简隋英非常不喜欢俞风城，这是憋着劲儿想整俞风城呢。

“哦，那我晚点给他打吧，或者让他回我一个。”

“我说小俞啊，你能不能把心思用在养伤上？新羽每天也很忙，你别动辄就烦他。看在我跟你舅舅认识的分上，我一直想给你留点儿颜面，你要是再这么得寸进尺，我就上你家坐坐去！”

俞风城笑了：“简哥你来吧，我爸妈都挺喜欢新羽的，他们肯定支持咱们两家多走动走动。”

“你……”简隋英气得想骂人。

白新羽伸手就想去抢手机，李玉抓着他的手腕，把他按回了沙发上，低声道：“你要是把手机抢回来，你哥不会放过你的。”

白新羽一想也是，可就这么让两人聊下去，他脑仁疼。

没想到简隋英主动把手机扔向了白新羽，白新羽一把接住挂掉：“哥，你生气别摔我手机啊，刚买的。”

简隋英怒道：“这小子有病，我再也不管你们了。”

白新羽委屈地小声说：“一开始不是你让他照顾我的吗。”

简隋英瞪起眼睛：“你再说一遍。”

白新羽哪儿敢再说一遍。

“对，一开始是我让他照顾你的，所以我现在后悔死了！”简隋英眯起眼睛，“你等着，我非得狠狠从他们俞家那儿压榨一番。”

白新羽露出无奈的表情。他根本不想要俞风城家什么东西，但他哥可不这么想，这上赶着送来的，他哥肯定要好好捞一笔，也不知道是好事还是坏事。

白新羽离开办公室后，冯东元悄声问他：“新羽，简总是不是又发脾气了？”简隋英脾气大是出了名的，但通常李玉在的时候，他是极少发作的。

白新羽摇摇头：“没事。”

“没事”这两个字已经成了专业敷衍词，任谁都看得出来白新羽有事。

冯东元无奈道：“你以前总是笑嘻嘻的，没什么心事，现在……”

白新羽苦笑一声：“我以前那叫缺心眼儿。不过说实在的，我缺心眼儿的时候成天瞎乐，也挺开心的。”

冯东元拍了拍他的肩膀，有些失落地说：“那我更喜欢缺心眼儿的白新羽。”

白新羽笑了：“走，不上班了，咱们吃好吃的去。”

晚上回到家，白新羽发现他妈买了一堆东西，购物袋在沙发前排了一整排。白庆民看到之后哼了一声，没说什么。白新羽笑道：“妈，买什么漂亮东西了，快换上给老公、儿子看看。”

李蔚芝高兴地拿出一个麻纱帽子戴上了，美滋滋地说：“好看吧？”

“好看好看，我妈最美了。”

李蔚芝笑着说：“你猜我今天跟谁去逛街了？”

“谁呀？”白新羽随口问道。

“霍洁呀。”

白新羽一惊：“霍洁？你怎么跟她逛街去了？不是，你怎么认识她的？”

“陈太太介绍的啊。我最喜欢的那家高级定制店，平时预约都要三个月之后才能量身，再三个月才能出衣服，跟霍洁一起去，我能马上就量身，一个月就能拿到衣服。”李蔚芝笑得眼睛都弯了，“人家见多识广的，说的话题都可有意思了。”

白新羽越听越不对头，刚想说什么，白庆民先发话了：“对，你结交些上档次的人，别成天跟那些长舌妇混，这种人是遇事用得着的。”

李蔚芝有些得意地说：“我知道，我这也是为了咱们儿子嘛。正好咱们儿子和他们儿子关系那么好，咱们两家是要好好处一处的。”

白新羽实在忍不住了：“妈，咱们别攀扯这个行不行，我和俞风城是战友，我不想弄得这么尴尬。”

李蔚芝奇道：“这有什么尴尬的，我们又没求她办事儿。”

白庆民道：“就是，你以后要做生意的话，总得学会交际，学会积攒人脉。”

“是嘛。再说，你还为他挡过子弹，就这份人情，要是反过来，我能记人家一辈子好。什么高攀不高攀的，霍洁说了，就是不知道怎么感谢你，希望两家能越来越亲近。”

当妈的唱罢，当爸的再轮番上场教育他：“就是，又不是让你去拍马屁，你不自在什么，我看你妈跟霍夫人相处得挺好的，这也叫外交懂不懂？你现在还年轻，正是建立人脉关系的时候，俞风城你可一定要处好了，以后对你大有益处。”

白新羽一阵头疼，这些道理他爸、他哥从小教育，他不是不懂，可唯独没办法用在俞风城身上。他好不容易觉得自己和俞风城是平等的了，现在又因为家人的观念而产生了微妙的卑微感。他虽然不想让他妈再和霍洁接触，却根本找不到正当理由反对，看着他爸妈高兴的样子，他郁闷得饭都没吃下去。

晚上俞风城给他打电话的时候，他毫不犹豫地接了，开门见山地说：“风城，你妈和我妈今天一起逛街去了，你知道吗？”

“她没说。”俞风城道，“不过，她要做什么也从来不跟我商量的。怎么了，这不是挺好的吗？”

“这她都不告诉你？”

“没有啊。我们一家三口都活在各自的世界里。”

这话听得白新羽一阵气血翻涌：“你可真有自知之明啊。”

俞风城笑道：“这是事实，不管她想做什么，我阻止不了她，嗯，我们家人都这样。”

白新羽腹诽，跟你一个德行。他道：“我提前跟你说清楚，你给我哥搭上了中伟这条线，我哥肯定是要‘吸血’的，他是个生意人。我爸妈呢，都是普通人，也爱攀附个人什么的，但是这些全都不是我的意思。”

俞风城哈哈笑了起来：“我当你怎么了，原来是在意这个啊！你想太多了，我觉得咱们几家建立起关系是好事，没有谁攀附谁，只有互相扶持，就像你和我一样。”

听到这里，白新羽才松了口气：“行吧，虽然……我觉得挺尴尬的。”

“你就当不知道好了，我跟你一样，不在意这些东西，你也不要想太多了。”

白新羽抓了抓头发，心想自己可能确实是过于敏感了，只要他心里没有巴结的想法，坦坦荡荡的，他还怕什么呢？他和俞风城是生死相交的情谊，根本不是那些世俗的东西能衡量的。

这么一想，他的心里顿时舒坦了。

眨眼间，就到了新生开学的日子。

冯东元为了陪白新羽，特意翘了自己的开学典礼，三人一起去参加俞风城的。

燕少榛是他们三个人中唯一读过军校的，虽然不是这所军校。踏进校园里，看着随处可见的军官和穿着迷彩服的新生，三人都很有感触，军校是每一个怀揣军人梦的人向往的地方，白新羽想起了陈靖，他至今都为陈靖没能读军校而遗憾不已。

新生在操场上排成豆腐阵，主席台上坐满了军官和校领导，来参加开学典礼的家属们站在操场两旁，场面宏大。

“那不是队长吗？”燕少榛眯起眼睛看着远远的主席台。

白新羽道：“好像是啊。”

果然，主持人介绍典礼嘉宾的时候，有霍乔的名字。白新羽心里颇为羡慕，如果他早几年能有所觉悟，一毕业就考军校，这辈子也许能有这样的机会。

“走，咱们靠近点看。”冯东元拉着他们往靠近主席台的观众席移动，他不时张望，“哇，军校果然女孩子好少啊。”

燕少榛笑道：“你替他们操心什么，你那大学女的可不少。”

冯东元笑了笑：“多少都跟我没关系，我大学不交女朋友的，我要努力学习。”

“话可别说这么早，这种事看缘分。”白新羽道，“再说了，谈恋爱是大学生涯特别美好的一部分，你可千万别错过了。”

冯东元有点不好意思：“再，再说吧。”

开学典礼开始了，前面是冗长的领导讲话，到最后，才到了新生代表致辞的环节。

只见俞风城拄着拐杖上台了，他腿上的白石膏衬着绿色的迷彩服，非常显眼，台下的新生们顿时都安静了下来。

白新羽听到身边的女生们在小声犯着花痴，就连男的都禁不住赞叹：“这哥们儿长得可真帅啊。”

白新羽冷哼了一声，不管怎么样，想到这些小姑娘也只能看看，他心里有些暗爽。

俞风城上台后，对着全场行了个标准军礼，僵硬的石膏和碍眼的拐杖丝毫无损他挺拔英武的风采。他一句话没说，台下已经开始鼓掌，对于新生代表的身份，很多学生都有所耳闻，一个刚因为执行任务而受伤的特种兵，没有人比他更适合代表这些未来的国之栋梁致入学辞了。

他行完礼后，开始调麦克风支架的高度，那支架调到了最高，但仍然需要他弯腰。他干脆把麦克风拿了起来，台下响起一阵笑声。

俞风城也笑了笑，他环视观众席，似乎在寻找什么，但因为人太多，最终好像没找到。他轻咳两声，开始了自己的入学演讲。在说完千篇一律的开场白后，他进入了正题：“我知道很多人好奇我为什么带着伤，我是以猎豹大队现役特种兵的身份保送来军校深造的，这伤是最近一次执行任务时留下的，我是此次任务中受伤最重的一个，但对于我和我的战友来说，这次的战损比非常令人满意。我进猎豹大队的时间不长，在这一年多的时间里，我失去了六位战友，我能清楚记得他们每个人脸上的细节、说话的方式、家里的情况，以及他们是何时、如何牺牲的，有中枪的，有高处坠落的，有受伤感染的，有和敌人同归于尽的，甚至有活活累死的。这些牺牲的人中，大部分是不远万里从老家去到边疆的。我们训练严酷，工资不高，安全没有保障，时时要与最穷凶极恶的敌人战斗，但再苦再累，我没听我的战友们抱怨过一句，因为这是我们自己的选择，男人的选择。当我们冲锋陷阵的时候，其实来不及思考家国大义，我们唯一知道的就是，我们做的是正确的事，我们还要为受伤和牺牲的战友报仇。”

偌大的操场陷入了一片沉默。

俞风城的眼睛终于寻觅到了白新羽的身影，他怔怔地看了白新羽两秒，眼神里有一种难以形容的依赖。

这停顿的两秒让很多人都往他看的方向看去，白新羽明知道那些人不会知道俞风城在看他，可还是感到双颊有些发烫。

幸好俞风城很快就移开了目光，他继续说道：“从我们踏进军校的那一天起，成为军人就是我们自己的选择。毕业后，我们将可能被派遣到任何地方的任何部队，承担起自己的责任。我们之中有指挥者，有科研人员，也有技术人员，更有人会像我一样去前线，无论我们未来在部队里扮演什么角色，我相信没有人会抱怨和后悔，因为我们在这所全国最好的军校里学到的每一样知识，在这片土地上贡献的每一滴汗水，都将被赋予神圣的意义。操场雕像上镌刻的那些校友前辈，都是过去六十年为祖国的崛起做出过毫无保留的牺牲的勇士，他们的英灵震慑整个校园，他们的贡献福泽神州大地，我们将一直受到前辈们的督促，努力学习、刻苦训练。在我们求学期间，我们将始终牢记，我们付出的努力，是为了身后的祖国和我们所爱的人。”俞风城的目光再次移向了白新羽，“我们是枪，是盾，是防线；我们要把自己磨炼得更强，更硬，更坚实。这，就是我们站在这里的意义！”

整个操场响起了雷鸣般的掌声，持久不衰。

白新羽被那掌声震得心脏直发颤，隔着半个操场，他和俞风城的目光在空气中碰撞，此起彼伏的掌声也成了天外之音，俞风城的眼神如燃烧的火焰，将他的战意点着了。

燕少榛推了推他：“喂，傻了？”

白新羽回过神来，发现俞风城已经离开主席台了。他恍惚地说：“哦，他说完了？我们走吧。”

冯东元还在鼓掌，他满脸骄傲地说：“风城说得真好，不愧是咱们三连三班的。”

三人走出观众席，白新羽一直没有说话，他的心脏到现在还在怦怦乱跳。

冯东元道：“我得回学校了，新羽，我确定课表之后，再告诉你我兼职的时间。”

燕少榛看了看表："我去你们学校附近办事，一起走吧……"他看了看还在愣神的白新羽，"新羽，你没事吧？"

白新羽笑道："没事。大热天的让你们陪我来，下次请你们吃饭啊。"

燕少榛拍了拍他的头发："客气什么。"

两人走后，白新羽站在操场外围，看着正在分批解散的学生们，那成片成片的绿色迷彩服，让他恍然间觉得自己回到了雪山上的新兵营，当年他是不是也是这样一脸懵懂青涩呢？真怀念在部队的点滴啊。

他感叹了一声，往校园外走去。刚走了没多远，就听到身后有人叫他，他回头一看，居然是霍洁。

霍洁道："真巧，人这么多，还是碰到你了。"

白新羽客气地笑了笑："阿姨好。"

"司机送风城去宿舍了，我现在就要过去，你要不要也去看看？"

白新羽摇摇头："我还有事，先走了。"

霍洁淡笑道："前天我和你妈妈去逛商场了。"

白新羽怔了怔："嗯，我妈说了……"他心里有一丝戒备，但又觉得万一是自己想多了，是对长辈不敬。

"你妈妈跟我说，平时最常陪她逛街购物的是你，你会帮她拎包、挑衣服、搭配，逛累了还带她去按摩。"霍洁笑了笑，"很少有男孩子像你这么贴心的。"

白新羽笑道："陪自己的妈妈是应该的嘛。"

霍洁轻轻一叹："要是我能生二胎，真想要个女孩儿，儿子真是十有八九不贴心，风城别说陪我逛街了，不在家的时候，有时候都要我催着才想起来往家里打电话。"

白新羽微讪，不知道怎么接话。

霍洁慈祥地说："你和风城还是朋友吧？真希望你们多接触接触，让他能跟你学学。"

白新羽点点头："阿姨，我们共勉。"

"你们都是好孩子，风城，你，还有你们那些战友，都是好孩子。"霍洁笑着说，"我是军人，我弟弟是军人，我嫁的人是军人，我的儿子也是军人，军魂刻在我们家每一个人的骨血里，我只要一眼，就能看出一个人是不是合格的军人。"她温和而坚定地注视着白新羽，"你就是一个合格的军人，哪怕你已经离开部队一年，但你的心从来没有变过。"

白新羽怔怔地望着霍洁，心头震撼的同时，也有些不解她为什么与自己说这些。

"我知道，风城都跟我说了，你受的伤，对家人造成很大的伤害，所以你想回猎豹大队，却无法向家人开口，我理解你的为难。"

白新羽轻叹一声："阿姨，您是母亲，应该是能理解我妈妈。"

"我能理解，但我和你妈妈不同，我想，我比她坚强。所以，我与她交朋友，你不用有什么心理负担，我绝不会劝她放你走，我只是希望我自己能够潜移默化地影响她，让她更尊重你自己的选择，身为一个军人的选择。"

白新羽感动地说："谢谢阿姨。"他没想到霍洁的心思这么深，竟是认真地在为他考虑，或许她想用这种方式报答他对她儿子的帮助吧。

看着这个母亲，他突然觉得，也许自己的母亲，并没有自己想得那么脆弱，无论如何，有一天，他都必须要去面对，要去亲口向父母袒露他的心声。

他会拿出在战场上面对敌人的勇气，为自己真正想要的生活而努力争取。

:: THE GROWTH OF A DANDY.
FIGHT ALONGSIDE YOU.

第四十四章 归队

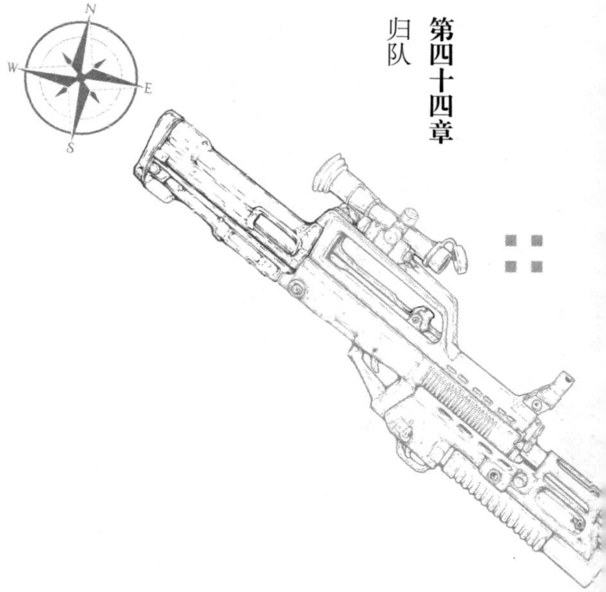

返回停车场时，俞风城的电话打来了，白新羽接起电话："人太多了，你在哪儿？我得回公司了。"

"军校管得严，只有周末能出校园，我现在正往停车场来，你等我一下。"

"你腿那个样就别乱跑了。"

"没事，司机送我。"

白新羽就找了处阴凉等着，不一会儿，司机把俞风城送来了，他不让人扶，坚持拄着拐杖走了过来。

白新羽看着俞风城身穿迷彩服的样子，恍惚间觉得看到了新兵营时的那个俞风城，那个狂妄不羁，有着邪气的笑容，以戏弄他为乐的俞风城，仿佛就在昨天，可如今那双眼睛里已经没有了不加掩饰的调戏和鄙夷，他知道这个人在认真地、平等地看待他。

白新羽有一股想要上去扶俞风城的冲动，他知道，他见惯了行如疾风的俞风城，看不惯俞风城现在这走路都吃力的样子。

俞风城走到他面前，笑着行了个军礼："哥们儿今天帅吗？"

白新羽点点头："帅，不少人找你要电话吧。"

"嗯，回宿舍的路上有好几个，可我才没空搭理这些。"俞风城眨了眨眼睛，"我最爱的是我的枪和我的军装。"

白新羽禁不住调侃："跟你的枪和你的军装过一辈子吧。"

"你现在就回去了？"

"是啊，今天周一，我请假出来的，东元和少榛都是为了参加你的开学典礼特意请的假，这都急匆匆地赶回去了。"

俞风城笑道："谢了。"

"很多事情我要处理好，在我……"白新羽迟疑了一下，才说道，"回部队之前。"

俞风城眼前一亮："你决定回去了？你终于决定了？"

白新羽抓了抓头发，满脸的苦恼："医生说我现在可以归队了，但是暂时不能参加强度高的训练和任务。可是，我还没跟组织说，最重要的是，我没跟我爸妈说。"

俞风城面色也有些凝重："我能理解你父母，我是军人世家，我爸妈都不愿意我去当特种兵，他们也指望我在军校进修两年，能到地方部队做军官，但是我肯定还是要回去的。"

白新羽叹道："我父母就更难接受了，我到现在都没想好怎么开口，我妈肯定会哭，我爸肯定会暴跳如雷……唉，所以我一直在拖着，我想把安保公司的事为我哥和徐总桥接好，到时候……再说吧。"

俞风城拍了拍白新羽的肩膀："你是一个大人，也是一个男人，你父母应该会明白，你要自己选择自己的人生。”

白新羽勉强笑了笑。

“其实你也不必着急。”俞风城低头看了一眼自己的腿，“我在军校要进修两年，不如你在这儿再陪我待两年。”

“你想得美。”白新羽白了他一眼，“我陪你干什么呀，我又不上军校，再待两年我该待废了。”

俞风城笑了：“我知道，那次在博茨的救援，你没打过瘾。那就在猎豹等我回去，我们再一起上战场。”

白新羽眼中燃烧起熊熊的火焰，他咬了咬牙：“对，我觉得那才是属于我的生活，那才是我能一展所长的地方，所以我一定会回去，我们再一起上战场。”

俞风城伸出手，白新羽啪的一声与他击掌，两人用力握住了对方的手，握得生痛，注视着彼此的目光坚毅而果敢。他们是战友，是生死与共的战友，从始至终。

回到家之后，白新羽意外地发现简隋英和李玉来了。

白新羽若无其事地过去打招呼：“哥，李玉，来吃饭啊。”

简隋英臭着脸，爱搭不理地嗯了一声。

李玉道：“上次说好你要给我他小时候的照片的。”

白新羽一拍脑门：“哦哦，我一会儿上去给你找去，你复印完了再给我送回来啊。”

“好。”

李蔚芝端着水果走了过来：“来来，尝尝新下来的龙眼。”

李玉似乎感受到了李蔚芝的眼神，便冲着她微微一笑，礼貌而周到，那张俊脸配上这样的笑容，简直秒杀一切中年妇女。

白新羽心里有些想笑，但没表现出来。

李蔚芝推了推他：“你不是要给他们找相片吗，我陪你去找吧，你这丢三落四的性格，估计也找不着。”

“好啊。”

两人上了楼，李蔚芝顺着书架找起了相册，他把相册拿到桌边，把有简隋英的照片一张张地拿出来。

突然，她发现了一本很新的相册，一看就是刚买的。现在的年轻人很少有用相册存照片的习惯，白新羽也都用电脑存，所以在这些很旧的相册中，这本崭新的相册让她有些好奇，她顺手翻开了，前面全都是白新羽穿着军装在部队的照片，有训练的，有打靶的，有生活的，大部分都是和战友的，尤其与俞风城的合照最多，后面则有些他们当初去大学当教官时学生给照的。

每一张都仔仔细细地塑封了，旁边配着端正的字体，写下照片拍摄的时间和当时的故事。

白新羽头也不回地道：“妈，还找着其他的没有？”

李蔚芝一惊，赶紧把相册插回了书架里，她拿起其他几本：“啊，还……还有。”

“都拿来吧，我一起挑出来。”

李蔚芝又看了一眼那相册，神情很是复杂。

晚上吃饭的时候，几个男人都在聊生意上的事，李蔚芝一言不发，也没人多想。

吃完饭后，简隋英和李玉要走，白新羽出门送他们。

在院子里，一晚上没怎么跟他说话的简隋英，把他拽到了一边：“我听说霍洁现在跟大姨走得挺近的？”

白新羽无奈道：“是啊，我有点尴尬。”

简隋英皱眉道：“这一家人真挺奇怪的，她想干吗呀？感谢你啊？”

李玉忍不住扑哧一笑。

白新羽想了想：“可能有这层意思吧，她还跟我说过，说……说她知道我想回部队，她也想帮我，她不会直接劝我妈，但是想用自己影响和改变我妈的看法。”

简隋英啧了一声：“怎么这么爱多管闲事啊，跟她儿子一样烦人！”

白新羽赔笑道：“算了哥，不用在意这个，我妈嘛，她姐妹多的是，其实也没什么大不了的。”

“她凭什么觉得让别人家的儿子去过那么危险的生活是好事儿啊，她自己儿子都管不好。”简隋英越说越生气，“我让我爷爷出面，直接找他们家老爷子去，我不信没人治得了这家人了。”

白新羽神情尴尬不已：“哥你别为这种事儿惊动他老人家，多丢人啊，还是让我自己解决吧。”

“你已经越解决越糊成一锅粥了。”

白新羽正色道：“哥，我是说真的，这件事你以后别再费心了，我大了，让我自己处理吧，好吗？”

简隋英定定地看着他，脸上阴晴不定。

白新羽撒娇地一笑：“哥，我知道你管我管习惯了，但你应该也明白，有些事你帮不了我，我总得自己去面对。我这辈子最骄傲的就是有你这么牛的表哥，我希望你一辈子都关心我，就像我一辈子都关心你。但是我知道，你愿意要我的关心，而不想让我操心，我对你，也是一样的，我长大了。”

简隋英定定地望着白新羽，一时有些出神。哪怕如今的白新羽已经能拿狙击枪爆人的头，可在他心里，他的弟弟始终不会长大，还是那个需要他保护的小男孩儿。

可白新羽毕竟已经是一个男人了，自己该让他去做一个男人。

简隋英长嘘一口气，心里虽然已经接受了，但嘴上依然不饶人："这可是你说的，以后可别来求我。"

白新羽笑嘻嘻地说："不嘛，我有事儿没事儿还要去烦你。"

"滚。"简隋英开门上了车。

白新羽扒着车窗："哥，明天我们去钓鱼吧，好不好？"

"不好，松开。"

"我们去钓鱼嘛，就咱们俩，不带李玉。"

李玉挑了挑眉。

简隋英不耐烦道："赶紧松手。"

白新羽不依不饶，恨不得晃尾巴："哥，去钓鱼嘛，咱们俩好久没单独出去玩儿了。"

简隋英烦躁道："行了行了，知道了。"

白新羽松了口气，他哥是世界上最容易惹毛的，但有时候也是最好哄的。

把简隋英送走后，白新羽回了屋里。保姆正在收拾碗筷，白新羽道："我妈呢？"往常这个时候应该开始看肥皂剧了。

保姆道："上你房间去了。"

"我房间？"白新羽有些奇怪，径直上了楼。

推开房门，他看到他妈坐在书桌前，面前放着一本厚厚的相册，低着头，一言不发。

白新羽一开始没反应过来，觉得那相册有点眼熟，随后才发现那是他记录部队生活的相册。

李蔚芝抬起头来，眼圈发红，定定地看着他，眼神里满是不安和难过。

"妈，你这是怎么了？！"

李蔚芝轻轻啜泣着，却没有说话。

白新羽一下子心疼起来，他走过去握住她的手："妈，你到底怎么了？这些照片……"

李蔚芝颤声道："你实话告诉妈妈，你是不是想回部队？"

白新羽僵住了，面色微变，不知道如何接这话头。

这简直就是默认了，李蔚芝又气又急，抬手就想扇他，可手举起来又舍不得了，就那么顿在了半空中。

白新羽抓住她的手，用力往自己脸上打了一耳光，他重重道：“妈，对不起。”他不敢看自己母亲伤心的眼神，那眼神太让他难过了。

李蔚芝小声啜泣起来：“都一年了，你为什么还没死心。我心里一直害怕、一直害怕，就怕你心里还惦记着部队，我见你不说，我也不敢问，可是你现在伤好了，你到底打算什么时候跟我说，还是你不打算说了，你也不打算回去了？”

白新羽默默把相册合上了，尽管那是他最珍贵的回忆，但对于他的父母来说，只是不愿意让他涉足的危险。

他低声道：“妈，我一直不敢跟你开口，就是怕你伤心。”

李蔚芝抹了抹眼泪：“你怕我伤心？你怕我伤心，现在就发誓，你这辈子都不回部队！”

白新羽深深蹙起眉，脸上满是为难和愧疚。

“你说话啊！”李蔚芝抽泣道，“如果你要回去，我宁愿你跟以前一样，起码那时候你健健康康的在我们身边，你不是喜欢玩儿吗，不是喜欢赌吗，不是喜欢交女朋友吗，你去……”

“妈，”白新羽哽咽着，“你真的希望我回到从前那样吗？”

李蔚芝捂住了眼睛，小声啜泣着。

“妈，以前的我就是个无所事事的废人，我自己回想起来，都瞧不起那时候的我。我从来没有做过让自己骄傲的事，从来没有承担过身为男人的责任，从来没有尽过为人子女的孝道，我二十多岁了，还要靠父母养着，还让你们为我操心、为我担忧、为我在人前抬不起头来。”白新羽吸了吸鼻子，“妈妈真的想要那样的儿子吗？”

李蔚芝摇了摇头：“你现在是变得很好，比以前好很多很多，可是，可是如果我没有了儿子，儿子再好又有什么用！”

“妈，我们的任务不全都是那么危险的，我也很惜命，我肯定会保护好自己，我还有那么多厉害的战友。”

“你拿这种话骗小孩子吗？”李蔚芝怒道，“你们受伤、致残，甚至是送命，都是家常便饭了，如果你回去了，我每天都要为你提心吊胆，你让我怎么活？”

“妈，那是我的理想、我的骄傲。我不想庸庸碌碌地活着，我想活成让自己看得起的模样。身为猎豹的一员，我觉得光荣、觉得自豪，我在那里有归属感，我做的每一件事，都是为了保护你，以及和你一样的千千万万个普通百姓。”

“我不听这些！”李蔚芝厉声道，“我的儿子就是不能去冒险！”

白新羽含泪道：“如果我不去做，别人也不去做，那谁来做呢？”

“我不管，你只想着自己的理想，你想过你爸妈没有？我和你爸头发都白了，你要是出事了，不是要我们的命吗！”

白新羽心里揪痛不已，他张了张嘴，却无法反驳。他没有办法弱化特种军人的危险性，保家卫国是他们的使命，与坏人作斗争是他们的任务，没有牺牲，哪里来的和平，身为军人，这是他早就有的心理准备。

可他不能强迫深爱他的父母去理解这一点。他真的要为了自己的理想，让自己最爱的人整日为了他担惊受怕吗？那岂不是太自私了。

白新羽低下了头，小声道："俞风城，和我一样，但是霍阿姨她……"

"霍洁？霍洁全家都是军人！"李蔚芝瞪着他，"她自己也是军人，她当然能接受。可我不信，身为一个母亲，她不担心自己儿子的安危，她只是尽力地去识大体，我不在乎什么识大体，我只在乎我的儿子！"

白新羽黯然道："妈，你说得对，我也不想让你们为我担忧，我……"

李蔚芝闭了闭眼睛："我现在真不知道该不该后悔送你去部队，虽然你确实变好了，可你、你矫枉过正！新羽，你爸要是知道了，你看他不打死你！"

白新羽感到心脏直往下沉，他蹲在他妈腿边，轻声道："妈妈，你别生气了，其实我现在特别迷茫，很多时候我都不知道该怎么办，你要是生气，我就更难过了。"

李蔚芝看着他眼底那一丝委屈和哀求，心里难受极了。她摸着白新羽的肩头，那曾经瘦削的肩膀，如今壮实到她一只手都握不住。她总是忍不住把儿子当成孩子，可她也比谁都清楚，儿子早已经成长了，长成了一个可靠的、有担当的男人。她越来越无法影响他的决定，这让她恐慌，就好像看着自己的儿子正在远去，她却无法抓住。

白新羽把脑袋歪在李蔚芝的膝上，喃喃道："妈妈，给我点时间……给我点时间，让我做决定。"

李蔚芝叹息一声，脸上满是愁色。

白新羽躺在床上，怔愣地看着天花板。自他妈走后，好长的时间，他就保持着这个姿势一动不动，他脑子里一片空白，几乎什么都没想过去，他觉得自己的生活已经乱成了一个线团，他至今没找到解开的方式。

窗外下起了瓢泼大雨，伴随着轰隆隆的雷鸣，他的心就跟这天气一样阴沉。

也不知道几点，他的电话响了，他拿过来一看，发现是俞风城打来的。他盯着来电显示的名字看了两秒，接通了电话，放在耳边，却不知道说什么，在他感到无比疲倦的此刻，他也许……仅仅是想听听俞风城的声音。

"新羽，还没睡吧？"俞风城磁性的嗓音钻进鼓膜，"今天一天真是累死我了，从白天到现在我都没闲着，现在才有时间给你打电话。"

白新羽嗯了一声。

“对了，我今天把复健的时间表确定下来了，有了医院证明，我需要复健的时候可以不用请假就能离开学校，这样咱们还能抽空去吃饭喝酒。”

“那挺好啊，不然你都不好出校园。”白新羽的声音听上去很平静，却透着难掩的疲倦。

“新羽，你怎么了？你声音听着不大对劲儿啊。”

“唉，也没什么。”

“到底怎么了，说来听听，或许我能帮你。”

“我妈今天看到了我在部队的那个相册，她就问我，是不是还想回去。”白新羽苦笑道，“我不想撒谎，我真的想面对了，可是她哭得很伤心，我真的……我不知道该怎么办。”

俞风城叹了一声：“我能想象。其实我爸妈也不愿意我去猎豹大队，他们希望我去读军校，将来当军官，分配到地方。人都有私心，谁愿意自己的儿子上前线呢。”

“那你是怎么说服他们的？”

“我啊，我行我素惯了，他们也管不了。再说我是军人世家，他们接受度比较高。你妈妈只是一个普通的母亲，她不同意也是情有可原。”

“我知道，我都知道，所以我为难。”白新羽闭上了眼睛，“如果离开了部队，我该干什么呢，做生意吗？”

“你不是在做那个安保公司吗？”

“那是我的一个想法，但具体经营得由我哥来，反正他投资很多项目，也不差这一个，我想着，有一天我退伍了，可以去接着干，但我现在还年轻，我费尽千辛万苦进了猎豹大队，成了一名合格的队员，才待了不到一年就因伤退出，我不甘心，我特别特别不甘心。”

“我明白，我也要回去，在那里，我们能发挥自己最大的价值。”

白新羽苦笑一声：“我前半辈子，就是个烂泥扶不上墙的窝囊废，我在部队学到了进取，学到了尊严，学到了责任，学到了奋发图强，还有牺牲与奉献，我放不下这些，至少现在放不下。”

“你要不要……我妈去劝劝阿姨？”

“算了吧，我好好想想，我现在脑子很乱。”

“新羽……”俞风城的声音戛然而止。

白新羽看了看手机，发现没电了，他失望地将手机扔到一边，在床上翻滚了几圈，只觉得头痛欲裂。

他连衣服都没脱，不知不觉就睡着了。

也不知道过了多久，半梦半醒间，他突然听到什么东西敲击玻璃的声音，他睁开浮肿惺忪的眼睛，以为自己出现了幻觉。

突然，窗外叮的一声响，窗户跟着震了震，白新羽一个激灵从床上跳了起来，离开部队一年多，他的警惕性下降了，但他还是很快清醒过来。

他悄悄拉开窗帘，窗外依然雨雾弥漫，漆黑一片，他隐约看到他家围墙外面的路灯下站着一个人影，那人影原本应该隐没在雨夜里，极难发现，可偏偏那个人腿上打着刺眼的白色石膏。

那一瞬间，白新羽浑身一抖，他毫不犹豫地转身冲下楼，拿起一把伞就开门出去了。

外面的雨下得非常大，每次下雨的时候，白新羽都能想起他们专挑大雨天训练时候的场景，那冰冷的雨点子打在皮肤上，跟针刺一样地疼。现在已是秋季，夜晚的北方非常阴冷，他不知道俞风城在雨里等了多久……

白新羽打开大门，站在路灯下的人抬起头来，他单手撑着伞，另一只手还要拄着拐杖，那伞被风雨打得直摇晃，雨水斜飞入伞底，打湿了衣衫。

白新羽快步走了过去："你搞什么啊，下这么大雨你跑出来干什么！"

"你突然挂了电话就关机，我担心你啊。"俞风城的嗓门儿比他还高。

"我手机没电了，你担心我什么啊，我能上吊啊！"白新羽扶着俞风城往他家走，直走到了屋檐下，"我可真服了你了，你是不是一点儿都没有身为伤员的自觉？"

俞风城拍了拍衣服上的水珠："我又不是瘫痪。"

"石膏该进水了！"白新羽蹲下来，用袖子擦着俞风城腿上的石膏，"我去，我真的想揍你，你就不能好好养伤吗？"

"我不是担心你嘛。"俞风城没好气地说。

白新羽埋着头，小声嘟囔道："谁要你担心。"嘴上这样说着，可鼻头却是一酸，竟有种想要落泪的冲动。

俞风城哑声道："你哭了吗？"

白新羽用力擦着石膏，沉默了。

俞风城伸手摸了摸他的头："别哭，有我在呢，不管什么难题，我陪你一起面对。以前是，现在是，以后也是。"

白新羽心头颤动，眼泪差点落了下来，他偷偷抹了抹眼睛，硬是给憋了回去，他站起身："我没事儿，就是有点郁闷，也不值得你大老远跑过来。"

俞风城打了个喷嚏，然后直勾勾地盯着他："真没事儿？"

白新羽尴尬地甩了甩脑袋："我送你去医院，你石膏里可能进水了，而且这么冷，你该感冒了。"

"没进水，进水我能感觉到，这么冷你还不让我进屋。"

白新羽佯怒道：“不行，我不放心，我送你去医院检查一下。”

“我不想去。”俞风城心虚地小声说。

“你是不是真想当瘸子？”白新羽边说边打开门，“等我，我去开车，不许任性。”

他去楼上拿了钱包和钥匙，开车载着俞风城往医院赶去。

俞风城在车上就有点发烧的迹象，他斜靠在副驾驶座位上，静静地看着窗外，不知道在想什么。

白新羽问道：“你在我家外面站多久了？”

“没多久。”

“你就不会早点叫醒我？”

“你睡得跟猪一样，我怕把你窗户砸了。”俞风城说完笑了起来。

白新羽也忍不住乐了：“你不是牛吗，你不是全团攀岩第一吗，怎么不爬上来？”

“你等我伤好，你哥那个办公大楼我都敢爬。”

“去你的。”

两人你来我往地拌着嘴，互相吹起了当年的牛。

把俞风城送到医院后，白新羽去办手续了，等把该办的都办完，他回到病房，发现俞风城已经睡着了，只是他悄悄关门的时候，俞风城立刻就醒了。

白新羽道：“你睡吧。”

俞风城朝他招了招手。

白新羽犹豫了一下，坐了过去，看着俞风城烧得绯红的脸颊，他忍不住讽刺道：“你真该办个医院 VIP 卡，攒够积分能免费来灌个肠什么的。”

俞风城咧嘴笑了笑：“我给你攒着。”

白新羽看了看表：“天快亮了，我要回去了。”

俞风城抓住他：“别走，你陪陪我。”

“我陪你干吗啊，给你讲故事啊？”

“讲故事也行。”

“大半夜的我还要睡觉呢大哥！”白新羽敲了敲俞风城的石膏，威胁道，“你这回老实点，知道吗，再这样乱跑我真揍你了。”

俞风城耸耸肩。

白新羽搓了搓手，低着头，说道：“俞风城，谢谢你。”

“嗯？”

“谢谢你安慰我，还有……支持我，我心里好受多了。”

俞风城笑了：“跟我客气什么，我们可是战友。”

一句“战友”，仿佛什么都足够了。

白新羽笑着点点头，站起身："那你好好休息吧，我先回去了。"

俞风城朝他挥了挥手。

白新羽走到门口，又转过身，指着他道："我再一次郑重警告你，你再拖着这条瘸腿到处乱跑，我就向组织上告你的状， 并且再也不跟你喝酒了。"

俞风城打了个军礼，调侃道："遵命，领导。"

白新羽咧嘴一笑，转身走了。

:: THE GROWTH OF A DANDY.

FIGHT ALONGSIDE YOU.

第四十五章

我们一直在等你

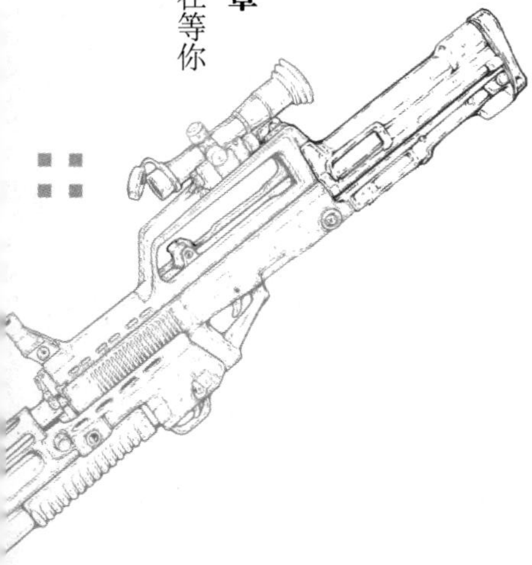

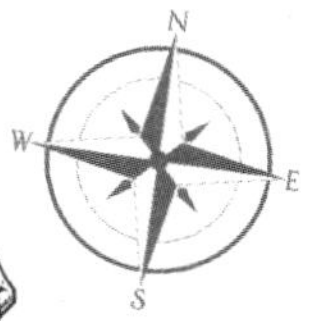

第二天早上，白新羽接到了陈靖的电话，问他什么时候回部队。

霍乔一直在关注着他的复健，最近从 301 医院返回来的结果显示，他的肩膀恢复情况良好，已经可以回部队复职，但他拖着迟迟没有动作。

陈靖的声音十分温和："新羽，上次咱们见面的时候，你说你很想回部队，我也感觉得到你说的是真的，现在是有什么困难吗？"

白新羽苦笑道："班长，你应该能猜到。"

"是你家人不同意，对吧？"

"嗯，我妈反应很激烈，我爸……我都没敢提。"

陈靖轻叹一声："我们都很希望你能回来，你是国家好不容易培养出来的优秀的狙击手，失去你，是猎豹大队的损失。"

这话令白新羽特别窝心："班长，我知道，只是我受伤这件事，给我家人刺激很大，我在想办法做他们的工作，你可不可以再等等我。"

陈靖笑了："新羽，多久我们都愿意等你，只要你愿意回来。"

"我当然愿意回去，我做梦都想回去，我……"白新羽心里难受起来。

陈靖轻声道："咱们猎豹出身的人，胆儿都是生死考验下练出来的，你已经是个真正的男人了，不要害怕说出自己真实的想法。所谓保家卫国，小家是家，大家是国家。如果你放不下父母而选择退役，班长和战友们也百分百地支持你。但如果你骨子里的军魂不灭，你就不要放弃，我相信你的父母会理解你，我和队长也可以亲自去做你父母的工作。"

白新羽吸了吸鼻子："班长，谢谢你，你说话我最爱听了，哪怕以前你骂我我都爱听。"

陈靖笑骂道："别拍马屁了，我以前训你的时候，可真没看出来你爱听我训。"

"班长，东元上大学了，学的财务专业。俞风城也上军校了，虽然现在还瘸着腿，不过不影响上课。我呢，现在虽然有点迷茫，但也从来没放弃过。虽然说这话有点肉麻，但我一直觉得，我们走得这么正、这么好，或多或少，跟我们当初有你这个好班长有关系。"

陈靖扑哧一笑："是挺肉麻的，要不是咱俩隔得远，我还以为你又要找我批假了呢。"

"嘿嘿，我是真这么想的嘛。"白新羽脸上带着微笑，"现在只有你还在前线，冒着生命危险履行军人的职责。班长，你一定要活得好好的，有一天咱们老了，还能坐一起喝酒吹牛，你要当我们一辈子的班长。"

陈靖笑了两声，声音有几分哽咽："你今儿怎么了，这话说得，我当然会是你们一辈子的班长。"

“你不知道吗，长得好看的人都感情丰富，我这是天性，没办法。”

陈靖哈哈笑了起来。

“班长，你再等等我，一定要等我。”

“好，我等你回来！”

白新羽到公司的时候，怀里揣着一封辞职信。

按理说他是走后门儿进来的，老板就是自己表哥，打个招呼就得了。但他在部队里学到的第一样东西，就是纪律，别人要遵守的制度，他也一样严格遵守，所以他写好了辞职信，抱着一种破釜沉舟的心态，打算先辞职，然后再求求他哥去当说客。

他一进办公室，简隋英就发现了不对劲儿:“你这脸上写着‘愁’字呢，怎么了？”

白新羽坐在沙发上，小声说：“我妈……发现我想回部队了。”

简隋英挑了挑眉，哼了一声：“这不是早晚的？”

白新羽苦笑道：“是啊，早晚的。”

“你爸呢？”

“还不知道。”

简隋英瞥了他一眼，讽刺道：“别找我给你求情，你自己说的，你长大了，你是男人了，你要自己解决。”

白新羽可怜兮兮地看着他：“哥，我说自己解决的，是俞风城那事儿，不是我要回部队的事儿，这个，你真不帮我啊？”

“不帮。”

“那我要是摊牌了，我爸要打死我呢，你也不管啊？”

“不管。”

“你不会不管我的。”

“你脸皮怎么这么厚，你不是要自己解决吗？你解决出什么了？”

白新羽眨巴着眼睛：“哥，我知道你肯定会生气，但是我上次跟你说了，我、我还是想回去。”

简隋英眯起眼睛，忍着怒火道：“我生什么气，你生儿子又不跟我姓，你白家绝后了跟我有什么关系。”

白新羽抱住脑袋，用力搓了搓头发，声音有一丝无奈和沙哑：“哥，我知道你关心我，你和我爸妈都是为我好，但是我觉得猎豹需要我，人民也需要我。当兵是苦、是危险，可如果我不去做，谁去呢？总得有人去吧，那为什么不能是我呢？”

“为什么就非要是你呢？”

“也许这就是我的命呢。”白新羽眼中浮现神往之色，“也许我过去二十几年那副烂泥扶不上墙的样子，就是为了让我去部队里找到自己，找到目标，找到要为之奋斗的理想，现在我找到了，我实在放不下。”

简隋英想从手边抓东西扔他，却没找到合适的，最后重重一拍桌子：“滚去跟你爹妈说去。”

白新羽眼圈有些泛红，他站起身，将那封辞职信放到了桌上，郑重地说：“哥，谢谢你，不管什么时候，我知道你都是为我好。”

简隋英扭过头去，不再说话。

白新羽抿了抿唇，转身要走。

当他走到门口的时候，简隋英突然叫道：“新羽。”

“哎。”

简隋英看着窗外，只有微微滚动的喉结泄露了他的担忧：“你一定要给我保护好自己，不然我饶不了你。”

白新羽双腿一并，用力行了个军礼：“是。”

离开公司后，白新羽的手机响了起来，他拿起来一看，是俞风城打来的，他调整了一下情绪：“喂？”

“小白吗？”

白新羽一愣，是霍洁的声音：“阿姨，是我。”

“哦，我在医院呢，风城他烧退了，腿也没大碍，就是石膏里进了点雨水，还好没感染。”

白新羽松了口气：“那就好。”

“昨晚谢谢你送他来医院，他又给你添麻烦了。”

“没什么，他又乱跑了，我也说他了。”

霍洁笑道：“可不是，我狠狠训了他一顿。唉，这么大的人了，还是不让人省心，幸亏有你照应他。”

“阿姨客气了，我们是战友，都是应该的。”白新羽每次跟她说话都有种不知所措的感觉，按理他也不该怕一个女人啊，可他就是有种气势上被压制的感觉，明明霍洁一点儿也不凶。

“你今天还来看他吗？我打算晚上就送他回学校了。”

“行，我现在就去。”他掉转方向盘，驱车往医院开去。

到了医院，白新羽推开病房，发现俞风城正在吃饭。

俞风城看到他，眼前一亮，扬了扬下巴：“哟，又来看我啊。”

“你妈给我打电话，说你晚上回学校，所以我就来看看。”他坐到床前，“她人呢？”

“她跟我爸晚上有饭局。”俞风城笑道，“我没事儿。”

“就你那么个‘作法’，没事儿才怪了。”白新羽指着他，语带危险，“咱俩说好了啊，你再这样胡闹，以后我就不来看你了。”

“知道了。”俞风城说完就笑了。

白新羽白了他一眼，看了看那饭菜：“还有没有？我也饿了。”

“不好吃，你吃吧。”

“不好吃你给我吃？！”

“我吃了这么长时间医院的饭了，实在腻了，你要是尝着新鲜，其实也还行。”俞风城把盒饭塞到他手里。

白新羽也不挑，张嘴扒了好几口，风卷残云地把饭吃了。

“你怎么饿成这样，中午没吃饭啊？”

“啊，从早上到现在都没吃。”白新羽咽下嘴里的饭菜，“早上我去公司，把辞职信交了，然后这不就来看你了。晚上回家，打算跟我爸妈认真谈一谈我回部队的事儿。”

“你先别，我给你想了两个主意。”

“什么主意？”

“一个，是让队长来做工作。领导亲自来做工作，比较合理。”

“嗯，今天班长给我打电话也这么说的，但我想先跟他们谈谈，如果实在不行再说。”

“好，第二个。”俞风城朝白新羽眨了眨眼睛，“我爸想请你们全家吃个饭。”

“啊？”

“你放心，不会刻意去劝你爸妈的，但是会用曲线救国的办法，让你爸妈觉得当兵挺好的，从心理上让他们放松一些，这样你再去谈，事半功倍。”

白新羽想了想：“有道理，行啊俞风城，你总算给我出了个好主意。”

俞风城挑了挑眉：“你什么意思？我给你出过馊主意吗？我什么时候不是为了你好了。”

“可拉倒吧，你在部队的时候，可没少整我。”白新羽拍着他的石膏，“嘿嘿，现在落我手里了，我现在想收拾你太简单了。”

俞风城被他那小人得志的模样逗笑了：“白新羽同志啊，有时候我觉得，你真是傻得可爱，想什么都藏不住。”

白新羽嘁了一声：“少瞧不起人了。我可比你大。”

“智商这个东西，不分年龄的。”

白新羽作势要捶石膏。

俞风城一抱拳：“我错了，大侠。”

两人嬉闹起来，就像从前在部队一样。

几天之后，俞晨光请他们全家吃饭。

白新羽的爸妈都有点激动，毕竟是首长，这样层次的人不是平日能随意接触到的，因此都很重视。

他们一家三口明明已经早到了十分钟，但一进包厢，却发现俞家三口已经在里面坐着了。

俞晨光朝白新羽招了招手："哟，小白，看着比上次更精神了啊。"

白新羽不自觉地挺直腰板，朝他敬了个礼："首长好。"

"别客气，坐。"俞晨光指了指自己儿子，"平时在外面，我们大人吃饭都让他们晚辈站着的，今天破例赐你个座吧。"

俞风城笑道："哎哟，谢谢您老了。"

俞晨光瞥了瞥他："腿恢复得怎么样了？"

"恢复得挺好，再过三个月还能爬你窗户偷你枪玩儿。"

俞晨光打了下他后脑勺，笑骂道："没摔死你。"

白家三口看得一愣一愣的。

霍洁温和地笑笑："来，介绍一下，我跟新羽还有新羽的妈妈早就认识了，白总倒是第一次见。"

"客气了，首长好，夫人好。"白庆民笑道，"可别叫我白总，直接叫名字就行了。"

长辈们忙着寒暄，白新羽看了俞风城一眼，略有些紧张。俞风城朝他眨了眨眼睛。

俞晨光说道："其实这顿饭早就该请了，是我儿子不让，说怕小白尴尬。但小白在战场上救了风城，这件事我们家肯定会记一辈子。"

白庆民夫妻连连客套。

"这俩孩子也是有缘，一起从一个连队进了猎豹大队，现在又一前一后负伤。风城呢，要在军校进修两年，顺便养伤。小白伤好了，马上要回部队报到了，这顿饭再不请，就不知道什么时候能请上了。"

听到"回部队报到"几个字，白庆民僵硬地看向白新羽，李蔚芝则脸色微变，紧抿住了唇。

白新羽装作没看见，目光一直望着俞晨光。

俞晨光并非没发现白庆民夫妻的异样，他自顾自地说道："白总啊，你们真是养了一个好儿子。我们家是军人世家，一生以保家卫国为最高荣耀，所以我儿子从军，为国家抛头颅、洒热血，都是应该的、必然的。但你们只是寻常人家，你这个儿子，从小娇生惯养，肯定是你们的心头肉，你们却有这么高的觉悟，将他送进部队，让他成为一名光荣的战士，我觉得这不是他一个人的升华，是你们一家人的升华。来，我代表部队，代表人民，敬你们夫妻一杯。”

白庆民夫妇尴尬得不知如何是好，只得举杯，一桌人纷纷举杯相碰。

白新羽悄悄观察着他爸妈的表情，心里也有些不忍。正如陈靖所说，小家是家，大家是国家，没有大家何来的小家，身为男人，他必须在孝与义之间做出选择。

白庆民嗫嚅着说：“这个，新羽他在部队改变是很大，我们也很欣慰，但是自从他受伤之后，我们实在担心他，所以……”

“唉，为人父母，哪能不担心自己的儿子呢。”霍洁接过话头，“我不仅担心自己的儿子，还担心自己的弟弟，我既是军人，也是军人家属，所以我才更明白，身为军人家属，能做出这样高觉悟的、无私的决定，有多么难得，多么令人敬佩。”

白庆民张了张嘴，却有些开不了口。

俞晨光道：“小白也跟我儿子说过好多次，要一起回猎豹服役，他在康复期间那可真是玩命地努力，给风城树立了非常好的榜样，等过几年，他们多立几项军功，再转到地方当军官，前途无量啊。”

“前途无量”这四个字，终于让白庆民眼前亮了亮，他迟疑道：“真的？”

俞晨光淡笑道：“这个白总一点都不用担心，小白这么优秀，又立过军功，正是我们需要提拔的年轻军官。”

白庆民闷头喝了口水，思索着什么。

白新羽心里燃起了一丝希望，他爸是个生意人，同时身为父亲，哪个不希望儿子有个好前程。俞将军真是厉害，先吹捧一番，再不着痕迹地分析利弊，果然把他爸说动了，他不禁感慨姜还是老的辣呀。

一直没说话的俞风城，朝白新羽抛去一个邀功的眼神。

白新羽掏出手机，给俞风城发了条微信：克制，别让我爸妈看出来。

俞风城也快速回道：放心吧。

这顿饭吃得十分和谐而热闹，俞家父子俩似乎爱好互相拆台，嘴刀子飞来飞去，不亦乐乎。俞晨光夫妻一搭一唱地给白庆民戴高帽子，然后话里话外透露出当军官有多好，哄得白庆民一愣一愣的。

回家的路上，白庆民一言未发，白新羽在前面开车，时不时从后视镜偷瞄他沉默的父母，心里清楚，回到家之后，免不了一场家庭战争，但这是他最后的机会了，他必须争取。

到了家，白庆民沉着脸对白新羽说：“你先别上楼，坐下。”

白新羽规矩地坐在了沙发上。

“说，今天这是不是你攒好的局？”

白新羽笑道：“爸，人家那是首长，我多大的面子啊，别开玩笑了。”

“你少跟我嬉皮笑脸的！”白庆民怒道。

白新羽一秒钟正襟危坐：“爸，真不是，我连跟他说话都紧张，他一直想当面谢谢我和咱们全家，我让俞风城给拦住了，他是首长，我是小兵，我真的不敢。这回是实在躲不过去了……”他看了他妈一眼，“而且最近妈跟霍阿姨走得也近。”

“你是在怪我吗？”李蔚芝有些激动，“我不想让我儿子去送死，我也有错了？”

“妈妈，我没那个意思。”白新羽哄道。

白庆民瞪着自己的儿子：“你是不是真的想回去？”

白新羽正色道：“是，我想回部队。”

白庆民抬起手，狠狠给了白新羽一记耳光。

白新羽眼都没眨一下，他觉得他爸打得太轻了。记忆中能让他疼得嗷嗷叫的铁掌，如今还比不上他们练搏击时战友打在他身上的拳头重，他的父亲，真的老了。

这一巴掌不足以抵消他心头的愧疚，他真希望他爸能打得更重一些，否则他都没勇气抬头看他爸。但他还是咬着牙，继续说道：“应该说，我从来都没想过离开，我那么努力地配合治疗、复健，都是为了能重新拿起枪。”

白庆民紧紧握着拳头，怒瞪着白新羽，最后，那只手无力地垂了下来。夫妻俩对视了一眼，表情又难过又失望，且充满了疲倦。

白新羽的心也跟着揪痛了，他沉声道：“爸，妈，对不起。我知道你们不愿意我去冒险，但儿子长大了，想要自己选择自己的人生。我是军人，我不能因为怕死而离开战场。”

白庆民重重叹了一口气：“你妈早就跟我说过了，我想让你冷静一下，也许你会放弃，所以就装作不知道，可我也猜到了……你从来没想过放弃。”

李蔚芝的眼圈红了。

白新羽哽咽道：“爸，妈，对不起，儿子不孝，对不起。”

“我们不管你了。”白庆民别过了脸，低声说，“你长大了，我们也管不了了。”

“爸……”

“我只要你记住，你不仅仅是军人，还是儿子，是我们唯一的儿子，当你去执行任务的时候，你想想我们。”

白新羽鼻腔酸涩，扑通一声跪在了地上：“爸，妈，儿子发誓，一定会好好地活着，我要保卫国家，也要守护我们的小家。”

李蔚芝抹着泪，小声啜泣起来。

白庆民摆了摆手，站起身走了，他的背影似乎一下子苍老了许多。

白新羽的眼泪簌簌地往下落，满心的愧疚与矛盾。

李蔚芝凑过来，摸了摸白新羽的脸颊："疼吗？"

白新羽摇摇头，用脸颊蹭着那只温暖的手："不疼。"

李蔚芝哭道："宝贝啊，妈妈真的放心不下你，可你长大了，妈妈不能勉强把你留在身边，让你余生都在后悔中度过。"

"妈，对不起。"白新羽抱住了母亲，呜咽道，"对不起，我一定会回来的，我会好好回来的！"

母子俩拥抱着哭了出来，这份无条件的爱与不舍是白新羽一生最大的羁绊。

他发誓要带着这份羁绊，好好地为国效力，然后，好好地回家。

白新羽打了申请，决定下个月返回边疆，正式归队。

临行前，简隋英要带他去农家乐玩儿，他顺道叫上了俞风城。

上次说好和简隋英去钓鱼，结果两人都忙，一直都耽搁了，现在他快要回猎豹大队了，再不去，也不知道下次什么时候能再见面。

不过，打算叫俞风城之前，白新羽还是打电话问了一下简隋英，毕竟他知道简隋英不太待见他这个战友。

没想到简隋英二话不说就答应了："去呗，为什么不去，那小子现在不是瘸着吗，我正好教育教育他。"

白新羽想起在乌市的时候，自己发烧了俞风城待在宾馆不肯走，后来也好几次把简隋英堵得有气没处撒，他哥可不是个心胸宽广的人，原来一直憋着要报复呢。

白新羽有点幸灾乐祸，但还是"好心好意"地给俞风城打电话说了一下，让他有个心理准备："你要是不敢来就别来了，没事儿，我不笑话你。"

俞风城低笑道："我会怕你哥？太小瞧我了吧，说去就去，谁不去谁是孙子。"

白新羽哼笑道："有你这话我就放心了。"

他们驾车去了通州的一个农家乐，这里比较偏僻，空气清新，风景怡人，是李玉找的地方。

简隋英一见到俞风城，就开启了嘲讽模式："哟，这腿还能不能好了，可别让我弟弟在部队里还要照顾个瘸子。"

俞风城一点儿不恼："三四个月就能好，明年就能跑能跳了，哥，你放心吧。"

"谁是你哥，别乱叫。"简隋英白了他一眼。

俞风城笑得落落大方："你是新羽的哥，自然也是我哥。"

"少往自己脸上贴金了，我两个弟弟一个浑蛋，一个二百五，你这样的我更看不上。"简隋英抓着白新羽，"走，进屋吃饭去。"

白新羽想把俞风城扶进去，俞风城笑道："没事儿，我有拐杖，你进去吧。"

这农家乐人特别少，他们几乎是包场了，点了几个菜，很快就上了，味道还很不错。

吃饭的时候，简隋英时不时就要挤对俞风城两句，以俞风城那缺德的嘴，真要和简隋英斗起来，白新羽也预料不到是谁胜谁负，不过俞风城特别克制，全程低调，白新羽和李玉在旁边看热闹。简隋英几次拳头打在棉花上，渐渐地觉得没意思，也就不再说了。

下午他们去钓鱼，四个人成绩斐然，尤其以李玉钓得最多。晚上老板帮他们把鱼料理了，有的烤，有的蒸，有的煲汤，有的干脆做鱼生，那鱼又鲜又嫩，实在令人大饱口福。

吃完饭，他们坐在起居室，喝着烧酒，聊着天。他们聊生意，聊安保公司，也聊在部队时候的生活，敞开了说话，简隋英对俞风城的成见也逐渐淡了下去。

聊到深夜，他们各自回房睡觉去了。

俞风城给白新羽发了条微信：来跟我一起睡，咱俩聊聊。

白新羽笑了，回道：带上酒？

俞风城快速回了：带上，没喝够。

白新羽提上一打啤酒，悄悄跑到了俞风城的房间，调侃道："你看看你，腿都这样了还要喝酒，可不能让医生知道。"

"我才不告诉他呢。"俞风城指着床边的位置，"来。"

白新羽打开酒瓶子，递给俞风城一瓶，顺势卧在了床上，靠着软枕，灌了一口清凉的啤酒："呼，好喝，我哥现在不是白酒就是红酒，我都不爱喝，还是啤酒痛快。"

俞风城嘿嘿一笑："要是再配上羊肉串，那就绝了。"

"你也想那家的串儿了吧？还有他家的拉条子也是一绝。哎呀，一说我都馋死了，不过我很快就能吃到了。你呀……"白新羽轻轻踹了踹他的石膏，"还得等两年。"

俞风城也喝了口酒，感慨道："是啊，还有两年。我这腿，两年之后也许能恢复到以前八成的水平。不过我还是挺高兴的，你没事，其他人也没事，就是这条腿真没了我都接受。"

"我不接受。"白新羽拍了拍他的大腿，"我都能重新拿枪，你也得能重新跑起来，我们可是猎豹。"

"你放心，我肯定会尽最大的努力去恢复。"俞风城有些落寞地一笑，"就是……你回去了，我却要暂时留在这里，真希望我们能一起回到猎豹大队，就像以前一样。"

"会的。"白新羽看着俞风城，目光坚定，"我等你。"

俞风城心中一动，抿唇一笑："那你可得全须全尾地等着我，两年之后，咱们还要一起上战场，一起打坏蛋。"

“那当然，小爷肯定生龙活虎的。”

“新羽。”俞风城静静地凝视着白新羽，“当初是我把你带进猎豹大队的，我却没有保护好你，让你受伤了，现在……我又不能在你身边保护你。”

“哎，别说这种话。”

“我是认真的。”俞风城苦笑道，“我觉得我有太多地方对不起你，可能一辈子都还不清了。”

“什么还不还的。”白新羽豪迈一笑，“我以前是矫情过，但我想开了，你也给我想开了，过去的就是过去了，往后日子还长着呢，我等着你回来，咱们继续并肩作战！”

俞风城用力点点头，伸出了拳头：“并肩作战。”

白新羽手握成拳，跟他用力对撞，撞得两人指骨都在生痛，但那种痛，此时却是令他们感到格外安心的力量。

因为他们知道，无论何时，都有战友在等待着他们，守护着他们，他们永远都不会是一个人，永远都有同伴，都有共同的理想和远方。

经过精心的筹划，安保公司项目的前期筹备正式启动了，简隋英出资三千万，占百分之三十的股份，白庆民也代替白新羽占了一点技术股。

有中伟的资金扶持，徐总团队的经验助力，以及俞家的资源和简隋英的管理，公司的前景十分可观。

白新羽临走前，把冯东元放到了前期筹备组里，让他一边上学，一边兼职，未来能成为公司的骨干成员。

确立合作那天，徐总办了一场小型酒会，顺便也给白新羽送行。

白新羽那天穿了一身定制西装，衬得他细腰长腿，干练利落，眉宇间的英气浑然天成。他对着镜子摸着下巴，啧啧两声，感叹道：“太帅了，你说我这脸和身材是怎么长的呢？简直不可思议。”

俞风城忍不住笑了出来。

白新羽夸张地眨了眨眼睛：“你笑什么，你现在看着我是不是忍不住也想夸奖这老天爷巧夺天工？”

俞风城挑眉：“我用我5.2的眼睛仔细看看你，嗯……没看出来。”

白新羽招招手：“来来，凑近点儿看。”

俞风城微跛着走了过去，他往镜子前挺胸一站，近一米九的高大身材衬得白新羽都矮了一点，那修长完美的体态和形如雕塑般棱角分明的俊美脸庞，简直将西装也穿出了军装的气场。

白新羽皱了皱眉，心里有些发酸，嘁了一声。

俞风城笑看着他："你叫我过来干吗？比身高？"

白新羽整了整领带："你看好了啊。"说完猛地抬起了脚，往俞风城的脚上踩去。

俞风城眼皮都没动一下——身体自然也没动。

白新羽的皮鞋横在俞风城的脚背上方，不免无趣道："你也不躲一躲？"

俞风城低笑："有本事你就踩。"

"算了，踩你还浪费我的鞋，我这双鞋可贵了。"白新羽伸手给俞风城整了整领带，"你老人家虽然腿脚不便，但穿着西装还是人模狗样的，说起来，我还是第一次见你穿正装呢。"

"我也是第一次见你穿正装。"俞风城故意上下打量他，"嗯，凑近了看，确实挺帅。"

白新羽嘿嘿一笑，充满期许地说："希望等我下次回来的时候，公司已经开起来了。"

俞风城道："会的，我在这边也会帮你盯着，等开始营业了，第一单我就去现场检查他们的布防能力。"

白新羽哈哈笑道："你别捣乱就行。"

俞风城得意道："我要是捣乱，这公司马上就能歇业了。"

白新羽给俞风城整好了领结，又抻了抻西装的垫肩："成了，走吧，他们都等着呢。"

俞风城定定地看着白新羽："明天你就走了。"

"嗯。"白新羽淡笑道，"明天我就回猎豹了。"

"回去之后，肯定会很忙。"

"肯定啊，我落了一年的训练，队长肯定天天玩命地训我。"白新羽嘿嘿一笑，"我都有点斯德哥尔摩综合征了，居然还有点期待。"

俞风城扑哧一笑："把我的份儿一起训了，我在这里，也一天都不会偷懒。"

"好，就这么说好了。"

俞风城凝视着他："新羽，等我。"

白新羽坚定地说："我等你。"

两人深深地看着对方，那份经历过生死淬炼的情谊，足以穿越空间、时间，贯穿永恒！

白新羽于第二天飞回了边疆，经过一年零三个月的康复训练后，正式回归猎豹大队。

他走后，俞风城和燕少榛、冯东元时常聚会，每次聚会都要跟白新羽、陈靖他们视频，一起喝喝酒、聊聊天，对部队生活的怀念让他们彼此之间有着说不完的话题和磨不灭的情谊。

俞风城的腿恢复得很好，已经可以丢掉拐杖靠自己走路。燕少榛在部队干得有声有色，前途一片大好。

冯东元兼顾工作和课业，成绩依旧拔尖，拿奖学金毫无悬念，大三还可能被保送去国外交流。

除此之外，钱亮打算明年退伍；程旺旺的老婆怀了二胎；武清快要结婚了；许闯升副营了；陈靖升为中队长后表现优秀，被上头一致看好；老沙为了照顾老婆孩子，转去地方团当营长了；霍乔军衔再加一级，仕途坦荡……

所有白新羽关心的这些人，传递给他的都是让他欣慰的好消息，所以即便他们相隔千里，即便他们有的在与穷凶极恶的歹徒搏斗，有的在跟老婆孩子经营温馨的小家庭，但每一个人，都在认真而努力地生活着，并因为曾经那艰苦而热血的岁月，永远牵挂着、祝福着彼此。

两年后。

“快快，那个摆好，扶正了，快！”

“哎呀气球掉了，谁贴的啊！”

“这胶不行，再叫唤把你贴墙上！”

“白新羽你磨叽什么呢，赶紧过来啊，人要到了！”

“我做个头发。”

“你做个屁，你有个屁头发，抓紧了！”

“寸头不算头啊！”

“我看到人了，进来了！”陈靖从阳台上直接翻窗户进了屋，整了整身上的军装，轻咳一声，“列队，立正——”

一屋子人小跑着找到了自己的位置，个个笔挺笔挺地站成了一个小方阵。

不一会儿，屋门被推开了一条缝，霍乔探进来一颗脑袋，眯着眼睛扫了一圈：“你们鬼鬼祟祟的干吗呢？”

陈靖大声道：“报告队长，欢迎战友归队！”

霍乔勾唇一笑，一把推开了门，豪气道：“成，给我使劲欢迎！”

一个高大健硕的男子，身穿军装，胸戴大红花，提着自己的行李，微笑着站在门口。正是去军校进修加养了两年伤的俞风城。

白新羽看到俞风城，目光中闪动着光芒。

俞风城也看着他，嘴唇都在微微颤动着。

陈靖用力拍起手："欢迎欢迎，热烈欢迎。"

一屋子人大声吼道："欢迎欢迎，热烈欢迎。"

屋子里布置了气球、鲜花，桌上还摆着酒菜和蛋糕，虽然在这个朴素的部队宿舍里，所有东西都看着土了吧唧的，但俞风城感动得鼻头直泛酸。

俞风城用力朝他的战友们敬了个庄重的军礼，高声喊道："一级士官俞风城，归队！"

"欢迎小鱼归队！"陈靖大喊一声，率先掏出兜里的彩带喷枪，冲过去朝着俞风城一顿乱喷。

原本规整的阵型瞬间散开，众人开始了嬉闹和狂欢，热烈欢迎着队友的归来。

白新羽跑到俞风城面前，脸上洋溢着难掩的喜悦和激动，他局促地站在俞风城面前，双拳紧了松，松了紧，频频低头看着俞风城的双腿："你，你的腿……"

俞风城微笑道："现在来一个障碍越野，你还是比不过我。"

白新羽兴奋地低吼了一声，一把狠狠地抱住了俞风城。

俞风城也用力回抱住了白新羽，在他耳边轻声哽咽道："我回来了。"

白新羽忍着悬在眼眶的眼泪："我们一直在等你。"

他回来了，他们都回来了，哪怕要翻越千山万水，哪怕要走过崎岖弯路，这里永远是他们最终的归途。

他们将继续在祖国的边陲，用满腔的热血，守护身后亿万同胞。

以身许国，至死不渝。

THE GROWTH OF A DANDY.
FIGHT ALONGSIDE YOU.

番外

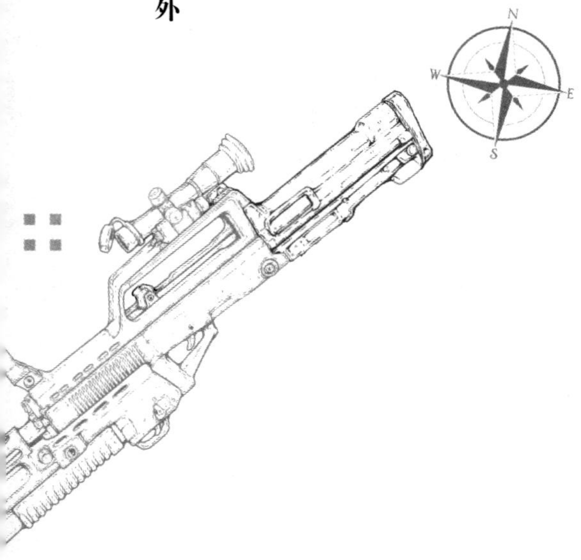

今年冬天的乌市阴冷多雪，大多数时候都缺少日照，但白雪又是最强的反光板，哪怕在不晴朗的天，光线依然很亮，这种不够通透的、像蒙了一层灰色滤镜的亮，往往使人昏昏欲睡。

白新羽就坐在窗边看书，边看边打哈欠。

由于天气原因，他们的日常训练有所缩短，最近也没有拉练、特训或演习，因为很多地方被大雪封了路，总之，他们已经快两个月没离开过营地，日子按部就班，实在是无聊得很。

坐在对面的俞风城瞥了他一眼："你要看不下去就干点儿别的，一直打哈欠，我都困了。"

"看不下去也得看啊，不知道哪天突然就抽查。"白新羽翻了翻手里的材料，是步坦炮协同作战的战术分析，一共有七个实战案例，要全背下来是不可能的，但必须熟悉每一个战斗总结，否则被抽查的时候答不上来，可能要吃三天的雪。

俞风城笑了笑："不错，长记性了。"

白新羽又打了个哈欠："好无聊啊俞风城，我想出去玩儿。"

"再学半个小时，我陪你看电影，好不好？"俞风城看了看表，"马班长今天去市里采购，应该快回来了，我跟他说好了，给你带你喜欢吃的那家芝士鸡排。"

白新羽兴奋地叫道："真的！"

俞风城看着白新羽变得亮晶晶的眼睛，抿唇一笑。

这时，桌上的手机响了起来，白新羽看了一眼，是霍乔打来的："喂，副队？"

"你们来趟会议室，有事儿。"

"综艺？！"

一屋子人异口同声地重复道，这个词儿他们当然很熟悉，但和他们的地盘放到一起说，瞬间就陌生了。

"这是咱们军区宣传口的意思，领导觉得就这里最合适。"霍乔的表情有几分无奈，又有几分新奇，他也没接到过这样的任务，自然不知道会发生什么。

"咱们营地不是有保密等级的吗？"一个战友说道。

"也不是很高的保密级别。"霍乔耸耸肩，"反正上面决定了，咱们执行就是了，好好配合制作团队，展示我们军人的优良形象。"

"这么冷的天，跑这儿来录综艺，不是活受罪吗。"俞风城冷笑一声，"他们受得了？"

"观众就爱看这个吧，明星也要展示自己能吃苦耐劳的形象。"陈靖分析道，"军区也有宣传任务，这确实是一个双赢的方式。"

“那咱们都要干吗呀。”白新羽嘚瑟地扭了扭，“我这么帅，会不会被人家导演看中了，直接出道。”

几个白眼翻了过来，白新羽依然嬉笑着：“放心吧兄弟们，等我发达了一定不会忘记你们的。”

“我们一定助你一臂之力，尽量给你创造出镜条件。”俞风城皮笑肉不笑地说，“那帮人就交给我训练吧。”

“不行。”霍乔可太知道自己这个外甥是什么德行了，“你非得把人虐哭了不可，里面还有女同志呢。陈靖来做教官，其他人后勤保障，听他调遣。”

“还有女同志！”战士们激动起来。

一个战友佯怒道：“副队你偏心，我也想当教官，打下手也行。”

“陈靖长得好，脾气好，你们这帮莽夫只配干杂活。”霍乔笑骂道，“就这么定了，散会！”

“这个女演员贼漂亮，哇，真没想到她会来，还有这个，走搞笑路线的，胖胖的、圆眼睛也挺可爱，这个男模嘛，肌肉不错，来了让我看看是不是花架子。”白新羽看着手机里关于这个综艺的宣传资料，开始对各个嘉宾品头论足，“这么冷的天，这帮人为了节目效果，是真狠得下心折腾自己啊。”

“正好我们无聊。”俞风城一脸坏笑地看着远处驶进营地的大巴车。

“你别乱来啊，别欺负人。”

“我怎么会‘欺负’人呢？”

白新羽瞪了他一眼：“你天生就坏，我刚进部队的时候，你可没少欺负我。”

俞风城一把钩住白新羽的脖子，把人拽进自己的怀里，同时伸手捏他脸蛋上的软肉：“我欺负你了？我对你多照顾啊。”

“滚滚滚。”白新羽捶了他两下，“放开我。”

“你说，我对你够不够照顾。”俞风城贴近白新羽耳边，调侃道，“我是不是很疼你？”

“放屁。”

两个人推搡打闹着，被霍乔呵斥道：“列队！不像样，找罚是不是？”

所有人几乎是在一秒钟之内迅速列队，站得笔挺如松，表情肃穆冷峻，一个个都有着顶天的精气神儿。

大巴车停在了他们面前，车门打开的那一刻，霍乔高声命令道：“鼓掌欢迎。”

众人抬手鼓掌，节奏整齐划一，刚猛得像战鼓，没有一点杂音，把第一个步下车门的人就震蒙了，犹豫着不敢往前走。

霍乔走上前，伸出手:“您就是郭导吧，您好，我是霍乔，我们在电话里联系过。”

“霍队长，您好您好。”郭导笑着说，“接下来的这段时间，要拜托你们多照顾了。”

“我们全力配合。”霍乔介绍道，“郭导，这位是陈靖，是你们嘉宾的主教官和班长，他会负责拍摄期间所有的训练和后勤安排。”

郭导的目光从霍乔身上挪到陈靖身上，又顺着陈靖的介绍认识其他战士，忍不住感慨道：“怪不得你们领导让我来这里录节目，小伙子们一个个长得太帅了，我真怕播出去，没人看我们嘉宾，都看你们战士了。”

白新羽的嘴角止不住地往上翘，他大喊了一声“报告”。没办法，这阵子在营里待得实在太无聊了，他现在就想犯个贱，找点乐子。

陈靖扭头指着他，想喝止他。

白新羽大嘴一张：“导演，我叫白新羽，我自认相貌英俊，口条伶俐，从小人见人爱，您看我能不能在您的节目里多露露脸，我不要钱。”

在场人顿时哄笑，节目组的舟车劳顿和初到此地的紧张情绪都被缓解了大半。

白新羽的自夸还是有一定说服力的，他确实从小到大人见人爱，他嘴甜，会来事儿，亲戚、朋友、战友们对他都不错，而且他自来熟，能够快速融入任何环境，晚上一顿接风宴，他已经和节目组上至导演下至场务都混了个半熟，尤其一口一个“漂亮姐姐”，把几个女明星哄得很开心。

散席后，喝了点酒的白新羽晕乎乎地踩着粉雪往宿舍走，“嘎吱嘎吱”的声响颇有趣味，他玩儿心又起，一脚深一脚浅地试图踩出拍子来，结果脚底打滑，整个人往旁边栽去。

一个坚实有力的臂膀揽住了他。

白新羽抬起头，看着月光下那张俊气逼人的脸傻笑：“嘿嘿，兄弟。”

“起来。”俞风城黑着脸，“醉成这样，是喝的还是看美女看的？”

“都有，都有。”

俞风城冷笑一声，松了手，让白新羽直接扎进了雪里。

“哎呀。”白新羽吱哇叫唤，“好冰啊！”

俞风城拎着白新羽的胳膊把他捞了起来：“冻死你算了。”嘴上这样说着，还是仔仔细细给他拍着身上的雪。

“你不会……嫉妒吧。”白新羽坏笑着指着他，“虽然吧，我承认，你是比我高了点儿、帅了点儿，可是漂亮姐姐们还是比较喜欢我，谁叫你木着脸往那儿一坐，跟人欠你钱似的。”

“我警告你，老老实实干活儿，别动什么歪心思，否则看我不收拾你。”俞风城捏了捏白新羽的后脖子。

“我哪儿敢动什么歪心思，我一心建设祖国，不近女色。”白新羽胡乱摆着手，醉憨憨地说，“不近女色。”

俞风城被他傻了吧唧的模样气乐了：“行了，回去睡觉。”

“走不动了。”白新羽打了个大大的哈欠，很自然地抬起俩胳膊，吊着嗓子撒娇，“俞风城，接驾。”

俞风城默默地蹲下身，将白新羽背到了背上，他感觉到沉甸甸、毛茸茸的脑袋枕在肩窝处，他听着白新羽不着边际的胡话，脸上漾起宁静又温柔的笑，迈着踏实的步子往宿舍走去。

霍乔选择让陈靖做教官，确实非常明智。陈靖长得斯文，也很有分寸，在能达到导演的节目效果的前提下，充分考虑嘉宾的体能极限和心理承受能力，把后勤工作也安排得妥妥当当。

录制中途休息的时候，嘉宾们纷纷夸陈靖又帅又温柔，白新羽酸溜溜地说：“我刚入伍的时候他就是我的班长，温柔？他练起我们来都不当人的，可狠了。”

陈靖憋着笑，背对着他说：“我听到了。”

“真的假的？”有人明显不信。

“风城，你说，小班长当初怎么虐我们的。”

“是你一开始太娇气了。”

“瞎说，我怎么娇气了。”白新羽得意地挑眉，“本人可是特种作战人员，从入伍的那天起，所有人都发现了我的潜能，所以小班长才对我格外严格。”

陈靖笑着颔首：“你要这么说也行。”

战友调侃道：“是吗小白公主，这怎么跟我们听说的不一样啊，你在原来的部队是怎么表现的，要不要给大家讲讲。”

俞风城勾唇一笑：“我帮你讲讲？”

白新羽猛地扑到俞风城背上，臂弯钩住他脖子，一手捂住他的嘴：“你敢！”

两个人过招拆招，像往常一样闹了起来。

郭导给摄影师使了个眼色，摄影师把镜头转过来，记录下了这些欢快的画面。

又过了两天，在白新羽的一再要求下，终于在嘉宾准备分组比赛时成了另一队的教官。他其实比陈靖还心软，自认为设置的训练强度一点都不高，结果一个上午就把他的“战士们”累得东倒西歪。

他不禁想起自己刚入伍时的样子，那时候的他，常年抽烟喝酒不运动，体能还未必比这帮人好，短短三年，他的进步连自己都觉得不可思议。

看着累到躺在雪地里休息的嘉宾们，白新羽无奈地问俞风城："看来强度还是高了？"

"那换我。"俞风城跃跃欲试。

"不行。"白新羽断然拒绝，俞风城性格又狠又锋利，一定会把人训跑了，"不是人人都能像你一样当兵王，你不会手下留情的。"

"我怎么不会。"俞风城无聊地攒了个雪球，扔向不远处的桦树，"当年我对你就处处留情了。"

白新羽撇了撇嘴，嘁了一声。他拿过保温杯，喝了口水，然后摸着肚子叹气："饿了。"

"你早上去宿舍揪他们起床，没吃饱吧。"

"是啊，马班长的招牌羊肉大包子，我才吃了一个。"白新羽又饿又馋，咂吧着嘴里没味儿的白开水，瞄向俞风城的保温杯，"你那里面是酒吧？给我整两口。"有的时候他们会偷偷带酒，虽然不符合规定，但是天太冷，领导也就睁一只眼闭一只眼。

"喝酒能喝饱吗？"俞风城从厚厚的棉大衣里掏出一个塑料袋裹着的油纸包，递给白新羽。

白新羽接过来掂了掂，手感熟悉，竟还是热乎的，他惊喜道："包子？！"

俞风城含笑看着他："快吃。"

白新羽把包子掰成两半，自己咬着其中一半，另外一半递给俞风城。

"我不饿，给我留一口就行。"

白新羽几口就把半个包子干掉了，又在另外一半上咬了两大口，果真给俞风城剩了一口，递到他嘴边。

俞风城张嘴吞了下去，两个人鼓着大大的腮帮子美滋滋地嚼着，俞风城最后还是分了白新羽几口酒，这顿"加餐"就更美味了。

在外人看来，这吃相可以叫狼吞虎咽，其实对他们来说这已经算文雅了。长期的军旅生活让他们把吃也变成了任务的一种，需要高效地处理，但这并不妨碍他们吃得香。能在并不严酷、并不危险的环境里吃上热腾腾的食物，本身就已经很幸福了。

白新羽闷了一口酒，辣得直吐舌头。他扭头看俞风城，见俞风城也在看自己，满眼揶揄，俩人相视大笑。朝夕相处的几年间，他们拥有了某种只有彼此懂得的默契，很多时候不需要语言，一个眼神足以交流，那是从生与死的交锋中淬炼出来的情谊。

节目录了半个多月，终于结束了。虽然训练的时候嘉宾们都叫苦不迭，但离别的时候两边都很是不舍。

喝多了的导演搂着白新羽和俞风城的肩膀，说要多剪些他们的镜头，希望他们同意。

俞风城不太愿意，但见白新羽很是期待，他也就没意见了。

几个月后，这个综艺在最火热的暑假期间播出了，节目大火，但火的方式令所有人都意想不到，吸引观众过半讨论度的，居然是战士们。

出镜最多的陈靖以斯文稳重的形象收获了最多女粉丝，网友们热议他又厉害又靠谱，长得还好看，简直是完美老公的典范。

白新羽和俞风城也以另类的方式火了一把，导演在节目里放了不少他们的镜头，甚至把他们像仓鼠一样鼓着腮帮子啃包子的镜头放在片头。俞风城那一张无敌俊脸加上高挑健硕的身材，本来就是明星级别的外貌，在特种兵光环的加持下更是把所有男嘉宾都比没了影，白新羽则稳定发挥了自己“人见人爱”的天赋技能，给节目增添许多喜剧效果，两个人之间有趣又温馨的互动成就了诸多让人津津乐道的话题。就连那冰天雪地的大背景都渲染出丝丝温情。

宣传部的领导们对这意外惊喜非常满意，安排了不少采访，准备了不少文稿，趁机好好展示了军区战士们的优良形象。

天气转暖后，他们的训练和任务渐渐多了起来，但偶尔闲暇之时，就会聚在一起看这档他们合作的综艺，战士们之间的情谊和记忆，将以这特别的方式永远留存下去。

图书在版编目 (CIP) 数据

逆锋：最新修订版 / 水千丞著．—武汉：长江出版社，2023.7
ISBN 978-7-5492-8864-9

Ⅰ．①逆… Ⅱ．①水… Ⅲ．①长篇小说 - 中国 - 当代
Ⅳ．① I247.5

中国国家版本馆 CIP 数据核字 (2023) 第 081246 号

逆锋：最新修订版 / 水千丞 著

出　　版	长江出版社 (武汉市解放大道 1863 号 邮政编码 :430010)
项目策划	长沙硬核文化
市场发行	长江出版社发行部
网　　址	http://www.cjpress.com.cn
责任编辑	陈　辉
特约编辑	夏　欢　傅彦楠
内页设计	夏　夜
印　　刷	三河市中晟雅豪印务有限公司
版　　次	2023 年 7 月第 1 版
印　　次	2025 年 10 月第 2 次印刷
开　　本	700 毫米 ×970 毫米　16 开
印　　张	38.5
字　　数	730 千字
书　　号	ISBN 978-7-5492-8864-9
定　　价	88.00 元（全两册）

电话：027-82926557（总编室　）027-82926806(市场营销部）